SV

Guillaume Apollinaire
Briefe an Lou

Aus dem Französischen
von Françoise Sorel

Suhrkamp Verlag

Die Originalausgabe erschien 1969 unter dem Titel
Lettres à Lou bei Éditions Gallimard, Paris.

Françoise Sorel hat den gemeinsam vom Deutschen Übersetzerfonds, der Frankfurter Allgemeinen Zeitung und dem Institut Français ausgelobten Übersetzungswettbewerb 2021 gewonnen.

Ich möchte mich besonders herzlich bei Nicole Pelletier und Adelheid Johannsen bedanken für die zahlreichen anregenden Gespräche, die wertvollen Textanalysen und überhaupt für ihre freundliche Unterstützung.

Françoise Sorel

Klimaneutral
Druckprodukt
ClimatePartner.com/14438-2110-1001

Erste Auflage 2024
Deutsche Erstausgabe

Umschlaggestaltung: Brian Barth
Satz: Dörlemann Satz, Lemförde
Druck: CPI books GmbH, Leck
Printed in Germany
ISBN 978-3-518-43174-0

www.suhrkamp.de

Briefe an Lou

1

Nizza, den 28. September 1914

Da ich Ihnen, meine Tischnachbarin von gestern Abend, bereits heute Morgen sagte, dass ich Sie liebe, kann ich es Ihnen jetzt mit weniger Scham schreiben.

Gespürt hatte ich es schon bei dem Mittagessen in der Altstadt von Nizza, wo Ihre großen und schönen Rehaugen mich dermaßen verwirrt hatten, dass ich so bald wie möglich gegangen war, um dem Schwindel, den sie in mir auslösten, zu entkommen.

Diesen Blick sehe ich ständig vor mir, mehr als Ihre Augen von letzter Nacht, zu deren Form hauptsächlich, nicht aber zu deren Ausdruck, meine Erinnerung zurückfindet.

Von dieser gesegneten Nacht ist mir vor den Augen vor allem die Erinnerung an den geschwungenen Bogen des halb geöffneten Mundes des Mädchens geblieben, an den jugendfrischen und lachenden Mund, der in einer so zauberhaften Klangfarbe die vernünftigsten und geistreichsten Dinge sprach, dass ich, bedacht auf die Schrecken und Sehnsüchte, die uns unerfüllbare Wünsche bescheren, glaubte, bei einer Louise wie Ihnen kein anderer sein zu wollen als Wilhelm der Schweiger[1].

Könnte ich die Stimme doch nochmal vernehmen, deren Zauber so wunderbare Wahnbilder hervorruft!

Es sind kaum vierundzwanzig Stunden vergangen seit diesem Erlebnis, und schon treibt mich die Liebe abwechselnd so weit in die Tiefe und in die Höhe, dass ich mich frage, ob ich je schon geliebt hätte.

Und ich liebe Sie mit solch köstlich reiner Aufregung, dass jedes Mal, wenn ich mir Ihr Lächeln, Ihre Stimme, Ihren zarten und spöttischen Blick vorstelle, mir scheint, dass Ihre meinem Hirn verbundene, liebe Erscheinung, sollte ich Sie selbst auch nie mehr wiedersehen, mich von nun an unablässig begleiten wird.
Wie Sie sehen können, treffe ich hier, ohne es zu wollen aber, Vorkehrungen eines Verzweifelten, nach einer schwindelerregenden Minute voller Hoffnung hoffe ich nämlich nichts mehr, es sei denn, Sie erlauben einem Dichter, der Sie mehr liebt als das Leben, Sie zu seiner Dame zu erküren, und Sie, meine Nachbarin von gestern, deren entzückende Hände ich küsse, lassen ihn als Ihren leidenschaftlichen Diener gewähren.

Guillaume Apollinaire

2

3. Oktober 1914

Sie waren ganz entzückend heute Morgen, und das auf die unerwartetste Weise. In Ihrem Blumenkleid sahen Sie aus wie ein Eichhörnchen, das in einem persischen Rosengarten herumtollt.
Die ganze Nacht hatte ich an Sie gedacht, ohne schlafen zu können. Glühendstes und grausamstes Wachsein. Denn in einem fort erschienen Sie mir neckisch und verführerisch zugleich. Einmal habe ich die Augen fest zugepresst, um schlafen zu können, aber ich sah einen Garten, vor lauter Granatapfelbäumen leuchtend, deren Früchte Ihre ins Unendliche vervielfachten Brüste waren, würdiger, von einem

Helden erobert zu werden, als die von den Hesperiden gehüteten goldenen Äpfel.
Als ich das Haus verließ, war ich sicher, Ihnen über den Weg zu laufen. Beim Hinausgehen stieß ich auf Robert Mortier[2], der mich begleiten wollte. Er wollte mich Richtung Bahnhof schleppen, und überzeugt, dass Sie hier vorbeikommen würden, habe ich mich hartnäckig dagegen gesträubt.
Ich wage es kaum noch, Ihnen zu sagen, dass ich Sie liebe, denn solch tiefsinnige Worte haben eigentlich für diejenigen etwas Verpflichtendes, denen man sie schreibt.
Ich kann Ihnen doch noch einmal schreiben, dass ich unaufhörlich an Sie denken muss und dass es eine höchst köstliche, leider auch höchst trostlose Beschäftigung ist, weil weder Pläne noch Wünsche aus ihr hervorgehen können.
Sie scheinen dennoch gütig zu sein und Sie haben mir gesagt, Sie seien der Liebe nicht abgeneigt. Sie würden mir den größten Gefallen erweisen und Sie würden mich unendlich beglücken, wenn Sie die nächsten Tage, bald, vorbeikämen und ganz alleine mit mir spazieren gingen. Ich werde mich bemühen, Sie nicht zu behelligen, weder mit meinem Kummer, dessen Gegenstand Sie sind, noch mit irgendetwas, was Sie verdrießen könnte. Ich schreibe morgen nach Paris, damit Sie, wenn möglich, meine Bücher erhalten, da Sie mir die Ehre erwiesen haben, sie lesen zu wollen. Im Voraus hege ich den Wunsch, dass sie Sie amüsieren, und befehle sie Ihrer Nachsicht an.
Übrigens will ich eins eigens für Sie schreiben, und zweifellos schreibe ich dann, von heftiger Leidenschaft beflügelt und, da es um Sie, jene so feinsinnige Essenz, geht, mein an Menschlichkeit schwerwiegendstes Buch. Menschlichkeit ist nämlich meines Erachtens allein würdig genug, die Menschen zu bewegen und von einem Schriftsteller angestrebt zu werden.
Ich wünsche, ich hätte für Sie schon ein Gedicht geschrieben.

Es wäre aber zu persönlich geraten und hätte nur die Gefühle geschildert, die Sie in mir ausgelöst haben und auch Ihre Anmut. Im Grunde genommen weiß ich nichts von Ihnen, außer dass ich Sie unendlich hübsch finde und würdig, geliebt zu werden, auch ohne Hoffnung auf Erwiderung.
Ich wüsste so gern alles über Sie und ich weiß nichts, bloß dass Sie verheiratet waren und Sie es nicht mehr sind. Ich traue mich nicht mehr mit Siegler[3] über Sie zu sprechen, der wohl ahnt, dass ich in Sie verliebt bin. Und nun bin ich gezwungen, mir alles an Ihnen vorzustellen, mich auf Ihr fuchsrotes Haar stützend, auf den seltsamen Blick in Ihren Augen, auf Ihre Offenheit und auf die Freude, die in mir aufkommt, wenn ich Sie sehe, und dabei habe ich Sie erst dreimal gesehen. Aber die Macht der Faszination, die Sie auf mich wie eine neue Melusine ausüben, ist so ausgeprägt, dass Sie mir letztlich doch vertraut sind; ich habe den Eindruck, Sie immer gekannt, immer geliebt zu haben und dass ich nur Sie habe lieben können, stets Sie alleine geliebt habe und niemals eine andere lieben werde.
Dies sind keine leeren Worte, da ich bislang so etwas noch keiner einzigen Frau geschrieben habe und da ich bisher, auch wenn ich zu lieben vermeinte, vieles von mir selbst zurückhielt, und wenn ich zu leiden wähnte, vor allem meinem Leid ein baldiges Ende zu setzen wünschte, während ich mich heute danach sehne, dass es so lange währe wie das Leben, zu Urkund dessen, ich Ihre geliebten Hände küsse.

Ihr Diener auf Lebenszeit,
Guillaume Apollinaire

3

Donnerstag, den 8. Oktober 1914

Meine sehr köstliche und sehr geliebte Freundin, ich wiederhole nicht noch einmal alles, was ich seit Mittwoch gemacht habe, denn ich konnte es Ihnen heute Mittag schon erzählen. Mir ist es lieber, Ihnen hier ein kleines schön Nizza-gefärbtes ideogrammatisches Gedicht vorzulegen, das aus Nelke, Feige und Opiumpfeife besteht

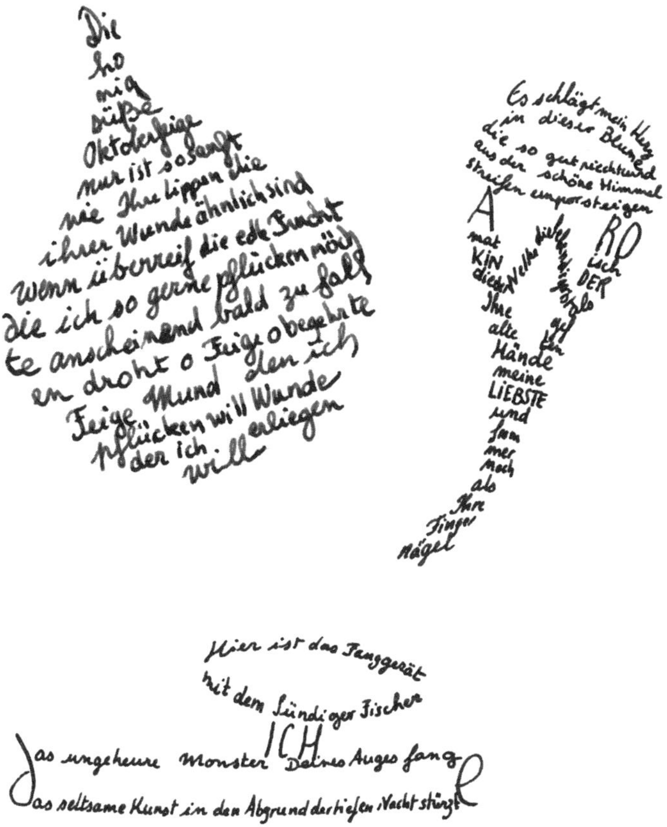

4

Mittwoch, den 14. Oktober 1914

Ich erlaube mir, Sie, teure Freundin, daran zu erinnern, dass, obwohl mein Part der schönere ist, es mir heute Abend, wenn wir nur zu dritt sind, unangenehm wäre, eine sentimentale Schutzmauer vorzuspielen, einen Festungswall – man weiß, wozu das im Kreuzfeuer eines Flirts voller homerischer Epitheta taugt. Sie können es also mir überlassen, für Ihre Verteidigung Sorge zu tragen, oder ein für alle Mal die Richtlinien bestimmen, an die sich unser Freund halten soll, oder auch, im Gegenteil, mich selbst ausgrenzen.
Wenn dies einmal also auf solider Basis ruht, werde ich am Gespräch, das verspricht, glanzvoll zu sein, teilnehmen können.
Es sei denn, Sie wollen mich für das Warten gestern entschädigen und wünschen es, mit mir alleine einen langen freundlichen Abend zu verbringen. Ich werde Ihnen Neues vorlesen, von meinem Theaterstück erzählen, für Sie Geschichten erfinden und Sie um Rat bitten, denn ich habe ein festes Vertrauen in das, was man die vereinten Kräfte unserer schlechten Neigungen nennen könnte.
Wenn dem so ist, werde ich Sie nicht hofieren, sondern jene Freundschaft annehmen, die Sie mir, meine Freundin, lieb und schön, anbieten und die ich niemals verraten werde.
Wenn letztere Alternative Ihnen recht ist, könnten Sie sagen, wenn Sie bei Vogade[4] ankommen – und sollten Sie Borie[5] nicht sehen –, Sie hätten Nachtdienst und wollen gar nicht erst zum Victoria[6], und könnten nach dem Essen S. P.[7] darum bitten, Ihre Cousine nach Hause zu begleiten, und mich, mit Ihnen ein wenig vor Ihrer Schicht spazieren zu gehen.
So wäre die Sache geregelt. Es soll aber so geschehen, wie

Sie sich es wünschen, denn ich bin nur noch ein Freund, der wohl darauf bedacht ist, eine Freundschaft zu leben, die, nach Ihren Worten, wert ist, gelebt zu werden.

Die holde Freundeshand Ihres
Guillaume Apollinaire

5

20. Oktober 1914

Werte Freundin,
ich habe eine schwere Grippe und ich glaube also, dass wir unseren Ausflug besser auf einen Tag verschieben, an dem die Sonne wieder scheint. Donnerstag ist, glaube ich, noch zu früh. Morgen bemühe ich mich, wenn es die Grippe erlaubt, Sie im Ruhl[8] bei Dienstschluss aufzusuchen.
Danke für Ihren netten Brief, den Sie – warum, weiß ich nicht – mit Ihrem bloßen Nachnamen unterzeichneten, als wären Sie der erstgeborene Sohn in Ihrer Familie.
So dass mir beim Lesen Ihrer Briefe ist, als läse ich Briefe von Jungen.
Sollten Sie sich davor fürchten, sich zu kompromittieren, wenn Sie mir schreiben, lassen Sie die Unterschrift einfach weg, die Handschrift werde ich sowieso immer erkennen.
Bilden Sie sich allerdings nicht ein, dass ein Vorname am Ende eines Briefes kompromittierender sei als der Nachname; meines Erachtens stimmt eben das Gegenteil.
Und in Anbetracht der Freundschaft, die uns beide verbindet, hat all das gar keine Bedeutung mehr, Ihr Geheimnis verflog, als mein Schweigen erstarb.

Meine holde Freundeshand, Ihr
Guillaume

6

Dienstagabend[9]

Alles in allem bin ich froh, Sie zu lieben, wie ich Sie liebe, Sie, die Sie die Anmut sind, und alles, was dieser Tage an Anmut noch bleibt.
Ich bedauere nur, dass ich Sie nicht früher kennengelernt habe. Ist aber gleichgültig, nun liebe ich Sie und erlebe den denkbar schönsten Teil meines jetzigen Lebens. Ich wage es kaum, mir die Zukunft auszumalen, aber die Gegenwart ist köstlich, da ich Sie liebe. Sie scheinen sich zu wundern, dass ich nicht eifersüchtig bin. Auf was denn? Ist es überhaupt möglich, dass ich Sie weniger liebe? Selbst Sie könnten das niemals erreichen. Ihre Spielereien können meiner Liebe nichts anhaben, und wenn Sie glücklich sind, ist es für mich das größte Glück. Ich möchte gern auf die Probe gestellt werden, wie Sie sagen, und Ihnen beweisen können, wie sehr ich Sie wirklich liebe, über die gewaltige Neigung hinaus, die ich Ihnen gegenüber vielleicht habe, die ich für Sie habe. Ich habe in meinem Leben nicht viele Liebesbriefe geschrieben, trotzdem ich welche bekommen habe, allgemein schreibe ich nicht gern Briefe, diesmal aber empfinde ich eine Art Wollust, wenn ich Ihnen ganz einfach schreibe, dass ich Sie liebe. Ich möchte es Ihnen immer wieder sagen können. Es tut mir leid, dass S. P. Ihnen den lächerlichen Vorfall erzählt hat, in den B. verwickelt war. Das Lustigste war die Szene bei Vogade heute Abend. Die kleine Dame in Rot war wütend, und meinerseits wollte ich nur loslachen. Sie sahen ungemein witzig aus mit Ihrer Bluse à la Garibaldi und der Wundertasche, die Sie so deliziös von St-Jean nach Nizza mit sich führen.
Beim Spazierengehen mit Ihnen habe ich aber dann das traurigste Gefühl meines Lebens gehabt, das Gefühl, Sie zu lieben,

und Ihnen doch noch kein Freund und Vertrauter zu sein. Und ich habe mich einen Augenblick gefragt und frage mich weiterhin, ob wir nicht das vor allem anstreben sollten.
Das wird Sie auf den Gedanken bringen, dass ich schön ruhig geworden bin. Glauben Sie es aber keineswegs. Ich werde immer unruhiger. Letzte Nacht verging wie die andere ohne Schlaf, Stechmücken einerseits und andererseits Ihre sehr anmutige Erscheinung. Der Schlaf konnte sich solch entschlossener Feinde nicht erwehren. In Ihrem Schlafzimmer schreiben Sie Ihre Briefe an S. P., in meinem schreibe ich Ihnen, und ich küsse Ihre Hände unendlich, die es so gut verstehen, einen zu umschließen.

Ihr Diener,
Guillaume Apollinaire

7[10]

AN LOU DE COLIGNY-CHATILLON

HOMMAGE

hochachtungsvoll leidenschaftlich

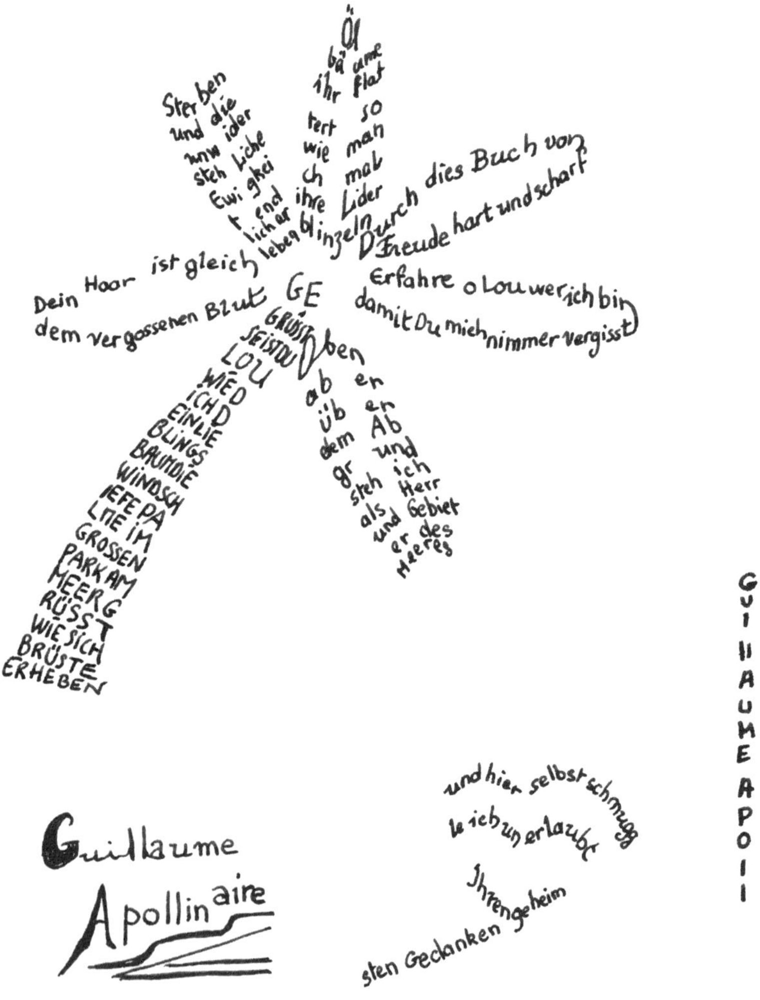

8[11]

D
ER
FRAU
GRAEFIN
L. DE COLIGNY-
CHÂTILLON
überreiche ich
von ganzem Herzen
diese Eau de Vie
Flasche und bin
ihr Diener und
Verehrer
ihr schweig
samer Freund
Guillaume
APOLLINAIRE

DEN 11
NOVE
MBER
1914 ZU NIZZA
WO SIE DIE VERW
UNDETEN SOLDATEN
VOM
KRIEGE
PFLEGT

9

Samstag[12]

Mein geliebter Schatz, ich habe den ganzen Tag an Ihre reizende Fröhlichkeit und an jene plötzlichen Anflüge von Melancholie gedacht, während derer ich Sie, meine Lou, an mich heranziehen, streicheln und so gern behutsam trösten würde. Möge es Gott gefallen, dass Sie in naher Zukunft sehr glücklich werden. Ich habe Ihnen gesagt, dass ich davon überzeugt war, und ich bin es noch heute.
Kurz bevor ich diesen Brief zu schreiben begann, ging ich im Viertel Ponchettes spazieren, und angesichts großer vierzehn- bis fünfzehnjähriger Mädchen, die den Wellen – unerwarteter Anblick – ihren Hintern zeigten, musste ich herzlich lachen, und ich weiß nicht warum, als ich zurücklief, hatte ich einen einzigen Gedanken im Kopf, die Nacht von Mittwoch auf Donnerstag, wo meine Lou so entzückend war und für einen Augenblick vielleicht so sehr die Meine. Die köstliche und nächtliche Erinnerung ließ nicht ab von mir und ich glaube, sie begleitet mich noch.
Hier folgt Seltsamkeit auf Seltsamkeit, S. P. ist wieder eingezogen. Er bewohnt nun mein altes Zimmer. Er hat Frau B. wieder gesagt, was ich ihr selber schon gesagt hatte. Das hat sie aber nicht weiter interessiert, wie beim ersten Mal. Ihr scheint das alles völlig schnuppe zu sein. Das hat mir übrigens S. P. erzählt, denn am Abend habe ich mich gleich an die Arbeit gemacht und ich bin gar nicht erst bei ihr gewesen.
S. P. hat mir auch noch gesagt, dass B. ihm die Geschichte mit Mémée[13] erzählt habe. So ist das, ganz Nizza weiß jetzt über diesen Vorfall Bescheid, und es heißt, der Soldat erzähle davon, und das will ich gerne glauben, auf grundfalsche oder zumindest unerhört schamlose Weise.

Teure Freundin, spitzen Sie die Ohren, ich werde S. P. sagen, dass Mémée Ihrer Meinung nach verleumdet wurde und dass man es Ihnen glauben muss, allein weil Sie es sagen, denn einer Frau, die eine andere Frau verteidigt, muss immer Glauben geschenkt werden.

Bis Montag, liebe Gottheit meines Herzens, Lou mit dem chinesischen Namen und dem attischen Geist. Ich küsse Ihre Hände, Ihre Füße und Ihre Augenlider, die vor Blinzeln wund sind, wie die Lider eines verknallten Backfischs.

Bis bald meine Liebe,
Gui

10

Sonntag, den 29. Nov. 1914

Meine Lou, mit jedem neuen Tag liebe ich Sie tausendmal mehr.

Traurig kam ich nach Hause, da ich Sie so entzückend und anmutig in der Nacht zurückließ.

Ich hoffe, Sie sind ins Bett gegangen und haben sich gut ausgeruht, wie Sie es vorhatten.

Auf der Rückfahrt habe ich in der Straßenbahn die Zeitung wiedergefunden, *Le petit Niçois*, die ich versäumt hatte Ihnen zu geben.

Darin war eine wunderbare militärische Seite, ein Bericht über den Kampf am Ourcq, der Paris gerettet hat und ein entscheidendes Gefecht im Verlauf der Marneschlacht gewesen ist. Dieser Bericht ist ein wahres Meisterwerk an Klarheit. Besseres wurde seit dem Krieg nicht in Worte gefasst. Und solange man noch so schön Französisch schreiben kann, ist

doch alles in Ordnung. Denn alles hängt doch zusammen, und alle Dinge, in welchem Bereich sie auch immer entstehen mögen, gehen doch miteinander einher.
Die Sonne ist wunderbar, sie lässt den Meeresausschnitt, den ich von meinem Fenster aus sehe, wie einen Saphir funkeln. In ihrem Glanz sehe ich auch Sie, meine geliebte Lou, Ihre Erscheinung lässt nicht von mir ab, genauso wenig wie der Klang Ihrer Stimme und Ihre hübschen arglosen Geschichten, deren Echo in mir weiterhallt und tausend Zärtlichkeiten weckt, die in mir schliefen und die Sie jetzt mit offenen Armen empfangen möchten.
Schönste aller Lou, Sie werden, liebe Freundin, teures Bärchen, all das Glück erfahren, das Sie verdienen, dessen bin ich mir sicher.
Sie haben die beste und schlichteste Seele, die ich kenne, und Ihr Schalk erblüht wie ein Garten im Frühling.
Ich möchte noch gleich bei B. eine wichtige Angelegenheit[14] erledigen und bereite mich vor.
Ich werde Ihnen später Näheres darüber sagen, ja sogar schreiben.
Bis dahin sollen sich Ihr Dünkel und mein Stolz schön artig Seite an Seite auf einem Sessel gedulden, mit der Bitte, sich bis morgen nicht allzu sehr zu langweilen, und ich ziehe mich jetzt an, ich gehe zur Marinebehörde und will mich über die Maßnahmen erkundigen, die getroffen wurden, um die Türken abzuwehren, und möchte für die Verteidigung des Nizzaer Hafens den blutjungen Käpt'n Lou, das alte Seebärchen aus Pont-Saint-Jean, vorschlagen.
Ich küsse Ihnen hochachtungsvoll die Hand, liebe Freundin, und bin *immer*[15] Ihr sehr stolzer und sehr gehorsamer Diener

Guillaume Apollinaire

11

Dienstag[16]

Vergangene Nacht, mein lieber Schatz, habe ich wieder kein Auge zumachen können, ich wusste ja, dass ich Sie heute wiedersehe. Ich habe von der Erlaubnis, die Sie mir neulich gegeben hatten, keinen Gebrauch gemacht, weil mir jeder Leib schal vorkam, nachdem ich den Ihren vorgekostet hatte, und auch aus Gründen, die ich Ihnen nennen werde.

Und ich denke an Sie, wenn nicht ganz ohne, dann doch mit so ungewisser, von den Umständen abhängiger Hoffnung, und fühle mich so trostlos, dass ich mir wünsche, dass Bories Bemühungen so schnell wie möglich Erfolg haben und dass ich eingezogen werde. Falls Sie vergessen haben sollten, Sie haben mir eine Locke Ihres Haars versprochen, erinnere ich Sie nun daran.

Unaufhörlich habe ich Ihre kostbaren ausgekämmten Haare geküsst, und sie sogar die ganze Nacht bei mir behalten.

Das war etwas von Ihnen und etwas unendlich Heiliges und würdiger noch – so hoch schätze ich es –, als Berenikes Haar zu den Sternbildern zählen zu dürfen.

Ich küsse, meine Liebe, Ihre geliebten Hände und bin für immer Ihr Diener.

Guillaume Apollinaire

12

Samstagabend, den 5. September[17] 1914

Meine sehr geliebte Lou,
morgen früh muss ich zum 38. Feldart.-Reg. in Nîmes einrücken, von wo aus ich Ihnen schreiben werde.
Meine Anfrage an die Musterungskommission ist unvorsichtig gewesen. Gestern musste ich mich verpflichten. Deshalb bin ich heute zutiefst betrübt gewesen, zu Tode betrübt und Sie auch, die Sie wohl etwas Ungewöhnliches gespürt haben. Ich liebe Sie, meine Lou, und um Sie nur tut es mir leid. Mir fehlt der Mut, mehr dazu zu schreiben.
Sind Sie mir, einer unvermeidbaren Sache wegen, nicht allzu böse, schreiben Sie mir ab und zu, wenn Sie meine Anschrift erhalten, und seien Sie glücklich, wie Sie es, meine Liebe, verdienen, ich küsse Ihre geliebten Hände, ich weiß nicht weiter, was ich Ihnen sagen soll, denn Ihnen gegenüber, liebenswürdige Geliebte, bin ich völlig entkräftet.

Ihr
Guillaume Apollinaire

13

Den 10. Dez. 1914

Lou, mein geliebter Luchs, ich schreibe Dir aus der Kantine. Das Papier hat schon Flecken, bald werden es viel mehr sein, aber nur hier, im wirren Gelärm, habe ich ein bisschen Ruhe. Heute Morgen Aufstehen im Dunkeln, Appell im Regen. Kaffee zwischendurch, nach dem Appell bekommen wir Brot und eine Tafel Schokolade. Der Gefreite beauftragt mich und einen weiteren *Poilu* mit dem Tischdienst. Um halb sieben führt man mir im Stall, der so schön riecht wie die Liebe, das Satteln vor. Um halb neun in der Reithalle, wo ich meine Kameraden ohne Bügel[18] reiten sehe. Mach ich heute Nachmittag. Um ½ 10, Fußexerzieren, man lässt mich separat exerzieren. Um halb elf hole ich die Suppe und das übliche Kantinen-Ragout aus der Küche. Nicht gerade lustig – Nun wird gefuttert. Ich bringe Küchengeschirr und Abfall allein zurück, ich haue ab, so schnell es geht, damit man mich nicht noch beordert, den ganzen Dreck zu entsorgen – So sieht's aus, geliebte Lou. Ich habe nur noch ein paar Minuten, ich esse eine Birne und trinke eine Pulle Wein. Um Viertel vor zwölf muss ich gewaschen und rasiert sein, um zum Satteln zu gehen. Es ist Viertel nach elf. Bis ½ 6 hat das Quartier Ausgangssperre. Geliebte Lou, ich verspreche Dir, Dich und nur Dich mein ganzes Leben zu lieben. Auf immer und ewig bist Du meine einzige Frau und immer werde ich Dir treu sein. Ich habe die zwei Karten im Kuvert erhalten und musste laut lachen.

Heute Nacht, Lou, habe ich gespürt, dass meine Halskette gerissen war. Sämtliche Anhänger lagen in meinem Bett verstreut und ich habe sie, in der Enge auf dem schmalen Lager, alle wieder Stück für Stück eingesammelt und ließ sie in mein

Portemonnaie gleiten. Deine, köstliche Lou, habe ich zart geküsst. Ich denke an Dich, an Deinen liebreizenden Körper, an Deine so schlichte und tiefgründige, liebe Seele. Auf Wiedersehen, kleiner Luchs, bis dann. Ich muss zur Arbeit.
Das Paket wurde mir ausgehändigt. Meine Lou ist köstlich, meine Lou ist mir alles, meine Lippen liegen für immer auf den Deinen, gute Lou, Du, liebste Seite meiner selbst.
Mein letztes Glas Wein trinke ich auf Dich und umarme Dich von ganzem Herzen.
Bis heute Abend.

Guillaume Apollinaire
und Guillaume Kostrowitzky
Kanonier-Fahrer 2. Kl.[19]
Artillerie-Regiment 38
Batterie 78
Nîmes

14

Nîmes, den 16. Dez. 1914[20]

I
Meine geliebte Lou, ich schreibe Dir aus der Kantine, denn ich weiß nicht, ob wir heute Abend Ausgang haben. Es ist heute etwas passiert, was ich unendlich bedauere und was zugleich für die Zukunft Glück verheißend ist. Die kleine Kette, die Du mir um den rechten Arm gelegt hattest, ist beim Reiten irgendwo hängen geblieben, und ich habe sie verloren, ich habe sie gesucht. Aber im Gegensatz zum Tyrannen Polykrates, der dem Glück, das ihm zu sehr lachte, etwas hatte

opfern wollen und seinen Ring weggeworfen hatte, ihn aber am folgenden Tag in dem Bauch eines Fisches, den man ihm servierte, wiederfand, konnte ich meine kleine Kette auf der Bahn der Reithalle, wo wir waren, nicht wiederfinden.
Ich spüre es[21] trotzdem an mir, Deine Anhänger werden mich mit Deinem lieben Bild beschützen, und wenn ich nach Nizza komme, legst Du mir die zweite Hälfte der Kette diesmal aber um den linken Arm.
Heute Morgen Darmkrämpfe, um ½ sieben war ich Satteln, im Stall war der Feldwebel der so anständige Pariser von der Tram. Dann Reitbahn, wo ich die Kette verloren habe, dann Ausritt auf unmöglichen Wegen mitten im Kanonengedröhn, denn es wird scharf geschossen. Gemeint ist, glaube ich, dass wir uns dran gewöhnen.
Mein kleiner geliebter Luchs, zu Dir habe ich absolutes Vertrauen, so wie Du mir ganz vertrauen musst, und all unsere Gelöbnisse werden sich erfüllen.
Nun bist Du an diesem göttlichen Meer, wo wir uns geliebt haben, wo ich Dir das erste Mal meine Liebe gestanden habe, grüße Kiss und Tika[22] von mir, die jetzt fröhlich um Dich herumtollen. Wenn ich heute Abend Ausgang habe, schreibe ich die nötigen Briefe.
Ich habe Jane Mortier eines meiner Porträts geschickt, das zweite meiner Mutter, die 3. Fotografie schicke ich meinem Bruder.
Meine köstliche Lou, es war heute alles so traurig um mich. Du gingst, die bitteren Beeren der Lorbeerbäume, die in der Gariguelandschaft um Nîmes nur so wuchern, schienen bei Deiner Abfahrt zu verblassen. Es wurde alles traurig. Der Ruhm selbst, zu dem wir berufen sind und der für mich darin besteht, Dich ganz und gar und für immer zu besitzen, war von Tränen erschüttert, o Tau am betrübten Morgen, o tröpfelnder Tau am tristen Lorbeerblatt.

Jetzt, wo Du in Baratier[23] bist, geliebte Lou, sollst Du Deine Erkältung richtig behandeln.
Meiner geht's besser.
Ich denke an Deine Haare, o Schöne mit dem dunkelgoldenen Haar, Lou, die Du es so gut verstehst, zu leiden, Lou, die das ganze Heer in Nîmes begehrt hat, ich, Dir zugleich Fahrer und Diener, liebe Dich aber.
Denk an mich im schönen hesperischen Garten, in dem Du weilst. Schreibe mir, wie Du es mir gesagt hast, und nummeriere die Briefe schön durch, vor allem in den ersten Tagen.
Ich küsse Dich tausendmal überall auf Deinen geliebten Körper, küsse Dich auf den Mund, durch den Du mir Deine Seele gegeben hast, während ich Dir dafür meine eigene gab.

Gui

Fahr. 2. Kl. Feldart.-Rgt 38
Batterie 70. *Nîmes*

Fr 24-stünd. Urlaub verlässt man Nîmes um 3 nachmittags, kommt in Nizza um 11 irgendwas und fährt am nächsten Tag um 4 zurück. Wir haben also die Nacht. Buche ein Zimmer im Cecil und hol mich [unlesbar[24]] ab.

15

Nîmes[25]

II
Ich schreibe Dir, meine köstliche Lou, nachdem ich Deine liebe Karte von heute Morgen bekommen habe. Nun bist Du in Nizza, Du steigst bald in den Zug nach Pont-Saint-Jean, wirst Kiss und Tika wiedersehen. Du wirst am blauen Meer träumen.

Großes Ereignis für uns heute Abend, um 9 Uhr werden die Genitalien aller Männer vom 38. untersucht – das kann ja heiter werden; die Soldaten, die kein Blatt vor den Mund nehmen, nennen das Schwanzparade, verzeih, meine Lou, bitte die Redeweise.
Also für den Urlaub, wenn ich 24 St. bekomme, wird es so aussehen, wie ich Dir gestern schrieb: Abf. von Nîmes um 3 nachmittags, Ankunft in Nizza abends 11 Uhr. Abf. von Nizza 4 Uhr am nächsten Tag. Ich verlasse mich auf Dich, um die Sache gut zu organisieren.
Jetzt, Gedicht:

Ich denke an Dich meine Lou Dein Herz ist meine
Kaserne
Meine Sinne Deine Pferde Dein Bild meine Luzerne

Der Himmel heute Abend von Säbeln Sporen ein
Gedränge
Schwer und willig rücken die Kanoniere im Schatten
aus der Enge

Unaufhörlich sehe ich aber Dein Bild an meiner Seit'
Dein Mund leuchtet, brennende Wunde der Kühnheit

Die Nacht sprengen wie Deine Stimme unsere
Trompeter
Und wenn ich reite trabst Du neben mir immer

Unsere 75er Geschütze haben die Anmut von Deinem
Körper
Und fuchsrot wie Dein Haar ist das nördlich leuchtende
Granatfeuer

*

Ich liebe Dich durch Deine Hände und mein Erinnern
Erklingt zu jeder Stunde die glücklichste Fanfare
Nach und nach fangen Sonnen an zu wiehern
Die Sterne schlagen aus, wir sind ihre Stallwände

Ich verabschiede mich für heute Abend, meine Lou, morgen mache ich mich wieder an meine Lieblingsaufgabe: Dir schreiben, das heißt, Sie, meine Verehrte, bei mir spüren.
Ich hoffe, Du bist gut nach Hause gekommen, ich fürchte aber, die Fahrt war anstrengend, erhol Dich also gut, bevor Du wieder zum Ruhl gehst. Schlaf viel, um stark zu sein, meine Lou, und vor allem, ich flehe Dich an, bitte spiel nicht allzu oft Händchen klein, ganz allein. Nichts macht neurasthenischer als diese Fingerübungen.
Schreib mir hübsche Briefe. Heute Abend bin ich traurig und müde von den Bauchschmerzen in der Kälte, die wir hier jetzt haben.
Ich küsse Dich überall, Lou, auf die Hände, auf den Mund, auf die Füße, auf die erlesene Schwellung, die Du mit Dir schwingst und mit der Du Dich dahinbewegst wie ein schöner Dampfer.

Bis bald Lou, auf ewig Dein für immer treuer,
Guillaume Apollinaire

16

III

[Nîmes, den] 17. Dez. [19]14

Ich habe soeben, meine geliebte Lou, den Brief bekommen, den Du am Dienstagabend zur Post gebracht hast, wir haben heute Donnerstag, er hat zwei Tage hierher gebraucht. Er war, oder eher, er ist recht schön, mein Schatz, nicht nur Deiner, sondern unser würdig. Doktor Robin irrt nicht, Du schreibst wunderschön. Ich habe gerade die italienischen Zeitungen gelesen. Unsere Lage ist ausgezeichnet. Die Serben haben gerade die Österreicher geschlagen. In *Le Temps*, den ich auch gelesen habe, ist sogar von einem Friedensangebot die Rede, das die Österreicher den Serben gemacht haben sollen, von dem steht allerdings keine Spur in den österreichischen Zeitungen. Engländer und Franzosen rücken in Frankreich jedoch vor, die Serben in Österreich, die Deutschen erleiden in Polen eine Niederlage, und ein englisches U-Boot ist in die Dardanellen eingedrungen, wo es einen türkischen Panzerkreuzer versenkt hat. Das Wort von Joffre an die zurückeroberten Elsässer, *Ihr seid für immer Franzosen*, ist aus dem Mund eines solchen Manns mehr als beruhigend. Also, meine Liebe, nur Zuversicht und Mut. Heute Morgen bin ich das erste Mal *richtig* getrabt, und das über eine Stunde. Davon habe ich Bauchschmerzen bekommen, mehr nicht. Man hat mir gesagt, dass das beim Reiten ohne Bügel in der ersten Zeit vorkommt. Sonst fehlt mir nichts. Hoffentlich bleibt's dabei. Mehrere meiner Kameraden reiten sich wund. – Der Feldwebel, ein sonst gut erzogener, charmanter Mann, der aber in Sachen Disziplin beim Reiten unnachgiebig ist – es ist, mit Verlaub, sein *Steckenpferd* –, hat mir gesagt, dass es für ein erstes Mal Traben gar nicht schlecht war. Als ich zurück war, musste ich das Pferd noch striegeln, was strapaziös ist. Um 1 Uhr wurden wir weit draußen aufs Land geschickt, damit wir scharfem Schießen beiwohnen. Es ist sehr ergreifend. *Wie im Krieg*, sagen die U-Offiziere, die von der Front zurück sind, *wie im Krieg, aber ohne die Gefahren*. Nach 14 km Fußmarsch –, ich habe an Dich gedacht, die Du so sehr für Dauerlauf schwärmst – Exerzieren mit der Kanone. Unterwegs haben wir Lieder gesungen, und jedes Mal, wenn eine Frau in der Ferne gemeldet wurde, grölten wir, man kann das ruhig so sagen:

Eine Jungfrau am Horizont
Tontaine
Eine Jungfrau am Horizont
Tonton[26]

Und wenn wir am Weib vorbeikamen, war sie alt, so fügten wir im Chor hinzu:

Das war aber nur Illusion
Tontaine
Das war aber nur Illusion
Tonton

War sie jung, im Gegenteil:

Es war ja keine Illusion, etc.

Ich bin jetzt in meinem Trupp mit einer Gruppe, wo es nur Diplom-Ingenieure der École Polytechnique und der École Centrale[27] und sehr reiche Leute aus Nîmes gibt, vor allem einen dicken Kerl namens F***. Ich glaube, es sind alles Tunten. Ich vermisse meine einfachen jungen Leute von der anderen Gruppe und meinen ersten Feldwebel, der zwar kein besserer

Kerl war als dieser, aber doch ein weit besserer Ausbildungsunteroffizier, was zählt. Meine geliebte Lou, im Großen und Ganzen hatte ich also einen schönen Tag, von dem bisschen Bauchschmerzen abgesehen bin ich frisch und froh, gerade habe ich einen Tee mit Rum getrunken, ich habe Granaten lossausen sehen, ich habe Traben gelernt, ich habe einen schönen Ausritt gemacht. Ich liebe Dich, Du liebst mich, was will ich mehr. Bis bald also, mein allerteuerster Schatz, ich küsse Dich überall und atme Dich allseits ein, meine Tuberose aus Nizza, mein Jasmin aus Grasse, meine Lorbeere aus Nîmes. Ich küsse Deinen Fuß und Deinen Mund, meine Herzallerliebste.

Guillaume

17

[Nîmes, den] 18. Dez. [19]14

III

Meine Liebe, mein Lou,
ich habe heute Deine Briefe II und III bekommen. Ich habe sie begierig gelesen natürlich, und mit welchem Vergnügen. Ich freue mich, dass Du die Kartentasche für Toutou[28] gefunden hast. Richte ihm beste Grüße von mir aus. Ich liebe Dich so innig. Ich kann am kleinen Platz, wo das Hotel du Midi steht, nicht vorbeilaufen, ohne eine zugleich schreckliche und köstliche Erregung zu verspüren. Ich habe mich aber nicht getraut, am Hotel selbst vorbeizugehen. Ich lebe nur noch in der Hoffnung auf den Neujahrsurlaub, bis mit dem Frieden der große Urlaub kommt. Ich habe heute meine Jacke mit einer Peitsche ausgeklopft. Du wirst schon erraten, woran ich gedacht habe.

Lou, mein geliebter Luchs, ich liebe Dich um Deiner so kostbaren und so anmutigen Schönheit willen, ich liebe Dich auch und genauso sehr Deiner großen Güte, jenes goldenen Herzens wegen, das mir schon so viele Liebesbeweise geschenkt und Freundschaft bekundet hat, wofür ich Dir immer unendlich dankbar sein werde. Ich denke an Deine Augen,

An den See Deiner Augen, so tief
Mein armes Herz ertrinkt und schmilzt
Es streckt die Waffen
In Liebeswasser in Wahnsinnsflut
Vor Erinnerung und Schwermut

Ich denke an Deinen vor Wollust und zärtlichem Schmerz leuchtenden Blick, der mich so gerührt hat, an dem Tag, als ich Dich das erste Mal mit Deinem großen Reiterhut und deiner orangefarbenen Bluse gesehen habe, in welcher sich die ganze Sonne für mich nunmehr gesammelt hat. Ich denke an unsere Umarmungen, an unsere panischen Küsse, unsere Zärtlichkeiten, unser Schaudern, an jene zarten Streitereien in Saint-Jean und Nîmes, nach denen die Versöhnung so köstlich war. Erzähl mir alles, was Du in Nizza und Baratier seit Deiner Rückkehr gemacht hast. Alles, was Du machst, das sind die einzigen Nachrichten, die mir etwas bedeuten. In Dir ist das ganze Universum zusammengefasst, Du bist für mich der Mikrokosmos der Scholastiker, und zu Recht, denn Du bist meine Schönheit und demnach die ganze Natur, o meine einzige, meine größte, meine sehr teure Liebe.
Hier verläuft das Leben mit der immergleichen bohrenden Monotonie. Heute früh von 7 bis ½ 10 Pferd, Trab, Lockerungsübungen beim Traben. Ich mache Fortschritte. Sonst bleibt alles beim Alten. Ich habe mir eine Flanellleibbinde gekauft und mir geht's gut, außer dass ich nicht geschlafen

habe, denn bis ein Uhr morgens musste ich in den Gängen Wache halten, um zu verhindern, dass die *Poilus* da einfach ihr Wasser lassen. Kannst Dir vorstellen, richtig öde. Allein in den Gängen der Kaserne bei einer Kälte, die mir entsetzlich vorkam. Ich habe mich gewehrt. Mir ist sie gut bekommen, sie hat mich gestählt diese erste Wache mit einem auszuführenden Befehl, durch den Willen, den ich im Kampf gegen die Kälte gezeigt habe, obwohl ich keinen Mantel anhatte, und sie hat mich sogar von meinen Bauchschmerzen befreit. Dein Bild hielt mit mir Wache und ich teilte ihm meine Liebe zu Dir mit, erzählte ihm meine Träume und meine Hoffnungen. Bis morgen, mein Lorbeerkranz, ich küsse Dir jedes einzelne Blatt, auch die Blätter, die verkehrt rum stehen, und ich knabbere ergötzlich an Deinen so ruhmreichen Beeren. Dein

Gui

18

[Nîmes, den] 19. Dez. [19]14

Lieber kleiner Luchs,
ich habe endlich den Brief bekommen, in dem Du mir vom Hund erzähltest, hübscher Brief, den ich liebe. Ich habe ihn Dir mit Deinen anderen Briefen zurückgeschickt, damit Du ihn für mich aufhebst. Ich habe heute Abend den Brief erhalten, in dem Du von Deiner Reise nach Épinal sprichst, und die Karte, wo Du mir sagst, die Abreise aufschieben zu wollen. Neujahr in Marseille oder Nizza also – wenn ich Urlaub überhaupt bekomme, aber damit rechne ich fest. Da in der Kaserne allerdings eine Scharlach-Epidemie ausgebrochen ist und gewisse Stubengemeinschaften, zum Glück nicht in

meinem Gebäude, Ausgangssperre haben, habe ich die leise Befürchtung, dass der Urlaub gestrichen werde; mach Dich aber nicht verrückt deswegen, es ist nur eine Befürchtung, die ich, der ich in der Sehnsucht nach diesem Urlaub lebe, habe. Mach Dich auch nicht verrückt wegen des Reitens. Was sein muss, muss sein. Ich fange an, schön zu traben, und heute schon ließ ich mich mit baumelnden Armen und Beinen, den Kopf schön nach hinten über der Kruppe in den Trab fallen. Man kann da nicht stürzen und gewinnt richtig an Selbstvertrauen. Heute Überraschung. Als wir für die Stunde Pferdekunde auf den Feldwebel warteten, sagte ein Kamerad vom Trupp: »Schaut, da kommt ein Gefreiter, der den Orden der Légion d'Honneur trägt, da ist doch ein Salutieren angebracht.« Ich drehe mich um und erkenne Saglio, den Inspektor für Bildende Kunst, der in der Malkunst unter dem Namen Drésa bekannt ist. Er hat für das *Théâtre des Arts* mehrere Bühnenbilder angefertigt und sollte auch das Bühnenbild der *Indes Galantes* sowie das der *Fêtes Galantes* von Debussy für die Oper gestalten. Ich kenne ihn gut und hatte öfter Anlass, ihn in meinen Artikeln zu erwähnen. Wir verabredeten uns und haben später dann eine Stunde in einem Café geplaudert. Er ist 45 und hat sich freiwillig gemeldet, am Montag fährt er mit einer 100er Schnellfeuerbatterie nach Versailles. Ich habe mich gerade von ihm verabschiedet, um Dir zu schreiben.
Meine geliebte Lou, ich habe Dich so lieb, ich denke nur an Dich und leben will ich nur, um Dich mit dem Aufgebot meiner ganzen Kräfte glücklich zu machen. Ich möchte, es werde mein einziges Los und Schicksal. Von nun an ist das mein einziger Wunsch.
Ich fürchte, dass mir Jeanne Mortier den Überrock schickt, mit dem ich gar nichts anfangen kann. Verhindere das. Ich habe meiner Putzfrau, der Concierge, dem Zahnarzt geschrieben[29].

Ich schicke Dir dann unverzüglich die Briefe an die drei.
Morgen, Sonntag. Dieser zweite Sonntag wird mir ohne Dich traurig erscheinen. Ich fürchte mich vor dem Spaziergang allein in Nîmes.
Ich werde allmählich schlauer und habe heute mehr als eine Stunde Zeit gefunden, mich aufzupolieren. Ich reibe mein Pferd ab, massiere es, als hätte ich das schon mein ganzes Leben gemacht. Ich kann aber kaum erwarten, dass das ein Ende nimmt, und will Dich ganz ungehindert und leidenschaftlich lieben, wie Du es verdienst. Tschüss, mein geliebter Luchs, ich mache mich jetzt langsam auf den Weg zur Kaserne zurück. Küsse überall und hier, und hier und da, und Dir meine Liebe, für immer Dein

Gui

19

Nîmes, den 20. Dez. 1914

Mein kleiner Schatz,
es ist Sonntag, für heute früh hatte ich keinen Urlaub beantragt. Also um 9 Uhr Striegeln. Mindestens acht Pferde habe ich gestriegelt, genauso viele habe ich zur Tränke geführt. Als ich sie zurück in den Stall brachte, ist mir eines der Pferde auf den Fuß getreten. Ich habe nur noch Sterne gesehen, und ich habe gedacht, dass der Fuß ganz und gar zerquetscht war. Aber dann ging es doch schnell wieder. Jetzt könnten wir von zwölf bis ½3 ausgehen, aber das lohnt sich nicht, ich gehe dann um ½5 aus. Einer der Gespannführer in meiner Stube heißt Albin-Michel. Ich habe ihn gefragt, ob er mit dem Pariser Verleger verwandt ist, der mich vor 2 Jahren um ein

Buch[30] über Aretino gebeten hatte. Sein Vetter ist das. Ununterbrochen folgt eine tUntakelartige[31] Szene schon auf die andere. Ich glaube, ich erhalte einen 24-stündigen Urlaub, mehr, ach, leider nicht. Ich esse jetzt immer in der Stube. Nach der 10-Uhr-Suppe esse ich zu meinem Brot ein Stück Schokolade von der Tafel, die Du mir gegeben hast, und es geht schon. Ich gehe etwas trinken, Wein und einen Apfel. Fünf oder sechs Sous für den Mittag und abends noch 70 Centimes f. den Kaffee sind schon genug. Ungefähr ein Franc, eins fünfzig am Tag, mehr nicht.

Ich habe Deinen Brief bekommen und für Deine Genehmigung[32] schreibe ich gleich heute Abend im Café Herrn Sembat, dem Minister für Öffentliche Bildung und Bildende Kunst[33], dem Ministerialdirektor im Auswärtigen Amt Philippe Berthelot, und dem Herausgeber von *L'Intransigeant* Léon Bailby. Ich wünsche und hoffe von ganzem Herzen, dass sie Dir erteilt wird.

Mein geliebtes Kindchen, für die Flanellleibbinde ist die Größe eigentlich belanglos, denn sie muss mehrmals um den Körper herumgewickelt werden, ich brauche sie auf jeden Fall momentan nicht. Du wirst Dich später, nach meinem Aufenthalt in Nizza, darum kümmern können. Erzähl mir, was es denn Neues gibt bei Kiss und Tika. Richte Mémée Grüße von mir aus. Unser Frauchen ist ganz schön egoistisch. Es ist ja unglaublich und überhaupt nicht schön.

Ich glaube wohl, dass man mit einem Jahr Krieg rechnen muss, verzweifeln darf man aber nicht. Was soll man machen, so ist unser Schicksal, dass wir in solchen Katastrophen leben müssen.

Eine Zeit des Mars erleben wir jetzt. Ich glaube, sie wird noch länger dauern als alles, was man hört, und zur vollkommenen Ruhe kommen wir möglicherweise nicht vor 1930.

Was nun den jetzigen Krieg angeht, könnte er, glaube ich, im

nächsten Winter zu Ende gehen. Aber bis dahin, wie schaffen wir das. Die Serben haben gerade die Österreicher geschlagen, die Russen aber haben von denselben Österreichern ordentlich eins auf die Schnauze gekriegt. Und es spielt sich gerade eine Seeschlacht ab, deren Ausgang noch nicht bekannt ist. Geist und Kraft der Franzosen werden schließlich wieder für den Endsieg entscheidend sein, nach welchem Blutvergießen aber!
So mein geliebter Schatz, ich nehme Dich ganz[34] in einem gewaltigen Stoß. Ich umarme Dich und küsse Deine teuren rosaroten frechen Brüste, sie erinnern an Schäfchen, die sich auf der Weide an Lilien und Veilchen vergnügen, und ich küsse leidenschaftlich das weiche, unendlich edle blassgoldene Vlies, das ich, meine Liebe, schiffloser, nun Reiter gewordener Argonaut, um unseres endlosen Glücks willen für immer zu erobern trachte.

Gui

20

[Nîmes, den] 20. D.^{ber} [19]14

Meine Liebe, den Auskünften zufolge, die mir hier erteilt wurden, könntest Du eine Fahrkarte bis nach Chaumont bekommen, wo sich das Hauptquartier des 2. Armeecorps befindet, dem das 62. Artillerieregiment angehört. Dort könnte Dir die Militärdienststelle eine Genehmigung bis nach Épinal ausstellen. Im Sperrgebiet selbst darf man mit einem einfachen durch die Militärbehörde ausgestellten Passierschein zu Fuß unterwegs sein. Ich schreibe Sembat und Frau Berthelot mit gleicher Post.

Meine Liebe, um 4 Uhr war ich wieder im Stall zur Fütterung und um die Pferde zu tränken, um vier[35] bin ich ausgegangen. Ich habe in Nîmes einen Spaziergang gemacht und ging dann zurück zum Café.
Ich denke an Deine Herzensgüte, mein Schatz, an die hingebungsvolle Pflege, mit der Du Deine Soldaten umsorgst, an den Mut, mit dem Du allen Gefahren trotzt und an die Front selbst zu gehen gedenkst.
Ich bewundere Dich, mein Schatz, und liebe Dich innigst. Wenn ich daran denke, dass Du mich, meine Höchstgeliebte, liebst, frage ich mich, ob ich eines solchen Glücks würdig bin, und mein einziger Wunsch ist es, Deiner Liebe immer würdiger zu werden. Heute Morgen waren nicht viele Mannschaften, Gefreite und Feldwebel in den Ställen mit dabei. Die Namen der Anwesenden hat man aufgeschrieben, und dann hat der Leutnant harsche Worte aushängen lassen: »Die Mannschaften und Unteroffiziere, die heute Morgen nicht in den Ställen waren, und ihren Kameraden die ganze Arbeit überlassen haben, sind FEIGLINGE.« Das letzte Wort, in fetten Lettern, war dreimal unterstrichen. Ich war stolz – und wie! – mich vor dieser lästigen, aber nötigen Aufgabe nicht gedrückt zu haben. Ich hätte mich nicht darüber hinwegtrösten können, ein Feigling gescholten zu werden.
Morgen geht's wieder los mit dem täglichen Trott, bügelloses Reiten, Striegeln, Theorie, Fußexerzieren, Kanone.
Ich habe auch von der Garibaldi-Armee gehört[36]. Das ist doch nicht ihr Ernst. Man hat sie ihre Sache machen lassen, aber sie werden nicht eingesetzt und an der Front werden die Italiener dann massenweise für dienstuntauglich erklärt. Das hatte ich mir immer so gedacht, man will nicht, dass Italien, das sich nicht entscheidet, sagen könnte, eine große Anzahl seiner Staatsbürger sei im Dienste Frankreichs gefallen. Da hat man Recht. Mein Schatz, meine so große Liebe zu Dir

findet in Deiner Abwesenheit einen Weg, noch zu wachsen, und sie wird unaufhaltsam noch weiterwachsen, sind wir erst einmal beieinander. Sie ist wie ein großer Vogel, der höher noch als die Aeroplane schweben würde, sie steigt, engelsgleicher Vogel, unaufhörlich in die erhabenen Höhen des Äthers empor – nicht aber des Nizzaer Äthers, der all die Glocken so kräftig, dass es all Deine Sinne betäubte, läuten ließ – Und höher noch als der Äther selbst werden wir einst, reine Geister, schwimmen, ewiglich in der ewigen Wollust des lebendigsten, holdesten, zartesten Lebens eins geworden, da wir uns mit all unseren Sinnen, die, o mein unendlich sensibler und unendlich wollüstiger Liebling, doch so geschärft sind, geliebt haben.
Ich habe gerade *Le Temps* gelesen, diese verdammten Engländer sind echt entartete Matrosen. Die Deutschen können ihre Häfen nach Belieben bombardieren, widerlich ist das. Indessen muss die ganze Manneskraft Frankreichs die ganzen Schläge aushalten. Die Russen scheinen das jetzt zu packen. Wir wollen hoffen, dass der Sieg bald kommt. Ich liebe Dich leidenschaftlich.

Gui

21

[Nîmes, den] 21. Dez. [19]14

Heute ist, mein Schatz, der kürzeste Tag im Jahr. Ich habe den Brief bekommen, in dem Du mir Deinen Ärger über den *East Rand* mitteilst. Diese Leute vom *Crédit Lyonnais* sind Idioten und Betrüger. Es geht ja um eine Inhaberaktie, die sich also leicht verkaufen lässt. Geh zur *Société Générale* und erkläre, dass der Kaufbeleg in Paris liegengeblieben ist, dass Du aber diese *East Rand*-Aktie verkaufen willst, weil sie immer weiter im Wert sinkt, und dass Du glücklicherweise nur diese einzige hast und sie Dir vom Hals schaffen willst. Mein Kaufbeleg ist in Paris, aber es ist ein absolut verzichtbares Schriftstück, das Du keineswegs brauchst, wenn Du Deine Personalien angibst und Dich dann ausweist, von mir aber kein Wort. Die Aktie gehört Dir. Du hast sie für 110 Francs gekauft, das ist der Preis, den ich dafür bezahlt habe, und Du stellst nun fest, was man daran verliert. Du brauchst der Bank doch nur vorzugaukeln, zur neuen Kundschaft zählen zu wollen. Rede mit dem Prokuristen und die kleine Auszahlung wird man Dir schon machen. Ich stelle augenblicklich die Weichen, um an Geld heranzukommen, habe aber die Befürchtung, dass es schwierig wird. Sieh Deinerseits zu, dass Du für Dich selbst Geld hast, und wenn es sein muss, kannst Du mich, mein Schatz, Deinem Glück und Frieden gerne opfern. Jeanne Mortier ist ihrem Mann nachgereist. Ich habe für den Urlaub am Neujahrstag den Antrag gestellt – Sobald ich genaue Auskunft bekomme, werde ich es Dir mitteilen und werde Dir am Vortag telegraphieren. Jeden Tag habe ich Dir geschrieben, von Nîmes nach Nizza brauchen die Briefe aber vier Tage. Sie brauchen nur zwei Tage zwischen Nizza und Nîmes. Es ist komisch, aber so ist es halt. Wir haben heute mit der Handhabung des Karabiners angefangen. Ich frage mich, ob ich so schnell, wie ich zuerst dachte, zum Gefreiten ernannt werde, denn nur etwa zwanzig Gefreite sollen ernannt werden, und im Trupp sind wir beinahe fünfundsiebzig Mann. Und für den Moment gibt es viele, die in allen Fächern weit besser abschneiden als ich. Ich werde mich bemühen, sie einzuholen. Ich werde mein Bestes tun, aber ich weiß nicht, ob ich das schaffe. Zumal die meisten Kameraden schon zwei Monate hier sind und die Grundausbildung in richtigen Batterien

gemacht haben, wodurch sie einen beträchtlichen Vorsprung gewonnen haben, ihre militärische Ausbildung ist ja schon abgeschlossen. Ich habe dennoch den Eindruck, dass ich dabei sein könnte, wenn mehr als zwanzig genommen würden. Aber 20 von 75, ich fürchte, das ist für mich außer Reichweite. Na, ich werde mein Bestes tun, meine Allerliebste.
Die Briefe sind vier Tage nach Nizza unterwegs, diesen bekommst Du also am Weihnachtstag und ich nutze hier die Gelegenheit, Dir, mein Schatz, all die guten Wünsche auszusprechen, die ich für Dein Glück hege. Als Weihnachtsgabe, geliebte Lou, kann ich Dir nichts senden als die armen Wünsche eines Dich liebenden armen Soldaten. Ich habe den Wunsch, mit Dir nächstes Jahr glänzendere Weihnachten zu feiern. Mit meinen Wünschen übersende ich Dir, mein geliebtes Ein und Alles, tausend Küsse, damit sie sich, zappelnde Vögel, überall auf Deinen erlesenen und köstlichen Körper setzen. Ich liebe Dich, mein Schatz, mit ganzer Kraft, und immer deutlicher bekomme ich zu spüren, wie grausam es ist, von Dir getrennt zu sein. Ich bin traurig heute Abend, meine Lou, von schwarzer Traurigkeit befallen. Verzeih mir, die Traurigkeit in Deinem heutigen Brief ist mir ans Herz gegangen. Mir scheint, wir sind von Bosheiten umgeben. Wir müssen dennoch stark sein und uns mit ganzer Kraft dem Schwinden der Freude und der Trauer über die Abwesenheit entgegenstemmen, den welken Kranz der nicht enden wollenden melancholischen Dinge ablegen, damit er im Frühling als schöner Kranz aus liebenden und glorreichen Blumen wieder erblühe. Ich umarme Dich mit innigster Liebe, mein Schatz, bis morgen, Dein

Gui

22

Dienstag, den 22. Dezember 1914

Mein geliebter Kleiner Luchs,
zum ersten Mal habe ich von Dir nichts bekommen. Ich bin betrübt. Ich weiß aber schon, was Du mir gesagt hast, und will gern glauben, dass es an der Post liegt. Vergiss mich nicht, mein Schatz, Du würdest mich sehr unglücklich machen. Heute Morgen ist Frost gewesen, der Boden war hart. Beim Traben auf der Rennbahn sind manche vom Pferd gestürzt, ich zum Beispiel. Ich hatte übrigens einen kaputten Sattel und bin hinuntergepurzelt, seitlich. Alle meine Knochen haben geknackt, mein Kreuz schmerzte und ich bin rasch wieder auf die Beine gesprungen, um keinen Huftritt abzubekommen. Mir fehlte nichts und ich musste mit all den anderen lachen. Um 1 Uhr sind wir noch einmal ausgeritten, das ging gut bis zum Kasernentor, bei dem mein Pferd im Matsch ausrutschte und ich über seinen Hals hinunterglitt, auf die Hände fiel und erneut losprusten musste. Leider war das Pferd auf die Knie gefallen. Ich habe keinen Tadel bekommen, weil ich es sofort an den Knien abgerieben habe, aber dafür hätte ich eine Woche Arrest bekommen können, düstere Aussicht. Also, alles gut so weit. Diese zwei Stürze haben mein Selbstvertrauen gestärkt. Der Feldwebel hat mich gefragt, ob ich mir nicht weh getan hätte, er hat mir gesagt, wer am Anfang falle, werde später ein guter Reiter.
Dann hatte ich die Untersuchung zur Einberufung, eine obszöne und widerliche Komödie, wo man vor einem Stabsarzt, der einen kaum ansieht, splitternackt vor Kälte schlottert.
Bei mir wurde *sehr gute Konstitution, nervöses Temperament* vermerkt, was mich nach den zwei Pferdestürzen gefreut hat. So, meine Liebe, aber Jeanne Mortier hat sich aus dem Staub

gemacht, sie hat meine Siebensachen mit der Paketpost zu mir nach Hause zurückgeschickt. Das ist dumm, was weiß ich, was meine Concierge damit nun wieder anstellen wird. Werden sie überhaupt ankommen? Na, Hauptsache, Du hast den Überrock, mir ist alles andere richtig schnuppe.
Ich liebe Dich, mein Schatz, und ich esse jetzt in Gesellschaft eines Kameraden, der mich eingeladen hat. Ich konnte seine Einladung nicht ausschlagen, denn bei seiner Ankunft bin ich ihm behilflich gewesen.
Allmählich bin ich kein Neuling mehr. Ich küsse Dich leidenschaftlich immer und überall.

Guillaume

23

Nîmes, den 23. Dezember 1914

Mein Schatz, muss Dir schlechte Nachricht mitteilen. Ich nehme an, und es ist fast ganz sicher, dass ich zum Neujahr keinen Urlaub bekomme. Die Schuld liegt bei den Eisenbahngesellschaften. Einfache Soldaten dürfen nicht länger mit Expresszügen fahren. 38 Stunden braucht man wegen dieser Umstände von Nîmes nach Nizza mit dem Bummelzug. Es tut mir leid. Man wird sehr, sehr wahrscheinlich generell keinen Urlaub in Nizza erteilen. Wenn er mir doch erteilt wird, telegraphiere ich Dir. Rechne aber nicht damit. Morgen gehe ich zum Leutnant, der meine Batterie kommandiert, und frage ihn, ob ich zum Beispiel um den 15. Januar 48 Stunden haben könnte, dann würde ich nach Nizza fahren. Wir sollen uns also gegen alle Eventualitäten, sogar die unerfreulichsten, wappnen. Seit zwei Tagen kein Brief von Dir. Ich bin zutiefst betrübt. Heute habe ich aber die Orangen bekommen, die mich an den hesperischen Garten erinnert haben, in dem Du lebst, meine Göttin, meine Fabel, meine Mythologie. Sei herzlich bedankt, aber ich habe gesehen, dass Du einen Franc Gebühr für das Einschreiben bezahlt hast. Schick nichts mehr, meine Liebe. Es ist zu teuer für einen einfachen Soldaten. Heute dritter Sturz vom Pferd. Nichts gebrochen. Das Pferd schlug aus. Beim ersten Ausschlagen konnte ich mich noch rechtzeitig fangen, beim zweiten bin ich aus dem Sattel geflogen. Dann wurde ich gegen Pocken geimpft. Ich habe vom Dr. Comons ein Attest erhalten, das mich von der unangenehmen Typhusimpfung freistellt. Nachts ist mir warm in meinem kleinen Bett, aber morgens und nach Feierabend ist es saukalt. Eine gute Nachricht: Ein Soldat aus einer benachbarten Stube, ein Handlungsreisender für Modeartikel, der aus Nizza ist, hat mir angeboten, das in der Stadt liegende Zimmer zu teilen, das ihm eine Kundin für die ganze Zeit seines Aufenthalts hier leiht. Morgen nach Feierabend räume ich meinen Kram gründlich auf und ein paar Sachen werde ich dort aufbewahren können, Briefe oder anderes. Das Kasernenleben ist verdammt lästig. Wenn Du mich des Versprechens entbindest, das ich Dir gab, werde ich darum bitten, daraus mache ich kein Hehl, so bald wie möglich an die Front zu gehen. Wenigstens mehr Überraschendes! Mehr Abenteuer! Weniger Scherereien! Meine ganz Liebe, liebe mich schön, schreib mir. Hätte ich Dich nicht, wärest Du nicht mein Sternbild, mein Polarstern, mein Lotse, dann wäre ich ganz lustlos und würde dem Stumpfsinn anheimfallen, der dem Kasernenleben innewohnt. Ich denke aber an Deinen schönen Feenkörper, an Deine Zärtlichkeit, an das so edle und reine Herz, das in Deiner Brust schlägt. Dann kehrt wieder Hoffnung ein. Ich glaube an Dich, mein Schatz, Du bist mein Glaube, meine Hoffnung und meine Liebe. Bete für mich, da Du gläubig bist, und lass uns auf baldige Siege hoffen, an denen ich Anteil haben will, damit Du so stolz auf mich sein kannst, wie ich es auf Dich bin. Meine erlesene Liebe, gib mir auch Nachrichten von Toutou, der durch seine Liebe zu Dir und Deine Liebe zu ihm nunmehr für mich ein Teil meiner selbst ist. Wir beide, er und ich, werden es so gut verstehen, Dich zu lieben und zu zähmen, schöne Widerspenstige, dass Du zwischen den beiden glücklichsten Männern die glücklichste aller Frauen wirst. Ich küsse Dich überall und nehme Deine ganze Wollust in mich ein, in einem Stoß, nach dem ich lechze. Wüsstest Du, wie sehr ich Dich will!!!!

Gui

24

[Nîmes, den] 24. Dezember [19]14

Geliebte Lou, es ist Heiligabend und ich bin traurig, denn heute ist schon der dritte Tag, an dem ich keinen Brief von Dir bekomme. Du vergisst mich entsetzlich. Und wenn dem so ist, weiß ich nicht, ob ich mich selber bejammern oder Dir böse sein soll. Es gibt Momente, in denen ich es Dir übelnehme, dass Du mich dermaßen vergisst, ich habe Lust, Dir die Peitsche zu geben. Ich habe heute eine Klopfpeitsche und eine Kutscherpeitsche ausprobiert, beide gehen, und ich glaube, die wirst Du selbst kosten müssen, wenn Du Deine Versprechen nicht hältst.

Warum schreibst Du nicht? Es ist Unsinn, mich einfach so ohne Nachricht zu lassen. Das zerrt an meinen Nerven.

Meinen Urlaub in Nizza habe ich schließlich doch bekommen, und für 48 Stunden, von denen aber viele von der Reise selbst verschlungen werden. Ich telegraphiere Dir nachher.

Brief von Rouveyre erhalten und von allerlei Leuten. Mein Freund Raynal schickt mir einen Zeitungsausschnitt vom Blatt *L'Ouest-Éclair*[37], der lustig ist. Ein deutscher Gefangener, ein Dichter, erklärt, dass die größten französischen Dichter der Gegenwart Jules Romains und Guillaume Apollinaire sind, nun sind diese beiden Dichter, die tatsächlich in der Literatur einen ungefähr gleichen Rang erlangt haben, aber Feinde. Du kennst G. Apollinaire; Romains sitzt in der Stadtverwaltung.

Ich habe meinerseits übrigens nichts gegen Romains, auch nichts gegen sein Talent. Dem Kerl fehlt es aber an Ehrlichkeit. Das Wort des deutschen Gefangenen ist aber ulkig. Pass auf, dass Du Raynals Brief und den Ausschnitt nicht verlegst.

Schreib mir. Ich habe die Orangen aus Baratier[38] mit Genuss verzehrt. Ich habe welche in meiner Stube verteilt und mir eine für mein Weihnachten morgen früh aufgehoben.

Für morgen habe ich auch eine Freistellung vom Futterdienst beantragt. Wenn es mir genehmigt wird, darf ich nach dem Striegeln ausgehen und erst am Abend zurückkommen.

Du aber, Lou, schreib mir, sag mir, was ist, was passiert, lass mich nicht so in Sorge. Ich habe Nachrichten von Albert, meinem Bruder[39], bekommen.

Heute Abend kamen mit der Post 42 Briefe für mich. Ich habe anscheinend den Rekord aller Regimenter von Nîmes geschlagen, wo sich im Moment 17 000 Mann befinden. Unter diesen 42 Briefen war aber kein einziger von meinem Luchs, mein Lou vergisst mich. Mein Luchs begreift nicht, dass er mich unglücklich macht und dass es besser gewesen wäre, wenn er mich denn unglücklich machen sollte, gar nicht erst hierherzukommen und mir Versprechen zu machen, denn ich war ohne Hoffnung weggezogen, doch würde diese jetzt, da er seinerseits doch sozusagen zur Gewissheit gelangt ist,

erlöschen, müsste man die Zähne ungemein zusammenbeißen, um sich wieder zu fangen.
Schreib mir, ich liebe Dich, aber ich bin wütend. Schreib mir, Lou!

Gui.

25

Weihnachten, 1914

Weihnachten! Meine Liebe, ich habe heute zwei Briefe von Dir bekommen – ich bin fröhlich, fröhlich! Wir haben hier eine Hundekälte und herrlichen Sonnenschein. Ich bin mit der neuen Revolvertasche und den neuen Sporen ausgegangen. Ich bin heute vom Futterdienst freigestellt und werde den Urlaub zum 1. Jahrestag auch bekommen, werde Dir die Ankunftszeiten telegraphieren. Halte Dich bereit!
Mein Schatz, verzeih mir meine Traurigkeit in den letzten Briefen. Ich bekam ja nichts von Dir! Vorab, ich habe heute Deine Briefe VIII und X erhalten. Brief IX fehlt noch. Ich nummeriere sie meinerseits nicht mehr, weil ich den Überblick verloren habe. Ich datiere sie alle und schreibe jeden Tag. Meinem Bauch geht es gut, die Flanellleibbinde hat mich kuriert, mein Hintern ist noch immer heil. Weitere Angaben zu meinem Urlaub wären noch zu unpräzise. Ich weiß, ich bekomme 48 Stunden, aber 24 beansprucht schon die Fahrt. Ich treffe wohl erst am Abend in Nizza ein. Das werde ich Dir aber telegraphieren. Du bittest um etwas mehr Genauigkeit, Genauigkeit schätze ich auch sehr, bloß beim Militär bleibt für den einfachen Soldaten vieles ungenau. Demgemäß lautet im Quartier das Motto: *Man muss nicht alles verstehen.* Was Du

mir schreibst über die Art und Weise, wie Du die ganze Nacht Händchen klein ganz allein spielst, hat mich aufgewühlt. Ich hatte den Eindruck, eine sinnliche Begierde von fantastischer Kraft mitzuspüren. Ich liebe Dich, mein Schatz. Ich begehre Dich. Ich dringe in Dich ein mit all meiner Manneskraft. Ich spanne mich straff wie Nimrods Bogen. Ich umarme Dich, erdrücke Dich. Ich schieße meine ganze Lebenskraft in Dich hinein. Ich nehme Deine Lippen. Ich betaste Deinen schönen geliebten Hintern. Ich küsse ihn. Ich labe mich an Deinem köstlichen Vlies, da wo es eine zarte, seidene Spitze bildet, die im blonden Ton, eine aus der Mode gekommene Spitze, glaube ich, die ich aber liebe. Mein Schatz, es ist zum Brüllen, wie ich Dich will. Jetzt, Antwort auf Brief X: Ich bin nicht mehr traurig, meine Liebe, sofern Du mich liebst. Und ich weiß nicht mehr, auf was für Bosheiten ich angespielt habe. Wahrscheinlich auf Mémées Egoismus. Was hat sie dazu gesagt, dass ich mich freiwillig gemeldet habe? Ich weiß wohl, mein Schatz, nichts wird uns jemals trennen können, aber die paar Tage, an denen ich ohne Nachricht von Dir war, bin ich, ich weiß nicht warum, dummerweise eifersüchtig geworden und habe mir eingebildet, dass Du nach Marseille gegangen warst, ohne es mir zu sagen. Ja, meine Liebe, wir haben uns gegenseitig DAS WORT gegeben, und Menschen wie wir brechen nicht ihre Worte. Du hast Recht, mit mir zu schimpfen. Ich werde zum richtigen Tölpel, wenn ich Zweifel habe, und verliere die Fassung. Ich will Dir alles anvertrauen. Meine Nervosität überwiegt aber häufig und meine Fantasie überwältigt mich. Lou, wie gut verstehst Du es, tröstende Worte zu sprechen. Du bist das Instrument einer erlesenen Musik. Die Weisen, die Du erklingen lässt, berauschen mich, nehmen mich in den Himmel mit. Du bist meine Musik, meine Poesie, meine neun Musen, meine drei Grazien. Ja, Schatz, schelte mich ruhig, ich habe nicht das Recht, zu zweifeln, denn frei haben wir uns beide,

Du und ich, einander gegeben und wir müssen so denken wie Du, *um einander würdig zu sein.* Ja, Schatz, wir wollen nicht über unser Glück reden. Ich werde heute Abend Rouveyre schreiben, dass ich mich mit Dir mehrmals getroffen habe, dass ich versucht habe, mit Dir zu flirten, dass das aber erfolglos blieb, dass wir gute Kameraden sind, und fertig. Du kannst also, wenn Du ihm schreibst, diesen Ton anstimmen. Es ist übrigens gar nicht nötig, dass Du ihm schreibst. Ich dachte, Jane Mortier sei verreist. Ja, frohe Weihnachten, mein Schatz, *unser Weihnachten ist unsere Liebe.* Das sagst Du, als erzgöttliche Dichterin. Letzte Nacht Heiligabend. Herr F*** hat mich zum Weihnachtsessen in seine Stube gebeten. Er hatte Viktualien geholt und gute zwanzig Flaschen Champagner. Aber ich habe die Einladung abgelehnt. Ich würde sie nicht erwidern können und habe keine Lust, ihm zu Dank verpflichtet zu sein. Ich bin also nach dem Appell schön artig ins Bett gegangen. Um 10 Uhr haben Gefreite den Gefreiten unserer Mannschaftsstube zum Weihnachtsessen geholt, und da er nicht aufstehen wollte, haben sie sein Bett hochkant gestellt. Um sich zu rächen, hat er die Betten seiner zwei Stubennachbarn hochkant gestellt, der eine Kerl hat es wiederum mit meinem gemacht. Ich habe das Bett zurück in die Waagerechte gebracht, die Füße wieder auf dem Boden.
Die Gefreiten sind weggegangen, ein Mann hat sich drangemacht, auf die Fliesen zu pinkeln. Ein anderer hat mein Bett erneut umgeworfen. Neben meinem Bett hing eine Fahrerpeitsche. Ich habe sie mir geschnappt und dem Idioten einen mächtigen Schlag verpasst, und er brüllte. Und dann Bacchanal! Ein Typ aus Menton versucht, einen anderen aus Nizza zu ficken, ein weiterer, aus Grasse, macht sich dran, vor aller Augen zu wichsen. Man hatte eine Kerze angezündet. Welch verrückte priapeische Orgie! Mehrere Betten wurden wieder in die Luft gejagt. Als die Betten dann wieder hergerichtet

waren, hoben diese Männer, die meisten aus Nizza, Grasse oder Menton wunderschön zu singen an, unvergesslich melancholischer Eindruck. Die Leute aus Nizza, Grasse und Menton sind von ligurischer Rasse, und *ligurisch* ist ein Wort keltischer Abstammung, das, soweit ich mich erinnern kann, bedeuten soll: *mit schöner Stimme begabt.* Ich konnte mich überzeugen, wie treffend dieser Ruf ist. Gegen 3 Uhr sind wir also eingeschlafen, und früh um 5, vor dem Appell, hat mich das Knirschen der Betten, die im Takt ächzten, geweckt. Die meisten meiner Stubenkameraden spielten, wie meine Lou in ihrer Heia in Baratier, Händchen klein, ganz allein. Scherze flogen hin und her. Das war zum Kaputtlachen. Dann bin ich nach unten gegangen, um mein Wasser zu lassen (hier sagt man die Oliven gießen), und um nicht versucht zu sein, mit Dir in Gedanken, dasselbe zu tun wie sie.
Beim Appell hat man uns zwei Riegel Schokolade gegeben, um 8 Uhr Striegeln, um 10, Briefe, um ½ 11 Essen: Kaninchen, Salat mit hart gekochten Eiern und Anchovis, Greyerzer Käse, Marmelade, Zigarre und Kaffee. Du siehst, wie die Regierung am Weihnachtstag ihre Mannschaften verwöhnt. Heute Abend gibt's Pute, ich bleibe aber auswärts.
Unsere Kameraden, die dem 10. Regiment in Versailles zugeteilt wurden, sind gestern aufgebrochen, gut ausgerüstet mit gut aufgezäumten Pferden. Das war fabelhaft! Bald gehen sie mit den 100er Geschützen an die Front.
Heute früh um 7 Uhr habe ich den Angelus gebetet, zu Mittag auch. Ich war in der Kirche, aber zu spät für die Messe. Ich habe mir die Krippe angeschaut. Ich habe meine Seele erhoben. Ich habe zu Gott gebetet, dass Er unsere Liebe beschütze.
Der Herausgeber vom *Mercure de France* hat mir geschrieben. Es ist möglich, dass die Zeitschrift wieder erscheint. Es wären dann 50 Francs im Monat. Viel ist es nicht, aber immerhin

was. Ich habe noch nichts gehört von Sembat, dem Min. für öff. Bildung und Bildende Kunst, dem ich nach Bordeaux schrieb, um Deine Genehmigung für das Sperrgebiet zu bekommen. Möglicherweise musst Du ihm auch selber schreiben. Ich habe ihm Deine Adresse gegeben. Entscheide selbst, was Du machen musst.
Auf Wiedersehen, meine Liebe, ich küsse Dich von ganzem Herzen, mit ganzer Kraft, mit meiner ganzen Männlichkeit, auf alle Stellen, die ich begehre, auf Deine rosigen, wunderbaren Brüste. Deine Briefe duften nach Parfums aus Grasse. Heute Morgen habe ich im Stall einen erfrorenen Buchfinken gefunden, noch lauwarm. Ich wollte ihm das Herz massieren und versuchen ihn wieder zu beleben, der alte Feldwebel meiner Batterie wollte ihn aber für die Offizierstafel haben und ihn essen: »Das wird mein Pute« hat mir dieser Tölpel gesagt, ich musste ihn ihm abgeben. Ich hätte ihn gern geohrfeigt … Ich liebe Dich und nehme Dich ganz.

Guil.

26

3

Der Rauch in der Kantine ist wie die anbrechende Nacht
Hohe Stimmen tiefe Stimmen überall blutet Wein
Frei und stolz unter den Kameraden greife ich nach der
Pfeife
Sie werden bald mit mir auf die Schlachtfelder ziehen
Sie werden bald unter Sternen oder Regen nachts schlafen
Sie werden bald mit mir galoppieren, Victoria auf der
Kruppe

Sie werden bald mit mir gehorchen dieselben Befehle
befolgen
Sie werden bald erhabenen Fanfaren aufmerksam zuhören
Sie werden bald an meiner Seite sterben und ich vielleicht
an ihrer
Sie werden bald mit mir Kälte und Hitze leiden
Sie sind Menschen die jetzt mit mir trinken und Männer
Sie gehorchen mit mir den Männergesetzen
Sie blicken auf den Straßen den vorbeigehenden Frauen
nach
Sie begehren sie in Liebe meinerseits habe ich höhere Ziele
Die über mein Herz herrschen meine Sinne mein Hirn
Die mein Vaterland sind, meine Familie, die dem verliebten
Soldaten
Mir, dem Soldaten im holden Frankreich Hoffnung und
Rettung sind

27

Nîmes, den 26. Dez. 1914

Meine Herzallerliebste, heute zwei Briefe von Dir IX und XII. Du kannst Dir vorstellen, wie sehr ich mich freue. Wir haben eigentlich Ausgang, da man aber um 3 Uhr zum Tränken wieder hier sein muss, habe ich mich nicht getraut, heute darum zu bitten, vom Futterdienst freigestellt zu werden, zumal ich gestern schon freigestellt war und morgen vorhabe, nochmal darum zu bitten. Ich werde Dir meine Ankunftszeit in Nizza telegraphieren. Wenn Jane Mortier immer noch in Nizza ist, würde ich gern von meinen Sachen einige Dinge wieder bei mir haben, und einen Koffer, den schwarzen, über den Du

Dich so lustig gemacht hast, und sie hier in der Stadt unterbringen, in der Mansarde, die mir gestern der Mann aus Nizza, von dem ich Dir erzählt hatte, gezeigt hat. Hier kann man übrigens für 20 Fr. im Monat recht gute Zimmer bekommen. Es wurde mir eins angeboten, bei einer Familie. Mal schauen, ob sich Geld findet. Alle Nachrichten dennoch nicht gut. Ein Gefreiter, dessen Frau in Compiègne ist, erzählte, dass sie ihm geschrieben habe, man sei im Begriff, die Stadt zu räumen. Und fällt Compiègne, dann ist Paris in Gefahr, wird gar vielleicht belagert, und dann gute Nacht reizende Projekte und künftiges Geld! Mein Schatz, ich liebe Dich mit jeder Minute mehr. Deine Depesche von gestern war für mich erlesenes Glück. Ja! Mein Weihnachten ist Deine Liebe und Dein Eilbrief brachte Dich mir so nah, dass ich ihn tausendmal küsste. Es wundert mich nicht, dass Du zur Kirche gehst und zu Gott betest. Alle großen Fragen, sagte Donoso-Cortes (wenn das nicht der genaue Wortlaut ist, so ist das doch der Sinn), alle großen Fragen also, alle großen Dinge führen zur Theologie oder kommen von ihr. Kein Wunder, dass unsere Liebe, das Größte, was wir kennen, mein Schatz, sich Gott zuwendet.
Wegen Épinal habe ich geschrieben, wenn Du also an Sembat, Min. für Öff. Bildung und Bild. Künste in Bordeaux ein Gesuch richtest, in dem Du auf meinen Brief und meine zwei Namen hinweisen solltest, nenne die Ortschaften, die Du zu erreichen wünschst.
Ja Schatz, ich hatte das denkbar schönste Weihnachten – Deine Liebe!
Schatz, ich werde all die Versprechen halten, die ich Dir gegeben habe. Nein, ich bitte Dich nicht darum, mich ihrer zu entbinden, und ich will Dir niemals, unter keinen Umständen Kummer bereiten. Ich schrecke vor nichts zurück, außer vor dem, was Dich oder unsere Liebe bedrohen könnte.
Ich schicke Dir heute den Ausschnitt aus *L'Ouest-Éclair*, was ich neulich versäumt hatte.

Mein Sekretär Jean Mollet hat mir geantwortet. Ich hatte ihm geschrieben und gesagt, dass ich endgültig verliebt sei. Ich lege Dir seinen Brief bei. Er wird Dich amüsieren, vor allem die folgende Stelle:
»*Aber sag mal, was erzählst Du denn da, ist das nun wirklich die grroße Liebe, tandaradei!!! und dauert sie immer noch fort, meine besten Glückwünsche übrigens, ich kann Dir aber versichern, dass ich ganz baff bin, dass sich der zarte Schmetterling auf eine Blume gesetzt hat und sich nicht mehr vom Fleck rührt. Sicher hat sich etwas in der Mechanik des Kerls verändert.*«
Ich musste herzhaft lachen und habe ihn in meiner Antwort ausgeschimpft. Der brave Trottel hat wirklich eine schlechte Meinung von mir. Ich kann ihm aber nicht die ganze Kraft dieser Liebe erklären, die mir mehr als der Himmel bedeutet, meine ganz Liebe.
Es hat mich gefreut, von Dir zu hören, dass Toutou mit mir zufrieden ist. Er ist Feldwebel, er ist mein Vorgesetzter und Worte des Lobs aus dem Mund der Vorgesetzten gehen dem einfachen Soldaten zu Herzen, grüße ihn recht freundlich von mir.
Ich schicke Dir auch den Brief von Eugène Montfort, einem meiner Freunde, der aber unsere Freundschaft im Grunde seit sechs Monaten wenig gepflegt hat, denn er ist auf der Hochzeit von M. L.[40] Trauzeuge gewesen, nur weil deren Mann, ein Deutscher übrigens, Aktien seiner Zeitschrift *Les Marges*[41] gekauft hatte.
Du wirst schon sehen, er redet nur davon, den *Boches* an die Gurgel zu gehen, nachdem er um ihr Geld gebettelt hatte, er hatte nämlich viele deutsche Aktionäre, unter anderem Kessler, während ich für meine Zeitschrift *Les Soirées de Paris* niemals deutsches Geld habe sehen wollen, außer von den Abonnenten, denn man kann niemanden daran hindern, eine Zeitschrift zu abonnieren.

Na, meine Liebe, bis bald. Ich liebe Dich mit ganzem Herzen, mit ganzer Kraft, mit meiner ganzen Seele, mit meinem ganzen Wesen.
Es ist hundekalt. Ich küsse Dich überall und beiße Deine Lippen. Du faulenzt in der Sonne, schöne Müßiggängerin. Und Kiss und Tika? Du lässt mich nie was von ihnen hören.
Gestern habe ich das Museum von Nîmes besichtigt, um dort das Original des Porträts von *Lucrèce Borgia* zu Gesicht zu bekommen, mit dessen Abbildung mein Buch *La Rome des Borgia*, das, 1913 erschienen, viel Erfolg hatte, geschmückt ist. Dieses Museum ist allerdings ärmlich. Ich war auch in der *Maison Carrée*, in der sich einige schöne Stücke befinden. Ich liebe Dich und küsse Dich.

Gui

28

Nîmes, den 27. Dez. 1914

Verehrte Liebe, zum Urlaub also, ich fahre von Nîmes entweder am Donnerstag morgens um 3 Uhr, das heißt in der Nacht von Mittwoch auf Donnerstag, wenn man mich in Tarascon in den Schnellzug steigen lässt, komme ich am Donnerstag mittags um halb eins in Nizza an, die genaue Ankunftszeit kannst Du selber herausfinden.
Oder ich fahre am Donnerstag um 8 Uhr morgens los und komme dann um ½ 6 Uhr in Nizza an, auch wieder für den Fall, dass ich in den Schnellzug (zweite Klasse) steigen darf, am Bahnhof kannst Du nach der genauen Ankunftszeit auch wieder selbst schauen.
Schließlich, sollte ich nur mit dem Bummelzug fahren dürfen,

komme ich erst abends um 11 Uhr und etwas in Nizza an. Ankunftszeit in Nizza ist wieder nachzuschauen.
Ich fahre erst am Samstag, nachts, wieder zurück. Telegraphiere mir, wo genau Du auf mich wartest. Ich telegraphiere Dir, falls Verspätung, von Nîmes oder Marseille aus.
Zum Hotel nun, das Cécil ist gut. Ein Kamerad aus Nizza empfiehlt mir das *P. L. M. Palace* in der Avenue de la Gare, Besitzer Herr Lattès. Ihn persönlich sprechen und sagen, dass man auf Empfehlung von Herrn Dulla, Artillerist beim 38., kommt, der ihn grüßt, und dass er die besten Preise anbieten möge. Es soll nagelneu sein, zentr. Heiz., warmes Wasser etc. Also, schau selber nach dem Besten für uns, denn wir wollen es vor allem bequem haben da.
Telegraphiere schnell, wo genau ich Dich treffe. Entweder am Bahnhof oder woanders. Verehrte Liebe, wie freue ich mich auf diesen Moment.
Ich habe heute 3 Briefe von Dir bekommen, VII, XI und XIII. Bei mir ist die Post also genauso unzuverlässig wie bei Dir. Ich hoffe, Du hast jetzt Nummer II erhalten. Ich hoffe, Deine Erkältung ist ganz hinter Dir, na, es ist lieb von Mémée, dass sie mich mit Polin[42] vergleicht, um die Ähnlichkeit zu vervollständigen, bedürfte es allerdings des Taschentuchs von Don Jaime[43]. Sie vergisst allerdings, dass Polin kein Artillerist ist, sondern Infanterist! Es beglückt mich, dass Du an meine Kette denkst, und ich kann es kaum erwarten, wieder angekettet zu werden. Keine Antwort vom Ministerium, und Du? Mein Schatz, Dein Brief XI ist mir ein liebliches Vergnügen gewesen. Ich habe heute einen netten Brief von Jane Mortier bekommen. Ja, Schatz, selbst der Schmerz zählt nicht angesichts unserer Liebe.
Nun zum Brief XIII, liebe Kleine, ich war voller Courage, als er ankam. Du irrst aber, unsere Ausbildung dauert höchstens 3 Monate, auch wenn man uns zu Feldwebeln macht. Vergiss

nicht, dass wir hier ganz wenige im aktiven Dienst sind. Der Großteil der 3000 Mann in der Kaserne sind Greise, die nur noch als Streckenposten eingesetzt werden können. Ich werde aber nicht zum Abmarsch drängen, ich habe es Dir versprochen. Ich freue mich, dass Du stolz auf mich bist, und wenn Du erst wüsstest, wie stolz ich auf Dich bin, mein geliebter Schatz?
Es sind nicht Aurels Briefe, die in der Schmutzwäsche gefunden wurden, es sind die Briefe von Berthe M...[44]. Aurel hat mir stets nur Briefe im kollegialen Ton geschrieben. Eigentlich ist diese Frau ganz ohne Fehl und Tadel.
Sehr glücklich, dass der Überrock nützlich sein kann. Ich schicke Dir Lorbeer anbei, den ich während eines Ausritts gepflückt habe.
Der Herausgeber vom *L'Intransigeant* hat mir geschrieben. Ich liebe Dich, ich will Dich so sehr, dass ich sterben könnte, und ich küsse Dich überall meine ganz Liebe.

Gui

29

Nîmes, den 28. Dez. 1914

Meine Lou,
beiliegend der Brief meiner Putzfrau und ihre Adresse. Schreibe ihr, wenn Du sie im April haben willst, sie ist ein sehr guter Mensch, sehr geschickt, und sie kann richtig gut putzen.
Ich habe heute Deinen Brief XIV bekommen. Ich habe noch nicht telegraphiert. Ich werde kurz vor der Abfahrt telegraphieren – gestern habe ich Dir die Details für den Urlaub geschrieben –. Ich habe keine Zweifel, mein Schatz, Du wirst

aber verstehen, dass mir die Geschichte mit dem famosen Offizier nicht gefallen kann. Ich bin recht stolz und recht froh, dass man mit Dir liebäugelt, ich wünschte aber, dass es Dich nicht berührte. Verdammt! Du gehörst mir, und das einzig scharfe Auge ist *das Auge des Herrn*, hat La Fontaine gesagt, vergiss das nicht. Ich will nicht den dummen Eifersüchtigen spielen. Vieles werde ich Dir erlauben und auch mir erlauben. Ich *will* aber, dass es von mir kommt. Und solange ich hier bin, auf gar keinen Fall, außer mit Toutou, der Dich genug liebt, um von Dir geliebt zu werden. Und dann werden wir sehen, aber ich bitte Dich, keine neuen Galane, Lou, sei vernünftig. Du musst die glücklichste Frau der Welt werden. Aber durch mich, durch mich, hörst Du –

Nun aber liebe ich Dich innigst. Heute Morgen bin ich in der Reithalle geritten. Dämliches Pferd, das ausschlug. Ich bin nicht gestürzt, aber habe das Pferd gewechselt, bevor wir ausritten. Wir haben einen fabelhaften Spazierritt gemacht, auf unmöglichen Wegen, die steil hinuntergehen, 20 Centimeter breit, links die Schlucht, rechts Dorngebüsch, ich gebe zu, der bevorstehende Urlaub hat mich um einen Großteil meines Selbstvertrauens gebracht, na ja, mein Pferd war fabelhaft. Ich habe 40-mal gedacht, jetzt falle ich auf die Schnauze, aber nein. Dann, große Aufregung auf der Straße, wir ritten nun in Zweierreihen, das Pferd meines Nebenmanns hat ausgeschlagen und hat das Bein des Reiters hinter mir, Combets, dieses braven Jungen, der mir ein herrliches Zimmer zu 20 Francs im Monat bei seinen Eltern angeboten hatte, mit einem Fußtritt gebrochen. Ich komme darauf zurück. – Wir haben Halt gemacht und sind im Schritt zurückgeritten, Combet heulte, kaum im Krankenrevier, soll er operiert worden sein, allerlei Knochensplitter sind ihm rausgekratzt worden. *Dabei habe ich gar nichts empfunden.* Und komischerweise hat mich das beruhigt. Auf jeden Fall merke ich schon, dass ich morgen

Schiss haben werde. Der Urlaub ist zu nah, und wenn ich davor auf die Schnauze falle, werde ich mich nicht darüber hinwegtrösten können. Beim Striegeln hat mir mein Nebenmann, ein Bauernknecht, eine sehr schöne Geschichte erzählt. Die Geschichte der Hahneier.
Die Hähne, behauptete er, legen jedes siebte Jahr ein Ei. Es ist groß wie ein Spatzenei und hat kein Dotter. Wird es ausgebrütet, schlüpft daraus eine kleine Schlange.
Gestern in *La Grille* zu Abend gegessen, man hat mir das Fläschchen mit den Dioscoride-Pillen[45] ausgehändigt, das meine Lou, als sie allein in diesem Restaurant gespeist hatte, dort liegen gelassen hatte. Die rosaroten Pillen bringe ich Dir mit, wenn ich nach Nizza fahre –.
Sag Jules, er soll aufpassen, denn es werden anscheinend gerade alle Belgier bis zum 32. Lebensjahr eingesammelt.
Hier haben wir die *Joyeux*[46] gehabt, die für großen Skandal in der Stadt gesorgt haben. Sie gehen übermorgen an die Front. Arme Teufel, sie gehen an die vorderste Linie – sie bekommen als Proviant ein Brot für 4 Tage und haben keinen Mantel, sondern nur einen Rock. Haudegen, viele sind aber brave Kerle. Gestern haben auf dem Fontaine-Platz mehrere hübsche Mädchen versucht, mit mir ins Gespräch zu kommen, ich bin aber darauf kaum eingegangen und habe mich bitte schön erst gar nicht auf ein Rendezvous eingelassen. Darunter waren vor allem zwei Schwestern, aus Nancy, Flüchtlinge, aber bessergestellte Flüchtlinge, die Lust hatten, getröstet zu werden, ich habe aber mein Lou, und will nichts anderes.
Die Batterie hat Ausgangssperre wegen Brandwache. Ich schreibe Dir aus der Kantine. Wenn ich ausgehe, schreibe ich Dir noch einmal und küsse Dich tausendmal überall und nehme Dich ganz. Dein

Gui

30

[Nîmes, den] 28. Dez. [19]14

(2. Brief)
Mein Schatz, komme am wahrscheinlichsten mit dem Schnellzug am Donnerstag um ½ 6 in Nizza an, schau Du genaue Ankunftszeit oder ½ 12, schau Du genaue Zeit. Werde sowieso telegraphieren, telegraphiere auch Du, wo Du sein wirst.
Beiliegend mein Porträt als Artillerist von Picasso, hebe es schön auf, denn es ist eine äußerst kostbare Zeichnung. Ich lasse sie nach dem Krieg unter Glas setzen.
Heute Abend habe ich starken Husten, aber das kommt davon, dass ich zu viel geraucht habe, Batterie hat Ausgangssperre, trotzdem draußen gewesen.
Küsse Dich tausendmal, ich liebe Dich, liebe Dich abgöttisch, Du wirst mich mit dem Ansatz eines Schnurrbartes sehen, denn wir werden gezwungen, ihn uns wieder wachsen zu lassen.
Nimm das Scheckbuch nach Nizza mit. Ich erwarte den Urlaub ungeduldig. Dann werde ich auf Deine Rückkehr nach Nîmes ungeduldig warten.
Wie werden wir vögeln, vor allem wenn ich erst wieder am Sonntag zurückfahre.
Meine köstliche, so liebliche Lou, ich küsse Dich überall und hier und da. Ich begehre Dich gerade jetzt so sehr, dass mir der Artillerist-Hosenschlitz platzen könnte.
Ich habe Dein Porträt[47] tausendmal geküsst, und ich versichere Dir, dass ich gern davor Händchen klein, ganz allein gespielt hätte, wäre das nicht etwas, was mir zuwider ist.
Darauf habe ich Deinen vor Wollust trunkenen, so lüsternen, so hübschen Blick wiedererkannt.

Es freut mich, dass Du aus dem Überrock Nutzen ziehen konntest, ich bin sicher, dass er Dir bezaubernd steht.
Lou, ich liebe Dich abgöttisch. Heute, nasser Tag, Nieselregen, Schlamm.
Küsse von mir Deine Brüste, diese schönen Tauben mit rosarotem Schnabel, die ich so liebe.
Wie, Du gehst zu Fuß von Saint-Jean nach Nizza, ich erkenne an diesem Fußmarsch meine Lou nicht mehr. Ich liebe Dich auf jede denkbare Art, ich wünsche Dich, rufe Dich herbei, drücke Dich an mich, dass Du zerbrichst, Du bist mein Ding, meine kleine Sklavin mit dickem Hintern.
Ich denke unaufhörlich an Dich. Bring auch Deine Briefe nach Nizza, damit ich sie wieder lese, in den Pausen – möglichst kurz sollen sie sein –, die uns die Liebe gönnen wird.
Ich lecke Dich überall, trinke Dich, liebe Dich, herzallerliebste Lou, ich nehme Dich ganz, wie mein Hab und Gut, mein einzig Hab und Gut, das einzig Kostbare, das Einzige überhaupt, wofür es sich lohnt, Soldat zu werden und es zu verteidigen.
Das bist Du, meine geliebte Lou, ich umarme Dich.

Guil

31

[Nîmes, den] 29. Dez. [19]14

Meine Lou, erkundige Dich gut über die genauen Ankunftszeiten. Telegraphiere, wo Du wartest. Ich habe gestern Abend im Bett dieses lästige Gefühl vom Zusammengepferchtsein, bei dem man sich immer einsam fühlt, diese Einsamkeit, in der man niemals für sich allein sein kann, deutlich zu spüren bekommen – Das ist die Kaserne –, ich wollte an Dich denken. Es war mein einziger Wunsch, beim Einschlafen ganz fest an meine geliebte Lou zu denken. Ich spürte, dass Du meine wahre Liebe bist, in Wirklichkeit die einzige, und dass die beiden anderen Male, da ich geglaubt habe, dass ich liebe, gar nicht existiert haben, das war Freundschaft und das erste Mal reine Lust, Liebe war es nicht. Durch Dich erst, mein Schatz, habe ich wirklich geliebt. Ich hänge an Dir mit Herz, Leib und Seele, über gewisse Gemeinsamkeiten in der Veranlagung und vielleicht auch im Geschmack, ja auch in den Geschmacksrichtungen, obwohl sie manchmal, im Bereich des alltäglichen Lebens, ein bisschen gegensätzlich erscheinen, was unsere Liebe schürt. Ganz unmöglich, an Dich zu denken. Alle Kerle in meiner Stube, der Stube 33, wollen, dass ich ein Buch mache, dessen Titel sie auch schon gefunden haben: *Die Poilus von der 33*. Gar nicht so schlecht für Fuhrleute, einer nach dem anderen hat mir seine Geschichte erzählt und ich wollte doch nur an Dich denken können. Ich war wütend. Dann ist das Gerede der *Poilus* ausgeartet und ist anstößig, gar zotig geworden. *Beispiel für die in der Nacht erzählten Geschichten*: Hr. und Fr. Nazol wollen die Ausstellung in Marseille besuchen. Bald nach ihrer Ankunft macht Fr. Nazol vor einem Kokosnusshändler Halt. »Nazol, was ist das?« fragt sie ihren Mann. Der Verkäufer, ein Araber der Canebière, antwortet eifrig: »Das sind Elefanteneier«, und auf der Stelle rief Frau Nazol: »Nazol, kauf mir welche für 10 Francs, so werden wir kleine Elefanten haben.« Und wie gesagt, so getan. Hr. und Fr. Nazol gingen mit ihrer kostbaren Fracht nach Hause … Zwei Tage später läuft Frau Nazol Frau Pettalugue über den Weg: »Frau Pettalugue, kommen Sie doch mit und schauen Sie sich die schönen Elefanteneier an, die mir Nazol auf der Ausstellung in Marseille gekauft hat.« – »Ist nicht möglich! Das wollen wir uns gleich anschauen«, sagt Frau Pettalugue. Und Fr. Nazol führt Fr. Pettalugue zu sich nach

Hause. »Mein Mann brütet die Eier aus, fahren Sie mit der Hand doch unter die Decke und passen Sie gut auf, dass sie dabei nicht kaputtgehen.« »Ach! Frau Nazol, meine Güte, ist doch wahr, dass es Elefanteneier sind, ich kann schon spüren, wie sich ein Rüssel bewegt.«
Und so in der Art. Ich habe gerade Deinen Brief XV erhalten – ich schicke Dir das Telegramm, um Dir dann meine Ankunftsz. mitzuteilen.
Geh zum besagten Zahnarzt, gib ihm Deine Karte, sag, dass Du auf Empfehlung von Jane Mortier kommst. Du wirst ihn nur für die fertige Arbeit bezahlen, und das erst nach dem Krieg. Da kann man wirklich nichts sagen. Wir sind in solchen Zeiten, dass wir gelegentlich nicht anders handeln können. Zahnärzte bezahlt man übrigens schon in Friedenszeiten nicht gerade schnell, ich sehe nicht ein, dass es im Krieg zügiger vonstattengehen sollte.
Zu den Orangen, Du bist echt ganz lieb. Du musst begreifen, dass ich auf ein Schäferstündchen in den Scheunen nicht weniger ungeduldig bin als Du. Denn meinerseits, nicht mal Händchen klein. Spare alles für Dich auf. Denke ständig an Dich, liebe Dich so innig, dass ich nichts anderes wahrnehme, nicht einmal an Gedichte denke ich im Moment, *meine Lou als geschlagene Sahne!* Ich habe heute starke Gliederschmerzen, weil ich mich letzte Nacht im Schlaf aufgedeckt habe. Sonst fehlt mir nichts, und ich bin augenblicklich ganz auf Dich, meine Lou, gespannt, wäre ich bei Dir, was würdest Du zu spüren bekommen in Deinem kleinen, so hübschen, so graziösen, so wohlgeformten, in Saugen, in Drehungen so kundigen Geheimgarten, der so geschickt zu umklammern weiß, bis die ganzen Lebenskräfte meiner und Deiner eng aneinandergeschmiegten Liebe beinahe erschöpft sind.

Gui

– Brief von Berthelot bekommen – wir schreiben ihm in Nizza f. Deine Genehmigung, wenn von Sembat keine Nachricht –

32

Nîmes, den 29. Dez. 1914

Mein Lou ich liebe Dich die Nacht kommt Du bist mein
Schwärze knabbert am Himmel und am Zypressenhain
Es sangen die Trompeten Deine Schönheit meine Seligkeit
Dich zu lieben Herz an Herz in alle Ewigkeit
Ich ging langsam zurück hinunter zur Kaserne
Die Pferdeställe rochen dufteten nach Luzerne
Die Kruppen der stolzen Pferde gemahnten an Deine Stärke
  Deine Anmut
O mein goldener Rotfuchs meine fuchsrote Stute
Der Magne-Turm kreiselte auf dem Hügel im Lorbeer
Und tanzte recht geschmeidig im Schatten immer mehr
Während Verliebte sanft den Hügel hinuntergingen
Tanzte der Turm geschmeidig gleich einer Sarazenin
Der Wind bläst dennoch ist es keineswegs kalt
Ich seh Dich in zwei Tagen glücklicher König bald
Und liebe, Stadt meiner Liebe, das alte Nîmes der Römer
Französische Soldaten ersetzen jetzt die Prätorianer
Viele alte Soldaten, sie müssen Zivil tragen anstatt des
  blauen Rocks
Sie schwanken wie Seemänner, sie schlurfen wie ein Ochs,
Ich denk an Deine Haare sie sind mein Gold und Ruhm
Sie sind mein ganzes Licht in der Nacht rundherum
Und Deine Augen sind Fenster, aus denen ich schauen will

Auf das Leben und sein Glück auf den Tod der helfen will
Müden Soldaten traurigen Frauen Kindern mit krankem
Bauch
Soldaten in der Nähe essen Salat mit Knoblauch
Der eine hat ein Hemd, blau kariert wie eine Karte
Ich liebe Dich mein Lou sehe Dich aber nicht obwohl ich
Ausschau halte
Es riecht nach Wein und Knoblauch und nach Jodoform
auch
Ich liebe Dich mein Lou, gib mir vor dem Einschlafen
diesen Kuss, den ich brauch'
Der Himmel ist voller Sterne, es sind Soldaten
Tot sie biwakieren oben wie sie es unten taten
Und ich Kanonier-Fahrer werde Dich einst hinaufführen
Wie viele Tage Glück können wir noch erleben bis jene ferne
Welt uns öffnet ihre Türen
Ich liebe Dich gute Nacht liebe mich meine Lou
Ich liebe Dich abgöttisch, Adieu, mein Ruhm bist Du

Gui

33

Nîmes, den 30. Dez. 1914

Mein Lou, Du wirst diesen Brief ohne jeden Zweifel erst nach unserem Wiedersehen bekommen. Möge er auf jeden Fall Zeugnis ablegen von meiner Ungeduld, Dich wiederzusehen. Heute früh um ½ 4 wach geworden. Famos an Dich gedacht, und wenn ich nicht Händchen klein, ganz allein gespielt habe, liegt es wohl daran, dass ich wenig Sinn dafür habe. Aber ich habe Dich in meinem wachen Traum so geliebt, dass Du wohl etwas davon mitbekommen haben musst. Mein Lou, ich gehe schon davon aus, dass ich um 3 Uhr in der Frühe mit den Feldwebeln und den Gefreiten losfahre. Mein Herz flattert vor Ungeduld und Du weißt, wie sehr mich Ungeduld nervös machen kann. Es ist fantastisch. Unmöglich, die Theorie zu lesen[48]. Ich muss Dir schreiben und ich schreibe Dir aus der Kantine, wo ich seit gestern ein Tintenfass und eine Feder stehen habe – geliehen – nach einem bisschen Liebäugeln mit der Tochter des Kantinenwirts. In allen Ehren übrigens, das brauche ich Dir gar nicht erst zu sagen. Die *Joyeux*[49], die auf dem Schießplatz in Massillan ihr Quartier haben, haben Ausgangssperre. Heute Morgen saßen drei von ihnen bei uns im Gefängnis, denn sie werden bei uns eingelocht. Ich habe sie gesehen. Sie gingen zur Untersuchung und einer dieser Rohlinge, den ich gerade ansah, hat mir verkündet, dass er sich an die Artilleristen erinnern würde und dass er, sollte er an der Front auf *Poilus* des 38. stoßen, bestimmt nicht auf die Preußen schießen würde. Ich muss zugeben, diese Androhung aus dem Munde dieses apachenhaften[50] Gauners, der mir fest entschlossen vorkam und keine Spur von Angst zu empfinden schien, ließ mich erschaudern. Wenn ich an der Front auf die *Joyeux* stoße, werde ich mich, wenn ich kann, bemühen, sie zu beschützen – als Artillerist –, damit sie die Vorbehalte uns gegenüber revidieren, zu denen sie das Gefängnis des 38. verleitet hat. Angesichts dieser Androhung empfinde ich zum ersten Mal, seit ich mich verpflichtet habe, richtig Gram. Mein Lou, der Himmel scheint so blau wie das zarte Geäder Deiner Brüste. Du wirst mich mit heilem Hintern wiedersehen, ich bin der Einzige im Zug, der sich nicht wund geritten hat, und ich kann Dir versichern, dass ich nicht wenig stolz darauf bin, denn nach allgemeiner Ansicht hätte ich mich auch ganz unvermeidlich wund reiten müssen. Ich muss jetzt zusehen, dass ich nun einen Mantel oder zumindest einen Überrock finde.

Seitdem ich hier bin, lerne ich die Leute aus Nizza zum Teil neu schätzen; sie sind keine Fanatiker der Kaserne und des Krieges, sie hadern zwar, sie missbilligen. Aber Feiglinge sind sie nicht, die Feiglinge sind die Typen aus Marseille. Ach, die Marseiller und ihre Kleinmütigkeit, ein Gedicht! Gewiss ist der schlechte Ruf des XV. Armeecorps auf sie zurückzuführen. Denn es herrscht hier alles in allem ein guter Geist. Wäre ich dazu befugt, würde ich die Marseiller zu ihrem Handel auf ihre Canebière[51] zurückschicken. Sie widern mich an, und wenn man sich mit so einem Luder unterhalten hat, fühlt man sich recht entmutigt. Du weißt wohl, mein Lou, dass ich von Dir Treue verlange. Solltest Du auch nur unbefangen und von weitem mit einem Typen aus Marseille flirten, würde ich es Dir nicht verzeihen. Marseille und Umgebung sind für Dich Sperrgebiet, der Rest auch, aber die Marseiller verdienen nichts als Missachtung von den Männern und tiefe Verachtung von den Frauen.
Lou, Dein Telegramm hat mich gefreut, gefreut, ich liebe Dich innigst, ich liebe und will Dich ganz, in Allem, will, dass Du mir nichts verheimlichst, dass ich Dir nichts verheimliche und dass unsere Liebe die schönste, die vollkommenste Liebe sei, die auf Erden je empfunden wurde. Bis morgen, mein köstlicher Lou.

Guil.

34

[Tarascon, den] 2. Januar [191]5

Meine Lou, die ich anbete, nachdem heute Morgen Deine sehr geliebte Silhouette im Nebel, der den Nizzaer Bahnhof umhüllte, verschwunden war, habe ich angefangen *Le Cri de Paris*[52] zu lesen. Mit mir saßen im Wagen ein Herr und ein Mädchen. In Cannes bahnte sich ein Gespräch an, der Herr wohnt in Draguignan und heißt Portal, er war zusammen mit meinem Bruder in der Schule. Das Mädchen unterrichtet Literatur am Mädchen-Gymnasium von Oran, ziemlich klug übrigens und anständig, glaube ich[53]. In Marseille bin ich aus dem Bahnhof gestürmt, ließ Mantel und Korb zurück und habe im Alten Hafen auf die Schnelle zu Mittag gegessen. Viele englische Offiziere und indische Soldaten. Zwischen Marseille und Tarascon hundemüde. Muss geschlafen und sogar geschnarcht haben. Um 2.20 Uhr Tarascon, endlich, herrliches Wetter. Das letzte Mal habe ich Beaucaire und Tarascon mit Victor Amiot, dem Soldaten des 1. Pionier-Regiments, von dem ich Dir erzählte, oberflächlich besichtigt, heute beschließe ich, Tarascon gründlicher zu erkunden, und ich wurde belohnt. Alte Gassen, alte Leute, alte Häuser, überall malerische Ecken, das Rathaus ist sehr hübsch, verziert mit einer Statue von Martha, wie sie die Tarasque[54] bezwingt, die Burg, die Marthakirche, die Aussicht auf die Rhone mit der silbergrauen Vegetation. Gegenüber der Burg ein sehr hübsches altes Haus mit offen stehenden Türen. Ich gehe hinein, ein ganz reizvolles Kloster, das ich mir anschaue, ohne dass mich jemand etwas fragt, ich gehe hinauf bis ganz oben. Dann sehe ich, dass ich Zeit habe, und sage mir, dass ich Dir schreiben muss, so.

Meine Lou, Du hast mir zwei wundervolle Urlaubstage und

zwei wilde Nächte geschenkt. Ich bin noch im Rausch. Ich bin noch ganz betäubt davon. Der Zug nach Nîmes fährt um 5.17 Uhr. Bis dahin denke ich an Dich, ich denke, dass ich Dich liebe, tausendmal mehr noch als in Nîmes, wo ich Dich schon viel mehr liebte als zuvor. Denk an Deine Versprechen und daran, dass Du mir gehörst. Schöne Grüße an Mémée. Sei vorsichtig mit Deinem kleinen Magen. Ich küsse Dich tausendmal überall und auch auf die Körperteile, die sich in den letzten Nächten unter den Peitschenhieben so lasziv hin und her bewegten.

Zu meiner Tour in Tarascon habe ich vergessen, Dir zu sagen, dass ich hier eine *Rue du Prolétariat* entdeckt habe, eine Straße, die diesen Namen zu Recht trägt, denn sie war so was von elend.

Daraufhin, mein Lou, sage ich Dir noch einmal, dass ich Dich anbete, dass es für mich nichts Schöneres gibt als Deinen Körper, Deinen Blick, Dein Lächeln. Dass ich will, dass Du mich noch mehr liebst, als Du es jetzt tust. Du sollst mich mit der ganzen Liebe lieben, die Du für mich empfindest, aber auch noch mit der gesamten Liebe, die Du seit eh und je empfunden hast. So mache ich das auch mit Dir, und wenn ich Dich anbete, mein Lou, kommt zu dieser Anbetung alles, was ich anderen Frauen gegenüber seit jeher habe empfinden können, noch hinzu, denn für mich bist Du die Liebe schlechthin, und ich muss Dir jeden einzelnen Schlag meines Herzens schenken, auch diejenigen von früher, von der Zeit, bevor wir uns kannten. Tausend Küsse.

Gui

35

Nîmes, den 3. Januar 1915

Mein niedlicher geliebter Luchs, ich habe Dir gestern in Tarascon geschrieben, habe aber den Brief erst bei meiner Ankunft in Nîmes eingeworfen. Alles ist gut verlaufen. Mittag telegraphiert, aber Amt Saint-Jean geschlossen. Du erhältst das Telegr. morgen früh. Ich habe geschlafen wie ein Murmeltier. Ich kann nun mit sicheren 75 Fr. im Monat rechnen, viel ist das nicht, aber ein Anfang. Wenn ich noch einmal so viel auftreiben kann, kannst Du fast hierherziehen. Ich hoffe übrigens noch mehr aufzutreiben. Mein Schatz, ich liebe Dich, kam aber nach Deinem Lobgesang auf Deine früheren Liebhaber traurig zurück. Ich frage mich, wie ich, der ich doch in keinerlei Hinsicht ein sehr vorteilhaftes Äußeres habe, mit der Erinnerung an so hübsche Burschen rivalisieren kann. Und ich möchte Dir Folgendes sagen, Lou. Überleg es Dir wohl, und wenn Du künftig Deine Versprechen brechen solltest, sage es gleich, bevor es zu spät ist. Vom militärischen Leben derzeit sehr beansprucht, könnte ich die Trennung von Dir verkraften, während es später sowohl für mich als auch für Dich sehr schmerzlich werden könnte. Überlege es Dir also. Der Herr legt bis zur endgültigen Antwort der Sklavin seine Macht nieder. Danach wird er für immer Herr sein oder für immer auf die Macht verzichten, die ihm die *freiwillige* Sklavin in die Hände selbst gelegt hat. So ist das, Lou! Überleg es Dir gut, wäge alles genau ab, lass nichts außer Acht, tu das Beste, denke an Dich, denke an mich. Ansonsten liebe ich Dich mehr als je zuvor, aber auch mit mehr Ernsthaftigkeit als zuvor. Auch Du, Lou, liebe mich mit Ernsthaftigkeit, oder liebe mich gar nicht mehr. Aber reize nicht unnötig meine Eifersucht. In einem anderen Kuvert schicke ich Dir mehrere

Briefe, darunter einen Brief von Remy de Gourmont, der meines Erachtens einer der besten französischen Schriftsteller der Gegenwart ist, wenn nicht der beste überhaupt, einen Brief von Mollet, 3 Briefe von Frauen, der Mutter und den 2 Töchtern[55]. Der Brief ohne Unterschrift ist von Mireille (15 Jahre alt), mit der Du, hoffe ich, alles wirst machen können, was Dir beliebt, ich gebe sie Dir. Sie ist entzückend. Pass ein bisschen auf mit Deinem Händchen klein, will nicht, dass Du krank wirst. Heute mit Feldwebeln ausgegangen, die im Gegensatz zu denjenigen, von denen ich Dir erzählte, behaupten, dass wir in einem Jahr erst die Garnison verlassen werden. Das ist übertrieben. Sicher ist, dass ich hier gern bleiben würde, wenn wir Geld haben und Du da bist, wenn Du aber nicht da bist, werde ich mein Möglichstes tun, um hier fortzukommen. Ich möchte etwas versuchen – (nicht um fortzugehen, hab keine Angst) aber bete zu Gott, dass es gelingt, sehr wichtig. Ich liebe Dich. Die Reise hat mich erschöpft, den ganzen Tag schlapp. Morgen, Montag, geht's wieder los. Ein paar *Poilus* meinen, ich könnte in nächster Zeit wieder Urlaub bekommen, andere sagen, bis Ostern kann ich mir den Urlaub in den Wind schreiben. Wir werden mal sehen, es lebe Frankreich und mein so geliebter Lou. Sag mir, ob Du für meinen Hut was machen konntest. Es liegt für mich bei der Batterie ein Paket, es müssen Aurels Handschuhe sein. Ich hoffe, Cremnitz' Läuse[56] bringen uns Glück. Denk an den Bahnhof von Riquier[57] und an Deine üble Laune am 2. Januar bei Tagesanbruch. Ich liebe Dich innigst und nehme Dich ganz.

Gui

36

Nîmes, den 4. Januar 1915

Mein Schatz, nimm meinen gestrigen Brief nicht allzu tragisch. Aber er ist ernst gemeint, überlege es Dir gut. Heute geschafft, mir prinzipiell ein monatliches Fixum von 125 Fr. wieder zu sichern, es sind 50 Fr. mehr als gestern. Ich liebe Dich, mein Schatz, mit meiner ganzen Seele. Aber mir scheint, dass Du mich die letzten Tage in Nizza weniger liebtest. Überlege gut, überlege richtig. Von Aurel ein wunderschönes Paar blaue wollene Handschuhe und ein Paar wollene Strümpfe erhalten. Nicht schlecht, oder?

Heute schwerwiegendes Ereignis, Hauptmann Arnaud, der das Rekrutendepot kommandiert, hat sich mit mir eine Viertelstunde unterhalten. Sehr gutes Gespräch. Das ist ein sehr vornehmer Mensch, am Ende hat er mir die Hand geschüttelt. Mein Liebling, wenn Du mich liebst, bete eifrig für das, woran ich denke und von dem ich Dir noch kein Wort sagen will. Bemerkenswertes Ereignis, eine der bekanntesten Pariser Tunten, L***, den man unter dem Namen La Baronne kennt, ist in der Kaserne, allerdings nicht in meiner Batterie, eingetroffen. Ich habe ihn noch nicht kennengelernt, habe mir aber vorgenommen, mir diesen komischen Kauz genauer anzuschauen. Heute habe ich zum ersten Mal kommandiert. Das ging gar nicht so schlecht, hieß es. Wir haben so viel geschuftet, dass ich völlig erschöpft bin.

Heute Abend mit dem Kerl aus Nizza in seiner Bude gegessen. Den Korb mit den tausend Orangen und Mandarinen aufgemacht. Ein paar habe ich dem Feldwebel, der mich heute Nacht ausgehen ließ, gebracht. Sag Mémée, dass ihre Ratschläge nicht auf taube Ohren gestoßen sind. Sende Dir einen Brief von Picasso, der viel wert ist, einen anderen von

Picabia, der sagt, dass er sich um Dich kümmert, es kann und es auch tun wird, wenn er das schon sagt. Er verspricht mir einen Hunderter zum 15. d. M., den ich für Deinen Aufenthalt hier auf die Seite legen will.
Das Wetter ist gar nicht schlecht jetzt. Dennoch Nebel heute Abend. Picabia kündigt an, der Krieg könnte in 6 Wochen vorbei sein. Das ist wichtig. Denn er hatte mir im vergangenen März den Krieg vorausgesagt.
Liebe mich, Lou, und ich wünsche, dass Du mir freiwillig die ganze Autorität über Dich zurückgibst, die mir gebührt. Großes Kommen und Gehen dieser Tage in der Kaserne, die Mannschaften bis zum Jahrgang 89 eingeschlossen werden nach Hause geschickt. Das ist ein gutes Zeichen. Unter den Büchern, die ich Dir zu kaufen empfohlen habe, wenn Du noch 3 Fr. übrig haben solltest, kauf den *Ptit Ami* von Léautaud, sehr interessant und sehr eigenartig anrührend.
Ich bin aufs äußerste ermattet und sogar ein wenig deprimiert, ich bleibe aber zuversichtlich. Ich hoffe, Du bist es genauso.
Kein Brief von Dir, weder gestern noch heute. Ich habe aber Vertrauen.
Ich denke, ich werde ganz fest schlafen, geliebter Lou.
Morgen Reiten den ganzen Tag. Wahrscheinlich bin ich dann noch müder als heute.
Ich fürchte, mir wird diese Woche lang, lang vorkommen.
Ich liebe Dich, verehre Dich, küsse Dich, nehme Dich ganz, mein köstlicher Lou, mein Schatz, meine Seele und mein Alles.

Dein
Guil

37

Nîmes, den 5. Januar 1915

Meine Liebe, Gott, wie lässt die Post mich auf Deine Briefe warten, mein Lou! Ich habe heute wieder nichts von Dir. Heute dennoch gute Nachricht! Du weißt noch, dass Mémée mir gesagt hatte, dass man Offizier sein müsste, dass es eine einfache Sache wäre und dass ich Dir geschrieben hatte, zu beten, damit etwas gelinge.
Ich habe mir also irgendwie zu helfen gewusst, ich habe heute die Gruppe der Gefreiten-Anwärter verlassen und wurde in den Zug der Offiziersanwärter der Reserve, kurz É. O. R, aufgenommen, zu dem ich dank meines zivilen Rufs ohne Examen oder Prüfung auf Beschluss des Hauptmanns, der das Rekrutendepot kommandiert, zugelassen wurde. Ganz schöner Rummel in der Kaserne, kannst Du Dir denken. Jetzt wird das Leben also hier verdammt kompliziert, denn die Menge an Arbeit wird ungeheuerlich. Ich habe jeden Tag 3 Stunden Reiten. So hat das heute zum Beispiel, an meinem ersten Tag als É. O. R., ausgesehen, ½ 8 bis 9 Reiten, Traben, Lockerungsübungen zu Pferde, bis ¼ nach 9 Abreiben, ¼ nach 9 bis 10 Uhr Artilleriekunde – (schwierig), 10 bis 11 Essen, Putzen, 11 bis 12 allgemeine Ausbildung, von Mittag bis 2 Uhr Reiten, Trab und Galopp, 2 bis ½ 4 praktische Artillerieübungen, 4 bis ½ 5 Fußexerzieren.
So sieht's aus, Lou, bete für mich, dass ich das verkrafte, wir sind drei, ein Ingenieur, ein reiner Mathematiker und ich. Der Feldwebel, der uns unterrichtet, ist Marineingenieur, ein wahrer Gelehrter. Na, ich kann mich also nur noch mit Napoleon in der Kadettenschule von Brienne vergleichen, als er sich darauf vorbereitete, Leutnant der Artillerie zu werden. Der Vergleich ist schon gewagt, aber auch verlockend. Morgen verlasse ich voraussichtlich die Batterie, wechsele zur 69. Und werde wahrscheinlich mit Feldwebeln untergebracht,

in einem separaten Zimmer, wir werden nur vier Leute sein. Schluss mit den Diensten! So, mein Schatz, bete dafür, dass es mir gelingt, diese schwierigen Aufgaben zu bewältigen.
Ich liebe Dich mit ganzer Kraft, mein Schatz. Ich habe heute aus Hendaye, an der spanischen Grenze, ein Päckchen Nugat bekommen. Ich frage mich, wer das geschickt haben könnte. Sonst bin ich noch ganz benommen von den Ereignissen des Tages, die Oper[58] wird kompliziert. Ich bin übrigens völlig erschöpft von meinen ganzen Ausritten. Ich bin aber kerngesund, ich denke, ich werde als É. O. R leichter Urlaub bekommen und vielleicht auch gelegentlich in der Stadt übernachten dürfen, wenn Du [da] bist, mein Luchs, den ich über alles in der Welt liebe, mein so schöner Lou, mein Lou, von dem ich die endgültige Einwilligung in meine Macht erwarte, mein Lou, der während unserer Nächte in Nizza diese Macht zu spüren bekommen hat, als Du Dir einen Spaß daraus machtest, mich verrückt zu machen, und ich mich so nachdrücklich an Deinen hübschen geliebten Pobacken gerächt habe. Mein Lou, meine Zunge in jede Falte Deines Körpers; ich nehme Dich ganz und allseits zugleich, auch da, wo es Dir so sehr Angst macht und weh tut. Mein Mund auf dem Deinen und mein Blick in dem Deinen.

Gui

38

[Nîmes, den] 6. Januar [19]14[59]

Meine Königin, Dein Brief ist schön, aber adressiere ihn nicht an Frau Berthelot, die keinen Einfluss auf ihren Mann hat, sondern an Berthelot selbst, *Herrn Philippe Berthelot, Ausw. Amt*, PARIS. Die Ministerien, vom Kriegsministerium abgesehen, sind wieder in Paris und nicht mehr in Bordeaux. Was Frau Agutte[60] angeht, schreibe eher *dem Ministerium zu Händen von Herrn Marcel Sembat Arbeitsminister,* PARIS. Ich habe heute drei Briefe von Dir erhalten, zwei vom dritten und den vom fünften Januar. Dein Herz hat Dich nicht getäuscht, die Rückfahrt verlief gut. Über Muschicoulis[61] erfreut. Erhol Dich gut. Wie nett und niedlich von Dir, mir zu schreiben, auch wenn Du krank bist. Es freut mich, dass Dir die Verse gefallen haben. Ich werde Dir noch welche schreiben. Hier kommt man niemals zur Ruhe. Aber das Wetter war die ganze Zeit gut. Ja, wieder ordentlich Urlaub, meine Liebe, aber ich frage mich, ob ich den Urlaub am 15. bekommen werde, ich versuche es jedenfalls. Es läuft das Gerücht, dass die Rekrutendepots näher an die Front verlegt werden sollen, nach Vincennes, Satory oder Neufchâteau, es ist möglich, aber nicht sicher, lange nicht sicher, es kann sein, dass es sich dabei genauso verhält wie beim Gerücht, dem zufolge wir nach Nizza versetzt werden sollten. Ich wünsche Dir in Sachen Toutou Erfolg.

Dein Brief vom 5., obwohl ich den vom 4. nicht habe, beruhigt mich und macht mir richtig Freude, denn ich kann darin feststellen, dass Du mir wirklich gehörst, und auch ich liebe Dich mit jedem Augenblick mehr.

Heute zweiter Tag als Offiziersanwärter; ich weiß heute nicht mehr so richtig, ob ich diese Prüfung nicht doch ablegen muss,

von der man mich gestern befreit hatte. Na, wir werden mal sehen und fürs Erste habe ich heute weiter im Zug der Offiziersanwärter gearbeitet, wir sind nun fünf, dazugekommen sind ein Gymnasiallehrer für Philosophie aus Apt und ein Anwalt aus Nizza, der 1. ist dumm, der zweite dazu auch noch gehörnt, nach dem, was mir der Mann aus Nizza erzählt hat, der mir eine Ecke in seinem Zimmer hier überlässt. Ich bin müde, müde vom Schritt, vom Trab, vom Galopp. Immerhin noch nicht wund geritten und nicht gestürzt. Ich muss keine Dienste mehr machen, sie wurden aber durch die Mehrarbeit, die wir haben, vorteilhaft ersetzt.
Seit 2 Tagen bin ich völlig abgespannt. Es stimmt auch, meine geliebte Lou, dass man uns richtig schuften lässt. Mir wäre es lieber, Dich eng an mir zu halten, Deine rebellischen Ausbrüche zu zügeln, Deine Lippen, Deinen ganzen köstlichen Körper zu küssen, als hier zu sein, und dennoch ist das hier auch schön. Mir wurde gesagt, dass die Aufnahme im Zug der É. O. R. für mich den Aufbruch an die Front um mehrere Monate hinauszögern würde, insofern überlasse ich es Dir, darüber zu urteilen, ob ich so weitermachen soll oder ob ich, sobald ich Feldwebel bin, um meine Versetzung an die Front bitten soll? Ich lasse Dich urteilen und werde Dir gehorchen, denke aber auch an meine Ehre, geliebter Lou, vergiss sie nicht. Ich liebe Dich innigst und küsse Dich tausendmal.

Guil

39

Nîmes, den 7. Januar 1915

Mein geliebter Luchs, ich habe heute Deine hübsche und nette Karte und den bei Vogade verfassten Brief vom 5. bekommen. Ich verehre Dich, mein Lou, so nette, so hübsch formulierte Sachen schreibst Du, dass ich Dich noch mehr verehre, wenn ich Dich lese. Heute Reiten, Artillerielektion an der Wandtafel, Mittagessen mit dem großen Mathematiker, der für mich und sich selbst Essen aus der Küche geholt hat, wir haben famos gegessen: Bouillon, Rindfleisch mit Kichererbsen und Zwiebeln in Essigsoße. Das wäre nichts für Dich gewesen. Um 12 Uhr Reiten, um 2 Uhr Kanone, um 4 Uhr Theorie. Siehst Du, ganz schön volle Tage und die 5 Offiziersanwärter waren recht abgespannt. Der Anwalt aus Nizza heißt C***, er soll ein Hahnrei sein. – Gerücht in der Kaserne, am Ende des Monats würden wir nach Versailles oder nach Lyon ziehen, im Grunde weiß man gar nichts.
Heute Morgen musste ich an der Wandtafel verschiedene Winkelmessungen erklären und über die Flugbahnen und die Frage der Deckung sprechen. Du siehst, wie gut ich mich mittlerweile auskenne. Es ist übrigens interessant. Das Geschoss ist ein kleines Gestirn, dessen Eigenleben, Eigenschaften man erkunden soll, damit man es zum Ziel führt. Das ist ganz offensichtlich sehr poetisch, das kann man ohne viel Artilleriekunde wohl nachvollziehen.
Mein geliebter Luchs, wie sehr wünsche ich mir eine Antwort auf meinen Brief von Montag. Du weißt, ich liebe Dich unendlich. Meine Liebe zu Dir ist auch ein Geschoss, ein kleines Gestirn, eine Granate, die von mir abgefeuert wird, eine Flugbahn beschreibt, die Dich trifft und so einschlägt, dass ich Dich jeden Augenblick mit der ganzen Gewalt meiner Gefühle in Liebe einhülle.

Heute Brief von meinem verehrten Meister Élémir Bourges der *Académie Goncourt*. Er muss angesichts der Härte dieser Zeit ohne Dienstmädchen auskommen.
Auch Brief von Blaise Cendrars bekommen, einem Schweizer Poeten, der meines Erachtens mit mir und Fleuret zusammen die einzig wahre Trinität von Dichtern bildet, die heute wirklich Talent haben und Lyrismus aufweisen.
Er hat sich zum Dienst beim 3. Marschreg. des 1. Fremdenreg. verpflichtet und ist nun nahe an der Front. Da er nicht sagen darf, wo er ist (weil er einem Fremdenreg. angehört[62]), hat er mir Folgendes geschrieben: »Ich kann Ihnen nicht mitteilen, wo wir sind, hoffentlich trinken wir im nächsten SOMME zusammen auf den Sieg«, um anzudeuten, dass er im Département *Somme* ist. Meine Güte, stachelt dieser Krieg den Einfallsreichtum an!
Ich bin etwas weniger müde als gestern, aber egal, ich bin es trotzdem und ich konnte für den *Petit Niçois* noch gar nichts schreiben, ich werde mich am Sonntag daransetzen. Ich bin vom Reiten ganz benommen, und ich habe ständig den Eindruck, dass unter mir ein Pferd strauchelt. Mein Geist ist im Moment natürlich etwas durcheinander. Grund dafür ist die intensive Arbeit. Und es heißt, wir werden noch mehr arbeiten müssen. Ich frage mich wann. Ich kann vor Ungeduld Sonntag kaum erwarten, um mich ein bisschen erholen zu können. Bete für mich, geliebte Göre, auf dass ich alles verkrafte, ich küsse Dich tausendmal, küsse Deinen köstlichen Körper, Dein wunderwirkendes Fleisch, Deinen Huri-Arsch, ich liebe Dich, mein Lou, und nehme Dich ganz.

Gui

40

Nîmes, den 8. Januar 1915

Mein Schatz, ich schicke Dir kein Telegramm, weil es alles durcheinanderbringen würde. Ich sende Dir Deinen Brief zurück. Du kannst hinzufügen, was Du willst. Schreib Frau Berthelot oder Herrn Berthelot. Ganz Deine Wahl. Selbst habe ich aber nicht Frau B. geschrieben, sondern Herrn B. Mach, wie Du denkst. Die Geschichte mit dem kranken Soldaten gefällt mir. Ich bin aber allzu erschöpft, um über solche Dinge richtig zu urteilen. Verzeih mir. Alles beim Alten: 4 St. Reiten, usw. Ich nehme an, Du hast den ersten Brief aus Nîmes nach meiner Rückkehr noch gar nicht erhalten.

Was ist das mit dem Polizeirevier schon wieder für eine Geschichte????

Mein kleiner besorgter Lou, wenn Du mich liebst, keine Sorge! Wir haben schönes Wetter. Ich habe einen wollenen Sweater bekommen, den mir die Frau von Archipenko, dem Bildhauer, geschickt hat. Ich liebe Dich, mein Lou, ich werde eine kleine Wohnung für Dich suchen, sobald Du weißt, wann Du kommst. Ich bin allmählich nur noch Reiter und Artillerist, unmöglich, auch nur einen klaren Gedanken zu fassen, der keinen Bezug zu diesen zwei Funktionen hat, die ich den ganzen Tag bekleide. Ich träume nachts davon. Das ist Müdigkeit, in einigen Tagen werde ich mich daran gewöhnt haben, es ist aber hart. Abends muss man die Lektionen lernen. Es ist übrigens ziemlich schwierig wegen der ganzen Reihe an komplizierten Geräten. Das Wunderbarste ist, dass ich mich immer noch nicht wund geritten habe. Mein Geist ist aber etwas verwirrt und recht konfus angesichts der Menge an neuen Dingen, die man alle auf einmal lernen muss, weiß Gott, wie viele das sind.

Ich denke, wann immer ich kann, und für mich sind das die einzigen wohltuenden Momente, an Dich, meine geliebte Lou, deren ganze Zärtlichkeit, Passivität, deren ganze Liebe ich für mich alleine haben will. Ich will, dass Du mir in allem gehorsam seist, bis in den Tod, und um Dich dazu zu zwingen, schöne Ungezähmte, will ich Deine Hinterbacken schlagen, Deine dicken samtweichen, zuckenden, sich wollüstig unter mir öffnenden und wieder schließenden Pobacken peitschen. Ich werde sie bis aufs Blut auspeitschen, bis sie wie eine Mischung aus Himbeeren und Milch aussehen. Jene beiden hochwürdigen Erhebungen sollen sich zu Recht kardinalrot färben, und ich werde persönlich dafür sorgen. Du wirst sie vor Schmerz und Genuss verziehen müssen, bis ich in Dich, heftig keuchend, Lou, tief eindringe, meinen Mund auf Deinem Mund, und wenn Du Dich nicht ergibst, habe ich für Dich die Qual der Pfählung vorgesehen, ich werde Dich bis zur Wurzel meines Schwanzes in den Arsch ficken und Dich beim wüsten Eindringen in diesen schönen Hintern, der nichts anderes verdient und mit dem ich bisher zu viel Mitleid hatte, vor Schmerz schreien lassen. Ich will Dir auch Artillerie beibringen, und wenn Du Deine Lektion nicht so fleißig lernst, dass Du Toutou imponieren kannst, wird Dein pausbäckiger Hintern die Konsequenzen wieder ertragen müssen. Du siehst, mein Lou, Du kannst Dein Hinterteil auf einiges gefasst machen und mit dem Hintern wackeln, so viel Du willst, schönes hin- und herwiegendes Flittchen, es gibt kein Pardon, ich werde ihn Dir hübsch versohlen, bis Du mich kniend anflehst, Dich zu verschonen. Was ich auch tun werde, wenn mir danach ist, Dein Herr,

Gui

41

[Den 9. Januar 1915]

Mein geliebter Lou,
endlich ist der Tag des Examens für Offiziersanwärter gekommen. Ich muss es letztendlich doch noch ablegen, und ich weiß nicht, was daraus wird, denn für so ein Examen wäre es besser, wenn ich gerade frisch von der Volksschule käme wie die meisten jungen Leute um mich herum, statt ein in mehreren Teilen der Welt geschätzter Dichter zu sein. Na, es ist nun mal so! Ich schreibe Dir aus dem Prüfungsraum selbst, nachdem ich mit dem Aufsatz in Französisch fertig geworden bin: *Die atmosphärische Luft, physische und chemische Eigenschaften.* Schon seit ewigen Zeiten weiß ich nichts mehr darüber und habe also nichts geschrieben; ich bin auch fertig mit dem Aufsatz in Geschichte über die Kriege unter der Herrschaft Ludwigs XV., die ich auch vergessen habe und die ich aus Mangel an Zeit nicht von Neuem lernen konnte. Ach! Brillant ist das alles wohl nicht, ich weiß nicht, worauf dies alles letzten Endes noch hinauslaufen wird. Wie dem auch sei, ich schlafe heute Abend in einem Zimmer mit Feldwebeln, wir sind 4, ich bleibe aber weiterhin bei der 70. Batt. In diesem Hagel von Unvorhergesehenem und dieser Flut von Gefühlen haben mir Deine zwei Briefe von heute, in denen Du meinen Brief vom 3. errätst und beantwortest, eine unerhörte Freude bereitet. Mir sind diese ganzen Aufsätze völlig schnuppe, sofern Du mich liebst und es mir auch so liebenswürdig und so vollkommen beweist. Ich nehme Dich, mein Lou, Du gehörst mir, ich verehre Dich, ich liebe Dich, nichts als Dich liebe ich. Ja, Du bist ich selbst und ich bin immer in Dir, wie Du auch immer da bist. Küsse, mein Luchs, ich werde nervös. Wir sind auf dem Boulevard Gambetta, auf der anderen Seite von

Nîmes, die Du nicht kennst, in der Artillerie. Morgen, Sonntag, kommen wir wieder für die Prüfungen in Arithmetik, Algebra und Geometrie, alles Sachen, von denen ich, wie es sich für jeden anständigen Dichter gehört, gar keine Ahnung habe. –

Ich setze nach Ende der Prüfung meinen Brief nun fort. Ich kann nichts weissagen. Ich war etwas essen und sitze wieder im Café. Morgen ist Mathematik, da werde ich ganz alt aussehen. Übermorgen, Montag, mündliche Prüfung: Kommandieren. Lou, mein Luchs, wenn Du den Brief vom 3. bekommst, zerreiße ihn, denn er ist nun gegenstandslos … Du hast in meiner Seele alles verändert. Sei nicht traurig, Du bist herzallerliebst und ich liebe Dich. Ich sage Dir alles. Sag Toutou, dass ich ihn sehr gern habe und seine Ratschläge alle befolgen werde. Mein Lou, ich bin nicht bösartig, ich liebe Dich und das zerrt oft an meinen Nerven, dass Du weit von mir bist. Ja, meine Lou, ganz die Meine bist Du, mein lebendiges Ding, das ich unendlich liebe, mein kostbares Schmuckstück, meine kleine Perle, rund wie Dein Hintern, rund wie Deine zwei unendlich hübschen und so hübsch mit zwei dornenlosen Rosen gezierten kleinen Brüste. Du gibst Dich ganz hin und ich nehme Dich ganz so, wie Du Dich hingibst, meine ganz Liebe, ja wir sind für immer zusammen, ja, Du hast mir alles anvertraut, Du bist so sehr die Meine, so sehr in mir, dass Du alles an mir erraten kannst. Zwischen unseren Seelen besteht eine einzigartige, unerhörte Korrespondenz. Nein, schwarzer Gram nagt nicht mehr an mir nach Deinen Briefen und Du machst mich unendlich glücklich. Sei nicht traurig, mein Luchs. Sei nicht traurig, denn ich bin nicht mehr traurig.

Ich bin heute Abend ein bisschen entnervt wegen des ganzen Rummels um das Examen, wegen des Umzugs in ein Unteroff.-Zimmer. Morgen früh werde ich sehen, ob ich besser geschlafen habe. Lou, wenn ich an Dich denke, werde ich unaussprechlich steif, mein ganzes Wesen schreit nach Liebe, die Liebe bist Du, Du in allem, Dein glühend rotes Haar, Dein tiefer milder Blick, die willige Zärtlichkeit Deines ganzen Körpers, die wunderbar köstliche Lieblichkeit Deines Speichels, der Geschmack Deines so feurigen Geheimganges, die Windungen Deines bebenden Körpers. Ich stelle mir vor, ich dringe in Dich allseits ein, auch da, wo es Dir Angst macht, mir ist, als sähe ich Dich zusammenzucken, wenn Du zu spüren bekommst, dass Du mir gehörst, dass ich ein Recht auf Dich habe, das Recht, Dich zu bezwingen, Dich leiden zu lassen, das Recht, Deinen Stolz und Deinen Willen zu vernichten, mir ist, als sähe ich, wie Dein Hochmut nachgibt und Dein Mund mir vorne und hinten die gehörige Ehre erweist. Mir ist, als sähe ich Dich schon weiter fortschreiten auf der Leiter unserer künftigen Liebe, wenn der Übermut all seine Schleusen öffnet und die Flut der Leidenschaft uns mitreißt. Lou, alle Strömungen meines Wesens werden in Dir aufschäumen, ich will Dich auf jede Art und Weise erschöpfen und dass Du Deinen Geliebten um Gnade bittest, der sie erst walten lassen wird, wenn es ihm gefällt. Ich liebe Dich innigst, ich küsse Dich,

Gui

42

[Nîmes, den] 10. Januar 1915

Mein geliebter Luchs,
heute Morgen ging es weiter mit den Prüfungen. Mit Mathematik. Ich habe natürlich komplett versagt, was fällt denen bloß ein, einem Poeten mit Math. zu kommen. Na, also!

Morgen Artillerie-Examen. Du ahnst schon, wie glänzend das wird! Ich bin erst einen Monat hier! Und dann Prüfung in Kommandieren. Ich frage mich, worauf dies alles hinauslaufen wird. Kurzum, nach dem besagten Examen habe ich eine *fougace* gegessen, das ist wohl, was Rabelais *fouace*[63] nennt, und ist den *fougassettes* aus Grasse sehr ähnlich. Weißt Du noch? Sie rochen nach Orangenblüten. Gott, ist diese idyllische Zeit der Unschuld nun fern. Und wie ist mir die jetzige Zeit lieber, die härter ist, aber in der Du mich liebst und die Meine bist. Dann habe ich einen Spaziergang bis zum Fontaine-Viertel gemacht. Ich bin wieder im Diana-Tempel gewesen und dort habe ich mir vor allem die Zeichen der Handwerker angeschaut, die Inschriften gelesen, die die Gesellen auf Wanderschaft im 17. und im 18. Jahrhundert auf diesen alten Steinen hinterlassen haben. Lajoie Burgund, La Verdure Burgund, La jeunesse Dophinet etc. etc., und die Daten, 1695, 1742 etc., und die Winkel und Zirkel, all das hat mich gerührt. Dann Kathedrale, dann Friseur, bei dem wir zusammen waren, das sind die Leute, die mir ein Zimmer vermieten wollen, der Sohn war mit mir zusammen im selben Gefreitenzug. Ich habe das Zimmer gesehen, nicht schlecht, Du wirst Wasser aus der Küche holen können, Wasserklosett ist auch vorhanden, wenn die Küche nicht gemietet ist, kannst Du sie zum Wasserkochen benutzen, sonst Spirituskocher, das Zimmer für 20 Fr. im Monat, Pension ganz in der Nähe und wo nur 5 oder 6 Gäste sind, gutbürgerliche Familienküche, 60 Fr. im Monat, zusammen also 80 Fr.; Heizung, Aufwartung, Licht, den Preis kenne ich nicht, aber mit 20 Fr. im Monat wird's schon stimmen, insgesamt also monatlich circa 100 Fr.
Das Zimmer ist nicht weit vom Amphitheater. Ich denke, es liegt gar nicht schlecht. Dann war ich bei meinem Freund aus Nizza Mittag essen, anschließend Spaziergang in der Altstadt, kurz ins Rathaus, an der Decke im Treppenhaus hingen

4 Krokodile, das Krokodil steht, glaube ich, auf dem Stadtwappen von Nîmes.
Und jetzt schreibe ich Dir. Ich bekam gestern Abend nach der Rückkehr ins Quartier um 9 Uhr den Brief, den Du in Nizza einen Tag vor meinem Urlaubsantritt eingeworfen hattest, dieser Brief ist so wundervoll lieblich, hätte ich ihn früher bekommen, hätte ich den Brief vom 3. nicht geschrieben, den Du nicht erhalten hast. Ich liebe Dich, ich verschlinge Dich unter Küssen, ich begehre Dich mit ganzer Kraft. Ich möchte Dich ganz.
Ich habe vergessen, Dir zu sagen, dass ich gestern Abend das erste Mal im Zimmer der Feldwebel geschlafen habe. Da hat man es, aber wie, viel besser. Kein Vergleich. Mir erging es so wohl, dass ich mich frage, ob das auch so bleibt. Habe in der Altstadt von Nîmes, Rue Trésorerie, eine Art Zimmervermittlung gesehen, in der möblierte Zimmer ab 12 Fr. angeboten werden. Ich glaube aber, besser ist das andere zu 20 Fr. Ich werde trotzdem reinschauen. Jane Mortier hat mir geschrieben, dass Du ihr noch nicht geschrieben hast.
Jetzt ist wieder die Rede von der Verlegung des Regiments nach Vincennes, ich weiß aber nicht, was daran wahr sein mag.

Ich liebe Dich mein Lou und durch mich liebt Dich alles
Die Pferde die ich schnauben seh' diesseits des Weges
Die römischen Gemäuer die auf mich niederblicken
Die kräftigen Soldaten die zur Kaserne gehen
Die langsam untergehende Sonne vor mir
Die jungbluten Rekruten auf dem Wege zur Front träumen
 von Dir
Denn Du bist die Fackel o teure Mähne feurig glühend
Die mir die Welt erhellt teure Flamme meine Lebenskraft
 schürend

Dein Bild zeichnen
Im Himmel die Wolken
Der Mistral kalter Wind
Bläst und nimmt meine Worte
Sie eilen zu Dir fort
Du vernimmst ihren Sinn
Der Blick schwankt hin und her
Zwischen Nîmes und den Alpen
Zwischen Nîmes und dem Meer
Und wenn der Tag sich neigt
Wenn uns der Schlaf ergreift
Allein in unseren Betten
Liegen wir Seit an Seit
Wir leben eng umschlungen
Vereint im selben Traum
Vereint im selben Wahn
Mein Traum gleicht Deinem Leben
Äste zitternd im Wind Deine Augen die beben
Überall sehe ich Dich so schön und auch so zart
Die Nägel meiner Schuhe funkeln wie Deine Augen
Rosarot wie die Deine ist die Vulva der Stuten
Die Schmiere an unsren Waffen ist wie wenn Du mich willst
O Genuss meines Lebens ist wie wenn Du mich nimmst
Mild ist der Winter, klar ist die Nacht
Dass Lou es mir tausendmal macht
Mein Urlaub bist Du meine Liebe
Quartier und Wache die ich schiebe
Deine Liebe ist meine Uniform
Die Knöpfe bilden Deine Küsse
Sie leuchten golden in zarter Form
Und Deiner Arme edle Blässe
Ist mir die allerfeinste Tresse

Neben mir erquickt sich ein Herr an einem Eis
Ich denk' an Deine Hüfte denk' an Dein lecker Fleisch
Eine hellblonde Dame liest links eine Zeitung
Ich denke an Deine Briefe, für mich einzige Nachricht,
   einzig gültige Meldung
Matrosen gehen vorbei, vom Meer bist Du der Held
Ich schaue auf Dein Lichtbild Du bist die ganze Welt
Ich brenn' ein Zündholz an und sehe Deine Haare
Du bist für mich das Leben, für meine irdisch' Jahre
Du bist für mich die Zukunft und meine Ewigkeit
Meine einzige Liebe und die einzige Schönheit

Gui

43

Nîmes, den 11. Januar 1915

Ich freue mich, mein Lou, ich habe heute zwei Briefe und eine Karte von Dir bekommen. Zuerst den süßen Brief, in dem Du auf Meinen Brief vom 3. antwortest. Mein Luchs, nie wieder werde ich an Dir Zweifel haben. Ich liebe Dich meinerseits auch auf immer und ewig. Für immer bist Du mir Geliebte und Herrin und ich bin Dein Herr. Wir haben uns so ganz vorbehaltlos einander gegeben, dass uns nichts mehr wird trennen können, auch nicht der Tod. Du musst den zweiten Entwurf fertiggestellt haben und Deine Briefe an B. und an Frau A. sind sicherlich schon unterwegs.
Aus der Geschichte mit dem Offiziersanwärter wird, wie es jetzt aussieht, wohl nichts. Das Examen hat noch den ganzen Tag gedauert. Die Ergebnisse stehen schon fest, bekannt gegeben werden sie aber erst heute Abend oder morgen.

Wer sind all diese Freunde von Dir, die auf einmal in Nizza hereinschneien, und was ist diese Geschichte mit dem Polizeirevier, auf deren Bericht Du mich neugierig gemacht hattest, und von der dann nicht mehr die Rede war?
Es ist wirklich nett von Dir, Jane Mortier Orangen geschickt zu haben. Sie wird sich darüber bestimmt sehr freuen.
Ja, Lou, ich glaube an Dich, an uns, ich glaube, ich glaube, ich liebe Dich, ich bin froh, ich nehme Dich ganz. Du bist das GROSSE DING.
Mein Lou, Du kannst Dir gar nicht ausmalen, wie ich Dich gestern und letzte Nacht begehrt habe. Ich stellte mir Deinen Körper vor, die geliebte Nässe der rätselvollen Grotte, in der Deine Wollust geborgen liegt. Ich habe mir vorgestellt, dass ich Dich, solltest Du nicht antworten, wie ich es mir wünschte, bei unserer nächsten Zusammenkunft nackt, wie eine Hündin, auf alle viere gezwungen hätte. Ich hätte Dich gepeitscht, während mich Dein Mund getrunken hätte, und wenn ich befunden hätte, Du seist nicht ausreichend erniedrigt, dann hätte ich Dich niedergetrampelt. Ich hätte abwechselnd Deinen Schoß und Deinen Hintern mit Füßen getreten, mit den Nägeln meiner Artilleristen-Schuhe. Und so zerschunden hätte ich Dich dann aufgespießt. Dein Brief ist gekommen und ich denke nun, dass ich Dich in die Arme schließe und an Dir lange, lange, lange Händchen klein spiele.
Lou, es ist kalt heute Abend. Ich übernachte zum dritten Mal im Zimmer der Unteroff. Wir sind vier, nebst mir mein Kamerad Nicolini, der große Mathematiker, eine unbeschreibliche Person, Feldwebel Nicolas und Feldwebel Husson oder Busson, Oberschulrat und so besserwisserisch wie ein deutscher Schulmeister. Aber man macht, was man will, Licht, solange man will, kein Appell, ein Soldat macht mir das Bett. Das ist herrlich. Hoffentlich bleibt es dabei. Heute also Fortsetzung der Prüfungen, Fähigkeit zum Kommandieren. Ich

glaube, ich habe gut kommandiert. Herr Oberst Pastoureau de la Besse ließ mich zu sich rufen und sagte mir, er könne sich noch nicht über das Ergebnis des Examens äußern, denn man nehme nur die Besten. Dann wollte er Dichter nennen, die Soldaten gewesen sind, ihm fiel allerdings nur André Chénier ein, der übrigens nie Soldat gewesen ist. Das Ganze in seinem Dienstzimmer, ich stand stramm mit präsentiertem Gewehr, Riemen eng am Kinn. Morgen also, das Ergebnis! Ich küsse Dich tausendmal, mein geliebter Luchs und trinke Dich ebenfalls, mein Schatz.

Gui

44

[Nîmes, den] 12. Januar 1915

Mein geliebter Luchs, also gestern Abend fand ich, als ich in der Kaserne wieder erschien, in unserem Zimmer den ob des Examens genauso wie ich besorgten Feldwebel Nicolini vor. Ich, mit schwerer Grippe, ging ins Krankenrevier, schluckte eine Aspirintablette, Süßholztee und Kaliumchlorid-Granula, dann mit dem Mathematiker Nicolini umhergestreift, um die Ergebnisse in Erfahrung zu bringen, nichts erreicht, dann unseren Ausbildungsunteroffizier, den Ingenieur Latty, Feldwebel und Neffe des Erzbischofs von Avignon, in seinem Zimmer aufgesucht, er hat uns gesagt, dass die Versammlung um acht Uhr sein würde, hierauf lud uns der Postmeister der 69., Giraud, Bariton an der Komischen Oper, dazu ein, uns den schlafenden Wachtposten der 69. anzuschauen. Er schlief wie ein Engel, Schiffchen auf dem Kopf, Zigarette im Mund, wir machten Radau, der Bariton sang, wir nutzten beim Anzün-

den seiner Zigarette ein ganzes Feuerzeug ab, fesselten ihn an sein Bett und schließlich steckten wir ihm den Schnurrbart mit einem Streichholz an, er fuhr mit Flammen im Gesicht aus dem Bett hoch, riss seine Fesseln, schlug dann mit der linken Seite wieder aufs Bett auf und schnarchte schon weiter. Das war eine unbeschreiblich lustige Szene. Dann gingen wir schlafen. Da die Versammlung erst um 8 Uhr war, bin ich um 7 Uhr aufgestanden, heißer Kaffee wurde mir ans Bett gebracht, ich habe mich gründlich gewaschen, war im Krankenrevier, trank Kräutertee, aß Anchovis mit Zwiebeln in der Kantine und ging dann zur Versammlung.
Wir marschierten durch die Stadt bis zum Artillerie-Stabsquartier, das 38. vorne, dann das 55., 2. Gebirgsartillerie, Kolonial-Regiment, Train und das 19. Bis 9 Uhr gewartet. Dann kamen Oberst Pastoureau de la Besse und Hauptmann Arnaud und der Oberst hat mit seiner Ansprache angefangen: Jugenderinnerungen, Warnung, dass die verliehenen Dienstgrade provisorisch seien und nach dem Krieg wieder entfallen, außer für diejenigen, die sie sich nach und nach erkämpft haben würden, dann Rede über unsere sonstigen Fähigkeiten: »So hatte ich die Freude«, sagte er zu mir vor allen *Poilus*, »Ihren Geist, Ihre Bildung schätzen zu lernen, und das raffinierte Vergnügen, mich mit Ihnen über Dichtung zu unterhalten« (ich habe Dir doch gestern unseren Dialog nacherzählt, aber Herr Latty und alle sagen, dass der gute Oberst einen Narren an mir gefressen hat). Dann hat er von unseren Pflichten geredet, führte folgendes Beispiel an: »Einige von euch haben heute nicht einmal gewichste Schuhe an.« Unwillkürlich schaute ich auf meine Füße: »Sie sind nicht gemeint, Ihr Betragen ist ganz tadellos!«, fuhr er fort. Ich fühlte mich langsam weniger unsicher. Dann teilte er uns mit, dass die Ranglisten noch nicht fertig erstellt waren. Wir zerstreuten uns auf dem Boulevard Masséna und haben die Konditoreien

gestürmt, um ½ 11 Uhr wurden wir zurückgerufen. Dann erschienen wieder der Oberst, der Major vom 19., der Hauptmann vom 38. und weitere Offiziere, die die Aufsätze geprüft hatten. Dann wurde verkündet, dass ich für den Stil und den Aufsatz in Französisch auf der Rangliste Erster war (was ich für dummes Zeug[64] drin hingekleckert habe, ist doch unvorstellbar) und dass Nicolini in den Wissenschaften Erster war. Dann erklärte man, dass man zwei Züge bilden würde, den einen für die Jüngeren, die nach erfolgreicher Ausbildung dann zu Offiziersanwärtern ernannt werden, den anderen für uns ältere, besser gebildete Soldaten, die stufenweise dann zu Gefreiten, Feldwebeln und nach drei Monaten, wenn man mit uns zufrieden ist, zu Unterleutnants der Reserve ernannt werden. Die Dienstgrade werden für die Jüngeren vorläufig und für uns endgültig sein. Diejenigen, die nicht genommen wurden, waren ungemein enttäuscht. Daraufhin kam Arnaud zu uns und sagte, er werde uns bald zu Gefreiten ernennen und Latty bleibe nach wie vor unser Ausbilder, unsere Gruppe bleibt auch: ich; Kaufer, Schiffbauingenieur aus Toulon, dessen Großmutter eine Cousine des Vaters von Athanoux ist; Nicolini; D***, der Gymnasiallehrer für Phil. aus Apt; C***, der Anwalt aus Nizza; und zwei Neue: ein Typ vom 19.; und ein *Poilu* meiner Batterie namens Murat. Der Major vom 19. hat uns, Nicolini und mich, beiseitegenommen, um uns darauf hinzuweisen, dass unsere Ausbildungszeit kürzer sein würde als die des anderen Zugs und dass wir uns richtig ins Zeug legen müssten, er hat gesagt, dass wir uns, was das Allgemeinwissen angeht, gegenseitig ergänzten und dass wir uns austauschen und zusammenarbeiten sollten. Dann ergriff der Oberst erneut das Wort und sagte, dass wir bis 9 Uhr frei hätten. Also sind wir, der Feldwebel Latty, Kaufer, D*** und ich, im *Hôtel de Nice* essen gegangen, dann Spaziergang und jetzt Café, um Dir zu schreiben. Ich habe sie abgehängt.

So, Lou, hier hast Du also den detaillierten Bericht über die wunderbare Geschichte der Offiziersanwärter. Ich bin von der Grippe und der großen Aufregung ganz zerschlagen. Aber ich liebe Dich und begehre Dich unendlich. Latty hat gesagt, dass nur noch Reiten und Artillerie drankommen, und vor allem Scharfschießen. Denn in Artillerie gelte ich als einer der Besten, obgleich ich darin noch nicht sehr bewandert bin, und von unserem siebenköpfigen Zug wird anscheinend erwartet, dass er in Artillerie der beste Zug werde.
Ich füge hinzu, dass es ein paar Überraschungen gab – ich, zum Beispiel, dachte nicht, dass ich es schaffen würde, aber unter den Jüngeren wurde ein hübscher und netter Bursche namens G***, der sehr gut kommandiert hatte und der auf dem Gebiet der Liebe sehr lustig ist (er passt sowohl zu Männern als auch zu Frauen), nicht genommen, so erging es auch Bisaiou, der vielleicht beim Kommandieren nicht sonderlich geglänzt hat, der aber äußerst hübsch ist, eine wahrhaftig hübsche Blondine, sehr gut erzogen übrigens. Nun bleiben wir also in unseren kleinen Feldwebel-Zimmern, ein Soldat macht mein Bett, keinen Appell, wenn Du kommst, wird das Übernachten in der Stadt zumindest einmal die Woche einfach, kein Striegeln, kein Fegen, kein Kartoffelschälen mehr. Unter den Glücklichsten war der Typ vom Kolonial-Regiment, netter Junge. Im Kolonial-Armeekorps ist das Avancement für die Muschkoten 2. Klasse so gut wie unmöglich, man braucht 10 Jahre, um Gefreiter zu werden, der Kerl vom Train war auch überglücklich. Dem einen wie dem anderen wurde gesagt, dass sie nicht gerade geglänzt hätten, dass man sie aber genommen hat, weil sie die Einzigen aus ihren Regimentern sind. Vom 2. Gebirgsregiment aus Nizza wurde ein Einziger genommen, die anderen waren ganz unglücklich. Sie haben mir erzählt, dass der Dienst als Kanonier bei ihnen mit Tornister und Märschen in den Bergen sehr hart sei und dass sie

gehofft hatten, ihre Lage verbessern zu können. Der Oberst hat ihnen gesagt, dass sie alle ganz miserabel abgeschnitten hätten und dass man doch einen von ihnen genommen hätte, um das Glück nicht gänzlich zu verspielen, und dass dieser sich nun wirklich glücklich schätzen könne, denn man habe ihn durch Los bestimmt. Das Postamt, von dem aus ich Dir das Telegramm geschickt habe, war übrigens von erfolgreichen *Poilus* überfüllt, die alle ungefähr das gleiche Telegramm schicken wollten.

Mein Lou, nun will ich mit Dir ein Gespräch über Liebe
    anbahnen
Wie die Sonne am Himmel steigt sie in meinem Herzen
Und sie schwenkt ihre Strahlen wie eine Peitschenschnur
Will unsere Seelen beleben sie aneinanderbinden Sonne im
    Azur
Dein Glück allein ist meine Liebe
Allein mein Wille ist Dein Glück
Deine Liebe soll vor Leidenschaft Dir schmerzen
Mein Wille Deine Schönheit und Lust sollen
    zusammenschmelzen
Ach! Ach! Da bist Du wieder vor mir ganz nackt
Geliebte Gefangene mein letztes Artefakt
Nach Honigapfel und Stachelfeige schmecken Deine Brüste
    matt
Deine Hüften kandierte Früchte die liebe ich mein Herzblatt
Der Meeresschaum aus dem die Göttin emporstieg
Ruft jenen Nektar wach, an dem ich mich erquick
Deine Augen haben, Schönheit, wenn Du so vor mir gehst
Den Glanz des stillen Schwertes, das bald viel Blut vergießt
Legst Du Dich, liebe Zahmheit, wirst Du mein Bacchanal
Und mir köstliche Speise ein heilig Abendmahl
Und magst Du Dich, Glühende, der Flamme gleich im Wind
    verbeugen

Enttäuscht die Wut des Feuers nie den genüsslich
Versengten
Ich brenne in Deiner Flamme und erlieg' Deiner Liebe
Bis ich mich wie der Phönix aus der Asche erhebe
Jeden Tag
Eilt zu Dir
Meine Liebe
Wie die Tram
Sie schreit und ächzt
Auf den Schienen meines Lebens
Ihre Veilchen schickt mir die Nacht
Ich schenk' sie Dir zierliche Tracht
Es starb die Sonne im sanften Schlaf
Und so der Tod die Fabel traf
Der falschen welken Liebesbande aus alten Zeiten
Die Veilchen sind geflochten
Der Tag bekränzte Dich mit Gold
Die Nacht schmückt Dir die Stirn so hold

Mein Lou, meine Liebe, ich küsse Dich tausendmal, ich nehme Dich leidenschaftlich ganz, mit all meinen Kräften, allseits nehme ich Dich, ich liebe Dich, liebe Dich innigst, ich lebe mit dem einzigen Ziel, dass Du die Meine wirst, mein Ding, mein gehorsames und liebliches Ding.

Gui

45

[Nîmes, den] 13. Januar 1915

Mein Lou, erhielt Deinen Brief vom Zehnten, Du kannst Dir schon denken, wie mich die Geschichte mit dem Hauptmann Foutriquet[65] amüsiert hat. Verlier nicht die Hoffnung, was Toutou angeht, und da die Geschichte mit dem kranken Verwandten das Ganze noch komplizierter machen könnte, verzichte darauf – Entscheide selber. Ich weiß nicht, ich weiß Dir in dieser Sache keinen Rat zu geben, geliebter Lou, weil man hier keine Auskunft bekommt, außer dass es anscheinend nun viel schwieriger ist als vor Neujahr, Urlaub zu bekommen. Grüße Toutou von mir und sag ihm, wie sehr mir daran liegt, dass Du erfolgreich bist. Seit gestern habe ich Grippe. Ich gehe ins Krankenrevier, wo man sehr nett ist, und nehme Kräutertee und Aspirintabletten. Heute hat man uns zum Erfolg beim Examen gratuliert, kannst Dir schon denken, wie mich das freut. Nun habe ich aber trotz Deiner Bemerkungen doch Skrupel, denn anscheinend werde ich in sechs, vielleicht in acht Monaten erst an die Front kommen, auch wenn ich es fertigbringe, Offizier zu werden … Was sagst Du dazu, mein Lou, jetzt ernst und ohne Egoismus? Schreibe es mir. Heute Schießgelände, man ließ uns auf Hinterwagen als Munitionskanoniere steigen, ich kann Dir versichern, dass es einem schlecht ergeht auf solchen Hinterwagen.

Man kann nun aber anscheinend nicht in dem Regiment, in dem man die Ausbildung gemacht hat, Offizier werden. Wenn ich nach Nizza gehen könnte, wäre das fabelhaft! Ich weiß aber noch nichts.

Lou, ich sage es Dir noch einmal, ich will, dass Du nicht allzu oft Händchen klein spielst. Ich werde auf Deinen Finger eifersüchtig. Ich will, dass Du es mir sagst, wenn Du Händchen klein gespielt hast, und dass Du Dich dagegen ein bisschen sträuben mögest. Ich werde Dich bestrafen müssen. Du gibst Dir in dieser Hinsicht überhaupt keine Mühe. Du bist zauberhaft schön; ich will nicht, dass Du verwelkst, indem Du Dich so durch Selbstbefriedigung erschöpfst. Knackig und frisch sollst Du sein, wenn wir uns wiedersehen, sonst bekommst Du Ohrfeigen, wie ein Schuljunge, der gewichst hat, anstatt seine Lektion zu lernen. Als wir am Gymnasium waren, rissen wir uns ein Loch in die rechte Hosentasche, wir griffen mit der Hand durch und waren für die Dauer der ganzen Arbeitsstunde am Werke. Ringe unter den Augen. Ich will aber nicht, dass ein großes Mädchen wie Du, das einen wunderschönen Arsch hat und seinen Mann schon zum Hahnrei gemacht hat, wie ein kleiner unartiger Junge wichst. Wenn Du es trotzdem machst, Kindchen, werde ich Dir die Peitsche geben, um Dich zur Vernunft zu bringen. Du kannst Deinen Hintern ruhig panzern lassen, ich werde ihn Dir trotzdem bis aufs Blut versohlen, so dass Du nicht mehr sitzen kannst. Dein Arsch wird für Dein Fötzchen büßen müssen, mein Schatz. Ich lechze so sehr nach Dir. Ich kann nicht mehr. Ich weiß nicht, ob ich in absehbarer Zeit Urlaub für Nizza bekomme. Ich kann es kaum erwarten, dass Du da bist. Wenn Du wüsstest, wie sehr ich Lust darauf habe, mit Dir zu schlafen, es ist unvorstellbar. Jeden Augenblick ist das wie die Versuchung des heiligen Antonius, Deine geliebten Möpse, Dein prächtiger Arsch, Deine Schamhaare, Dein Arschloch, das so quicklebendige, so weiche, so enge Innere Deiner Scham, ich kann die ganze Zeit an gar nichts anderes denken, Dein Mund, Deine Nasenlöcher. Das ist wahrhaftig eine Qual. Es ist ganz unfassbar, wie ich Dich begehren kann. Durch Dich fielen die Erinnerungen an meine ehemaligen Geliebten der Vergessenheit anheim, in einem Maße, das unvorstellbar ist. Obwohl sie hübsch waren. Ich sehe sie nur noch als S…ße. Die Engländerin, die doch großartig war, blond wie der Mond, großartige Titten, dick und fest und gerade, die steif wurden, sobald man sie berührte, und sie gleich brünstig machten, grandioser enormer Arsch und eine bezaubernd schmale Taille. Sie ist nichts mehr. Marie L., zauberhafte Gestalt, einer der dicksten Ärsche auf der Welt, und den habe ich mit herber Lust durchbohrt. Sie ist nur noch ein Misthaufen. Du allein, mein geliebter Lou, meine liebe Gefangene, meine liebe Gepeitschte, Du alleine existierst. Mein Lou, ich denke an unsere famose 69 in Grasse zurück. Wenn wir uns wiedersehen, machen wir es noch einmal. Wenn das so weitergeht, frage ich mich, ob ich Dir zu Ehren nicht auch selbst Händchen klein werde spielen müssen. Es ist doch ein Jammer, dass ich Dich entbehren muss. Die Lust, die allmählich wächst, wird zur Qual. Ich bedecke Dich mit Küssen, überall, Deine teuren Füße, die ich so liebe, dass ich daran lutsche, zwischen allen Zehen, ich gehe mit der Zunge die Wade hoch, die ich leicht anbeiße, Deine schönen Schenkel hoch, ich mache in der Mitte halt und fahre lange mit der Zunge über die Stelle zwischen Deinen beiden geliebten Löchern. Ich liebe sie alle, die neun heiligen Pforten Deines Körpers, die königliche Scheide, wo die lustvollen Liebesergüsse, mit denen Du mich, o Schatz, beschenkst, gären, und wo das schmelzflüssige Gold Deines lieblichen Pipis herausfließt, den faltigen After, Dein Röschen, gelb wie ein Chinese, in den ich eingedrungen bin und Dich vor herben Schmerzen zum Schreien brachte, den lieblichen Mund, in dem Dein Speichel nach den Früchten schmeckt, die ich am liebsten mag, die zwei Nasenlöcher, in die ich meine Zunge steckte und die einen köstlich delikaten salzigen Geschmack haben, und diese beiden so heißen, so nervösen Ohren. Die neun Pforten Deines Körpers sind die wunderbaren Eingänge zum schönsten, edelsten Palast auf der Welt. Wie ich ihn liebe, mein Schatz. Ich habe Deine zwei Augen vergessen, heiß und salzig wie das Meer und tiefer als seine Schlünde. Neun Pforten, o meine neun Musen, wann kann ich Euch wieder aufschließen? Mein Schatz, mein Schatz, Du kannst Dir gar nicht vorstellen, wie sehr ich Dich möchte. Sag mir, wer sind jene Freunde von Dir, die jetzt in Nizza sind. Lou, ich will nicht, dass Dir langweilig werde, amüsiere Dich ich will nicht, dass Dir öde wird, ich will aber auch nicht, dass Du weiter gehst, als Du es darfst, und das weißt Du ja selber. Aber Lou, nicht allzu oft Händchen. Schreib, tu was. Ich küsse Dich, ich liebe Dich, ich bete Dich an, ich lutsche an Dir, ich vögle Dich, ich ficke Dich in den Arsch, ich lecke Dich, ich kitzle Dein Röschen mit der Zunge, ich lege Dir einen Schneeballkuss in den Mund, alles, alles absolut alles, meine Liebe, ich nehme Dich ganz. Dein

Gui

46

Nîmes, den 14. Januar 1915

Mein kleiner Lou, erhielt Deinen Brief vom 12., für welchen Du den Hintern ordentlich versohlt bekommen wirst, und ich will, dass Du selbst mich daran erinnerst, wenn ich das vergessen sollte. Du hast es schön gemütlich, liegst auf der faulen Haut und nun fängst Du an, Zweifel an mir zu haben. Ich kann an mir selber aus Müdigkeit etwa, oder sonst einem Grund, Zweifel haben, Du aber willst Zweifel an mir haben, der ich doch Dein Herr bin und alle Rechte und alle Macht über Dich habe. Das ist Unsinn. Ich werde Dich lehren, mein Lou, dass Du mir gehörst, und ich finde, Du nimmst die Macht, die Ich über Dich habe, wirklich auf die leichte

Schulter. Ich will, dass Du alles, was ich Dir antun werde, auch geradezu liebst. Es steht nichts Böses zwischen mir und Dir. Du musst Dich von allem beglückt fühlen, was ich Dir antun werde, und Du musst die Peitsche leidenschaftlich küssen, die ich schwingen werde, und Du wirst mich auch noch sehr ehrlich um mehr bitten müssen. Nicht Deine Fantasie alleine muss auf dem Spiel stehen, sondern auch Dein Hintern, Dein fetter Arsch, der die Schläge als herrliche Wollust einstufen und herbeiwünschen muss, wenn ich nach meinem Gutdünken entscheide, ihm welche zu verabreichen, so müssen auch Deine Wangen sich der Ohrfeigen erfreuen, die ich ihnen verpassen mag, wenn mir danach ist. Schläge oder Küsse, das eine wie das andere muss für Dich gleich fabelhaft sein, solange sie von mir kommen. Schläge müssen schier als große Küsse und Küsse als kleine Schläge betrachtet werden. Wenn Du Dich, noch kalt, vor den großen Küssen fürchtest, sei so köstlich, so leidenschaftlich, so lieblich, dass Du dann nur die kleinen Schläge meines Mundes verdienst. Aber Du weißt, dass ich Dich sowohl mit Strenge als auch mit Sanftmut liebe, und die noch so kleinste Stelle Deines Fleisches ist mir genauso kostbar wie der Rest, mein geliebter Schatz – Du siehst, allerteuerste Liebe, dass Du richtig getroffen hast, denn ich bin tatsächlich für den Aufsatz in Französisch Erster auf der Rangliste gewesen. Du bekamst vorgestern Verse, ich schicke Dir welche, jedes Mal, wenn ich zum Dichten Zeit finden werde. Sieh zu, dass Du sie nicht verlegst, denn ich werde sie (die besten) in einem Band sammeln und ich habe keine Abschrift, denn ich schreibe und schicke sie Dir direkt[66].

47

[Nîmes, den] 14. Januar 1915

Lou, ich habe gerade Deinen Brief vom 11. erhalten. Der Psalmist ist das, meine Liebe, der sagt, dass die Furcht des Herrn etc., der Psalmist, also König David selber, und dieser wunderbare Dichter, einer der größten Könige der Weltgeschichte und einer der Neun Helden[67], ehemals Anführer von Räubern, kannte sich sehr wohl darin aus.
Wir sind nun zu neunt in unserem Zug, gebe Gott, wir würden auch einst Neun Helden sein.
Ich habe gerade die *Action Française* gelesen – Sembat ist Minister für Öffentliche Arbeiten, vergiss das nicht, wenn Du seiner Frau schreibst, deshalb eigentlich schreibe ich Dir. Das ist heute mein 2. Brief. Hör mal, wenn Du nach Nîmes kommst, kannst Du dann selber suchen. Billige Zimmer gibt es in Hülle und Fülle. Das Zimmer, das ich meine, liegt sehr zentral, bei netten Leuten, sehr sauber. Du hältst mich also wirklich für einen Idioten, der unfähig ist, Dir eine Bude zu finden, unter dem Vorwand, Du seist ein empfindlicher Typ, das weiß ich wohl, mein Lou, und das ist einer der Gründe, aus denen ich Dich so innigst liebe.
Na dann, ich lasse es dabei mit Deinem Zimmer, aber komm schnell, Herrgott noch mal. Ich will Dich. Wer sind diese Desmazières, mit denen Du Dich so kaputtgelacht hast? Du lässt es Dir weit von mir anscheinend richtig gut gehen, große goldene Ratte. Ich liebe Dich und küsse Dich überall tausendmal.

Gui

Mein Freund Léautaud hat mir einen rührenden Brief geschrieben, den ich Dir mitschicke, er hat hundert Sous hineingesteckt, dabei ist er überhaupt nicht reich. Mir sind die Tränen gekommen. Anbei ist auch eine Karte von L. de G. Frick, der zu denjenigen zählt, die am meisten schätzen, was ich mache – ich wusste, dass er seit dem 1. Tag kämpft. Er schreibt mir, dass er den *Poilus* im Schützengraben meine Gedichte aufsagt. Das ist interessanter als La Baronne[68], mein Lou. Ich liebe Dich.

48

[Nîmes, den] 15. Januar 1915

Mein armer kleiner Luchs, ich habe heute 2 recht traurige Briefe von Dir bekommen – den vom 2. und den vom 13. (nebenbei bemerkt, datiere bitte immer Deine Briefe, der Wochentag allein reicht nicht aus), der Brief vom 2. hat 13 Tage gebraucht, der Keller von Folicon[69] erscheint darin als riesige, keineswegs einladende Höhle, Du warst gerade gegangen … Dein Brief vom 13. trauriger noch. Toutou dient weiterhin bei der Artillerie, aber er ist Meldeläufer, was wir auch wahrscheinlich am Anfang sein werden, wenn wir an die Front kommen. Das war eben das Thema im Unterricht heute. Als der Krieg begann, war der Meldedienst mangelhaft, es kam vor, dass die französische Artillerie auf die französische Infanterie schoss. Dabei soll die Infanterie durch die Artillerie geschützt werden. Der Meldeläufer ist das Verbindungsglied zwischen der vorderen Linie der Infanterie und der sie beschützenden Artillerie, er informiert die eine wie die andere über ihre jeweiligen Stellungen und soll den frevlerischen Brudermord verhindern. Das ist ein wichtiger, ziemlich gefährlicher Posten, aber Infanterie ist es nicht. Der Meldeläufer

muss Entschlusskraft zeigen, er ist fast ständig unterwegs und allein. Ziemlich gefährlicher Posten, der aber den Vorteil hat, dass man allein ist und sich ziemlich leicht schützen kann (vor dem Feind in Deckung gehen heißt das genauer). Ich habe Feldwebel Jaboulet gefragt, der Meldeläufer gewesen ist, er wurde zwar von einem Granatsplitter getroffen, er sagt aber, dass man weniger in Gefahr ist als auf vielen anderen Posten, weil man halt nicht kämpft. Es ist weit weniger gefährlich, als in der Infanterie Oberst zu sein, in der Artillerie Hauptmann oder Geschützführer zu sein. Das ist ein Vertrauensposten. Es kann schon sein, dass man erwischt wird, aber ins Visier genommen wird man eigentlich kaum. Auf jeden Fall hat das mit Infanterie nichts zu tun.
So ist das, mein Lou.
Es gibt ganz viele Meldeläufer, Offiziere oder Unteroffiziere, denn wichtig ist es in einem Heer, dass alle Armeecorps, alle Waffengattungen erfolgreich miteinander arbeiten können.
Mach Dir nicht so viele Sorgen um Toutou, mein Lou, da er Dir ja versprochen hat, vorsichtig zu sein, und da er prinzipiell an den Kämpfen nicht teilnimmt.
Schone Dich, enerviere Dich nicht. Ist Mémée wieder gesund? Grüße sie von mir. Sei nicht traurig, mein geliebter Luchs.
Ich hatte Grippe die letzten Tage, geht mir heute Abend besser. Vom Pferd gefallen, mir nicht weh getan. Ganz anders erging es meinem Kameraden C*** aus Nizza, er ist beim Galoppieren gestürzt, prallte mit dem Kopf gegen eine Mauer, ich habe gedacht, er sei tot, er wurde ins Krankenrevier gebracht. Ich weiß nicht, was aus ihm geworden ist.
Ich liebe Dich sehr. Ich bin müde, müde, aber ich bin eher heiter. Heute haben wir unsere Hände abgemessen, damit wir Entfernungen mit den Fingern bestimmen können. Ich küsse Dich.

Gui

49

[Nîmes, den] 16. Januar 1915

Mein Lou,
ich hatte Borys wegen des Urlaubs und auch der Ausbildung zum Offiziersanwärter geschrieben. Er hat heute dem Oberst und dem Hauptmann geschrieben. Das war zu spät für den Zug der É. O. R.[70], ich hoffe aber, da mir Borys also offensichtlich wohlgesinnt ist, dass es hinsichtlich der Abschlussprüfung etwas bewerkstelligen könnte, denn natürlich werden viele bei der Abschlussprüfung durchfallen. Jedenfalls ließ mich der Hauptmann heute zu sich rufen und teilte mir mit, dass ich nächsten Sonntag 24 St. bekomme. Ich bemühe mich, zur gleichen Uhrzeit abzufahren, um zur gleichen Zeit einzutreffen; und für alle Fälle, sollte ich nicht in diesem Zug sein, machen wir das wie beim letzten Mal; erkundige Dich nach den möglichen Verbindungen und sei dann da, bestelle das Zimmer und telegraphiere mir gleich nach Erhalt dieses Briefes oder, wenn Du an die Front fährst, telegraphiere, damit ich auf den Urlaub verzichte.
Deinen Brief vom 14. bekommen, schlimme Stunden machst Du durch und Toutou ist es wert, mein armer kleiner Luchs, Du hast Recht, ihn so zu lieben, und ich kann dem nur zustimmen, aber verlier nicht die Nerven, Toutou kann nichts passieren, das sage ich Dir, ich selbst mag ihn zu sehr, als dass ihm was passieren könnte. Mach Dich nicht verrückt, schreib niemandem, alle Posten sind im Krieg gefährlich und der von Toutou ist nicht schlimmer als diejenigen der meisten Beteiligten in diesem Kampf. Schatz, Du weißt, ich würde Dich nicht betrügen wollen und ich bin auch kein Lügner. Meldeläufer ist Meldeläufer und da kann es schon passieren, dass man unterwegs getötet wird, der Gefahr ist man aber doch weniger ausgesetzt,

als wenn man richtig an den Gefechten selbst beteiligt wäre. Die gefährlichsten Posten in der Artillerie sind Geschützführer und Hauptmann. Sonst ist das Glückssache. Also keine Panik. Toutou ist übrigens meines Wissens bisher stets nur Meldeläufer gewesen, er ist also jetzt nicht mehr und nicht weniger in Gefahr als vorher, er muss bloß weiter nach vorne rücken, aber doch nicht bis zum Graben der vordersten Linie, da der Oberst der Infanterie hinter seinem Regiment bleibt. Pascal kennt sich nicht besser aus als ich, da seine Ausbildung diese Punkte nicht behandelt, die aber wiederum bei mir im Lehrplan sind, schreibe ihm nicht, er würde Dich, pervers wie ich ihn kenne, nur in Unruhe versetzen. Toutou verwundet, das hieße übrigens für ihn erst mal Ruhe, und er läuft eigentlich, es sei denn, er hat wirklich Pech, keine Gefahr, außer durch verirrte Granatsplitter erwischt zu werden, und es wäre gar verwunderlich, wenn er sich dadurch mehr als nur eine Verletzung zuzöge. Du weißt, um üble Überraschungen zu vermeiden, habe ich die Gewohnheit schwarzzumalen, mein Brief also – dieser Brief – ist pessimistisch und er soll Dich als solcher also beruhigen, ich versichere Dir, mein Lou, Toutou kommt zu uns zurück …
Ich liebe Dich, mein Lou, Dich soll kein Aua drücken, Du hast gut daran getan, Herrn B. und Frau S. so zu schreiben; ich hatte an diesen privaten Wohnsitz gar nicht gedacht, wobei ich glaube, Berthelots wohnten 1910 nicht am Boulevard du Montparnasse – jetzt wohnen sie ja dort, die Nummer habe ich vergessen. Die Briefe werden aber schließlich irgendwann ankommen.
Frau Agutte ist der Künstlername von Frau Sembat, das ist seine Ehefrau und nicht seine Geliebte. Du hast gut daran getan, Frau Mortier zu schreiben.
Mach Dir die Mühe, nicht wieder Händchen klein, ganz allein zu spielen, los, tue es, das musst Du, ich will das, beherrsche Dich, zeig ein bisschen Willenskraft. Du hast es nötig, gerügt

zu werden, es ist zu Deinem Besten, und weil ich Dich liebe, deshalb muss es dazu kommen. Und je mehr ich Dich liebe, umso drastischer muss ich vorgehen. Dein Ehrgeiz muss sich meinen Befehlen fügen, Du gehörst mir, Du musst mir gehorchen. Ich will nicht, dass Du die Nerven verlierst, wenn Du erneut dermaßen die Nerven verlierst, werde ich böse und es wird schlimmer kommen als alles, was ich Dir gesagt habe und was Du schon weißt.
Hat Dir der *Mercure de France* meinen Band über den Aretino geschickt?
Schreib also schnell wegen des Urlaubs. Ich liebe Dich innig, aber lass Dich nicht verrückt machen, sei nicht traurig, und in ruhigen Momenten unterlasse es, Blödsinn zu machen. Du bist außergewöhnlich und mir scheint, Dir gebührt mehr Strenge, als ich bisher gezeigt habe. Nimm Dich in Acht, Lou, nimm Dich in Acht, mach mich mit Deinem Blödsinn nicht böse, Du, die es würdig ist, keinen zu machen, Du, die keinen Blödsinn machen darf. Hör mal, Lou, überlege es Dir ein bisschen, Du bist intelligent, Du entstammst einem zauberhaften Geschlecht, und manchmal verhältst Du Dich wie ein freches Gör, komm, zeig ein wenig Stolz, er soll sich entfalten, umso mehr, als er sich vor mir so erniedrigt hat, ich habe es Dir gesagt, diese freiwillige Erniedrigung Deines Ehrgeizes soll Deinen Willen, Deinen Stolz entwickeln, all Deine Eigenschaften, wenn sie auf die anderen, auf alle außer mir, ausgeübt werden, ich bin Dein König, Dein Herrscher, Dein Herr, alles Übrige gehört Dir, und darüber hast Du alle Rechte. Für vieles im Leben musst Du Dich revanchieren, ich werde Dich unterstützen und Toutou steht Dir zur Verfügung, mit Deinen zwei Freunden bist Du die Königin der ganzen Welt. Mit mir und Toutou bist Du Lou, mit den anderen Menschen Lupus[71], eine Wölfin musst Du sein. Sei mäßig, sparsam mit dem Händchen, es soll Dich nicht gefangen nehmen, es soll Dich nicht zunich-

temachen, Schatz, schöner Schatz. Beherrsche Deine Begierde, wie Dein Liebhaber auch die seine zügelt, sie ist genauso stark wie Deine, ich schwöre es, denn er begehrt Dich mit all seinen Kräften, Dich, mein Lou, der Du die begehrenswerteste Frau, das schönste Mädchen auf der Welt bist, und ich hoffe, dass sie mir, nächsten Sonntag, alles geben kann, was sie hat, ich habe darauf eine Wahnsinnslust, ich liebe Dich.

Gui

50

[Nîmes, den] 17. Januar Sonntag 1915

Mein Schatz, ich habe Dir gestern von meinem Urlaub geschrieben, ich bemühe mich, am Freitag in der Nacht zu fahren, um am Samstagmittag anzukommen, sei zu den drei Zügen da, wie Du es das letzte Mal machen solltest, aber erkundige Dich nach den Ankunftszeiten, die möglicherweise geändert wurden, telegraphiere, damit ich weiß, ob das geht, oder damit ich für den Fall, dass Du schon unterwegs bist, auf den Urlaub verzichten kann. Für den Fall, dass Du Deine Erlaubnis f. die Fahrt zu Toutou hast, sieh zu, dass mein Urlaub und Dein Aufenthalt in Marseille zusammenfallen, wo wir dann für die Zeit des Urlaubs bleiben würden. Telegraphiere also und sag mir, ob das so auch gut ist. Wenn der Urlaub doch in Nizza ist, wieder im P. L. M.[72], oder?

Ich bitte Dich erneut darum, mein Lou, mir Nachrichten von Toutou zu schicken, in jedem Brief. Und wie steht's mit Deiner Mutter?

Gestern Abend habe ich für heute zusammen mit Dulla aus Nizza, der sein Zimmer in der Stadt mit mir teilt, Urlaub be-

antragt. In Nizza ist tatsächlich der Koch der Batterie sein Metzger. Er hat ihm ein Entrecote gegeben, das die Nachbarin mit Kartoffeln für uns gebraten hat. Sind um acht Uhr ausgegangen, haben geduscht, uns rasiert, haben uns die musikalische Messe in der Paulskirche, beim Amphitheater, angehört, dann gut zu Mittag gegessen, Entrecote mit Kartoffeln, Roquefort-Käse und Orangen aus Baratier, 1 Liter Wein aus dem Gard. Heute Nacht bin ich um 11 Uhr ins Bett gegangen. Der Himmel war wunderbar, ein lateinischer Spruch sagt vom Himmel in Nîmes, dass er ägyptisch sei, *caelum aegyptiacum*. Heute Mistral und Sonnenschein.
Ich schicke Dir einen Artikel aus dem *Niçois*[73], in dem Aurel nette Worte für mich findet und aus einem meiner Briefe zitiert. Hebe den Artikel für mich auf. Ich bitte Dich erneut darum, mein Lou, meine Briefe zu beantworten. Wenn Du sie liest, antworte. Wenn Du sie nicht liest … Gehorche mir, Lou! Wenn nicht, kann ich Dir versichern, dass ich böse werde, kriegst richtig was auf Deinen Popo. Ich wünsche, Du wärest so sehr die Meine, ich bräuchte Dich einfach nur in meinen Armen zu wiegen und könnte Dich nehmen und ich bräuchte Dir niemals den Hintern zu verhauen, oder nur um mich zu amüsieren und Dich ein bisschen zu erregen, wenn Du aber weiter ungehorsam bist, werde ich meine Fahrerpeitsche mitbringen müssen, und da wirst Du was erleben. Was Händchen klein angeht, ist das genauso, ich will, dass Du Dir die Mühe machst, es seltener zu treiben. Verstehst Du, ich bitte Dich nicht darum, auf diese Erquickung zu verzichten, sondern darum, es nicht Abend für Abend zu treiben, denn es ist überzogen, würde Dir schaden, und ich wünsche mir meinen Lou stets so hübsch wie damals, als ich anfing, ihn abgöttisch zu lieben, ich wünsche sogar, er werde unter meiner Herrschaft noch schöner. In dieser Hinsicht will ich, dass Du mir ehrlich sagst, das heißt schreibst, jedes Mal wenn Du

Händchen gespielt hast, ICH WILL DAS. Ich weiß schon, auf Anhieb wirst Du Deinen Willen erst mal nicht ausreichend durchsetzen können, allmählich aber wirst Du Dich beherrschen. Widersteh fürs Erste einmal ab und zu … So besorge es Dir nach Erhalt dieses Briefs, denk daran, dass ich Dich innigst liebe, dass ich Dich begehre, dass ich an Deine köstliche Nacktheit denke, als wäre es die Nacktheit von Salome, die sich vor dem abgetrennten Kopf des Täufers befingert. Denk daran, wie sehr ich Deine Brüste mag, sie sind köstliche Baisers, auf die ein rosaroter Sonnenuntergang herabgeschneit wäre. Sieh Dir Deine schönen bebenden Hinterbacken an, die ich mit Wonne gepeitscht habe und deren Zuckungen mich erzittern lassen, wenn ich bloß daran denke. Dein Körper, Deine Schweiz ist lieblicher und schöner als die ganzen Alpen mit dem Mont Blanc, der Rigi und dem Monte Rosa. Schau Dir Deine schönen Augen an, die Blicke aufrollen können, als seien es Kabel, die uns für immer verbinden. Denke daran, dass ich Dich genauso sehr mit der Seele wie mit dem Leib liebe, und am nächsten Tag, von diesem Gedanken erfüllt, widersteh, spiel nicht Händchen klein. Denke an die Zartheit, an den Charme unserer Gespräche, betrachte Deinen entzückenden Geist, dessen so scharfer, unvermuteter Witz ich abgöttisch liebe, denk an die schöne Klugheit, die Dir eignet, sobald Du anstrebst, sie dem Ideal-Schönen zuzuwenden, und in der ich mich immer selbstgefällig widergespiegelt sehen will. Ich habe heute an einer Straßenecke in der Altstadt von Nîmes diese sonderbare Anzeige in großen Lettern gesehen: *Das Haus Platon hat keine Niederlassung*. Sie hat völlig Recht, diese Firma Platon, sie soll da bleiben, wo sie ist, sie hat keine Niederlassung in unserer Liebe, letztere ist nicht, kann nicht, wird nie platonisch sein können, aber wir müssen uns sowohl jenseits des Fleischlichen als auch im Fleischlichen lieben. Meinerseits liebe ich Dich nicht weniger in dem einen als in dem anderen Bereich, und das will etwas heißen. Dein Leben darf sich also nicht auf das Fleischliche beschränken, manchmal müssen sich Dein Hirn, Deine Seele, Dein Herz mit ganzer Kraft zwischen Deinen feingliedrigen Finger und Deine feinfühlige Knospe stellen und das wonnevolle Berühren verhindern.

Es ist Winter und schon hab ich Knospen gesehen
An den Feigen hinter Zäunen. Meine Liebe, wir schreiten
In dem Frühling des Kriegs, den wir erleben, dem Frieden
entgegen
Uns geht's gut. Kannst Du den Schrei der Männer da
draußen hören
Ein Matrose aus Japan kratzt sich am linken Auge mit dem
rechten Fußzeh
Königssöhne sind nun auf dem Weg ins Exil ganz ergriffen
vom Heimweh
Mein Herz dreht sich um Dich wie ein Kolo aus Serbien bei
dem junge Rekruten sich um ein
Mädchen drehen, ein schlummerndes jungfräuliches Weib,
Der blonde Fußsoldat knackt sich im Regen die Filzläuse
vom Leib
Ein in den Niederlanden internierter Belgier liest von mir in
der Zeitung
Eine Königin schaut vom Deich aus zur Schlacht nieder mit
panischer Empörung
Vor scheußlicher Verletzung schließt der Sanitäter die
ungläubigen Augen
Der Glöckner sieht, überreife Birne, seinen Glockenturm auf
dem Boden aufschlagen
Der englische Hauptmann, sein Schiff ist im Versinken,
raucht zum letzten Mal Opium
Sie schreien. Schreien nach dem Frühling des Friedens, der
kommt. Hör ihren Schrei, verstumm.

Mein Schrei geht aber zu Dir mein Lou, mein Friede bist Du
und mein Frühling
Du bist mein Lou das Glück das ich erwarte mein Liebling.
Um unsres Glückes willen mach ich mich todbereit
Um unsres Glückes willen hab ich Hoffnung noch in dieser
trüben Zeit
Um unsres Glückes willen fechten die Heere wild
Deswegen wird mit Spiegeln auf dezimierte Reihen der
Fußsoldaten gezielt
Deswegen fliegen die Granaten wie etliche Sternschnuppen
Deswegen ziehen auch müde Gefangene in desolaten
Truppen
Deswegen schlägt mein Herz nur für Dich meine Lou
Meine Liebe, o mein Schatz, Kunst und Artillerie bist Du

Gui

51

Brief ganz lesen!!!

[Nîmes, den] 18. Januar [19]15

Anbei ein Scheck von 111 Francs, den Du für Dich oder für mich einlösen bzw. auf die Seite legen kannst je nach Bedarf

Geliebter Lou! Dreierlei Dinge von Dir heute Morgen, Zettel, auf dem Du nach der Adresse von Pascal fragst. Er schreibt nicht mehr – ich weiß nicht, was aus ihm geworden ist. Die Adresse habe ich gerade nicht zur Hand, ich schicke sie Dir, wenn Du sie brauchst. Zu Deinem Brief vom 15., wenn Du mir nur alles sagst, bist Du lieb und ich liebe Dich. Was Mora[74] anbelangt, geht es nicht alleine um die Versprechen, die Du edel genug bist zu halten, sondern auch um Deine Seele und um Deine Begierde. Ich habe Dir doch gesagt, ich will, dass Du freiwillig mein Ding wirst, insofern ist die Einhaltung Deiner Versprechen für mich nicht ausreichend, ich will Dein Leben, Dein Blut, jeden Seufzer aus Deiner Brust, jede Lustregung von Dir haben, und die vollkommene Zustimmung Deines Willens, Deines Körpers, Deines Geistes. Das heißt also, dass nichts aus Deinem früheren Leben als Erinnerung voller Wonne in Dir weiterbestehen darf. Alles musst Du vergessen, und nur noch mir gehören, kleine Gräfin von Coligny! Ich glaube nicht, dass ich hiermit von Dir ein Opfer verlange, es ist ja doch nur das Mindeste. Das ist übrigens nicht die letzte Forderung, die ich Dir gegenüber erheben will. Du bist gebunden und frei. Noch kannst Du Nein sagen, aber um mich zu lieben, wirst Du Dich immer enger an mich binden müssen, und je mehr Du mir, so restlos wie möglich, gehörst, desto mehr wirst Du mich besitzen … Wenn Du mir jetzt schon ankündigst, dass Dein Juli bereits belegt ist, weißt Du am Ende selber besser, wie es mit Deinen Gefühlen und Deinem Willen steht, Deinem mich betreffenden besseren Wissen und Willen. Und ich sage es Dir, ich bin auf die Anderen, auf das, was zwischen ihnen und Dir geschehen könnte, nicht eifersüchtig … das weißt Du übrigens … ich bin aber auf Dich eifersüchtig und darauf bedacht, dass Du mir ganz gehörst, und Deine letzten Briefe zeugen von einem Tun und Treiben, von einer Fülle von Sorgen (natürlich geht es nicht um Toutou), die mir Deinen Gehorsam, Deine Zärtlichkeit vorenthalten und beinahe auch Deine Briefe, die wie die Tage im Herbst immer kürzer werden. Nicht wegen Deiner Freunde habe ich Bedenken, aber, Lou, ich kenne Nizza. – Die Leute sollen Dir völlig schnuppe sein, nur auf diese Weise wirst Du diese Charakterstärke, diese Willenskraft wieder erlangen, die Dein Privileg sein soll, auf welches Du ausschließlich zu meinen Gunsten verzichten darfst.

Was sollen diese Auskünfte von Matte[75]? Was meinen Urlaub am Sonntag betrifft, wäre das jedenfalls besser, wenn Du mich nicht zum Mittagessen nach Baratier schlepptest wie ihn.

Briefe in der Art von denen, die Du erwähnst, würde ich gern empfangen, aber ich bin natürlich dabei nicht so gut bestellt wie der famose Verwundete.

Es gefällt mir, dass Du den Brief des kleinen Kanoniers schön gefunden hast. – Der Brief von Yvonne Prath[76] ist weniger schlecht, als Du denkst, ich werde Dir erklären inwiefern. Er ist auf jeden Fall sehr nett, und jeden Monat ein bisschen Geld ganz freundschaftlich in guter Kameradschaft, das ist doch ungemein nett in solchen Zeiten. Du schreibst mir »ich liebe Dich abgöttisch« am Ende dieses Briefs, ich weiß aber nicht, ob Du das auch wirklich meinst … Dein so kurzer Brief vom nächsten Tag verrät, dass Du meine Briefe nicht liest … (Dein Brief vom 16.)[77]. Liest Du sie also nicht, ist es doch der Mühe nicht wert, dass ich mich, der ich doch in meinem Leben niemandem so viele und vor allem so lange Briefe geschrieben habe, mit weiteren Briefen abquäle. Ich werde ganz einfach aufhören. Du versprichst mir ständig lange Briefe und meine liest Du nicht einmal. Sie sind lang, weil ich dachte, Dir damit Freude zu bereiten. Nun bitte ich Dich aber um Verzeihung. Von nun an werden sie kürzer sein und mit den Deinen übereinstimmen.

Aber nein, Lou, wenn Du hier bist, wirst Du erst mal im Hotel Nice absteigen, bis Du etwas gefunden hast – keine Ursache – Ich werde mich trotzdem umschauen. Auf jeden Fall, und deshalb behaupte ich, dass Du meine Briefe nicht liest, denn im Brief, in dem ich vom Zimmer erzählte, erzählte ich auch von der Pension, die Du bei Deinen Besitzern – anständigen Leuten – auch nehmen könntest, einer Pension für 5 oder 6 Gäste, Hausmannskost, wo man Dich auch um 9 Uhr bedienen würde, wenn Du es möchtest – Aber ich will mit Dir nicht schimpfen – Nein, Nîmes kenne ich nicht besser als Du – sehr schlecht sogar kenne ich diese Stadt, in der es heute saukalt ist. Während ich mich nach Deiner Sauhitze sehne. Ich bitte Dich nun aber, mich nicht mehr mit dem Dichterberuf zu necken. Es ist mir klar, dass Du es gut meinst, das könntest Du Dir aber leicht angewöhnen. Dichter sein heißt erst mal nicht, dass man zu nichts anderem taugt. Viele Dichter haben anderes getan, und zwar sehr gut – (ich schreibe Dir aus der Kantine – verzeih das schlechte Papier, geliebter Lou –). Dann ist der Dichterberuf weder unnütz noch verrückt und auch niemals leichtfertig. Poeten sind Schöpfer (Poet kommt vom Griechischen und bedeutet nämlich Schöpfer und *Poesie* heißt Schöpfung) – Nichts erscheint also auf Erden, kommt den Menschen zu Gesicht, wenn es nicht zuerst von einem Dichter erdacht wurde. Die Liebe selbst ist die natürliche Poesie des Lebens, der von Natur gegebene Instinkt, der uns dazu antreibt, Leben zu schöpfen und fortzupflanzen. Ich erzähle Dir das, um Dir zu zeigen, dass ich den Dichterberuf nicht ausübe, um einfach nur den Eindruck zu erwecken, dass ich irgendwas mache und dabei in Wirklichkeit nichts tue. Ich weiß, dass diejenigen, die sich der Dichtungsarbeit hingeben, etwas äußerst Wichtiges, etwas Grundwesentliches, etwas absolut Notwendiges, schließlich etwas Göttliches leisten. Ich meine natürlich nicht bloße Verseschmiede. Ich meine diejenigen, die allmählich dank ihrer Mühe, Liebe, Genialität etwas Neues auszudrücken vermögen, und in der Liebe, die sie inspirierte, versterben. So, Lou, wieder ein zu langer Brief, wenn Du ihn liest, alles gut, sonst werde ich mich rächen, wie es einem Dichter gebührt, das heißt göttlich, und Du weißt,

Rache ist das Vergnügen der Götter. Ich liebe Dich, mein Lou, bin aber böse, dass Du in Deinen jetzigen Briefen zu mir weniger gehörig scheinst, weniger als vor ein paar Tagen, scheint mir. Ich freue mich trotzdem auf den bevorstehenden Urlaub.

Amor, ich liebe Dich

Gui

52

Den 19. Januar 1915

Mein Schatz,
ich bemühe mich, am Freitag um 8 Uhr abzufahren, um am Samstagmorgen um sechs Uhr in Nizza einzutreffen. Übernachte also in der Nacht von Freitag auf Samstag im P. L. M. – unter meinem Namen, und wenn ich dann am Morgen nicht angekommen bin, sei um zwölf Uhr am Bahnhof, dann erkundige Dich nach den genauen Ankunftszeiten und sei dann da, wenn die nächsten Züge eintreffen und ich um zwölf noch nicht da bin.
Sei also um zwölf Uhr am Bahnhof, wenn ich mit dem Morgenzug nicht angekommen bin, sei aber nicht an diesem Morgenzug, schlaf Dich im P. L. M. aus.
Ich schreibe Dir später noch einmal aus der Kantine.
Telegraphiere ein zweites Mal, damit ich weiß, ob Du verstanden und vor allem ob Du diesen Brief erhalten hast.

Dein Gui

Ich werde mir Deine Artillerie vornehmen.

53

Den 19. Januar 1915

Mein geliebter Lou, ich bin müde, erkältet, aber im Grunde gesund. – Sei nicht traurig, mein Lou, es wird schon alles gut, sei fröhlich. Ich möchte Dich liebkosen, verwöhnen, Dir ganz Zärtliches sagen. Sei ruhig, mein Schatz, meine Schöne. Ich sage Dir die ganze Wahrheit, mein Lou, ich würde es mir nicht erlauben, Dich, die ich doch liebe, mit Unwahrheiten abzuspeisen. Im Krieg ist alles gefährlich, Toutous Posten ist aber nicht gefährlicher als manch anderer und ist es nicht so sehr wie viele andere. Wieso Illusionen, mein Schatz, es geht um Hoffnung, Zuversicht, Mut, verlier nicht den Mut. Bete, bete für alles, was Du liebst und zuvörderst Resignation, Opfersinn. Lou, die Frauen müssen dieser Sache gegenüber resignieren. Toutou und ich lieben Dich innigst, wir werden zurückkehren. Toutou ist bald bei Dir, Du wirst ihn gesund wiedersehen, mein geliebter Lou. Nicht wahnsinnig werden, Stärke zeigen, Seelengröße, Lachen, unserem Ausbilder Latty, dem Neffen des Erzbisch. von Avignon, ist vor kurzem der geliebte Bruder getötet worden. Er ist fröhlich, und ich kann Dir versichern, dass er seinen Bruder geliebt hat, Opfersinn, Opfersinn. Keine Angst um Toutou vor allem, er ist geschützt und läuft keine Gefahr und ist schon gar nicht in Todesgefahr, also, Ruhe! Ruhe. Komm zu dieser Ruhe durch Verzicht.

Glaube mir, was ich Dir sage, ist die Wahrheit. Dem Kameraden geht es besser, ist aber recht benommen. Meinerseits, Hintern noch heil. Immer mehr Arbeit. Heute Dienst zu Fuß auf freiem Feld im stürmischen Mistral auf vereistem Grund, es war mörderisch, es ging um Kartenlesen, Topographie und Orientierung. Demnach heute Abend nicht ausgegangen. Wäre Dein Ehemann hier, der jetzige Wind würde ihm

die Hörner vom Kopf wegfegen. Keine Neurasthenie, das ist idiotisch. Wenn Du aber deprimiert bist, verzichte ganz aufs Händchen, bis es Dir besser geht. Es ist unbedingt nötig.
Mein Lou, ich liebe Dich auch als der einfache Kanonier-Fahrer von 1915, der ich bin. Ich liebe Dich mit all meinen Kräften und all meinem Mut.
Unser Zug ist mit drei Kerlen vom 19., darunter einem Feldwebel ergänzt worden, wir sind nun 11. Dabei sind Typen von sehr anständigem Schlage. Ich denke, die Mathematik wird den Charakter verändern. Das ist doch ein komisches Ding, das mit der Mathematik. Ich hätte nie gedacht, dass ich den Mut haben würde, solch komische Sachen zu lernen. Und es geht mir doch leicht ein, ich denke schon, dass ich bis dahin im Zug einer der Besten bin. Ich will übrigens über die Ausbildungsstunden hinaus nicht noch mehr pauken, eine Viertelstunde vielleicht, höchstens eine halbe Stunde, und wenn das nicht passt, dann eben nicht.
Ich schicke Dir ein Salbeizweiglein, das ich heute auf meinem Spaziergang gepflückt habe –

Und das Rendezvous mit Matte?
Und der kleine Offizier bei Vogade
Und Athanoux[78]?
Neuigkeiten? …
Und Mémées Grippe?
Was sagt Jules über Matte?
Wann denn Muschicoulis?
Hast den Scheck bekommen?
Was gibt's Neues im Ruhl?
Und die Marquise de Ferrière?
Und Ellisen?
Und Doktor Grinda?
Und bei Boutteau?

Und der Zuavenmajor?
Und mein verlauster Freund?
Was sagt Billy?
Was sagt Mogi?
Was sagt Mora?
Und Du, was sagst Du ihnen?

Ich habe gestern etwas ganz Lustiges gesehen, und heute das Lustigste auf der Welt überhaupt. Gestern! Ein splitternackter Typ an den Waschbecken – Heute? Ein Typ in lilafarbenem Schlafanzug und Pantoffeln in einem Gang –
Kleines Rätsel. Was ist der Unterschied zwischen Dir und Poincaré[79]?
Antwort: Wenn Poincaré die Kammer betritt, erheben sich alle Mitglieder, wenn Du meine Kammer betrittst, erhebt sich mein Glied.
Bei mir in der Stube haben wir einen majestätischen 48jährigen Feldwebel, wenn er schläft, ist es prunkvoll und mutet antik an. Er kommt aus Salon, der Heimat des Propheten Nostradamus, der ein großer Dichter ist.
Ich liebe Dich, wie man mehr nicht lieben könnte. Du bist schön, köstlich und der einzige Luchs auf der Welt, für den es sich lohnt zu leben. BIS SAMSTAG.

Gui

Hast Du den Brief erhalten, in dem ich Dich um ein 2. Telegramm bitte?

54

[Nîmes, den] 20. Januar 1915

Geliebter Lou, ich schreibe Dir bei meinem Kameraden Nicolini, der in der Rue de la Biche wohnt. Seine Frau, Mathematikerin wie er, ist hübsch und seine zwei kleinen Töchter, Yolu, 2 ½, und Mi, 4 ½ Jahre alt, sind sehr kluge Kinder mit roten Wangen wie ein Weihnachtsapfel und schön pummelig wie aus dem Bilderbuch. Ich tue mein Bestes, um Freitagabend schon zu fahren. Ich liebe Dich innigst, mein Lou. Heute haben wir mit der 90er-Kanone geschossen, niemals ist mir so kalt gewesen, es fror Stein und Bein. Trotz Aurels Handschuhen waren meine Finger ganz erstarrt, die Ohren taten mir weh, brannten schrecklich, meinen Kameraden erging es allerdings nicht anders. Wir haben sechzehn Schüsse abgefeuert, dann wurden wir um 4tel nach 11 zur Kaserne mit 14 km im Hintern zurückgeführt, um zwölf sind wir wieder getrabt. Ich bekam das Pferd mit dem holprigsten Trab der Welt. Ich bin abgestiegen, weil ich genug davon hatte, man hat mir ein anderes Pferd gegeben, das beim Traben fast genauso zäh war. Ich hatte also genug, von den dreizehn Mann von meinem jetzigen Zug waren nur 6 da. Die anderen haben sich ausgeruht. Ich bin abends fertig und Du wirst es schon an meinem Brief merken. Mein Lou, Frau Nicolini wird sich auch nach Zimmern umsehen, ich küsse Dich, ich liebe Dich, liebe Dich abgöttisch und wünsche, Dich möglichst bald zu sehen. Und dass Du dann möglichst bald hier bist. Ich hoffe, dass Nîmes, Dir zuliebe, weniger frieren wird und dass, während des Urlaubs in Nizza, Nizza sein schönes Kleid überstreifen wird. Mein Schatz, gleich wird gegessen, bei Nicolini, und ich beende meinen Brief, indem ich Dich tausendmal mit ganzer Kraft küsse, mein sehr geliebter Lou.

Du weißt, ich habe heute von Dir keinen Brief bekommen, aber Dein Telegramm von gestern Abend hat mich hocherfreut, es wurde mir um 9 Uhr ans Bett gebracht. Ich habe es gelesen und wieder und wieder gelesen, ich habe es bei mir, ich habe es geküsst. Gestern habe ich in meinen zweiten Brief ein in der Garrigue gepflücktes Salbeizweiglein gesteckt, hebe es auf, es ist eine wunderbare, erlesene Pflanze, deren botanische und sagenumwobene Geschichte voller Details ist. Ich küsse Dich auf den Mund, auf die Brüste, die Füße, die Hände, und liebe Dich.
Sei nicht traurig, es wird schon alles gut, die schönen Zeiten kommen wieder. Dein

Gui

55

[Nîmes, den] 21. Januar 1915

Mein schöner kleiner Luchs, 2 Briefe vom 18. und vom 19. bekommen. Froh, dass Du froh bist – das gilt für Brief 18. Du siehst also, mein Lou, meine Informationen gar nicht so verkehrt. Froh, dass Du so oder so den Passierschein nun hast – Toutou in der Infanterie, bist Du verrückt – TOUTOU KANN DER INFANTERIE GAR NICHT ZUGETEILT WERDEN. Ich habe die Schnauze voll von all ihrer Geometrie Algebra Reiten Artillerie und dem restlichen ganzen Krempel. Man übertreibt gewaltig mit uns, und das ist noch gelinde gesagt, man muss es am eigenen Leibe erfahren. Wenn das so weitergeht, werde ich doch darum bitten, der Infanterie zugeteilt zu werden … Stimmt übrigens nicht, habe aber die Schnauze gestrichen voll und dabei bin ich einer der besten Rekruten

im Zug. Kannst Dir vorstellen, wie es um die Moral der anderen steht. Unter dem Vorwand, dass wir die Ausbildung schnell abschließen müssen, treibt man es mit uns wirklich zu weit. Gestern und heute ließ man uns dcn ganzen Tag frieren, heute Frost bis 4 Uhr und von 4 bis 5 Dauerregen. Eins kann ich Dir sagen, wärst Du nicht da, würde ich geradezu darum betteln, niemals in meinem Leben Offizier zu werden. Lou, Toutou zwar nicht in Gefahr, dafür aber Paris seit ein paar Tagen – Mehr will ich Dir nicht sagen. Wünsche allmählich Ende des Krieges herbei. Ich bin froh, dass Du Dich anlässlich des Besuchs von Matte amüsiert hast. Ich wünsche Dir sogar, dass Du Dich bei seinem Besuch gut amüsierst. – ja, Lou, ich liebe Dich, ich liebe Dich mehr, als ich es sagen kann, ich liebe Dich abgöttisch, ich denke nur an Dich – Und wahnsinnig begehre ich Dich. Antwort auf Brief vom 19. – ungerecht, nein – ich schelte Dich nicht, Du irrst – ich liebe Dich abgöttisch – Warum sollte ich die Tatsache bewundern, dass Du mir täglich schreibst – Ich tue das selber ja auch und dabei habe ich doch viel mehr zu tun und zu schaffen als Du, und bei weitem anstrengender – Aber ich liebe Dich und liebe Deine Briefe, deshalb will ich welche – meckern, ich, nein – Du weißt genau, dass ich Dich nur mit Deinen eigenen Ketten in Ketten halte – Du bist frei, aber wenn Du nicht detailliert schreibst, habe ich Kummer – Also? – Ich denke nicht, dass Du mich weniger liebst – bin Dir aber böse, dass Du mich, der ich doch in Nîmes im Dreck stecke, in Nizza ein bisschen Deinen Vergnügungen opferst.
Ich habe gesagt, dass Du meine Briefe nicht liest, weil es in Deinem Brief danach aussah. Das ist alles, Du bist niedlich, herzallerliebst – Müde bist Du, mein Lou. Habe Dir gesagt, gegen Anämie, Pferdefleisch, Du willst es mir aber nicht glauben und nicht Händchen spielen, verdammt noch mal, nicht Händchen klein.

Du musst mir unterworfen sein, das musst Du, ich gebe mich Dir ganz hin, aber als Dein Dich liebender Herr, Du musst mir gehören, wenn nicht … Dein Ehrgeiz muss sich fügen, da ich Dich liebe – Du kannst nicht einfach immer nur das tun, was Dir passt, sonst wirst Du mich verlieren – Ich will nicht, dass Du Dich dazu zwingst, ich will, dass Du mir von *Natur* aus gehörst. Es stimmt, dass ich Dich liebe, wie Du bist, und dass Du ich bist, mehr als jede andere Frau es jemals gewesen ist, ebendas müssen wir aufrechterhalten. – Ich liebe Dich, bis Samstag, am Morgen, wenn ich kann, Mittag, wenn das geht, zur bestmöglichen Uhrzeit – liebe Dich.

Gui

56

22. Januar 1915

Guten Abend Lou, schreibe Dir heute Abend nicht, denn ich fahre in der Nacht los oder morgen in den Diensturlaub. Liebe Dich.

Gui

57

[Tarascon, den] 25. Januar [191]4[80]

Kaufe f. 1 Sou *Les atrocités allemandes en France*[81] *rapport officiel* – fantastisch und vielleicht sogar stellenweise ein Kuriosum

Mein geliebter Lou! Bin nun bei kaltem Wetter mit einem wunderbaren Sonnenschein in Tarascon. Konnte heute Morgen das Hotel nicht bezahlen, hattest Du an meiner Stelle schon erledigt. Am Bahnhof ziemlich lange in der militärischen Dienststelle gewartet. Endlich gibt man mir die Erlaubnis für den Zug. Das Wetter war herrlich. Mir war schwer ums Herz, ich war traurig, traurig und müde. Im Zug, wenig Leute in der zweiten Klasse, ich finde eine gemütliche Ecke. Ich lese die Zeitungen. In Cannes steigt ein Oberfeldwebel vom 7. Jägerbat. mit Dolmetscher-Armbinde zu. Ich meine einen alten Kameraden vom *Collège* zu erkennen, sein schütteres graumeliertes Haar macht mich aber unsicher, so wie das Abzeichen vom 7., das sich auch angesichts der kuriosen Uniform auf das 7. Artilleriereg. beziehen könnte. Ich erinnerte mich aber daran, dass der besagte Typ, älter als ich, seinen Dienst um 1895 bei den Gebirgsjägern geleistet hatte. Ich hielt ihn für einen Leutnant. In Les Arcs kann ich nicht länger widerstehen und frage ihn, ob er Gebirgsjäger ist – positive Antwort – dann sind wir ehemalige Schulkameraden und Sie heißen Gérard. Staunen des Typen, ich sage ihm meinen Namen – Wiedererkennen. Wir sprechen über die alten Kumpel. Der eine gefallen, Mouléon tot, sein Bruder wahrscheinlich auch etc. etc. – Er ist Dolmetscher für die englische Armee, zurück von der Front, nun in Marseille und erwartet die australischen Truppen. Hat meine Annahmen über Engländer bestä-

tigt, sehr flott, sehr auf Komfort aus, mittelmäßige Soldaten, gilt auch für Inder außer den Gurkhas, die sehr gute Soldaten sind. Sagte mir, Nizza und ganzer Süden voller Spione, die den Auftrag haben, Unzufriedenheit des Südens auszunutzen und zur Revolte anzustiften. Der Spion, von dem Du erzähltest, ist also sehr wohl möglich. Kein Zögern, entlarven muss man sie, aber mit großer, sehr großer Vorsicht. Man darf sich da nicht irren. Ich weiß nicht wie, aber dann sprachen wir auf einmal über Absinth[82]. Hat behauptet, in Marseille kommt man dran, wie man will. Schlug vor, dass wir einen Pernod trinken. Und tatsächlich, als wir dann ankamen, hat er mich mit in ein ziemlich schickes Café genommen und hat zwei *Schützengraben* bestellt. Sofort hat der Wirt, hinter dem Tresen, sich wie im Schützengraben duckend, 2 Pernod zubereitet, die wir getrunken haben.
Dann allein am Bahnhofsbuffet f. 2 Francs sehr anständig zu Mittag gegessen, genannt wird das militärische Mahlzeit. Viele englische Offiziere, alle eher alt übrigens. Dann um zwölf Uhr 50 Abfahrt, mir gegenüber eine erkältete dicke Dame. Sie hatte neben sich 4 Taschentücher auf einer Zeitung ausgebreitet. Jedes Mal, wenn sie sich die Nase putzen musste, schnäuzte sie sich sehr ausgiebig ins erste, weniger kräftig ins zweite, ins dritte dann sachte und tupfte sich zum Schluss die Nase mit dem fast sauberen 4. Taschentuch ab. In Arles waren sie in einem solchen Zustand, dass sie die Zeitung nahm und sie mitsamt den vier Taschentüchern zum Trocknen auf den Boden des Abteils legte, auf die Stelle, wo eine Metalplatte den glühend heißen Heizkessel bedeckt. Als ich in Tarascon ausstieg, waren die 4 Taschentücher unter Aufsicht der Dame, die sie ab und zu fürsorglich umgedreht hatte, beinahe durchgebraten. Hier ist also der ganze *Pastisse*[83] meiner Reise bis zum hiesigen öden Tarascon, das voller *Goumiers*[84] und Husaren ist. Nîmes erwartet mich heute Abend und ich denke

an Dich, mein Lou, liebe Dich von ganzem Herzen, bin noch etwas traurig, aber weniger als heute Morgen. Dieses graue Wetter gestern hatte mich betrübt. Laut Gérard ist Toutous Posten zurzeit nicht mehr so gefährlich, vor zwei Monaten noch wäre er aber sehr gefährlich gewesen. Jetzt ist man aber sehr vorsichtig geworden und die Rolle des Meldeläufers soll beinahe angenehm geworden sein. Genauso ergeht es den Dolmetschern. Vor zwei Monaten starben noch circa 60 Prozent, jetzt sterben nur noch 3 Prozent. Mein Lou, schreib mir lieb, aber schone Dich, schreib kurz, wenn Du mal müde bist. Amüsiere Dich, habe keine traurigen Gedanken, und hör auf, Deinen lieben Geist mit solcher Gewalt dem Meinen entgegenzusetzen. Oft vertrete ich paradoxe Meinungen, die es eigentlich nicht so sehr sind, betrachte sie, beurteile sie nicht sofort und verliere nicht das Vertrauen in mich. Ich habe die Klopfpeitsche liegen lassen. Vielleicht hast Du daran gedacht, sie einzupacken. Grüße Mémée freundlich von mir. Italienische Zeitung gelesen. Einen Artikel über die Dauer des Krieges. Die Meinungen der autorisierten französischen Kreise konnte man da nachlesen. In gewissen solchen Kreisen sagt man, dass man bis nach Köln 15 Jahre brauchen werde, in anderen, ein ganzes Jahrhundert, wenn wir das jetzige Tempo beibehielten. Diese Zahlen sind aberwitzige Scherze, insofern als man demzufolge einen anderen Ausweg aus dem Krieg wird finden müssen. Deshalb werde man im Frühling an allen Fronten eine gewaltige Offensive zu starten versuchen. Andernfalls müsse die Diplomatie schnell das Notwendige tun. Denn das Ganze kann man nicht zu lange dauern lassen. Eins habe ich vergessen, Gérard hat mir gesagt, dass alle Männer, die seit Beginn an der Front sind, vor der allgemeinen Offensive, vor dem Frühling noch, Urlaub bekommen würden. Lou, ich denke also schon, siehst bald Toutou. Ich liebe Dich, mein Lou, mit ganzer Kraft. Ich gehöre Dir und erhoffe mir alles von Deiner wunderbar schönen Seele. Die vollkommene Erinnerung an Dein Fleisch habe ich noch in mir – Vergiss nicht, zum Zahnarzt zu gehen – Gerade jetzt, da ich schreibe, reitet ein Goumier-Kommando vorbei. Es ist sehr hübsch. Ich küsse Dich, mein Lou, und die Erinnerung an Dich erwärmt mir das Herz.

Gui

58
LOUS GIRLANDE

Ich rauche eine Zigarre in Tarascon und rieche guten
Kaffeeduft
Goumiers in roten Mänteln ziehen vorüber am Hotel des
Empereurs
Der Zug der mich hinwegtrug flocht Dir eine Girlande aus
den Erinnerungen erfüllt von Nostalgie
Und die Rosen so rosa die Deine Brüste zieren
Sind meine frohe Lust frisch wie ein schöner Morgen.

*

Eine Pfütze da drüben trübe wie meine Seele
Der Zug entfloh zischend wie eine 120er Granate am Ende
ihrer Bahn
Und mit geschlossenen Augen atmete ich die Heliotrope
Deiner Ader ein
An Deinen Beinen die einen Garten bilden voll edler
Marmorbilder
Heliotrope o Stöhnen des gekreuzigten Belgiens.

*

Zeige mir Deine Augen, so zärtliche Reseden
Den Duft weiß ich zu hören den sie meinem Blick spenden
Der geschändeten Jungfer starken Geruch der Schmach
In den sieben Departements wo das Blutbad ausbrach

*

Hebe die Hände hoch, Lilien der Tapferkeit
Die Blütenkrone reinigt alle Unlauterkeit
O Lilien, o Glocken der Kathedralen die im Norden
einstürzen
Glockenspiel der Belfriede, dröhnende Totenglocken
O Hände meiner Liebe Frankreichs[85] Lilienblumenkranz
Die schwache Tageshelle ziert Ihr mit hohem Glanz

*

Deine Füße, Deine goldenen Füße, Büschel heller Mimosen
Leuchten am Wegesende, matter Kämpfer Almosen
– *Ich bin's mach die Tür auf ich kehre endlich heim*
– Bist Du das setze Dich zwischen Trauer und Tod
– *Ich bin triefend vor Schlamm zittre heftig vor Not*
Ich dacht' an Deine Füße ihr blasses Gold wie man an Blumen
denkt
– Fass sie an sie sind kalt wie die Leiche die man grade ins
Grab senkt

*

Der Lenz verkündet sich in Deiner Haare Flieder
Der Sterbenden Geschrei bergen sie tiefe Schluchzer
Dazwischen weht der Wind leicht wie ein zarter Kuss
Der Frühling kommt einst wieder da Flieder sterben muss

*

Deine Stimme, Deine Stimme erblüht wie Tuberosen
Sie macht das Leben trunken o Stimme meiner Liebe
Befiehl, befiehl der Zeit viel schneller zu vergehen
Das Bouquet Deines Körpers ist dieser Zeiten Glück
Und die Blumen der Hoffnung umkränzen Deine Schläfen
Der Schmerz in Deiner Nähe erlebt eine Metamorphose
– unlängst noch Flammenhagel, schrecklicher Kältetod,
Hämhidrose –
Wird nun zum Blumenkranz in dem erblüht Die
Wunderbare Rose

Guillaume Apollinaire
Tarascon, den 25. Januar 1915

59

Nîmes, den 27. Januar 1915

Mein sehr geliebter Lou, zwar kein Brief von Dir, aber eine sehr ungewöhnliche Karte von Marie Laurencin. Ich schicke Dir diese verwirrte, sonderbare Karte, auf der sie den Krieg, meine Zeitschrift *Les Soirées de Paris* vermengt, mich um Nachrichten bittet, dann aber gleich korrigiert *nach dem Krieg*. Anstatt mit Baronin de Waetjen, die sie ja nun ist, zu unterschreiben, hat sie Marie Laurencin geschrieben. Was soll ich machen? In Wirklichkeit habe ich keine Ahnung. Ich glaube, ich werde mich bei ihr einfach und höflich für die Karte bedanken. – Wir haben kalte Tage. Ich habe Gliederschmerzen. Seit meinem Urlaub, Schwermut. Ich denke an Dich, mein Nordlicht in dieser Polarkälte. Ich liebe Dich und denke an unsere guten Nächte in Freiheit. Ich hoffe, sie kommen bald wieder. Grüße von mir Deine Palme in Bara-

tier. Ich kann es kaum erwarten, mein geliebter Lou, Dich in Freiheit zu haben, um Dich besser bezwingen zu können. Du bist wahnsinnig selbstständig. Du wirst Dich fügen müssen, ob Du es willst oder nicht. Wie Du denke ich manchmal, dass Du jener kleine Junge bist, den man in dieser staunenswerten Stellung, die Du einnimmst, wenn Du Deine Kruppe erhebst wie eine furzende Stute, bestrafen muss. Schick mir das Foto für Rouveyre. – Wie ungeduldig bin ich, mit Dir in Paris zu sein, damit wir diese wunderbaren Abende inszenieren können, von denen wir gesprochen haben. Ich weiß, wo ich Dich festbinden werde, meine geliebte Sklavin, und wir werden auch eine edle Folterbank haben, auf die Du Dich, königliches Opfer, wirst hinlegen können. Ich werde Dich mit der gebotenen Ruhe peitschen, mit der Raffinesse, die einer so schönen Gefangenen gebührt. Jetzt gerade denke ich an Deine göttlich geschmeidige Taille, an diese Taille, die niemals in Fesseln lag, und darüber hinaus bleiben meine Gedanken an Deiner Kruppe hängen, die ich am Sonntag nicht brandmarken durfte. Sie bewegt sich stolz hin und her wie ein Fesselballon, den die Sonne mit ihren unerbittlichen Strahlen auspeitschen würde.
Ich sage meiner Mutter wegen der Orangen Bescheid –
Die Orangen erinnern mich an Deine unendlich köstlichen Brüste. Ich habe in Tarascon Deine Hände besungen, die so ungeschickt wie rein sind, denn sie sind in der Kunst des Streichelns unbewandert und treiben es halbherzig. O Lou, höchst Schamhafte unter den Schamlosen!
Gib mir Nachrichten von Toutou. Du wirst Dich im Moment mit Mémée und Matte in Baratier gut amüsieren. So wie in Nizza, o Du Aufreißerin, die tollkühnste unter den Aufreißerinnen, o Pétroleuse[86].
Jane Mortier hat mir geschrieben, dass die Berthelots bestimmt deshalb nicht antworten, weil sie nicht weiterhelfen

können. Und das ist wohl möglich. Ich wünsche also, dass Dein Anliegen dank der Beziehungen von Matte Erfolg haben möge. Ich bin überzeugt, dass Toutou dennoch in nächster Zeit Urlaub bekommt. Lou, schreib mir. Ich begehre Dich im Moment. Ich weiß nicht, wie ich alles, was ich empfinde, wenn ich an Dich denke, ausdrücken soll, es ist aber neu. Ich glaube, ich werde Dich auf eine neue Art lieben und Dich durch pure Willenskraft noch stärker in meine Macht und Liebe einhüllen. Mir schwebt ein Buch vor, dessen Bögen ich Dir senden werde, sobald sie geschrieben sind. Erinnere mich daran, wenn ich es vergessen sollte. Dein

Gui

der Dich innigst liebt und Dich ganz nimmt und Dich beugt, wie es ihm beliebt.

60

Nîmes, den 28. Januar 1914[87]

Mein kleiner allerliebster Luchs, Deinen Brief von Dienstag bekommen – (schreib das Datum) – Ja, ich war traurig in Tarascon, mir war zum Sterben traurig. Der Himmel war schrecklich blass. Gratuliere Dir, dass Du mit solch famosen Leuten verkehrst, wie denjenigen, die Du erwähnst. Eine Bemerkung bloß, kleiner Luchs, die Regel ist, dass man das Adelsprädikat nicht verwendet, wenn dem Namen nicht *Herr*, *Frau*, *Fräulein* oder der Vorname vorangestellt ist. Bei Dir würde es also heißen *Fr. de C.* oder *Lou de C.* aber *die hübsche*, *die wunderbare C.* Eine Ausnahme gibt es nur für einsilbige oder zweisilbige Namen, die mit einem Vokal anfangen, z. B.:

die Familie der *d'O*, ein Geschlecht aus der Normandie, glaube ich, oder *d'Assas*, wie im berühmten Ausruf: *Zu mir, d'Assas, hier steht der Feind!*[88] Man muss aber sagen: *die Bourbons, die Colignys, die Pierrefeus, die Morvilles.* Du nimmst mir's nicht übel, Lou? Bin Dir nicht böse wegen des Käppis. Mémée und Du habt Recht und ich danke Dir, dass Du es mir sagst. Aber glaube mir, ist nur aus Zerstreutheit passiert, und ich bin leider sowohl im Zivilleben als auch beim Militär zerstreut. Ich bin Dichter, Lou, und Dichter sind halt oft zerstreute Leute, Beweis dafür, La Fontaine, Gérard de Nerval und andere. Du hast trotzdem Recht, mir diese Bemerkung zu machen, und ich bitte Dich darum, mich bei Mémée und all den Leuten, die an meinem Käppi Anstoß genommen haben könnten, zu entschuldigen. Ich versichere Dir, die in Rom geborenen Polen, die seit ihrer frühen Kindheit Frankreich außer für kurze Studienreisen nie verlassen haben, sind sehr wohl im Stande, Anstandsregeln zu kennen, die man sowohl in Frankreich als auch andernorts verkennt, denn in Frankreich werden sie heute kaum noch beachtet. Außerdem bin ich Dichter, momentan Soldat – mir liegt wenig daran, weltmännisch zu tun oder mondän, erst recht nicht, wenn es mich daran hindern soll, zu träumen. Es ist unglaublich, dass Weibsen wie Mémée, deren Ausdrucksweise doch die gesamten Kanoniere der gesamten Regimenter zum Erröten brächte, gleichzeitig auf Prinzipien, verstehe in unserem Fall auf einem Käppi, herumreiten können. Und wie soll man dann bitte schön das Käppi lüften, auf dem solch breitarschige Vorwürfe lasten? Wie auch immer, damit kommen wir auf Tarascon[89] zurück. Die Menschen dort[90] sind nicht so blöd, wie Du das unterstellst, und verstehen es sehr gut, wenn es sein muss, sich mit dem Käppi auf dem Kopf für die Franzosen töten zu lassen, und vor allem für die Französinnen, Beweis dafür die so zahlreich gefallenen Polen der Grande Armée von Napoleon, der ihnen

dafür sehr undankbar war. Es stimmt allerdings, dass Mémée belgischer Nation ist und dass die Belgier glauben, sie könnten sich alles erlauben, und es sich sogar leisten, ohne jegliche Nachsicht auf einen polnisch-französischen Kanonier herabzuschauen. Unmöglich aber, ihr böse zu sein, da sie ein charmanter Schalk ist. Andererseits wusste ich nicht, obwohl ich wusste, dass man bei Vogade das Käppi abnehmen sollte, dass man selbst auf der Straße als Soldat in Uniform Frauen grüßen muss, indem man das Käppi lüftet. Vorschrift ist das nicht. Ich habe mehrere Feldwebel gefragt, die Frage hat sie irritiert. Bei Gelegenheit werde ich einen Offizier fragen, obwohl ich sicher bin, dass Du Recht hast, in erster Linie was Unteroffiziere und Offiziere angeht. Ich weiß aber nicht, ob der Kommandant unserer Garnison, der mit den Vorschriften doch so peinlich genau ist, bei den Kanonieren in Nîmes so etwas erlauben würde. Also, Schluss mit dem Quatsch, ich liebe Dich, mein Lou, und vor diesem netten Brief wird mir schön warm ums Herz. Du bist lieb, intelligent, voller Nachsicht. Ein Liebeslied, das man hier singt, endet mit
Erbarme Dich Deines armen Artilleristen
Du erbarmst Dich seiner, ohne dass man Dich darum bitten muss. Also Dich verehrt man am meisten, denn Du bist die erlesenste und die schönste unter den Geliebten aller Artilleristen.
Du wirst Dich übrigens öfters Deines Artilleristen erbarmen müssen, denn wenn Du dich schon wegen einer Lappalie wie dem Käppi bei Vogade aufregst, wirst Du noch öfters Gegenstand haben, Dich erst recht aufzuregen.
Wie ein Wahnsinniger liebe ich Dich im Moment. Ich denke an Deine Augen, wenn Du mich liebst, an Deinen Mund, tiefe Wunde. Ich erinnere mich an die reizende Körperstellung, die Du am Samstag eingenommen hattest, in ihrem ganzen Umfang weit in die Höhe gestreckte Hinterbacken und zwischen

ihnen dieses Polster aus dunklerem und molligem Fleisch, an dem sich rechtwinklig der stumme Mund anschließt, den ich abgöttisch liebe. Er öffnet sich jedes Mal, wenn Deine Kruppe in Schwung gerät. Er scheint im Begriff zu sprechen, und ich, mit der Peitsche der Justiz gerüsteter Herr, schlage diese wundervolle Weltkarte. Du bist verletzt in Deiner stolzen Ehre, Du leidest, und die Liebe verwandelt den Schmerz, den Du verspürst, in Wollust. Deine Kruppe bewegt sich heftiger im Rhythmus meiner immer heftigeren Peitschenhiebe, sie steigt immer weiter in die Höhe, enthüllt Deine ganze Scham, geschwollen und feucht. Das nächste Mal wirst Du Dich breiter öffnen müssen, damit ich auch auf die schattigen Stellen Deiner Gesäßspalte schlagen kann, wo jenes gelbe Röschen sitzt, mit dem Du so geizig umgehst. Das letzte Mal sind Deine Zuckungen wild gewesen wie das Zappeln eines Karpfens, den man aus dem Wasser zieht.
Mit meinem linken Arm hielt ich Deine unendlich biegsame Taille fest und mit der linken Hand drückte ich Dir auf den Bauch. Ich liebe es auch, Deine zarten und lauwarmen Brüste zu betasten, weich sind sie wie das Euter einer Ziege, und Lou, wie gern reite ich Dich dann, wenn ich spüre, ich komme, und das spielst Du so schön nach.
Ich glaube, Du hast völlig Recht, was Caillaux betrifft, und ich bitte Dich um Entschuldigung, obwohl ich, was Frau Caillaux angeht, auf meinem Standpunkt beharre. Und das war übrigens das Hauptthema unserer Diskussion, denn Caillaux' Unehrlichkeit steht fest und ich habe sie nie in Frage gestellt. Desclaux, sein ehemaliger Kabinettschef, wurde gerade unter Anklage wegen Unterschlagung von Militärlieferungen festgenommen. Das ist widerlich. Solche Leute gehören erschossen.
Geliebter Schatz, Du sagst, Du wirst bald bei mir sein. Manchmal schäme ich mich meines Glücks und meiner Tatenlosig-

keit fern vom Krieg. Es gibt Momente – so in Tarascon – an denen ich am liebsten, hätte ich Dir kein Versprechen gemacht, beantragen möchte, zur Infanterie zu wechseln, um schneller an die Front zu kommen. Ich finde, es sind zu viele Leute in unseren Kasernen. Zu viele Feiglinge vor allem.
Ich hoffe, dass Du die ganzen Briefe, Blätter, Telegramme von Dir, die in meinem Papierkram liegen, sorgfältig aufhebst, mir liegt sehr viel an ihnen. Sie sind herzenslieb.
Was sagt die Karadjordje[91] über die Dauer des Krieges? Habe ich Dir von einem kubistischen und polnischen Maler schon erzählt, der verhaftet wurde, weil man seine Zeichnungen für Pläne gehalten hatte, und den man nach Nîmes in Ketten gebracht hat, wo er doch schließlich wieder auf freien Fuß gesetzt wurde. Er macht hier Porträts. Er hat mich gestern im Café aufgesucht, damit ich ihm Pariser Adressen empfehle. Er hat genug von Nîmes. – Es ist heute nicht mehr so kalt und die Sonne ließ sich ein bisschen blicken. Ich liebe Dich, liebe Dich, liebe Dich, ich nehme Dich ganz und allseits und nehme Deinen Mund in den Meinen.

Gui

61

[Nîmes, den] 29. Januar 1915

Mein sehr geliebter Lou – heute Deinen Brief von Mittwoch erhalten – (bitte datieren). Ich freue mich, dass Du Dich amüsierst und fröhlich bist. Freue mich auch, dass Du Toutou siehst. Wie steht es denn *mit seiner Gesundheit*, was meinst Du eigentlich? Hier ist es wieder eiskalt, kein Wetter für alte Hunde – Während Du dort bist, werde ich vor Sorge vergehen und ständig um Dich bangen. Moras Geschichte ist amüsant, die mit Zyp auch, aber Du weißt, will nicht teilen, und erst recht nicht mit jemandem, den ich nicht kenne – Frau Mortier unleserlich wie immer, natürlich. Schwermut noch da, vor allem wenn Du an die Front gehst, freue mich aber wegen Toutou, und dass Du Dich darüber so freust. Bestimmt ist mein Käppi schuld daran, dass sich Mémée bei Vogade augenblicklich nicht wohl fühlte, danke für den Orangenkorb, den Du Mama geschickt hast. Heute kam ein Brief vom einzigen Mann, mit dem ich richtige Streiche gemacht habe, ich war 19, er 17. Mein Bewunderer und Jünger L. de G. Frick erzählte von ihm auf einer Karte, die ich Dir geschickt habe. Er hat mir endlich selbst geschrieben. Das ist amüsant. Sein Brief ist übrigens lustig. Heute gehen 600 Mann von unserem Rekrutendepot an die Front, siehst Du, man will uns hier nicht vergammeln lassen, man beschleunigt die Ausbildung derjenigen, die bleiben, und es heißt, in zwei Monaten werden wir nicht mehr hier sein, sondern im Feuer. Es kamen ziemlich viele Verwundete von den aktiven Truppen. Man sagt, das 38. ist eines der Artillerieregimenter, die am härtesten getroffen wurden, vor allem die Offiziere. Ziehe aber bitte daraus keinen Schluss, was mich betrifft, denn wenn ich Offizier werde, muss ich zu einem anderen Reg. überwechseln. Mein Lou, ich liebe Dich heute wie gestern, wie morgen. Ich mache immer noch Verse für die Bräute der Kanoniere und mache sie immer gut, wenn ich sie dichte, denke ich nämlich an Dich. Ich liebe Dich, und ich kann es trotzdem kaum erwarten, fortzugehen. Wärest Du da, wäre ich wahrscheinlich weniger ungeduldig, aber Du nicht da!! Ich bin heute zur anderen Kantine übergewechselt, wo sehr hübsche Mädchen sind. Außerordentlich hübsche sogar. Es ist angenehmer, schöne Mädchen als hässliche vor Augen zu haben. Die Tochter des anderen Küchenwirts ist deshalb beleidigt und schaut drein wie in voller Tripperblüte. Heute Nacht kaum geschlafen, war Dir zu Ehren fast die ganze Zeit erregt. Du kannst Dich rühmen, von einem Kan. Fahr. 2. Kl. begehrt zu werden, mein kleiner Lou. Mir gegenüber schleckt ein Soldat an einem Windbeutel. Es sieht aus, als würde er am Lustbonbon lutschen, und in meinem Rücken, weißt Du, ist der Hintern der schönen Juliette, fleischig, prall, mit deutlicher Spalte. Er erinnert mich an Deinen, und wärst Du hier, würde ich auch an was schlecken, aber bestimmt an keinem Windbeutel.

Adieu, geliebter Lou, ich muss mein Pferd satteln, inzwischen dürfen wir die Steigbügel anlegen, reiten im leichten Trab und im Galopp. Es ist aber richtig richtig kalt, würde gern in Deinen Armen liegen, die mein Paradies sind. Liebe mich herzlich, ich liebe Dich in allen Farben und aus allen Blickwinkeln. Ich umarme Dich, drücke Dich fest, küsse Dich auf den Mund, Zunge rein, Zähne gegen Zähne. Es lebe die Liebe, mein Lou, und es leben die Artilleristen. Dein

Gui

62

Nîmes, den 30. Januar 1915

Mein kleiner geliebter Luchs,

kein Brief von Dir heute Morgen. Es ist kalt. Um ½ 4 früh aufgewacht, konnte nicht wieder einschlafen, an Dich gedacht, an Deine vor Wollust glänzenden Augen, an tausend Sachen, die wir zusammen machen könnten, sogar daran gedacht, dass wir Dich zu zweit vergnügen könnten. Also, allerlei wilde Träume, die ich Deiner Fantasie überlasse, damit sie sie weiterspinnt. Auf jeden Fall weicht Dein Blick mir nie von der Seite, seine Anhänglichkeit verfolgt mich deliziös. – Ich schreibe Dir, wie gestern, aus der Kantine und eine abscheuliche Kellnerin hat gerade Kaffee auf dem Tisch verschüttet, ein paar Tropfen sind auf das Papier gefallen, ich habe die Kantine mit den schönen Mädchen aufgegeben und sitze wieder in der anderen, wo man schöner sitzt – ich komme also auf heute Morgen zurück. Habe mir Fesseln vorgestellt (bei mir in Paris), um Dich ordentlich festzubinden, ohne an den Handgelenken zu sehr zu zerren. Werde Dir das erklären. Habe auch an die langen, eng umschließenden, deliziösen Ritte gedacht, die Du in Nîmes machtest, Du als Reiterin, ich als Pferd. Weißt Du noch? Diese schönen Gedanken wurden vom Wecken unterbrochen. – Gestern, nachdem ich Dir zu Mittag geschrieben habe, gesattelt, wir sind weit hinausgeritten, sind über Mauern gesprungen, durch Haine gekommen, viel, viel Trab, dann Suche nach einer Stellung für die Batterie etc., um 5 Uhr zurück. Ausgang. Im Tortoni mit einem Stabsarzt der Senegalschützen geplaudert, kam gerade von der Front und ist hier, um die Untauglichen zu überprüfen. Er hat mir gesagt, es sei ein fürchterliches Gemetzel und Führungsstab der Senegalschützen vollständig aufgeopfert, Arzt 300 Meter von der Frontlinie, weil die Offiziere wissen, sie werden von ihren Männern nicht aufgehoben, und wollen Ärzte in unmittelbarer Nähe wissen. In Algerien werden 40 schwarze Regimenter errichtet. Dann Bett, habe Dir die Nacht erzählt, am Morgen habe ich mich von denen verabschiedet, die ich kenne und die an die Front gehen. Sie waren guten Mutes. Ich hatte beinahe Lust, darum zu bitten, mich ihnen als einfacher Kanonier anschließen zu dürfen. Denn diese Ausbildung, die ich mache, ist schwer. Ich wage es kaum, sie mit der Hölle zu vergleichen, aber ein wahres Fegefeuer ist sie schon. Und Du kannst es mir glauben, ich bin nicht der Einzige, der so denkt.

Jetzt, sobald Brief fertig, werde ich zum zweiten Mal satteln, denn zwei St. in der Reithalle heute Morgen, dann Mathematik für theoretische Artillerie.
Mein geliebter Lou, ich gräme mich fern von Dir. Ich gräme mich.
Ich hoffe, Du amüsierst Dich gut – Du erregst Dich – Du vertreibst Dir also die Zeit bestmöglich für die liebliche Lou, die Du bist.
Ich kann für morgen keinen freien Tag beantragen, denn Urlaub wurde wegen Kerlen, die beim Morgenappell nicht erschienen, für die ganze Batterie gestrichen. Morgen stehe ich um 7 Uhr auf, schreibe Dir bis 11 Uhr und haue dann in die Stadt ab, um besser an Dich denken zu können.
Es ist Zeit, Lou, ich küsse Dich tausendmal und schreibe meinen Brief heute Abend weiter –
Ich schreibe den Brief weiter, mein Lou, ich liebe Dich unendlich, ich hege Hoffnung auf einen schönen Brief von Dir heute Abend. Ich denke an Deine Augen, die mir beigebracht haben, Dich zu lieben.
Hier sind, mein Lou, ein paar Wörter Argot, die, glaube ich, dem 38. eigen sind.
Der *Pastisse*[92], dieses Wort wird für alles verwendet, was ein wenig verwickelt ist. Krieg ist *Pastisse*, wenn man zu Pferd oder zu Fuß ungeordnet auftritt, ist das *Pastisse*; unsere ganze Arbeit ist *Pastisse*, das Wort kommt vom Nizzaer Dialekt.
Der *Balesse*, ein Kerl, ein gewöhnlicher *Poilu*. Ich werde sie mir aufschreiben, wenn mir mit der Zeit weitere auffallen.
Ich habe eine sonderbare Geschichte vergessen. Vor zwei Tagen war ich bei den *Poilus* meiner alten Stube, der 33, und wollte Guten Tag sagen. Der Kanonier-Fahrer, der den hübschen Brief geschrieben hat, den ich Dir geschickt habe, war mit dem Stück Fleisch unzufrieden, das man ihm serviert hatte, ein ziemlich großes Stück, das hauptsächlich aus Fett

bestand, er hat es sich als Zeichen der Verachtung aufgespießt. Er hat ein Loch darein gerissen, hat, was ich nicht zu nennen wage, aus der Hose geholt, es war länglich und dünn wie bei Hunden und Chinesen, eine Art Stift sozusagen, und ist ins Fleischstück eingedrungen, trieb es bis zum Ende mit immer heftigeren Bewegungen unter den Jubelschreien der ganzen Stube, dann hat er das Stück Fleisch, triefend vom Lebenssaft, den er hineingejagt hatte, durch das Fenster geschleudert, es landete auf einem Feldwebel, dessen Spitzname *Totenkopf* ist und der leider mitbekommen hat, aus welchem Fenster es kam, und gleich nach oben ging, und letzten Endes musste die ganze Stube, einschließlich des Gefreiten, eine Nacht im Knast verbringen. Gott sei Dank hat er nicht kapiert, was im Fleisch war, und ich bin froh darüber, nicht mehr in dieser Stube 33 zu sein.
Mein Lou, ich küsse Dich, tausendmal, umarme Dich, Händchen, Händchen und trinke Dir die Seele aus dem Mund, meine sehr, sehr Geliebte.

Gui

Du weißt, ich will, dass Du meine Briefe aufbewahrst, will aber nicht, dass Du sie irgendjemandem zeigst.

63
WENN ICH DORT STERBEN WÜRDE

Wenn ich dort sterben würde an der Front der Armee,
Einen Tag mich beweinen würdest Du meine Fee.
Und die Erinnerung an mich würde erlöschen
Wie die Granate stirbt an der Front der Armee,
Schöne Granate platzend gleich den Mimosenbüschen.

Und die Erinnerung hoch in die Luft gesprengt
Würde die ganze Welt mit meinem Blut beflecken:
Meer, Berge und Täler, den Stern, der oben brennt,
Die wunderbaren Sonnen, die in der Luft gedeihen
Wie die goldenen Früchte aus Baratier reif werden.

Verblichenes Erinnern, lebend in allen Sachen,
Würde ich Deiner Brüste hübsche Nippel rot machen,
Rot malen Deinen Mund Dein blutschimmerndes Haar.
Alt würdest Du nie werden, all diese schönen Sachen
Würden sich stets verjüngen der Lust frönende Schar.

Trauersamen mein Blut versprengt über die Welt
Würde der alten Sonne helleren Glanz verleihen,
Fluten heftiger machen farbenreicher das Feld,
Unerhört wär' die Liebe, die käme auf die Welt,
Gespreizt empfing' Dein Leib des Lieblings hehre Weihen …

Mein Lou, wenn ich dort sterbe, Erinnerungen schwinden,
– Erinnere Dich doch in den lustvollen Stunden,
Der Liebe und der Jugend, der irren Leidenschaft, –
Jungbrunnen ist mein Blut, des Glückes glühender Saft!
Da Du die Schönste bist, sollst Du höchst glücklich werden,

Meine einzige Liebe, o irre Leidenschaft!

Guillaume Apollinaire
30. Jan. 1915
Nîmes

Langsam naht die Nacht
Omen übel erwacht
Unendlich langes Schicksal aus Blut entfacht

64

[Nîmes, den] 1. Februar [19]15

Mein Herz, endlich, zwei Briefe von Dir, vom 29. und 30. Januar, mir fehlt der 28. – Köstlicher Lou, Deine Briefe sind herzallerliebst und ich wäre so gern in diesem in ein Irrenhaus verwandelten Baratier mit dabei. Ich bin auch glücklich, dass Du an die Front gehst, und sehr eifersüchtig, dass Matte da erfolgreich wurde, wo ich erfolglos blieb. Heute Morgen teilte man uns einen neuen Kameraden zu, einen jungen Mann namens Léonard, der in der École des Chartes[93] studiert und ein Bewunderer von mir ist, ein ernster, denn er hat alles gelesen, sogar mein Buch über die *kubistischen Maler*. Er hat protestiert, als ich festgenommen wurde[94], damals war er Schüler am Lycée Louis-le-Grand und sein Studienbetreuer[95] war Nicolini. Du siehst, wie es sich so fügt. Habe gestern vergessen, Dir zu erzählen, dass am Samstagabend bei Nicolini gegessen. Seine ältere Tochter (Mimi, 5 Jahre alt) ist von bemerkenswerter Intelligenz und sieht Dir ein bisschen ähnlich, Deine Augen hat sie, das ist verblüffend, und es hat bei mir einen fantastischen Eindruck hinterlassen, als ich mir dessen bewusstwurde, sofort war ich wie berauscht. Ich habe Dich da bei mir gesehen, ein Kind, ein argloses Kind in seinem Bettchen. Das war von köstlicher Lieblichkeit. Frau Nicolini kümmert sich um das Zimmer, ich bleibe aber überzeugt, dass Du persönlich etwas Besseres finden könntest. Also, heute Abend oder in 2 oder 3 Tagen schaue ich mir das Zimmer an, das sie gefunden hat. Heute gutes Wetter bei mittelmäßiger Kälte. Ich kann mich vor Freude kaum halten. Ist klar, zwei Briefe von Dir, und zwar famoshaft liebe. Ich liebe Dich innigst, bin eifersüchtig, dass sich Dein Hintern schwarz gefärbt hat und dass ich nicht der Urheber dieser *Black and White*-Zeichnung

bin. Zur Frage des Weltmanns, na gut. Ich bin Dein Herr, Dein Schüler, was immer Du willst, ist alles wunderbar, ein wahrer Pastisse, wie man hier im Nizzaer Dialekt sagt.
Mein Lou, der Weltmann lüftet sein Käppi, um Dich aus der Ferne zu grüßen, und der Liebhaber küsst Dich überall. Der Herr würde Dir gern den Hintern zärtlich versohlen, um seine Herrschaft zu behaupten. Auf einem Stuhl sitzend, würde er Dich unter seinen Arm klemmen, Dein Hintern erhöbe sich schön in der Luft, er lüftete Deinen Rock, öffnete den Schlitz Deiner Unterhose, lüftete Dein Hemdchen und batsch batsch, kleiner Luchs. Und wenn Dein Blick schön lasziv wäre, würden wir aufhören und hopp hopp in den Popo.
Ich liebe Dich und freue mich, wenn Du aber erst am 15. hierherkommst, werde ich um zwei Wochen betrogen, um mehr sogar, da Du am 15. April in Paris sein musst. Ich täusche mich, verzeih mir, ich werde nicht betrogen, denn Du wirst mindestens sechs Wochen hier bleiben können. Ich bin froh, froh, mein köstlicher Lou, und ich gehe nun satteln in großer Hochstimmung, die von Dir kommt und zu Dir geht und die mich in einen so köstlichen Schwindel versetzt, dass ich gern diesem Schwindel in Deinen Armen erliegen möchte, indem ich meine Augen in die Deinen eintauche, in die vollkommene und ungeheure Liebe. Dein

Gui

65

[Nîmes, den] 1. Feb. 1915

Liebe! Ich schreibe Dir, über Deine Briefe noch ganz fröhlich, heute Abend wieder. In der kleinen anspruchslosen Erzählung in Versen[96], die ich Dir gestern geschickt habe, gibt es einen Fehler im Versbau, soweit ich mich erinnere.
Devant moi un logis
Es müsste heißen
Devant moi, ce logis
oder *Dans la rue, un logis*[97]
Da es regelmäßige Verse sind, regelmäßige Verse behalte ich dem Briefwechsel vor, und da ich sie schreibe, wie sie mir in die Feder kommen, als ginge es um Prosa, liegt mir sehr am Herzen, dass mir kein Fehler in der Versbildung unterlaufe. Lou, ich liebe Dich innigst, und Dich innigst liebend, denke ich an mein früheres Leben zurück, an die ganze Liebe von damals, so fade im Vergleich zu meiner Liebe zu Dir, die nun mein ganzes Leben ist.
Mein vergangenes Leben, das mit lieblichen Frauenblicken übersät war, wie eine Wiese, auf der vereinzelt Blumen sprießen, ist nun ein schönes Blumenbeet, in dem Dein Blick gleichzeitig all die schönsten Blumen der Welt ist.
Was ist Vergangenheit? Was kümmert die Zukunft? Wenn die Gegenwart so zauberhaft königlich ist wie diejenige, die Du mir beschert hast. O Lou, anschmiegsame zärtliche Lou, ich liebe Dich abgöttisch, denn Du bist, was im Universum am vollkommensten ist, Du bist, was ich am meisten liebe, Du bist die Dichtkunst, die kleinste Deiner Gesten ist für mich die ganze Bildhauerkunst, die Farben Deines Inkarnats sind die ganze Malerei, Deine Stimme ist die ganze Musik, Dein Geist, Deine Liebe, die ganze Dichtkunst, Deine Gestalt,

Deine graziöse Festigkeit die ganze Architektur. Du bist für mich die Zusammenfassung der Welt, ginge sie zugrunde, würde ich in Dir überall und immer so schön die ganze Natur wiederfinden. O geliebte Lou, sei gesegnet, dass Du mir solch unerhörte Liebe beschert hast, stärker als die ganze Liebe, die Menschen je empfunden haben. Sei gesegnet, dass Du Dich restlos, bedingungslos hingegeben hast. Sei gesegnet, so schön zu sein, wie Du es bist, Deine Augen seien gesegnet, Dein Mund, Deine Brüste seien gesegnet, die gleich kleinen herumtollenden Stuten sind, Dein Schoß sei gesegnet, wo schwarze ungeheure Wollust bebt, Deine Beine seien gesegnet, die wie schöne weißgestrichene Kanonen sind, Deine Füße seien gesegnet, sie sind die Sockel Deines Göttinnenkörpers, des schönsten Denkmals, das je auf Erden errichtet wurde, Deine Füße seien gesegnet, sie sind stark, ich küsste sie dereinst, glaubte, sie seien missgebildet, während sie die Schönheit der griechischen Frauenfüße haben, die immer zu Fuß gingen. Ich liebe Dich abgöttisch. Dein Haar sei gesegnet, das wie vergossenes Blut ist. Ich liebe Dich. Guten Abend, Liebe.

Gui

66

[Nîmes, den] 2. Februar [19]15

Mein Herzchen, Dein Brief vom 31. hat mich, wenn überhaupt möglich, noch mehr erfreut als die zwei Briefe, die ich gestern bekam. Sehr amüsant die Geschichten mit den Streichen und dem Radau. Das führt mich zurück in die Zeit der Romane um die Revolution (Pigault-Lebrun und andere), die von derartigen Szenen wimmeln. Gefährliche Szenen sind das, in

dem Sinne, dass sie immer auf Bettgeschichten hinauslaufen, aber soweit Du aus dem Spiel bleibst, ist es mir schnuppe. Lieb, lieb, Du bist wunderbar lieb. Dein Brief enthält so liebenswürdige Dinge, die mir ein Trost sind – Du bist der Dudelsack vom Lied – Nein, wenn ich Dich habe, will ich natürlich nicht gehen, ich liebe Dich, und wenn Du mich auch liebst, gehöre ich Dir, wo auch immer Du willst. Ich liebe Dich nicht, wie Du mich liebst? Lou! Das ist wahrhaftig ein Sakrileg, so was zu sagen, ich liebe Dich innigst, nichts kann meine Liebe zu Dir übertreffen, geliebte Lou! Wie kannst Du nur denken, dass mich andere Frauen beschäftigen – Du bist verrückt – Ich denke nur an Dich – Es mag sein, dass ich gesagt habe, hier oder da sei ein hübsches Mädchen. Mir ist es lieber, ein hübsches Mädchen vor Augen zu haben, als ein hässliches, aber mir sind alle Mädchen schnuppe außer Dir, ich begehre keine außer Dir. Ja, Du bist meine Erzgeliebte und geliebte Herrin, Lou. Auf keine Frau schaue ich lasterhaften Blickes. Seit ich Dich kenne, sehe ich nur Dich, und in meiner Liebe zu Dir kann kein Laster sein, alles ist rein und rechtschaffen, denn ich liebe Dich für immer, ich gehöre Dir auf ewig und nie werde ich eine andere Frau begehren als Dich. Und das ist reine Liebe, o Lou! Nein, Lou! Ich bin nicht mehr ungeduldig, ich liebe Dich innigst, das bedeutet Ewigkeit, und Ungeduld verträgt sich nicht mit Ewigkeit.
Ich bin ein bisschen traurig, weil keine Nachricht von meinem Bruder in Mexiko seit anderthalb Monaten. Das Land ist immer noch in Revolution begriffen, mein Bruder schickt regelmäßig Nachrichten, ein von dort stammender Kerl in meinem Zug hat vor 5 Tagen Briefe aus Mexiko erhalten, ich frage mich also, wie das kommt, dass ich von Albert keine Nachricht habe. Weißt Du, meinen kleinen Albert mag ich sehr, ein ganz redlicher Mann, feine Intelligenz, voll gesunden Menschenverstands, fleißig, tapfer und sehr milden Charak-

ters. Sehr fromm, er hatte mal vor, Priester zu werden, und sehr hübscher Bursche, als ich ihn noch regelmäßig sah, war er so keusch wie der heilige Aloisius von Gonzaga oder der heilige Stanislaus Kostka, der sein ganzes Leben Buße tat, weil er eine Frau mit Genuss angesehen hatte. Ich frage mich, was in diesem verdammten Land der Indianer und des blutigen Erotismus, das Mexiko ist, passiert sein mag. Mein Lou, ich liebe Dich, Deine Briefe sind so zärtlich, so hübsch, dass sie mich alles durch die rosarote Brille sehen ließen, wenn die Zeiten nicht so fürchterlich wären. Wenn es sich jetzt nur nicht so verhielte wie im fernen Mittelalter mit all den Ausschweifungen des Geistes, mit der lyrischen Ironie, mit dem Totentanz und den Schrecken des Jahres tausend. Wir sind in einer Zeit, die jener ziemlich ähnelt, heute ist das Zeitalter der Angst, mein Lou, und die hübscheste, tiefste, entschlossenste Liebe, das heißt unsere Liebe, ist nicht, durch eine Fügung des Schicksals, befreit worden von dieser Angst, die dazu verleiten kann, das Leben selbst zu verachten. Aber, sehr schöne Lou, meine Königin, ich liebe Dich und Du bist das Leben, mein Leben, also, da ich Dich liebe, liebe ich das Leben.

Gui

67

2. Brief

2. Februar 1915

Lou, ich führe mein kleines Gespräch mit Dir fort, mein tägliches, manchmal zweimal tägliches Gespräch, und das ist der einzige Reiz meines Lebens hier in Nîmes. Diese kurzen Momente, in denen ich mich mit Dir unterhalte, sind die besten am Tag, sie überbrücken – nicht ganz, leider! – die Distanz. Mir scheint dann, Du stehst ein wenig vor mir. Und der Rest verschwindet. Nicht, weil mein gegenwärtiges Leben etwa dürftig wäre. Längst nicht. Es ist im Gegenteil so, dass ich es bereuen würde, wenn mein Leben nicht wäre, wie es unter solchen und so außergewöhnlichen Umständen nun ist. Aber, Verehrte Liebe, Du bist für mich das Schönste am Leben und das Edelste auf Erden. Ich liebe Dich für alles, was Du für mich bist, für alles, was Du mir zu schreiben verstehst, für die Art, wie Du handelst, und da ich Deine Schönheit, Deinen Körper, Deine Gebärden, Deine Stimme, und alles, was Deine Erscheinung ausmacht, unendlich liebe, da meiner Ansicht nach nichts vollkommener ist als meine Liebe, bist Du die leibhaftige Grazie, Dein Gang erinnert an die Formel des Dichters *patuit incessu dea* (allein an Deinem Gang erkennt man die Göttin – *ich übersetze frei*). Ich liebe Deinen romantischen Geist und Deinen stolzen Charakter, den ich so gern beuge. Ich liebe Deine unendlichen Küsse, die elektrisierende Biegsamkeit Deines Körpers, was Du erzählst, Deine Abenteuer, Deine Ausdrucksweise voller Preziosität und doch bar jeder Affektiertheit. Du bist ein recht süßer kleiner Teufel. Es freut mich, dass Du Dich nicht langweilst, und ich bin sehr glücklich, dass Du kommst, und über Dein Versprechen, nach Deinem Umzug nach Paris wiederzukommen. Es ist großartig, wie ich Dich lieben kann. Ich habe niemals so sehr geliebt. Mir scheint, ich habe Dich immer geliebt, ich kenne Dich seit Deiner Kindheit, seit Du Deinen Hintern mit dem der anderen Kleinen im Kloster verglichst. Lou, ich hätte gern für mich einen Abzug der anderen Fotografie von Desgranges, derjenigen auf der Du ernst aussiehst, den Du mir schicken oder bringen könntest. 2 Porträts meines herzallerliebsten Lou sind nicht zu viel. Wenn Du dann in Paris bist, sollst Du mir auch ein Ganzporträt schicken, damit mein Auge zum so geliebten Körper meines Schatzes zurückfinden kann. Wie kannst Du nur auf die Idee kommen, dass ich an eine andere Frau denke? Letztens in Nizza, in der Redaktion vom *Petit Niçois*, ich habe vergessen, es Dir zu erzählen, hatte man mir einen Empfehlungsbrief an eine Frau Generalin aus Nîmes gegeben, Gatte an der Front, sehr hübsch anscheinend, frivol, mit Tochter, auch sehr hübsch und nahbar, ich habe den Brief vor vier oder fünf Tagen, als ich ihn wieder fand, weggeworfen. Es wäre mir unangenehm, den Galan zu spielen oder zu flirten, mit welcher Frau auch immer, so schön sie auch in den Augen der Anderen sein möge, existiert sie für mich nicht, da ich Dich habe, die Du doch die ganze Schönheit der Welt bist: Eva, Helena, Messalina, Agnès Sorel, alle Schönheiten, die die Welt bewundert, sind rein gar nichts im Vergleich zu meinem geliebten Lou, den ich mit ganzer Kraft küsse, überall, sogar auf seinen Hintern, den dicken Hintern des kleinen ungehorsamen Jungen, der gepeitscht gehört, damit die Reize des hübschen Mädchens in ihm mehr Kontur bekommen. Ich liebe Dich. Dein

Gui

68
DIE MEISE

Soldaten ziehen langsam fort
durch Stadt und Nacht, düstere Herd'.
Horch auf mein Herz es liebt es pocht.
Tausende Herzen ist meins wert
Da ich Dich liebe in einem fort.

*

Ich liebe Dich maßlos, vollkommen,
Den Sinn des Lebens hab' ich verloren
Licht ist mir abhandengekommen,
Denn für die Lieb' bin ich geboren,
Sie ist mein Wesen und meine Sonnen.

*

Höre mein Herz, das für Dich schlägt!
Regiment der Artillerie
Es pocht für Dich, einsatzbereit
Soldatenherz wird Batterie,
Du kleine Schwester, horch unentwegt.

*

Ich nehm' Dich ganz, mein Schwesterlein,
Du gehörst mir, so wie ich Dir,
Des Lebens Weg ist uns gemein.
Lieb' Winzigkeiten flüstere mir
Die mich gleich trösten in der Pein.

*

Bergab die Tram rattert geschwind
Durchbricht die Nacht die Nacht aus Glas
Die auch mein Herz dunkel umspinnt
Du spendest Licht ohn' Unterlass
Mein liebend Herz hörst Du's mein Kind.

*

Zu mir flog heut früh eine Meise
Umflatterte mein Pferd jovial.
Ein kleiner Engel wohl auf Reise
Hatt' sich verflogen im hübschen Tal
Wo ich ihn sah seltsamerweise.

*

Hübsch wie die Deinen waren die Augen,
Schön wie Dein Haar ihr Federkleid,
Und ihr Gesang glich lieben Worten
Mir zugeflüstert voll Zärtlichkeit
Wenn wir zwei beieinanderliegen.

*

Im kleinen Tal war mir recht übel,
Weil ich so weit geritten war,
Gedichte heult' des Windes Orgel
Hinauf zur Sonne grell und klar.
»Ich liebe Dich!« sagt' ich dem Vogel

Guil. Apollinaire
2. Febr. 1915

69

Massillan, den 3. Februar 1915

Entschuldige das Papier, mein sehr schöner Schatz – Wir sind heute Morgen zum Schießplatz hinausgeritten, es ist so kalt, dass ich mich davongestohlen habe. Ich habe keine Handschuhe mitgenommen. Es war mir unmöglich, dort zu bleiben – Ich habe in einem Gasthaus Halt gemacht. Ich reihe mich in meine Kolonne wieder ein, wenn sie auf dem Rückweg vorbeizieht. Ich habe kein anderes Papier, unter den Liebeswörtern, die ich hierauf schreibe, stehen Artillerienotizen. Ich habe Deinen Brief von gestern bei mir behalten, um ihn heute wieder zu lesen. Kleiner Luchs, auf dem Weg hierher habe ich darüber nachgedacht, mit welchen berühmten Schönheiten man Dich vergleichen könnte, und ich habe erkannt, dass Du die Erhabenheit von allen hast und dass Du sie noch übertriffst, denn Du bist unvergleichlich. Du hast die laszive Grausamkeit von Salome, der Tänzerin, Du hast die fatale Schönheit von Helena und ziehst alle Männer in Deinen Bann, Du hast die großen ägyptischen, schwarz umrandeten Augen von Kleopatra, der Ägypterin. Du hast den großen wollüstigen Mund der schwarzen Königin von Saba, Du bist fromm wie die La Vallière[98] bei den Karmelitinnen, Du bist schweigsam wie die Maintenon[99], Du bist untreu gewesen wie Theresia Cabarrus[100], die Frau Tallien wurde und als Fürstin von Chimay starb, Du bist treu in der Untreue wie die Kreolin Joséphine[101]. Du hast den gesunden Menschenverstand der Gattin von Wilhelm von Oranien, und Du hast diesen Hochmut, den man doch brechen soll, von dem Du weißt, dass er gebrochen werden muss, den Du gern unter den Schlägen auseinanderfallen spürst, der Dir eigen ist, der mein kleiner Luchs ist und Dich von allen anderen Frauen unterscheidet, nur Magdalena war Dir darin vielleicht ähnlich, und selbst das noch nicht einmal, denn so hochmütig wie Du war sie nicht. Geliebte Lou, ich möchte Dich berühmter machen als all diese Frauen. Ich möchte, dass Deine Schönheit durch mich die Welt erleuchte wie diejenige des Parthenons, dass alle Dir sagen mögen, Du seist schöner als Helena, dass das Renommee Deiner Grazie größer sei als das Renommee der Höhe für den Eiffelturm. Es lebte einst in Toulouse, scheint mir, eine schöne Dame, die man die Schöne Paule nannte, denn so hieß sie mit Vornamen, ihr Geliebter besang sie, besang all ihre Schönheiten, sogar die heimlichsten, und das Büchlein, das die Beschreibung jener Reize birgt, ist heute nicht nur ein Denkmal der Liebe, die er zu ihr empfand, sondern auch eine bibliographische Rarität. Nicht jener stille Ruhm schwebt mir für Dich vor. Es gibt schon mehr Glanz im Ruhm der schönen Péronne, die Guillaume de Machaut, der Fürst der

Dichter seiner Zeit, liebte. Von ihrem Namen leitet sich das Wort *péronnelle*[102] ab. Es wird abwertend verwendet, obwohl sie eigentlich ein talentiertes geistreiches Mädchen gewesen ist. Aber ihr Renommee, obgleich sie selbst in Vergessenheit geraten ist und obwohl etwas abschätzig, ist größer als das von der schönen Paule. Es ist dennoch nicht genug. Für Dich will ich einen Ruhm, der ebenso glänzend sei wie Helenas, und das Vorhaben, Dich so glorreich machen zu wollen, kann mir nur zugutekommen, denn um es wahr werden zu lassen, muss mich die Liebe mit dem Genie, mit mehr als dem Genie des großen blinden Homer beflügeln.
Verzeih mir, Lou, all die schulmeisterlichen Erklärungen an diesem eiskalten Morgen, sieh darin nur das Zeugnis meines Talents, Dich jeden Tag mehr und anders zu lieben als am Vortag. Noch einmal, entschuldige das Papier. Gleich ist kein Platz mehr und ich muss mein Pferd vorbereiten und zum Schießplatz zurückreiten, schauen, was dort los ist. Dein

Gui

70

3. Brief

[Nîmes, den] 3. Februar [19]15

Ich schreibe Dir heute das dritte Mal, mein Lou; zuerst habe ich Dir in der Nacht ein kleines beiliegendes Gedicht gemacht. Dann einen langen Brief in Massillan und nun, nachdem ich Deinen Brief vom 1. Februar bekommen habe, schreibe ich Dir noch einmal aus der Kantine. Das ist phänomenal, wie Dein Brief mich beglückt und gleichzeitig verzweifeln lässt. Ich freue mich für Toutou und für Dich und die ganzen Verzögerungen tun mir leid. Ich mache schwere Zeiten durch. Vom Reiten ermattet. Ich habe es dem Ausbilder gesagt, morgen will ich gar nicht aufs Pferd steigen. Wir sind nicht kräftig genug. Man lässt uns Sprünge, unmögliche Dinge machen in der Landschaft um Nîmes, die wie ein Gerippe ist. Sie sieht wie ein Friedhof aus. Nichts als schneidende Steine, Gebeinen gleich. Unfälle jeden Tag. Zweige haben das Gesicht zweier meiner Kameraden verunstaltet, ein dritter ist schon wieder im Galopp gestürzt, kaputtes Knie und verstauchte Schulter. Und ich bin müde, kann die Knie nicht mehr zusammenpressen. Gestern Artillerie-Examen, ich habe die beste Note erhalten, aber wir werden geschunden. Die Rationen sind kleiner geworden … Na also! All das ist uninteressant. – (*Dein Brief, den liebe ich.)* Heute Ministerialbeschluss, dass Unteroffiziere nicht mehr an den Standorten ernannt werden dürfen, sondern nur noch an der Front. Ich frage mich also, ob man hier aber weiterhin zum Offizier ernannt werden kann. Du kannst mir glauben, wenn es so weitergeht, werde ich darum bitten, einfacher Kanonier zu werden, und auf jedwede Tresse verzichten, zumal ich, wenn ich als einfacher Kanonier mit einer 120er-Batterie gehe, auch befördert werden kann. Jetzt haben wir argentinische Gäule, die groß sind wie Elefanten, die wie die Bären tänzeln und zur Seite ausschlagen, das ist wirklich sehr spaßig. – Na ja, mein kleiner Luchs, Du siehst, meine einzige Freude kommt von Dir, von Deinen Briefen, von Deiner erwünschten, erhofften Gegenwart. Also muss ich noch mindestens zwanzig Tage warten, bis Du kommst? Ich weiß jetzt nicht mehr, was ich schreiben soll! Allmählich bewahrheiten sich also doch meine Vorhersagen zum Krieg?! Nach und nach erzählst Du mir das, was ich Dir schon sagte – Ich habe gerade die Hoffnung, dass Rumänien sich jetzt dazu gesellen möge. Es könnte die Sache vorantreiben. Schreib mir, Lou, detailliertere Briefe, und manchmal längere. Ich bin gierig nach all dem, was Du sagst und machst. Ihr habt Euch also alle vollgesoffen in Baratier? Und Ihr habt Euch gut amüsiert. Umso besser. Saint-Jean im Schnee muss sehr hübsch gewesen sein. Ich hätte das gerne gesehen: Orangen im Schnee!! Jetzt ist das Wetter nicht mehr so unfreundlich hier. Der Wind hat sich gelegt, die Sonne scheint. Ich liebe Dich, mein kleiner Luchs, und erhoffe Dich bald. Und die Briefe der Seligen, strömen sie Dir weiterhin in Fülle zu? Mora weiterhin wütend, Zyp weiterhin schmeichlerisch, Mogi weiterhin ein Schweizer. Schwirren Nizzaer Gigolos weiterhin herum? – Und die Fotografie f. Rouveyre? Wann gehst Du also an die Front? Mein schöner kleiner Luchs, ich liebe Dich und nehme Dich ganz, wie ich nur kann. Ich schreibe Dir wahrscheinlich heute Abend noch einmal, niemals jemandem so viele Briefe geschrieben wie Dir, ich erkenne mich nicht wieder, aber ich liebe Dich innigst.

Gui

71

WEIL DU MIR VON LASTER SPRACHST …

Du sprachst mir Schatz von Laster gestern in Deinem
Brief.
Bei erhabener Liebe gibt es doch gar kein Laster.
Ein Körnchen Sand nur ist es, das absinkt abgrundtief,
Im grünen grauen Meer, Sandkörnchen und nichts
weiter.

*

Unsere Fantasien können wir frei entfalten,
Die Sinne tanzen lassen auf den Trümmern der Welt,
Bis zur Auszehrung gar uns einander erschöpfen
Unsere Körper wälzen auf morastigem Feld,

*

Aneinandergeklammert in eherner Umarmung,
Können wir dem Tod trotzen, dem Ende die Stirn
bieten,
Wenn unsre Zähne klappern in panischer Vorahnung;
Wir können Abend nennen, was genannt wird der
Morgen.

*

Meinen stürmischen Willen kannst Du vergöttlichen,
Und ich kann vor Dir knien wie vor einem Altar
Vor Deine wunde Kruppe mich devot niederwerfen,
Die Liebe zwischen uns wird bleiben rein und klar.

*

Auch wenn unsere Körper atemlos, stumm der Mund
Als wärens zwei Kanonen, gefallen auf die Erd',
Gebrochen liegen bleiben von zu viel Liebe wund!
Die Lieb' die uns verbindet wird bleiben unversehrt …

*

Die Macht der Fantasie lass uns veredeln, Herz!
Der armen Menschheit fehlt sie leider gar und ganz.
Reine Illusion ist das Laster, ein Scherz,
Der nur den Pöbel blendet mit seinem falschen Glanz.

Guil. Apoll.
3. Feb. 1915

72

4. Brief

[Nîmes, den] 3. Februar 1915

Mein kleiner Luchs, ich schreibe Dir heute das 4. Mal – anbei schicke ich Dir meinen Brief vom 30. Januar, der mir zurückgesendet wurde – Adresse fehlte! Hatte vergessen, sie draufzuschreiben. Ich küsse Dich tausendmal und schreibe Dir, sobald mein Brief fertig ist, ein kleines Gedicht. Das Wetter war schön am Nachmittag. Ich bin geduldiger, eine Weise, Dich mehr zu lieben. Heute gab es wieder einen Abmarsch. So ein Abmarsch dauert nicht lange. Am Abend werden die Männer aufgerufen, am nächsten Morgen marschieren sie ab. Sie sind übrigens nicht mehr so gut ausgerüstet wie diejenigen, die vor einem Monat gegangen sind. Man erlaubt uns nicht mehr, uns denjenigen zu nähern, die wir kennen, um uns von ihnen zu verabschieden. Ich gebe es zu, ich finde das etwas brutal, und diese Art etwas überstürzt, ihnen gar keine Zeit zu lassen, auch nur ein bisschen Atem zu holen! Unser aller Erkennungsmarken sind fertig, unsere Soldbücher genauso. Ich frage mich, ob wir – also ich sehe das so – überhaupt noch bis Juni bleiben. Wenn Du es aber meinst, will ich Dir gerne glauben, und weil ich Dich habe. Sonst ... Ich liebe Dich, Lou, liebe Dich innigst, sauge an Deinem Mund, küsse Dich überall, überall, mein Schatz, mein Trost, meine Liebe, mein Ruhm. Ich umarme Dich, halte Dich lange mit ganzer Kraft in meinen Armen, für immer. Dein

Gui

73
UNSERE STERNE

Das Horn ertönt und ertönt wieder,
Geblasen wird der Zapfenstreich.
Mein Herz ist Deins ich lege es nieder
Für einen Blick von Dir, samtweich
Eine Bewegung Deiner Glieder

*

Es ist zehn Uhr, alles schläft bald,
Ich hör' die schnarchende Kaserne,
Der Wind heut' Nacht ist feucht und kalt,
Der Mond ist mir eine Laterne
Hundegeheul düster erschallt.

*

Die Zeit verrinnt so langsam, langsam,
Die Stunden schlagen in der Nacht
Was machst Du, müßige Madam
Während hier Dein Geliebter wacht
Der nach Dir schmachtet, einsam, einsam?

*

Und ich suche am Himmelszelt
Wo unsre Zwillingssterne stehen
Mein Schicksal ist Dir zugesellt
Bloß unsre Sterne, wo sind sie zu sehen?
O Himmel, hübsches Weizenfeld!

*

Hugo schrieb es, berühmter Reim,
Boas und Ruth[103] gehn dort hinan,
An der Decke Schritte geheim,
Wie einst im *Balao*-Roman[104]
Den Anfang nur kenn' ich vom Büchlein

*

Ein Hahn singt seinen Belcanto.
Zusammen wiehern unsre Pferde.
In Nizza erschallt die Stimme der Echo,
Trifft sich die Liebe der ganzen Erde
Um meinen kleinen Lou de Co …

*

*Lini*enfeuer grad' im Visier
Dein Blick glänzt an der Himmelswölbung
Mein Bett ist heiß wie Deine Gier
Denn Deine Augen, ihre Liebkosung
Beim Namen Nizza erscheinen mir.

*

Die Zeit verrinnt langsam und sacht
Nun schlaf' ich ein in aller Ruh
Während Dein Blick über mich wacht
Deine Augen, trotzige Lou
Sind sie die Sterne in der Nacht?

G. A.
3. Feb. 1915

74

– Wenn man die *East Rand*-Aktie nicht verkaufen kann, hol sie Dir zurück!

[Nîmes, den] 4. Februar 1915

Mein Herz, das hast Du nicht verstanden, das mit dem Ort, an dem sich die Verse[105] abspielen, gemeint ist doch die Promenade der *Fontaine* in Nîmes, es sind ehemalige römische Bäder, erinnerst Du Dich, das ist der schönste Ort in Nîmes, es gibt 2 Gigolos, die Sklaven sind aber Mädchen.– Fürst Karadjordjewitsch, er ist ja *so intelligent! mit erlesenem slawischem Charme*, hat Dir gesagt, der Krieg könne zwei Jahre dauern – Guillaume Apollinaire, der ja so dusselig ist, und ohne erlesenen Charme, obwohl ein wenig slawisch, hat Dir dasselbe gesagt. Sofort schwärmst Du, kleines snobistisches Fräulein, für den serbischen Hochstapler mit derselben Entschlossenheit, mit der Du Guillaume Apollinaire beschimpft hast, ihn einen Pessimisten gescholten hast, einen Schwarzmaler, ihm sagtest, Du würdest Dich nicht mehr mit ihm über den Krieg unterhalten etc. etc. Merk Dir wohl, Lou, alles, was ich Dir gesagt habe, wird sich bewahrheiten, auch wenn Du mir nicht glauben magst, das ist so. Ich bin Dir nicht böse. Dein Geist aber, anstatt danach zu streben, sich dem meinen anzuschließen, will ihm ja nur misstrauen, sieht in ihm nur mangelndes Gleichgewicht und Merkwürdigkeit, und sogar noch Schlimmeres. Bin sehr beleidigt, weißt Du, sehr sehr beleidigt, mein Lou, aber überhaupt nicht böse, Deine Revolten gegen meine Logik amüsieren mich im höchsten Grade. Ich habe viel mehr Vertrauen zu Dir, da ich schließlich doch Deine Ideen übernehme, anscheinend übernehme, denn ich warte eigentlich nur den Moment ab, an dem Du mir genau das verkündest, was ich Dir schon gesagt habe, vorausgesetzt, das kommt von einer anderen Quelle als von mir, die Du für befugter hältst.

Kleingläubiges Mädchen, ich habe vielleicht zwar keine praktische Geschicklichkeit, aber, Du kannst mir glauben, meine Urteile erweisen sich selten als falsch. Bei mir ist das Denkvermögen und Instinkt, und Instinkt sogar zuvörderst: Vielleicht ist dies übrigens meine einzige Begabung. Nun, mein Lou, denke ich dennoch, dass innere Gründe in Betracht kommen, die darauf Einfluss haben könnten, dass eine Lösung schneller herbeigeführt wird. Werde Dir das erklären … aber, bis zum Jahresende geht das noch mindestens. – Mein Lou, erzähl mir ausführlich, wie Du es Dir selbst machst und Dich erregst, erzähl vollständig, das amüsiert mich unendlich, viel mehr sogar. Fürchte nicht, ich könnte wegen Details, welcher Art auch immer, böse werden, alles, was Dich erregt, woher und von wem es auch kommen möge, interessiert mich. Das ist nicht nett von Dir, dass Du es mir vorenthältst … Du betrachtest immer meine vorübergehenden Anflüge von Nervosität und Traurigkeit als Merkmale eines übereifersüchtigen Charakters. Du irrst, Lou. Ich liebe Dich, und wenn Du mich liebst, ist es genug. Einen Brief vom kleinen 15-jährigen Mädchen bekommen, das ich Dir vermachen will. Wie Du sehen kannst, macht sie mir eine Art Liebeserklärung *Die Ihre fürs Leben.* Ich habe ihr nichts gesagt, auch nichts getan, dass sie so etwas schreibt. Du siehst, ich kann sie Dir vermachen, sie wird Dir sehr gefallen. Ihre Schwester hat ein Kind!! Die Kleine, die mir schreibt, sagt mir, ich soll ihrer Freundin, der Nichte des Präfekten von Nîmes, einen Kuss geben. Das ist lustig. Du kannst sicher sein, dass ich mich keineswegs darum schere. Dich, mein Lou, möchte ich … Dich, mein geliebter Lou, möchte ich küssen und alleine mit Dir all die Szenen bei der Fontaine nachspielen, eine nach der anderen. Bis bald, mein Lou, ich bin viel ruhiger, seit ich beschlossen habe, den Zug zu verlassen, wenn man mich da zu sehr piesackt … Ich glaube übrigens, dass ich ihn nicht verlassen werde, aber mir

sind Dienstgrade alles in allem nun mal schnuppe, und Krieg ist Krieg, ich werde es nun machen, wie es gerade kommt. Es ist möglich, dass wir bald zu Gefreiten ernannt werden, aber hier weiß man nie, was geschehen wird. Ich liebe Dich, Dein

Gui

75

[Nîmes, den] 4. Feb. 1915

Lou, mein Schatz, recht froh, dass Du Deine Erlaubnis hast. Hoffe, alles wird für Dich erfolgreich verlaufen. Richte Toutou meine besten Grüße aus. Herzlich. Sag ihm, ich mag ihn sehr und bin sicher, ihn noch mehr zu mögen, wenn ich ihn einmal treffe. Nun ja, pass auf dieser f. eine kleine Frau gefährlichen Reise auf Dich gut auf und behüte Dich Gott, meine Liebe. Keine Unvorsichtigkeiten, welcher Art auch immer – Lass mich wissen, wohin ich Dir nunmehr schreiben soll und ob ich Dir schreiben soll. Sag mir auch, ob Du mir schreiben wirst. Versuch mir zu schreiben. Du hast meine Frage zur Karte von *Marie L.* nicht beantwortet? Die Orangen sind bei Mama gut angekommen. Hat sich sehr gefreut. Heute Bauchschmerzen den ganzen Tag. Am Morgen Laudanum, am Nachmittag Mohnsaft-Elixier und Bismut, bin sehr sehr schwach, nehme einen Tee mit Rum. Ich esse nicht. Habe Schüttelfrost. Wenn Du keine Briefe von mir bekommst, liegt das nicht an mir, sondern an der Post, denn schreibe eher mehrere am Tag als einen. Und Deinen Zaster? wie Du so ganovenhaft sagst, hast Du den jetzt[106]? Du sprichst mich wieder auf Borys an, das ist ein Kerl, der mich überhaupt nicht mehr interessiert, außer um Urlaub zu bekommen.

Dein immer noch nicht angekommener Brief vom 28. Januar? Verloren gegangen? Oder gar nicht erst geschrieben, mein Lou? Und der Krieg, denkst Du jetzt, ich habe Recht? Er wird vielleicht weniger lang, aber vielleicht nicht viel weniger. Auf jeden Fall ist die Sache einfach, wenn es nicht lange Zeit dauert, heißt das, Frankreich und seine Verbündeten sind besiegt, je länger es dauert, desto mehr wächst die Gewissheit unseres Sieges. Die Zeit ist unser Verbündeter. Sie ist der Feind der Deutschen, die es nötig gehabt hätten, dass es zügig zugeht. Also, patriotisch gesehen, sollte man wünschen, dass es lange dauert. So! So, kleiner ungeduldiger Luchs! Schick mir jeden Tag Deine umfänglichen Reiseeindrücke, ganz wie es kommt, das wird sehr spannend. Du wirst auf der Fahrt Zeit haben, Du hast einen Füllfederhalter. Sag bitte Toutou, wie sehr es mein Wunsch ist, der raue boreale Kuss werde durch Deine ausgeglichen, die so zart sind. Sag ihm, ich kann mit artilleristischem Strich und Dezimalgrad brillant umgehen und dass ich bald meinen ersten Beschuss bei Ziel in Deckung (8 Granaten) kommandieren werde. Bestimmt erfolgt das auf der 90er-Kanone. Sag ihm, dass er mir, wenn er zufällig ein Sitometer überhat, einen Dienst erweisen würde, wenn er es mir durch Dich zukommen ließe, denn es würde mir eine Ausgabe von 25 Francs ersparen. Ich muss auch das Kanonier-Lineal und weitere Kleinigkeiten kaufen. Frag ihn auch, ob man an der Front öfter indirekte Hochschüsse (mit der 75er-Kanone) abfeuert.
So, mein Lou, da hast Du Deinem charmanten Feldwebel einiges auszurichten.
Nach diesen Empfehlungen, die, hoffe ich, Dich noch vor der Abfahrt erreichen, beende ich meinen Brief, indem ich Dich küsse, Dich liebkose, Dich streichle, Dich fest umarme, Mund an Mund – Wenn Du daran denkst, bring mir Dose Bi-Oxyn Reisezahnpulver – (1 Fr. 75) und tritt, strahlend, o

Königin meines Herzens und Königin der Schönheit, in das Sperrgebiet der vor Dir sich in den triumphalen Gräben tief verbeugenden Armee ein.

Gui

76
TRÄUMEREI ÜBER DEIN KOMMEN

Mein Lou, mein Herz, meine Geliebte,
Ich würde gern zehn Jahre geben,
Für Dein golden schimmerndes Haar,
Für Deine unentschlossenen Blicke,
Für Dein bernsteinfarbenes Vlies

Kostbarer ist es als das alte
Dessen Verbleib Kirke[107] wohl kannte
Am langen Wege nach Cathay,
Den Alexander gegangen war,
Kirke, die ihr Iason peitschte.

Mit Zweigen hat er sie gepeitscht
Gerten vom Lorbeer oder vom Ölbaum,
Sie wiegte sich geil in den Hüften
Wunschlos von ihrem Glück erfüllt
Mit ihren weißen Hinterbacken.

Was Iason der Königin antat
Um ihrer Hexereien willen,
Um ihres Gifts und ihres Zaubers,
Das tu ich Dir an, meine Liebe,
Wenn wir endlich zusammen sind.

Und noch mehr werde ich Dir antun!
Liebe und Rute, et cetera …
Ein Arsch ganz mohrenschwarz vor Lust
Wenn Du dann kommst, o meine Herrin …
Komm o mein Lou, ich liebe Dich!

In dem der Wollust geweihten Zimmer
In Nîmes, wo ich Dich dann aufsuche,
Während wir bei einem Tee sitzen,
Während der allzu seltenen Stunden,
Die Deine Schönheit mir versüßt,

Treiben wir hunderttausend Unsinn …
Trotz des Krieges und seines Übels
Werden wir Wunderschönes erleben:
Blühende Bäume und Palmensonntag,
Ostern und dann die ersten Kirschen …

Wir lesen dann im selben Bett,
In dem Buch Deines Körpers selbst
– Erlesenes Buch, im Bett zu lesen –
Wir lesen bald die hübschen Verse
Über die Reize Deines Körpers.

Wir gönnen uns süße Sonntage
Süßer noch als die Schokolade,
Spielen zusammen das Spiel der Hüften.
Abends bin ich dann ganz erschöpft,
Und Du ganz blass mit weißen Lippen.

Nach einem Monat wirst Du schon gehen …
Die Nacht wird kommen auf die Erd'.
Vergebens streck' ich die Arm' nach Dir

Geheimnisvolle Zauberin,
Meine Kirke, Du wirst verschwinden …

Wohin gehst Du dann, meine Hübsche?
Nach Paris, ins Land der Schweizer
Oder ans Ufer meiner Wehmut:
Zu jener Flut am Mittelmeer
Die man niemals vergessen kann?

Und es erklingen, erklingen dann
Die Trompeten der Artillerie.
Wir ziehen dann und ron und ron
Trommelgewirbel Patapon,
Dorthin zur Front, meine Geliebte

Wunder, wer weiß? wirk' ich dann dort
Wie die *Poilus* halt welche wirken,
Deinem schönen Hintern zu Ehren,
Und Deinen Blicken, so unentschlossen
Und göttlichen Liebkosungen.

Aber fürs Erste wart' ich auf Dich.
Auf Deine Augen, Hals und Kruppe …
Möge ich nicht noch lange warten
Auf Deiner Schönheit schöne Truppe
Lustvolle Lou bebenden Busens

Und komm doch schon, weil ich Dich liebe
In jedem Tonfall kann ich es singen …
… Blass ist die Nacht … Wolken am Himmel …
Es tappt sich der Mond durch das Dunkel …
Eine Biene, sie sitzt auf Sahne …

4. Feb. 1915

77
IN EINEM CAFÉ IN NÎMES

Gehen Sie? – Ja! Heut' Abend noch –
Und wohin geht's? Reims oder Belgien!
Die Reise ist ein schwarzes Loch
Durch unsre teure Republik
Näheres kann man nicht erfahren –

War'n Sie schon dort? – In Lothringen
Habe ich gedient zuallererst;
Dann an der Marne und an der Aisne,
Viermal wär' ich beinah gefallen
Des Nordens König ist der Tod.

Ich hab' zwei Splitter abbekommen
Und vom Militär einen Orden.
Ins Hinterland kam ich zurück
Im Autobus, weil doch verletzt
Ein Spion mit Klapphut neben mir.

Er wollte fliehen. Mit bloßen Händen
Erwürgt' ich ihn. Mir als Matratze
Hat er gedient. Die Napäen
Und alle Nymphen vom Norden
Standen mir bei am Wegesrand –

Sie sprachen mit sehr milder Stimme,
Während das Blattwerk hoffnungsgrün
Im ganzen Gehölz raschelte
»Gratulation! Kleiner Soldat.«
Und dann bekreuzigte ich mich … –

Gefreiter, der Du zum Graben gehst
Glücklich ist Dein ruhmreiches Los!
Dort hängen in den Unterständen
An euren herrischen Gewehren
Die Siege unseres Vaterlands!

Wir Kanoniere in der Kaserne
Erwarten nun des Ruhmes Stund',
Als Erste seid ihr weggezogen;
Wir werden wohl den Sieg erringen
Der um den Hals der Letzten fällt. –

Sei'n Sie geduldig Kanonier!
Adieu dann! – Adieu, Gefreiter! –
Ihr Name? – Mein Name? Hoffnung!
Ich bin ein Pferd, eine Kanone,
Ich bin das Hoffen … Es lebe Frankreich! …

4. Feb. 1915

78
ADIEU!

Liebe ist frei, und muss sich nie dem Schicksal fügen
O Lou, stärker noch als der Tod ist meine Liebe
Und sieh mein Herz, es folgt Dir hinauf in den Norden

Liebvolle Briefe, schicke mir auch zahlreiche Briefe!
Oft, denn als Soldat schwärmt man dafür
Und mindestens einen am Tag, bitte nur einen

Langsam ist nun die schwarze Nacht hier schon gekommen
Ob wir noch Zan-Bonbons bekommen bevor wir gehen.
Und eins, zwei, drei … Ich opfre Dir mein Blut und Leben!

Leicht und sehr blond ist jetzt die Nacht, mein liebes Herz.
O Lou, der Himmel ist heut' klar wie laut'res Wasser.
Und sieh mein Herz, es folgt Dir bis ans End' der Welt.

Laut schlägt die Stunde. Und Adieu! Es naht die Abfahrt
O liebe Lou, bald ist neun Uhr, wir müssen gehen
Und eins … zwei … drei … Adieu aus Nîmes und dem Gard

4. Feb. 1915

79

[Nîmes, den] 6. Februar 1915

Meine Briefe von gestern irrtümlicherweise auf den 4. datiert – Dein Brief von Donnerstag, dem 4. heute – Du gehst also, schreibe Dir morgen Sonntag ein 1. und Mittwoch ein 2. Mal. – Aber ich verstehe nicht so richtig, wieso denn nicht jeden Tag, da Du Toutou doch jeden Tag schreibst und er Dir auch jeden Tag schreibt. Da Du keinen Brief unter Deinem Namen bekommen wirst, verstehe ich diese komischen Vorsichtsmaßnahmen erst recht nicht. Ich vermute, das hat damit zu tun, dass Toutou nicht weiß, dass ich Dir jeden Tag schreibe und Du selbiges tust, und dass Du befürchtest, ihm Kummer zu bereiten, wenn Du es ihm sagst – und dass Du mir also auch nicht öfter schreiben wirst und ich in Nîmes lange warten kann.

Also, wenn Du also[108] diesen Brief erhältst, wirst Du in der schönen Hauptstadt Lothringens sein, in der Hauptstadt des Königs Stanislaus, dessen Geschichte ich unendlich hinreißend finde. Ich habe mich köstlich amüsiert, als ich von dem Leben seines Zwerges Ferry gelesen habe. Du hörst vielleicht Kanonengedröhn! Ich habe Dir gestern geschrieben, Toutou beste Grüße auszurichten, ich wiederhole es hier, falls Du abfahren solltest, bevor Du den Brief bekommen hast. Küsse ihn auf beide Wangen. Sag ihm, ich bin sein Freund und ich bin sicher, dass unsere Freundschaft noch wachsen wird, wenn wir uns kennenlernen. Frag ihn, ob er nicht etwa ein Sitometer zu viel hätte, das er mir durch Dich zukommen lassen könnte. Letztendlich, mein Lou, möge Gott Dich behüten und Unsere Liebe Frau Dich beschützen, Du mutige und sehr lieblich schlichte kleine Frau. Komm gesund und wohlbehalten von der Front zurück, mein Schatz. Du weißt, wie sehr ich Dich liebe, ich werde während Deiner ganzen Reise um Dich bangen. Ich wünsche, Du mögest in Baratier vor Deiner Abfahrt noch die Briefe erhalten haben, die ich Dir in den letzten Tagen geschrieben habe, es ist unglaublich, wie es bei der Post so vonstattengeht.
Also, sammle reichlich interessante Eindrücke, von denen Du mir dann erzählen kannst. Ich schicke Dir einen amüsanten Ausschnitt aus *L'Écho de Paris*: eine eigenartige und lustige Anekdote.
Ich schreibe Dir heute nicht so lange, denn ich bin bei meinem Freund Nicolini zum Essen eingeladen und ich will mich um Dein Zimmer kümmern.
Meine Fürsorge begleitet Dich, Du bist mir ständige Sorge und höchster Trost.
Ich liebe Dich mit ganzer Kraft. Kein Gedicht heute, ich habe Dir Massen davon geschrieben in den letzten Tagen. Also doch, sag Toutou diese Verszeile über die Artillerie, ich habe

sie einem kleinen Gedicht entnommen, das ich meinem Freund André Dupont, dem bösesten Menschen von Paris, geschickt habe, und habe sie in meinen Artillerieheften notiert
Artillerie ist die Kunst, Winkel zu vermessen
Tausend Küsse, ich liebe Dich innigst, ich küsse Dich auf den Mund, meine ganz Geliebte. Dein

Gui
fürs Leben

80

[Nîmes, den] 7. Februar 1915

Meine geliebte Lou – Gestern Abend bei Nicolini gegessen und ein paar Wohnungen gesehen. Nichts Hinreißendes in Nîmes, auch die kostspieligen nicht. Das Beste, was ich fand, ist im Haus von Nicolini – Es kostet 40 Francs im Monat, zwei Zimmer, ein großes, ein kleines. Das große hat ein Fenster nach Süden und eins nach Osten, das sind die besten Ausrichtungen, es geht zu einem Garten hin, es ist sehr ruhig, das kleine hat ein Fenster nach Süden, im großen Zimmer ein ziemlich großes Bett, ein weiteres kleines Eisenbett, das mit einem Überwurf als Diwan benutzt werden kann, ein großer famoser Schreibtisch mit einer Menge Schubladen, Sessel, Stühle, runder Tisch, Gaslampe an der Decke, Fliesenboden wie überall in Nîmes, aber wir bekommen noch Bettvorleger und Teppich unter den Tisch, Kamin, Wanduhr, Schrank, Gardinen.
Im kleinen Zimmer Waschtisch mit Spüle, um das Wasser zu entsorgen, Gasherd, Gaslampe an der Decke, Tisch, Stuhl, Eimer für die Notdurft! (Unmöglich, in Nîmes ein Klosett zu

bekommen, hier steht es im Garten, also ein oder zwei Kübel in dem Zimmer mit der Küche werden es ersetzen und werden am Morgen von der Aufwartefrau nach unten getragen). Es wird auch eine große Korbflasche Wasser für den Tagesbedarf geben, die die Aufwartefrau am Morgen vom Hausbrunnen oder vom Brunnen draußen nach oben tragen wird, denn im Garten ist ein Brunnen und am Ende der kleinen abzweigenden Gasse, in der Rue de la Biche, ein öffentlicher Brunnen. Das Haus ist schön, Nutzung des Gartens, der schön ist, in der Nähe kann man nett spazieren gehen, gute Luft, Ruhe, keine Läden, aber doch Nähe von Lebensmittelläden. Man ist ein bisschen für sich, kein Zusammengepferchtsein, 3 Mieter. Im Erdgeschoss ein Oberleutnant vom 19. mit Familie, im 1. Stock rechts Nicolini mit Familie, links Du, Deine Hunde und manchmal Dein Artillerist Gui.
Hier ist der Plan. Über Dir eine schöne Verandah-Terrasse mit schöner Aussicht auf den Planberg, und auf der Du, wenn nötig, Wäsche zum Trocknen aufhängen kannst. Du wirst ja Haushaltswäsche, Teller, Küchenutensilien haben – Wir werden ein Bidet kaufen müssen, wenig verbreiteter Gegenstand in Nîmes. Bis zum 38. läuft man zehn Minuten zu Fuß.
Hier ist der Lageplan:

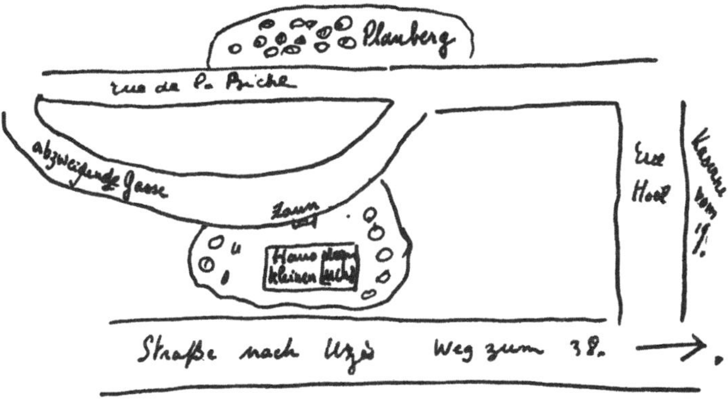

So sieht es aus:

Und zum Schluss ein Grundriss der Wohnung:

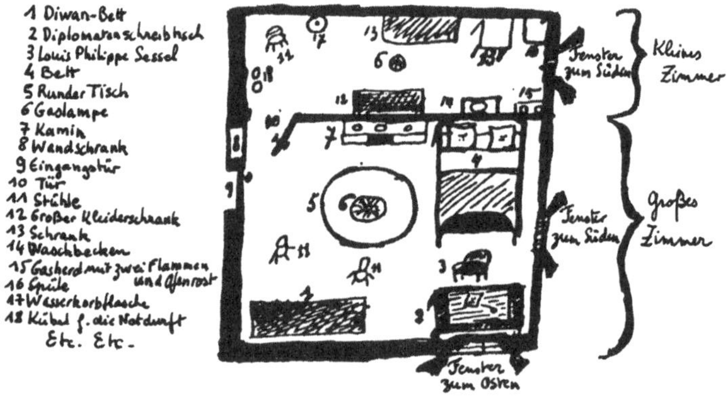

Die Besitzerin hat eine Aufwartefrau zu einem normalen und milden Preis versprochen. Du wirst sie morgens für eine oder zwei Stunden haben. Zu Mittag werdet Ihr dann das Essen kochen, Du und Deine Hunde (es gibt in Nîmes Pferdeschlachtereien), oder Du wirst Dich mit Frau Nicolini verständigen, wenn sie Dir gefällt, wenn nicht, dann auch gut, abends, wenn ich wieder gegangen sein werde, wirst Du wieder etwas zu essen kochen. Ich habe heute als Überwurf für den Bett-Diwan ein Stück älterer Indienne gekauft. Ich mache mich auf die Suche nach weiteren Kleinigkeiten und versuche dies alles, was für sich genommen schon mal nicht übel ist, möglichst entzückend zusammenzustellen. Der Garten ist hübsch und üppig. So! Sag mir, was Du davon hältst? – Heute erhielt ich den großartig suggestiven Brief, in dem Du mir vom Gedicht *Le Rêve*[109] erzählst. Du kannst Dir denken, was dann bei mir los war. War im Begriff, das zu machen, was Du gemacht hast. Habe aber widerstanden. Ich war knapp davor übrigens. Ganz knapp davor. Seit heute Morgen habe ich den Brief mindestens zwanzigmal wieder gelesen. – Werde eine Reitpeitsche kaufen … Reiter brauchen so ein Gerät!

Will mir eine Reitpeitsche anschaffen
Aus Schweinsleder, in gelber Farbe
Und find' ich keine weit und breit
Nehm' ich dann meine Fahrerpeitsche

Heute Tag der 75er-Kanone, die Mädchen aus Nîmes gehen durch die Straßen und verkaufen kleine Flaggen, anbei ist eine für Toutou. Grüße ihn herzlich von mir. Er wird Dir diesen Brief übergeben. Heute Abend esse ich wieder bei Nicolini. Würde Dir gern Gedichte schicken, behalte sie aber lieber bei mir, um sie Dir hier zu übergeben. Ich erwarte Dich, mein Lou, mit einer Ungeduld, im Vergleich zu der die Ungeduld, die Dein hübscher Brief von heute so schön beschreibt, nichts ist. Morgen schreibe ich Dir nicht. Schreibe Dir am Mittwoch wieder über Toutou, werde mich dann an Deine Vorschriften halten. Sei auf jeden Fall vorsichtig, mein geliebter Lou, die Du vor mir an die Front gehst – Du weißt, ich bin ein wenig beleidigt, dass ich hier währenddessen den Offiziersanwärter spielen muss – Uns wurde ein neuer Anwärter zugewiesen, ein Chemie-Ingenieur namens Bergognon. – Ich bin also beleidigt, hier herumzuspazieren, während Du an der Front Dein Leben riskierst. Glücklicher Toutou! Dieser Held hat den Besuch übrigens durchweg verdient, den Du ihm abstattest. Wie wird er sich freuen und Du. Du erzählst mir dann Eure Gefühle der ersten Minute. Versäume also nicht, unserem Toutou auszurichten, dass ich ihn sehr, sehr mag.

Der Winternächte schwarze Schafe
Kommen, lange traurige Herden.
Sterne sät des Himmels Harfe
Leuchtende Amethystenscherben.

Scheinwerfer dort sprühen ihr Licht
Streuen ihren Nordlichtertross.
Es ist hier ein Blumengefecht
Männliche Blüte ist das Geschoss

Die Kanonen Geschlechtsorgane,
Schwängern das verliebte Erdenreich.
Die Zeiten sind Gewaltorkane.
Der Krieg ist wohl der Liebe gleich.

Hör die Kampfrufe in der Ferne,
Und wie die Trikolore knattert

Im Wind, durch des Gefechtes Lärm
Der bis zum Sonnenaufgang dauert.

Auf geht's! Glück auf, Ihr Kameraden
Die zu den Schützengräben ziehen.
Hinter des Himmels blassen Schwaden
Erscheint der Sieg, der Euch verliehen

Richt' aus von mir zweierlei Küsse
Küsse Toutou, küsse das Heer
Was sie geschafft, können wir selber
Auf Wiedersehen, meine Süße

Bis bald, also, mein Schatz, ich küsse Dich überall, ganz kräftige Küsse überall, ich liebe Dich innigst, ich denke nur an Dich, Du bist die einzige Liebe, die mystische Liebe, die fleischliche Liebe, die Liebe ganz und gar. Ich nehme Dich ganz und für immer, für immer, Dein

Gui

Gedicht vom 9. Februar 1915

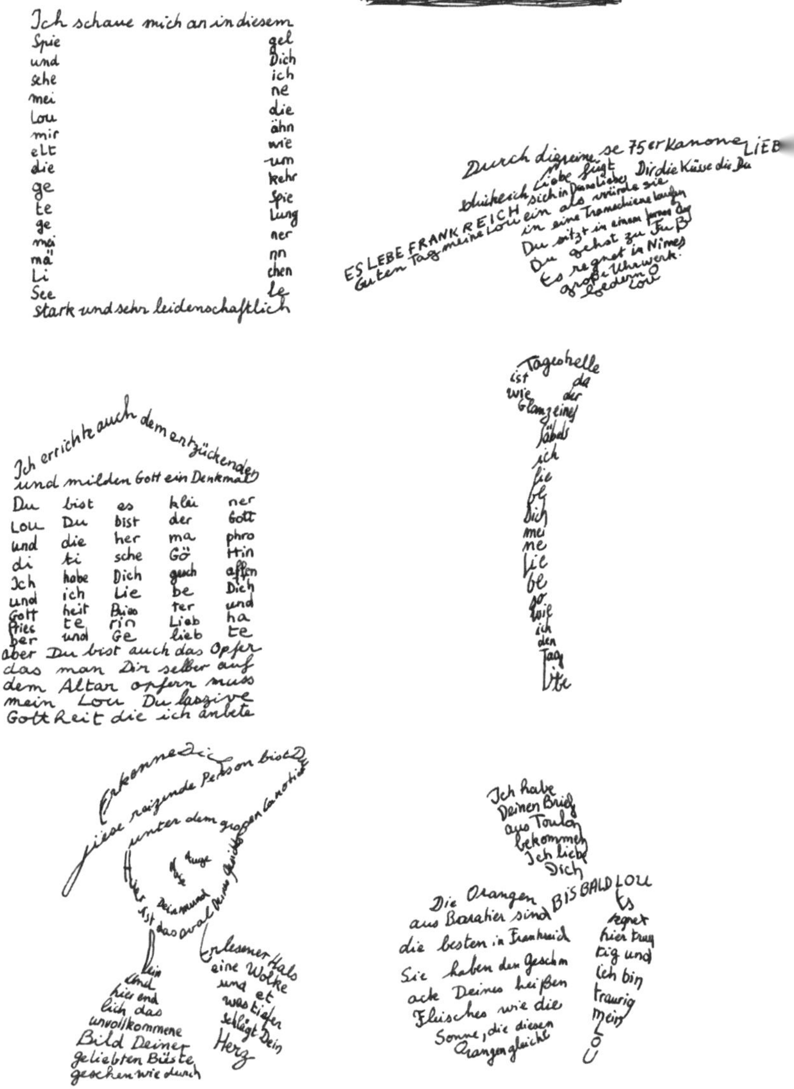

82
SONETT VOM ACHTEN FEBRUAR 1915

Montag, achter Februar, heut ging mein Reh
Fort ist mein Rehlein
Es ist ihm schnurz, mir tut es weh …
Trinken wir Branntwein

Es heißt im Dienst von Österreich
(Kartoffel und Speck)
Da ist der Soldat nicht sehr reich
Mich kümmert es aber ein' Dreck

Denn der kann auch von Hoffnung leben
Mag dran gar sterben
Im lieben Dienste des holden Frankreich

Als Artillerist
Dir hinterher jagt meine Seele
Adieu, mein Herz!

Den 10. Februar 1915

Lou, *Luftspiegelung im Krieg*[110], das Gedicht von vorgestern, zeigt, wie sehr wir zu jedem Zeitpunkt dieselben Gedanken haben, Dein Brief aus Toulon brachte mir in einem suggestiven Satz dieselbe für Deinen Stolz besonders kränkende Idee, wofür Du auch bestraft werden wirst, weil Du sie gehabt hast. Dieser Brief ist übrigens ein Meisterwerk. Du bist ein reizvoller und mächtiger Schriftsteller. Du weißt die Kunst des schönen Aufbaus und kennst die Wörter, die treffend schildern. Die ganze Szene mit dem Engländer ist als Steigerung famos, dafür wirst Du aber auch bestraft werden. Du wirst verstehen, dass ich solch lächerliche Ausschweifungen unmöglich dulden kann. Und Deine Geschichten mit Matte und Mémée, was soll das schon wieder? Du hast gesagt, Du würdest alles erzählen. Jetzt musst Du es auch machen. Ich bin überhaupt nicht eifersüchtig, aber schließlich muss unsere Liebe doch kein Freudenhaus werden, in welchem jedweder Passant ein und aus geht. Ich meinerseits benehme mich nicht so. Marie L. hat mir geschrieben, habe ihr ohne Deine Erlaubnis nicht geantwortet, habe Dir ihre Karte geschickt. Du hast nicht geruht, mich darauf anzusprechen. Sie hat gestern wieder einen langen Brief geschrieben, werde ihr am Samstag antworten, damit Du Zeit hast, Dich dagegen auszusprechen, Du aber stehst nicht nur im Briefwechsel mit allerlei Seligen, sondern flirtest auch noch mit Unbekannten. Und ich führe währenddessen ein asketisches, keusches Leben, ich denke nur an Dich, auch wenn mir die kleine Mireille schreibt, bist Du es doch, an die ich bei ihren Zärtlichkeiten denke. Es stimmt zwar, dass Du auch lieb bist und mir manchmal schöne Briefe schreibst, Beweis, der so lüsterne Brief von gestern. Und wie. Ich habe ihn vorhin wieder gelesen. Er ist von einer irrsinnigen Lasterhaftigkeit und ich liebe Dich – Aber das ist eine unerhörte Frechheit von Dir, zu behaupten, dass erst ich diese Neigungen bei Dir geweckt hätte. Ich habe Dich genommen, wie Du warst, meine zärtliche Gefangene, das alles hattest Du schon im Blut. Mein Kamerad aus Nizza ist gestern Abend als dienstuntauglich entlassen worden. Er hat ein sensationelles Abendessen spendiert. Mit ihm und mir zusammen war die schöne Nachbarin, die[111]

83

[Nîmes, den] 12. Februar 1915

Vier Tage! Meine Liebe, und noch kein Brief von Dir
Den Tag gibt es nicht mehr, die Sonn' hat sich ertränkt
Ein Haus des Grauens nun ist die Kaserne hier
Wie ein Pferd vor dem Sarg, bin von Trauer bedrängt

Leidest Du, meine Liebe, ist Dir was zugestoßen?
Musst Du weinen? Versprochen hattest Du zu schreiben
Wirf mir doch Briefe zu, gleich Artillerie-Geschossen,
Die mich mit Lust und Lächeln werden wieder beleben.

Achtmal schon tat mir unser Postmeister kund
»Keine Briefe für Sie« hab' fast geweint vor Schmerz
Und ich such' im Quartier den herrenlosen Hund
Den wir zusammen sahen, o mein geliebtes Herz

Lange streichle ich ihn im Andenken an Dich
Und er weiß den Tag noch, wo er uns nachgestreunt
Er schaut lieb zu mir auf und er leckt mich
Hier in Nîmes habe ich außer ihm keinen Freund

Ohne Nachricht von Dir bin ich gänzlich verzweifelt
Morgen möcht' ich von Dir einen Brief. Was machst Du?
Zu Gold soll der Tag werden, der heut' war so verdunkelt.
Und traurig küsse ich Dir die Hand, o meine Lou

Mein Herz, schreib mir, schreib mir, ich weiß nicht, warum Du mir nicht schreibst. Schreib. Ich muss die Wohnung reservieren. Ich habe eine Menge Sachen vorbereitet und habe sogar einen von einem Sträfling einst in Toulon geschnitzten

Eierbecher aus Buchsbaum gekauft, auf dem einmal das letzte Abendmahl dargestellt ist, und auf beiden Seiten die Geißelung. Ich weiß nicht mehr, was ich denken soll. Ich bin traurig. Im Unterricht höre ich nicht mehr eifrig zu, ich gräme mich, vergisst mich meine Lou? Es ist nicht zu fassen, wie man besorgt sein kann! Was ist los? Du warst, als Du abreistest, in einem solch überspannten Zustand, dass ich mich frage, was überhaupt los ist. Schreib, jetzt wirst Du bei Toutou sein. Dem netten Feldwebel meine besten Grüße noch. Aber, verdammt noch mal, schreib mir. Wenn Du etwa glaubst, Nîmes könnte einen über das Warten auf einen Brief hinwegtrösten, bist Du auf dem Holzweg. Schreib doch Lou, ich bin wütend, dass Du mich trotz Deines Versprechens so um Dich bangen lässt. Lou, kann denn die Post so viel Verspätung haben? Das kann doch nicht angehen. Ich bin wie ein Zug kurz vor der Abfahrt. Ich koche vor Ungeduld. Schreib doch. Sag, wann Du zurückkommst. Schreib. Schreib. Diese Warterei ist unerträglich. Das hier ist mein dritter Brief, seit Du die Küste und den Hesperidengarten, in dem Du lebtest, verlassen hast. Ich nehme Dich ganz, mein Mund in Dem Deinen.

Gui

84

[Nîmes, den] 23. Februar 1915

Mein kleiner Luchs,
Deinen Brief vom 17. bekommen. Du bist bei Toutou, recht glücklich und auch recht zufrieden. Netter Brief. Kann mir schon denken, dass Du Dich auf dubiose Abenteuer eingelassen hast. Wie auch immer, werde Dich am 1. März sehen und

freue mich also. Blutiger Hintern seit einer Woche. Pferd ist härter als die anderen, blieb mir doch nicht erspart. Bin froh und guter Laune. Kochen musst Du nicht. Wenn Fr. Nicolini nicht will, bekommst Du ein Dienstmädchen. Du musst Dich ausruhen und keine Hotelküche essen. Halte Dich in Baratier nicht so lange auf. Ich glaube, es werden an den Standorten überhaupt keine Dienstgrade mehr vergeben, nur noch an der Front, und ich habe Angst, als einfacher Kan.-Fahrer 2. Kl. abmarschieren zu müssen mit meinem Gruppenführer-Schein. Bespannte Batterien sind schwierig, aber an der Front bekomme ich dann schnell einen höheren Dienstgrad. War besorgt, aber wusste schon, dass Du nicht schreiben konntest. Liebe Dich und bete Dich an. 2 Wendungen, die mich ziemlich genau erfassen, wenn Du aber nicht artig bist, pass auf, ich werde streng sein, Lou, wie ein Hauslehrer mit seinem widerspenstigen Schüler.
Sehr schönes Wetter. Habe sehr schöne Wohnung für Dich und Deine Hündchen gefunden.
Als Trost für Deine Abwesenheit habe ich meine weiße Stute Lou getauft. Wenn Du Toutou schreibst, grüße ihn von mir.
Deine Briefe von der Front nicht sehr zärtlich. Schreibst wohl nicht gern, böser Lou[112].
Was das Kochen angeht, kannst machen, was Du willst, aber abends kannst Du schlecht nach neun Uhr ins Restaurant gehen, wirst zu Hause essen müssen.
Bin zufrieden ob der schönen Aussichten, die Du ankündigst. Umso besser, es lebe der Sieg. Lass das lieber mit der Soldatenseele in Dir, dafür sind wir da, pflege lieber die Seele der netten schön gehorsamen kleinen Lou. Und ich glaube, Du bist richtig disziplinlos geworden, mitten in der Armee.
Ich küsse Dich, liebe Dich, wie Du mich liebst, wenn Du mich liebst, liebe ich Dich auch, sonst gar nicht, einstweilen bete ich Dich an, mit der ganzen Kraft, die mir die Sonne in Nîmes

und die Reitübungen, die wir täglich machen, geben. Nehme Dich ganz,

Gui

85

[Nîmes, den] 26. Februar 1915

Kleiner Luchs,
ich habe Dir vor drei Tagen nach Baratier geschrieben, habe aber vergessen, *nicht nachsenden* zu vermerken, und fürchte, Jules hat den Brief schon weitergeleitet.
Schreib, wann Du kommst, oder telegraphiere. Je früher, desto besser, denn ich glaube, ab dem 15. April steht der Abmarsch an und Du wirst keine Gelegenheit mehr haben, wieder hierherzukommen.
Ein neues Rundschreiben vom Ministerium untersagt, Dienstgrade an den Standorten zu verleihen, wir marschieren also als Kanoniere-Fahrer 1. Kl. ab, sobald wir ausgebildet sind, und werden erst an der Front befördert, nachdem wir uns bewährt haben. Man hat uns also Bescheid gesagt, und sobald ausgebildet, Abmarsch mit den Bescheinigungen, die unsere Kenntnisse belegen, mit Zeugnissen etc., aber als einfache Kanoniere 1. Kl., das heißt also als Soldaten, die mit einem Zweispanner fuhrwerken.

Küsse.
Gui

86

[Nîmes, den] 27. Februar 1915

Liebe Freundin,
es steht Dir frei, bei Toutou zu bleiben, solange Du willst, und ich freue mich für ihn, den ich sehr mag, und auch für Dich. Ich mache Dich dennoch darauf aufmerksam, dass, wenn Du mich noch sehen willst, bevor ich gehe, es vielleicht an der Zeit ist, dass Du kommst – das sage ich übrigens nicht, um Dich zu drängen –
Aber ein neues Ministerialrundschreiben untersagt es, Dienstgrade an den Standorten zu vergeben. Bald bin ich schon drei Monate im Dienst, die Zeit meiner Ausbildung geht zu Ende und unverzüglich wird man meinen ganzen Zug abmarschieren lassen, damit sich die Männer ihren Dienstgrad an der Front auch erdienen.
Ich breche also *sehr bald* als Fahrer auf. Was sicher kein Traum ist, aber der Hauptmann hat immerhin gesagt, er würde uns Zeugnisse geben, die Arbeit und Fähigkeiten bescheinigen. All das hört sich allerdings wenig erfreulich an, weil es vermutlich doch schwieriger ist, als Kanonier denn als Unteroffizier durch Verdienste aufzufallen. Aber so ist das eben!
Darum geht es eigentlich nicht.
Heute Deinen Brief und den von Toutou bekommen.
Ich antworte gleich. Ich bestelle das Zimmer ab, das Dich seit einem Monat erwartet. Ich werde heute die Hausbesitzerin dafür entschädigen. Du wirst Dich selber nach einer Wohnung umschauen können, wenn Du doch Gefallen daran finden solltest, nach Nîmes zu kommen.
Noch einmal, ich will Dich damit nicht drängen, sondern Dich einfach informieren. Und bitte Dich noch einmal darum, nach Möglichkeit Dein Wort zu halten, wenn Du mir

denn etwas versprichst. Durch Deine Schuld habe ich nämlich einen unangenehmen Monat verbracht, was nicht der Fall gewesen wäre, wenn Du mich von all den Verzögerungen bei Dir benachrichtigt hättest.
Ich habe mich nun auf Dein Nichtkommen eingestellt, und Du kannst machen, was Du willst, bedenke aber, dass man mich ab dem 7. März abmarschieren lassen kann, wann immer man will, wobei ich es am Vortag abends erfahren werde für den nächsten Morgen.
Auf Wiedersehen sage ich Dir also, meine liebe Freundin, es sei denn, es ist eigentlich doch ein Abschied. Ich hoffe, dass es Dir, wenn Du frei bist – sollten wir uns nicht wiedersehen –, gefallen möge, unseren Briefwechsel wiederaufzunehmen, und da Du angenehm im Umgang bist, werde ich dazu meinen Beitrag leisten, indem ich Dir meinen Mitteln und den Umständen gemäß regelmäßig antworten werde.
Richte Toutou beste Grüße aus. Sein Brief hat mir höchste Freude bereitet. Er versetzt mich dennoch auch in Sorge, denn ich sehe ein, dass Du Dich in wahre Gefahr begibst, und es täte mir leid, wenn Dir auch nur das Geringste zustieße. Ich bin außerdem überaus erfreut zu wissen, dass Du Dich amüsierst und dass Du so viel Mut beweist. Du tust Recht, vor Toutou keine Geheimnisse zu haben, hüte Dich aber, bei ihm kreuz und quer Sachen auszuplaudern. Denn manche – sei es durch einen auch so schönen Mund wie Deinen – verzerrte Darstellung kann ein ganz falsches Bild von jemandem vermitteln und er würde dann vielleicht zu Unrecht schlecht von mir denken. So, das wäre das Wesentliche von dem, was ich Dir sagen will. Überdies küsse ich Dir die Hände.

Gui

Der Abmarsch wird zwischen dem 7. März und dem 15. April erfolgen, man weiß nicht genau, wann. Wohlgemerkt, es ist eine Begünstigung, die man uns und mir da gewährt, indem man uns an die Front schickt, bevor wir eigentlich an der Reihe sind. Und es ist eine so besondere Gunst, dass mich nichts dazu bringen könnte, sie auszuschlagen. Ich habe Dir zwar wohl versprochen, nichts dafür zu tun, früher an die Front zu gehen, es versteht sich aber von selbst, dass ich vor allem nichts dafür tun darf, hier zu bleiben.

87

[Nîmes, den] 6. März 1915

Meine Freundin, heute Deinen Brief vom 27. Februar bekommen – Ich sage es Dir noch einmal, es steht Dir frei zu handeln, wie Du willst, ohne dass ich Dir im Geringsten böse wäre. Ich bin einfach nur traurig. Was ist dieser fixe Termin, an dem Du in Paris sein musst? Und für wen? Beantworte diese Frage nicht, wenn es Dir lieber ist, mir nichts davon zu erzählen. In meinem Brief vom 28. habe ich Dir die jetzige militärische Lage in groben Zügen dargelegt, und sie ist sehr ungewiss. Ich nehme an, dass ich Dich vor dem Abmarsch nicht mehr sehen werde. Du müsstest eigentlich hier sein (was ich über Baratier schrieb, wollen wir nicht einmal erwähnen). Deine seltenen Briefe von der Front sprachen vom *1. März*, dann vom *10.*, dann vom *16.* (Brief von gestern). Das heißt womöglich PUSTEKUCHEN!
Ich habe es Dir gesagt: Wenn inzwischen kein neues Rundschreiben kommt, das die Verleihung von Dienstgraden an den Standorten ermöglicht, werde ich am 15. April, vielleicht sogar schon am 1. nicht mehr hier sein, denn ab morgen, dem 7., kann ich fortgeschickt werden und wahrscheinlich nicht in

dasselbe Frontgebiet wie Toutou, sondern gegen die Türken, die ganzen Truppen aus Nîmes rücken gegen die Türken aus oder den Serben zu Hilfe.
Chancen also hoch, dass wir uns nicht mehr sehen, meine Liebe, bin Dir aber nicht sehr böse (denn auch wenn ich Dich manchmal dafür hasse, dass Du mich dermaßen vergisst, in dem Moment, in dem meine Liebe zu Dir ihren Tiefpunkt erreicht, liebe ich Dich doch abgöttisch.) –
Freundin, Du musst aber wissen, was Du angestellt hast: Erstes Zimmer 40 Fr. im Monat, es war für Dich schon gemietet, hatten uns auf 30 Fr. geeinigt, seitdem hatte ich, für Dich wieder, eine andere, bessere Wohnung gemietet, nahe bei der Post und dem Amphitheater, 60 Fr. im Monat, verhandle erneut auf 30 Fr., um Besitzerin zu entschädigen; 60 Fr. also, die Du meines Erachtens besser f. Kutschen od. f. Fahrt nach Arles hättest ausgeben können. Aber Geld nicht wichtig, da ich ein bisschen etwas verdiene – was mich ärgert, ist Dein fester Termin in Paris – ob wegen nichts oder doch wegen etwas, das Thema lassen wir, Verehrte, sondern weil ich dabei eine Art kleine Lüge herausspüre, und ich hasse Lügen, wenn man sich liebt und sogar wenn man befreundet ist. Ansonsten tu Deine Pflicht, wie Dir beliebt, vor allem, wenn es Toutou betrifft, fürchte nicht, dass ich es Dir übelnähme. Ich nehme Dir übrigens gar nichts übel. Falls durch extravaganten, schier unmöglichen Zufall das Kriegsministerium es doch erlauben würde, dass wir, noch ohne Dienstgrad, an den Standorten unser Examen zum Zugführer ablegen können, könnte es sein, dass wir, die von meinem Zug und ich, bis zum 1. Mai hierbleiben. Und bis zu diesem Datum werde ich vielleicht die Ehre und das Glück haben, Dir die Hand zu küssen.
Auf jeden Fall, solltest Du doch, einem Versprechen zufolge, das sich wohl nicht erfüllen wird, im *März* kommen, – und wenn ich noch hier bin – steige wie das letzte Mal im *Hôtel*

du Midi ab, Du wirst Dich da besser fühlen und frei sein, im *Hôtel de Nice* oder auch im *Midi* zu speisen. Das Wichtige ist, dass Du Dich wohl fühlst.
Ansonsten versetzt mich Dein Brief fürchterlich in Angst und Schrecken wegen der Gefahren, denen Du ausgesetzt bist, meine Liebe, er zerrt an meinen Nerven. Ich bin vom letzten schon krank geworden und habe auf nichts, nichts mehr Lust. Meine moralische Verfassung ist gut, aber all das erschüttert mich doch, ich fürchte, weniger bei Kräften zu sein, und wenn ich denn abmarschieren muss, dann unter schlechten Umständen an die Front zu ziehen. Das Wetter ist übrigens sehr schön. Ach! Meine Verehrte, Deine Liebe hat mir gutgetan, aber wenn Du mich tatsächlich weniger liebtest, wäre es besser gewesen, mir in Nîmes nicht das wiederzugeben, worauf ich freiwillig verzichtet hatte, als ich am 6. Dezember 1914 Nizza verließ. Hier steht, Liebe, alles, was Dir mein Geliebtenherz sagen kann, und es verschließt sich nun ins Schweigen. Du wurdest meine Freude, meine Hoffnung, mein Mut, ich folgte Deinem Rat, sogar als Du danach trachtetest, aus einem Dichter einen perfekten Weltmann zu machen, das wäre schön gewesen und Du hättest damit eine wichtige Rolle in der Literaturgeschichte gespielt; aber Schatz, sei sicher, dass ich von Dir eine der besten Erinnerungen behalte, die ein Dichter überhaupt haben kann. Wenn ich Dir Dummheiten oder ungerechte Dinge sage, verzeih mir, Freundin, aber küsse auf jeden Fall Toutou von mir. Ich auch küsse Dich doch mit meiner ganzen Seele.

Gui

Wenn ich in den nächsten Tagen aufbrechen sollte, würde ich Toutou Karte schreiben, damit er sie Dir zeigt und einen Brief nach Baratier mit dem Vermerk *nicht nachsenden*, wenn Du dennoch GRUNDSÄTZLICH vorhast, Deine Versprechen nicht zu halten, oder diese gar schon gebrochen hast, schreib einen Brief z. Abschluss und lebe wohl, meine sehr teure Liebe!

88

Nîmes, den 11. März 1915

Ich hab' von Dir schon lange keine Nachrichten mehr
Erinnerungen aber wie zärtlich und wie hehr,
Lou, meine ferne Liebe, o Lou meine Gottheit,
Ich bleibe Dein Anbeter, verehre Deine Schönheit!
Der Tag der Untersuchung steht heute für uns an
Und dann, mein lieber Schatz, geht's zur Front, alle Mann.
Eine Frage von Tagen. Ich werd' Dich nicht mehr sehen
Die schönen alten Tage sind für immer verflogen …

Weiß ich, o meine Liebe, ob Du mich denn noch liebst?
Die wimmernde Trompete bläst träge in den Abend
Dein Foto steht vor mir, liebe Lou, lieb' Dich innigst
Den Geliebten lächelst Du weiter an anscheinend

Ich weiß von Dir gar nichts! Was ist aus Dir geworden?
Bist Du tot oder lebst Du, hast Du sie denn verleugnet
Die Deinem Kanonier gelobte Lieb' vergeudet.
An jenem fernen Ufer würde ich gerne sterben!

Wie gerne würd' ich sterben im schönen Morgenland
Da Kreuzritter ich stolz betret' Konstantinopel.
Mit einem Lächeln sterben Dein Bild in meiner Hand
Vor dem zärtlichen Meer aus Azur und Sinopel!

O Lou, mein Herz ist wund, o Lou mein Schmerz ist groß,
Deine Stimme ertönt lieb und hold wie Hornklang
Deinen gerührten Blick, den ich verzückt genoss,
Erhasch' ich in der Ferne, erstaunt sieht er mich an

Ich küsse Deine Haare, meinen einzigen Hort,
Und die von Deiner Liebe das erste Pfand gewesen
Erinnerung und Stimm' gehen nun von mir fort
Mein Leben ist ein Buch, die Seit' wird umgeschlagen

Adieu mein Lou meine Tränen
fallen Ich werde Dich nicht wiedersehen
niemals zwischen uns Beiden mein Lou steht
Der Schatten

Gedenk manchmal der Zeit, in der Du mich noch liebtest
Die Stunde
Weint
drei
mal

Um dreizehn Uhr dreißig geht's zum Stabsarzt zu wissen ob man taugt und dann werden wir singen

Greifen wir die Flanke an
Rantanplan tire lire

Hebe für mich all die Briefe schön auf, die Du mir schriebst
Deren Verwahrerin Du bloß bist
Du musst sie mir zurückgeben, was immer geschehe
Es sei denn ich sterbe
Was sehr gut möglich ist
Mein Lou, geliebter Lou, meine Lippen voller Küsse
Drücke ich Dir auf die Augen, auf die fuchsroten
Haare, überall, panische Küsse überall
        Kristallene Liebe aus Baccarat[113]
        Zerbrochene Liebe in tausend Scherben
        Welch wunderwirkender Glasbläser
        Könnte Dich wieder zusammenkitten!
Ich höre den Wind klagen in der Garrigue oben
Und die Kaserne schnarchen von Müdigkeit umwoben
Ein Hund heult wie mein Herz, dessen Blut ist geronnen
Alles bis auf die Ehre ist für mich nun verloren.
Meine Liebe ist verloren. Wo ist sie hingegangen?
Hör' ich denn ihre Klage in der Ferne erklingen?
Zu schwerer Kopf, fiebrige Stirn, o traurige Augen
O düstre Zukunft purpurn gleich Amethysten
Lebensbahnen, welchen mein Herz jetzt folgt
Als wär's eine Granate, die die Lüfte durchbohrt.
Günstig ist dem die Nacht, der klagend seufzen will
Das Beste habe ich gekostet, nun koste ich Unbill
Doch ich lieb' Dich, o Lou, wie niemals geliebt wurde
Und wenn Du alt sein wirst, Kind, mein Herz, meine Seele
Gedenk doch manchmal meiner

Adieu geliebter Luchs, ich liebe Dich unendlich
Wenn ich gehe, bevor ich Dich wiedersehe
Schicke ich Dir meine Adresse
Wenn Du willst, kannst Du schreiben
Adieu, mein Lou, ich küsse Deine Haare
Adieu, mein Lou, Adieu

Gui

89

Nîmes, den 17. März 1915

Meine liebe Freundin,
gut, lassen wir das Thema, Du hast es richtig gemacht, alles, was Du machst, ist richtig und es gibt da nichts zu beanstanden. Trotzdem bin ich Deinetwegen zum ersten Mal in meinem Leben feige gewesen. Denn Du, die Du doch so gute Tipps hast, hast gar keine Ahnung von dem, was hier am Standort Nîmes los ist. Ich gehöre einer vom Oberst und von den Kommandeuren der 2 Regimenter in Nîmes gebildeten

speziellen É. O.R[114]-Einheit an. Das ist nichts Offizielles, da hat man ausgesuchte Leute von 30 Jahren und älter zusammengetan. Wir sollten nach dem Examen zum Zugführer die verschiedenen Dienstgrade bis zum Leutnant durchlaufen, aber das vom Minister um den 10. Feb. bekanntgegebene Rundschreiben hat alles geändert, und da wir offiziell gar nicht existieren, dürfen wir durch die Gnade der Kommandeure die Kurse zwar weiterverfolgen, stehen aber unseren Batterien für den Abmarsch nach 3 Monaten Dienst zur Verfügung. Die habe ich ja schon. Wir wurden ärztlich untersucht und am Montag wurde eine 90er-Batterie gebildet, die nach Bizerta fahren soll, und von da aus in die Türkei. Freiwillige von unserem Zug sollten sich melden, Gefreite, die als Feldwebel fungieren sollten. Es wurden 2 gesucht, und nun rücken zwei andere aus, nicht ich, denn feige bin ich gewesen, ich hatte von Dir keine Nachrichten und hoffte, es würden welche kommen. Dahin, meine liebe Freundin, kann die Leidenschaft führen. *Das werde ich mir niemals verzeihen und werde mein Möglichstes tun, um diesen Fehler wiedergutzumachen und auszurücken* (da Du mich nicht mehr liebst[115]), *sei es auch als Fahrer 2. Kl.* mit der 120er-Batterie, die demnächst gebildet wird. All das interessiert Dich übrigens nicht. Ich bitte Dich außerdem *auch jetzt, da ich Dich nicht mehr lieben will und von Dir genesen will*, darum, ohne sonst eine weitere Bitte an Dich zu haben, mir einen allerletzten Gefallen zu tun und die Front zu verlassen, wo Du fehl am Platze bist, wo Du doch allen und insbesondere Toutou Sorgen bereiten musst. Ich verlange auf keinen Fall, dass Du zu mir kommst (Opfer bereits gebracht), nein, komm nicht hierher, es ist absolut nicht nötig, da Du mich nicht liebst und ich Dich bald auch nicht mehr lieben werde, aber geh weg von dort um meiner Ruhe willen, damit ich mit Mut und Kraft arbeiten kann. Du hast mich während dieser 2 Monate vernichtet,

wenn ich bisher keine Gehirnentzündung erlitten habe, liegt es wahrlich nicht an Dir, aber ich quäle mich jetzt mit einer richtigen Gehirnanämie. Ich verstehe all Deine Gefühle und respektiere sie, aber begreife Deinerseits endlich, wie sehr ich gelitten habe. Sonntag am Ende meiner Kräfte nach ich weiß nicht wie vielen Tagen ohne Nachrichten, (nach Deinem letzten Brief aus Baccarat) ich habe per Einschreiben Toutou Karte geschickt, um Nachrichten z. haben, habe Jules[116] Brief (für Dich nicht kompromittierend) geschickt, um zu wissen, ob Du gesund bist – Hätte ich schließlich heute am 17., dem von Dir festgelegten Datum für Deinen Besuch, keinen Brief erhalten, hätte ich mich morgen, am 18., getötet. Nun ist es vorbei, ich will Dich nicht mehr lieben, man leidet, man leidet, dann lernt man, nicht mehr zu leiden. Unser Treffen in Marseille (denn ausgerechnet dort wirst Du, ganz ohne Zweifel, als letzte Ironie, ein illusorisches und letztes Rendezvous verabreden) kannst Du vergessen. Urlaub nach Marseille wird nicht mehr genehmigt außer im Fall höherer Gewalt, und ich werde mir diesbezüglich nichts einfallen lassen.
Halt mich nicht für boshaft, meine liebe Freundin. Ich habe Dich nicht egoistisch geliebt, Du irrst und beleidigst mich für wirklich nichts; wenn ich Dich darum gebeten habe, zurückzukommen, ist das vor allem wegen der Gefahren, die mir bewusst sind und die mir Toutou in den paar Worten, die er Deinen Briefen beifügte, nicht verheimlicht hat, ich habe Dir davon nichts erzählt, um Dir keinen Schrecken über Dein Tun einzujagen. Kurz und gut, ich verlange für mich selbst gar nichts, aber komm zurück, komm nicht hierher, geh, wohin Du willst, Du bist frei, mach, was Du willst, da Du mich nicht liebst, kannst Du auch lieben, wen auch immer Du willst, erspar mir aber die Sorge, Dich da oben zu wissen, das ist das Einzige, was ich von Dir verlange – Wenn Du nach Paris gehst, deponiere meine Briefe und auch diejenigen, die Du

mir geschrieben hast (die mir gehören), bei meiner Concierge, 202, Boulevard St-Germain, es sei denn, Du willst mir diese Briefe nicht zurückgeben, die ich immer mit Freude als ein erlesenes Denkmal an mein Leben 1914-1915 wieder gelesen hätte. Wenn dem so ist, bist Du wiederum frei zu handeln, wie Du willst. Ich bin Dir keineswegs böse, Du hast ein paar Monate lang mein Leben schöner gemacht, Du hast vor mir Gelöbnisse abgelegt, die mich beflügelt haben. Sie haben mich für einige Zeit über die anderen Menschen erhoben. Ich habe daran geglaubt und bin glücklich gewesen. Ich muss Dir dafür äußerst dankbar sein, und ich bin es auch. Ich werde, wenn Du willst, weiterhin Dein Freund bleiben, und auch ohne Liebe kannst Du Dich, als Frau und im Namen der Erinnerungen, die bei mir Dein Name aufsteigen lässt, ganz und gar auf mich in allem verlassen, unter dem Vorbehalt natürlich, dass ich, wenn ich Dich nicht mehr liebe, *wie mein Wille es nach ein paar Tagen verfügen wird*, alles, was Du von mir verlangen darfst, nunmehr *aus Freundschaft* tun werde und nicht mehr *aus Liebe*. Toutou mag ich sehr, liebe Freundin, aber ich leide ein wenig darunter (jetzt nicht mehr so sehr), immer das fünfte Rad an Deinem Wagen zu sein. Es gefällt mir, dass er alles ist, aber es stört ein wenig, gar nichts zu sein.
Na denn, mach Dir keinen Kopf, vorausgesetzt Du hast Dir um mich je Sorgen gemacht, ich bin nicht böse, überhaupt nicht mehr. *Wenn die Liebe stirbt …* Ich bin bloß noch sehr in Sorge wegen der Gefahren, denen Du ausgesetzt bist, und diese Sorge macht mich krank. So.

Guil.

Ich schicke Dir eine Abschrift dieses Briefes nach Baratier, für den unwahrscheinlichen Fall, dass Du schon abgereist bist, wenn er da oben ankommt.

Ich habe in diesen Brief – glaube ich – nichts anderes gesteckt als die Wahrheit. Aber wenn Du mich Dir gegenüber ungerecht fändest oder wenn Du dächtest, es steht darin etwas, was Toutou verdrießen könnte (auch wenn er den Brief nicht liest), zerreiße ihn einfach und gut wär's.

90

Etwas später am 17. März

Froh mit der 2-mal niedergeschriebenen Titanic fertig geworden zu sein.
Jetzt, da Deine Entscheidung allein darüber bestimmen kann, ob unsere jeweilige Situation so bleibt oder sich ändert, denn ich habe eine Entscheidung getroffen, die Dein nächster Brief allein – ich bitte Dich, darauf zu achten – verändern kann, geht es mir ein wenig besser.
Entschuldige das Papier, ich habe für den Moment kein anderes.
Grüße Toutou von mir, und wenn Du nicht kommst und weiterhin mit mir im Briefwechsel stehen willst, schick mir doch einen Bericht über Deine Abenteuer. Ich bin erpicht darauf, sie zu erfahren.
Ich hatte auch ein paar, aber ohne jeden Zweifel weniger interessant als die Deinen.
Ich werde sie Dir erzählen, wenn Du mir Deine erzählst, wie Du versprochen hast.
Ich habe ein sonderbares Foto von Dir gefunden, auf einem Sandstrand. – Mehr will ich Dir nicht sagen. Amüsant, nicht wahr? Und bizarr!
Wenn Du mir ein kleines Foto von Desgranges schicken

möchtest, wirst Du mir eine Freude machen. Dasjenige, das ich hier habe, sieht schon ziemlich abgegriffen aus.
Wenn Du nicht willst, dann nicht.
Verstehst Du, ein Herr, dem man nicht gehorcht, ist kein Herr mehr, und da ich kein Sklave sein will, ist mir beiderseitige Freiheit doch lieber.
Ich habe vor ein paar Tagen auf dem Schießplatz Wache gehalten, nachts vor dem Pulvermagazin, ich habe mir bei den Sternschnuppen allerlei gewünscht.
Am nächsten Abend wäre ich beinahe in Ohnmacht gefallen, als ich in der Kaserne keinen Brief von Dir vorfand.
Zum 1. Mal in meinem Leben habe ich wirklich Kopfschmerzen gehabt.
Also, vergib mir diese Titanic, vor allem wenn sie Dir Kummer bereitet, konnte aber nicht anders, als sie zu schreiben.
Werde Dir keine mehr schreiben, da nun Sachverhalt klargestellt habe.
Freunde?

Gui

91

[Nîmes, den] 19. März 1915

Liebe Lou,
um Dir zu zeigen, dass ich kein Egoist bin. Wenn es für Dich bequemer ist, von der Front aus direkt nach Paris zu fahren, dann mach es doch. Du kommst dann nachher, wenn Du willst und wenn ich da bin.
Ich hatte nicht daran gedacht, dass die direkte Reise nach Paris tatsächlich für Dich kürzer ist.

Nun ja, mach es, ganz wie Du willst. Ich meinerseits strenge mich allmählich an, nicht mehr in Dich verliebt zu sein. Grüße an Toutou und ich küsse Dir die Hand.

Gui

Entschuldige mich für das, was Du für Egoismus hieltst. Du hattest mir allerdings so oft geschrieben, dass Du hier Anfang Februar sein würdest, und nun, da wir Ende März haben, mag das angehen, dass mich Ernüchterung gepackt hat, besonders unter solchen Umständen. Na also, kurz, mach, wie Du willst.
Solltest Du immer noch an der Front sein, wenn Du diesen Brief liest, bitte ich Dich darum, abzureisen. Eine Frau ist da fehl am Platze, und wenn die ganzen Mütter, Ehefrauen und so weiter es wie Du tun würden … Ich begreife nicht, wie anständige Leute es verantworten können, Dich in solche Gefahren laufen zu lassen.
Kurz, es ist einer Frau verboten, dort zu sein, wo Du bist, und ich sage es Dir noch einmal, da ist eine Frau fehl am Platze. Ich bin sicher, Toutou denkt genauso.

Gui

92

[Nîmes, den] 24. März 1915

Lou, mein kleiner Luchs, habe mein Möglichstes getan, um nach Marseille zu fahren und dort bis Montagabend bleiben zu dürfen, aber obwohl ich mir die Hacken abgelaufen habe, konnte ich gerade noch einen 24-stündigen Urlaub erreichen, der allerdings noch nicht unterschrieben ist.

Aber ich glaube, ich bekomme ihn.
Ich fahre also am Samstag um 11 Uhr los, werde um 2 Uhr in Marseille sein und fahre von Marseille am Sonntagabend um 11 Uhr wieder los.
Ich werde im Terminus-Hotel übernachten, wenn da noch Platz ist.
Wenn mich Dein Telegramm nicht rechtzeitig erreicht, da Du in Baratier erst am Samstag ankommst, schick mir das Telegramm doch ins Marseiller Terminus, sonst warte ich an allen Zügen, die sonntags aus Nizza kommen.
Bis Sonntag also, kleiner Luchs. Ich küsse Dich.

Gui

93

[Nîmes, den] 25. März 1915

Gestern Wache übernommen, deshalb schrieb ich wenig.
Bin heute Abend acht Uhr zurück.
Wenn ich den Urlaub doch nicht bekommen sollte, würde ich nach Marseille ins Terminus telegraphieren, adressiert an *Coligny*.
Das Terminus steht direkt am Bahnhof.

Wacht

Ich denk' an Dich, mein Lou, während der ganzen Wacht
Im Blinzeln der hohen Sterne hab' ich Deinen Blick gespürt
Der Himmel ist Dein Leib, Gebilde ausgedacht
Von meiner heißen Lust, von Windstößen geschürt
Um den Soldaten dort, welcher sinnt in der Nacht.

Liebe, Sie wissen nicht, was Abwesenheit ist
Und dass man daran stirbt, das wissen Sie wohl nicht.
Der Schmerz wird endlos schlimmer, jede Stunde, die fließt.
Das Leid beginnt sobald schwindet das Tageslicht
Der Schmerz fängt an von Neuem, wenn die Nacht zurück
ist

Erinnerung, o Liebe, ist mir Hoffnung nunmehr
Denn während sie verblasst, wird sie jung und wird schön
Sie werden alt, o Liebe, einstmals alt ohne Rückkehr.
Das Jagdhorn[117] des Erinnerns in der Ferne ertön'
O lange lange Nacht, o mein Gewehr so schwer

Gui

94

[Nîmes, den] 29. März 1915

DER GÜRTEL

Die Muse

Lange Zeit habe ich Dich alleine gelassen
Nun bin ich wieder da, bringe Dir meine Lüge
Dichter, sei doch fröhlich, Du scheinst ein Leichentuch;
Schau mich an, ich bin's wirklich, und ich bin kein Trugbild.

Der Dichter

Muse, ich hatte Angst, Dich nie wiederzusehen
Hier ist Dein milder Blick, hier Dein offenes Kleid
Und endlich auch Dein Gürtel, der mich ersinnen lässt
Ein erlesenes Ende vor diesem grünen Meer

Die Liebe
Komm, ganz ruhig, Deine Muse, die zurück ist
Liebt Dich jetzt allein noch über den Raum hinweg
Raube ihr noch zwei Küsse, als sei es höchstes Gut
Und sei vor allem froh, denn alles ist vergänglich

Der Dichter
Aber, Liebe, Du weißt, dass ich ungeschickt bin
Ihren Gürtel an mich reiß', ihn mir zur Krone mach'
Werde auch schon froh sein an die Stelle nur zu denken
Wo dieser Riemen drückte an ihrem schönen Leib

Die Muse
Dichter, hier bin ich, für Dich hab' ich zwei Küsse
Werde Dich immer lieben in platonischer Liebe
Du gehörst aber mir und ich bin Dein Gesetz
Erhalte meinen Gürtel als großzügige Gabe

Der Dichter
Ich liebe Deinen Gürtel, o Muse, meine Liebe
Er ist rund wie die Welt, kugelrund wie Dein Busen
Ist in der Mitte offen, genauso wie Dein Mund
Wenn Du lachst, und so lang wie ein Vers mit ewigem
Kehrreim
Er ist meine Kunst, mein Leben und mein Leiden
Er ist die Illusion, er selbst ist lauter Licht
Er ist die große Schönheit, die farbenreiche Pracht
Und mir Muse – stellvertretend, denn die erste geht fort.
Deine Gestalt und Form hat er auch angenommen
Denn er hat Deinen Körper, schöne Beute, gefangen
Geh fort, geh doch fort in die Oste in die Norde
Wohin Dich Liebe, Mut und Freude doch so locken
Und wenn ich bald fortziehe dorthin oder noch weiter

Dann folgt mir meine Muse, Dein ideeller Gürtel
Regenbogen irreal mit sieben schönen Farben
Die heut' Abend den Himmel am blassen Meer verzieren

Die Muse

Adieu, ich geh', adieu, ewiglich wirst Du warten
Die Lieb' wird ungeduldig und die Nacht naht heran

Der Dichter

He! Was kümmert mich das, denn ich liebte Dich ja
Für immer hab' ich heut' Deinen Gürtel gelöst
Von mir hast Du nicht einmal ein kleines Quäntchen Asche

Die Liebe

Hab' Hoffnung auf die Liebe, Dichter, sie kommt wieder
Und bringt Dir Deine Muse zurück ihr offenes Kleid
Was die Liebe gesagt, Dichter, das wird sie tun
Adieu, die Nacht ist nah, das Meer ist nicht mehr grün

Der Dichter

Adieu, kleines Liebchen, Du, undankbares Kindchen
Ich bin endlich allein in der farblosen Nacht.
Dich, die Du nicht existierst, GÜRTEL, ich liebe Dich

95

[Nîmes, den] 29. März 1915

Lou, diese bizarre und, ich würde sagen, recht angenehme Zusammenkunft wurde im Zug schon Gegenstand meines Nachsinnens. Ich werde also all meine Versprechen halten, wobei ich allerdings meine Gefühle nach den Deinen formen werde, in der Art wie ich eine Champagnerschale nach einem Deiner wunderbaren Möpse gerne modellieren würde. So wiederholt sich Deine Krise in mir mit all ihren Konsequenzen. Was übrigens in jeder Hinsicht eine glückliche Sache ist. Von nun an, Lou, ich bitte Dich, keine Lügen in Deinen Briefen, wie etwa die Lüge Deines baldigen Kommens nach Nîmes nach dem 15. April, während Du wusstest, Du würdest gar nicht kommen. Wenn Du mich aus Güte anlügst, wie es Toutou, der mich nicht kennt, geraten hat, heißt das, Du kennst mich recht schlecht. Wenn Du es aus Bosheit machst, dann kann ich natürlich nichts dafür. Wenn es aber für Dein Glück nicht unbedingt notwendig ist, dann lüge mich nicht mehr an. Lüge ekelt mich an, wenn sie in mein Leben als Liebhaber oder Freund Eingang findet. Ich weiß schon, dass es manchmal viel Heldenmut erfordert, nicht zu lügen. Du schuldest Deinem adligen Blut, nicht zu lügen, und mich erst recht nicht anzulügen, der ich doch Dir gegenüber niemals illoyal gewesen bin. Wenn Du übrigens lügst, werde ich auch anfangen zu lügen, und es wird eine doppelte Lügenkrise geben, denn vergiss es nicht, Dichter können so gut lügen wie kleine Lous. Betrachte das nicht als Titanic, höchstens als Zeppelin, als etwas, was sich keine größere Wirkung erhofft als diese berühmten deutschen Luftschiffe. Wir gehören uns gegenseitig nicht ganz in Krisenzeit. Unsere Liebe hat im Moment nur eine eingeschränkte, sozusagen abgedämpfte Wirk-

lichkeit. Wenn man darüber sprechen wollte, müsste man sie räumlich betrachten. Wir werden uns immer lieben, und was auch immer Du tun wirst, ich werde Dich wahnsinnig lieben. Das sind Versprechen, die zu halten mir leichtfällt. Und also räumlich, als geometrisches Gebilde betrachtet, neigt diese Liebe dazu, so unwirksam zu werden wie ein Zeppelin. Denk bloß nicht, ich möchte spotten, denn an dieser Liebe von Gui zu Lou hänge ich sehr und Toutou hat mit dem Autor von *L'imitation*[118] Recht, ich hänge mehr an dieser Liebe als an der von Lou zu Gui. Beide sind äußerst stark (eigentlich kann ich nur über die meine reden, aber ich glaube, und ich finde daran Gefallen zu glauben, dass es sich mit der Deinen nicht anders verhält), das heißt, es sind äußerst starke Gefühle, sie haben sich aber allerdings *schlafen gelegt*, wie es die Freimaurer sagen, und für den Moment geben Deine und meine Liebe weniger Anlass zur großen dichterischen und sinnlichen Lyrik, die sie eine Zeit lang zu sehr verherrlicht hatte.
Hier die Adresse vom Anwalt, den ich Dir empfehle (Telefonieren, ob er in Paris ist): *José Théry 28 place Saint-Georges*. Ihm erklären, dass man ihn nicht gleich bezahlen kann, und erst bei Erfolg. Nicht nötig, Lou Takt zu raten. Dieser Anwalt ist ein anständiger und selbstloser Mensch. Guter Wirtschaftsanwalt. Er ist mein Mitarbeiter beim *Mercure de France* und war mein Anwalt im *Mona Lisa*-Fall[119]. Na, Lou. Bis morgen.

Gui

96

Nîmes, den 30. März [191]5

Kleiner sehr geliebter Luchs, achte nicht so sehr auf den Brief von gestern. Er ist voller Enttäuschung und Unzufriedenheit, nicht spöttisch. Dein Brief aus Marseille ist reizend und darin liebe ich alles. Ich bin nicht so traurig, wie Du möglicherweise gedacht hast, nach Nîmes zurückgekehrt. Die Depression und die Nervosität von Marseille sind schnell wieder verschwunden. Ich stand von Angesicht zu Angesicht mit der Vernunft und der Willenskraft, die, was auch immer Toutou dazu meinen mag, ihren Wert und hohe Wirksamkeit haben. ICH WEISS andererseits, dass Du mir mehr gehörst, als Du vielleicht denkst, und das genügt, das Leid milder zu machen, das sonst höchst furchtbar wäre. Ich weiß, dass Du ein bisschen mehr die Meine bist, als Du jetzt meinst, und trotz alledem, trotz Dir und überhaupt, weiß ich genau, dass mir in Deinem intelligenten Mädchenkopf *selbst ein sehr intelligenter Stabsoffizier* in wesentlichen Fragen nachstehen würde. Du siehst, mit welch großartiger Ruhe Marseille mich zu meiner Abfahrt ausgestattet hat. Mein Schatz, einverstanden, unsere Versprechen bleiben voll und ganz, die Meinen werden ganz und gar gehalten werden und es ist nicht nötig, mich an sie zu erinnern, da es mir äußerst angenehm ist, sie zu halten. Ich bitte Dich übrigens, wenn Du daran Gefallen findest, dass ich Dir schreibe, und es Dein Wunsch ist, dass ich Dir frank und frei schreibe, zeige meine Briefe niemandem außer Toutou. Andernfalls fühle ich mich nicht mehr frei und Du würdest mich sehr verdrießen und zutiefst schockieren. Und Du weißt doch, darfst Deinen Gui nicht allzu sehr schockieren!!!! Andererseits, wenn Du wahrhaftig sein willst, werde ich Dir auch alles erzählen, was mit mir los ist. Du musst aber ehrlich

sein. Denk übrigens auch daran, wie lustig und schlüpfrig es gegebenenfalls werden kann.
Ab dem 1. Mai werde ich jeden Abend im Marienmonat zur Andacht gehen, ich werde für Dich beten, für Toutou, meine Mutter, meinen Bruder und mich selbst.
Der grüne Sessel wird mir immer im Gedächtnis bleiben, ich wünsche, er möge auch aus dem Deinen nicht schwinden.
Gestern Abend, als mein kleines Versstück fertig und mit dem Brief abgeschickt war, bin ich nach 2 schlaflosen Tagen müde ins Quartier zurückgekehrt. Es war früh, fast oder gar keine Artilleristen auf der Straße, ein Mädchen hat mich nach dem Weg gefragt. Ich hatte Zeit, ich habe es begleitet. Ein reizendes Mädchen, etwas müdes Gesicht, wie ich sie mag, jugendfrischer Körper. Wir haben geplaudert. Sehr offen, aber das will nichts heißen. Soweit ich verstanden habe, hat sie einen Geliebten gehabt, den sie nicht so sehr mochte. Wünscht sich Liebe. Kennt alles. Dann standen wir bei ihr, 8 Rue Porte Cancière, wollte, dass ich mit hineingehe, dem Vater und der Mutter vorgestellt, charmante Leute, wünschen, dass ich sie oft besuche, haben mir ein Zimmer zur Verfügung gestellt und am Samstag werde ich da übernachten, da kann ich auswärts schlafen. Alle in unserem Zimmer schlafen übrigens samstags immer auswärts. Ich war der Einzige, der es nicht tat. Ich weiß nicht, was für ein Abenteuer da auf mich zukommt. Weder von meiner noch von der anderen Seite. Sie ist sehr frei, das will aber nichts heißen und für mich habe ich wenig Zeit. Ich mache mich trotzdem dran, da ich Deine Erlaubnis habe. Ich bitte Dich auch um die Erlaubnis, dabei etwas von mir hergeben zu dürfen, ansonsten könnte ich mich nicht voll und ganz amüsieren, und ein bisschen muss man das doch. Du hast übrigens nichts zu befürchten, ich bleibe ganz und gar Dein treu ergebener Freund. (Noch hat sich übrigens nichts getan.) Ich bleibe noch mehr als das, ich bin ja nach wie vor

Dein Geliebter, und Du, soweit ich Deinen Brief verstanden habe, bist momentan nicht mehr meine Geliebte, vor allem in Deinen Briefen nicht. Unsere Versprechen sind voll und ganz, unsere Ehrlichkeit muss auch voll und ganz sein. Zwei Freiheiten, die sich lieben, stehen sich nicht als Feinde gegenüber. Also, Liebchen, die Zukunft gehört uns, voll lieblicher Versprechen. Fürchte nicht, ich könnte die meinen brechen. Sei Deinerseits nie lügnerisch und wir werden uns ewig lieben. Ich hoffe, Du wirst mir keineswegs böse sein, ich folge ja Deinem Rat. Ich werde Dich übrigens über alles unterrichten, was sich tut!! Wenn sich denn etwas tut. Erzähl mir auch *alles, was Du machen wirst*. Ich werde Dir ihren Namen nicht verraten, das sähest Du nicht gern, und es ist unmöglich. Ich mag Dir Kleinigkeiten zum kleinen Mädchen oder zu Marie L. gesagt haben. Aber es war ohne Bedeutung. Hier ist das mehr, da es ein Mädchen aus sehr guter Familie ist, dem Diskretion gebührt. Habe auf jeden Fall keine Angst um meine Liebe, die tiefer ist als je und ätherischer, mein kleiner Lou. Ich liebe Dich sehr, sehr und mit einer unendlichen und unendlich ruhigen Zärtlichkeit. Also Lou, schockiere mich nicht mehr mit Lügen, die unter uns wirklich nicht nötig sind. Wenn wir Freunde sind, wird Lüge idiotisch und ich bin ganz und gar Dein Freund. Ich wollte Dir noch etwas anderes schreiben, aber ich weiß nicht mehr was. Morgen fällt es mir bestimmt wieder ein und ich werde es Dir dann schreiben. Auf Wiedersehen, meine liebe kleine Freundin. Ich küsse Dich.

Gui

Ich füge dem Brief zwei Seiten hinzu. Ab morgen werde ich Dir Briefe schicken, deren nicht intime Teile ein Buch bilden sollen: *Briefe an Lou* oder *Briefwechsel mit dem Schatten meiner Liebe*. Ich werde nur auf die Vorderseite der Blätter schreiben, damit sie gedruckt werden können, und der intime Teil wird meistens separat für sich stehen. Ich schreibe sie Dir, aber Du wirst sie mir für den Druck wieder ausleihen und ich gebe sie Dir dann zurück. Ich werde Dir jeden Tag senden, was ich bereits geschrieben habe, aber nicht jeder Brief wird an einem Tag entstehen, Du wirst sie in mehreren Sendungen erhalten. Was vielleicht stellenweise zusammenhanglos ist, werde ich nach dem Krieg überarbeiten. Letztendlich bist Du frei, zu lesen oder nicht zu lesen. Es richtet sich an Dich, aber es wird nicht nur um Dich gehen, sondern auch viel um mich und um vieles andere. Vorhin, als ich die Kaserne verließ, das Mädchen gesehen, das von einem Spaziergang zurückkam, sie begleitete mich bis zur Kirche, wo man in die Tram steigen kann. Wir sind 5 Minuten zusammengeblieben. Ich habe sie gefragt, warum sie mich nach dem Weg gefragt hatte, da sie ihn als Einheimische doch kennen müsste. Aber sie war, hat sie mir gesagt, fast 10 Jahre auf Reise in England, in der Schweiz und sie ist erst vor acht Tagen aus der Schweiz zurückgekommen und kennt Nîmes schlecht. Sie hat mir amüsante Dinge erzählt über den Streit zwischen den Frankophilen und den Germanophilen in Basel, wo sie war. Sie hat mich nach dem Weg gefragt, weil sie mich wegen meines hellblauen Käppis für einen Offizier gehalten hat, und hat mir zum Schluss gesagt, dass sie sich freut, mich kennengelernt zu haben. Sie hat von mir nichts gelesen. Aber sie hat einen Vortrag gehört, in dem viel von mir die Rede war. Es ist ein intelligentes und kultiviertes Mädchen. Sie ist Dir, die doch ein unbändiger Geist auszeichnet, zwar nicht ebenbürtig; da wir aber getrennt sind, mein Schatz, ist es mir ein vortrefflicher Zeitvertreib, der Dich nicht stören soll, Dir in keiner Weise unangenehm sein soll. Du bist die Göttin in den Wolken und mit den Göttinnen schläft man nur selten. Sie ist nur eine Sterbliche und in Ermangelung der Göttin schauen gescheite Kanoniere eben, dass sie mit Sterblichen schlafen. Du übrigens, meine Liebe, und ich will es Dir nicht vorwerfen, hast Dich bisher nicht gelangweilt, und Toutou darf man es auch nicht vorwerfen, denn dieser köstliche Granatenhirt hat mit der Göttin nicht oft geschlafen. Immerhin darf er die Wahrheit erfahren, ich aber nicht. Also, um auf die Kleine zurückzukommen, sie hat sich hinter der Kirche Sankt-Baudile davongemacht und ich habe mich ins Tortoni gesetzt. Es kann sein, dass ich für zwei Tage, wenn ich Dich schon nicht nach Nîmes lotsen kann, nach Paris zu fahren versuche, um meine Mutter zu besuchen und Dich bei der Gelegenheit auch zu sehen, wenn es Dir beliebte. Und, Krise beiseite, wir werden, wenn Du willst, zusammen spazieren gehen. Es ist aber nicht sicher, und wenn es Dir nicht recht ist, sage es, dann bleibe ich halt in Chatou[120]. Das alles aber nicht sicher. Der neue Major scheint mit uns sehr zufrieden zu sein. Er ist nicht so ein Trödelfritze wie Arnaud und es kann schon sein, dass wir unter sehr günstigen Bedingungen an die Front gehen und dass man schnell zum Offiziersanwärter oder zum Leutnant befördert wird. All das steht natürlich nicht fest, da tägliche Rundschreiben alles durcheinanderbringen. Schreib Toutou, dass ich ihn eifrig küsse, dass ich ihn noch eifriger bewundere. Und schließlich, dass er mir auf der ganzen Linie gefällt. Und das viel mehr, als Du es glauben magst und er es selbst ahnen könnte. Er gefällt mir eigentlich so sehr, dass Du mir außerdem auch seinetwegen gefällst, denn hätte Toutou nicht für Dich gebürgt, hätte ich den kleinen Lou in Marseille mit Sicherheit falsch beurteilt. Aber in dem Moment, wo Du Toutou gefällst, kann ich mich auch meiner natürlichen Neigung überlassen, die darin besteht, dass Du mir auf eine Weise gefällst, die ewiglich ist und durch höchst feierliche Gelöbnisse besiegelt wurde und das vielleicht in einem der ergreifendsten Augenblicke, die ich je erlebt habe. Ich mag dabei sogar ein bisschen lächerlich gewesen sein, aber ich bereue es nicht. Letztendlich bin ich, mein kleiner Luchs, mit dem ganzen Abenteuer sehr zufrieden. Und die Zukunft, die uns bevorsteht, ist reizend, keine Eifersucht, wir werden, uns zusammen oder getrennt amüsierend, die glücklichsten Verliebten auf der Welt sein, wenn wir beide, Du und ich, mit Freude oder gar Leidenschaft unsere Versprechen halten und *keine einzige Lüge*, die den anderen täuscht, haben wollen. Das ist echte Treue. Wenn Du Dich daran halten willst, wirst Du die großartigste Frau sein, die ein Dichter je gekannt hat, und eine solche Muse hat die Fähigkeit, aus dem, den sie auf die Art liebt, wie Du es versprochen hast, den größten Dichter der Welt zu machen. Na also, Lou, Du kannst mich immer fragen, wenn Du irgendetwas brauchst. Sag es einfach, werde es tun, wenn ich kann, sonst werde ich Dir Ratschläge geben, hab aber keine Angst, es mir zu sagen. Alles muss man sagen. Da wir Freunde sind, auch gerade jetzt, da wir weniger Geliebte sind. Vor allem bei uns haben diese Worte einen tiefen Sinn und der Generalstab tut nichts zur Sache, und diese Dinge zählen wirklich. Küsse von den Füßen bis zum Kopf.

Gui

97

[Nîmes, den] 31. März 1915

Mein kleiner Luchs, anbei der erste Brief des künftigen Buches. *Schatten meiner Liebe …*
Es wäre sehr lieb von Dir, in meinem Papierkram die *Panama-Aktie* zu suchen und sie mir per Einschreiben zu senden. Diese Ausgabe kannst Du machen. Ich schicke Dir in den nächsten Tagen ein bisschen Geld.
Schick mir die *Panama-Aktie* postwendend.

Und nimm Dich in Acht vor Zeppelinen
Vor Zeppelinen jeder Art
Die deutschen ziehen doofe Mienen
Die unsren sind schöne Maschinen
Und nimm Dich in Acht vor Zeppelinen
Jeder Franzmann hat einen parat

Heute nichts Neues, das Frollein nicht gesehen, aber Brief von der Schwester des kleinen Mädchens[121] bekommen. Er erinnert mich an liebliche Dinge. Ich werde mich, denke ich, im zweiten Brief aus *Schatten meiner Liebe* mit diesem Brief befassen. Ich werde versuchen aus den Eindrücken, die ich gesammelt habe, seitdem ich hier bin, ein Drama zu machen. Es ist vielleicht die beste Lösung, um viel Geld zu verdienen. Ich werde es mir überlegen und Abschnitte schreiben, die ich Dir dann nach und nach schicken werde. Dabei werde ich abwechseln. Wenn mir danach ist, an dem Stück zu arbeiten, werde ich daran schreiben, sonst *Schatten meiner Liebe*; so verschwende ich nicht meine Zeit.
Nach dem, was uns heute gesagt wurde, werden wir am 20. April dieses schwierige Examen zum Gruppenführer ablegen. Wenn Du mir ein wenig freundlich gesinnt bist, bete eifrig, o bizarre Mystikerin, bete eifrig, damit ich bestehe. Denn mit diesem Papierstück kann man vieles erreichen und es verschafft vor allem die Möglichkeit, leicht zum Offizier aufsteigen zu können. Aber es gibt so viele Fächer, dass ich vollkommen Schiss habe, durchzufallen.
Ich war heute Abend in der Präfektur, um noch einmal ins Buch reinzuschauen, und habe tatsächlich das 2. Foto gefunden, auf dem Du bist, mit Kiss oder Tyka, ich weiß es nicht, Du siehst aus wie eine Teufelin oder wie eine großartige Zigeunerin. Es ist ein irres Foto. Apropos Foto, schick mir doch die zwei von mir, die nichts taugen, ich will sie einer Zeitung

senden, die mich darum bittet. Sonntag lasse ich neue machen, bessere, durch einen Amateur, der einen guten Apparat hat.
So, mein Alter, ich küsse Dich auf den Mund, trotz unserer Krise, und würde gerne wissen, wie Du Paris nach Deiner Rückkehr gefunden hast. Versuche, es mir schön auszudrücken, denn all diejenigen, die ich darum gebeten habe, können nicht ausdrücken, was sie sehen, und Du, das muss man zugeben, kannst es viel besser als viele meiner lieben Kollegen. Bis morgen, meine alte Kollegin. Küss Dich.

Gui

Schick mir die *Panama-Aktie* mit den dazugehörigen Papieren, die daran geheftet sind.

98
SCHATTEN MEINER LIEBE …

1. Brief an die Gräfin de C.-C.
Nîmes, den 31. März 1915

Schatten meiner Liebe, die obenstehenden Initialen des großen Namens, der Dein Name ist, erinnern mich an diejenigen meines jetzigen Berufs: 2. c.c.[122] in einem Feldartillerieregiment. Du bist auch C-C, schöner Schatten, und deshalb hast Du unter allen Waffengattungen eine Vorliebe für die berittene Artillerie.
Erlaube, dass dieser erste Brief, der bestimmt ist, ich weiß übrigens noch nicht wie, zusammen mit einer gewissen Anzahl anderer Briefe ein Werk zu bilden, das das Spiegelbild meines Lebens im Krieg sein soll, von heute an bis zu dem Tag, an

dem ich als Zivilist zurückkehre, oder bis zu dem Tag … o Tod, großer bläulicher Tod … Erlaube also, dass dieser erste, nicht allein an Dich, sondern auch an die Nachwelt gerichtete Brief nur Vorbemerkungen enthält.

Schöner Schatten, schön bist Du unter den Frauen, und das ist vor allem auf Deinen Blick zurückzuführen, dem etwas schmerzhaft Wollüstiges anhaftet. Außerdem ist Dein Gesicht von allen Müdigkeiten gezeichnet, die ein übermäßiger Genuss der Wollust dem Gesicht der Frauen aufdrückt. Ich werde nichts über Deine Ohren, Deine Nase, Deinen Mund, der groß und köstlich ist, sagen, weil ich sie liebe, so wie sie sind, und ich finde, sie sind schwer zu beschreiben. Deinen Blick betreffend möchte ich allerdings noch anmerken, dass er, wenn er nicht gerade der Wollust und den unerwarteten, erstaunlichen Momenten des Witzes, die Dich auszeichnen, Ausdruck verleiht, manchmal als Begleiterscheinung eines unvermuteten Snobismus eindringlich und unangenehm wird.

Ich schildere ein anderes Mal Deinen Körper mit den neun Pforten, Herolde, die Deine kräftige geschmeidige Grazie verkünden, Herolde, den neun Musen gleich an der Zahl, und Du trägst bei Dir die neun Musen, den neun Helden gleich an der Zahl, und Du trägst bei Dir die neun Helden, den neun Heldinnen gleich an der Zahl, und die neun Heldinnen[123] bist Du selbst. Aber Dein Geist ist ohnegleichen, er ist elektrisch und diabolisch, er hat die Macht zu töten, was er trifft, er ist zielsicher und wird beim Eindringen noch schärfer.

Zwei oder drei Wunder, so möchte ich für mich solche frappierenden Zufälle nennen, haben uns miteinander in Beziehung gebracht. Liebe entspross dieser Begegnung, und zum ausschweifendsten Laster bestimmt, wie Du es bist (denn es war auch Evas Laster, als sie auf die wie eine Peitsche zischende Schlange hörte), gerietst Du, da ich die Zauberkraft besitze, zu züchtigen und zu beherrschen, unabwendbar in meinen Besitz.

Die schlechten Zeiten, in denen wir leben, Deine prekäre Situation in diesen Zeiten so wie die meine haben mich gezwungen, mein Vorrecht beiseitezulassen, aber ich verzichte darauf nicht und die mystische Geißelung, die alsdann der Schatten meiner Liebe erleiden wird, wird Dir begreiflich machen, warum Xerxes das Meer auspeitschen ließ.

Du bist so untreu wie das Meer; vierundzwanzig Kerle haben Dich in ihren Armen gehalten (und ich bin recht versucht, einen fünfundzwanzigsten hinzuzufügen). Weitere Erfahrungen noch haben Deine Liebesdoktrin vollendet.

Und die Liebe, wenn sie Dein Leben geschmückt hat, hat es doch auch gleichzeitig für Dich härter gestaltet als für viele andere Frauen.

Du hast wenig Skrupel, aber Du verdienst und unterstützt tiefgründige Freundschaften, vor allem die eine, die Dir unter allen anderen teuer ist, und es wäre mein Wunsch, dass Du ihr die meine endgültig beigesellen mögest.

Du denkst aber auch mit einiger Milde an diesen amerikanischen Matrosen, der Dein Ding war …

Wir beide, lieber Schatten meiner Liebe, sind im Krieg, wie es fast die ganze Welt heute ist, und diesen Krieg führe ich mit meinem Ehrgeiz gegen Dein Herz.

Ich soll Dein Gesetz wieder werden.

Ich stamme von Rjurik ab, dem Häuptling der Waräger, der der erste König und der erste Gesetzgeber Russlands war.

Ich soll Dein Gesetz wieder werden.

Nun sind wir für lange Zeit getrennt, Du, leidend und Dich amüsierend Deinerseits; ich, mich plagend und nach einer Freude suchend meinerseits.

Heute Abend liegt der Himmel offen vor mir wie eine ausgebreitete Zeitung. Vereinzelte vagabundierende Wolken fügen

sich gleich sehr deutlichen Schriftzeichen zu einer Mitteilung, deren Einzelheiten ich Dir nicht verraten will, deren Hauptaussage aber, die Du niemandem vor Ende des Krieges zeigen darfst, hier folgt.
Der Krieg wird lang. Er hat noch nicht recht angefangen. Gott, wie außerordentlich und schrecklich wird es, wenn es erst richtig beginnt. Und dann sollen wir uns in Acht nehmen vor der Schwäche, das wird die große Wende wegen der Haie, die im Pazifik und andernorts auf der Lauer sind. Statt Züge von Offiziersanwärtern sollte man Züge von Diplomatenanwärtern bilden. Mein Gott, wie fehlen sie nun, und die, die man nur noch *Boches* nennt, scheinen im Moment eine sehr aktive Diplomatie zu haben …
Aber, Schatten meiner Liebe, sei nicht traurig, Du wirst nach dem Krieg Deinen liebsten Freund wiederfinden, und wahrscheinlich auch denjenigen, der erst an 2. Stelle kommt: Dir zuliebe 2. c.c., o 1. C. C.
Und hier stehe ich, prophetisch und allein in dem alten römischen Nîmes, wo ich Hoffnung hege auf eine neue Liebe, womöglich nächsten Samstag, wobei ich die Liebe in ihrer Gänze, tief und unerbittlich in ihrer Gänze, behalten will, die es mir gefällt für Dich zu empfinden, für Dich, die ich heute kaum als Frau noch liebe, sondern als die Liebe selbst, als die Poesie, als die Wissenschaft. Es wird behauptet, dass Dante einst Beatrice auf diese Weise liebte, und Petrarca genauso seine Laura. Und ich weiß heute, wie solch enthaltsame Liebe reizend sein kann.
Schließlich, Schatten meiner Liebe, nehme ich Dich in der Absicht, Dich nicht mehr zu verlassen. Wer sich der Wissenschaft anzunehmen gewusst hat, kann der sie denn verlieren? Dazu bedürfte es des Todes, oder des Wahnsinns, oder des Fiebers.
Aber gerade lächle ich, da ich diesen ersten Brief beende. Ich

lächle mit einem bisschen Mitleid, denn ich möchte Dich sehr glücklich wissen und dass Du in Fleisch und Blut wärst, und nicht nur ein Schatten, rührender Schatten meiner Liebe.
Hiermit beende ich diesen ersten didaktischen, prophetischen, zuweilen lyrischen Brief.
Und ich wünsche, er gefällt Dir, wie Dir das Pinseläffchen, das in Marseille im Nacken eines »großartigen« Kerls spielte, gefallen hat.

G. A.

99

Nîmes, den 1. April 1915

Meine arme kleine Ziege,
heute Telegramm bekommen, gestern nichts, aber heute kam der kleine blaue[124] Fisch[125] der telegraphischen Wellen. So werde ich auf die niedlichste Weise von meinem so unglücklichen kleinen Lou in den April geschickt.
Also: Heute Abend schreibe ich dann, um die Sache mit dem anderen großen Zahnarzt zu klären.
Wenn allerdings sehr dringend, geh zu Herrn Hénique, 14 oder 16, Place du Havre, gegenüber vom Bahnhof Saint-Lazare. Du kannst ihm dann sagen, dass Du auf meine Empfehlung kommst. Dass ich ihn herzlich grüße und ihn gleich nach dem Krieg aufsuchen werde. Grande Dame sollst Du tun, und zwar mit vollen Segeln. So dass er erst ganze Arbeit macht, und Du wirst ihn am Ende nicht bezahlen, sondern ich werde ihn bezahlen, später. Aber sag es ihm nicht. Na, Du bist ja schlau genug, die Sache bestens zu regeln. Ich schulde ihm 50 oder 80 Fr., ich weiß nicht mehr. Er war mein Zahnarzt, bevor

Tzanck mir sein Angebot f. umsonst machte. Deshalb hatte ich Hénique sitzenlassen. Wenn er Dich darauf anspricht, sag ihm, ich werde ihn bezahlen, aber ich wurde eingezogen. Sag auf keinen Fall, dass ich einen neuen Zahnarzt habe. Er ist ein anständiger Mann und ein guter Zahnarzt, aber Tzanck natürlich nicht gewachsen. Wenn er Dir eine Krone einsetzen soll, verlange auf jeden Fall reines Gold. Wie auch immer, sieh erst mal zu, dass die Arbeit gemacht wird, dann schauen wir weiter.
Na, warst Du am Boulevard Saint-Germain, hast mein Haus gesehen? Schick mir die *Panama-Aktie*, vergiss es nicht. – *Hénique kennt mich nur unter meinem Namen G. de Kostrowitzky* und ich weiß nicht, ob er etwas von Guillaume Apollinaire weiß.
Bin neugierig, Deinen ersten Pariser Brief zu bekommen. Famoses Wetter hier. Ich werde nicht nur einen Tag in der Rue Porte Cancière übernachten, sondern 2. Die Nacht vom Karsamstag auf Ostern und die von Ostern auf den Ostermontag. Das ist großartig. Gib mir Nachrichten von Toutou. Es ärgert mich ein wenig, bei dem schönen Wetter den ganzen Nachmittag an der 90er-Kanone pauken zu müssen, aber am Samstag habe ich vor, es mir nach 2 Monaten richtig gut gehen zu lassen, und Schluss mit der Plackerei. Habe auf jeden Fall keine Befürchtungen, ich habe Dir mein Wort gegeben, wie Du mir Deins, und es versteht sich von selbst, dass wir uns, mein armer Kleiner, unbedingt aufeinander verlassen können, wie lang auch immer die Trennung, die jetzt beginnt, sein mag.
Na denn, es ist Dir also diese miese Sache widerfahren, Dein schöner Mund macht Dir Sorgen, Dir ist der Zement zerbröckelt, und der geschädigte hintere Zahn scheint eine stärkere Virulenz zu haben als Formalin?
Ich hoffe, dass Dir die Kosten für das Telegramm erstattet wurden, als es Dir in Marseille zurückgebracht wurde.

Ich muss jetzt Schluss machen; schreibe Dir heute Abend den 2. Brief aus *Schatten meiner Liebe.* Sag mir, was Du von diesem Werk hältst, zu dem mich der verdammte kleine Luchs inspiriert hat, den ich sehr mag und der die hübscheste und netteste ungezähmte Freundin ist, die je das weibliche Geschlecht, das ewig Weibliche hervorgebracht hat.
Du kannst wie im Gedicht von Jules Laforgue singen:
Ich bin das Weib. Mich kennt die Welt[126].
Ja, Dich kennt die Welt und wie alle Frauen verdienst Du täglich Prügel, damit Du aufrichtig wirst. Armer Lou, ich wünsche, um Deines Glückes willen, dass Du so wirst, wie ich es will, und Dein wunderliches Temperament wird reichlich auf seine Kosten kommen. Auf Wiedersehen.

Gui

Sag Hénique, ich hatte ihn nicht vergessen. Hatte aber keine Zeit gefunden, zu ihm zu gehen. mache ich nach dem Krieg.

100
SCHATTEN MEINER LIEBE …
2. BRIEF

Schatten meiner Liebe, ich habe heute die netten vorstädtischen[127] Worte bekommen, die Du mir geschickt hast. Sie sind auf dem Briefpapier Deines großen Freundes, den ich auch liebhabe, geschrieben. Es ist gut zu erkennen, dass Du dieses Papier selbst gekauft hast.
Nun aber, lieber Schatten, hast Du Dich für mich nach einer sehr treffenden Metamorphose in Fackel und flackernde Flamme verwandelt, in eine Flamme, die die Farbe Deiner Haare selbst hat, Du erleuchtest die Freiheit, die Du doch die Rebellion bist.

Ich weiß, warum ich diese orangefarbene Flamme so sehr geliebt habe, die eines Mittags in Nizza auf dem Masséna-Platz erschien, ich liebe nämlich diese Freiheit, diese Rebellion über alles, aber ich liebe sie gegen die Freiheit und die Rebellion selbst.

O König sein des Mannes natürliche Begierde
Man ist gekleidet mit der Karte seines Reichs
Flüsse sind stählerne Stecknadeln, Deinen Adern gleich,
 durchflutet vom trügerischen Nass Deiner Augen
Der Krater eines Vulkans, der schlummert, aber nicht
 erloschen ist
Es ist Dein Geschlecht, braun und faltig wie eine
 vertrocknete Rose
Und die Füße im Meer begatte ich eine glückliche Bucht
So liebe ich die Freiheit
Und ich will, dass sie allein das Gesetz der Anderen sei
Ich bin aber der Feind der anderen Freiheiten

Ich bringe Dir heute meinen Apolog als Gabe zum ersten April. Das Ende hat weder Hand noch Fuß.
Es war während meiner letzten Fahrt von Marseille nach Nîmes. Du hast mich bei der Abfahrt gesehen. Ich wollte schlafen und wir standen dicht an dicht wie Bienen in einem Schwarm. Alle Soldaten hatten sich im Gang hingelegt. Nur ich stand. Plötzlich drehte sich alles um mich. Ich befand mich auf einmal in einer Spelunke in ich weiß nicht welcher Hafenstadt einer englischen Kolonie. Mitten im Raum lag ein Teppich, auf dem mehrere Paare, Matrosen und Huren, das Tier mit den zwei Rücken spielten. Ringsherum im Raum, der groß war, tranken Kunden des gleichen Schlags. Eine alte Frau mit großem Mund und schlechten Zähnen, die dastand, schaute mich mit einer solchen Milde an, dass sich, als sie

aufstand, zwischen ihrem und meinem Blick ein sonderbares Einverständnis gebildet hatte, das mich wie an einer Kette davonzerrte, und wir landeten auf einem von Parks gesäumten breiten nächtlichen Weg. Wir gingen in den einen hinein und stießen, nachdem wir ihn durchquert hatten, auf einen schönen See, der den Mond und einen an seinem Ufer errichteten Bungalow widerspiegelte.

»Mein Herr«, sagte mir die Alte, »Sie sind an der Reihe, im schönen See zu angeln und, kein Zweifel, Sie werden mit ihrem Fang zufrieden sein.«

Sie schenkte mir ein entsetzliches Lächeln und machte einen Kopfsprung ins Wasser. Ich träumte einen Moment am Ufer, während der Mond in die Landschaft schluchzte. Dann näherte sich ein graziöser Kahn aus Schlangenholz mit Rudern aus Elfenbein, ich konnte nicht widerstehen und stieg ein. Das Innere war mit türkisfarbenem Samt gepolstert …

Ich habe meinen Apolog einen Moment unterbrochen, das Mädchen hat mich im Tortoni abgeholt, was großartig ist … im Auftrag seines Vaters, zum Abendessen heute Abend. Ich bin jetzt bei ihnen und schreibe, bevor wir essen, ich schreibe auf Briefpapier, das ihr gehört …

Ich war beim Nachen aus Schlangenholz stehengeblieben. Ich fand darin eine schöne Angelrute aus Schildpatt, erinnerte mich an den Rat der Alten und warf die Angel aus und bald spürte ich, dass etwas angebissen hatte. Ich zog und am Ende der Angel hielt eine junge nackte Frau den Haken zwischen den Zähnen. Ihre Brüste waren so hübsch wie Deine und das will etwas heißen; es sah aus, als zeigten da zwei kleine Katzen ihr rosarotes Näschen. Ich ruderte meine Gondel zurück ans Ufer und dieser hübsche Fisch, der mein Fang war, schüttelte sich und streckte seinen Hintern, zog ihn wieder ein und machte die amüsantesten Mienen dabei. Sie sprang anmutig ans Ufer. Ich folgte ihr und sie führte mich sachte zum

Bungalow und in diesem Moment ging die Sonne auf und plötzlich stand vor mir nur noch eine Hündin, die mich mit einem so erbärmlichen Blick anschaute, dass ich mich nicht enthalten konnte, nach einigen Sonnenstrahlen zu greifen und das arme Tier damit mit voller Wucht auszupeitschen, so dass es heulend entfloh, und an seiner Stelle blieb nur eine Art Wolke zurück, in welcher abwechselnd und zusammen, unterschiedlich und doch verschmolzen die Gesichtszüge der früheren Geliebten schimmerten. Du warst oben, und durchsichtig zwar, aber am besten zu sehen, obwohl sich über Dir ich weiß nicht welches neuere Bild zusammenfügte, dessen Züge ich nicht entziffern konnte, und alle, allesamt wie die Skyllen[128] hattet Ihr einen Fischschwanz und weder Hand noch Fuß …

Jetzt werde ich zu Tisch gebeten …

Wenn Du nach Nîmes gekommen wärst, wäre die Sache mit dem Zahnarzt viel besser verlaufen …

Ich habe den Brief von gestern nicht erwähnt, aber heute interessiert er mich nicht mehr …

Ich kann nicht mehr schreiben, denn man versucht, zu lesen.

Bis morgen, Schatten meiner teuren Liebe.

101

Karfreitag[129]
1915

Mein geliebter Lou,

wie Du willst! Deine Vertretung, Deine *Nachfolgerin*, wie Du sagst, hat ein famoses Temperament, das ist *Der Argonnen-Wald*, wohin ich morgen ziehe, als freiwilliger einfacher Ka-

nonier 2. Kl. einer 75er-Batterie, der 43. vom 38. (Gruppe vom Major Maurel oder Morel). Schicke Dir die Adresse, sobald angekommen.
Bis dahin, schreibe hierher. Deine Briefe werden mich erreichen und ich werde mehrere auf einmal haben. Es sei denn, die Freundin ist so wenig treu wie die Geliebte …
Ich schreibe der Concierge und dem Verwalter.
Aber ja, Lou, was Du willst, will ich auch, aber ich frage mich, ob Du, da Du Toutous Freundin bist, wie Du es bist, auch meine Freundin werden kannst?!?! Ich frage mich, warum all die Lügen in Nizza und Nîmes?!? Suche Dir Deine seltenen Blumen[130] aus, ich habe ja die Argonnen, Erinnerungen und weder Groll noch Eifersucht. Denn ich weiß genau, dass ich Dich, wenn ich zurückkomme, doch wiederhaben werde, schöner Luchs. Heute natürlich kein Brief aus *Schatten meiner Liebe*. Werde versuchen, welche an der Front zu machen.
Amüsiere Dich gut. – Lou, Du überraschst mich nicht. Aber ich bitte Dich inständig darum, erkläre mir, was Du selbst bist. Ich verstehe nicht sehr gut. Und ein für alle Mal, sag mir, wie wir zueinander stehen. Stell Dir wirklich die Frage, und hast Du mich denn die ganze Zeit an der Nase herumgeführt? Ich versichere Dir, meine Neugierde ist lebhaft erregt, und fürchte nicht, mir Kummer zu bereiten, oder dass ich Ressentiments haben könnte.
Ich bin noch seriöser, als Du denken magst. Ich habe eine starke Willenskraft, und trotz bizarrer Momente der Niedergeschlagenheit, große Entscheidungskraft.
Es bedeutet übrigens, mir einen Dienst zu erweisen, mich über mich selber aufzuklären.
Der Urlaub, kleine Freundin, hing von Deiner Antwort ab, und nach dieser Deiner Antwort werde ich schön mit diesen hübschen mir herzenslieben Argonnen heia machen.
Schreibe Dir morgen vor der Abfahrt und von unterwegs.

Tatsächlich ist meine Wohnung eine der sonderbarsten auf der Welt, wie ich selber ein sehr sonderbarer Mensch bin. Man muss sie aber in ihrer vollen Pracht sehen. So wie sie jetzt ist, kannst Du gar keine Vorstellung davon haben!
Freundin, da ich Dich noch so nennen will, schick mir die Panama-Aktie und *meine Uhrkette*. Ich will sie als Armband für meine Erkennungsmarke benutzen. Lieber ist mir meine Kette, Erinnerung an meinen lieben kleinen Bruder, den ich seit 2einhalb Jahren nicht gesehen habe, als eine schlechte Eisenkette, wie die, die hier verteilt werden. Ich bin in Felduniform und in voller Ausrüstung. Natürlich bin ich abgebrannt, ist mir aber schnuppe. Hoffe, dass man mir ein paar Moneten an die Front schickt.
Und es ist besser zu gehen. Hab mich hier gelangweilt. Das ist nicht mein Ding, allzu lange an einem Standort zu bleiben. Mir ist es lieber, in den Krieg zu ziehen und, wenn man denn sterben muss, so wie meine Vorfahren zu sterben, die alle Krieger waren.
Wenn ich Deinen Brief wieder lese, finde ich ihn so hübsch, dass ich beinahe versucht bin, Dir zu glauben, und wenn ich Dir glaube, mein Schatz, wenn alles, was Du sagst, wahr ist, küsse ich Dich überall und nehme Dich ganz, und lasse Dich vollkommen frei und wünsche nur eins, eine kleine exotische Blume zu sein, die Du manchmal aufnehmen würdest in den kleinen Strauß, von dem Du mit einem Zynismus, den ich liebe, sprichst.
Bitte Dich aber, ein für alle Mal, keine Lügen mehr. Bemühe Dich, mir einen besonderen Platz einzuräumen, etwas, was so eigenartig ist wie ich selber oder meine Wohnung, einen besonderen Platz für mich in Deinem Herzen, platziere mich da mit einer Gerte oder mit einer Reitpeitsche, und wir werden uns für immer verstehen, wie Du es versprochen hast. Finde aber diesen Platz. Ich habe jetzt 2 Fotos mit Deiner Hündin.

Mein Lou, Dein Gui fesselt sich an Dich, wie Efeu den Baum umschlingt, den er schmückt, und ich ersticke Dich unter Küssen.
Überhaupt nicht eifersüchtig. Ich winde mich ganz tief in Deinem Innersten. Manchmal glaube ich, Dich zu verstehen. Aber Deine Lügen stören mich weiterhin. Und wenn Du auf sie verzichtest, werden wir eine wunderbare, mit Deiner Einwilligung von plötzlichen und sporadischen fleischlichen Freuden durchsetzte Freundschaft erleben … Wenn ich überhaupt zurückkomme von der Umarmung der Argonnen.
Auf Wiedersehen, mein Lou, und werde Dir meine Eindrücke schreiben. Hebe sie auf, ich will später davon Gebrauch machen.

Gui

Ich frage mich, ob Du diesen Platz finden wirst, um den ich bitte? Bin auf Toutou nicht eifersüchtig. Aber da er einen Platz hat, den er durch seine Opfer verdient. Ich hatte nie die Gelegenheit zu einem einzigen Opfer, das ist bedauerlich. Schreib auf jed. Fall, damit ich weiß, woran ich bin.

2. April
Postskriptum

Hier ist das gefundene Foto, ich behalte dasjenige, das mir geschickt.
Küsse, werde von unterwegs schreiben.
Du bist frei und wir sind Freunde-Verliebte, willst Du? Das wäre noch großartiger, alles machen, sich alles sagen, Götter sein!

Gui

102

Karsamstag
[03/04/1915]

Vor Abfahrt. Werde von unterwegs schreiben. Alles schreiben; einverstanden? und erklären, was von den seit letztem November gemachten Versprechen gehalten werden wird. Toutou grüßen. Werde Dir Adresse senden, sobald angekommen. So lange hierher schreiben. Mir Panama-Aktie und Uhrkette senden. Wie es mit Hénique steht sagen. Noch keine Antwort vom anderen Zahnarzt. Habe Concierge und Verwalter angeschrieben. Mir schreiben, ob Versprechen, jeden Tag zu schreiben, gehalten wird. Mich über Tun und Treiben auf dem Laufenden halten mit Details, die mich amüsieren und unterhalten werden. Die Reise wird lang. Ich fahre heute Nacht um 2.45 Uhr los. Umarme Dich von ganzem Herzen.

Gui

103

Ostertag
[04/04/1915]

Avignon – ich bin nun unterwegs, fantastische Reise. Werde Details erzählen. Beladen wie ein Packesel – Man schläft nicht mehr. Ostern, wie ich es mir nie vorgestellt hätte. Ich bete zu Gott für Dich, die ich unendlich und mystisch liebe. Damit Du hienieden und droben selig seist, nehme ich all dieses Leid, das nun beginnt, mit Freuden hin.

Gui

104

Le Teil[131]. Eine Viertelstunde Halt. Ich habe die erste Schwalbe gesehen, flog rechts, aber Regenwetter. Ich bete viel f. Dich, kleine geliebte Freundin – Wir sind zu sechst, mit mir ist Berthier, von dem ich in der *Vie anecdotique* vom *Mercure*[132] erzählte – Er hat mit mir zusammen ausrücken wollen, wir sind insgesamt 6. Ab Avignon sind wir 1. Kl. gefahren, ich glaube, bis Châtillon sur Seine müssen wir nicht mehr umsteigen. Umarme Dich.

Gui

105

Lyon-Vaise, den 4. April 1915
Ostertag

Sechs Uhr abends. Mein kleiner sehr geliebter Luchs. Ich schreibe Dir, ohne zu wissen, ob ich Dir überhaupt schreiben soll und ob Du Dich über meine Briefe freust. Wir sind am Bahnhof Lyon-Vaise. Ich schreibe Dir auf meinem Tornister. Es heißt, wir fahren nicht in die Argonnen, sondern nach Mourmelon-le-Petit zur 90er-Gruppe des 38., Batterie 43, die es böse erwischt hat. Sobald ich erkannt habe, dass Du mir endgültig nicht mehr gehörst, hab ich etwas Kummer gehabt, vielleicht sogar großen Kummer.
Ich bin treu wie eine Dogge
habe ich in *Alcools*[133] geschrieben und Du hättest ahnen sollen, dass alles von dem, was ich Dir erzählte, dass ich Dich betrog, nicht wahr sein konnte. Für den Moment ist es mir lieber, zu sterben, und werde mein Mögliches dafür tun. Wenn nicht möglich, schauen wir mal.

Bin aber jetzt ganz anders als vorher. Amüsiere Dich, mein Schatz, da Du Gelegenheiten dazu hast. Ich ziehe auf die härteste Weise ins Feld und will es auch so. Man hat schon versucht, mich daran zu hindern. Ich habe darauf beharrt, habe die Ausbildung und alles geschmissen. Der Komm^{t} des Standorts hat mich zum Soldaten 1. Kl. ernannt, weil er keinen besseren Rang vergeben konnte.

Kurzum, ich bin getröstet und froh, weil ich weder ein Drückeberger noch ein Feigling bin.

Und weil ich Angst hatte, dass Du, die Du doch an der Front gewesen bist, mich als Drückeberger anschaust. Ich freue mich mächtig über meine Entscheidung. Soldat ist Soldat. Man muss hingehen, es werden alle Energien gebraucht. Die polnischen Energien vor allem. Mein Polen, es ist das Land, das unter diesem Krieg am meisten gelitten hat. Wenn mein Opfer es retten kann, werde mich mit Freude meiner großen Fahrerpeitsche bedienen. Wir sind das edelste und unglücklichste Geschlecht auf der Welt, aber das tapferste. Das eigene Blut darf man nicht anlügen. Spüre in mir die Seele der Ritter von einst. Du bist meine Dame und man liebte seine Dame, ohne Hoffnung, ihr Herz jemals rühren zu können. So liebe ich Dich. Wenn Du willst, schicke mir Dein Wappen. Werde es unter meinem Uniformrock tragen und werde es im Sterben küssen, wenn man schon sterben muss. Es heißt, schwere Schlacht bei Reims, wohin wir gehen. Freunde-Verliebte! Wie würde ich mich freuen, wenn es möglich wäre. Wenn nicht möglich, möchte ich das lieber wissen.

Wie ist das Leben tiefgründig. Fahre eben die Strecke wieder, die ich so oft als Kind, mit langen blonden Haaren, ernsten Blicks gefahren bin. Dachte nicht, sie noch einmal als einfacher Soldat zu fahren, auf dem Weg zum *Brazas* (Feuerglut), wie die Leute aus dem Süden sagen.

Dass ich ins Feld ziehe, erfüllt mich mit Begeisterung. Nun

fängt ein neues Leben an. Ein Leben, bei dem der Charakter beweisen kann, was er ist. Morgen früh Sperrgebiet. Mein kleiner sehr geliebter Luchs, liebe Dich tief, nicht fleischlich, überhaupt nicht, liebe Dich, als wärest Du schon ein Engel. Wenn ich sterbe, wirst Du Dich, hoffe ich, an Deinen Dichter erinnern.

Der kleine Berthier, dieser Dichter-Gefreite, von dem ich in der *Vie anecdotique* erzählt habe, deren Fahnen ich Dir gegeben habe, war großartig. Sobald er erfahren hat, dass sein Meister der Dichtkunst an die Front geht, hat er Himmel und Hölle in Bewegung gesetzt, um auch auszurücken. Das ist herzallerliebst, er ist 21 Jahre alt. 4 *Poilus* mit uns. Er ist Feldwebeldiensttuer, ich Gefreiterdiensttuer. Sitzen in der 1. Kl. Sitzen gut. Aber beim Umsteigen wie Packesel beladen. Begeisterte Bevölkerung auf dem Weg. Militärischer Zug. Die anderen Wagen sind von Pioniertruppen besetzt.

Bei der Abfahrt waren die 4 *Poilus* jämmerlich, heulten wie alte Weiber. Es geht ihnen besser. Alle Fahrer. Die Liebe ist meine Sünde. Ich muss ihr schmerzlich entsagen. Ich bin Mann und kann es tun. Dir, Lou, Adieu, sei glücklich. Wenn mir schreiben willst, tu es, aber sich nicht dazu zwingen, sich bloß nicht dazu zwingen. Grüße Toutou. So, wenn ich sterbe, habe ich viel geliebt, keine Klage, denn lieben und geliebt werden sind das Schönste auf der Welt, und Du hast mich doch geliebt, ein paar Tage zumindest?!? Wüsste das gern, aber die Wahrheit. Wo ist die Wahrheit? Die Wahrheit kennen. Sein heißt die Wahrheit kennen, wie immer sie ausfallen mag. Ich beneide Toutou ein bisschen, dass er Deine Freundschaft hat. Lou, halt mich nicht zum Narren, da ich Dich so sehr geliebt habe.

Die einzige Belohnung, die ich verlange, ist Wahrheit, stets nur Wahrheit und erlasse Dir den Rest.

Pass Du auf Dein Leben auf, vertraue nicht dem Erstbesten,

mein Lou, sei nicht krank, vor allem. Nimm Dich in Acht vor Deinem *Strauß*[134], sei wählerisch. Nicht allzu oft Händchen klein. Liebe einen anständigen Jungen, keine Flegel. Lass Dich einmal auf etwas Festes ein. Sei keine Vagabundin des Herzens.
Seele meiner Seele, erhebe Dich stets, da Du in Dir nebst weniger großen Dingen etwas so Erhabenes hast. Gäbe mein Blut für Dein Glück. Deine famose *Nachfolgerin* muss Dich doch ein wenig zum Staunen bringen. Gib es zu, ich kann fast genauso gut lügen wie Du?!
Zwei schlaflose Nächte, schon. Ich hoffe, ich kann heute Nacht schlafen. Also, Lou, lass Dir die Zeit nicht lang werden, sei glücklich, das ist das Wichtigste. Der Rest ist Nebensache, einfach drauf pfeifen. Bloß, ich will so schnell wie möglich wissen, wie werden wir zueinander stehen? Genier Dich nicht, muss vor allen Dingen die Wahrheit haben. Denn ich liebe sie über alles.
Küsse Dich.

Gui

106

Dijon. Am Ostertag
[04/04/1915]

Mein geliebter Luchs,
Ich muss an Menton zurückdenken, weil ich mit einem Kerl aus Menton bin. Weißt Du noch? Und Sospel, und Monaco. Nimm an der Handschrift keinen Anstoß, wir schreiben beim Fahren. Wenn Du nicht lesen kannst, lies eben nicht. Wir amüsieren uns mächtig.

Liebe Dich sehr. Wenn man Dich aber hassen müsste, würde Dich schnell hassen – Ich bete für Dich, mein geliebter Luchs.
Sag, was Du an Geld brauchst. Werde Dir welches schicken.
Das Kommando vom 38. ist das schönste Kommando von Frankreich.
Natürlich lässt mich Dijon[135] an Dich denken?!!!
Sag Toutou, mir ein paar Worte über Dich zu schreiben, sobald Du ihm meine Adresse geben kannst.
Er kennt meinen Lou, der mir gehört, den ich gegen alle Widerstände zurückerobern werde, er soll mir die Wahrheit sagen und mehr noch als die Wahrheit!
Liebe Dich innigst und küsse Dich tausendmal.

Gui

107

Châtillon-sur-Seine. Ostermontag
[05/04/1915]

Wir verlassen die P. L. M.-Strecke und wechseln zum Ostbahnnetz. Mein geliebtes Kind, Du ruhst in Frieden. Ich umarme Dich und wiege Dich. Ich habe fünf Stunden geschlafen und bin ausgeruht. Wir lachen und singen wie verrückt. Es lebe Frankreich und mein kleiner Luchs. Ich küsse Dich.

Gui

108

Den 5. April 1915

Kleiner Luchs, wir fahren Richtung Chaumont.

MILITÄRZUG

Wir marschieren, marschieren in regungslosen Schritten.
Trinken aus der Feldflasche am Ende unsrer Mahlzeit.
Der letzte Baum in Blüten, den wir vor Dijon sahen
(Denn vorbei sind die Blumen der Umgebung von Nîmes,)
War ganz rosa so wie Deine Brüste jungfräulich.
Mein Leben ist veraltet so wie die Zeitungen
Von gestern und wir lieben, o Frauen, eure Bilder.
Wir sitzen in den Wagen wie Vögel in Käfigen.
Erinnerst Du Dich noch des Nebels in Sospel?
Ein Mädchen hatte dort Dein sündhaftes Urlaster …
Und unsrer Nacht in Vence, ehe es nach Grasse ging?
Des Hotels in Menton? … Alles, vergänglich vorbei hin …
Und wenn Du alt sein wirst, o meine junge Schönheit,
Wenn der Winter sich zeigt nach dem lieblichen Sommer,
Mein Name sich in der Welt herumgesprochen hat,
Hörst Du dann diesen Namen Guillaume Apollinaire,
Wirst Du sagen, Dich rühmen, »er hat mich ja geliebt«.
Komm! Öffne mir Dein Herz. Du öffnetest die Arme.

*

Erinnerungen sind ein grenzenloser Garten
Wo Kröten azurblaue Liebesrufe modulieren.
Das Reh schweigend vor Glück blitzschnell vorüberzieht.
Wo eine Nachtigall, wund vor Liebe, schlägt auf
Dem Rosenstock Deines Körpers, wo ich einst Rosen
pflückte.

Unsere Herzen hängen tief am selben Granatbaum
Dessen Granatenblüten, uns ums Herz aufgeblüht,
Nun liegen allesamt auf dem Weg verstreut da.

*

Die Bäume laufen hastig, die Bäume laufen, laufen
Und der Horizont kommt unserem Zug entgegen.
Die Telegraphenmasten, ineinander verliebt,
Spannen sich hoch zum Himmel, wie ein brünstiger Hirsch.
Und so, mein schöner Himmel, meine Lou, die ich liebe
Begehre ich Dich noch, verlorenes Paradies.
All unsre tiefen Küsse ruf' ich mir ins Gedächtnis.
Es bläst ein milder Wind, wie ein erbiss'ner Kuss,
Nach den Erinnerungen, noch mehr Erinnerungen …

*

Lou,
heute Nacht wurden wir hinter Dijon von einem Zeppelin überflogen, dem unser Zug wohl von Spionen gemeldet worden war. Alle Lichter ausgemacht. Keine Bevölkerung mehr jetzt. Der ganze Landstrich hier ist menschenleer, erbärmlich menschenleer. Nur noch Soldaten. Und bis jetzt sieht man noch nicht viele. Am Himmel ziehen Wolken auf und ein paar Tropfen kommen runter. Es ist lauwarm. Keine Blätter an den Bäumen. Die Landschaften kommen einem traurig vor, wenn man vom Süden kommt, wo sie so heiter sind.
In meinen Briefen werde ich, um Dir sagen zu können, was hier vor sich geht, gewisse Sätze verwenden, deren Bedeutung hier folgt:
Das Wetter ist schön – wird bedeuten: es gibt eine Schlacht.
Das Wetter ist sehr schön – wird bedeuten: Schlacht zu unsren Gunsten.
Das Wetter ist wechselhaft – wird bedeuten: Verlorene Schlacht.

Diese paar Sätze werden ausreichen, Dich über die Ereignisse zu unterrichten. Schon keine Zeitungen mehr. Ich habe sie gestern gelesen. Famos ist das nicht. Dieser Feldzug an den Dardanellen kommt mir sehr ungewiss vor. Ein rein diplomatischer Feldzug, damit die Balkanstaaten in Gang kommen, und ich meine, das war ein Fehler. Die deutsche Diplomatie ist offenbar nicht eingeschlafen. Sie hat gehandelt, und wir mussten die Sache mit Griechenland einstecken, und nun Bulgarien[136]. Wenn ich ein solches Ungeschick sehe, kocht mir die Wut im Herzen, und ich bin bestürzt über die Unfähigkeit unserer Diplomaten. Sag mir alles, was Du machst und wie es Dir geht. Wir werden in Chaumont umsteigen. Ich werde dort diesen Brief einwerfen. Ich hoffe, Du wirst ihn lesen können. Ich nehme Dich ganz, ob Du willst oder nicht, in einem solchen Moment habe ich das Recht, Dich zu nehmen. Ich nehme Dich tief mit all meiner Kraft und nehme Deine feste und köstliche Zunge in meinen Mund. Ich gebe Deinen schönen Hinterbacken einen Klaps. Schick mir wieder schöne Fotos von Dir. Wenn man zurückkommt, was für ein wildes Fest!? Du hast mir eine Reise versprochen und dass ich Toutou kennenlernen möchte. Schick mir Dein Wappen, dass ich es bei mir tragen kann. Auf Wiedersehen, schöne Augen. Schreibe Dir wahrscheinlich später noch. Ich unterhalte mich so gern mit Dir, und wenn ich Dir schreibe, scheint mir, wir sprechen zusammen. Es ist fürchterlich, wie dieser Landstrich menschenleer ist. Ich küsse Dich tausendmal.

Gui

109

Chaumont, den 5. April 1915

Mein kleiner Lou,
ich habe Dir einen langen Brief geschrieben, den Du erst in 4 oder 5 Tagen erhalten wirst, denn ich habe die Dummheit gemacht, ihn hier in Chaumont einzuwerfen, wo man Briefe lange zurückhält. Also doch, es geht tatsächlich in die Argonnen. Eine Dame, die mir gegenüber in der Bahnhofsgaststätte speist, übernimmt es, diese Karte in Paris, wohin sie heute Abend fährt, einzuwerfen.
Ich küsse Dich tausendmal, Küsse, Küsse überall, mein kleiner geliebter Luchs.
Schreib vor allem schnell wieder, amüsiere Dich, lass Dir die Zeit nicht lang werden, halte Dich gesund. Ich liebe Dich sehr, ob Du mich liebst oder nicht, kümmert mich keinen Deut und ich nehme Dich ganz, ich beiße Dir den Mund.

Gui

110

Den 5. April 1915
Zwischen Bar sur Aube und Troyes

Kleiner Lou, ich nutze die Liebenswürdigkeit eines Mitreisenden, der nach Paris fährt, Dir diesen Brief zu schicken. Man sagt mir, dass Paris voller Drückeberger ist, vor allem Drückeberger von der Luftwaffe. So was ist ehrlich gesagt ekelhaft. Ich denke viel an meinen kleinen Luchs. Ich liebe ihn, und das genügt mir. Alles andere existiert nicht. Diese Gegend der

Champagne ist ein äußerst öder Landstrich. Wir haben schon Soldatenhütten gesehen. Das sieht sehr seltsam aus. Aber Du hast das alles schon gesehen, kleiner Luchs, Ehre der Artillerie. Schreib mir schnell, damit ich weiß, wie alles läuft.
Hier bekommt man andere Gespräche zu hören als in Nîmes. Es ist ja nur von Krieg die Rede, nur von Krieg. Sag mir, wie ist Paris? Ich liebe Dich sehr, mein kleiner Luchs. Unterwegs Verletzte, aber keine Gefangenen zu Gesicht bekommen. Ich hätte gern welche gesehen.
Was macht Toutou?
Du weißt schon, ich habe die Concierge und den Hausverwalter angeschrieben.
Mein kleiner Lou, ich hoffe, Dich bald wiederzusehen. Das ist recht sonderlich. Ich habe das Gefühl, ich werde Dich bald wiedersehen. Bis jetzt hatten wir eine angenehme Reise, sehr schön, fast eine Vergnügungsreise. Im Moment zugleich Regen und Sonnenschein, der Teufel hat seine Großmutter auf der Bleiche[137].
Ich habe hübsche Dörfer gesehen, die ich gern mit Dir besichtigt hätte.
Wir werden nach dem Krieg hier einen netten Spaziergang machen, falls ich zurückkomme, aber ich hoffe letztendlich doch, dass ich von dieser famosen Feuerglut zurückkomme.
Na, Lou, auf Wiedersehen. Wenn Du diesen Brief erhältst, werde ich angekommen sein und werde Dir sofort meine Adresse schicken.

ES GIBT

Es gibt entzückende Brücklein
Es gibt mein Herz, das für Dich schlägt
Es gibt eine traurige Frau auf der Straße
Es gibt ein schönes kleines Cottage in einem Garten
Es gibt sechs Soldaten, die sich mächtig amüsieren
Es gibt meine Augen, die Dein Bild suchen
Es gibt einen kleinen reizenden Hain auf dem Hügel
Und ein Alter von der Landwehr pinkelt, als wir vorbeifahren
Es gibt einen Dichter, der vom kleinen Lou träumt
Es gibt einen kleinen köstlichen Lou in diesem großen Paris
Es gibt eine Batterie in einem Wald
Es gibt einen Hirten, der seine Schafe weidet
Es gibt mein Leben, das Dir gehört
Es gibt meinen Füllfederhalter, der läuft, der läuft
Es gibt eine dichte Reihe von Pappeln, zierlich, zierlich
Es gibt all mein vergangenes Leben, das sehr wohl vergangen ist
Es gibt enge Straßen in Menton, wo wir uns geliebt haben
Es gibt ein kleines Mädchen in Sospel, das seine Kameraden peitscht
Es gibt meine Fahrerpeitsche in meinem Hafersack
Es gibt belgische Wagen auf dem Gleis
Es gibt meine Liebe
Es gibt das ganze Leben
Ich liebe Dich

Auf Wiedersehen mein kleiner Lou

Gui

111

Châlons sur Marne
[03/04/1915]

Kleiner Luchs – sind um acht Uhr in Châlons angekommen. Schlafen im Wartesaal und fahren morgen früh um 7 Uhr weiter. Nach Mourmelon, schließlich ist das unser Ziel. Ich weiß noch nicht, ob es Mourmelon-le-Petit oder Mourmelon-le-Grand ist. Aber das Eine wie das Andere liegt bei Reims. Unser wirkliches Ziel haben wir erst heute Abend erfahren. Seit Troyes durch desolate Landschaft gefahren. Große Schlachten haben hier stattgefunden. Reisende, Leute aus der Gegend, haben sie uns erzählt. Unglaubliche Dinge. Unverzeihliche Saufgelage haben den Sieg verzögert. Nicht nur deutsche Offiziere haben zu viel Champagner getrunken – Die Dörfer existieren nicht mehr. Es ist nicht zu fassen. Aber ich bin zuversichtlich. Wenn die Machenschaften gegen Joffre erfolglos bleiben, kann er uns, meine ich, die Gewissheit geben, dass wir siegen. Ich küsse Dich ganz, ganz, ganz lieb.

Gui

112

Gui liebt Lou[138].
Auf Wiedersehen
Lou

Gui

Sendung vom Kan.-Fahrer 1er Kl.
G. de Kostrowitzky
Art. 38. Batt. 70.
Nîmes Gard

113

Meine kleine Freundin Lou[139], ich bin nun an der Front, schreibe Dir ausführlicher, sobald ich Zeit habe. Schreib mir schnell. Meine Adresse steht auf der Karte. Ich werde Dir meine Eindrücke beschreiben, wenn ich Dir ausführlicher schreiben kann. Ich denke viel an Dich. Hatten eine sehr angenehme Reise, etwas lang und langsam nur. Ich umarme Dich.

Gui

114

Mourmelon-le-Grand, den 6. April 1915

Werd' heute Abend, Lou, im Schützengraben schlafen
Der ausgehoben wurde bei unseren Kanonen.
Etwa zwölf Kilometer liegen von hier gerechnet
Diese Löcher, in die ich hinabsteigen werde
Mit meinem blauen Mantel, während Granaten platzen,
Und dort werd' ich einziehen bei den Höhlensoldaten.
Das Ziel unseres Zuges war Mourmelon le Petit.
Fröhlich kam ich da an, wie ich gegangen war.
Wir marschieren nachher zu unsrer Batterie.
Und im Moment bin ich bei der Infanterie.
Es pfeifen die Granaten im grauen nördlichen Himmel
Es denkt jedoch niemand an den eigenen Tod.

*

Und so werden wir leben in den vordersten Linien
Und ich werde besingen Deine Arme, Hälsen von
Schwänen gleich
Und ich werde besingen Deine Brüste, die einer Göttin
würdig sind
Es wird der Flieder blühen. Deinen Blick werd' ich
besingen
In dem ein ganzer Chor reizender Putten tanzt.
Es wird der Flieder blühen, o beflissener Frühling!
Es flammt für Dich mein Herz wie eine Kathedrale
Es schlägt Alarm für Dich, für die immense Liebe
Armes Herz, arme Liebe! Erhöre meine Klage,
Die sich von meinem Leben zu Dir, Schönheit, erhebt.
Sende Dir ein Geschoss voller Anhänglichkeit
Auf Dich möge, o Lou, mein Kuss platzend einschlagen

*

Meine Erinnerungen sind dies ewige Flachland
Punktiert, o meine Lou, von unheilvollen Raben
Und das Flugzeug der Liebe zieht seine Flügel ein
Überall ringsumher findet man lauter Gräber

*

Glaub nicht, ich wäre traurig oder gar deprimiert
Trotz Deiner selbst und allem scheint das Leben mir rosig
Ich weiß, wie ich einst werde den Lou zurückerobern,
Treu zwar wie eine Dogge, aber mit Wolfeszähnen;
So bin ich halt, mein Lou, noch unerbittlicher
Als der Adler der Alpen, der seine Beute frisst

*

Eine Fahrt von vier Tagen, mich plagt die Müdigkeit
Doch wie fröhlich bin ich, dass ich Nîmes verließ!

Also, geliebter Lou, ich bin froh, ich bin froh
Und ich lache vor Glück beim Schreiben dieser Verse.

*

Auf den durchnässten Wegen ist der Schlamm ein Abscheu.
Im Blick der Fußsoldaten steckt tieftrauriger Glanz.
Wir gehen nicht mehr zu Walde, der Lorbeer ist
geschnitten[140],
Liebhaber werden sterben, Liebhaberinnen lügen.

*

Ich höre den Wind heulen in den düsteren Tannen
Ich werde mich eingraben in die Melancholie
Lou, Deine großen Augen waren mir teure Kumpel.
Verlor ich denn nicht alles, da mich mein Lou vergisst!

*

Jahr neunzehnhundertfünfzehn, da starben viele Männer
Geh weg, geh weg, zurück zum Höllenreich der Furien
Lass uns spielen, Würfel spielen; Würfel zeichnen das Los
Beide Artillerien hör' ich jetzt gerade würfeln

*

Meine einzige Liebe, adieu, Lou, kleine Freundin,
O entlaufene Sklavin,
Unsre Liebe erfuhr Sonnenschein und nicht Regen
War entschieden zu kurz.

Das Meer schaute auf uns milden graugrünen Blicks
Orangenbäume golden
Trugen Früchte für uns. Sie blühen immer noch.
Ich hör' die raue Stimme

Deutscher Kanonenrohre, schreiend auf Mourmelon
– Ruf aus dem Schützengraben –
O Lou, furchtbare Rose, bist Du immer noch böse
Mit einem Blick aus Blei?

*

O Lou Dämonin-Kind mit den verrückten Küssen
Für immer möchte ich Dich umarmen, meine Hübsche.

*

Zwei Feldwebel spielen Schach und sie lachen dabei.
Eine köstliche Teufelin mit bluttriefenden Haaren bekreuzt sich mit Weihwasser.
Jemand feilt einen Ring aus dem Aluminium, das sich in der Kartusche der österreichischen Granaten befindet.
Das Käppi eines Fußsoldaten bringt Sonne auf dieses Grab.
Du trägst an Deinem Hals meine Kette, am Arm hab' ich die Deine
Champagnerkorken lässt man hier knallen im Kasino der Unteroffiziere.
Die Deutschen sind dort drüben, hinter den Hügeln
Verletzte schreien wie einst Ariadne
O klagende Namen immenser Freuden
Rom, Nizza, Paris, Cagnes Grasse Vence, Sospel Menton, Monaco, Nîmes
Ein schneebedeckter Zug bringt nach Tomsk in Sibirien Nachrichten von der Champagne
Adieu, mein Kleiner, Lou, Adieu
Adieu. Der Himmel hat ergraute Haare

Gui

115

Den 7. April 1915

Kleiner Luchs, nun sind wir ganz vorne. Weiter vorne geht's nicht. Und das ist viel weiter, als ich gestern war. Es ist fantastisch – Schönes Wetter.

Um dort gewesen zu sein, wo Du warst und Dich gar aufhieltst, musst Du, mein kleiner Luchs, mit allen Offizieren geschlafen haben, denn ich sehe sehr wohl die Schwierigkeiten, die Dir widerfahren sein müssen. Aber vorne warst Du nicht. Du warst wie wir gestern beim Regimentsstab. Aber das ist nichts. Ganz vorne nur ist es großartig.

Hier lebt man im Wald. Die Granaten haben mich in keiner Weise beeindruckt, und um meine Ankunft zu begrüßen, haben wir die größte Anzahl abbekommen, die je abgefeuert wurde, seit unsere Batterien hier sind, darf Dir aber nicht sagen, wo. Schreib mir, kleiner Luchs, Dinge über Dich, was Du machst, und insbesondere all die Ferkeleien. Es wird mich unterhalten, vor allem in den ersten Zeiten meines Aufenthalts hier. Seit ein paar Tagen habe ich mir dazu noch weitere famose einfallen lassen. Noch nicht ausprobiert. Das behalte ich mir für nach dem Krieg vor. Sie sind aber wunderbar und vollkommen neu.

Wir leben hier wie die Edlen Wilden. Wir leben wie die Cowboys im Wilden Westen. Toutou, der sich manchmal in einem Dorf ausruhen kann, hat es im Grunde gut. Aber das Cowboy-Leben hat auch seinen Reiz. Die *Boches*, diese Schweine, sind hier ganz in der Nähe. Na ja, heute Morgen wurden, wo ich war, 150 Granaten abgefeuert, niemand wurde getötet, nicht einmal ein Pferd. Man vertreibt sich die Zeit, indem man Ringe bastelt. Schick mir die Größe Deines Ringfingers, ich werde einen sehr hübschen machen mit einem schönen Spruch.

Gib mir Nachrichten von Toutou, aber nichts über den Krieg schreiben, denn die Briefe würden dann nicht weitergeleitet werden. Ich frage mich, ob ich Dich jemals wiedersehen werde. Das ist am wenigsten sicher. Also, wie Du weißt, mein kleiner Luchs, mach wie Du willst! Ich hoffe, Du wirst mir, Deinen Versprechen gemäß, schreiben wollen. Wenn Du jenes Versprechen aber nicht hältst, dann heißt das halt eins weniger, und darauf kommt es jetzt nicht mehr an.
Also, welches Versprechen auch immer Du halten wirst, das wird mich glücklich machen.
Was mich denken lässt, dass Du eigentlich doch fähig bist, ein bisschen freundlich zu sein, sind Deine Gefühle Toutou gegenüber. Ich habe alles getan, was ich konnte, um Dir zu zeigen, dass ich Dich liebe, und das selbstlos. Du musst ja selbst wissen, ob Du für diese Liebe nur Verachtung übrighast oder nicht. Aber mir wäre es ganz recht, dass Du dies alles in Deinem Kopf klarstelltest, damit auch ich davon Kenntnis erhielte.
Die Atmosphäre an der Front ist im Grunde sehr angenehm. Nur Du fehlst und wirst lange fehlen.
Du hast mir geschrieben, *wie lange diese Trennung, die nun beginnt, auch dauern möge, müssen wir uns aufeinander verlassen können.* Ich weiß wohl, wie Du Dich auf mich verlassen kannst, aber ich wüsste gern, worin und wie ich mich auf Dich verlassen kann. Schreibe es mir, und lass es mir auch durch Toutou schreiben, der Dich gut kennt und der, meine ich, es versteht, die Wahrheit zu sagen.
So, mein kleiner Luchs, ich liebe Dich sehr und meine Stimmung ist großartig. Ich glaubte, das hier aus nächster Nähe zu sehen, könnte einem aufs Gemüt schlagen, aber das hat mir gar nichts ausgemacht und darüber freue ich mich sehr. Das ändert nichts an der Tatsache, dass es hier fantastisch ist.
Die Liebe, Lou, siehst Du, ist die große ernste Sache in meinem Leben, und Du bist die große Liebe.

Das hier ist wahr, und für immer wahr. Wenn es Dir schnuppe ist, sag es, ich werde mich bemühen, mich zu verändern. Aber ich wünsche für Dich, dass es Dir nicht gleichgültig sein möge, denn meine Liebe besitzt die Kraft, das, was sie liebt, zu erheben und schöner werden zu lassen, und ich möchte Dich wahrhaftig und über allen Frauen stehend, küsse Dich.

Gui

G. de Kostrowitzky Kan-F. 1. Kl.
Fldartillerie 38
Batt. 45
Feldpost Nr. 59

116

Den 8. April 1915

Kleiner Luchs, das einzige Buch, das sich hier befindet, ist ein kleines medizinisches Lexikon, in welchem ich Folgendes finde, was Dich interessieren wird (nach dem, was Du in Marseille erzähltest):
»Hypertrophie der kleinen Lippen. – Unter Einfluss von wiederholter Stimulation … können die kleinen Schamlippen oder Nymphen exzessive Entwicklung aufweisen und außerhalb der Öffnung der großen Schamlippen oder Schamspalte hervortreten. Die Hypertrophie verursacht große Unannehmlichkeit beim Gehen; bei der Schleimhaut kann es zu Exkoriationen kommen etc. Dieses Gebrechen ist einfach durch eine kleine ungefährliche Operation zu beheben, die darin besteht, die über die Vulva hervorragende Partie der Nymphen abzutragen. Ihre Wurzeln werden mit den Bran-

chen einer mehrere Zentimeter langen Pinzette gefasst und das überschüssige Gewebe wird weggeschnitten. Die Ränder des Gewebes werden durch feine Klammern oder eine Reihe von Nähten wieder zusammengefügt, so dass keine Blutung erfolgt und schnelle Heilung eintritt.«

Kleiner Luchs, wenn Du in Paris Feinden von mir begegnest, verteidige mich, wenn Du willst, oder lass es, aber sag ihnen auf jeden Fall, dass ich für sie 5 Buchstaben parat habe[141]. Bestimmt wirst Du welchen begegnen. Hier, mein kleiner Luchs, lebt man unter der Erde. Es ist komisch. Aber bei alldem fehlen natürlich die Frauen und Toutou kann sich wirklich glücklich schätzen, Dich bei sich dort gehabt zu haben. Schick mir die Größe Deines Ringfingers, damit ich Dir einen Ring mache. Morgen bemühe ich mich, wenn möglich, Verse zu machen. Das Leben ist hart, ich bin mit Berthier. Wir müssen unsere Bleibe ausheben. Man muss alles sein; Erdarbeiter, Maurer, Schlosser, Zimmermann, alles.

Es ist ein großartiges Leben, das nicht ohne eine außergewöhnliche lyrische Melancholie einhergeht. Die Granaten heulen markerschütternd.

Ich denke an Dich. Die ganze Nacht habe ich an Dich gedacht und schaute zu den Sternen, und ich habe einem der Sterne, dessen Namen ich nicht kannte, Deinen Namen gegeben. Er befindet sich ein bisschen rechts und unterhalb vom Wehrgehänge des Orion. Ich plaudere also mit diesem in einen Stern verwandelten kleinen Lou, und da er flackert und sein Licht ein wenig den Glanz Deines Blicks hat, wird er mich in den klaren Nächten wie der gestrigen unendlich trösten.

Die Nächte hier sind äußerst lebhaft, Angriffe, Verladungen, die Straßen sind von Kolonnen verstopft. Ein sonderbares Nachtleben führen die Leute hier an der Front.

Ich glaube schon, dass es letztendlich doch zum Händchen klein kommen wird. Schreib mir Briefe, die wenigstens diese

allerletzte Lösung möglich machen, auch wenn es dabei nicht um mich geht, sondern um andere, vor allen Dingen aber soll es um Dich gehen.
Wirklich sehr lieb wäre es von Dir, das zu machen. Na ja, wir werden mal sehen und vielleicht gelange ich, Dir zu Ehren, zur vollkommenen Keuschheit, o kleiner geliebter Luchs.
Lou, welche Opfer muss ich denn noch bringen, damit Du mir gegenüber zwar nicht genau die gleichen, aber doch fast die gleichen Gefühle empfindest wie Toutou gegenüber?
Aber wie schön sind die Erinnerungen, die ich an Dich habe, als ich Dich in Grasse auf dem Sofa hielt, wie einen kleinen Jungen, den man peitschen will, Du hattest Angst [unlesbar], ich habe Dich gezwungen, die Hinterbacken hoch zu halten, Deine wunderbaren dicken Hinterbacken, hoch gegen das Licht und es begann das Schlagen, Du wandest Dich, Deinen kleinen Hintern öffnend und wieder schließend ….
Und in Nîmes, als ich da ganz in Dich eindrang, wo Du vorher nicht wolltest, weißt Du noch. Ich habe Dich gekriegt, glatt besiegt, und werde Dich noch kriegen. Ich kann es kaum erwarten, Nachrichten von Dir zu bekommen, aber hier wird die Postzustellung, meine ich, weniger schnell erledigt als dort bei Toutou.
Na, mein kleiner Luchs, schone Deine Gesundheit, verausgab Dich nicht so, auf dass man die Freude habe, Deine wunderbaren jungfräulich reinen Titten wiederzusehen!!!? Und im Grunde bist Du ja rein, kleines Dämonin-Engel-Kind, das ich liebe, eigenartige Mischung aus *Der-größten-Freude* und *Dem-traurigsten-Leben*. Ich möchte mit meinem unbekannten Freund Toutou dazu beitragen, für Dich all dies reizvoll werden zu lassen, damit Du nach dem Krieg nunmehr *Das-köstlichste-Leben* seist.
Wir schlafen über Wasser. Das kümmert uns einen Sch…dreck. Wenn wir die *Boches* nur schnell hier rausschmeißen könnten,

würde ich gern bei mir zu Hause auf der harten Erde schlafen, auf einem Brett neben meinem Bett, 3 Jahre lang.
Diese verdammten Schweine sind da, man sieht ihre Gräben. Wie gerne wäre man ein großer Erfinder und würde etwas entdecken, was auf sie wirkte wie Rattengift auf Mäuse und Ratten.
Mein Lou, die Stimme der Granaten ist ein echtes Miauen, sie miauen wie verliebte Katzen. Es ist fantastisch. Man sieht die Tauben[142] und macht Scherzfragen: Was ist der Gipfel der Reinlichkeit für einen Jagdflieger? *Lösung*: jeden Morgen eine Taube[143] nehmen.
Im Dorf gestern, wo ich mein Gepäck abgeholt habe, hat der Pfarrer mit uns geredet, er stand ohne Kopfbedeckung da. Es ist ein anständiger Mann, aber schmutzig! Seine Haare waren in einem Zustand! Ich habe ihm gesagt: »Sie sollten ohne Kopfbedeckung nicht aus dem Haus gehen.« Er hat geantwortet: »Ich gehe jetzt ohne Käppi (wörtlich) aus, seit ich Soldaten gesehen habe, die mir *Nieder mit der Kalotte*[144] zugeschrien haben, da ich keine mehr trage, können sie es nicht mehr schreien.«
Der Himmel ist heute melancholisch, ich werde am Abend den kleinen Stern, der so schön flackert und den ich Lou genannt habe, wahrscheinlich nicht sehen.
Ich werde ihn Dir nach dem Krieg zeigen und wir werden ihn zusammen betrachten.
Man sieht ziemlich viele Flieger und verkriecht sich unter Androhung einer Gefängnisstrafe sofort, damit man nicht entdeckt wird, noch keinen Zeppelin zu Gesicht bekommen, das wird, scheint mir, noch kurioser sein.
Erinnerst Du Dich an die kleine Autoreise, die wir letztes Jahr nach Beaumont-sur-Vesle[145] in der Marne machten. Ich habe all die letzten Tage daran gedacht, denn der Landstrich hier erinnert ein wenig an diesen erquicklichen Ort.

Mein kleiner Luchs, auf Wiedersehen, ich schreibe Dir morgen; habe mich seit der Abfahrt in Nîmes nicht mehr ausgezogen, werde versuchen, es heute Abend zu machen, aber ich frage mich, ob ich nicht frieren werde. Sag mir, wie macht das Toutou? Und ob er sich nur dann auszieht, wenn er in einem Bett schläft. Wir schlafen eigentlich niemals in Betten, aber einige ziehen sich dennoch aus. Es stimmt, dass sie an die Temperatur gut gewöhnt sind, während ich es noch nicht bin. Umarme Dich, mein Lou.

Gui

117

8. April abends

Meine Liebe,
Ich bin für ein paar Tage bei der Gefechtsbagage, 1 km von unseren Schützengräben. Es sind ein paar Hütten aus Schilf mitten in einem sumpfigen Wald. Ich denke an Robinson, an Trapper. Ich schreibe Dir im wackeligen Licht eines Kerzenstummels. Es hat geregnet, jetzt ist der Himmel klar. Die Schlacht beginnt bei Nacht, ich weiß nicht wo, aber nicht weit, und ich kann sie deutlich hören, ununterbrochen. Es knattert, als ließe der Teufel seinen Kaffee mahlen. Es ist fantastisch, mit dem funkelnden Licht der Granaten, die miauen und einschlagen, als ob ein großer König Deiner Schönheit zu Ehren ein Feuerwerk abbrennen würde. Heute haben wir nur eine kleine Anzahl an Granaten abbekommen. Ich kann kaum sehen, was ich schreibe. Ich bin in einer Batterie, die ausschließlich aus Männern aus dem Norden besteht, die von ihren in den besetzten Gebieten verbliebenen Familien keine Nach-

richt haben. Der Kleiner Lou genannte Stern ist da und schaut mit Milde zu mir nieder, vielleicht gar mit Zärtlichkeit. Mein Herz, es ist merkwürdig, wie man hier mit sehr, sehr milder Zärtlichkeit an diejenigen denkt, die man liebt. Man wünscht ihnen einfach vollkommenes Glück. Ich wünsche, Deines sei ganz vollkommen, und wünsche es sehnlichst. Mein Herz ist wie ein zum Glühen gebrachter Mühlstein, der beim Drehen alle früheren Begehren alle früheren Vorhaben zermalmt. Ich höre all diese kleinen fliegenden Katzen miauen. Wie lieber wäre mir die Stimme von einem kleinen Luchs. Ich habe heute das kleine Foto mit dem Hund betrachtet, das in diesem lieben Briefchen lag, in dem steht, dass Gui und Lou … Auf diesem Foto ziehst Du eine unheimlich teuflische Miene, die ich bei Dir noch niemals sah und die ich kennen will, um an Deinem innersten Mysterium teilzuhaben. Ach, dieses Foto! Du siehst aus wie eine jener ägyptischen Damen, die, stets unbefriedigt, ans Meer gingen, um die Leichen der an Land gespülten schiffbrüchigen Matrosen zu vergewaltigen. O unergründlicher, unergründlicher kleiner Luchs, Du, Schwester meines Geistes, o blutschänderische Schwester! Seele meiner Seele, ich liebe Dich abgöttisch! – Am Nachmittag ist Hagel gefallen, er fiel auf das Innerste meiner selbst und zerschlug die Ernte, die die Liebe in mir gesät hatte. Ich fühle mich selbst wie ein sehr ferner Wald, in dem ein ganz kleines flackerndes Licht, das langsam zu ersterben scheint, verschwindet. Und nun, kleiner Luchs, tut sich so etwas wie eine bezaubernde Halluzination auf. Du bist da, mir ganz nah, Du sagst mir die ganz sanften Wörter wieder, die Du mir auf der Fahrt von Baratier nach Nîmes geschrieben hattest. Du sagst mir all dies noch einmal, Du gibst mir Ruhe, Du bist sanft, sanft und auch ich fühle mich sanft und wunderbar zärtlich. Ich war ein kaum fünfzehnjähriges Kind, als sich mir die Freuden der Liebe ganz erschlossen, Liebe habe ich aber niemals so stark

empfunden wie für meinen kleinen Lou. Ein kurioses Insekt aus dem Wald, ein Insekt, das aussieht wie ein ganz kleines Schwein, geht auf dem Papier meines Briefes spazieren, es ist ein gutes Omen. Ich weiß nicht, wann ich Briefe von Dir erhalten werde. Seit ein paar Tagen kommen hier anscheinend keine Briefe mehr an. Also, mein kleiner geliebter Luchs, sei froh, da auch ich froh bin. Tu Deine Pflicht Toutou gegenüber, geh zu ihm, sobald Du kannst. Liebe ihn herzlich in jeder Hinsicht. Und amüsiere Dich, so viel Du kannst. Du darfst nicht unglücklich sein, in keiner Weise. Wenn Du irgendetwas brauchen solltest, werde ich Dir stets helfen, wenn ich nur kann. Ich will vor allem, dass Du sehr glücklich seist und dass alles, was Du begehrst, erfüllt werde. Ich war eine Zeit lang ein bisschen egoistisch, meine Natur ist es aber nicht und das geht schnell wieder vorüber, es sitzt nicht tief, es ist eine kleine Selbstvergessenheit in meiner Rolle als Dichter, der wie der König alles von sich selbst gibt, Letzterer seinem Volk, Ersterer der ganzen Menschheit … Du bist für mich das eine wie das andere. Amüsiere Dich, aber nicht schurkisch, Lou, möge Mémée Deine liebe niedliche Sprache, die einer Deiner Reize ist, nicht verderben. Nur das eine raffinierte Laster sollst Du haben, mein kleiner zweideutiger Edelknappe.
Ich frage mich, ob ich von diesem außerordentlichen Abenteuer zurückkommen werde, es ist wohl möglich, mehr kann man aber nicht sagen. Ich möchte Dich so wiedersehen, wie ich Dich gelassen habe, und Dein Wesen soll unverdorben bleiben. Ich schreibe Dir dieser Tage ausführlich, weil ich nicht weiß, was ich demnächst zu tun haben werde. Wenn ich sehe, dass mir die Zeit zu lang wird und dass ich allzu trübsinnig werde, habe ich immer die Möglichkeit, darum zu bitten, zur Infanterie zu wechseln, bei der das Leben nicht lange währt.
Mein kleiner Luchs, ich küsse Dich ganz sanft, Deine Zunge

in meinem Mund, ein Kuss, für den man sterben könnte. Die Schießerei geht weiter, die Maschinengewehre rattern. Wer diese nahegehenden Dinge nicht selbst gehört hat, kann davon keine Vorstellung gewinnen. Du hast sie gehört und dieses tiefe Aufgewühltsein an der Front ist Dir nicht unbekannt. Die Zeitungen spiegeln keineswegs wider, was der Krieg ist. Die Journalisten, die ihn beschreiben, erleben ihn ja nicht … Man hat mir soeben eine Lampe gegeben, damit ich meinen Brief zu Ende schreibe. Es ist zehn Uhr. Ich muss schlafen. Gestern Abend wenig geschlafen, bis ein Uhr morgens gespielt.

Mein lieber kleiner Luchs, ich verehre Dich
Mein sehr lieber kleiner Lou, ich liebe Dich
Mein lieber kleiner flackernder Stern, ich liebe Dich
Entzückend elastischer Körper, ich liebe Dich
Vulva, die wie ein Nussknacker zusammenpresst, ich liebe
Dich
Linke Brust, so rosarot und so frech, ich liebe Dich
Rechte Brust, so zart rosig, ich liebe Dich
Rechte Brustwarze, champagnerfarben wenn auch fern der
Champagne, ich liebe Dich
Linke Brustwarze, der Stirnbeule eines frisch geborenen
kleinen Kalbs ähnlich, ich liebe Dich
Nymphen, durch wiederholte Reibung hypertroph
geworden, ich liebe Euch
Gesäßbacken, köstlich flink und sich so schön nach hinten
streckend, ich liebe Euch
Nabel, einem hohlen und finsteren Mond gleich, ich liebe
Dich
Vlies, licht wie ein winterlicher Wald, ich liebe Dich
Achselhöhlen, flaumbedeckt wie ein schlüpfender Schwan,
ich liebe Euch

Schulterhaltung lieblich rein, ich liebe Dich
Oberschenkel, so wohlgeformt wie eine Säule in einem antiken Tempel, ich liebe Dich
Ohren, zierlich wie kleine mexikanische Juwelen, ich liebe Euch
Haare, ins Blut der Liebe getaucht, ich liebe Euch
Füße, kundig, die sich versteifen, ich liebe Euch
Kreuz, reitendes, gewaltiges Kreuz, ich liebe Dich
Taille, die das Korsett niemals gekannt, geschmeidige Taille, ich liebe Dich
Rücken, zauberhaft geformt, und der sich meinetwillen beugte, ich liebe Dich
Mund, o meine Wonne, o mein Nektar, ich liebe Dich
Blick, einzigartiger Sternen-Blick, ich liebe Dich
Hände, deren Bewegungen ich über alles mag, ich liebe Euch
Nase, eigentümlich aristokratisch, ich liebe Dich
Gang, wiegend und tänzelnd, ich liebe Dich

O kleiner Lou, ich liebe Dich, ich liebe Dich, ich liebe Dich, und würde ich es noch einmal sagen, bliebe es immer dasselbe Wort. Ebendieses Wort ist das: Ich liebe Dich. All dies, nur wenn Du es willst, versteht sich, denn ich will Dich, weißt Du, kleiner Luchs, keineswegs zwingen, nicht einmal dazu, Dich lieben zu lassen, also Adieu, und bis morgen, falls ich Zeit zum Schreiben habe, aber bis eine neue Entscheidung Deinerseits fällt, werde ich Dir jeden Tag etwas schicken.

Gui

118

9. April 1915

Meine kleine Liebe – Ich schicke Dir anbei zwei Skizzen unserer Bleibe, von innen und von außen. Ich fungiere seit heute als Gefreiter bei der Gefechtsbagage, in der 6. Gruppe[146]. Ich bin in einer Hütte aus Schilf. Es brennt immer ein Feuer in der Hütte, denn jede Gruppe bekocht sich selbst. Wir sind allein im Wald. Die *Boches* hatten bis jetzt meine Batterie und ihre Gefechtsbagage nicht entdeckt. Aber unsere Bagage muss inzwischen entdeckt worden sein, denn gestern Abend, nachdem ich Dir den Brief geschrieben hatte, das heißt gegen 11 Uhr, wurde unser Wald zum ersten Mal beschossen. Wir haben dreißig Granaten abbekommen, aber etwas zu weit geschossen, so dass kein Schaden entstand. Die Granaten krepierten übrigens schlecht. Heute Morgen sind alle Männer zu den Kartuschen geeilt, in der Hoffnung, welche aus Aluminium wegen der Ringe zu finden, aber alle Kartuschen waren aus Kupfer, Enttäuschung. Unsere Pferde sind ruhig geblieben, so dass wir keinerlei Chaos hatten. Diese deutschen Granaten sind sehr schlechter Qualität. Der Wald hier ist sumpfig, wir sind im Wasser. Wir leben wie Robinson auf seiner Insel, etwas zahlreicher nur. Die Männer meiner Gruppe sind alle tapfere Kerle aus dem Norden, aus der Aisne und der Oise. Ein einziger Typ aus Nizza. Die Meisten sind ohne Nachricht von ihren Familien, die in den besetzten Gebieten verblieben sind, und bettelarm. So wurde unsere Hütte *Villa der Abgebrannten* genannt.

Man vermisst und wünscht sich hier nur eins: DIE FEMME, die Phâme, *fam*os begierig macht uns das, und Gott weiß, wie die Frau doch oft in*fam* ist. Ansonsten herrscht Begeisterung, perfekte, schlichte Vaterlandsliebe, und ich denke, meine Bat-

terie ist eine der tapfersten im französischen Heer. Niemand sträubt sich gegen die Arbeitsdienste, gegen nichts eigentlich. Ich habe keine Decke. Man wollte mir in Nîmes keine geben, und ich habe keine zum Kaufen gefunden. Wenn ich mit meiner Fußdecke bei der Feuchtigkeit hier heil davonkomme, dann bin ich wirklich von robuster Gesundheit. Die Anfänge sind gut. Wir essen draußen vor der Hütte und die Mannschaft hat einen winzigen Garten angelegt mit Stiefmütterchen- und Gänseblümchenbeeten und Inschriften: *Ehre, Vaterland, Feldzug, 1914-1915*. Dieser Wald ist rührend. Er birgt in sich Patriotismus, tiefe und verzweifelte Liebe. Jeder Zweig, der entlaubt wird, ist ein Wunsch nach Glück, ein bescheidener Wunsch für sich, ein brennender Wunsch nach Glück für die Anderen, für die Andere vor allem, für diejenige, die man liebt. Unsere Offiziere sind nett. Sie leben wie wir, aber auf der Batterie, unter der Erde, 1 km von hier. Unser Hauptmann ist sehr intelligent, er ist Professor an der École Polytechnique[147] und also sachkundig und in unserer Batterie hat es niemals Zwischenfälle gegeben, alles läuft hier glatt und mechanisch vor sich hin, wir haben sogar Strom, vor Ort erzeugt.
Es ist schade, dass man in der Zivilbevölkerung der Umgebung Vorfälle zu vermelden hat. Ich verstehe nicht, dass man nicht alle Zivilisten dazu zwingt, abzuhauen.
Mir ist es lieber, mit diesen Kerlen aus dem Norden zu sein, die alle vom 42. Artillerieregiment kommen, als mit den hasenfüßigen und deprimierenden Fantasten aus dem Süden. An Wasser fehlt es nicht. Man kann sich nach Belieben waschen. Da haben wir noch Glück.
Ich habe mein Testament zu Deinen Gunsten gemacht, falls ein Unglück passieren sollte. Für den Moment sind es nur Gemälde – da Polen noch nicht existiert. Du hast kein wertvolles Gemälde gesehen, *sie sind alle versteckt*, mit meiner Sammlung afrikanischer Statuen zusammen. Es gibt meine Biblio-

thek und meine Bücher, die in Friedenszeiten zwischen 3 und 4 tausend Francs im Jahr einbringen. All dies ist nicht sehr viel und verzeih mir, dass ich Dir nicht mehr zu vermachen habe. Die Einzelheiten sind im Testament. Ich habe Deinen Namen angegeben, damit Du im Fall eines Unglücks benachrichtigt wirst. Das steht in meinem Soldbuch. In einem solchen Fall benachrichtige den Redaktionssekretär von *L'Intransigeant*, 12 Rue du Croissant, und den Hrsg. vom *Mercure de France*, 26 Rue de Condé. Meine Mutter würde benachrichtigt werden, denn ich habe ihren Namen mit Deinem angegeben.
Lou, ich bitte Dich darum, meine Briefe niemandem zu zeigen, ich wäre sehr verlegen. Und ich glaube, ich würde Dich viel weniger lieben, wenn Du das Geheimnis meiner Liebe verbreiten würdest.
Wenn ich sterbe, vergiss auf keinen Fall die Urheberrechte an *Alcools*. Ich habe sie nicht bezahlt bekommen, und keinen Vertrag gemacht, insofern gehört das Buch gänzlich mir. Du sollst alsbald einen Vertrag mit dem *Mercure* nach den Gewohnheiten des Hauses schließen. *Alcools* ist ein Buch, das allein, in 4 oder 5 Jahren, um die zweitausend Francs jährlich einbringen wird, später noch mehr. Ich habe während der Mobilmachung keine Zeit gehabt, den Vertrag f. den bereits gedruckten und korrigierten Band *Le Poète assassiné* abzuschließen; der Verleger ist *L'Édition*, 4 Rue de Furstenberg. Man muss einen Vertrag machen, eine Tantieme von 50 Centimes pro Exemplar für das erste Tausend, von 60 Centimes pro Exemplar für das 2. und 3. Tausend, von 75 Centimes pro Exemplar für die folgenden Tausende bis zum 10. Tausend und von 1 Franc pro Exemplar ab dem 10. Tausend.
Für *L'Hérésiarque* habe ich seit 2 Jahren mit dem Verleger Stock keine Abrechnung mehr gemacht. Man wird schauen müssen, welche Summe mir zukommt, und Einsicht in den Vertrag nehmen müssen, der bei mir zu Hause liegt, werde im

Testament erklären, wo. Der Verleger hat übrigens das zweite Exemplar vom Vertrag.
Beim *Mercure* liegt auch ein Manuskript vor: *Les Diables amoureux*, wie bei *Le Poète assassiné* einen Vertrag abschließen.
Es gibt auch sonst noch ein Buch, das in Kürze erscheinen soll, schon gedruckt und brochiert bei L'Édition, 4 Rue de Furstenberg, *Die 3 Don Juan*; einen Vertrag zu 2 Francs pro Exemplar machen.
Umarme Dich.

Gui

All dies wird Dich zur Zeit, da ich noch lebe, nicht interessieren. Wenn ich aber sterbe, lies diesen Brief aufmerksam wieder, ich hoffe übrigens, dass Toutou da sein wird, um sich um dies alles an Deiner Stelle zu kümmern.

Gui

119

Den 10. April 1915

I

Feuersterne am Himmel, Granaten vom *Boches*-Heer
In meinem Märchenwald gibt es heut einen Ball
Der Takt wird angegeben vom Maschinengewehr
Und kennt ihr die Parole – ja das Wort, höchst fatal –
Lasst die Hacken da liegen, an die Scharten zur Wehr

*

Geht rein in eure Häuser es wird ALARM geblasen,
Zersprengtes HERZ GESCHOSS, das pfiff sein Liebeslied
Ich bin niemals allein, hier stehen die zwei Protzen
Wortlos nehmen die Götter von meinen Augen Abschied
Wir lieben Dich o Leben, obwohl wir Dir zusetzen

*

Es miauten die Granaten tödliche Liebesweisen
Dahinschwindende Liebe, süßer als Liebesrausch
Es regnet, regnet Schäferin, und das Blut wird versiegen.
Es miauten die Granaten. Unsere singen, lausch
Purpurne Liebe, gegrüßt von den Todgeweihten!

*

Das Nachtlicht, die Attacke, der durchnässte Frühling,
Es regnet, regnet, Seele mein, es regnet tote Augen
Odysseus, bis Ithaka, wie viel Zeit denn verging,
Lege Dich hin aufs Stroh, und erdicht ein Wehklagen
Das, REINE WIRKUNG DER *KUNST*, aphrodisisch erkling.

II

Ich schreib' Dir, o mein Lou, aus der Hütte im Schilfrohr
In der neun Menschenherzen in Liebe und Hoffnung
pochen
Es feuern die Kanonen Granaten ab im Chor
Den vogellosen Wald höre ich kläglich heulen

*

Es war einmal in Böhmen ein trauriger Poet
Er heult' vor Liebeskummer, in der Sonne sang er
Es war einmal die Gräfin der Lerchen A*lou*ette
Sie belog ihn fortan, und den Kopf verlor er
Er konnte nicht mehr singen, nicht mehr ruhen im Bett

*

Eines Tags sagte sie »Ich lieb' Dich, mein Poet«
Er glaubte ihr kein Wort, lächelte voller Pein
Er ging und sang dabei: »Tirilier A*lou*ette«
Er versteckte sich tief im zauberhaften Hain

*

Eines Abends ertönt' das hübsche Tirilier
A*lou*ette die Gräfin betrat den schönen Hain:
»Ich liebe Dich, o Dichter, gestehen will ich's Dir
Ich liebe Dich für immer, Du bist mein Liebling fein
Meine seufzende Seele, für immer nimm sie Dir«

*

Grausame A*lou*ette, hast das Herz eines Geiers
Der leichtgläubige Dichter wurde erneut belogen.
Ich höre den Wald heulen im Schein des Abendfeuers.
Die Gräfin ging und kam auch wieder angeflogen:
»Dichter, verehre mich, ich liebe jemand anders«

*

Es war einmal ein Dichter, er lebte im fernen Böhmen
Fern zog er in den Krieg warum weiß man nicht recht.
Und willst Du geliebt werden, liebe nicht ist mein Omen!
»Gräfin, ich liebe Dich«, rief er mit letztem Atem.
Im kalten Morgenlicht höre ich im Gefecht
Die Granaten entfliegen, wie die Liebe der Damen.

III

Erinnerst Du Dich noch, Lou, an die Chinaäpfel
Rein wie unsere Liebe, süß wie unsere Gier
An einem Wintertag bekam ich sie von Dir
Zu essen wagt' ich nicht die goldne Frucht der Engel

*

Lange behielt ich sie, um sie mit Dir zu essen
Denn damals solltest Du nach Nîmes kommen zu mir.
Spolia Opima meiner besiegten Liebe indessen
Zerfielen. Ich wartete. Herz, die Hand zittert mir!

*

Eine kleine Orange war unversehrt geblieben
Ich nahm sie mit zur Front, als man Abmarsch befahl,
Unversehrt wie in Nîmes hab' ich sie grade gefunden
Winzig klein ist die Frucht, geschrumpft ist ihre Schal'

*

Vorbei schießen Granaten, ich beiße in sie hinein
Gleich meiner Liebe aus Nîmes ist sie so süß und köstlich
O konzentrierte Sonne, wie meine Reime ergötzlich
O deliziöse Liebe, kleine Orange mein

*

Ist die Erinnerung die Frucht, in die man beißt?
Meinen wertvollen Schatz hab' ich somit gegessen
Arme Liebe aus Nîmes, könnte ich Dich vergessen!
Ich hab' alles gegessen: Fleisch und Schale verspeist.

*

Mein Lou, denk manchmal an die kleine Apfelsine
Süß wie unsere Liebe, die arme Lieb' zu Dir,
Rein wie unsere Liebe, süß wie unsere Gier.
Mir bleibt eine Orange:
ein Herz, seltsames Ding.

IV

Zarte zersprengte Augen der untreuen Geliebten,
Mysteriöse Granate …
Wüsstest Du bloß den Namen meines neuen Reitpferdes
Das Deine Augen hat!

*

Mein	Denn dieses Pferd, mein Lou, wurde Loulou genannt
Pferd heißt	Es ist ein Dunkelfuchs
Loulou!	Fellfarbe Deiner Haare und Arsch rund wie ein Apfel
	Es steht gesattelt da.

*

das ist	Ich muss, o meine Lou, die ganz genaue Größe
sehr ernst,	Deines Fingers bekommen
schick den	Denn einen Ring will ich Dir schmieden,
	sehr rein,
Durchmesser	Aus dem Metall des Schreckens
Deines Ringfingers	
in Millimetern	

Mein kleiner Lou, ich musste meinen Brief in Versen abbrechen, ich schreibe ihn weiter in Prosa. Ich liebe Dich sehr, my love, meine Lou. Man hört ein Maschinengewehr wie eine Kaffeemühle rattern, ein Flugzeug überfliegt uns. Im Wald baut man eine neue Hütte. Der Himmel wird heller. Der Wind hat sich gelegt. Mein Herz ist ruhig. Ich habe in der Hütte noch nicht schlafen können. Mangel an Gewohnheit. Gestern Abend habe ich zum ersten Mal seit der Abfahrt in Nîmes meine Schuhe ausgezogen. Heute habe ich mich gründlich im Regen am Brunnen im Wald gewaschen. Was machst Du? Amüsierst Du Dich? Lass Dir vor allem die Zeit nicht lang werden. Darum mache ich mir übrigens keine Gedanken.

Man hört auch unsere Kanonen. Die der *Boches* schweigen im Moment. Bei klarem Wetter kann man von den Anhöhen aus die aktuellste der Kathedralen[148] sehen. Ich küsse Dich. Mein Mund auf dem Deinen.

Gui

120

11. April 1911[149]

Kleiner Lou, gestern, nachdem ich den Brief an Dich [abgeschickt] hatte, wurde ich informiert, dass ich zum Meldereiter ernannt werde und dass ich meinen Posten ab sofort antreten soll. Ich ersetze einen Feldwebel, der vor kurzem gefallen ist. Unter diesen Umständen hoffe ich, dass die zwei roten Winkel nicht mehr lange auf sich warten lassen, da ich schon einen habe. Dann wird man sich bemühen, weitere zu erkämpfen, obschon es in der Artillerie recht wenige Beförderungen gibt. Wenn ich also zum Gefreiten ernannt werde und Berthier zum Feldwebel, werden das die ersten zwei Beförderungen seit sechs Monaten sein, seit die Batterie am Krieg teilnimmt. Für den Moment bleibe ich aber bei der Gefechtsbagage; wenn Berthier zum Feldwebel ernannt wird, wird er mich verlassen und zu den Kanonen gehen. Wir werden unser Schlupfloch doch nicht ausheben. Er geht zu einem der bereits ausgehobenen Unterstände und ich bleibe in meiner Hütte bei meinen Fahrern, unter denen der Kerl aus Nizza Epileptiker ist!! Gleich nach der guten Nachricht habe ich mein Pferd satteln lassen und bin mit dem Gefreiten losgegangen, der seit drei Tagen den gefallenen Feldwebel ersetzt, damit er mir den Weg zu dem Ort zeigt, zu dem ich jeden Morgen hinausreiten muss. Mein Pferd ist großartig, ich hatte mich geirrt, es ist kein Dunkelfuchs, sondern ein Rappe, ganz schwarz mit einem weißen Stern auf der Stirn und lüsternen Augen. Mein Sattel ist wunderbar! Ich war von unaussprechlicher Freude erfüllt. Der Regen hatte aufgehört. Es war fünf Uhr. Ich war so sehr stolz. Vier Monate Dienst erst, und sich schon nützlich machen, wenn auch auf einem untergeordneten Posten, einem Vertrauensposten allerdings und gefährlich, Grund genug, eine schöne Vorstellung von sich selbst zu haben für einen Dichter, dessen Beruf doch letztendlich dem der Nutten nicht unähnlich ist, da wir ja wie sie unsere Empfindungen der Öffentlichkeit preisgeben. Na also, wir sind losgeritten, aus dem Wald raus, querfeldein, bis zur Landstraße gekommen, ab da starker Trab, um ein Dorf herum auf einem Pfad aus Faschinen und Schlamm. Da fängt die Kanonade an. Das werde ich nie vergessen. Es war großartig. Gefreiter Laurent, der aus Roye stammt, sagt zu mir: »Hier sehen uns die *Boches*, man muss schnell durchreiten, und wenn sie schießen, nicht zögern, abzusteigen, um sich hinter einem Baum zu verstecken.« Als wir den prächtigen Wald erreichten, wohin wir reiten mussten und der viel schöner ist als der Wald, in dem wir hausen, markerschütterndes Miauen und Peng! Ein Schrapnell explodiert in den Bäumen in 15 Meter Höhe, 25 Meter von uns. Blätter fliegen durch die Luft. Die Pferde sind daran gewöhnt. Wir setzen sie in Galopp auf den Feldern am Waldrand und neues Miauen, Peng! auf der gleichen Höhe und etwas näher, aber nicht in den Bäumen, so dass wir den rötlich gelben Rauch gesehen haben, der lange in der Luft hängen blieb. Das war alles, dann haben sie weiter links geschossen, auf eine der Batterien der Gruppe, aber nicht auf unsere, die auf gleicher Höhe, aber weiter rechts aufgestellt ist. Wir haben dann den hübschen Wald betreten, haben unsere Pferde dort in einer Hütte gelassen und sind den Weg weiter zu Fuß gegangen, über außergewöhnliche Brücken aus Schilf und Weide.

Denselben Weg ging es zurück, aber ohne Begleitung der Schrapnells.
Es ist sechs Uhr früh, ich gehe wieder um halb 8 los, aber diesmal allein.
Ich schreibe Dir diese Dinge, weil ich wohl weiß, dass sie Dir schnuppe sind, sonst hätte ich sie verheimlicht, um Dich nicht zu erschrecken. Dabei ist übrigens nichts Erschreckendes. Aber ich schreibe sie auf, um diese Eindrücke nach dem Krieg wiederzufinden, ganz frische, lebensechte Eindrücke, und ich schreibe sie trotzdem doch Dir, ich weiß nicht warum, in einem letzten Anfall von Schwäche, da ich meine zärtlichen Gefühle für Dich noch nicht besiegen konnte. Nun, ich hoffe, Du wirst nichts dagegen haben, meine Briefe aufzubewahren, diesen hier vor allem, in dem die gewiss recht schlichte Erzählung meiner eigentlichen Feuertaufe festgehalten ist. Ich möchte Dich darum bitten, mir nach dem Krieg diesen Brief auch zu leihen.
Ich hätte auch die Bitte, dass Du mir eine Kartentasche und Tinte für den Füller kaufst. Ich würde Dir dafür Geld senden. Aber Du musst Dich ja schon um Toutou kümmern, und ich zähle ja nicht in Deinem Leben, lassen wir das also.
Sonst bin ich froh, richtig froh, an der Front zu sein. Wenn ich erst mal acht Monate hinter mir habe wie Toutou, wird's mir, mag sein, langsam langweilig werden. Für den Moment bin ich voller Begeisterung, die noch gesteigert wird durch die Aufgabe, die man mir anvertraut hat.
Die vier Monate Kaserne hatten mich deprimiert so wie das unglückliche Ende unserer Liebe.
Und es ist besser, hier ein stolzer und disziplinierter Soldat zu sein, als sich in Sehnsucht zu verzehren, in Sehnsucht nach Liebe, zumal sie sich auf eine Unbeständige bezieht, die Du ja bist. Ich bleibe Dein Freund, aber ich weiß alles, Lou. Ich weiß, wann Du mich weniger geliebt hast, ich weiß sogar,

dass Du mir in Kürze nicht einmal mehr schreiben wirst. Du hast es mir übrigens in Marseille deutlich genug zu verstehen gegeben. Ich habe mich darauf eingestellt. Na, dann lass es doch. Ich weiß übrigens auch, dass ich Dich eines Tages wieder kriege. Ich bin stur wie ein Esel, wenn ich das nur will[150]! Im Moment koste ich auf jeden Fall das Wenige, was mir noch bleibt, und Deine Briefe werden immer willkommen sein.
Das waren, Kleiner Lou, die Frontnachrichten. Was sagt Toutou zu alldem? Und sag ihm, ich grüße ihn freundlich. Denn ich bin kein unbeständiger Freund und ich bleibe trotz alledem ein treuer Liebhaber, solange ich liebe und solange mir der Gegenstand meiner Liebe ihrer würdig erscheint, sei es nur in sehr geringem Maße. Eine Liebe, Kleine, mit der ich im Gegensatz zu dem, was Du vermutest, nicht verschwenderisch umgehe. Es ist mir aber nicht unangenehm, wenn mir die Liebe manchmal ein Leid zufügt. Das ist eine unerschöpfliche Quelle von Poesie. Allerdings sollte das Leiden nicht allzu lange dauern.
Küsse Dich.

Gui

121

12. April 1914[151]

Mein Lou, wieder keine Briefe! Die Zeit wird lang. Heute in den Schützengräben gewesen, dann beim Major, dann in B., dem nächstgelegenen größeren Flecken, von wo aus ich Dir meine Adresse geschickt habe. Bin müde. Hoffe zu schlafen, denn ich habe, seit ich hier bin, noch nicht geschlafen. Aber keine Granaten. Kanonengeknalle ist noch zu hören, aber ziemlich weit. In den Gräben ist es fantastisch. Schützengräben der Infanteristen. Unsere Batterien sind 1100 m von den deutschen Gräben. Ist also nicht weit. Den Beobachtungs-Oberfeldwedel der Artillerie muss man erst mal ausfindig machen, nicht einfach für einen Neuling. Erstaunliche Laufgräben. Man sagt, die Gräben in unserem Abschnitt sind die schönsten der Front. Bonaparte-Laufgraben, Laufgraben des Majors, was weiß ich? Das ist fantastisch, sag' ich Dir. Am Ende, alles Schießscharten wie im Mittelalter. Man sieht die *Boches*, 140, 150 Meter weit. Unterstände, moosbedeckte Küchen, 12 Meter tiefe Löcher zum Ausruhen. Ach! Mein Lou! Man muss es gesehen haben, um überhaupt eine Vorstellung zu haben. Du natürlich, die Du bei Toutou zu Besuch warst, weißt das alles, ich schreibe es Dir lediglich, um es nach dem Krieg wieder lesen zu können und um dies alles, was keine Zeitung geschildert hat, im Gedächtnis zu behalten. Gewaltig dies alles. Ist nicht zu glauben, wenn man es nicht gesehen hat. Und die mergelige Erde der Champagne, auf sich überall, auf den Infanteristen!!! Kein Angriff in dem Moment. Ich hoffe die Gelegenheit zu haben, im Feuergefecht hinzugehen. Aber Donnerwetter, Donnerwetter, sind diese Schießscharten ein Alptraum. Der Oberst der Infanterie steht natürlich nicht dort, es gibt da überhaupt keinen Grund zur Sorge um Toutou, es sei denn, sein Handwerk ist ganz genauso gewagt wie meins hier. Es heißt, ich werde meinem Oberst oft Meldungen bringen müssen, ich bin zu ihm aber nicht spezifisch abkommandiert. Toutous Posten ist ruhiger und kann leichter zu großen Ehren führen, während meiner nur zur Ehre führt. Jeden Abend um 9 Uhr gehe ich zu den Schützengräben und bringe die Briefe, am Vormittag zum Major. Das ist jedenfalls eine Abwechslung, von allem, sogar von Dir. Na ja, kleiner Luchs, es ist alles zum Besten in der besten aller Welten. Nur eins ist wichtig, dass ich die Feuchtigkeit in diesem sumpfigen

Wald aushalte. Jetzt spüre ich Dich bei mir wie einst, ganz klein in meinen Armen, Du erzählst mir liebe Dinge, gibst mir Deinen Mund, Deine köstliche Zunge. Sag mir, wann Muschicoulis. Über Deine *Frauengeschichten* Bescheid zu wissen, wird mich Dir näherbringen.
Kleiner Lou, warum bist denn so gemein, wenn man Dich liebt. Bist genauso lustig wie der Krieg. Du weißt, ich nehme es Dir nicht übel, weil ich genau weiß, dass ich Dich wieder kriege. Aber trotzdem, Du bist wirklich gemein und das muss wirklich nicht sein, dass Du zu Deinem Gui so gemein bist, der ja nichts lieber tut, als sich nach Deinen Wünschen zu richten, sei es auch zu seinem Nachteil. Würde Dich vielleicht besser lieben, wenn Du mich liebtest, aber würde Dich vielleicht nicht noch mehr lieben. Na ja, Du hast Recht, trotzdem bist Du mein kleiner Luchs, und das weißt Du nur zu gut, kleines böses Viech! Kanonenschüsse über Perthes!!!
Die Lampe, in deren Schein ich Dir schreibe, ist ein Trinkbecher, der an einem eisernen Draht hängt und dem man ein Glas aufgesetzt hat. Sie wird mit Rinderfett genährt, das die Männer an ihrer Ration gespart, gesammelt und geschmolzen haben, der Docht besteht aus Fasern einer Baumwollmütze, die einem *Poilu* meiner Gruppe gehört und die er dafür hergegeben hat. Mein kleiner Lou, links ein Feuer aus Eichenholzscheiten, ein Baumstamm zum Schreiben, die Lampe davor und ich liebe Dich.
Zeitungen kennen wir nicht mehr. Man liest flüchtig die offizielle Meldung. Man kann sich aber geschmeichelt fühlen, dass das, was Dir gesagt wurde, als Du bei Toutou warst, durch und durch Humbug ist. Das wirst Du schon sehen. Ich wundere mich, dass ein intelligenter Mann wie der, den Du meinst, so dummes Zeug reden konnte. Mein kleiner armer Luchs, es gibt reichlich dumme Leute, das ahnst Du gar nicht. Du aber bist nicht dumm, aber snobistisch, entsetzlich sno-

bistisch. Es hindert Dich daran, das Leben, das Laster und vielleicht sogar die Liebe richtig zu verstehen, und es hindert Dich nicht zuletzt daran, wirklich glücklich zu sein. Das wirst Du schon sehen. Ich werde meine Revanche haben. Und vielleicht früher, als Du denkst. Du willst gar nichts begreifen, weder, was ich bin, noch, was ich sein könnte. Da liegt vielleicht Dein Fehler. Denn vielleicht hindert mich Deine Unliebe daran, alles das zu sein, was ich sein wollte, durch Dich hätte ich mehr als ein, als zwei, als tausend Männer sein können. Aber lassen wir das, all das verloren, begraben, dahin. So ist das Leben, wegen der Frauen. Und wenn man von jemandem sagt, er ist ein Arschloch, weiß man doch genau, was man sagt. Grüße an Toutou.
Umarme Dich sehr fest. Es lebe Frankreich.

Gui

122

13. April 1915

MELDEREITER

Den 12. April 1915 tormoha
Der Schatten eines Manns und eines Pferds im Galopp
zeichnet sich auf der Mauer ab
O Töne Harmonie Hymne der kleinen Kirche Tag für Tag
bombardiert
Es spielt ein Harmonium und gesungen wird nicht
Mein Herz ist wie der Horizont, wo hinfort donnert und
poltert
Das lodernde Geschieße von hunderttausend Leidenschaften

Ach! Miaut. Miaut, ach! Ihr Höllenkatzen
Am 12. April 1915
O Himmel o mein schöner Himmel von Geschossen
durchglitzert
Der Himmel schlug das Rad wie ein Phönix in Flammen
Rad schlagender Pfau des Mondes Amen
In der Sonne sprach man Mohammed Mohammed
Ich bin ein Schrei der Menschlichkeit
Ich bin ein Schweigen der Armee
In einem Wald aus Birken Buchen Haseln
Sonnenhell als hätte ein Bankier sein Gold darauf gestreut
Habe ich mich verlaufen
Kanonier hören Sie nicht zwei deutsche Flieger dröhnen
Lassen Sie Ihr Pferd im Wald unnötig dass es gesehen wird
Adieu mein schwarzes Hottehü
Eine Brücke aus Weide und Schilf noch eine noch eine
Ein Frosch springt
Gibt es noch kleine Mädchen die Seil springen
Ach! Kleine Mädchen Gibt es noch kleine Mädchen
Die Sonne streichelte zartes Moos
Ein mutiger Hase hob den Hintern
Ach! Kleine und große Mädchen
Lieber Hahnrei als blind
Man sieht zumindest seine Kollegen
Schließen wir uns zweisam in meine Seele ein
Verehrte Liebe mein mit Deiner blinden Maske
Ein nacktes kleines Mädchen weißt Du es noch
Weißt Du es noch
Erstickte eine weiße Taube auf seiner Brust
Und schaute mich unschuldig an
Während sein Opfer zappelte
Soldat weißt Du den Abend noch Du saßest im Theater
In der Loge eines Botschafters

Und jene junge Frau blass und hochmütig
Holte Dir während der Vorstellung einen runter
Sag mir Soldat weißt Du es noch
Weißt Du noch den Tag, an dem man Dich um die Peitsche bat
Vor dem wütenden Meer
Sag mir Guillaume sag mir weißt Du es noch
Nach den Brücken der Pfad Vorsicht der Ast
Gebrochen
Ach! Zerbrich mein Herz, da Verrat Dich bedrückt
Hier liegt der gebrochene Ast
Ein Quadrat weißes Papier rechts im Strauch
Wo ist das Quadrat weißes Papier
Und jetzt steh' ich vor einer Hütte
Davor blühender Luxus
Aus Tulpen und Narzissen
Nach rechts Kanonier und folgen Sie dem Pfad
Werde nicht mehr vom Weg abirren
Nicht mehr abirren
Nicht mehr abirren
Du kannst mein Lou alles tun was Du willst
Du wirst mich nicht mehr irremachen
Ein Bajonett von dem man nicht weiß ob deutsch französisch oder englisch dient als Schürhaken

Hör wie die Flammen singen in der kleinen Waldhütte

Haben Sie den Passierschein
Meldereiter
Die Parole

Es war es war die Stadt wo ich Dich kennenlernte
O Lou mein Laster
Am 12. April 1915
Durchquerte ein Meldereiter freies Gelände im Galopp
Und als der Abend kam ritzte er auf den Ring
Gui liebt Lou
Den 12. April 1915 Tormoha Manitangène
Lamahona
Lamahonette
Ein Mann meiner Batterie angelte im Kanal
Überall sind Wachtposten
Mit aufgepflanztem Bajonett nun vor dem Kommandanten
Kümmert mich einen Dreck bringen Sie Ihren Oberleutnant hierher
Endlich konnte ich abhauen weg von der Infanterie
Ich weiß nicht wie
Weißt Du den Tag noch, als dieses brave Mädchen
Sich vier Zähne zog
Um Dir ein kostbares Zeugnis
Ihrer brennenden Liebe zu geben
Der Schatten eines Reiters und eines Pferds wird länger auf dem Boden
Die Villa des Trübsinns liegt in dem Wäldchen X
Die Kätzchen an den Haseln schattieren die Moose
Die Flechten sind fahl
Wie Lous Wangen wenn sie in Lust zergeht
Welch bengalischer Fürst lässt heut' Nacht ein Feuerwerk abbrennen
Und dann
Und dann
Und dann liebe ich Dich

Gui

123

14. April 1915

Lou, wieder keine Briefe! Mir scheint, ich habe keine Freunde mehr; mich vergisst die ganze Welt. – Im Übrigen geht es mir gut. Ich bin um zehn Jahre verjüngt. Jeden Morgen und jeden Abend Spazierritt allein, frei wie die Liebe.
Ich habe Keuschheit gelobt. Hier sind dennoch Frauen und es ist von Offizieren die Rede, die in Saus und Braus leben. Ich weiß nicht, ob es stimmt. Also, Keuschheit ist an der Front nicht angesagt. Auch Dir wird einiges widerfahren sein! Und es wundert mich nicht, dass Du es in Marseille für angebracht befunden hast, mir billige Lügengeschichten aufzutischen. Richte Toutou herzensliebe Grüße von mir aus. Also, ich werde keusch sein. Und ich fühle mich nach diesem Entschluss so sehr gestärkt, dass ich mich keineswegs mehr vor Mattigkeit fürchte.
Du aber, meine sehr geliebte arme Liebe, pass auf, man kann sich, heißt es, bei der Armee schöne Geschlechtskrankheiten holen, und das bei *allen* Dienstgraden.
Ich liebe Dich unendlich in tiefer Zärtlichkeit, so, ganz ohne Fleischliches. Ich bin Dein größter Freund, ohne dass Du es ahnst, und hätte den Wunsch, dass Du ganz einfach sehr, sehr glücklich seist.
Man gewöhnt sich an das Kanonengedröhne. Ich will es gar nicht einmal mehr erwähnen. Seit gestern Abend hat es übrigens nachgelassen.
Wie glücklich bin ich, die Kraft gehabt zu haben, Keuschheit zu geloben, und in mir die Kraft zu spüren, sie für die Frist, die ich mir gesetzt habe, zu bewahren! Welch ein Glück, nicht mehr von fleischlicher Liebe beherrscht zu sein, nicht mehr der Begierde ausgeliefert zu sein, seiner selbst endlich Herr zu werden, damit man einst der Anderen Herr werde.

O Lou, zutiefst geliebte,
Ein Märchenspiel lass spielen
In dem wir leben wir uns lieben
Etwas bizarr
Auf keusche Weis'.

Wir werden Reisen machen
Und Gegenden erkunden
Die voller Wonnen sind,
Sommerhimmel
Deine Schönheit!

Meine Hände werden rein bleiben
Mein Herz hat tiefe Wunden
Die Du verbinden wirst
In meinen Armen
Wirst Du dann schlafen

Durch Deine hübschen Lügen,
Täuschungen, süßen Träume
Wirst Du erwirken können
Dass wachend schläft
Von Wundern satt

Dieses Gehirn, das ich hergebe
Für Deine Grazie, o Teufelin
O lautere Nacktheit
Der KLARHEIT
Des blassen Sommers.

So möchte ich die nennen
Die Dich betören wird
Durch ihre Zauberkunst

Altherkömmlich
Und mir vertraut:

Liebestrank, Pentagramm
Irr leuchtende Schauspiele
Bringen Dir übergroß
Paradiese
Heillos verflucht

Wir werden, ich schwör's Dir
Reine Wollust erfahren
Ohne Drang nach Berührung
Dem alle Liebenden,
Irr vor Lust sonst erliegen

Und so rein wie die Engel
Werden wir das Lob singen
Deiner prächtigen Schönheit
In der *Klarheit*
Meiner Reinheit.

Süß, süß ist meine Pein!
Ich lieb' Dich heute Abend kaum
Mein Herz, Schluss mit Winter!
Vom Hades kommt er
Vom Eisen, vom Feuer.

Ich hab' die Wunde beschworen
Dieses unreinen Mundes!
Liebe meine Keuschheit,
Sie ist die *Klarheit*
Deiner Schönheit.

124

Den 15. April 1915

Keine Nachrichten und von niemandem. Einen Deut schert sich die Post um uns. Als Meldereiter verirre ich mich jeden Tag. Pfade, Straßen, alles ohne Karte, da kann man leicht die Orientierung verlieren. Nachher gehe ich zu den Schützengräben der Infanteristen.
Mein Lou, menschliche Leidenschaften sind eigenartig. An der Front existiert die Moral nicht mehr, vor allem bei den Mannschaften, bei den einfachen Soldaten, zu denen ich zähle. Die absonderlichsten Träume finden bei Nacht in feurigen Worten Ausdruck. Viele Männer träumen, dass sie mit ihrer Tochter oder ihrer Schwester schlafen, und machen kein Hehl daraus. Bei Tag erzählen sie davon mit Genuss, *delectatio morosa*[152] ist das, in ihrer ganzen Abscheulichkeit. Es ist recht merkwürdig, festzustellen, dass Blutschande in wirren Zeiten immer als Herrin auftritt. Die Geschichte ist ein Beweis dafür und Geschichte wohne ich hier täglich bei.

Mein Herz, ich hab' mir heut' lang angeschaut
Dort an der Schleuse
Den Stern, der mich, o Lou, verzweifeln lässt
Und heiter macht

O Lou, mir zugleich Feuer und Betrübnis
Die Tage fließen
Die Nächte vergehen wie der Tag schwindet
Die Nächte gebären

Der deutschen Granaten tollen Frevel
Und es ist Frühling

Die Vögel toben allüberall
Wir sind zufrieden

Wir sind zufrieden am Flussufer
In unsrem Wald
Wir sind zufrieden. Es herrscht der Tod über die Welt
Wir sind bereit.

Wir sind bereit zu sterben damit Du lebst
Du Glück erfährst
Die Blüten der Lust haben Granaten verbrannt
Und jene Blüte

Die mir im Herzen wuchs und genannt wird
Erinnerung
Gewiss spukt die Blüte hier noch rum als Gespenst
Es ist die Lust:

Nur wenn ich schlafe, sucht sie mich auf;
Und kommt der Tag
Erstrahlt der Wald aus Gold dann sonnenhell
Der Liebe gleich!

Die Wolken ziehen in die weite Welt hinaus
Wann werden wir
Goldgelbe Ufer beide erkunden?
Und auf den Knien

Beten vor dem flimmernden weiten Meer
Wenn die Orangen
Goldene Früchte wie Dein Gesicht erblüh'n
In stiller Starre

Der Flut zuhören, grausam und düster
Die den Tod singt
Der zahllos ertrunkenen Matrosen
Alles schläft, Lou

Ich schreib' allein beim flackernden Schein
Eines Holzfeuers
Von Zeit zu Zeit wehklagt und heult ein Geschoss
Und manches Mal

Zieht im Galopp ein Reiter vorüber
Unten am Weg
Es ertönt ab und an grausig der Schrei der
Elster. Diese Zeilen

Schreibt meine Hand mit Müh' bei Nacht
Adieu mein Herz
Ich male auch mystische Zeichen
Des Großen Glücks

Mystische Liebe mein, o Lou, das Leben
Wird uns bescheren
Den Hochgenuss des Ungestillten
Uns wird eröffnet

Eine Liebe, die die einzige Liebe wird
Adieu mein Herz
Vor mir strahlt der mystische Stern
Seine Farbe

Hat Deiner Augen zweideutigen Glanz
Ich habe Deinen Blick
Ich spür' darob eine stechende Wunde
Adieu, es wird spät

Adieu, mein kleiner Luchs. Ich höre in der Ferne die Kaffeemühle, Tack, Tack, Tack. Die Pferde wiehern und werden unruhig. Heute hat es am Vormittag geregnet, ich bin nass geworden. Ich habe mich am großen Eschenholzfeuer in unserer Hütte getrocknet. Ich denke an Dich, an Dich in Grasse, Nizza, Menton und Nîmes, an Dich in der Kirche in Marseille. Es ist zwei Uhr morgens. Nachher steige ich wieder in die Sappen dieser armen Infanteristen hinunter. Ich küsse Dich.

Gui

125

16. April 1915

Mein Lou, ich bin also dienstl. zu den Gräben der Infanteristen zurückgekehrt. Ich sollte den Beobachtungs-Feldwedel finden, den ich natürlich, nach sechsstündigem Suchen im Schützengraben, nach pausenlosem Laufen von Graben zu Graben, nicht habe finden können.

Heute ist mir klarer geworden, was diese Schützengräben sind: *Chinesische Mauer*, fragiler als diese chinesische Mauer, die in den Reiseberichten, die ich gelesen habe, so sehr verspottet wurde.

Hier ist also, mein Schatz, meine Odyssee durch diese fahle Stadt des Schweigens, der Monotonie.

Ich bin morgens, um 8 Uhr, zu Fuß aufgebrochen, habe mir bei den Stellungen unserer Batterie die Befehle geholt. Dormegnie, der unberittene Fahrer meiner Gruppe, schließt sich mir an, damit ich ihn mit zu den Gräben nehme. Der Sekretär des Kommandanten, der uns gerade entgegenkommt, zeigt mir meine Ernennung zum Gefreiten. Der Schütze meiner Gruppe, namens Braque, will mir erklären, wo sich der Feldwebel aufhält, aber er verwickelt sich so sehr, dass er schließlich mitkommt. Unterwegs machen wir einen Halt, um uns einen Haufen Blindgänger aller Kaliber anzuschauen. Schließlich stoßen wir auf eine Batterie eines anderen Regiments. 75er werden gerade aufgestellt. Sssst Bum, eine Sprenggranate schlägt 4 Meter von uns ein: eine österreichische 88er. Alles rennt los, außer uns, die wir nicht wissen, was tun, denn wir kennen die Kerle dieser Batterie, wo wir uns befinden, nicht. Ssst Bum, zweite Granate ganz in der Nähe. Glücklicherweise bleiben die Splitter im Loch oder fliegen wer weiß wohin. Wie auch immer, wir haben nur Erde und Zweige abbekommen. Die Kerle der unbekannten Batterie rufen uns in ihren Unterschlupf. Wir gehen hin. Diese Kanoniere sind aus der Orne, kommen alle aus der Normandie. Granaten schlagen eine nach der anderen ein. Dann Stille. Wir gehen weiter. Die Schützengräben leuchten weiß in der Ebene. Es ist, als würde man hier die Metro bauen. Wir erreichen die Schützengräben und steigen in den ersten Laufgraben. 2 Meter hoch, 1 Meter breit. Bis anderthalb Meter über dem Boden ist das Kreide: schneeweiß. Dies alles ist von akribischer, außergewöhnlicher Reinlichkeit. Kein einziger Strohhalm, kein Schnipsel Papier. Alle 4 oder 5 Meter ermöglicht eine halbrunde Ausbuchtung, dass ein Mann beiseitetritt, um die anderen vorbeizulassen, die ihm entgegenkommen. Gegenüber befindet sich ein Sickerloch. Die Laufgräben haben Namen: *Bonaparte-Boulevard*, *Deutscher Boulevard*, *Tod-den-Boches-Boulevard*, *Fabert-Laufgraben*, *Gabrielle-Laufgraben*, *Laufgraben der Rose*, *Laufgraben der Marquise*, *Laufgraben der Hosenscheißer*. All dies überschneidet sich immer wieder ohne Ende. Es ist, das habe ich Dir gesagt, die chinesische Mauer, aber spiegelverkehrt. Es ist ein wahrer Irrgarten. Minos, mit seinem Kuhkopf, wähnte sich in seinem Labyrinth, das immerhin quadratisch war, aber keine Ariadne, die Ariadnen fehlen hier ganz.

Weiblich
Ist bei uns nichts
Außer der Klinge Rosalie[153]

lautet das Frontlied. Sehr wenige Soldaten. Manchmal ein Wachtposten bei den Schießscharten. Manchmal erblickt man in einem Loch Füße, Füße von *Poilus*, die sich schlafen gelegt haben. Manchmal ein Kerl mit einem Eimer Marmelade oder mit einem Eimer Wein. Und die Gräben überschneiden sich immer wieder. Eine Kugel pfeift, Krrrrss, und 7 oder 8 pfeifen auf einmal. Am Rande eines Lochs liest ein Unteroffizier in einem Band der Werke von Walter Scott. Kilometer, Kilometer! Die Schießscharten der vordersten Linie sind Kästen aus dünnem Holz, ohne Boden und Deckel, um welche man kleine Säcke mit Erde aufgestapelt hat. Ich habe auch eine Schieferplatte mit einem Schlitz gesehen. Aber an diesen Schießscharten kann man immer wieder sehen, wie dünn die Trennwand zwischen uns und den Deutschen ist. Fragil ist das und hat Schick. Gemacht ist das aus nichts. Da ist doch was wie Anmut drin, würde ich sagen, ja, weibliche Anmut. Es ist etwas wie ein feiner Hut nach Pariser Mode. Solide, nein, nein, leicht, leicht. Soldaten sieht man nicht viele. Einer von ihnen hat einen Umhang aus Schafspelz in der Sonne zum Trocknen ausgebreitet. Wir nehmen einen sehr flachen Laufgraben; wir gehen einen Kilometer auf allen vieren. Dann einen tiefen Graben, vor einem Wald aus Birken und Haseln. Ich springe auf die Böschung, um für Dich vor den Gräben der vordersten Linie einen Haselzweig abzubrechen, werde ihn Dir mit dem Ring schicken. Ich finde auch ein Veilchen, beiliegend. Ich schicke es Dir mit anderen in den Gräben aufgelesenen Blumen oder Pflanzen. Diese Strapaze bringt mir eine kleine Schramme an der Stirn ein und einen tüchtigen Anschnauzer durch einen Oberfeldwebel der Infanterie. Endlich kommen wir zu den Husaren. Ich suche unseren Oberfeldwedel da, wo er sein soll: auf einem Horchposten 30 Meter von den *Boches*. Wir finden ihn nicht. Ein *Poilu* meißelt eine nackte Frau in die Kreide des Grabens, dieser blütenweiße Akt ist erbärmlich pompös. Eine Glocke (eine Schelle, wie Kühe sie in der Schweiz haben, hängt in einer Ecke). Darauf hat man mit Kreide ein männliches Glied gezeichnet. Auf den Säcken an den Schießscharten kann man lesen: »Wir kriegen sie!«, »Trotzdem« etc. etc. Ich finde meinen Oberfeldwebel vom 38. nicht. Um 4 Uhr entschließe ich mich dazu, mit den zwei *Poilus* und meiner Fracht aus Blumen und Pflanzen, Heckenrosenzweigen, Haselzweigen, Pimpinelle, Vergissmeinnicht, Eisenhut, Gänseblümchen etc., den Weg zurück einzuschlagen. Ein *Poilu*, der einen Ring aus Aluminium schleift, erzählt uns, dass die *Boches* seit zwei Tagen mit Glasscherben gefüllte Bomben herüberfeuern. Wir kehren durch den *Marquise-Graben* zurück, der nach hinten führt. Es gibt eine sehr tiefe Grube, entsetzliche Latrinen. Soldaten waschen sich das Gesicht, lausen sich etc. Außerhalb der Gräben haben einige ein komisches kleines Stück Garten, von ihnen angelegt oder ihren Vorgängern.

Das war die ganze Tour, mein kleiner Luchs. Wir sind durch den Wald zurückgekehrt. Bei den Feuerstellungen der Batterie haben wir gegessen und getrunken und gingen dann weiter zu unseren Behausungen. Ich habe Deinen lieben Brief vom 13. bekommen. Tatsächlich, die Geschichte von Toutou ist amüsant. Er hat nur die Kombinationen L und L vergessen[154].

L	L
G	P
P	G

Mir tut die Stirn ein bisschen weh und im Moment muss ich tagsüber zu Fuß gehen, kein Reiten. Wie geht es Deinen kleinen Hunden? Ich schicke Toutou eine Karte. Ich habe Dir

niemals eine unanständige Karte geschickt und stand in meinem Leben auch nie mit einer Dirne im Briefwechsel. Na, was soll's, Du bist schlecht gelaunt! Mir ist das schnuppe.
Also, das Veilchen kommt vom neutralen Gelände zwischen den französischen und deutschen Schützengräben. Man schnappt sich wilde Enten, ich habe zwei kleine gefunden, aber sie sind mir weggelaufen.
Ich schreibe Dir aus dem Wald. Die Sonne spielt auf dem Papier und ein schönes grünes Insekt lustwandelt auf dem Tisch. Loulou, mein Pferd, das so lieb ist, steht hinter mir und kokettiert im Unterstand aus Schilf. Meine kleine Liebe, ich denke an Deine Schönheit. Nachts habe ich Deinen Stern. Tagsüber hofft man auf den Postmeister, Briefe sind selten. Ich weiß nicht, warum die Feldpost so schleppend bearbeitet wird. Also, kleiner Luchs, ich liebe Dich, habe Dich gern. Ich habe Dich gern, gern. Dein Brief von gestern war recht lieb, aber enthielt wenig, wenig, 4 Seiten, aber wenig, wenig. Ich denke, es gibt mehr in meinen Soldatenbriefen? Ist das nicht so, Liebchen mein?

Gui

126

Den 18. April 1915

Mein kleiner Schatz, es ist 6 Uhr, der Postmeister war gerade hier, er hatte keine Briefe von Dir. Mir ist traurig zumute, wenn ich denke, dass Du, meine sehr teure Liebe, unglücklich sein könntest. Ich habe Feierabend gemacht, ich lese einen Groschenroman, *Die Millionen des Trappers*. Ich nehme an, dass Du mit dem Umzug fertig bist. Dass Du dann brav Heia machst, und alles wieder rosig wird, wenn der Frieden nicht allzu lange auf sich warten lässt … Dass Du in Deiner Heia hübsche Träume haben wirst, in denen es sogar ein wenig um mich gehen wird. Ich gebe Dir einen liebevollen Kuss und heute Abend, wenn Du Dich schlafen legst, werde ich Dich noch einmal zärtlich küssen und Dich wiegen, wie mein geliebtes Kind, und wenn Du dann schläfst, werde ich über Dich wachen und Dich lange, behutsam küssen, ohne Dich zu wecken. Ich werde Dir auch, meine sehr Hübsche, sehr hübsche, zärtliche Sachen ganz leise ins Ohr flüstern, unter Deinen hübschen Haaren, deren blutende, rührende Farbe ich innig liebe; was ich Dir so liebevoll, so zärtlich sagen werde, wird Teil Deiner hübschen Träume sein, mein Schatz. Ich werde Dir vor allem sagen: Ich liebe Dich, ich liebe Dich, ich liebe Dich noch immer, ich bin Dir selber zum Trotz für immer Dein, und ich werde Dich ganz nehmen, ganz, keuchend in einem schönen Traum, in dem wir uns innigst lieben werden. Ich werde Dich ganz nehmen und werde auch mit Dir den Traum haben, dass Du der kleine unartige Junge vom Gedicht bist …

Mein Lou, mein Schatz Ich schicke Dir heute das erste
 Immergrün
Hier im Wald hat man Ringkämpfe zwischen den Männern
 organisiert
Sie langweilen sich, so allein, ohne Frauen, eine kleine
 Unterhaltung am Sonntag kann man ihnen doch gönnen
Sie sind so lange so weit weg von allem, dass sie kaum noch
 sprechen können
Und manchmal bin ich versucht, ihnen Dein Porträt zu
 zeigen, damit dies männlich junge Blut
  Wieder erlerne vor Deinem Bild
  Was Schönheit ist

Aber dies ist mir vorbehalten, mir allein vorbehalten
Ich allein habe das Recht, mit diesem Bild, das verblasst, zu sprechen
Mit diesem Bild, das langsam erlischt
Ich schaue es manchmal lange an, eine Stunde, zwei Stunden
Und ich schaue mir auch die 2 kleinen wunderbaren Porträts an
Mein Herz
Die Schlacht der Lüfte dauert an
Die Nacht ist gekommen
Wie traurig ist das Lied, das in den tiefen Nächten
Die Granaten anstimmen, kreiselnd wie kleine Welten
Liebst Du mich denn, mein Herz, und nähme Deine Seele,
Wohlgeboren, die Lorbeeren, die meine Schläfen zieren?
Beifügen würde ich gern die schönen grünen Myrten
Krone der Liebenden, die Perversion nicht kennen.
Es schenkt mir die Eiche aber indes
Den Kranz des Krieges

Und wann seh' ich Dich wieder, o Lou, teure Geliebte
Sehe ich wieder Paris und dessen fahles Licht
Im Abenddunst beim Schein der Gaslaternen schimmern
Sehe ich wieder Paris, Lächeln unter den Schleiern
Die flinken kleinen Füße der unbekannten Frauen
Den Kirchturm von Saint-Germain-des-Prés
Den Brunnen im Luxembourg-Garten
Und Dich, die ich verehre, meine einzige Liebe
Dich, meine teure Liebe?
Ich liebe Dich so sehr
Sehr zärtlich
Mein hübscher kleiner Luchs
Und küsse Dich

Gui

127

Sonntag, den 18. April 1914[155]

Meine kleine Ratte, mit dem ganz roten Schopf, Du verstehst, wie sehr mich Dein Brief von gestern aufgewühlt hat. So: Ich werde Dir so viel Geld schicken, wie ich kann. Viel kann ich nicht. Ich habe es Dir ja gesagt. Ich gehöre einer äußerst armen Batterie an, alle aus den besetzten Gebieten. Natürlich wurde ich, gleich nach der Ernennung dank des Grafentitels, der in meinem Soldbuch steht, ins Kasino gebeten, nicht unbedingt meinetwegen, sondern um das Alltagsessen der Uffz. der Gefechtsbagage aufzubessern. Frag Toutou, ob ich, ohne jemanden zu kränken, das Recht habe, nicht im Kasino zu speisen. Das kostet ja einiges, und mir wäre es lieber, Dir alles zu schicken, anstatt in diesem Wald auf großem Fuß zu leben, in dem ich mich doch ganz mit der gewöhnlichen Verpflegung zufriedengebe, die wirklich üppig ist, was Speis und Trank und Tabak angeht. Du verstehst, dass ich mich mit Truppentabak zufriedengebe, und ich will Dich auf keinen Fall wegen eines Tropfens Dubonnet oder eines Glases Sekt um das Wenige bringen, was ich Dir geben kann. Toutou ist soldatisch, mehr als ich. Bitte ihn um Rat für mich und für Dich, mein großer Schatz. In meinem Brief vom 17. muss etwas beiliegen[156], nicht viel, werde Dir was schicken, wenn ich denn etwas erhalte. Heute Morgen, mein kleines Kind, habe ich große Angst gehabt, Kampf der Flieger über meinem Kopf, und da ich an Deinen Brief von gestern dachte, fürchterlicher Bammel. In allen Dörfern wurde das *Stillgestanden* geblasen aber an der Front bedeutet es *In Deckung*. Ich sage Dir, ich hatte richtig Angst, nicht um mich, sondern wegen Deines Briefs und Du kannst es mir glauben, großer Schatz, ich bin kein Lügner. Der sehr blaue Himmel staffierte sich mit kleinen weißen Wolken aus. Ich spürte, dass ich allein und ohne Deckung auf freiem Gelände stand. Ich hatte Angst. Dann habe ich die Angst überwunden und mein Pferd in Galopp gesetzt. Im Dorf, durch welches ich gehen muss und das von Granaten durchlöchert ist, spielte das Harmonium nicht in der Kirche. Ich habe mein Pferd angehalten, habe es an einen Apfelbaum gebunden und bin zu der Stelle gegangen, wo die Musik herkam, einem Schuppen, in dem die Messe zelebriert wurde. Der Priester war ein Hauptmann der Infanterie, es gab viele Kerzen auf Leuchtern aus Holz, die Triangel heißen, so sehen sie aus,  der Schuppen war voll mit Husaren, gekleidet in Grau wie Zöglinge vom Waisenhaus. Man sang

> Wir wollen Gott, er ist unser Vater,
> Wir wollen Gott, er ist unser König.

Ich war sehr, sehr gerührt, aber es hat mir großen Mut gemacht. Ich geriet dann unter Beschuss, 3 Granaten, die 3 telegraphische Masten umgelegt oder eher zerfetzt haben. Der Kommandant hat mir verboten, tagsüber zu Pferd unterwegs zu sein, und es ist mir lästig, die ganzen Strapazen zu Fuß auf mich nehmen zu müssen. Auf dem Rückweg bin ich auf Musiker einer Musikkapelle der Infanterie gestoßen, die in ein anderes Dorf gingen, um ein Konzert zu geben. Bin ihnen gefolgt, habe mir das Konzert angehört. Kam spät zurück, habe fast nichts gegessen, hatte keinen Hunger. Mein geliebtes Kind, Du sollst nicht unglücklich sein. Ich bin in meinen Briefen unfreundlich gewesen, weil ich der Ansicht bin, dass Du mir gehörst, auch Dir selber zum Trotz, und ich rebelliere. Deswegen bin ich unfreundlich gewesen. Aber Du weißt genau, dass ich Dich, großer armer Schatz, sehr liebe und den Wunsch habe, dass Du sehr glücklich bist.

Was kann ich Dir noch sagen? Nichts, außer dass ich Dich in die Arme nehme und Dich schön liebkose. Du kennst mich schlecht. Sei's drum, Schatz, doch wie schade, dass Du so flatterhaft bist. Bin Dir aber trotzdem nicht böse, kleiner Luchs, pflege behutsam meine Freundschaft. Komm, sie ist nicht nichts! Dein

Gui

128

19. April

Mein entzückender kleiner Luchs, unmöglich, Dir heute ein paar Worte zu schicken. Ich schreibe Dir mit dem Bleistift, mein Füller ist leer.

In der Sonn'
Ist mir dösig!
Ich lieb' Dich
Mein Gedicht
Singt erneut
Hier und heut'
Ich lieb' dich
Lou, Loulou
Schaut mich an
Das Pferdlein
Wagt sich ran
Schaut frech drein
Wie der Stift
Übern Brief
Freudig schifft.

Wünsch' ich wär'
Ein Lichtstrahl
Der bald trifft
Seinen Luchs.
Flink und flugs
Muss ich los
Und steig' flugs
Auf Loulou

Gui

129

Den 20. April 1915

Mein Herz, heute wieder mit dem Bleistift. Wir sind durch Teiche geritten. Loulou hatte Wasser bis zu den Knien. Bin müde. Ich küsse Dich kräftig, kräftig, kräftig, mit all meiner Kraft. Ich würde Dich gern lange lange lieben, Schweiiin. Ich frage mich, ob Du jetzt in meiner Wohnung bist. Hast in Deinen letzten Briefen kein Wort darüber verloren. Was machst Du? mein kleiner geliebter Lou, sehr schöne und erlesene Lou. Bin umgeben von den Buckelmännern[157] der Infanterie, ich habe es eilig, wieder in meinem Wald zu sein, habe es satt. Ich liebe Dich, mein kleiner Lou. Ich kann Dir nichts Gescheiteres sagen, weil ich nichts weiter weiß. Es ist immer das gleiche Lied, aber es kommt mir immer neu vor. Es gibt eine entzückende kleine Brücke in der Ferne und eine Straße, auf der hier gerade zwei Reiter mit Schiffchen ankommen, es gibt auch ein kleines Dorf in der Ferne in den blühenden Bäumen, es gibt eine alte Frau, gebückt, die wohl Salat pflückt. Ich höre die Geräusche einer Schmiede in der Nähe, ohne die Schmiede zu sehen. Die Infanteristen machen alle Ringe f. ihre Frau, ihre Freundin, für die Offiziere. Ich schicke Dir meinen, sobald Du umgezogen bist.

Eine Nachtigall voller Sehnsucht nach Liebe
Singt und singt wieder wechselweise
    In
    Dur
Und dann in Moll
Und ich wünschte, sie schlüge eine Ode an
Damit sie Dich, während der Tag sich neigt,
Besinge, meine so liebe Lou, meine so werte Liebe.

Gui

130

Den 21. April 1915

Mein Lou, mein verehrter, geliebter, erlesener Lou. Ich bin froh froh: Berge von Briefen aus Nîmes, die von Dir sind, und 1 Brief, in dem Du sagst, Du bist bei mir zu Hause. Gestern und vorgestern zu Pferde, konnte Dir keinen Brief schreiben, habe keinen Briefkasten gesehen und auch keinen *Poilu*, bei dem ich hätte fragen können, und hatte es eilig, eilig. Habe Dir die zwei beiliegenden Blätter geschrieben, weil kein Tag, ohne Dir zu schreiben, wunderbarer Lou, den ich innigst liebe. Gehen wir der Reihe nach vor: 1° habe Dir noch am 18. Briefe an die Adresse *Rue Angélique Vérien* geschickt, 1 mit einem kleinen Geldschein drin; *hast Du ihn bekommen?* 2° In Deinem letzten Brief, in Nîmes noch empfangen, den ich Dir zurückgesandt habe! stand, dass Du mir am folgenden Tag Deine Reise, »die nicht schweinisch ist«, erzählen wolltest, hast Du es getan? In diesem Fall wäre der Brief also verloren 3° In dem Brief vom 6. schließlich, der auch gestern kam, sagst Du, Du würdest mir am nächsten Tag erzählen, was ich, Gui, Dir, Lou, bedeute, und fügst hinzu: »*Du wirst Dich freuen*«. Verdammt, wie ungeduldig warte ich nun auf diese Freude. Jetzt möchte ich die Reihe der gestern Abend erhaltenen liebenswürdigen Briefe vornehmen und sie beantworten, es ist für mich auch die Gelegenheit, sie wieder zu lesen. Ich habe die Panama-Aktie und danke Dir. – Dein Brief vom Karfreitag ist ein Traum von einem Brief, Dein Brief vom 3. April heißt die Idee zum Buch gut, ich werde daran also weiterarbeiten und manches von dem, was in meinen täglichen Briefen steht und stehen wird, wird Teil davon sein. Hab keine Angst, keine Dich in Verlegenheit bringende Indiskretion wird je in einem meiner Bücher stehen. Ich mag Dein liebes Laster allzu sehr, um darüber zu sprechen, und was besagte zwei Dutzend angeht, wird man die im Buch auf 2 oder 3 oder gar 4 Einheiten[158] reduzieren können?!? Aber nichts, was eine Indiskretion über *unseren lieben Roman, der uns gehört*[159], sein könnte, mein Schatz, es wäre ein scheußliches Sakrileg und ich liebe Dich abgöttisch. *Du bist meine Muse*[160], aber viel mehr noch als das. Ich küsse Dich überall, drücke Dich an mich, bis Du zerbrichst, und bin, Schatz, erregt, *ganz wie der Eiffelturm*! Dein Brief vom 5., Lou, ist großartig, und seitdem ich ihn gelesen, die so eigenartig entzückenden Worte, aus denen er sich zusammensetzt, 20 Mal gelesen habe, lieber kleiner Luchs, *seitdem bebt* meine *Seele und wundert sich*[161]. Einverstanden, mein liebes Wölfchen, Du bist das aufrichtigste Wesen auf der Welt, und nicht ohne Widerwillen hatte ich mich entschlossen zu versuchen, dem Gegenteil Glauben zu schenken. Lou! Lou, was mich betrifft, wird mich keine *Notwendigkeit* je von meiner Liebe abbringen. Die Lösung mit

Hénique[162] hätte trotzdem funktioniert … Dein Brief vom 6. ist mein Lieblingsbrief. Du schreibst: »Ich liebe Dich ebenso sehr, wie Du mich liebst, sei Dir dessen ganz sicher … Und ich werde Dir niemals etwas verheimlichen.« Ich liebe Dich abgöttisch. Ich gebe zu, dass in meiner Erfindung Ungereimtheiten vorkamen. Es stimmt dennoch, dass die kleine Marthe (aus Paris), die täglich schreibt und von der ich auch gerade zusammen mit den Deinen einen ganzen Stapel Briefe erhalten habe, den Vorschlag macht, nach Nîmes zu kommen. Den Brief wirst Du im Konvolut finden, das ich Dir nachsende und das Du bei mir lassen sollst. Ihren Brief kannst Du übrigens zerreißen. Was Deinen entzückenden Brief vom 7. angeht, schreib doch Toutou, er möge mir eine Abschrift Deiner »ausführlichen, pittoresken und lebensechten Beschreibung *meines* großartigen home« schicken. Nur so zum Jux, mein Lou! Und nun zum Ägypter, der vor sich hin austrocknet: Ich habe gegen Ägypter immer Misstrauen gehegt. Als Kind, 6 Jahre alt, hat mich ein Ägypter, der mich nach seinem Geschmack fand, in einem Grand Hotel an der Côte d'Azur, von einem Burschen entführen lassen. Es ist ein entsetzliches Drama gewesen. Meine Mutter hat 6 Stunden gebraucht, bis sie mich wiederfand … übrigens unberührt … Und der kleine liebliche Gigolo? … Zu Deinen Zeilen vom 8., danke, meine so geliebte, dass Du die Briefe Deines Gui behalten hast. Jetzt endlich zu den Zeilen vom 17., da Du seit einer Stunde bei mir bist! Ich nehme Dich …, wie Du es wünschst, und habe Dich ganz ganz lieb, bin steif wie eine 75er, meine Liebe. Es ist eine Situation, die wundervoll grässlich ist.
Musste also die zwei letzten Tage weit ausreiten und habe auf dem Boden geschlafen. Gott sei Dank war das Wetter schön. Heute ist der Himmel bedeckt, heute Morgen hat es genieselt. Keine Granaten seit 3 Tagen. Bin um 8 Uhr aufgebrochen. Im Wald habe ich Deine Briefe wieder gelesen, die 75er hätte

sich gern zum Händchen gesellt, habe aber widerstanden, obwohl richtig Lust. Heute sende ich Dir den Ring. Haben uns mit Berthier eine Badewanne hinter der Hütte ausgedacht: eine Bütte, ein Brett f. die Füße und ein Eimer aus Leinen, das ganze beim Brunnen. Gestern habe ich, als ich zurück war, das erste Bad genommen, in der Sonne, und eine Etrich Taube brummte über uns, während wir splitternackt dasaßen. Heute Morgen habe ich das Bad um ½ 5 Uhr genommen, es regnete, und es war großartig, so im Wald im Regen zu stehen. Berthier ist übrigens reizend, 22 Jahre alt, groß und sehr lieb. Er ist Dichter und Mechaniker, Chemiker, und was weiß ich noch alles. Hat letztens die Aufnahmeprüfung der École Centrale bestanden. Ich werde ihn nach dem Krieg wiedersehen. Morgen, Donnerstag, gehe ich wieder zu den Schützengräben. Zu den Eindrücken, die ich vor ein paar Tagen vergessen habe, gehören die Zuckerrüben. Ich habe eine probiert. Es schmeckt genau wie ein Würfel Zucker mit der Konsistenz von schwarzem Rettich. Habe ich Dir von der Nacktheit im Schützengraben erzählt? Das ist sonderbar. Nacktheit ist immer wenig erregend und einer Deiner entzückendsten Reize ist eben, dass Du auch nackt erregend bleibst, aber Nacktheit im Schützengraben hat etwas Chinesisches, etwas von einer großen asiatischen Wüste, es ist in aller Stille sauber und öde. Ich hatte gestern ein grausiges Erlebnis. Ich ging durch ein ausgestorbenes Dorf. Ein Husar, blond, jung, offen und gesund aussehend, auch hübsch, spricht mich an: »Gefreiter, wo ist der Stabsarzt?« – »Hier weiß ich nicht, ich kenne nur unseren, in B.« – »Ich kann nur hier hingehen, mein rechter Fuß verfault.« Drei Stunden später komme ich wieder durch dasselbe Dorf und sehe meinen Husaren wieder. Er ruft mir zu: »Ich habe ihn gefunden.« – »Was hat er gesagt?« – »Er hat mir gesagt, mein Fuß wird verfaulen, und dass er nichts hat, um es zu verhindern.« – »Wie denn, er hat nichts gemacht?« – »Er hat Jodtinktur draufgetan und ließ mir einen größeren Schuh geben.« – »Aber man wird Dich doch behandeln, oder nicht.« – »Kann man nicht, ich breche heute Abend mit dem Tornister zur Marquise auf (das sind Schützengräben), ach, Alter, was soll's? So ist das eben, bis die Tage denn!« Ich war wie versteinert, diesen so lieben und einfachen Knaben mit seinem verfaulenden Fuß zu sehen. Ich weiß übrigens nicht, was es zu bedeuten hat, vielleicht Syphilis! Armes Kind. Mein sehr geliebter Lou, ich nehme Dich in die Arme und küsse Dich lange, lange. Deine Zunge, fest wie ein Seefisch, durchstreift meinen Mund und erregt mich, Dein Blick kippt wie ein kenternder großer Dreadnought, von einem U-Boot getroffen. Dann, meine Liebe, beuge ich Dich vor, und schlage mit der Gerte den lieblichen Arsch meines kleinen unartigen Jungen, Du hebst und senkst ihn, meine köstliche Lou, und spreizt ihn wie ein schöner Engel, der im Paradies atmet. Also, es steht fest, mein großes Kind, Du gehörst mir für immer und Du wirst mir nichts mehr verheimlichen. Sag Toutou, ich mag ihn gern, nicht so wie Dich, aber schließlich doch sehr, Sandwich[163] hin oder her – Frau Mortier hat geschrieben, sie möchte Nachrichten von Dir. Im Moment zwitschern die Vögel im Wald, die Sonne ist wieder da und die Fahrer ringen griechisch-römisch mit nacktem Oberkörper, um sich die Zeit zu vertreiben. Einer hat sich mit Ruß beschmiert, um den Schwarzen zu spielen.[164] Das ist unheimlich lustig. Man hat mir angeschrieben, um eine Ausstellung meiner Ideogramme-Gedichte in New York auszurichten. Das wäre famos, wenn das wirklich stattfindet. Bis morgen, kleiner geliebter Luchs, ich küsse Dich ganz viel und ganz lieb und nehme Dich ganz, auf jegliche Weise ganz. Es ist jetzt Morchelzeit, wir sammeln sie morgens und lassen sie uns zweimal am Tag schmecken, sie haben die geliebte Würze Deines Mundes. Gib mir auch Nachrichten von Toutou. Ich liebe Dich, ich liebe Dich, und will Dich immer lieben. Die Stirn tut nicht mehr weh. Wir rauchen amerikanischen Tabak, der zusätzlich verteilt wurde. Es sei eine anonyme Spende, heißt es. Das Lager sieht also aus wie das Lager von Goldgräbern in Kalifornien. Ich liebe Dich abgöttisch, mein Schatz, und liebkose Dich sanft, Mund im Mund. Dein

Gui

131

22. April 1915

Es ist halb eins in der Nacht, meine Liebe, und wir warten. Um 7 Uhr, Alarm!, innerhalb einer Stunde hatten wir uns bereit gemacht und seitdem warten wir in der tiefschwarzen Nacht, alle Lichter aus. Ich schreibe in meiner Hütte, ein Feldwebel hat mir seine elektrische Taschenlampe geliehen und Berthier hält die Lampe, während ich Dir schreibe. Ich hoffe, es ist ein Fehlalarm, denn wieder lange auf Briefe von Dir warten, weit weg vielleicht an den Darda[165], wovon hier wieder die Rede ist, würde mich beträchtlich verdrießen. Ich habe heute Dein hinreißendes Briefchen empfangen »Großes Geheimnis und Pommes Frites[166]«. Du hast die offizielle Meldung vom 20. gesehen – Lebhafte Artillerietätigkeit in der Gegend von R[167]. So war es vor allem bis zum 18., seitdem täglich 60 oder 70 Granaten, das ist ja wirklich nichts –

*

NÄCHTLICHE SZENE VOM 22. APRIL 1915

Gui singt für Lou

Mein kleiner geliebter Luchs Ich wünschte an einem Tag zu sterben, an dem Du mich liebst
Ich wünschte schön zu sein, damit Du mich liebst
Ich wünschte stark zu sein, damit Du mich liebst
Ich wünschte jung jung zu sein, damit Du mich liebst
Ich wünschte, dass der Krieg von neuem anfängt, damit Du mich liebst
Ich wünschte Dich zu nehmen, damit Du mich liebst
Ich wünschte Dich übers Knie zu legen, damit Du mich liebst
Ich wünschte Dir weh zu tun, damit Du mich liebst
Ich wünschte allein mit Dir in einem Hotelzimmer in Grasse zu sein, damit Du mich liebst
Ich wünschte allein mit Dir in meinem kleinen Arbeitszimmer bei der Terrasse auf dem Opiumdivan zu liegen, damit Du mich liebst
Ich wünschte, Du wärst meine Schwester, um Dich blutschänderisch zu lieben
Ich wünschte, Du wärst meine Cousine gewesen, damit wir uns sehr früh hätten lieben können
Ich wünschte, Du wärst mein Pferd, um Dich lange lange zu reiten
Ich wünschte, Du wärst mein Herz, um Dich immer in mir zu spüren
Ich wünschte, Du wärst der Himmel oder die Hölle, je nachdem, wohin ich komme
Ich wünschte, Du wärst ein kleiner Junge, um Dein Hauslehrer zu sein
Ich wünschte, Du wärst die Nacht, damit wir uns in der Finsternis lieben

Ich wünschte, Du wärst mein Leben, um nur durch Dich zu sein
Ich wünschte, Du wärst eine deutsche Granate, damit Du mich durch urplötzliche Liebe tötest

Lilith und Proserpina
(in der Hölle)

Wir lieben uns wild in der finsteren Nacht
Sind Opfer der Askese, Produkt der Seelennot
Fledermäuse, die wie Frauen ihre Blutung bekommen

Der kleine Luchs

So redet man doch nicht, man sagt Muschicoulis

Lilith

Das Rote Meer schuf ich gegen die Lust der Männer

Proserpina

Ich ließ Lethe ausufern, mit ihrer Flut
Überschwemm' ich die Welt, als sei es Hippomanes[168]

Der Ewigkeitsvogel vom Kloster Heisterbach

Ich bin die Ewigkeit
Der schöne Tod der Schönheit
Picke die Mirabelle der schönen Sommerzeit
Der brennende Phönix der Barmherzigkeit
Der Pelikan der Großzügigkeit
Der grausame Adler der Wahrheit
Das Rotkehlchen der blutigen Helligkeit
Der Rabe der dunklen Gütigkeit
Die der betäubte Mönch geworden ist

Die Anbetung

Erniedrigung die erhebt
Der Meister einst war Schüler
Lieben nicht geliebt werden

Rauch, schöner Rauch

Die Freude

Ha! Ha! Ha! Ha!
Ich befehle und verfüge
Ich entsprieß' dem Bösen in
Samarkand
Ich will aber nicht lange
warten

Der Schatten der Reue

Ihr beide, nennt mich doch Vater
Kunstgenius ist unser vielgestaltiger Sohn
Ich öffne mir die Brust, Kommt rein, das ist euer Heim
Es gibt eine Standuhr, die jede Stunde schlägt

Die 45. Batterie des 38.

Es wiehern die Pferde Macht alle Lichter aus
Die Kisten sind geladen Die Männer dürfen nicht schlafen
Hör wie die fliegenden Tiger des Krieges miauen

Gui

Ich denke an Dich meine Lou und denke nicht ans Schlafen

Der kleine Luchs

Ich bin in Deiner Heia und von ferne bei Dir

Die Welt oder Weltmännische Leute

Mein kleiner Lou ich will Dich wieder haben
Vergiss Deine Soldaten und tanz in das Fest ein

Die Zukunft

Lou und Gui und Du Toutou Ihr drei sollt sehen
Wunderbare Ufer
Eine zauberhafte Stadt wie Cordoba

In Andalusien. Einfache Leute, von Eurer Güte entzückt
Und Eurer Fantasie
Werden Euch Blumen schenken, Zuckerrohr
Ihr könnt dann noch viel weiter schauen, wenn Ihr wollt
Die Natur in den Tropen
Eine weiße Stadt; zwanzig Minuten von der Stadt einen kleinen Landstreifen am Meer mit schönen Häusern in den Parks
Ihr werdet einen Palast mieten, in dem von allen Fenstern aus
Lou Palmwedel mit der Hand berühren kann
Geißlein, Esel, liebreizende Maultiere,
Wie Frauen
Mit vielsagendem Blick werden Euch drei begleiten

Gui

Die Zukunft interessiert mich und erst recht meine Liebe
Aber Kunst, künftige Künstler interessieren mich nicht
In Paris wird die Seine fließen
Und leuchten der Blick meiner kleinen Lou

Chor der 1915 verstorbenen Mädchen

Als die Schönen in den Wald gingen
Hielten sie alle eine Rose
Und man ist jetzt vom Wald zurück
Wir haben nichts mehr in der Hand

Und die jungen Männer von gestern
Gehen los, ohne sich umzudrehen
Die, die uns noch liebten gestern
Nehmen die Rose in den Krieg fort

Führ uns, o Tod, zu diesem Wald
Die verstorbene Rose wiederzusehen
Und die Nachtigall in dem Wald
Singt noch immer das alte Lied

Gui

132

23. April 1915

Meine Liebe,
Deinen niedlichen kleinen Brief vom 19. wieder und wieder gelesen. Du bist mir ganz nah in meinem Taubenschlag.

Liebesfürst
Sage mir
Die so schöne
Untreue
Weißtaube
Die man nennt
Kleinen Lou,
Sag mir, wo
Ist sie denn
Und bei wem?
– Doch bei Gui

Du liest zum Händchenspiel anregende Bücher, aber Du könntest zumindest die Titel nennen, damit man unterrichtet sei, und Deine Meinung geben zu dem, was Du liest. Es gibt übrigens viel Blödsinn dabei. Sag meiner Concierge, sie soll Dir die Briefe geben, die vom Gefreiten G. de Kostro-

witzky an Herrn Guillaume Apollinaire adressiert sind, denn, um die Sendungen an Dich nicht anzuhäufen, sende ich mir selbst Briefe, die Du öffnen kannst; der nächsten und ersten Sendung dieser Art liegt eine amerikanische Zeitung bei, in der eines meiner Gedichte abgedruckt wurde, den ganzen Papierkram kannst Du einfach so bei mir lassen.
[…][169]
Ich weiß nicht, ob ich mich täusche, aber mir scheint, die armen *Poilus* von meiner Gruppe sind intelligenter, sowohl die Fahrer als auch die Schützen.
Lou, Du hast mir geschrieben, Du würdest Mittel und Wege kennen und dass wir uns bald wiedersehen würden.
Ich gebe, mein Schatz, trotz allem zu, dass noch nichts darauf hinweist. Ach! Die Langsamkeit!
Du weißt, Lou, dass meine Methode darin besteht, das zu beobachten, was in meine Wahrnehmung fällt, um daraus auf das zu schließen, was sich außerhalb meiner unmittelbaren Eindrücke befindet. Ich denke, etwas Kleines, was auch immer es sei, gibt eine Vorstellung von etwas noch Größerem, und von immer Größeren oder auch vom Kleinsten, bis ins Unendliche.

133

24. April 1913[170]

Du kannst Dir denken, meine ganz Liebe, wie sehr mich Lous Geschichte, die eine Feier mit ihren Freunden im Taubenschlag von Guillaume Apollinaire oder eher auf seinem Hochsitz abhält, amüsiert hat. Im Übrigen hast Du den Hochsitz in seiner vollen Pracht, mit seinen kostbaren afrikanischen, chinesischen Statuen, mit seinen schönen Gemälden nicht gesehen. So wie Du ihn siehst, vermag er keine Vorstellung von dem zu vermitteln, was er in Wirklichkeit in Friedenszeiten ist. Auf das *De figuris*[171] bist Du also, mein kleiner Lou, gestoßen; es ist ein klassisches Handbuch der Erotologie; es befasst sich mit allen Formen des Kusses, aber soweit ich mich erinnern kann, wird Dein liebes Laster darin kaum erwähnt. Forbergs Notizen sind übrigens gut gemacht und weisen auf eine fundierte Kenntnis der Antike hin, wenn ich Dich aber wiedersehe, werde ich Dich in dieser Zeit der Antike, wenn sie Dich denn interessiert, besser unterweisen, und in andersartigen Formen des Kusses, in tieferen noch, und in besser verfertigten Spintrien. Ich bitte Dich, Lou, zeig meine Briefe nicht, auf keinen Fall, wenn Du willst, dass ich Dir weiterhin so schreibe, wie ich es tue, ohne mich zu genieren, und als schriebe ich jemandem, dessen Seele ich als der meinen sehr, sehr nahe empfinde. Das *De figuris*, das nur aus Notizen besteht, nur aus *Außenwerken*, wie es der keusche Forberg auf Griechisch sagte, hat den Nachteil, eine Kompilation zu sein, wie alle Kompilationen ist das oberlehrerhaft. Du wirst übrigens bei mir mehrere Werke finden, aus denen Forberg Auszüge anführt, so zum Beispiel *Félicia ou Mes Fredaines*[172] in 4 oder 5 Ausgaben, unter denen die in zitronengelbes Halbsaffianleder gebundene die beste ist, dann die von 1793, und weitere noch, darunter die *Félicia*-Ausgabe, die ich letztes Jahr neu veröffentlicht habe. Auf jeden Fall, Schatz, pass auf, dass mir keine Bücher geklaut werden. Es gibt sehr anständige Leute, die ohne das leiseste Bedenken Bücher mitgehen lassen oder sie sich ausleihen, ohne sie je zurückzugeben. Also, leihe sie *niemandem* aus. Es ist jetzt allzu schwierig, solch kuriose Bücher aufzustöbern. Ich freue mich sehr, dass Du es lustig findest, bei mir zu sein. Wenn ich Dich dort wiedersehe, werde ich Dich in manch sonderbare, raffinierte, einzigartige Dinge einweihen, von denen

Du, trotz Deiner Geistesschärfe, keine Vorstellung hast und von denen ich Dir noch nicht erzählt habe, denn das gebietet königliche Geister, die sich verstehen und begreifen, für alles, trotz allem und in allem. Und so werden sich Dir viele Rätsel erschließen, Dein Geist wird sich weiter öffnen, Deine Intelligenz wird aufblühen, wie es ihr gebührt, meine so sehr Geliebte. Man muss sich aber dessen würdig zeigen … Müssen unser selber würdig sein. Sowohl Du als auch ich. Ich habe meinerseits immer mein Mögliches getan, um vor mir selber würdig zu erscheinen; ferner verfüge ich Dir gegenüber über alle Rechte. Toutou bittet um meine Adresse. Ich habe ihm vor beinahe einer Woche eine Karte geschrieben. Morgen schreibe ich Dir ausführlich, der Postmeister kommt, ich muss Schluss machen. Ich küsse Dich tausendmal, tausendmal, Lou!

Gui

134[173]

24. April 1915

Ich habe überlegt, werte Freundin, schicken Sie die Kette nicht. Sie würde mir hier nur eine Last sein und ich habe schließlich doch schon eine, die mir nicht zur Last fällt und mir noch wertvoller ist.
Zu Ihren Füßen, werte Freundin, lege ich die ergebenen Huldigungen Ihres Verehrers nieder.

Gui

Ihre Briefe brauchen in der Regel nur 3 Tage bis hierher, meine aber brauchen genauso lang, das macht einen Zeitabstand von einer Woche zwischen unseren Antworten.

Gui

135

25. April 1915

Mein Schatz, schicke die Kartentasche nicht, brauche ich nicht. Jeden Tag ungefähr dasselbe Einerlei. Ich kenne den Weg. Die Kette auch nicht. Auch nicht die Tinte, sie würde eigentlich nur unnötig Platz nehmen. Es ist unmöglich, sich einzurichten. Wir müssen jederzeit zum Aufbruch fertig sein, also, abgesehen von Deinen geliebten Briefen, nichts, was unnötig Platz nimmt.
Du hattest mir nicht geschrieben, dass Du bei mir einziehen würdest, davon war nur in Deinen Briefen nach Nîmes die Rede, und da Deine Pariser Briefe es unerwähnt ließen, habe ich gewartet, ich wusste ja nichts davon. Geh doch zum Zahnarzt Hénique, lies den Brief noch einmal, der davon handelt, versuch es, zum Teufel, wenn es nicht gelingt, wird es nur ein unnützer Schritt gewesen sein, weiter nichts. Rechne immer 8 bis 9 Tage, bis Du auf Deine Briefe eine Antwort bekommst. Du schreibst es selber, ein Brief braucht zwei, drei oder vier Tage, bis er mich erreicht, ich antworte, zähle genauso viel, bis Dich die Antwort dann erreicht. Wann wirst Du denn endlich mit diesem schrecklichen und vielleicht unnützen Lebenswandel aufhören, von dem Du erzählst, meine arme Lou!!!
Deine Briefe, mein Schatz, gehen mir alle zu Herzen, ich liebe sie abgöttisch, ob lang oder kurz.
Mein Lou, wie kommt das, dass, während Männer sich aus Pflicht, aus Opfersinn, zur absoluten Askese, zur strengsten Sittsamkeit zwingen können, ein kleiner Luchs es nicht kann? Ich will es Dir keineswegs vorwerfen. Du hast, sagst Du, nur zwei Freunde, ist das nicht genug? Du willst also noch weitere haben?

Ich kann mir schon denken, worauf die in Deinem Brief unterstrichenen Wörter *Beweise*, *endgültig* und *Freunde für immer* anspielen können. Ich bin aber ohne Sorge, Du wirst keine 2 Guis und keine 2 Toutous finden. Was würden wir übrigens zu noch mehr machen? Die Dreieinigkeit ist eine perfekte Zahl, aber mehr, nicht doch. Und ich weiß wohl, wer geopfert werden würde, *nämlich ich*, der sich im Übrigen damit nicht abfinden wird und der, sollte er leben, es wohl verstehen wird, sich zu wehren und Dich zurückzuholen.
Aber ausschließen, mein Schatz, so ist das Leben, und die Moral verlangt es sogar, ein Mann, eine Frau, mehr nicht, die Moral und die Religion! Königliche Herzen könnten sich zu dritt verständigen, aber noch mehr?! Ich rede ja nicht von flüchtigen Affären, auch nicht von dem, was Du gefällig Kapricen nennst und was kaum von Bedeutung ist.
So, mein Lou, ich verstehe Dich so gut, dass ich Dich liebe und Dich immer lieben werde.
Nebenbei bemerkt – und dies nicht für uns –, was bei den langen Kriegen schrecklich ist, ist die Heimkehr. Die Penelopes sind eine seltene Spezies und listige Männer wie Odysseus noch mehr. Ich habe diese furchtbare von Balzac erzählte Geschichte derzeit ständig im Gedächtnis: *Oberst Chabert*. Er ist Oberst zur Zeit des Ersten Kaiserreichs, galt während des Rückzugs aus Russland als verschollen; er kommt eines Tages doch zurück, findet seine Frau wieder, verheiratet, mit neuen Kindern, seine Frau ist glücklich. Er muss verschwinden. Und ob sich das nach diesem Krieg der Nationen wiederholen wird!! Es lässt mich ein wenig schaudern, wenn ich daran denke. Gehen wir zum Brief vom 22. über. Mein Schatz, Du schickst mir Sachen, die gut sind, wie Dein kleines Herz. So liebenswürdig von Dir. Gib aber nichts aus, außer für das Nötige, wenn ich Dich darum bitte, und das werde ich selten tun. Ich bin kerngesund und komme mit der üblichen Ver-

pflegung sehr gut aus. Vom Kasino befreit; Berthier ist auch ausgestiegen.
Es ist auch kalt hier, und das in einem Sumpfwald, die Füße im Wasser in überschwemmten Hütten, Du kannst Dir vorstellen, wie es aussieht.
Es ist honigsüß von Dir, mir zu sagen, dass wir uns wieder verlustieren werden, ich bin dessen sicher und es wird noch ganz anders aussehen als ehemals, Steigerung in allem, Du wirst sehen. Solche Dinge wirst Du niemals erlebt haben. Es ist neuer noch als die poetischen Ideogramme und stell Dir vor, wie es uns angenehm sein wird, etwas in der Liebe zu erfinden!!
Auf Wiedersehen, mein sehr geliebter Lou, ich liebe Dich abgöttisch.

Gui

Ich füge hier, mein kleiner Lou, hinzu, dass der *Intransigeant* mich um ein Gedicht gebeten hat. Ich hatte dasjenige noch im Sinn, das ich Dir für Dich geschickt habe: *Feuersterne am Himmel, Granaten vom Boches-Heer*[174] … Ich habe es abgeschickt … Man hat mir geschrieben, um mich darum zu bitten, die zwei letzten Verse zu verändern, allzu hm! … hm! … Ich habe es getan. Du wirst sie im *Intran* lesen können. Da sie Dir dennoch gehören und das Buch, in dem sie veröffentlicht werden, Dir gewidmet sein wird, habe ich es nicht gewagt, Deinen Namen in einem Gedicht zu nennen, das im *Intran* erscheint, ohne die Gewissheit zu haben, dass es Dich nicht stört. Gib mir darüber Aufschluss für ein nächstes Mal.

136[175]

Die Hunde bei Mama lassen, ihr schreiben 10, Villa Lambert, Chatou (Seine et Oise), Brief folgt.
Ergebenst.

Gui

137

26. April 1915

Mein kleiner sehr geliebter Luchs,
kein Brief von Dir heute, wohnte gestern dem Gottesdienst bei, für Dich gebetet, man sang und ich sang auch

O Wundertätige
Die dort verspottet wird
An den Ufern der Maas
Beschütze unsre Soldaten
Ave Ave Ave Maria
Ave Ave Ave Maria
Mild und mütterlich
Erkenne die Reue
Der schönen Nation
Die nicht ableben kann
Ave etc.
Sie die Sünderin
Mit dem feurigen Herzen
Vergib ihre Schwächen
Sie hat so sehr geliebt
Ave etc.

Ich dachte an Dich, während wir das sangen, meine ganz Liebe, und ich dachte mit Inbrunst an meinen kleinen Luchs, den ich mir so lieb, so süß wünschte, wie Du es auch verdienst zu sein, mit dem überlegenen, lebhaften, französischen, reizenden Geist, der Dich auszeichnet, meine ganz Liebe. Dann sangen wir

In der schlimmsten Stunde der Schlacht
Raffen die Granaten unsre Reihen dahin
O Jeanne d'Arc in dem Tale
Zähle die Toten die Sterbenden

Nimm Deinen Platz doch wieder ein
An der Spitze der Regimenter
Und jage aus dem Elsass
Die Deutschen bis zum allerletzten *(bis)*[176].

Ich war äußerst gerührt und zeichnete, was ich Dir geschickt habe[177]. Mein kleiner geliebter Luchs, ich will, dass Du glücklich bist, dazu will ich Dir mit meiner Liebe verhelfen. Dafür will ich aber, dass Du ganz und gar meine Freundin bist. Und eine wahre Freundin bleibt der Freundschaft einiges schuldig. Der Freundschaft, weißt Du denn, was das überhaupt bedeutet, mein kleines Kind, man kann nicht zig Freundschaften haben.
Heute, Traurigkeit, Berthier musste zur Geschützbatterie wechseln, ich werde ihn jeden Morgen besuchen, wenn ich zum Kommandanten gehe. Ich baue mir eine Hütte, um allein zu wohnen. Es macht wirklich Spaß, sein Haus zu bauen. Nach dem Frieden … werde ich versuchen ein Grundstück zu kaufen, und eine Laube f. den Sommer bauen. Das wird mir ungeheuer Spaß machen, sie zu bauen. Ich werde Dir erzählen, wie ich vorgegangen bin, und vor allem, wie ich meine Villa

an der Front möbliert habe. Ich habe jedenfalls einen Spiegel, eine Waschschüssel, eine Bütte z. Baden, eine Matratze aus Seetang und eine Schlummerrolle, das kann Dich vielleicht wundern, aber so ist das, und einen Tisch auch. Es war schwierig, sich das Ganze zu beschaffen, aber nun habe ich das. Im Augenblick völlige Ruhe. Mama hat mir einen amüsanten Brief geschrieben, den ich Dir zurückschicke, damit Du ihn bei mir ablegst. Sie stellt sich den Krieg geradezu luxuriös vor! Der reinste Spaziergang durch den Wald von Boulogne, sozusagen. Unter den Briefen aus Nîmes lag auch ein Brief vom Kindchen Marthe, mit einem Foto von ihr, das ich Dir schicke, leg beides zu meiner Sammlung. Ich erwarte Deine Fotos mit fantastischer Ungeduld. Ich hätte gern Fotos, auf denen man Dich sieht, wie die Fotos von Desgranges, kleine Fotos sind ganz nett, ich mag sie auch, mir sind dennoch diejenigen lieber, das wirst Du verstehen, auf denen man auch etwas sieht.
Na also, mein Lou, ich mache mir keine Sorgen, es bringt ja nichts. Ich nehme das Leben so, wie es kommt, und die Granaten genauso. Du bist meine einzige Sorge. Ohne Brief von Dir heute sitze ich wie auf glühenden Kohlen. Morgen mache ich Dir Verse. Heute jede Menge wenig amüsanter Arbeit. Mehr sag ich nicht. Schreibe Dir, ich weiß nicht genau wie, und mein Brief wird recht zusammenhanglos sein. Keine Zeit, ihn durchzusehen, und was mich so zur Eile drängt, ist, verdammt noch mal, kein mondäner Abend. Ich erwarte auch Toutous Brief mit Ungeduld. Ich mag ihn leiden, und ich bin sicher, dass mich sein Brief über meinen kleinen Lou sehr aufklären wird. Ich küsse Dich ganz ganz lieb, ich liebe Dich, ich nehme Dich ganz, meine ganz Geliebte, und wiege Dich behutsam mit sachten, sachten Liebkosungen ein.

Gui

138

26. April 1915

Mein kleiner Luchs, Dein heutiger Brief hat mich wirklich verblüfft. Pass auf mit Deinem Lotterleben!!!, dass mir die Wohnung nach dem Krieg nicht gekündigt wird. Ich fühle mich da sehr wohl. Mach keinen Lärm, ich flehe Dich an, empfange nicht zu viele *Poilus*. Es ist ein Haus, in dem ein Senator wohnt, und weiß Gott noch wer. Ich flehe Dich an, mein Lou, Du würdest mir einen nicht wiedergutzumachenden Schaden zufügen, wenn ich nach dem Krieg vor die Tür gesetzt würde. Ich zahle, solange Krieg ist, keine Miete, und nach dem Krieg wird es auch seine Zeit dauern, aber damit es so bleibt, dürfen sich kleine Lous nicht drin austoben. Aus der Ferne betrachtet hat das Leben, das Du führst, etwas Abwegiges. Während wir hier schuften und uns vielleicht den Tod holen, feiert man in Paris in Saus und Braus!
Zu den Hunden, sie werden es nirgends besser haben als bei meiner Mutter, die Hunde liebt. Wenn Du sie jedenfalls siehst, erzähl ihr nichts, auch nicht, ob ich Geld hatte oder keins, ob ich was habe, ob ich was verdiene. Ich habe Mama erzählt, dass Du sehr nett zu mir gewesen bist und dass ich Dir meine Wohnung geliehen habe, da Du wegen Deiner Angelegenheiten nach Paris gehen musstest. Sag, wir sind gute Freunde, von Geliebten darf selbstverständlich nicht die Rede sein. Biete ihr an, für Futter und Sonstiges für die Hunde aufzukommen. Ich werde Dir den Betrag Deinen Angaben entsprechend übersenden, und Du schickst ihn ihr dann. Denn gespannte Beziehungen und zwischen Mama und mir muss man sehr aufpassen –
Erzähl ihr nicht, ich habe Dir Sachen anvertraut, Gegenstände

oder Papiere. Wenn sie Dich fragt, sag, Du meinst, alles sei bei Mortiers, und die kennst Du nicht.
Die Hunde werden es sehr schön haben. Es gibt nur Hündinnen bei ihr und einen prächtigen alten Cockerspaniel. Deine Wauwaus werden im Garten bleiben und es besteht keine Gefahr, dass sie kleine Wauwaus machen.
Ich denke, das ist die beste Lösung. Schreib ihr. Ich habe sie heute brieflich benachrichtigt.
Ich warte immer noch mit großer Ungeduld auf Toutous Brief.
DAS WETTER IST SCHLECHT[178] zurzeit, und auf jede denkbare Art.
Du weißt, dass Feldpakete unentgeltlich sind, man kann sie an Bahnhöfen oder beim Speditionsdienst der Bahn als Frachtgut oder Expressgut[179] abgeben. Erkundige Dich, nicht f. mich, denn mir wirst Du hoffentlich, kleiner armer Lou, nur selten Pakete zu schicken haben, sondern f. Toutou.
Viele *Poilus* erhalten hier von zu Hause unentgeltlich Pakete, ziemlich große.
Frage die Aufwartefrau, wie es denn *Pipe*, meiner kleinen Katze, geht?
Sag mir, ob Du den Fuffziger erhalten hast.
Schicke keineswegs die Kartentasche, im Moment nicht nötig, schicke auch die Kette nicht, nicht nötig, und ich habe ja die Deine, die ich liebe.
Was erzählt man sich so in Paris? Hier wird die alte Brühe immer wieder aufgetischt, nix von Italien trotz der Zeitungsmeldungen.
Immer noch viele Drückeberger also und vor allem Drückeberger vom Hinterland, die die horizontblaue Uniform unsichtbar macht!!!
Wäre ich eine schöne Frau, würde ich einen von der Sorte auf der Straße anrempeln und ihm sagen: »Verzeihung, mein Herr, ich habe Sie ja nicht gesehen!«

Hier wird Horizontblau nicht mehr getragen und ich glaube man hat Recht.
Erhältst Du alle meine Briefe? Ich datiere sie alle und sie sollen aufeinanderfolgen. Ich nehme Dich in die Arme, mein kleiner Luchs, und küsse Dich auf niedliche Art, während Deine schönen Augenlider wie Pfirsichblütenblätter flattern, meine Hübsche, mein Alles.

Dein
Gui

Die Nacht
Entweicht
Und Gui
Setzt fort
Den Traum
Alles
Ist Lou
Wir sind im Krieg
Doch Gui
Schert sich kaum drum
Die Nacht
Wird Stern das Stroh wird Gold:
Er träumt von Der, die er so liebt
Nacht vom 27. April 1915

140

28. April 1915

Schönes bizarres liebes Kind
Ich seh' Deinen milden schmachtenden Blick
Allmählich ersterben, wie ein Zug in den Bahnhof einfährt
Ich sehe Deine Brüste, die kleinen Brüste mit rosa Spitzen
Wie jene Perlen aus Formosa
Die ich in Nizza verkauft hab' vor meiner Abfahrt Richtung
Nîmes
Ich sehe Deinen rhythmischen Salome-Gang, noch
kapriziöser
Als der Schritt der Ballerina, die den Täufer enthaupten ließ
Deinen rhythmischen Gang, gleich einem Liebesakt
Der Dir in Nizza im Lazarett, in dem Du
Verwundete pflegtest,
Den recht zutreffenden Beinamen die Wogende einbrachte
Ich sehe Deine heftigen Bauchsprünge mit erhobener
Kruppe
Wenn Du unter der Peitsche eine Art Kolo tanztest
Diesen Volkstanz aus Serbien

*

Schönes bizarres liebes Kind
Ich rieche Deinen blassen milden Veilchenduft
Ich rieche den kaum vernehmbaren Maiglöckchenduft
Deiner Achselhöhlen
Ich rieche den Duft der Kastanienblüte, den das Mysterium
Deiner Beine
Ausströmt, wenn Wollust Dich ergreift
Beinahe nichtiger Duft, den ein Liebhaber
Allein und kaum nur wittern kann

Ich rieche den Duft der fernen sehr milden rosa Rose,
Der Dir, meine Rose, vorauseilt und hinterherweht

*

Schönes bizarres liebes Kind
Ich berühre die eigentümliche Wölbung Deines Kreuzes
Mit den Fingerkuppen verfolge ich diese Linien, die Dich bilden, geformt
Wie eine griechische Statue aus der Zeit vor Praxiteles
Und fast wie eine Eva der Kathedralen
Ich berühre auch die winzig kleine so empfindliche Erhebung
Die im höchsten Maß Dein Leben selbst ist
Sie macht durch ihr Wirken Deinen Willen nichtig ganz und gar
Sie ist wie Feuer im Wald
Sie macht aus Dir eine vom Drehschwindel ergriffene Herde
Sie macht aus Dir eine Irrenanstalt für Frauen
In der Direktor und Chefarzt selbst
Geisteskrank werden würden
Sie macht aus Dir einen ruhigen Kanal, der plötzlich
Zum wütenden gischtigen Meer wird
Sie macht aus Dir eine duftige seidige Seife,
Die auf einmal in den Händen, die sich waschen, zu schäumen anfängt

*

Schönes bizarres liebes Kind
Ich koste Deinen Mund Deinen Mund Roseneis
Ich koste es sachte und ohne Eile
Wie ein Kalif, der verächtlich die Kreuzfahrer erwartet
Ich koste Deine Zunge, als sei's Teil einer Krake
Die sich festheftet mit der ganzen Kraft ihrer Saugnäpfe

Ich koste Deinen Atem, noch erlesener als
Der zarte und blaue Rauch der Rinde einer Birke
Oder der Zigaretten von Nestor Gianaklis
Oder jener so blaue heilige Rauch
Den man nicht nennt

*

Schönes bizarres liebes Kind
Ich höre Deine Stimme, die mich erinnert
An ein Konzert mit Holzblasinstrumenten, Musetten[180], Oboen, Flöten
Klarinetten, Englischhörnern
Fernes Konzert unendliche Variationen
Manchmal spottest Du und man muss mitlachen
O meine Liebe
Und wenn Du liebe Worte sprichst
Erklingt ein Engelschor
Und wenn Du traurige Wörter sprichst, hört man eine Satanin
Wehmütig
Klagen, dass sie
Vergebens einen so hübschen jungen Heiligen liebt,
Vor seinem goldgelben Nimbus
Und sie senkt langsam die Augen
Faltet die Hände
Und hält, als sei's eine grausame Rute
Die Palme der Märtyrer

*

Schönes bizarres liebes Kind
So fügen sich die fünf Sinne, Dich neu zu schöpfen
Vor mir
Obwohl Du doch so fern bist und abwesend

O Prächtige,
O wundertätige Liebe mein
Meine fünf Sinne fotografieren Dich in Farbe
Und Du bist da, in Gänze
Schön
Zärtlich und anschmiegsam
Und so wollüstig
Weißtaube, hübsche, graziöse Weißtaube
Unsteter Himmel, o Lou, o Lou
Meine abgöttisch Geliebte
Teurer, teurer Liebling
Da bist Du
Und ich nehme Dich ganz
Mund an Mund
Wie damals
Schönes bizarres liebes Kind

Gui

141

29. April 1915

Mein kleiner Schatz,
es haben mir, glaube ich, nur ein paar der nach Nîmes abgesandten Briefe gefehlt. Wenn Du mir schreibst, drück richtig fest, wenn Du die 38 schreibst, denn hier in der Nähe ist auch die 45. Batterie eines weiteren Artillerie-Regiments.
Der Brief vom 18. mit den 20 Francs trug noch die Adresse Rue Angélique Vérien[181]. Du brauchst Dich gar nicht zu bedanken, ich tue nur meine Pflicht, da ich ja Dein *großer Freund* bin. Bloß verlange ich von Dir sowohl Verschwiegenheit (nicht

vor Toutou, ist in Ordnung) als auch Vertrauen. Aber ich will mit den anderen seltenen Blumen[182], die ich nicht selber ausgesucht habe, nichts gemein haben, sollten sie mich auch schätzen, loben, rühmen wollen, also kein Wort, an niemanden. Wenn Du denkst, dass ich es nötig habe, aufgemuntert zu werden, irrst Du, mein Lou, und Du hast keine sehr hohe Meinung von mir. Ich scheue Verantwortung nicht und stehe auch bis zum Ende zuverlässig zu ihr. Ich kann manchmal, wenn eine Entscheidung ansteht, diesen Zweifel, diesen tiefen Schmerz haben, wie ihn Christus empfunden hat, der im Garten Gethsemani den Blutschweiß, die Hämhidrose erlitt, aber dann ist es vorüber und ich gehe auf rechtem Wege. Also, nichts als die Wahrheit will ich von Dir hören. Gui fragt Lou, ob die *Momente*, die *Etappen* selten sein werden? Auf jeden Fall ist Gui, der seit über einem Monat das Etappengebiet verlassen hat und sich im vorderen Gebiet auf der Feuerlinie befindet, von allem entbunden und liebt seinen Lou, der für ihn ebenfalls so viel wert und so hübsch ist!

Lou soll Gui sagen, ob Guis Zeichnungen sie amüsieren, und ihr gefallen, ob die Verse ihr auch gefallen, sie soll auch ausführlich erzählen, was sie macht, was Gui gut amüsieren wird, der sich an der Front den überdrehten Lou bei tausend Schäferstündchen in Paris vorstellen könnte …

Lou, die die Pflanzenkunde schlecht kennt, soll sich auch in Acht nehmen vor ihrem Gärtnerinneninstinkt, und soll keine giftigen Blumen züchten! Gui muss Lou gar nicht erst sagen, dass keine seltene Blume auf Guis Hochsitz gezüchtet werden darf, zumindest nicht nachts, das käme für Gui gewiss einer Kündigung der Wohnung gleich, an der er aus verschiedenen Gründen sehr hängt, und sei es nur, weil sich Lou daraufgesetzt hat.

Ansonsten liebt Gui Lou, so wie er ist, und weiß wohl, dass er ihn dazu bringen wird, besagte Etappen doppelt und drei-

fach zu durchlaufen. Gui tollt auf den Straßen herum, nimmt Bäder in einem entzückenden Bach voller Iris im hübschen Wald, nicht in demjenigen, in dem er wohnt, sondern im anderen. Er jongliert nicht mit Granaten, aber schaut sich an, wie sie selber von alleine jonglieren, und fragt sich manchmal, ob dies alles wahr ist, ob Gui Gui ist, ob die Erde die Erde ist und ob er nicht über Nacht auf einen anderen Planeten versetzt worden ist.
Gui bittet Lou noch einmal um ihr Wappen[183], denn wenn es denn ans Sterben ginge, will er unter den Farben seiner Dame sterben, wie einst die Ritter.
Mein Lou, ich schreibe an meinem Brief weiter, nachdem er mit Petroleum befleckt wurde, verzeih mir. Weil man mich soeben gerufen hat, um mir das liebenswerte Paket auszuhändigen, das Du mir geschickt hast, habe ich den Brief beiseitegeschoben und er hat Flecken bekommen. Welch entzückende Fee bist du! Du bist tausend Wonnen! Ich habe nicht geahnt, dass ein Paket solche Freude machen kann. Stell Dir vor! Jede Menge kleine Fotos von meinem geliebten Lou! 1 Ansichtskarte. Auf allen siehst Du entzückend aus, Schatz, mein Schlingel, es ist alles so charmant, erzähle Dir morgen davon weiter, habe schon zwei Geleefrüchte gegessen, habe 3 Feldwebeln und 2 Gefreiten 5 Stück gegeben. Ich gebe keine weiteren aus, weil das von Dir kommt. Den Anhänger habe ich schon um den Hals.
Ich werde eine Zigarette aus Maryland rauchen und werde sehr glücklich sein. Mein Lou, liebe Dich. Du hast die Schachtel bei der Civette gekauft! Das ist herzallerliebst von Dir. – Noch was anderes, bevor ich zum Schluss komme, eine Anfrage: Wie viele *große Freunde*? Ist nicht jeder *eine noch nie da gewesene* Nummer? … Und hat nicht jeder seine eigene Schublade? All dies über Toutou hinaus natürlich, Toutou, von dem ich mir jeden Tag einen Brief erhoffe … Ich werde

immer Lous großer Freund-Geliebter sein und ich nehme sie ganz, wie sie selber schreibt, und das 4 mal unterstrichen.

Gui

142

30. April 1915

Mein Schatz, also wirklich, kein Tag ist wie der andere, das ist wohl wahr. Gestern Dein entzückender Brief und das Päckchen. Heute Dein böser Brief. Ich hänge so wenig an meinem Epitheton[184], dass ich gleich nach den ersten Briefen gänzlich darauf verzichtet habe. Ich habe Nîmes ein wenig trübselig verlassen. Dein erster Brief, den ich hier bekam, war nicht sehr freundlich, die einzige Stelle, die etwas lustig und übrigens auch nicht sehr freundlich war, bezog sich auf diese Sandwichgeschichte[185], und dazu hattest Du geschrieben »*widerlich seid ihr beide, der eine wie der andere*«. Ich habe geglaubt, dass Toutou mich auslachen könnte und dass Du mich ihm in solch sonderbaren Farben geschildert hattest, dass es korrigiert werden musste. Was genau habe ich denn geschrieben? … Hier ist die Karte fast wörtlich jedenfalls: »*Mein geliebter kleiner Toutou. Ihr Brief zum Sandwich, von dem Lou mir erzählt hat, war recht geistreich. Mit Verlaub. Beurteilen Sie mich nicht, bevor Sie mich kennenlernen. Ich liebe Lou, ich liebe Sie. Aber sagen Sie Lou, mich nicht anzulügen. Ich mag die Wahrheit sehr.*«
Du siehst, es ist ja nicht böse. Bitte doch Toutou, Dir die Karte zu schicken. Du wirst sehen, so steht es darauf. Wenn Du denkst, ich habe schlecht gehandelt, bitte ich Dich jedenfalls um Entschuldigung, und vor allem den etwas verstörten

Zustand zu entschuldigen, in dem ich mich befand, als ich an die Front kam, zumal es hier außerdem ziemlich viele heftige Angriffe gab.

Zur Kette habe ich geschrieben, sie mir doch nicht zu senden, die Kartentasche ebenso wenig. Könntest Du den Brief vom 18. mit dem Geldschein, der drinsteckte, nicht reklamieren? Sag mir, wohin ich schicken muss, wenn ich denn etwas habe. Entschuldige auch, dass es so wenig ist …

Mein Kleiner, schimpfe nicht so mit mir, wenn ich so fern bin. Bin heute so traurig über diesen Brief und gestern war ich so froh!

Bilde Dir auf keinen Fall ein, ich habe Toutou gegen Dich hetzen wollen, … ich werde ihm nicht mehr schreiben … wir sind zu weit auseinander, um uns zu verstehen … Schreib ihm, er hat mich missverstanden. Tut mir jedenfalls leid, dass die Karte so falsch interpretiert wurde.

Zu besorgen wäre nichts außer *Bi-Oxyne*, Reisedose, 1,50 Fr. oder 1.75 Fr. (ich weiß nicht mehr genau), das ist alles. Esche haben wir hier, brauchst Du nicht zu schicken. Das Paket kannst Du unentgeltlich versenden, wenn Du Dich an einem Bahnhof oder beim Speditionsdienst der Bahn erkundigst.

Ich bin sehr, sehr gekränkt, mein Lou, dass Du hast glauben können, ich hätte zwischen Toutou und Dir Zwietracht säen wollen. Ich habe Euch beide lieb. Ich habe versucht, es Dir, die ich liebe und als Freund mag, zu beweisen. Ihn mag ich als Freund, und ich hoffe, es ihm zu beweisen. Es sei denn, ein schneller Tod befreit mich schließlich von all diesen alltäglichen Sorgen, wenn Du mich nicht mehr liebst, mir nicht mehr glaubst, werde ich dessen rasch überdrüssig werden.

Genug dazu …

Ich erhoffe mir morgen einen netteren Brief von Dir. Ich erhoffe ihn, und da ich äußerst genervt bin, werde ich, sobald mein Brief fertig ist, aufsatteln und gute fünfundzwanzig km

auf Loulou reiten. Dann wird es Zeit sein, in die Hütte zu schlüpfen.
Aber schreib mir nicht wieder Briefe wie den heutigen, der gehässig ist. Würdest Du jemandem schreiben, der Dir etwas Böses angetan hat, würdest Du nicht anders schreiben.
Mir die Karte an Toutou vorzuwerfen, das ist, als würdest Du mir die Briefe von vor 20 Tagen vorwerfen. Du sagtest, ich würde Dich anschnauzen. Dann war davon nicht mehr die Rede. Sag Toutou, diese Geschichte ist längst vorbei und hier hat man wahrhaftig schwer genug zu tun, und Lou hat es wirklich nicht nötig, in Guis Herz auch noch Not zu streuen. Gui ist vielleicht dumm gewesen, Lou ist aber böse gewesen. Bloß Gui weiß, dass Lou im Grunde nicht böse ist, und Guis Traurigkeit und schlechte Laune werden sich verflüchtigen, nachdem sich Gui nach seinem Spazierritt die entzückenden Fotos von gestern aufmerksam angeschaut haben wird.
Hat Lou den Ring nicht erhalten?
So, so, so, Du bist richtig sauer. Lieb ist das nicht. Sei nicht sauer, sei nicht sauer, mach Dir keine Sorgen, mach Dir keine Sorgen.
Na, mein kleiner Luchs, ein für alle Mal, DU BIST KEINE LÜGNERIN, und das freut mich wirklich sehr.
Ach! Ich habe Toutou diese Karte vor allem geschrieben, weil Du mir einen Brief gezeigt hattest, in dem er schrieb: »*Wenn Sie meinen, Guis Nerven können* (ich weiß nicht mehr was) *nicht ertragen, sagen Sie ihm die Wahrheit doch nicht*«. Kannst Du Dich daran erinnern? – Also, sobald ich hier ankam, schrieb ich ihm die beanstandete Karte. Schreib ihm diesen Grund, der der wahre ist, denn ich habe jetzt Angst, ihm zu schreiben. *Toutou!* TOUTOU!! Na, Lou, trotzdem ein Kuss.

Gui

143

2. Mai 1915

Mein kleiner Luchs, es ist mein 4. Sonntag hier, und vor einem Monat bin ich von Nîmes aus aufgebrochen. Und Du, mein kleiner Schatz, was machst Du denn so? Du pflegst Deine seltenen Blumen! Na denn, mein kleiner Luchs, lass es Dir gut gehen. Ich werde niemals irgendjemanden beneiden, wenn ich Dein ganzes Vertrauen habe.
Ich habe in der Hütte, die der Batterie als Büro dient, in den Kalender geschaut. Heute wird der heilige Athanasius gefeiert und ich, einfacher, in einen Wald verschlagener Gefreiter, übe mit sonderbarer Wonne meinen Geist und schärfe mein Gedächtnis an diesem Kirchenlehrer, diesem Gelehrten der Abstraktion, in welchem sich jene extremen, aber für denjenigen, der sie verwendet, so undankbaren Kräfte verbündet haben: Wissenschaft und Demut.
Mein Geist durchwandert die Zeit gegen den Strich und verzeih mir, meine ganz Liebe, dass ich Dich mitreiße. Wir sind im 4. Jahrhundert, im Jahre 325, auf dem Konzil von Nicäa, ein junger Mann, schön und überzeugend, erhob sich auf einmal und entlarvte den Häresiarchen Arius. Das war Athanasius. Mit 30 Jahren war er Bischof von Alexandria. Im nächsten Jahr stirbt die schamlose Fausta, in einem Bad erstickt, dann erfolgt die Auffindung des Heiligen Kreuzes durch Helena. Die heilige Helena! Vor ihr, Mutter des 1. christlichen Kaisers, fällt diese verstörende, anstößige, diabolische Statue der Voluptas zu Boden, die seit Kaiser Hadrian als eines der größten Sakrilege auf dem Golgota stand.
Nach dem Tod der heiligen Helena kommt die Verfolgung des Athanasius. Ich erinnere mich nicht mehr an die Einzelheiten dieser byzantinischen Geschichte. Er wird der Scham-

losigkeit, der Vergewaltigung, des Mordes, der Zauberei beschuldigt. Eine hübsche Frau namens Thimotea beschuldigt ihn der Vergewaltigung, mehr noch, des Stuprums, was die Vergewaltigung von Jungfrauen bezeichnet, schließlich wird Athanasius ins Exil getrieben, nach Trier, damals Hauptstadt der Gallier, von wo aus in diesem unseren Krieg die 1. Armee aufgebrochen ist, die in Frankreich einfiel. Ich kann mich schlecht erinnern, wie diese fromme Geschichte weiterging, die mir der Kalender ins Gedächtnis gerufen hat.
Ich setze meinen Brief, den ich habe unterbrechen müssen, fort. Hier werden Briefe in 5 oder 6 Etappen geschrieben.
Heute habe ich zu Mittag und in einem Esszimmer gegessen, was lange nicht mehr vorgekommen war. Ich habe Leute gesehen, Frauen, allerdings weniger hübsch als die im Keller neulich, wie ich Dir erzählte[186], und die gar nichts waren im Vergleich zu Dir.
Nun bin ich schließlich wieder im Wald. Ich warte auf den Postmeister, der gestern keinen Brief vom kleinen Luchs gebracht hat.
Es ist schwül, sehr heiß und sieht sehr nach Gewitter aus.
In meiner Hütte sind wir jetzt zu zweit. Es lässt sich gut aushalten auf meiner Matratze aus Seetang und mein Kamerad und ich, wir haben uns ein schönes Badezimmer gemacht, aus Tannenzweigen und mit 2 Wasserlöchern, eins, um das Wasser zu schöpfen, eins als Abfluss. Die Frösche quaken immer lauter und machen mehr Radau noch als die Vögel, aber nachts hört man eine Kröte, die ihren reinen Klang, hell wie der lichte Mondschein auf den Schlachtfeldern, ertönen lässt.
Am Kanal habe ich einen Lastkahn vorbeifahren sehen, und zwei Mädchen, ein dunkelhaariges, ein rothaariges, kämmten sich die Haare auf dem Deck. Schwermütig habe ich gedacht, vielleicht ist das das Glück, auf diesem Lastkahn zu sein, Schiffer, Ehemann eines dieser Mädchen, dann habe ich

gedacht, dass diese Idee, die mir da eingefallen war, wahrscheinlich das Beste war an dieser Geschichte und dass ich also das Schönste von diesem Glück gekostet hatte, das nun verflog, wie da der Lastkahn den Kanal hinab fortschipperte und wie in diesem Moment eine der köstlichen Zigaretten, die Du mir geschenkt hast, ausgeht.
Lou, Schatz, und Dein Mund! Und Deine Stimmung! Und die Erregung! Mein Schatz, sei glücklich, es ist das Einzige, was man von Dir verlangt.
Hier bemühen wir uns, die Stärkeren zu sein. Das ist für uns das Entscheidende, und wir sind ja hier um des Glückes der Frauen willen, die wir lieben, und deshalb bekämpfen wir die *Boches*, die mit ihren falschen Gefühlen, ihrer widerlichen Seele, die Schande der Menschheit sind!
Ich liebe Dich von ganzem Herzen, mein teurer kleiner lieblicher und geliebter Lou.
Wenn ich richtig verstanden habe, gehört die glückliche seltene Blume gar nicht der Pflanzenwelt an, sondern der Tierwelt und es ist anzunehmen, dass es ein Kater ist?!?

Küsse Dich.
Gui

144

3. Mai 1915

Mein kleiner sehr geliebter Luchs,
ich kann die ganzen Gründe gut verstehen, den Frühling, die Blumen, und bin Dir überhaupt nicht böse, kleiner Luchs meines Herzens.
Ich wünsche Dir Erfolg mit der Schwester von Tzanck. Ich

hätte auch den Wunsch, Du mögest Dich huldvollst (!) in die Rue Angélique Vérien bemühen oder jemanden gnädigst (!) dorthin entsenden und schauen, ob sich der Brief mit seinem kleinen Geldschein nicht wiederfinden lässt.
Es ist also wahr, meine hübsche Bisamratte, ich soll mich auf Dich auch völlig verlassen?! Und wir sind Freunde fürs Leben! Wenn Du wüsstest, wie mich solch liebenswürdige Einstellung mir gegenüber vonseiten meines Lou beglückt, würdest Du Dich freuen.
Ich habe einen Brief von einem meiner Freunde, einem Unterpräfekten, erhalten, er beneidet mich um *den prickelnden Nervenkitzel* hier. Man kann sich doch wundern, wie *Poilus* vom Hinterland und vom Innendienst, die mit Frauen schlafen, so viel sie wollen, die nicht in Gefahr sind und in einem molligen Bett pennen, doch unverschämt sind, mit Freude würde ich denen Stockschläge auf den A… verpassen.
Es ist doch nicht zu fassen, wie viele Drückeberger es noch gibt! Und es ist davon die Rede, dass Frauen eingezogen werden sollen, aber erst mal sollten alle Männer eingezogen werden …
Ich habe meinen Brief unterbrochen, um in der schwarzen mondlosen Nacht auszureiten, war im Schützengraben beim beeindruckenden nächtlichen Gedränge an der Front. Wachtposten überall. Parole. Dann freies Feld. Mächtige Scheinwerfer, die die Dunkelheit absuchen. Leuchtkugeln, die die Finsternis durchbrechen, Schießerei, es war fantastisch.
Ich habe heute Blumen gepflückt, die ich meinem Brief beilege, der erste Flieder ist dabei.
Welches Jahr, meine Liebe, werden wir zusammen den 1. Flieder pflücken können?
Hier nichts Neues außer Krieg, Kanone, alles dröhnt, dröhnt und dröhnt wieder.
Was sagt man zur Dauer in Paris? Ich habe ja meine Meinung, aber sage sie nicht.

Wird Italien ja oder nein mitmarschieren oder will es uns warten lassen, bis wir schwarz werden, wie ich in Marseille?
Mein kleiner Luchs, hätte den Taubenschlag mit seinen schönen schwarzen Schwertlilien und seinen verschmitzten, schelmischen Nelken gern gesehen, von denen Du so schön sprichst.
Na, geliebter Lou, ich küsse Dich tausendmal.
Immer noch kein Brief von Toutou. Vielleicht hat er überhaupt keine Zeit. Ich meinerseits brauche einen ganzen Tag, um Dir zu schreiben, in den freien Momenten, und ich frage mich, ob ich es immer fertigbringen werde.

Kräftige kräftige Küsse.
Gui

Schicke mir die hässlichen Fotos aus Nîmes zurück. Werde Dir andere senden. Lasse welche machen. Hab mich sehr verändert. Werde diese Fotos aus Nîmes gut anderweitig gebrauchen.

144 bis[187]

Den 4. Mai 1915

Jetzt ist genug, das Maß ist voll. Mir ist schon klar, dass wir endgültig Freunde sind. Doof! Übergeschnappt! Dämlich! Es ist ja mehr, als ich mich getraut hätte, zu hoffen. Ich habe niemals geschrieben, Du würdest Skandal machen … ich habe Dich darum gebeten, keinen zu machen … nicht dasselbe; habe Dich aber nicht kränken wollen. Ich bitte Dich also ein zusätzliches Mal, mir meine Doofheit, meine Übergeschnapptheit und meine Dämlichkeit zu verzeihen.

Du wirst mir außerdem verzeihen, dass ich mich freiwillig gemeldet habe, um Dein Land zu verteidigen. Ich kann Dich, mein Schatz, also schwer vor die Tür setzen wollen. Und ich frage mich, für wen Du mich denn hältst. Mal ehrlich, habe ich Dir je Anlass zur Vermutung gegeben, ich sei flegelhaft oder unbeständig? Ich bin Dir nicht böse, weil ich Dich liebe, nicht nur weil ich gern mit Dir ins Bett gehe; ist mir im Grunde schnuppe, es gibt ja andere, auch nicht wegen irgendetwas an Dir, sondern wegen Dir allein, mein armes Kindchen, das so sehr von Liebe und Leben erschüttert wird!!!, wegen Dir, die ich gerne mag, obwohl Du auch einen schlechten Charakter hast. Das macht zwei schlechte Charaktere, die nun mal gut zueinander passen!
Du bist wirklich drollig. Du willst mir also nichts mehr erzählen??? Schade für Dich, denn ich bin Dein Dichter und muss Dein Tun und Handeln singen können, und dazu muss ich es erst kennen. Wenn Du mir also nichts sagst, verlierst Du jemanden, der Deinen Witz und Deine Abenteuer zu schätzen weiß.
Ich möchte auch gern wissen, ob ich mit Dir offenherzig reden und Dich ab und zu schelten darf, ohne dass Du dafür eine Stinkwut auf mich bekommst?

145

5. Mai 1915

Mein kleiner geliebter Luchs,
ich habe heute das Sträußchen Maiglöckchen zum 1. Mai erhalten. Danke! Ich habe auch eine Nachricht von Toutou erhalten. Dieser Brief hat über 10 Tage gebraucht, um mich

zu erreichen, weil er sich in der Feldpostnummer geirrt hatte. In diesem einfachen kleinen Brief habe ich feststellen können, was für ein vornehmes Wesen Toutou denn ist. Du hast vollkommen Recht, ihn so sehr und viel mehr als mich zu lieben, der ich Deine herzliche Liebe vielleicht tatsächlich doch nicht verdiene. Toutou verdient sie ganz und gar. Er ist ein feiner Kerl, viel mehr als ich. Aber, kleiner Luchs, so gering mein Verdienst auch immer sein mag, ich liebe Dich nichtsdestotrotz ganz ganz viel. Ich schreibe Dir in einer Lichtung unseres Waldes. Über meinem Kopf sehe ich nur den Himmel. Ich fühle mich frei, isoliert wie eine kosmische Parzelle, die, allein dem Gravitationsgesetz – vielleicht an sich auch bestreitbar – unterworfen, im Äther schwimmt. Mir scheint, ich bin allein auf der Welt an einem Ort, der wie ein magisches Fahrzeug ist, auf dem ich durch das Universum ziehe. Das schwache Säuseln des Maienwinds ist der Luftzug, der durch den Lauf des Planeten verursacht wird. Das dumpfe Gedröhn der Kanonen in der Ferne ist das Plätschern der Flüssigkeiten, das durch die Rotation im Innern des riesigen Feldküchenkessels, der unsere sich um ihre Achse drehende Erde ist, entsteht. Der ganz kleine Teil dieser Erde, der ich angeheftet bin, ist jetzt unsichtbar und ich sehe nur noch den Himmel, der vielleicht auch meine Liebe zu Dir ist. Alle Erinnerungen an Gesellschaft, Gesetz und Sitte schwinden dahin. Ich lasse meine Gedanken galoppieren, so wie ich heute Morgen das junge Loulou galoppieren ließ, als wir in der Nähe der kleinen Brücke ritten, die die *Boches* beobachten, ich lasse meine Gedanken frei, zügellos galoppieren, und ich berausche mich daran bis zum Schwindel: Wie der Fakir, der alles andere vergisst, wenn er eine bestimmte Stelle seines Körpers betrachtet. Ich liebe die Natur nicht mehr, als der Inder seinen Nabel liebt. Mir dessen bewusst, an der Spitze der Schöpfung zu stehen, hege ich im Gegenteil eine gewisse Verachtung für die minderwertigen Lebensformen. Ich weiß schon, dass die Erzeugnisse der Vernunft zum Teil logischer gestaltet werden müssen als diejenigen der bewusstlosen Natur und dass sie vor allem dem Menschen nützlicher sein müssen, der sie um ihrer Nützlichkeit oder des persönlichen Behagens willen erschuf. Aber den Rohstoff für seine Werke entnimmt er der Natur, und obwohl es dem Menschen gelungen ist, mit Hilfe von Maschinen, Luft und Licht zu erzeugen, ist mir doch die Sonne lieber, mit ihrem Flimmern aus Liebe, die die Wissenschaft nicht übertreffen kann, und die Atmosphäre mit ihrer unerschöpflichen Quelle an Sauerstoff. Als Dichter liebe ich die Natur wie eine Dienerin, die ich notwendig brauche, denn sie trägt mir die Eindrücke, die Bilder zu, aus denen ich meine Auffassungen webe, und als Mann ist es mir eine Freude, diese mächtige Sklavin, diese unerbittliche Gegnerin durch List dazu zu bringen, sich meinem Willen zur Verfügung zu stellen. Mein Lou, ich liebe Dich innigst und nehme Dich ganz.

Gui

146

6. Mai 1915

Mein lieber kleiner Luchs,
ich habe heute nichts von Dir erhalten, dafür haben wir Sturzregen abbekommen, der in meine armselige Bude eingedrungen ist, es ist alles nass bis auf mein Briefpapier. Meine Matratze, mein Tornister, alles. Anscheinend ist das der stärkste Regenfall seit Anfang des Krieges; um 4 Uhr kam die Sonne wieder zum Vorschein, es ist im Übrigen nicht kalt, aber um

7 Uhr setzte fantastisches Granatfeuer ein. Es ist nichts passiert, aber die Einschläge folgten so dicht aufeinander, dass mir übel ist, als müsste ich erbrechen, und eine immense Mattigkeit hat mich befallen, zumal ich letzte Nacht nicht habe schlafen können. Ich fürchte, Toutou macht sich Illusionen mit seinem *in den nächsten Tagen* … Hier braut sich was weiß ich zusammen, aber ich, der ich ständig unterwegs bin, sehe das doch … Ich war gestern mit den lieblichen Maiglöckchen fröhlicher und stärker. Bin heute betrübt, meine Kameraden genauso. Berthier hat das Leben hier nicht ausgehalten und eine Hirnhautentzündung ist aufgetreten, er wurde ins Krankenrevier nach B. eingeliefert und wird, wie es scheint, morgen evakuiert. Ich verliere damit meinen besten, meinen einzigen Freund hier, und gähnende Leere tut sich um mich auf. Mein einziger Trost ist, Dir zu schreiben, mit Dir zu plaudern, die Du Dich womöglich nicht mehr für meine Briefe interessierst! Aber nein; Du hast sie doch gern, die armseligen Briefe des Doofen, Übergeschnappten, Dämlichen, der ich bin … Verzeih mir meine Traurigkeit, mein kleiner Lou, ich darf nicht traurig sein. Ich denke, es geht mir übrigens schon besser. Du hast Recht zu wünschen, dass Tyka jetzt dressiert werde, denn die günstigste Jahreszeit, um Hunde abzurichten, ist der Frühling. Der Hund, der in dieser Jahreszeit schon gut vorstehen kann, wird im Herbst noch besser sein.
Also, Du willst mir von dem nichts mehr sagen, was Du so machst? – Nach den Briefen, die ich von sehr zuverlässigen Leuten erhalte, gibt es, glaube ich, immer mehr Drückeberger und im Hinterland sind alle ruhigen Posten von aktiven Offizieren und Unteroffizieren besetzt. Ich finde das alles sonderbar und frage mich manchmal, ob da nicht ein bisschen Wahnsinn in der Luft liegt. Hast Du den kleinen Ring erhalten? Ich habe heute in *Le Journal* einen kleinen Artikel über unsere Schmuckstücke aus deutschem Aluminium gele-

sen. Du musst im Moment unterwegs sein. Gute Reise, mein Lou, ich nehme Dich in die Arme und küsse Dich zärtlich, nach Männerart.

Dein
Gui

147

7. Mai 1915

Ach! der hübsche Brief, mein geliebter Lou. Du bist mir also nicht mehr böse und alles, was Du sagst, ist sehr vernünftig. Ich bin völlig im Unrecht und bitte Dich darum, mir zu verzeihen. – Du erzählst mir die Fabel vom Bären und vom Gartenfreund[188], in der Letzterer zur Freundin der seltenen Blumen wird, und tatsächlich, der Bär bin ich, ich habe aber keinen Herrn, höchstens eine Herrin – wenn man so sagen darf[189] – da der Bär, noch wild, im Wald lebt – Halte indessen, Lou, meine Betrachtungen niemals für Vorwürfe. Der Bär ist nicht gezähmt, und wenn er manchmal brummt, wirft er doch keine Pflastersteine, nicht einmal kleine Pflastersteine[190]. Was den Zahnarzt angeht, fang auf jeden Fall an, die Arbeit machen zu lassen. Hoffentlich muss man nicht vorauszahlen; lass alles machen, wir werden dann schon sehen. Lass die Arbeit machen, das ist die Hauptsache. Du machst, fürchte ich, die Sache komplizierter, als sie ist – Schelte mich bitte nicht wegen dieser zaghaften Bemerkung, für die ich mich sogleich entschuldige … mit einer mächtigen Lust aber, Dich vor mir auf die Knie zu zwingen!! Das weißt Du!!!
Nein, den Brief zum Ring nicht erhalten … verloren!! Übrigens, ICH ANTWORTE ganz einfach immer auf Deine Briefe.

Ich warte auf die Größe Deines Fingers. Schick mir die Bi-Oxyne letztendlich doch nicht. Ich lasse sie mir durch jemand anders schicken. Du, kleiner Luchs, hast keinen roten Heller – Werde Dir übermorgen per Einschreiben fünfzig Francs senden –

Wer ist dieser ET[191], den Du nach dem Postmeister im Absatz über meine Karte an Toutou erwähnst? Eine Orchidee, eine Tulpe oder die Blüte des Manzanillobaums[192]? Ich habe Toutou geschrieben, der mir geschrieben hatte, wie ich Dir erzählte – er vermerkt, dass *es sehr, sehr schwer ist, ihn zum Erstaunen zu bringen*. Sag ihm, dass es mir nach den gemeinsam erfundenen reizenden Sandwichen[193] klar ist, dass es nicht leicht sein wird, ihn zum Erstaunen zu bringen, und dass Staunen im Übrigen kein Ziel ist, aber dass Sandwichmann immerhin schon eine soziale Stellung ist. Küsse Dich heftig, mein Lou.

Gui

148

8. Mai 1915

Nein, kleiner Luchs, auf dem Ring steht etwas Liebevolleres noch, und zwar »ich liebe Dich, Lou«. Deine heutige Karte ist kürzer, aber reicher an entzückenden Dingen als gewisse längere Briefe. Mein Schatz, ich schreibe Dir jeden Tag, und wenn ich Dir an einem Tag nicht schreiben konnte, sage ich es Dir am folgenden – aber schreibe Dir jeden Tag. Mein kleiner geliebter Luchs, ich schmolle mit Dir nie, nie, das weißt Du doch, mein sehr geehrter Liebling, meine Lou. Ich schreibe den Brief, bevor der Postmeister kommt, wenn er die Post-

anweisung bringt, tue ich sie gleich mit in den Brief, sonst mache ich es morgen.
Ich bin vielleicht hin und wieder dämlich, aber Du bist manchmal recht gemein – Zur Geschichte mit dem Zahnarzt, ist doch gut – Erkläre mir. Aber erkläre mir immer alles, mein Schatz, ich weiß nicht warum, Du bist manchmal misstrauisch gegen mich, oder bist beleidigt, sollst Du nicht, sollst Du nicht. Du weißt es doch hoffentlich, ich liebe Dich wirklich und nicht einfach so banal. – Du sagst, Du liebst mich, also lass Dich doch bitte von meiner Liebe mitreißen. Du lässt Dich von Toutous Liebe mitreißen, lass Dich auch von der meinen mitreißen. Da Du sagst, er hat mich gern, und weißt, ich mag ihn auch, lass Dich doch einfach von dieser doppelten Liebe mitreißen. Aber nein, man muss Dich immer wieder einfangen, nach Dir schnappen, Du fliehst, man hat manchmal den Eindruck, Du wärst unzufrieden damit, geliebt zu werden. Und plötzlich schießen ergötzliche Wörtchen hoch, wie die von gestern – Übrigens, schreib lieber das Datum als nur den Wochentag – und wenn Du nicht schreibst, sage es doch in dem nächsten Brief. Andererseits, da die Orte, durch welche ich komme, immer mehr beschossen werden – falls – man muss ja an alles denken – Du eine wenig erfreuliche Nachricht mich betreffend bekommen solltest – *sage darüber kein Wort* – so wirst Du in aller Ruhe im Taubenschlag bleiben können. Schick mir weitere Fotos von Dir, mein Liebling, es macht nichts, wenn Du darauf nicht allein bist – je mehr Bilder ich von meinem Lou habe, desto fröhlicher werde ich sein – Schicke die Bi-Oxyne nicht – werde sie mir anderweitig besorgen.
Gestern, nachts, als ich zur Batterie ging, in einem Wald, taucht ein *Poilu* aus dem Nichts vor mir auf, ich sehe ihn erst, als er schon direkt vor mir steht. In solchen Fällen, mitten im Wald, hört man üblicherweise den Räuberruf »Geld oder

Leben«. Nicht im Geringsten. Der *Poilu* wollte mich darum bitten, sich eine Postanweisung, die er mir anvertraut hat, durch den Postmeister auszahlen zu lassen. Amüsantes Bild vom Krieg.
Sende mir schnell die Größe für den Ring – aber behalte auch den ersten.
Schatz, heute, große Sinnlichkeit – begehre Dich heiß, heiß, sehr, sehr aufgeregt – Habe mir das kleine Foto lange angeschaut, auf dem Du im Gras sitzt, im Profil, mit dem Gesicht nach links, mit dem schönen bis zum Ellenbogen nackten Arm und einem Ausdruck, als würdest Du gerade kommen, zum Höhepunkt kommen – Du bist entzückend auf diesem kleinen erlesenen Bild und ich hätte Dich gern, nackt, mit Deinem hübschen Hintern schön in der Höhe, schön gehorsam … Ich liebe Dich abgöttisch, mein kleiner Schatz. – Es gibt jetzt in unserem Wald viele Schmerzen und auch Beschwerden mit den Augen. – Die Männer denken viel an ihre Frauen und ich höre sie viel von Händchen machen reden … Ich, Liebling, erreiche durch die Umstände einen hohen Grad an sittlicher Perfektion, die auf meine jetzige Lebensweise und ihre Regeln zurückzuführen ist. Ich lerne es, mich nur auf mich selbst zu verlassen, niemanden je um Rat zu bitten, die Folgen jedweder Handlung immer vorher zu bedenken. Das hindert mich übrigens nicht daran, ein Fantasiemächtiger, ein Dichter, und vielleicht sogar auch manchmal und in gewisser Hinsicht ein Neurotiker zu sein, wie meine ganze Generation, die in dem Zeitalter der Extreme und der überstarken Lebensaktivität geboren und erzogen wurde.

Lieb Dich, lieb Dich, lieb Dich, lieb Dich.

Gui

149

9. Mai 1915

Kleiner Luchs, kein Brief von Dir gestern – Habe Dir gestern eine Postanweisung von 50 Fr. geschickt – Schicke Dir heute in einem weiteren Umschlag zwei amüsante Tapetenbruchstücke im Stil des *Second Empire*. Ich habe sie in einem völlig zerschossenen Haus von der Wand gelöst und die zwei Szenen – Turkos[194] mit Marketenderin – Greis im Gespräch mit Kindern – habe ich herausgeschnitten. Die Bildgestaltung der Tapeten ist amüsant und rar und es finden sich Kunstsammler, die sich dafür interessieren. Es gab 1913, glaube ich, eine Tapetenausstellung im Louvre-Museum und es war ein Erfolg. Ich hoffe, es wird Dich amüsieren, vor allem angesichts der Situation, in der sich diese beiden Bilder befanden. Du wirst jetzt wieder im Taubenschlag sein[195] … Erzähl mir in einem Deiner nächsten Briefe etwas Amüsantes, zum Beispiel, was Du gemacht hast, als Du Toutou besucht hast. Ich bin neugierig, wirst Du sagen; aber Du weißt doch letztendlich, dass ich nicht so eifersüchtig bin und gern ein wenig, aus der Ferne, am Vergnügen des kleinen Lou teilhaben möchte. – Erzähl mir das, worum ich Dich bitte, erzähl es mit eingehenden Details, wie Du es ja verstehst, wenn Dir danach ist. Neue Fotos auch. Habe große Lust auf Fotos vom kleinen sehr geliebten Lou. Das ist nicht lieb von Dir, zu mir kein Vertrauen zu haben. Wir sind so gute Freunde, dass es mich traurig macht, davon ausgehen zu müssen, dass Du mir etwas nicht erzählen willst. Und alles, was Du zu erzählen hast, wird so amüsant, so anregend sein für einen Mann an der Front, der also Vergnügungen, welcher Art auch immer, so sehr entbehren muss. Es gibt hier im Moment massenweise Flieder. Ich habe auf meinem kleinen Tisch im Unterstand einen riesen-

großen Strauß davon, lila Flieder, weißer Flieder, sie duften so stark, dass mir ist, als würde ich Dich küssen. Wir haben heute herrliches Wetter mit leichter Brise. Ging heute Morgen zur Messe in einem anderen Dorf als neulich. Der Priester, der den Gottesdienst hielt, war ein Fußsoldat, und da ich gegen Ende kam, war ich beim Entkleiden des Priesters zugegen und es war komisch, mitanzusehen, wie sich der Zelebrant allmählich in einen einfachen Soldaten verwandelte. Dann ging ich an einem toten, aufgedunsenen Pferd mit heraustretenden Genitalien vorüber. Daraus erhob sich ein Schwarm goldbrauner Schmeißfliegen, die eine Musik machten, als erklinge ein Harmonium in der Ferne oder ein kristallenes Blasorchester. Was sagt dieser liebe Toutou?, der schon acht Monate von diesem harten gefährlichen eintönigen Leben an der Front hinter sich hat. Nach dem, was Du erzähltest, gibt es anscheinend mehr Zivilisten in seinem Gebiet als in meinem. Gestern um 6 Uhr musste ich in ein Dorf hinausreiten, in dem sich ein Regimentsstab befindet, der sich in einem entzückenden kleinen Schloss aus dem 17. Jahrhundert einquartiert hat. Stilechte Holztäfelung, herrlicher Park, prächtige Gestaltung. Ich glaubte, zu träumen. Wir arme Männer vom Wald sind zu regelrechten Rohlingen geworden und der noch so geringe Luxus nimmt uns jetzt wunder, die Schreie der Nachtvögel, das Huschen der Natter, das Nagen der Ratten, der Gesang der Nachtigall, das Geschnarre des Wachtelkönigs, das Miauen der Granaten, die Blumen, das Laub, das ist unser Luxus. Aber letztendlich lachen wir hin und wieder doch. Werde Dir morgen von den lustigen Dingen erzählen, die ich gesehen oder gehört habe.
Zwei Stängel Myosotis in meinem Brief, auch bekannt als *Vergissmeinnicht*, und vergiss vor allem die Größe für den Ring nicht, den anzufertigen mir ein großer Genuss sein wird, vor allem wenn er mir mindestens so gut gelingt wie der erste.

Mein kleiner Luchs, nehme Dich in die Arme und küsse Dich sehr sehr heftig und nehme Deine Zunge.

Gui

150

10. Mai 1915

Mein kleiner sehr geliebter Lou,
ich habe Deinen Brief aus Gray[196] bekommen, es gab also keine Unterbrechung zwischen Deinen beiden Briefen: Dienstag und Mittwoch, nur wegen der Post habe ich vorgestern keine Nachricht von Dir erhalten. Du denkst immer noch, dass ich schmolle, aber ich hoffe jetzt, dass Du mittlerweile weißt, dass es nicht so ist, mein sehr geliebter Lou, und dass ich doch keinen *so miesen Charakter* habe. Nicht wahr, kleiner geliebter Luchs? Ich liebe Dich, mein Schatz, und Du gefällst mir unendlich, denn wenn es heute auf dieser Welt etwas Erfreuliches gibt, mein armer Liebling, dann ist das die Art und Weise, wie der kleine Luchs reizende Fantasie ins Leben gebracht hat. Es wäre wahrhaftig wünschenswert, dass ein erhabenerer Geist als der meine all diese so köstlichen Einzelheiten studiere, um sie auf das Gebiet der Dichtung zu übertragen, denn sie sind der reinsten und feinsten Lyrik zuzuordnen, ich wage nämlich zu behaupten, dass es durchaus notwendig wäre, dass die Kultur etwas davon hätte und dass die Menschen solch zarte, solch quicklebendige, solch elegante Vielfalt bewundern könnten. Ich werde mir, meine abgöttisch Geliebte, erlauben, Dir eines Tages ein paar Versuche dazu vorzulegen. Es wird eine Unterhaltung, die bei Deinem so scharfen Geist Zuspruch finden wird. Sie werden

Dich amüsieren und werden Dir bessere Kenntnis Deiner selbst vermitteln. Du bist in einem Alter, in dem sich Frauen Spaß und Spiele erlauben dürfen; aber Du sollst zugleich einige Deiner Gedanken ernsthaften Überlegungen widmen. Ich versuche meine Briefe so zu schreiben, dass Du in diesen Feldpostnachrichten einigen begegnest. Sie klingen oft albern, das will ich gern eingestehen, aber diese Albernheiten, geliebter Lou, dienen manchmal vielleicht nur als Hülle für gewichtige Wahrheiten, und um mich nicht zu wiederholen, will ich – ohne Umschlag – meine Briefkarte schließen. Ich liebe Dich.

Gui

151

11. Mai 1915

Mein Schatz, meine innigst Geliebte,
gestern den hübschen Brief aus Chalindrey bekommen, der in Paris eingeworfen wurde – aber doch, Du bist ein entzückender Kleiner, der seinem Gui große große Freude macht, der Dich deshalb immer mehr liebt. Die Geschichte mit dem Brand im Herzen des schönen Oberleutn. aus Gray hat mich unendlich amüsiert. Ich bitte um ausführliche Details. Du hast mir ein köstliches kleines Gedicht geschickt, erlesen wie Du, perfekt wie Du. Und ohne jeglichen Fehler in der Reimkunst. Du bist mehr als meine Muse, Du bist die Dichtung selbst.

TRÄUMEREI

Hier unten sterben alle Flieder
Ich träume von Lenzen, die immer verweilen
Und ewig
Hier unten streifen die Lippen
Ohne etwas von ihrem Samt zurückzulassen …
Ich träume von Küssen, die immer verweilen
Und ewig
Gedicht vom kleinen Luchs[197]

I

Das Wahre ist Dein Traum, mein Kind …
Alles stirbt, Freude verfliegt geschwind
Hier;
Aber der, den die Liebe hat geweiht
Ist gegen diese Sorge gefeit:
Der Traum ist ihm ewige Zeit
Hier …
Liebe verfliegt, Blumen verwelken:
Nur Illusionen für einen Laien,
Aber uns
laben wir gleich dem Esel an Rosen[198]
Die nie und nimmer verwelken
Für uns …

II

Nur eine Birke im Dämmerlicht
Auf meiner Vernunft blauem Berg …
Ich möchte das Winkelmaß rechnen
Zwischen Herz, Seele und Horizont …

Erinnerungen galoppieren
Mitten im Flieder schöne Augen
Während gleichmütige Kanonen
meine Träume zum Himmel feuern

III

Deine Liebe, mein Schatz, hat mich fast unendlich gemacht
Unaufhörlich erschöpfst Du an mir Geist und Herz
Du machst mich schwach wie eine Frau
Doch wie der Born den Brunnen füllt
Erfüllt mich erneut Deine Liebe
Mit zarter Liebe, Feuer und unendlicher Kraft

IV

Es war die Zeit des Segens wir waren an den Stränden
– Brich auf am schönen Morgen barfuß und ohne Hut –
Und flink wie die Kröte die Zunge schleudern kann
Lösten sich wilde Ehen und schlossen sich von Neuem

Sag doch, sahst Du ihn mal, den Gui beim Galoppieren
Er war beim Militär
Sag doch, sahst Du ihn mal, den Gui beim Galoppieren
Bei den Kanonieren
Im Krieg beim Heer?

Es war die Zeit des Segens: die Zeit des Feldpostmeisters
– Wir stehen dicht an dicht schlimmer noch als im Bus –
Gestirne flogen vorüber, die die Granaten äfften,
Als in der Nacht erschien die Batterie zu Pferde

Sag doch, sahst Du ihn mal, den Gui beim Galoppieren
Er war beim Militär
Sag doch, sahst Du ihn mal, den Gui beim Galoppieren

Bei den Kanonieren
            Im Krieg beim Heer?

Es war die Zeit des Segens: vage Tage, vage Nächte
Bomben schenkten den Balken der Unterstände
Ein wenig Aluminium, an dem Du eifrig schliffst
Bis unglaubliche Ringe sich formten in der Nacht

Sag doch, sahst Du ihn mal etc.

Mein geliebter Luchs, der Postmeister ist da, ich liebe Dich innigst, begehre Dich, nehme Dich ganz mit all meiner Kraft, liebe Dich, liebe Dich, liebe Dich, mein Schatz, mein kleiner geliebter unartiger Junge, nimm mich in Deine kleinen Arme, es lebe Frankreich und mein kleiner Lou.

Gui

152

12. Mai 1915[199]

Es ist mein Traum, mein Lou, Dich wiederzusehen
O Schattierung im Laubwerk während der schweren Morgen
Falten, wo der Tag spielt, wie an samtenen Brüchen

O Zeit, lasse mich in Gedanken dorthin zurückkehren
Zu den ersten Anfängen dieses so langen Krieges
Hier sind die Palmen und das Meer
Und dieser große Platz am Tag, da Du sie sahst
            Mit ihrem großen Canotier

O Zeit, kehrt sie zurück die Zeit, da unser beider Seelen
Zwei feindlichen Fliegern gleich aufeinandertreffen werden
Zum idealen Kampf, bei dem Du mein Lou forderst
Den Stab des Aaron.

Da Du doch bist, ewiges Herz: die FRAU
Und ich Dich kenne
Fliehende Welle, Tür zum Nichts, ungreifbare Flamme
Oder kindisch gedrehte lange Nase

Oder Du bist, o liebes Herz, diese Musik
Die Tag und Nacht den Waldtiefen entsteigt
Und Deine weißen Arme erheben sich prophetisch
Und verkünden

Was machen und machen werden die langen Männerscharen
Die unter Deine wollüstigen Augen kamen
Ihre Begierde zu schreien, zu sagen, was wir sind
Und was wir gewesen

Sie ziehen in den Tod im fahlen Licht des Morgens
Damit Dein schöner Blick auswähle unter ihnen
Den schönsten aller Sklaven der Dein leeres Bett ziere
Und Dich befriedige

Und ziehen in den Tod im fahlen Licht des Morgens
Damit Deine Kaprice auswähle unter ihnen
Den noch schöneren Sklaven, Dein leeres Bett zu zieren
So wie es Dir beliebt

O Lou, ich sehe Dich wieder in Nizza am großen Platz
Im Bernsteinlicht des Morgens …
Eine Granate schlägt ein auf der Geschützattrappe
Die die *Boches* entdeckt haben.

153

13. Mai 1915

Kleiner Luchs, nichts von Dir gestern, aber wahrscheinlich bekomme ich heute etwas, vielleicht gar 2 Briefe! Den von gestern und den von heute. Ich würde mich tüchtig freuen.

BEIM GRANATENHOLEN

Du an der Spitze der langen Kolonne, die im Gleichschritt
    marschiert
Bei klarer Nacht …
Die Hoden voll, das Hirn mit neuen Bildern überfüllt …
Unteroffizier von Reis Brot Salz, der das Wurfgarn in den
    Kanal unter den Linden auswirft …
Die erlesene Seele der Schönsten dringt zu mir im
    plötzlichen Duft der Flieder, die in den verwahrlosten
    Gärten schon dazu neigen, zu verblühen

*

Staubige Landser kommen von den Schützengräben zurück,
    die weiß sind wie die Arme der Liebe

*

Ich träume davon Dich Tag und Nacht zu umarmen
Ich atme beim Duft der Flieder Deine Seele in mich ein

*

O Pforten Deines Körpers[200]
Es sind neun und ich habe sie alle geöffnet
O Pforten Deines Körpers
Es sind neun und sind alle für mich nunmehr geschlossen

*

An der ersten Pforte
Erstarben des Verstands Klare Worte
Das war, weißt Du es noch, am ersten Tag in Nizza
Dein linkes Auge gleich der Natter kommt mir nah
Bis ans Herz
Möge sich die Pforte Deines linken Blicks wieder öffnen

An der zweiten Pforte
Erstarben meine Kräfte
Das war, weißt Du es noch, in Cagnes in der Gaststätte
Dein rechtes Auge bebte wie mein Herz blitzgeschwind
Und Deine Lider flattern wie Blumen im Sommerwind
Möge sich die Pforte Deines rechten Blicks wieder öffnen

An der dritten Pforte
Laut die Aorta pochte
Und all meine Pulsadern, geschwollen durch Deine Liebe
Möge sich die Pforte Deines linken Ohres wieder öffnen

An der vierten Pforte
Mit dem Lenz als Eskorte
Horch, und höre wie durch die herrlichen Wälder
Ertönt die Melodie der Liebe und der Nester
Doch sie klingt so traurig für Soldaten im Krieg
Möge sich die Pforte Deines rechten Ohres wieder öffnen

An der fünften Pforte
Da ich Dir mein Leben überantworte
Das war, weißt Du es noch, in der Bahn auf der Rückfahrt von Grasse
Und im Schatten, ganz nah, ganz leise
Flüsterte mir Dein Mund
Wörter der Verdammnis, so pervers und so zart

Dass ich mich frage wie, o meine wunde Seele
Ich sie denn hören konnte ohne sterben zu müssen
O Wörter so zärtlich und so mächtig, dass, wenn ich an sie
denke, mir scheint, ich fasste sie an
Möge sich die Pforte Deines Mundes wieder öffnen

*

An der sechsten Pforte
Werden, o Krieg, die verwesenden Früchte Deines Leibs
abscheuliche Aborte
Hier sind nun alle Lenze mit ihren schönen Blumen
Hier sind nun Kathedralen und ihr Geruch nach Weihrauch
Hier der göttliche Duft Deiner zarten Achselhöhlen
Das Parfum Deiner Briefe, ich rieche ihren Hauch
Stundenlang
Möge sich die Pforte Deiner linken Nüster wieder öffnen

An der siebenten Pforte
Weht der leichte Wind fort der Vergangenheit Düfte,
Deinen Lippen gab Gischt den Salzgeschmack vom Meer
Meeresgeruch, Liebesgeruch, unter unseren Fenstern erstarb
das Meer
In Liebe hüllte Dich der Orangenduft ein
Wenn Du Dich an mich schmiegtest
Still und stumm
Möge sich die Pforte Deiner rechten Nüster wieder öffnen

An der achten Pforte
Wachen zwei pausbäckige Engel über die bebenden Rosen,
Stützpfosten
Vom entzückenden Himmel Deiner plastischen Taille
Und hier stehe ich bewaffnet mit einer Peitsche aus
Mondesstrahlen

Liebesgötter mit Hyazinthen gekrönt kommen in Scharen
Möge sich die Pforte Deiner Kruppe wieder öffnen

An der neunten Pforte
Fließt Liebe selbst hervor aus jenem Orte
Leben meines Lebens
Ich werde eins mit Dir in Ewigkeit
Durch vollkommene Liebe und ohne Grimm
Erreichen wir lautere Leidenschaft oder perverse
Wie man es will
Alles wissend alles sehend alles hörend
Habe ich mich selbst verleugnet im tiefsten Innern Deiner Liebe
O schattige Pforte, O Pforte quicklebendiger Korallen
Zwischen den zwei Säulen der Perfektion
Möge sich die Pforte, die Deine Hände so gut zu entriegeln wissen, wieder öffnen

Gui

154
LIEBE, VERACHTUNG UND HOFFNUNG[201]

Ich habe Dich an meine Brust gedrückt wie eine Taube, die ein kleines Mädchen erstickt, ohne es zu wissen
Ich habe Dich in all Deiner Schönheit genommen, Deiner Schönheit, die reicher ist, als alle Seifen Kaliforniens es jemals in der Zeit des Goldrauschs gewesen sind
Ich habe meine sinnliche Gier an Deinem Lächeln, Deinen Blicken, Deinem Beben gestillt
(Mir gehörte, mir stand Dein Stolz höchstselbst zur Verfügung in den Momenten, in denen ich Dich gebeugt

hielt und Du meiner Macht und meiner Herrschaft unterlagst)
Ich habe geglaubt, all dies zu nehmen, aber es war nur Illusion
(Und ich verbleibe gleich dem Ixion, nachdem er mit dem Wolkengespenst geschlafen hatte, das nach der Gestalt derjenigen, die Hera oder die unsichtbare Juno genannt wird, geformt worden war.
Und wer kann Wolken nehmen, wer kann sie fassen? Wer kann mit der Hand nach einem Trugbild greifen? Und wie irrt doch derjenige, der glaubt, den himmlischen Azur umarmen zu können!
Ich habe geglaubt, Deine ganze Schönheit nehmen zu können, und dabei habe ich nur Deinen Körper bekommen
Der Körper leider währt nicht ewig
Der Körper hat die Funktion, Lust zu empfinden, aber er hat die Liebe nicht
Und ich versuche jetzt vergebens Deinen Geist zu umarmen
Er flieht, er flieht vor mir in alle Winde, wie umeinandergewundene Schlangen auf einmal auseinanderstieben
Und Deine schönen Arme über dem fernen Horizont sind morgenrötliche Schlangen, die sich zum Abschied ringeln
Ich bin konfus, ich bleibe fassungslos
Ich bin dieser Liebe überdrüssig, die Du verachtest
Ich schäme mich ob dieser Liebe, die Du so geringschätzt

Der Körper geht nicht ohne die Seele
Und wie könnte ich hoffen, zu Deinem Körper von einst zurückzufinden, da Deine Seele mir so fern war
Und da der Körper sich zur Seele gesellt hat
Wie alle lebendigen Körper es tun
O Du, die ich nur tot besaß!)

*

Und trotz alledem, wenn ich manchmal in die Ferne schaue, ob der Postmeister kommt
Und ich auf Deinen täglichen Brief warte, wie auf eine Köstlichkeit, springt mir das Herz, als sei's ein Reh, wenn ich den Boten kommen sehe
Und ich stelle mir dann Unmögliches vor, da Dein Herz doch nicht bei mir ist
Und ich stelle mir dann vor, wir werden uns, wir beide, wir allein, vielleicht zu dritt einschiffen, und niemand auf der Welt wird jemals von unserer lieben Reise gen nichts, aber doch nach Anderswo und für immer erfahren
Auf dieses noch blauere Meer, blauer noch als das ganze Blau der Welt
Auf dieses Meer, wo niemals der Schrei ertönte: »Land!«
Deiner wachsamen Schönheit zu Ehren würden meine Lieder, reiner noch als alle Worte, emporsteigen, freier noch als die Fluten
Ist es zu spät, mein Herz, für diese mysteriöse Reise?
Der Kahn wartet auf uns, es ist unsere Einbildungskraft
Und es kommt eines Tages die Wirklichkeit uns nach
Wenn sich die Seelen zueinandergesellt haben
Für die zu schöne Pilgerfahrt …

*

Na los, mein Mannesherz, die Lampe bald erlischt
Gieße Dein Blut hinein.
Na los, mein Leben, nähre doch diese Lampe der Liebe
Na los, Kanonen, macht den Weg frei
Und dass endlich erblühe die Zeit der Siege, die liebe Zeit der Heimkehr

*

Ich gebe meiner Hoffnung meine Augen, diese Edelsteine
Ich gebe meiner Hoffnung meine Hände, Siegespalmen
Ich gebe meiner Hoffnung meine Füße, Triumphwagen
Ich gebe meiner Hoffnung meinen Mund, diesen Kuss
Ich gebe meiner Hoffnung meine Nüstern, die die Blumen
der Mai-Mitte mit ihrem Duft erfüllen
Ich gebe meiner Hoffnung mein Herz, als Votivbild
Ich gebe meiner Hoffnung die ganze Zukunft, die fern im
Wald wie ein kleiner Lichtschein flackert

Gui

155

14. Mai 1915

Ich habe Deinen Brief von Montag – Es gab keinen von Sonntag – Ich bin nicht traurig, aber es stimmt vielleicht, dass ich die Liebe der Freundschaft vorziehen würde. Es stimmt, dass man nicht alles haben kann. Ich bin nicht auf Briefkarten umgestiegen, aber benutze sie, wenn ich keine Zeit habe. Es gibt übrigens auf meinen Briefkarten mehr Inhalt als in den längsten Briefen von Lou. Lou, mein Lou, es gibt niemals Anpfiffe in den Briefen von Gui an Lou ... Der kleine Luchs ist ein charmanter und sehr schelmischer Bengel ... Er würde dennoch eine Züchtigung verdienen für die Vorwürfe, die er seinem Herrn macht, die dieser nicht verdient. Der kleine Luchs ist andererseits sehr lieb, allzu lieb, für Gui so herumzurennen, der nicht will, dass sich Lou für ihn solche Mühe gibt. Aber ich bedanke mich ganz, ganz herzlich dafür, mein kleiner Luchs, dass Du so lange nach Bi-Oxyne gesucht hast.
Gui wird diesmal dem kleinen Luchs gehorchen und schauen,

ob es möglich ist, sich gg. Typhus impfen zu lassen, denn Gui liegt daran, heimzukehren, sei es nur um den Platz des Herrn beim kleinen Luchs wieder einzunehmen und ihn für sich zu haben, ihn zu züchtigen, wenn es sein muss, und ihn zu zwingen, nach seinem Willen zu handeln, Guis Willen und keines anderen.

Lou ist ganz lieb, an Guis Gesundheit zu denken, welcher sich sehr freut zu wissen, dass Lou an ihm hängt.

Mein kleiner Luchs, ich liebe Dich innigst. Ich bin gerade über Wiesen voller Butterblumen und Vergissmeinnicht galoppiert. Heute Morgen habe ich im Wald beim Bach Schwertlilien gepflückt. Erzähl mir einmal Hübsches von Dir, Deine Briefe sind köstlich und ich liebe sie – wünschte aber Details – und Fotos, lange Briefe, wie Du sie mir nach Nîmes schriebst, hätte ich ab und zu gern.

Der kleine Luchs hat also in Paris einen schönen Frühling. Er ist hier übrigens wunderschön. Gegen Erstickungsbomben[202] benutzen wir unsere Krawatte, wir machen sie nass, und weiter geht's – Zurzeit langweilen sich die Männer. Ist doch Frühling, verdammt noch mal!! Habe auf der Karte Péxonne gesehen – das wird der Ort sein, wo sich der Train des 62. Regiments[203] aufhält. Schreibe das Datum auf Deine Briefe, und sag, wann Du nicht geschrieben hast. Ich liebe Dich und küsse Dich.

Gui

156

15. Mai 1915

Danke, meine Freundin, dass Du mir ewige Küsse mitsendest. – Ich denke, Dir sind Romanzenverse lieber als die anderen. Aber von wem denn sind diese Verse, die Du mit solch hohem Genuss zitierst[204]?
Aber nein, ich bin nicht allzu lieb. Ich tue, was ich kann … aus reiner Freundschaft, da die Liebe … in meinem Herzen ist, allein, für meinen Lou …
Du hängst doch die ganze Zeit bei den Ternes[205] herum, meine Güte!?
Das ist herzallerliebst von Dir, für mich zu beten, und wenn Du eifrig, mit Liebe (?!) betest, kein Zweifel, ich werde heil heimkehren. Hier ist es wieder kalt, und außerdem regnet es. Ich friere, bin durchkühlt. Ich habe eiskalte Hände. Außerdem vom Inhalt meines gestrigen Briefes ganz erschöpft … bin davon noch ganz benommen … fast blödsinnig …
Sag doch auf jeden Fall, was Du brauchst. Wenn ich denn kann, werde ich es tun. – (Sag, ob Du, was ich meine, f. den Zahnarzt bekommen hast?)

Ist Gui also nicht einmal mehr Lous Dichter?

DIE BUHLERINNEN[206]

Der, welcher heute Abend im Graben sterben muss
Ist ein kleiner Soldat, seine Augen beobachten
Lustlos den ganzen Tag an seinen Zementscharten
Ruhmeskränze, gewoben im nächtlichen Beschuss …
Der, welcher heute Abend im Graben sterben muss
Ist ein kleiner Soldat mein Bruder mein Geliebter!

Und da er sterben muss, möchte ich mich schön machen
Ich will Fackeln entzünden mit meinen nackten Brüsten
Ich werde das Eis schmelzen mit meinem Blick voll Lüsten
Sich in Gräber verwandeln sollen sich meine Hüften
Denn da er sterben muss, möchte ich mich schön machen
In Blutschande und Tod diesen so schönen Gesten

Die abendlichen Kühe muhen all ihre Rosen
Des blauen Vogels Flügel weht mich an leicht und sacht
Es schlägt der Liebe Stunde mit feurigen Neurosen
Es schlägt des Todes Stunde des Eids der letzten Nacht
Der, welcher sterben muss wie versterben die Rosen
Ist ein kleiner Soldat mein Bruder mein Geliebter

*

Ach, Madam, hören Sie mich doch an
            Etwas fiel auf die Erd'
– Es ist mein Herz, nicht so viel wert
            Heben Sie es doch auf

Ich gab es weg, ich nehme es wieder
Im Schützengraben ist es gewesen
Nun ist es hier … Ich lache, lache drüber
Liebliche Liebe vom Tod zerschlagen

*

Die Hoffnung brennt heut' Abend wie der zerschoss'ne
   Flecken
Wozu das Paradies und was schert mich der Kerker
Die Liebe, die kommen wird, wird mir besser gefallen
Sind meine Augen nicht die wundervollsten Räuber.

Wenn ich dann trotz der Liebe einst grau bin und gealtert
Werde ich an das Meer, an die Orangen denken
An dieses arme Kreuz, unter welchem nun schlummert
– der Ruhm hat sie gerächt – ein Herz unter den Herzen

*

Und im fahlen Mondenschein
Singt das Herz und singt wieder:
»Meine Damen, liebe Fräulein
Ich bin wahrhaftig tot! Ach, so ein Ärger!
Wäre doch, mich vergnügend, die Liebste mein
Gestorben in der Nacht«

*

Hört doch die Klagelieder
Diese so schön gestanzten Orden
Goldene Glocken, die Tod verkünden
Alle Maiglöckchen, alle Flieder

Es sind die Toten, die auferstehen
Es sind Gefallene, die träumen
Von ihrer verflogenen Liebe
Unbefleckt
Und untröstlich

*

Am 13. Mai dieses Jahres
Als Du durch weiße Gräben gingst
Mit Deiner Maske, o meine Seele
Sahst Du auf einmal die Toten und die Lebenden
Die hinten sind, die vorne stehen
Die Soldaten sowohl als die Frauen …
Ein Zug fährt rasch über die Wiese in Amerika …

Glühwürmchen leuchten um mich heut' Nacht
Als wäre die Wiese des Himmels Spiegel
            Voller Sterne
Und es blinkt eben ein Glühwürmchen
Unter dem Stern, der Lou genannt
Meiner Liebe geistiger Körper
            Und irdisch
Mystische Seele
            Und himmlisch .....

Kleiner Lou, ich setze meinen Brief fort, nachdem ich das entzückend liebliche Paket erhalten habe. Du bist ein deliziöses Kind. Die Marmeladentube ist großartig. Sie sieht wahrhaftig aus wie die Miniatur einer Kanone, oder von etwas ganz anderem! ... Danke f. die Zigaretten. Ich rauche gerade eine ... Und danke f. die Bi-Oxyne ... Ich danke Dir und liebe Dich ... Sag offen alles, was Du brauchst ... Ich werde immer mein Mögliches tun ...Zusammen mit Deinem habe ich ein anderes kleines Paket bekommen, auch lieb, Schokolade, Äpfel in noch frischen Blauregenrispen eingewickelt. Sendung von der Schwester des kleinen Mädchens ... von der verheirateten Schwester ...habe Dir davon erzählt ... Darin lag das nette Briefchen, das ich Dir schicke, damit Du es zu meinen Papieren legst, weil es hübsch ist und die Mutter und die 2 Schwestern sehr lieblich miteinander verbindet.
Sende Dir 2 Stiefmütterchen, gepflückt in einem kleinen Garten, der im Wald unter Granatenfeuer entstand, rundherum ist alles verbrannt, zerhackt, zerschossen, und zwei Weißdornzweige, einmal weiß, einmal rosa. Ich liebe Dich, mein kleiner sehr geliebter Luchs, gestern Abend, als ich begann, an meinem Brief zu schreiben, scheußliches Wetter, beschwerliche Nacht, werde Dir nach dem Krieg erzählen, wenn ich diesen Brief wieder lese, heute anstrengender Vormittag, Aufregung,

aber wundervolles Wetter. Die Nachtigall schlägt, eine Etrich Taube wird angeschossen, ich bin zugleich ermattet und munter. Gestern war ich müde, müde. Aber ich liebe Dich ganz ganz herzlich, nehme Dich in die Arme, armer Kleiner, den Muschicoulis erschöpft, und küsse Dich sehr sehr zärtlich.

Gui

157

16. Mai 1915

Kleiner Lou,
ich bekomme von Tzanck den beiliegenden Brief. Ich habe ihm geantwortet, dass Du meines Wissens mit seinem Vertreter zu keiner richtigen Vereinbarung gekommen bist. Und dass er mir schreiben soll, ob es so, wie ich es in meinem Brief meinte, möglich wäre. Mach Du mal, was Du willst. Wenn Du willst, geh noch einmal hin u. frage nach.
Du bist ja frei, mach, was Du für das Beste hältst.
Kein Brief von Dir heute. Ich schicke Dir Tzancks Brief, weil ich denke, wenn es möglich ist, die Sache so machen zu lassen, wie ich es sage, bei Tzanck also, ist es in jeder Hinsicht f. Dich sehr günstig und alles in allem einfacher als jede beliebige andere Lösung.
Meinst Du nicht?
Beim Schreiben rauche ich wie ein Lord eine ausgezeichnete Maryland-Zigarette, die mir mein kleiner Luchs, der reizendste Schatz auf der Welt, geschickt hat.
Ich liebe Dich abgöttisch, mein kleiner Luchs, der Du Dich mit der Unschuld vom heiligen Franz von Assisi, wenn er den Vögeln predigt, der Lust hingibst.

Du bist herzallerliebst. Du hast mir bis jetzt immens gutgetan und ich bin Dir dafür sehr dankbar, und wenn Du nach dem Krieg Deinen lieblichen Einfluss auf mich weiter ausüben magst, wirst Du aus Deinem Gui einen großartigen Menschen machen, der Dir so viel schuldet, dass er Dir dafür niemals dankbar genug wird sein können.
Gestern hatten wir herrliches Wetter[207]. Es wäre mir recht, wenn es so bliebe. Es ist gerade Mitternacht, ich habe eben einen Ausritt gemacht. Straßen, Wiesen sind mit kleinen Diamanten übersät, es sind Glühwürmer. Ich träumte von Dir, als ich losritt, von Deiner Liebenswürdigkeit, von Deinem so betörenden Reiz. Von Zeit zu Zeit erinnerte mich das entschiedene *Halt! Wer da?* eines Postens an die Wirklichkeit des Krieges, die ich vergessen hatte. Dann wurde all das kleine Drama um die Parole absolviert, und war es vorbei, fiel ich in jene ausschweifende Träumerei zurück, in der Du schwebtest, so wenig wirklich wie Musik und so sinnlich wie der zarte Gesang einer Geige.
Ich kam um 11 Uhr zurück, nachdem ich mich zweimal verirrt hatte; trotz der Sterne ist die Nacht nicht sehr hell.
Der Lou genannte Stern pocht über mir, als würde Dein Herz selbst am nächtlichen Himmel schlagen.
Und während in der Ferne das letzte Rumoren der Versorgungskolonnen verstummt, erklingt schon der Gesang der Nachtigall, ein Trillern, ein Rollen mit unendlichen Fermaten und urplötzlichen Pausen.
Ich werde mir Deine lieben Fotos noch einmal anschauen und dann Heia machen und Dich in einem schönen Traum wohl wiedersehen, mit Deinen schmachtenden Augen, der sanften Lieblichkeit Deines Kusses und der Leidenschaft erregenden Gewalt Deiner köstlichen Umarmung.
Ewigwährender Zungenkuss und ich nehme Dich ganz.

Gui

158

17. Mai

Reizender[208] lieber geliebter kleiner Luchs,
abgemacht, ist schon gut, die Karten werde ich nur an Tagen verwenden, an denen ich überhaupt keine Zeit habe oder … keinen Brief von meinem Lou …
Warum nicht alles schreiben … Du hast mir schon ganz anderes geschrieben … Ich gebe Dir mein Ehrenwort, alle Briefe, die Du mir schicken wirst und die mit einem großen Z am Anfang oder am Ende versehen sind, zu VERBRENNEN, und ich verspreche Dir, sie gleich am Tag nach deren Empfang zu zerstören …
Also, Du kannst alles erzählen, mit den pikantesten Details, *bütte, bütte, bütte*, und auch den höchst *rein* PLATONISCHEN.
Ich auch, Lou, liebe Blumen … ich kenne auch das Säuseln des Winds im Kamin des Taubenschlags, aber Blumen, mein Lou, da hast Du Recht, trösten über alles hinweg. Ich erinnere mich, dass ich Dir, als wir eines Morgens zum ersten Mal allein ausgingen, einen ganzen Arm voll Nelken gab, auf dem Markt in Nizza, und Du hast Dich mit diesem riesigen Blumenstrauß nach Saint-Jean-Cap-Ferrat aufgemacht …
Mémée also …
Matte hat Typhus … war nicht geimpft oder doch?
Erkläre Dir das morgen, zu den Büchern, aber ich will, dass Du sie NIEMANDEM zeigst und dass Du mir dafür Sachen … Sachen … erzählst.
War gestern, Sonntag, bei der Brigade, die in dem Schloss mit dem Park haust, wo die Rosen starben. War tagsüber, voll mit Offizieren aller Waffengattungen, die sich da gemütlich herumdrückten bei einem hübschen Konzert, das ich gehört habe.

Es war für mich ein richtiger Genuss.
Der Dirigent hatte ein komisches Gesicht, Falten an den Schläfen, blonden Schnurrbart, gebogene Nase, herabgezogene Mundwinkel, was ihn eine seltsame, ekstatische Grimasse schneiden ließ, es sah aus, als würde er *alles aufbieten*. Der Klarinettist hatte ein schiefes Gesicht und entschieden die Miene des ausgemachten Trottels.
Ging dann in einen Keller in einem anderen Dorf, in dem sich die Gefechtsbagage einer anderen Batterie unserer Gruppe befindet, Champagner trinken. Ich war eingeladen worden. Da war eine ziemlich hübsche Frau, Geliebte eines Oberleutnants, die wohl auch die Feldwebel *erkannt haben* muss, mit denen ich war. Es ist ja seltsam, eine sehr hübsche Frau, die protzige Kleidung trug, mit altmodischem – zumindest kam es mir so vor – Tand. Hübsch, aber überhaupt keinen Witz. Eine Frau ohne Intelligenz ist ungemein unangenehm. Snobismus mag manchmal auch recht ärgerlich sein, aber protzige Dummheit weit mehr.
Na, es war trotzdem ganz nett und ich habe mich nicht gelangweilt. Am Morgen hatte ich sehr viel zu tun gehabt und ich war mit Verspätung zur Messe erschienen. Unterwegs bin ich dem Priester-Hauptmann begegnet, mit seinen Stiefeln, seiner Soutane, unter welcher er seine Stola trug. Da er mich an anderen Sonntagen in der Messe gesehen hatte, hat er mich auf sehr freundliche Art angesprochen, mit einem milden Ausdruck und gedankenverloren wie in einem himmlischen Traum, er hat mir gesagt, dass er zum Schützengraben gehe, um den *Poilus*, die es wünschten, die Beichte abzunehmen … Ich war nicht sicher, ob ich ihn mit Herr Priester oder Herr Hauptmann anreden sollte, und schwankte zwischen beiden Anreden in meinen Antworten. Am Ende hat er mir gesagt, dass er, wenn ich beichten wollte, auch zu meiner Verfügung stünde …

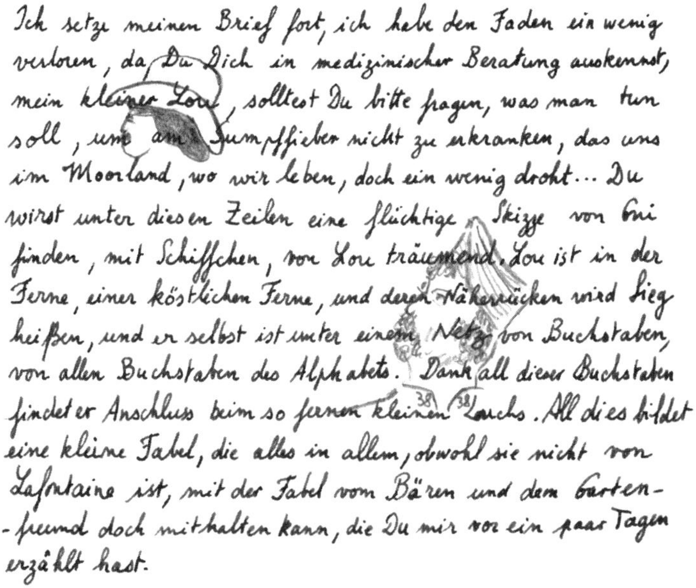
Ich setze meinen Brief fort, ich habe den Faden ein wenig verloren, da Du Dich in medizinischer Beratung auskennst, mein kleiner Lou, solltest Du bitte fragen, was man tun soll, um am Sumpffieber nicht zu erkranken, das uns im Moorland, wo wir leben, doch ein wenig droht… Du wirst unter diesen Zeilen eine flüchtige Skizze von Gui finden, mit Schiffchen, von Lou träumend. Lou ist in der Ferne, einer köstlichen Ferne, und deren Näherrücken wird Sieg heißen, und er selbst ist unter einem Netz von Buchstaben, von allen Buchstaben des Alphabets. Dank all dieser Buchstaben findet er Anschluss beim so fernen kleinen Louchs. All dies bildet eine kleine Fabel, die alles in allem, obwohl sie nicht von Lafontaine ist, mit der Fabel vom Bären und dem Garten-freund doch mithalten kann, die Du mir vor ein paar Tagen erzählt hast.

Ich habe heute Morgen sechs Kleiderständer angefertigt, um meine Sachen aufzuhängen. Ich habe jetzt ein Säulenbett, alles aus Haselreisig, mit meiner famosen Seetangmatratze obendrauf, von der ich Dir erzählte.
Du küsst mich frenetisch, na dann, ich tue es genauso.

Von eiskalten Sternen wird die Stille beschossen
O meine Liebe schweigsam und schwarz
Klage, und brich plötzlich in Tränen aus …
Dort steigen die weißen Segel
Der Scheinwerfer am Horizont der Hoffnung hoch
Wo die Erde zerwühlt ist wie die Wogen im Sturm.

*

. . . .
Adieu Nacht!
Es haben alle Vögel der Welt
Ihr Nest gemacht
Und singen auf Flur und Feld
. . . .

*

Ich kenne, kleiner Lou, trotz alldem Deine Güte
Wenn ich dem Frühling folge jeden Tag auf den Wegen
Wenn ich meine Stirn tauche in die schattigen Düfte
Die von den Gärten steigen, wo ich Dich wiedersehe.
So will ich denn erreichen das duftende große Herz
Des Universums wie Dein Mund mild und warm
Und sein sanftes Gesicht jenseits des Wonnemonds
Ergibt sich plötzlich mir auf seinem Lager schmachtend
Das Irisblütenblätter und Fliederdolden zieren
An meinen Hals spür' ich Deine Arme sich schmiegen:
Diese Koralleninsel, die Dein Blick hat gesät
Die Du dem Ozean der Liebe hast geschenkt.

*

»Du verlangst zu viel Liebe und ich werde nicht geliebt
Du verlangst wohl zu viel« …
Sagte in einem Lächeln die milde Maiensonne
Dem schönen Fensterlein
»Du willst, dass jeden Tag
Die Strahlen meiner Liebe
Dich beleuchten, mein Herz, einer Liebkosung gleich
… Und was habe ich von Dir?«
»papperlapapp
Sagte das Fenster
Hör mir zu, Sonnengott

Durch Dich allein werde ich schön
Ich existiere erst durch Dein Licht
Außer der Dunkelheit der Kammer
Besitze ich nichts; dring durch mich ein
Und plötzlich werde ich schön und hell.«

Also, mein zarter Lou, sprachen Sonne
Und das düstere Fenster.
Auf einmal wurde es Nacht. Sie ging unter
Auch es schied ab in einen dunklen Schlaf
Doch gleich dem Phönix wird sie neugeboren
Und ihr Geliebtes erblüht von Neuem …

Man muss nicht an dieser Fabel
Nach einer Moral suchen …

Ich höre lärmen: es sind die Ratten, die tappend
Meine Hütte in der fahlen Nacht umkreisen
Kreise drehen …
Und ich küsse Dich
Auf Deine schöne Brust, gemacht aus einer Erdbeere und einer Rose
Während Du mich auf die Stirn küsst

Gui

Und die Größe für den Ring? …

159

18. Mai 1915

Also wirklich, Du bist vielleicht ein komischer kleiner Kauz. Ich lese Deinen Brief von Freitag, hübsch, im Schweinsgalopp geschrieben … und zuallererst bewundere ich Dich und danke Dir für die nette und reizende Art, wie Du Deiner Verpflichtung nachkommst, mir täglich zu schreiben, wobei Du so viel zu tun hast, und mich nicht liebst. Andererseits ist Dein Herz allein … Das meine also auch … ich werde weiter Dein Freund bleiben, da Du es so willst, so einfach ist das … Tja, vom Wesen her bist Du so komisch, dass Du nicht männlich reagieren kannst … Als Frau muss man gelegentlich auch Mann sein können.
Denkst Du, ich bin nicht allein – Du schreibst mir jeden Tag, aber ich fühle mich recht einsam, da Dein Herz nicht bei mir ist …
Und ich frage mich immer noch, was Du denn in Nîmes gesucht hast!!!!!
Du bist von den Männern begehrt, schließlich mangelt es auch gerade nicht an Frauen …, obwohl ich denke, Du bist den anderen Frauen überlegen und bist ausgesprochen mit meinem Geist in Übereinstimmung. Ich antworte nicht auf ihre Briefe oder tue es doch mit eisiger Kälte, absoluter Gleichgültigkeit … Ich frage mich, ob ich – da ich mit Dir nicht rechnen kann, der ich im Übrigen es nicht verbiete, sich zu amüsieren – ob ich weiterhin so kalt antworten werde.
Es regnet fürchterlich, Hundekälte hier ebenfalls.
Du sagst, wir sind getrennt, aber die Trennung kann durch die Fantasie überwunden werden. Unser Briefverkehr konnte, glaube ich, den Umständen des Krieges gemäß, für eine gewisse Zeit einen noch ergötzlicheren Verkehr ersetzen. Du siehst es anders, sei's drum –

Und trotzdem denkst Du an mich, küsst mich sehr, sehr heftig.
Du bist ein Lou ganz voller Mysterien.
Den Krieg findest Du nicht lustig. Glaubst Du denn, er ist für mich lustiger, der ich doch im Grunde aktiv, wenn ich es so sagen darf, mit ihm zu tun habe.
Und *ich habe von Anfang an gewusst*, dass es nicht lustig ist. Und ich verteidige doch Dich – um nichts anderes geht es ja bis jetzt.
Was sind diese dicken Wolken??
Komisch –
Ich weiß schon, dass die Situation des kleinen Lou nicht die ist, die er verdiente …
Aber, Geduld …
Wie Du sagst, dank des Taubenschlags *wohnst Du ja nicht unter der Brücke*.
Freue Dich doch über das Wenige, was ich und Toutou machen können, solange sich nichts Besseres findet … und das Ende des Alptraums, Deinem furchtbaren Ausdruck folgend, dann kommt.
Steh auf, Lou, nur Mut, sag immer offen, was Dich bedrängt, was Dir fehlt, und ich werde alles Menschenmögliche tun, damit meine Freundschaft niemals unter Deinen Erwartungen liege.
Es ist seltsam, dass alle wie gebannt auf Italien starren … ich überhaupt nicht, aber wirklich ganz und gar nicht.

Gui

160

19. Mai 1915

Mein kleiner Fifi, Dein Brief ist wirklich lieb … Ich werde mich um die Impfung kümmern, da Du meinst, es ist so sehr notwendig. In Nîmes habe ich mich gegen Typhus nicht impfen lassen, weil der Nizzaer Arzt, mit dem wir, als ich Dich das erste Mal sah, zu Mittag aßen, der Meinung war, es sei gefährlich. Ich verstehe gar nichts mehr an der Art und Weise, wie Du mit mir umgehst. Manchen Tag schreibst Du, als wäre ich Dir vollkommen gleichgültig, und am nächsten Tag kommt ein Brief so voll zarter Fürsorge, dass er einen *Boche* berühren würde.

Die Größe Deines Fingerrings kannst Du, glaube ich, selber mit einem mehrmals um Deinen Finger gewickelten und zugeschnürten Seidenfaden abmessen.

Du bist im Moment schon sehr um Italien besorgt, mein Lou, ob es denn dieser Tage einen Italiener im Blumentöpfchen gibt?

Die Nachrichten, die Du mir schreibst, sind großartig und freuen mich unendlich.

Hier verblüht der Frühling allmählich und es macht mich etwas traurig. Heute habe ich dennoch einen blühenden rosaroten Weißdorn gesehen, ich weiß übrigens nicht, ob dieser entzückende Baum wirklich so heißt. Er stand in voller Blüte, angenehm mischten sich junge Blätter unter die eher roten als rosaroten Blüten in dichter Fülle. Es sah aus wie ein Kunstwerk, wie eine künstliche Pflanze oder eine Pflanze, die durch besondere Kunst gestaltet wird, wie bei den Japanern zum Beispiel. Denn es gibt in den raffinierten Künsten etwas wahrhaft Eigenartiges und zwar bringen sie Werke hervor, die, wenn sie nicht gerade das Erhabene anstreben, doch viel graziöser,

sogar viel schöner sind, als was die Natur im selben Ausmaß hervorbringen kann, ein Feuerwerk ist, meines Erachtens, auf den ersten Blick auch viel schöner als der Krieg. Es ist dies kein fruchtloses Trugbild, sondern ein unmittelbares Genusserlebnis für die blasierten Sinne von uns Menschen, die von Generation zu Generation an die Natur ein bisschen gewöhnt sind[209]; sobald man dennoch tiefer geht, sieht man ein, dass in der Natur etwas ist, was dem nur Gekünstelten überlegen ist. Es ist das Leben selbst, und es ist Inspiration notwendig, damit das Kunstwerk es erreiche. Und Inspiration ist in den Werken selten anzutreffen, die eine nur oberflächliche Sinnesfreude intendieren. Deshalb kommt es recht häufig vor, dass inspirierte Werke nicht unmittelbar angenehm sind.
Liebe ist auch ein Kunstwerk, und es ist wichtiger, dass sie durch Inspiration, die das Leben selbst ist, beseelt sei, als dass sie von Anfang an allzu erquicklich, allzu sehr nur erquicklich sei.
Du erwähntest gestern die Zeitungen und Deine so kurze und bündige Mitteilung war richtig. Sie sind unter aller Kritik; sie werden nicht nur durch die Zensur schikaniert, sondern werden noch dazu eher von Schmierfinken als von Schriftstellern geschrieben. Eigentlich sollte die Zensur doch ihren Witz anspornen; ganz im Gegenteil, sie sind dümmer denn je.
Na, kleiner Luchs, wärst Du so lieb, mir Nachrichten von meiner Katze Pipe zu geben? Es ist ein sehr sanftmütiges und friedliches Tierchen, das sich angewöhnt hatte, mir im Nacken zu sitzen und zu knurren, wenn ich schrieb.
Ich höre eine Eule ihre Pfiffe ausstoßen … Es klingt schaurig. Gestern, nachts, habe ich den schlimmsten Bombenangriff meines Lebens gehört, nur schwere Geschütze und das Ganze wurde in atemberaubendem Tempo abgeschossen. Hier sind Soldaten, die jetzt pflügen, und andere, die in den Weinfeldern arbeiten.

Die Disziplin, die Vorschriften der Wachtposten, die Gendarmen, dies alles ist sehr, sehr streng geworden, Kriegsgericht wegen nichts oder zumindest für Sachen, die beim ersten Hinschauen nichtig erscheinen, es ist aber egal, die Gendarmen haben, denke ich, ein bisschen zu viel Macht über die kämpfenden Soldaten.
Ich schicke Dir Irisblütenblätter … und einen Gruß, der trotz alledem noch viel mehr als nur freundlich ist, mein kleiner geliebter Luchs.

Gui

161

20. Mai 1915

Kleiner Luchs, Dein gar nicht langer, aber lieber und zuversichtlicher Brief von heute hat mich sehr gefreut. Ich schreibe Dir jeden Tag, wenn Du keinen Brief von mir erhalten hast, dann heißt das, die Post hat sich verspätet.
Verdammt, wenn die Nachrichten, von denen Du sprichst, wahr sein könnten und es schnell ein Ende nähme, wäre ich darüber auch nicht böse. Na, dieser fantastische Roman? Es macht mich ja richtig neugierig … Erzähl mir etwas davon, die Verwicklungen, die phänomenalen Geschichten!!!!!!
Mémée also ganz verblüfft über die Wohnung und sie hat sich schön einen Bären aufbinden lassen!? – umso besser … ich denke übrigens, dass sich alle haben einen Bären aufbinden lassen, außer Jane Mortier, die Du selber gesprochen hast; ich werde übrigens dafür sorgen, dass sie das Gewusste wieder vergisst und dass sie letztendlich nicht einmal mehr weiß, ob zu dem Zeitpunkt, da Du sie besucht hast, tatsächlich etwas Absolutes zwischen uns bestand …

Du speist im Wald[210], *ich auch …*

. . . .

Ich habe heute zufällig eine Ausgabe von *Le Temps* gelesen, in der sich ein Artikel (in der Nr. vom 12. Mai) über die deutschen Katholiken und insbesondere über den Bischof von Metz befand, der, heißt es, gerade die Dulia der Jeanne d'Arc verboten hat, wobei ihre Seligsprechung eigentlich doch erlaubt, der verehrungswürdigen Heldin Lothringens zu huldigen, deren Reiterstandbild auf dem Kirchenvorplatz von Notre-Dame zu Reims die Kathedralen zerstörenden Granaten der *Boches* nichts anhaben konnten.
Dieser Artikel hat mich an einen fernen Tag in meinem Leben erinnert. Es war im Herbst 1901. Ich war in Deutschland, in einem Wald, wie jetzt, aber in einer hübschen Forstvilla beherbergt, die von einem italienisch anmutenden Park umgeben war, das Ganze auf einer Lichtung, an deren Saum morgens Rehe herumtollten.
Ich wurde damals auf ein *Rittergut*[211] (mit der Ritterwürde verbundener Grundbesitz) eingeladen, das sich auf dem linken Rheinufer befand. Ich wohnte auf dem rechten Rheinufer, hinter dem legendären Siebengebirge, das so romantisch und malerisch ist, das aber Spelunken verunstalten. Ich wohnte weiter oben, jenseits der hübschen und berühmten Ruine des Klosters Heisterbach, wo der Chronist Caesarius von Heisterbach gelebt hat, dem wir die Erzählung der so schönen Geschichte des jungen Mönchs schulden, der, weil er an der Ewigkeit gezweifelt hatte, als er eines Tages allein Holz sammelte, von einem graziösen Eichhörnchen, das in den Buchen spielte und herumsprang, verzaubert wurde.
Als der Mönch ins Kloster zurückgehen wollte, konnte er den Weg nur mit großer Mühe wiederfinden, die Bäume, die er als Sprösslinge hinter sich gelassen hatte, waren innerhalb von wenigen Stunden hochgewachsen; und was für eine Überra-

schung, als er, am Kloster angekommen, den Pförtner nicht wiedererkannte und von diesem auch nicht wiedererkannt wurde …

Er wäre nicht hineingelassen worden, wenn der Pförtner nicht auf die Idee gekommen wäre, den Abt zu holen, den der Mönch aber ebenfalls nicht wiedererkannte, und er nannte ihm den Namen von dem Abt, den er kannte. Es wurde nachgeprüft und man sah, dass jener Abt tatsächlich gut 300 Jahre zuvor dem Kloster vorgestanden hatte …

Und der Mönch erkannte, dass die Zeit nicht existiert, dass sie eine Illusion ist oder eher eine Konvention und dass, wenn er die Zeit, die er mit dem freudigen Betrachten des Eichhörnchens, das Gott geschickt hatte, um dem kleingläubigen Mönch eine Lektion zu erteilen und ihm eine Kostprobe von dem zu geben, was Ewigkeit sein kann, wenn er diese Zeit also schon für eine Minute gehalten hatte, was wäre erst gewesen, wenn ihm die Freuden des Paradieses beschert worden wären, wo die Zeit nicht ins Spiel kommt …

… Ich wohnte also auf dem rechten Rheinufer und wurde auf das genannte Gut eingeladen, das linksrheinisch liegt, hinter Remagen, wo sich die dem heiligen Apollinaris geweihte Kirche befindet, dessen Quelle, die das Apollinaris-Wasser spendet, ein bisschen höher im Ahrtal liegt, in Neuenahr.

Die Leute, die mich eingeladen hatten, sprachen sehr gut Französisch, und obwohl ich damals noch keineswegs als Dichter bekannt war, erwiesen sie mir die Ehre, mich als einen Menschen v. Talent anzusehen … Sie stellten mich sogar einem Gutsherrn vor, dessen Tochter … aber davon erzähle ich Dir ein anderes Mal.

Also, mir wurde empfohlen, die schöne Benediktinerabtei Maria Laach zu besichtigen, die am Ufer des giftigen Sees von Maria Laach steht, und der Ort selber ist, an dem Genoveva von Brabant wild in der Einsamkeit gelebt hat.

Es gibt in Deutschland nur eine geringe Anzahl an Benediktinerabteien, die berühmteste ist die in Beuron, in Bayern[212], sehr alt, und in der man das kuriose Manuskript der *Carmina Burana* entdeckt hat[213], das Liebesgedichte enthält, die ich oft Lust hatte zu übersetzen und deren Spätlatein mir so außerordentlich gefällt, dass ich einige Gedichte auswendig kann. Sie wurden, so wie sie in der Fassung der Handschrift stehen, durch die Stuttgarter Literaturgesellschaft veröffentlicht.
Die Abtei Maria Laach ist ein jüngerer Bau. Sie genoss zu jener Zeit die Gunst des Kaisers, der sie, glaube ich, im Jahr davor besichtigt hatte.
Mir wurde ein Empfehlungsbrief für den Abt des Klosters, der Benzler hieß, mitgegeben.
Ich brach eines Morgens auf, ein junger rheinischer Bauer, der nur Plattdeutsch konnte, zeigte mir den Weg durch den Wald. Unterwegs überraschte uns der Regen und völlig durchnässt kam ich in Maria Laach an, wo der Pförtner des Klosters, der von den paar Brocken Deutsch, die ich kannte und von denen ich Gebrauch zu machen versuchte, nichts verstand, mich hartnäckig für den Bäcker hielt: »*Sie sind der Bäcker*[214]«, sagte er immer wieder zu mir. Nachdem ich ihm dann meinen Brief gezeigt hatte, verstand er endlich und gab mir zu verstehen, dass der Abt gerade auf den Bischofssitz in Metz berufen worden sei und dass er mich nicht empfangen könne, denn er bereite sich vor, in sein Bistum zu gehen, und würde sogar in einer knappen Stunde aufbrechen.
Ich sah ihn doch, als er losfuhr, und überreichte ihm meinen Brief. Er sagte mir, dass er sich für moderne französische Literatur interessiere, insbesondere für Lyrik, und dass er glücklich sei, der geistliche Führer einer Provinz zu werden, die Frankreich seine größte, seine poetischste Heldin geschenkt habe: »welche«, fügte er hinzu, »nur vom großen deutschen Dichter Schiller gebührend besungen worden ist«. Er gab mir

noch einen Anhänger, den ich verloren habe und der, glaube ich, den heiligen Benedikt darstellte.
Und Abt Benzler, blond, bleich und mager, brach nach Lothringen auf, um dort jene Exzellenz Benzler zu werden, die sich gerade so niederträchtig, so sonderlich gegen die Jungfrau erhoben hat, die, den Granaten zum Trotz, weiterhin vor den Ruinen der Kathedrale reitet und das Banner hochhält, das Leid erfuhr und dann Ehre und das erneut Leid erfahren muss …
Das sind die Erinnerungen, die der Artikel aus *Le Temps* und der frevelhafte Beschluss des Bischofs von Metz heute in mir wachgerufen haben …
Ich habe mich nach der Typhusimpfung erkundigt. In unserer Gruppe ist fast niemand geimpft und der Sekretär des Kommandanten, den ich darauf angesprochen habe, hat mir gesagt, dass inzwischen diesbezügliche Schreiben kursieren …
Es ist heute ein Hundewetter und Du kannst Dir schwerlich ein Bild davon machen, was das in einem Wald wie dem, wo wir wohnen, bedeutet. *Es ist im Krieg nicht alles rosig*, heißt es im Lied …
Außerdem sind wir von den Mücken ganz zerstochen. Du kannst Dir gar nicht vorstellen, wie viele es sind. Es gibt allerlei Sorten und eine von denen ist riesengroß; sie sehen aus wie regelrechte Kolibris, haarig, sogar gefiedert, wage ich zu behaupten.
Mir ist ein wenig langweilig; das Publikum ist wirklich mittelmäßig, obwohl es brave Jungs sind, die sich alle gegenseitig hassen.
Ein sonderbares Ding ist die Armee, Krämer sind Offiziere und Leute aus freien Berufen einfache Soldaten – es gibt in unserer Gruppe übrigens nur ganz wenige Leute aus freien Berufen.
Die Offiziere sind dennoch anständig; die Feldwebel ihrer-

seits, Bauern aus der Aisne und erzbäuerliche Bauern wie in den komischen Opern. Es gibt nur ungefähr drei Feldwebel …, wenn überhaupt!!! Und der eine ist beim Train des Regiments … man sieht ihn selten … Die Gefreiten: Bauern oder Knechte; die Mannschaften: Mechaniker oder Fuhrknechte oder Schlosser … Glücklicherweise kann ich an allem meinen Spaß haben, sogar an der Natur … Wir machen uns keine großen Gedanken, wenn die Sonne scheint, aber wenn Regen fällt … Ach! wenn das noch den ganzen Winter andauert, wird das Artilleristenleben nicht immer vergnüglich sein … Ich habe Toutou geschrieben, er soll sich keine Sorgen machen, aber ich kann ihn wirklich gut verstehen, obwohl ich kaum zwei Monate hier bin. Die einzige Unterhaltung ist, neben dem Briefwechsel, die Kanone, Krieg eben, und Krieg ist Krieg, mein kleiner Luchs.

Gui

162

21. Mai 1915

Kleiner Luchs, ganz lieblich hübsch auch Dein Brief vom 17 … hübsch meine Verse, aber ich sende keine mehr mit, weil ich den Eindruck hatte, Du magst sie nicht oder sie sind Dir womöglich gleichgültig … Ich also habe die Lyra zerbrochen, die in mir für Dich klang … Du warst so gut aufgehoben in meiner Liebe, aber es musste nun mal gesagt werden … Bis jetzt hast Du mich gefoltert, indem Du sie dermaßen verachtetest, dass ich alles aufbot, sie in mir zu ersticken. Und Du willst, dass ich Dich noch mehr liebe – und mich wie in Marseille dafür belohnen.

Wenn es, was den Krieg anbelangt, gut geht, kleiner Luchs, na, umso besser. Denn ich kann es kaum erwarten, heimzukehren, damit ich Dich, wie ich es will, zurückerobere. *Du gehörst mir*, vergiss es nicht. Auf mich hast Du nur noch das eine Recht, das Recht, Dich auf mich verlassen zu dürfen, gänzlich und für alles, was ich für Dich bis zu meinem letzten Atemzug tun kann, im Krieg leider nicht viel … Du hast mir einmal geschrieben, ich sei *Dein Mann*. Ich vergesse es nicht und Dir zum Trotz bleibe ich Dein Mann, der Dich beschützt und dem *Du gehörst*.
Du bist aufgeregt … Was soll ich denn sagen! … Du hast ja alles zur … Hand …
Du sprichst wieder von der Front … hatte Dich gebeten, mir zu erzählen … aber trotz Deiner Versprechen erzählst Du mir nichts. Hast Du eigentlich je ein einziges Versprechen gehalten? Das ist ja wirklich zum Lachen, diese reizende Art, immerzu sein Wort zu geben und eigentlich keins zu haben.
Lou spricht, aber sie ist stumm.
Lou spricht nur im Bett.
Na, all das ist großartig und erregt mich mächtig …
Schließlich, zur Krönung des Ganzen, haust Du einfach in den Regen ab, nachdem Du mich ganz heftig geküsst hast.
Heute die Tuben-Marmelade verputzt. Es ist lustig, aussehen tut's wie der flotte Otto[215], aber es schmeckt sehr lecker und man kann damit leicht Brote schmieren.
Zu den besagten Büchern – davon gibt es viele und überall, besonders im kleinen Zimmer gleich hinter der Küche. Sag, bitte, die Titel derjenigen, die Du gelesen hast, mal schauen, ob Du rätst, welches von mir ist.
Versuche *Die elftausend Ruten*[216] in der Vitrine zu finden – ich glaube, auf dem obersten Regal und ganz rechts oder ganz links, ein kleines Buch mit einem gefälschten Umschlag.
Aber verrate es *niemandem*, Du würdest mir sonst sehr scha-

den. Schreib mir doch Lustiges und Erregendes über Deinen Frontbesuch und zum *fantastischen Roman*. Ich habe Dir versprochen, die Briefe zu verbrennen, auf denen ein Z steht. Ich bin, das weißt Du, ein Mann von Wort, also tu mir einmal den Gefallen. Mir scheint, ich mache meinerseits alles, was ich kann, um Dir angenehm zu sein, sooft ich kann.
Und die Fotos? Verdammt, dazu antwortest Du auch wieder nicht –
Antworte mir, zum Teufel … Antworte, damit ich weiß, ob Du meine Briefe zumindest liest, und wenn Du nicht willst, sag es doch, damit ich informiert bin.
Ich will Dich nicht dazu zwingen, mich zu lieben oder gar nur freundlich zu mir zu sein, aber ich möchte zumindest, dass Du meine Fragen mit ja oder nein beantwortest, die ich noch die Naivität habe an Dich zu richten und die Dir anscheinend so was von schnurz und piepe sind, dass es bei mir schließlich genauso sein wird. Ich liebe kräftig, aber umgekehrt muss ich auch geliebt werden, und in diesem Fall liebe ich für IMMER; wenn meine Liebe aber nicht durch erwiderte Liebe genährt wird, geht sie ein und fort.
Wenn Du nun urteilst, dass sie: meine Liebe oder meine Freundschaft, gar nichts wert sind, bitte schön, aber sag es, damit ich es zumindest weiß.
Sag auch, ob Du etwas brauchst, denn Du darfst, mein armer kleiner Lou, kein Leid erfahren, weil die Männer, anstatt wie die Karnickel zu … hm … v…, sich lieber sozusagen aus nächster Nähe gegenseitig mit Granaten beschießen.
Hast Du bei mir Bettwäsche ausfindig gemacht?
Antworte manchmal auf meine Fragen oder sag es geradeheraus, wenn Dich meine Briefe anöden, wenn dem so ist, werde ich mich bemühen, Dich nicht länger zu langweilen.

Gui

Ein paar Blütenblätter einer Rose, die ich in einem Garten an der Front pflückte, 500 m von den *Boches*.

163
KRIEGERISCHE ROSEN

Feier mit Laternen aus Stahl …
Wie reizend diese Lichterflut! …
Ein mörderisches Feuerwerk …
Doch amüsiert man sich mit Mut:

Zwei Granaten, rosiges Splittern
Wie zwei Brüste, die man befreit
Schwenken die Spitzen frech und dreist:
»Lieben konnt' er«! Welch Epitaph!

Ein Dichter sieht zu in dem Wald
Mit völliger Gleichgültigkeit
Seinen Revolver noch gesichert
Wie Rosen sterben in aller Stille

Rosen des verwilderten Parks
Die er gepflückt hatte beim Brunnen
Am Ende des abseitigen Pfads
Wo er spazieren geht am Abend

Er träumt den Rosen Saadis nach
Plötzlich neigt sich sein Kopf zur Seite
Denn eine Rose ruft das Bild wach
Der weichen Wölbung einer Hüfte

Die Luft ist schwanger von üblem Schnaps
Gebrannt von den halbtoten Sternen
Granaten beweinen auf ihrer Bahn
Den Liebestod der Rosen …

*

Du, die Du der Liebe Versprechen rauntest
Du, die Du den Dichter sahst, Dir zum Ruhm ins Feld
ziehn
O Rose immer frisch, o Rose immer klar
Dir schenke ich den scheußlichen Duft der Kämpfe

Ohne zu sterben, zu verwelken, bist Du erlegen
O Rose immer frisch dem Wind, der sie misshandelt
Zier mit Blumen der Hoffnung die keuchende Armee
Schenk Duft den Liebenden im Bett unter der Maske

Regen rieselt so sanft in der so zarten Nacht
Während in uns aufsteigt der tödliche Geruch,
Maskierter Musiker, den niemand hören kann

Ich spiel' ein Liebeslied auf den kristallnen Saiten
Dieses so sanften Regens, der meine Schmerzen lindert
Und den der Himmel sanft über uns fallen lässt

164

22. Mai

Kleine Lou, wie soll ich bitte schön die ganzen Verse von Sully Prudhomme[217] denn kennen! Ich kenne ja in der Regel die Verse von niemandem und nicht einmal meine eigenen weiß ich auswendig … Meine Bemerkung war überhaupt nicht unfreundlich gemeint. Zuerst hatte ich gedacht, es handele sich um ein Gedicht von Lou … dann von jemand anderem … Ich mag Romanzenverse doch selber sehr und ich bin vielleicht mehr Romanze als jeder andere Dichter auch. Ich verstehe, dass Dich diese Verse haben träumen lassen … Aber nein, eine Vorliebe für komplizierte Dinge hast Du nicht … Es gibt keine komplizierten Dinge … Und warum *leider*, auf was, auf wen bezieht sich dieses *leider*, kleine Lou? … Auf mich etwa, und soll ich denn daraus schließen, dass Du es bedauerst, dass ich *Lous Dichter* bin, oder zumindest gewesen bin, oder dass ich es weiterhin sein sollte?? Nein, oder? Kleine Lou … Ich bin nach wie vor *Lous Dichter!*

Blütenblätter von Pfingstrosen
Drei Blütenblätter von Pfingstrosen
Pfingstrosenrot
Und diese Blütenblätter verwandeln sich in Traum

Diese Blütenblätter sind
Drei schöne kleine Damen
Mit seidenweicher Haut und rot
Vor Scham
Mit kleinen Soldaten zu sein

Sie gehn spazieren durch den Wald
Und plaudern mit den so netten Staren
Sonetten gleich klingt ihr Gesang

Sie steigen in Aeroplane
Auf schöne elektrische Libellen
Deren Flügel in der Sonne schillern

Und die Libellen
Kleine Teufelinnen
Begatten die Pfingstrosen

Es ist eine schöne Liebe wider die Natur
Zwischen Damen und Wasserjungfern

Drei Blütenblätter in diesem Brief
Drei Blütenblätter von Pfingstrosen

*

Wenn ich für Dich meine täglichen abwechslungsreichen
Gedichte schreib'
Lou, weiß ich sehr wohl, warum ich hier bin
Mir anschaue, wie Granaten erblühen, wie Luftminen
herüberfliegen
Mir anhöre, wie die Nüsse der gewaltigen
Maschinengewehre abgeschlagen werden

Ich singe hier, damit Du singst, damit Du tanzt
Damit Du mit der Liebe spielst
Damit Deine Hände gleich Rosen blühen
Und Deine Beine gleich Lilien
Damit Dein Schlaf süß sei
Lou

*

Ich schenke Dir heute als poetischen Strauß, mein Lou
Nur die traurigen Blumen aus Stahl
Die genannt werden nach ihrem Durchmesser in
Millimetern[218]
(Bis in welche Ecke hat es denn das metrische System
verschlagen?)
Es wird auf den Tod angewandt, der selbst nicht mehr tanzt
Aber wachsam auf dem Grund der Hypogäen überlebt

*

Aber drei Blütenblätter von Pfingstrosen
Kamen hierher wie schöne Damen
In granatseidenem Gewand
Marquise
Welch erlesenes Gewand
Komtesse
Mit dem so hübschen Gesäße
Baronin
Hören Sie den Tod rumoren
Drei Blütenblätter von Pfingstrosen
Kamen zu mir von Paris

Gui

165

22. Mai 1915

Armer Taubenschlag, der seine Taube nicht oft sieht.
Ich wünsche, die guten Nachrichten, die Du mir ankündigst, mögen sich bewahrheiten … Aber noch sollten Erfolge mit Kriegsende nicht verwechselt werden … Ich übrigens wünsche nur das Ende herbei, aber natürlich mit vollkommenem Sieg.
Ich habe Deinen kleinen Brief vom 18. Mai, in dem Du erzählst, dass Du selten im Taubenschlag übernachtest. Insofern als Du da bei Dir zu Hause bist, bist Du frei, zu machen, was Du willst.
Sonst hat man mir geschrieben, dass man Dich *bei »Topsy«* gesehen hat, *Kuchen essen, blitzschnell … und wie der Blitz eingeschlagen!!* ……
Ach! Mein armer kleiner Luchs!!! ……
Es ist mir im Übrigen lieber, dass Du Dich amüsierst, anstatt Dich zu langweilen.
Es ist süß von Dir, zu hoffen, mich dieses Jahr noch wiederzusehen.
Ich schreibe Dir jeden Tag, lange, also jeder Verzug ist der Post anzukreiden …
Die Auen im Wald sind jetzt voll von diesen gelben Schwertlilien, von denen Blütenblätter anbei liegen und die man Schwertlilien aus Germanien nennt. Diese Schwertlilien aus Germanien, in Frankreich aufgeblüht, sind, hoffe ich, ein gutes Omen und bedeuten wohl, dass Deutschland Frankreich endlich seine Huldigung darbringt und nachgibt, und als Zeichen seiner Unterwerfung lässt es seine Blumen bei uns wachsen, anstatt sie daheim erblühen zu lassen.
Anbei Blütenblätter einer rosaroten Rose noch, am Fuß eines

wunderbaren Bildstocks gepflückt, der sich an der Kreuzung von 2 Feldwegen befindet und auf welchem ein altes Kreuz aus Schmiedeeisen aus dem 16. Jahrhundert aufgestellt ist.
Trauriges, trauriges Wetter, und da ich darauf reagiert habe, bin ich nicht traurig.
Versorgungsfeldwebel Bodard ödet mich an, Pariser, nicht dumm, aber extrem anödend mit seinen nicht enden wollenden Klügeleien.
Soll ich Dir einen Ring machen, ja oder nein?
Keine Verse heute, die Lyra ist zerbrochen und muss wieder gekittet werden …… Ich glaube, wir wechseln in Kürze zu einem anderen Frontabschnitt über …

Gui

Ich schreibe an meinem Brief weiter, weil ich merke, dass ich die Person, die Dich im Topsy gesehen hat, nicht genannt habe – keinen Grund, ihren Namen zu verheimlichen, zumal dahinter nichts Böses steckt. Es ist Jane Mortier, die übrigens gerade Paris verlassen hat –
Sie ist sehr lieb. Sie hat mir dieses Papier geschickt, das großartig ist, und einen sonderbaren Riegel Tee – sehr lieb ist das, aber unbrauchbar – denn es muss in kochendem Wasser gelöst werden, und wir haben kein kochendes Wasser!!! Kannst Dir vorstellen. Wenn sie Dir zufällig über den Weg läuft, sag ihr bitte nicht, dass der Tee im Wald unbrauchbar war. Sie ist jetzt im Süden ….. Ihr Mann ist sehr krank und ich finde, es war sehr, sehr lieb von ihr, mir diesen sonderbaren Riegel geschickt zu haben. Aber das Papier ist großartig.
Wenn Du mir Nachrichten anvertraust, weißt Du, pass auf, dass Du mir nichts Leichtfertiges sagst. Ich habe den ganzen Offizieren der Region und vor allem des Regiments bereits gesagt, dass die Nachrichten gut waren, dass man es mir aus Kreisen schrieb, die im Stande sind, es besser zu wissen …

Mach mich nicht zum Lügner …
Hier heißt es doch, dass Rumänien nicht mitmarschieren wird … Was sagst Du dazu, die Du es wissen kannst … und die Du im Hinterland bist, wo man weiß? …
Ich hätte doch wohl Lust, meine Lyra wieder zusammenzukitten …
Armer kleiner Luchs, sag mir, wie es mit Deiner Gesundheit steht. Hast Du mir nicht gesagt, dass Du Dich geschwächt fühltest?
Hast Du, was Du brauchst?

Gui

166

24. Mai 1915

Was pfeffern die uns denn heute in der Pfingstnacht, nach ein paar Tagen Ruhe, bloß rüber. Es ist ein Uhr morgens. Gestern Vormittag war ich im Schützengraben bei unseren abkommandierten Mörser-Kanonieren. Ich habe die Löhnung gebracht. Wunderbarer Spaziergang. Pferd bei der Feldküche gelassen. Zurück über buchstäblich goldene Wiesen wegen der Butterblumen. Ich lauschte dumpfem Geschützfeuer. Auf der Straße sehe ich eine niedliche kleine Natter mit gelber Halskrause, wenn ich sie berührte, stellte sie sich schön tapfer auf und züngelte dabei, beim Kriechen wechselte sie oft die Richtung ihrer Windungen  oder 
Da kommt ein Bischof-Major angeritten, ich hatte ihn nicht kommen hören. Ich höre: »Sie suchen nach Spuren oder einer Fährte?« Ich schaue auf und sehe einen weißbärtigen Greis, sehr milde Augen, Schiffchen mit vier goldenen Tressenwin-

keln auf dem Kopf, großes violettes Ding um den Hals, Bischofskreuz auf der Brust, schwarze, flatternde Soutane, lackierte schwarze Stiefel, Sporen. Ich antworte: »Ich schaue mir eine Natter an.«
Er hat mich mit sehr mildem Blick angeschaut und dann seinen Weg fortgesetzt. Auch die Natter ist weggehuscht, kleiner, guter Geist, der mir ein gutes Omen ist, auf dem Rückweg zu Mittag gegessen, dann beim Konzert im Park gewesen, von dem ich Dir erzählte, dann zurück zur Stellung, Briefe, von Dir nichts, ein Brief aber da von einem meiner Freunde, einem interessanten italienischen Schriftsteller, interessanter als der unechte D'Annunzio, dem die antiquierte Lieblichkeit einer alten Kokette anhaftet. Ich schicke Dir den Brief in einem weiteren Kuvert, adressiert an G. Apollinaire. Dann war ich in der Stadt essen, wo ich eingeladen war, ich habe bezaubernde Mädchen getroffen, das eine vor allem, wirklich reizend und ganz schön kokett, aber bei mir ist nichts zu machen, die Keuschheit selbst, da wurde uns fernmündlich die Entscheidung Italiens mitgeteilt[219] und ich eilte los, zurück zur Stellung. Zu einem bestimmten Zeitpunkt hat die ganze Front zu Ehren des neuen Verbündeten Salutschüsse abgefeuert, das war wundervoll, die Nacht war angebrochen, die Schützengräben stießen einstimmig ein Vivat aus. Und nun antworten die *Boches* – Ich bin gespannt zu lesen, was in den Zeitungen steht, und zu erfahren, was nach der Kriegserklärung an der neuen italienischen Front passiert. Natürlich wird das eine Menge feldgrauer Soldaten beschäftigen. Na, umso besser, je mehr Leute in diesem Krieg mittanzen, desto kürzer wird er hoffentlich sein und desto schneller werden wir in unser Zivilleben wieder entlassen.
Ich kann mir nun vorstellen, dass die Deutschen jetzt schnell und gewaltsam all die Schlagkraft ihrer Marine gegen England einsetzen, um dem Land das Rückgrat zu brechen, und versuchen werden, seine Seestreitkräfte zu zerstören …

Auf dem Rückweg vom Konzert habe ich mich von einem Feldwebel der Jäger, den ich kenne, fotografieren lassen, ich bin mit Berthier unterwegs, der aus der Krankenstation entlassen wurde und der mit mir auf dem Konzert war. Wenn das Bild gut wird, schicke ich es Dir.
Auf dem Weg ins Konzert, im Dorf, durch das ich gegangen bin und wo Militär ist, habe ich an der Kirche ein Schild gesehen mit der Aufschrift Gefängnis, das lässt einen erschauern, zumal es jetzt sehr sehr streng zugeht.
So weit f. heute, auf Wiedersehen, kleiner Luchs, bis morgen, ich lege Dir ein ganz goldenes Insekt bei, das ich im Schützengraben gefunden habe. Ich kenne seinen Namen nicht.

Gui.

167

25. Mai 1915

Mein kleines liebes Kind, ich habe gestern Deine zwei Briefe vom 21. und vom 22. bekommen. Aber nein, ich bin Dir keineswegs böse, dass Du mir am 20. nicht geschrieben hast. Ich bin Dir nie böse, mein Schatz, sei auch Du immer lieb in Deinen Briefen. Bloß Du versuchst mit jedem neuen Brief immer wieder, uns sinnlich und fleischlich so weit auseinanderzutreiben, zwischen unseren Körpern einen so tiefen Graben auszuheben, dass ich, aus der Ferne deswegen, betrübt wie ich manchmal bin, so etwas wie Lebensekel empfinde … Aber seit dem Brief, von dem Du sprichst, habe ich es mir angewöhnt, und es ist nun vorbei, keine Bitterkeit.
Du hast meine *Zuneigung, Du hast mein Herz, ich werde es nie zurücknehmen und habe Dir nie gedroht, es zurückzunehmen.*

Mein Schatz, ich liebe Dich so tief, wie Du mich liebst, und vielleicht noch mehr … Ich weiß wohl, mein kleiner Luchs, Du verdienst viel mehr Glück, als Dir beschert ist, und es tut mir leid, es Dir nicht geben zu können, weder materiell noch moralisch noch fleischlich, da es zwischen uns aus ist, da Dein Herz es so verfügt hat und nur noch diese tiefe Freundschaft bleibt, die ich schließlich doch liebe, da nur sie übrig bleibt.
Nein, Lou, Du hast keine Fehler (außer ein klein bisschen Snobismus und nicht genug Vertrauen zu mir), und wenn, für mich nur sind das Fehler. Du hast im Ganzen nur gute Eigenschaften, mein kleiner Luchs, und zwar so hehre Eigenschaften, dass ich manchmal verzweifle, wenn ich bedenke, dass ein anderer sich derer erfreut … Obwohl diesbezüglich für mich trotz der Verfügungen meines Lou das letzte Wort noch nicht gesprochen ist.
Wenn Du fähig bist, mich von ganzem Herzen zu lieben, trachte ich nach nichts anderem und wir sind uns einig, denn ich bin mehr als fähig, Dich so zu lieben, *ich liebe Dich schon so* … ich habe nur den Wunsch, Dich mit Zärtlichkeit zu umgeben, wie Du es willst, und meine Liebe umhüllt Dich ganz, meine kleine Empfindliche.
Ja, das Leben ist bedroht, ich habe gestern im kleinen Wald an die dreißig Schrapnellkugeln abgekriegt, keine hat mich getroffen, aber es war ein Prasseln rings um mich und sie kamen 3 oder 4 Zentimeter von meinem Gesicht entfernt wieder herunter. Das macht mir übrigens jetzt mehr Eindruck, während ich es niederschreibe, als gestern, im Moment, als es geschah. Mein kleiner Lou, wenn Du mich liebst, trachte ich nach nichts, gar nichts anderem. Ich antworte auf Deinen Brief Punkt für Punkt. Du liebst mich, ich bin also sehr, sehr glücklich und ich will Dir keinen Kummer bereiten, um nichts auf der Welt. Nimm also missmutige Briefe niemals ernst.
Zwangsweise ist man manchmal missmutig wegen des War-

tens auf das Ergebnis, das sich verzögert, obwohl Italien jetzt, wie Du es mir ankündigtest, mittanzt.
Das heißt, dass ich jetzt absolutes Vertrauen in die Meldungen meines kleinen Lou habe und dass ich allmählich wieder die Hoffnung habe, dass wir uns vor Ende des Jahres noch wiedersehen. Betrachte meinen Missmut also nicht als eine endgültige Begebenheit. Ich werde *niemals* aufhören, Dich zu lieben, das weißt Du wohl, kleine Göre, Du zweifelst an meiner Liebe nicht. Aber andererseits weißt Du auch, kleiner sehr schlauer Luchs, dass Dein Gui manchmal seine Launen hat. Nein, ich darf meinem kleinen Luchs keinen Kummer bereiten. Ich schwöre es und nehme Deinen Mund, den Du mir in diesem langen Kuss, von dem Du sprichst, gibst, und ich drücke Dich ganz fest an Dein[220] Herz, mein kleines geliebtes Kind, lass Dich nicht von Gram, von Hoffnungslosigkeit bedrücken, meine Lou, ich liebe Dich, innigst und abgöttisch.
So weit zum ersten Brief vom 21., nehmen wir mal den vom 22. Er kommt vom Taubenschlag. Ja, Lou, ich habe Vertrauen zu Dir, was *Freundschaft* und *Zuneigung* angeht, der Rest ist doch, sagst Du, *belanglos*. Auch gut … *Ich bin Dein Dichter und Dein Freund* … Noch mal gut … *Wenn Du Kummer hast, wirst Du in meinem Herzen Zuflucht finden* … und Deine Freuden allerdings, die werden andere haben … Aber Du hast Recht, es ist trotzdem ein schöner Platz … Stell aber nicht Toutou in den Vordergrund. Das weißt Du wohl, ich bin auf Toutou überhaupt nicht eifersüchtig, überhaupt nicht (ich mag ihn sehr). Und ich kann vollkommen verstehen, dass Du ihn viel mehr liebst als mich … Falls ich aber Toutou nicht gefiele, wenn wir uns eines Tages kennenlernen … Wer würde dann leer ausgehen und könnte sich sogar Freundschaft und Dichtung an den Hut stecken …? Genauso wie er sich den Rest an den Hut stecken kann, wie Du es ihm so leidenschaftlich mitteilst.
Dieser Rest ist übrigens geregelt und um nichts auf der Welt

werde ich in diesem Punkt etwas verlangen, da Du unsere Beziehung so schön auf das reine Gebiet der Freundschaft verlegt hast. Soll sie doch dort bleiben.

Aber Toutou besetzt ja den großen Platz, und wenn jemand die sinnliche Seite erhält, werde ich mich um ein weniger besetztes Herz bemühen, weil in Deinem für Gui nicht mehr viel Platz übrig bleiben wird. Ich werde auf Deine Entscheidung warten.

Also, ich weiß nicht, was ich denken soll. Ich habe jetzt einen großen Platz, aber gib es zu, wenn die sinnliche Seite dann besetzt ist, und wahrscheinlich dauert es nicht mehr lange, bis sie es ist, da es Dein Wunsch ist, wird dann dieser große Platz auf einen Hocker zusammenschrumpfen, wie die Herzoginnen am Hof einen hatten[221], und das einzigartige Wesen wird mit einer Hinterbacke draufsitzen, ob seiner Position sehr verlegen, mit der von niemand anderem zu vergleichen.

Bin aber nicht traurig, Du wirst meine *Zuneigung* immer haben – aber, sagst Du, *Du willst vor allem meine Liebe* … ungerechtes kleines geliebtes Mädchen … Was willst Du damit, da Du davon keinen Gebrauch machen sollst? Na denn, sie gehört Dir, mach damit, was Du willst. Kleine Blume, ich werde die Sonne sein, die Du wünschst, dass ich werde. Die Sonne befruchtet die Blumen. Ich will nicht, dass Du ratlos bist, und ich werde nie, niemals fortgehen, ich werde immer bei Dir sein, um Dich zu trösten, wenn Du Kummer hast, um Dich zu verteidigen, wenn man Dir Leid antun will, um Dir beim Gehen zu helfen, wenn Du müde bist, um Dich ganz sachte zu wiegen, wenn Dir danach ist, und sachte und leidenschaftlich werde ich in langen Küssen Deinen Mund nehmen, wenn Du meine Zärtlichkeit brauchst, wenn Du der weniger zärtlichen, weniger anhaltenden, weniger gewissen Liebe überdrüssig sein wirst.

Wenn Du ein Herz brauchst, das immer da ist, wie ein Wachtposten vor einer Brücke.

Kleiner Luchs, ich werde also von Deinem Leben niemals weggehen, das mir lieber ist als das meine … Du hast mir nichts sehr Böses geschrieben, aber Du sagtest mir, Dein Herz sei leer, und manchmal, wenn ich an Deine freiwilligen Versprechen denke und daran, was dann geschah, habe ich ein bisschen Groll, das ist alles, störe Dich nicht daran.
Der Bericht, den Du über die Mode gibst, amüsiert mich äußerst, und ich warte ungeduldig auf Details oder Fotos und wiederhole hier einige Bitten, auf welche Du nicht eingegangen bist.
1° Pikante Berichte über Deine letzten Liebschaften, Du weißt wo, dort.
2° Details über den sonderlichen Roman von Lou in Paris.
3° Ältere Fotos von Dir, die ich noch nicht habe.
Habe Dir erklärt, wo Du *Die elf tausend Ruten* findest – Auf demselben Regal wirst Du auch ganz oben in diesem Bücherschrank im kleinen Zimmer hinter der Küche große gelbe Bücher finden: Lies vor allem die 3 Bände mit dem Titel Das Werk[222] von *Andrea de Nerciat*. Im selben Schrank sind alle Bände aus der Reihe *Coffret du Bibliophile*, vor allem *Les Aphrodites* und *Le Diable au corps*[223], die aufeinander folgen (jeweils 3 kleine Bände in Kassetten).
Wenn Du dies gelesen haben wirst, werde ich Dir weitere empfehlen.
Es gibt auch *Le Nouveau Chatouilleur des dames*[224], das von Deinem Laster handelt.
Du sprichst von den Blumen, die den Taubenschlag so lieblich ausschmücken. Es ist entzückend, weißer Flieder, Pfingstrosen, diese Moosrosen, flaumig wie Dein blondes Geschlecht. Da wäre das Glück, aber werde ich Dich da auch wiederfinden, wenn ich zurückkomme???
Ich fürchte, die Taube wird davongeflogen sein und der Taubenschlag öde, öde.

Aber lassen wir das. Ich bin von der lieblichen Liebe, die Du mir beteuerst, oder eher von dieser lieblichen Freundschaft ganz mit Freude erfüllt …

Alles, was von Dir kommt, ist mir entzückend und köstlich.

Ich habe also keinen Groll jetzt, und die paar Male, wo ich ein wenig Groll empfinde, kommt es von meinem Charakter, der seine Launen hat, aber ich zweifle nicht an Dir, weil man am kleinen Luchs nicht zweifeln kann, trotz der Worte, die sie manchmal spricht.

Ich zweifle nicht, weil Lou der aufrichtigste, der wahrheitsgetreueste, der ehrlichste Charakter ist, den ich kenne, und weil sie meine große liebe Freundin ist, und ihre Freundschaft mein Trost ist. Ich liebe Dich innigst, ich nehme Deinen Mund, Dein Herz. Ich spüre, wie es unter Deinem reizenden Mops pocht, der seine rosarote Nase erhebt.

Hör, wie das meine pocht, das allein für Dich schlägt. Ich liebe Dich.

Gui

168

26. Mai 1915

Ich habe Deinen netten, um sieben Uhr morgens geschriebenen Brief von Pfingsten erhalten. Ich werde Dir überhaupt nicht böse sein, wenn Du morgen kneifst und mir nicht schreibst, mein kleiner Schatz: Hauptsache, Du amüsierst Dich, es ist das Einzige, was ich verlange. Ja, ich selbst wäre auch sehr glücklich, bei dem hübschen Wetter mit Dir zu sein, und vielleicht ist es ja schön dumm von mir, nicht dabei zu sein, da es mir doch möglich gewesen wäre … Nun ja! Es

gibt Träume, die zu Alpträumen werden, wenn Du aber wolltest, würden sich die Alpträume schnell wieder in hübsche Träume verwandeln. Na, Du bist die Herrin und frei, daraus zu machen, was Dir beliebt, und ich stehe Dir ganz zur Verfügung, um schöne Träume oder Alpträume zu haben. Ich bin übrigens sicher, dass Du mir nur hübsche Träume schenken wirst, und liebliche Wirklichkeiten vor allen Dingen.
Ja, jetzt habe ich VERTRAUEN ZU DEINEM HERZEN. Jetzt *kenne ich Dich*.
Aber nein, Du brauchst Dich nicht zu rechtfertigen, dazu gibt es keinen Grund, oder Du kennst mich also auch nicht. Ja, ja, ja, es ist abgemacht, phänomenales Vertrauen.
Ich verlange für *gewisse Angelegenheiten* keine Namen, aber verdammt, erzähle mir doch die Geschichte mit den Beschreibungen, damit ich mich amüsiere. Erzähl von Dir wie von einer Dritten. Bezeichne Dich mit dem Namen *Ludovise*, Deine Freundin mit *Polka*, den *Poilu*, wenn es einen gibt, mit dem Decknamen, der Dir beliebt, und die *Poilus*, wenn es denn mehrere sind, mit von Dir gewählten Decknamen, hier souffliere ich Dir einige Beispiele (Silvandre, Tircis, Colin etc.) – Du sagst mir, Du darfst darüber nicht reden: »*Da ich nicht allein darin verwickelt bin … Verstehst Du mich??*« Ich verstehe rein gar nichts und meine Neugier ist aufs äußerste geweckt … Und dabei spielst Du die große Hauptrolle, meine Güte!!!! Ich verstehe noch weniger. Ich kann mich an die Freundin, von der Du sprichst und von der Du mir in Nizza erzählt haben willst, nicht erinnern …
Aber nein, weder böse noch mürrisch … würdest Du mir die schönen Geschichten erzählen, die ich von Dir hören will, würde ich Dir auch welche erzählen.
Ob ich meinen Lou liebe?! Aber mehr denn je. Habe Dir Bücher genannt, aber such selber aus, sag mir, was Du gelesen hast.

Ja, Du kannst mir glauben, ich bin äußerst neugierig … Es macht Dir, mein Lou, übrigens auch richtig Spaß, dass ich eifersüchtig bin, es stört mich nicht, es zu sein. Wir stören uns also nicht gegenseitig, wir haben also beide, Du und ich, über uns beide, Dich und mich, keinen Grund zur Klage.
Meine arme, kleine Lou, wenn Du mich für mürrisch hältst, liegst Du wirklich daneben, und Du freust Dich doch unbändig bei dem Gedanken, dass ich mich für Dich so sehr interessiere.
Mal ehrlich, Du musst zugeben, dass ich meinerseits kein lästiger, ärgerlicher, dickköpfiger und nachtragender Liebhaber bin.
Übrigens … na, ich füge lieber nichts hinzu.
Wenn Du mir am Ende der Briefe diese langen Küsse gibst, wird mir ganz komisch …
Diesen langen, langen Kuss erwidere ich …
Was erzählt Toutou?
Wenn Du mir die unterhaltenden Geschichten nicht erzählst, die ich von Dir hören will, werde ich sauer, weißt Du. *Erzähl sie mir doch und schreibe sie jemand anderem zu*, ist doch schnuppe, aber erzähle sie mir, um die Träume zu nähren.
Es ist ja unerhört, dass Du Dich, nachdem Du mir versprochen hast, mir zu vertrauen, mir alles zu erzählen, nun drückst, wie vor der anderen Sache in Marseille!! Ich werde schließlich doch denken, dass Du, die Du doch so aufrichtig bist, geschworen hast, mir nichts Wahres zu sagen …
Aber nein, so ist es nicht …
Na, liebe Freundin, nichts als liebe Freundin, erzählen Sie doch Ihrem Freund jene amüsanten Begebenheiten, damit er seinen Geist daran erquicke, in dem nur noch abwechselnd Bilder von Pyrotechnik und Wäldern walten.
Das waren, mein freundlicher Schatz, einige Überlegungen, die Deine Prosa bei mir hervorgerufen hat.

Diese Überlegungen sind übrigens genau die, die Du bei mir hervorrufen wolltest, und da ich mich nicht verstelle, wirst Du Dich richtig freuen, dass Du mich dazu bringst, das zu machen, was Du mich machen lassen wolltest … Aber, weißt Du, es wird nicht immer so sein. Ach, aber nein! Ich lache mich krumm, wenn ich an Lous Freude denke, die sich einen Spaß daraus macht, Guis *eigenartigen Charakter* zu kitzeln. Denn, gib's zu, es macht Dir Spaß …
Im Moment, wunderbares Wetter, ich wäre gerne bei Dir mit Deinem knielangen, weiten Kleid.
Welch hübsche Glocke mit 2 Klöppeln wirst Du sein, mein Schatz!!
Aber weißt Du, keine Kneiferei, und mir allerlei Sachen schön erzählen.
Ich denke, Dein Zahnarzt verwendet die am wenigsten modernen Methoden … Pass auf Deinen Kiefer auf.
All die langen Küsse, die Dir belieben werden.

Gui

169

28. Mai 1915[225]

Mein kleiner Knirps, anbei eine kleine Postanweisung, entschuldige, dass ich nicht mehr schicken kann.
Gestern, kein Brief von Dir, wie Du es mir übrigens mitgeteilt hattest.
Ich hoffe, Du hast Dich in Versailles gut amüsiert.
Ich hätte richtig Lust auf ein Schäferstündchen, mein Gelübde muss ich aber halten.
Ich sage mir im Grunde dennoch manchmal, dass es im

Grunde nicht unanständig ist, eine Frau auf die Stirn zu küssen[226].
Aber ich habe zu viel Respekt vor mir selber, um mein mir selbst gegebenes Wort zu brechen, und dies alles ist also nur ein Bonmot, das ich Dir anvertraue und das Du, etwas bearbeitet, einem großen General wirst in den Mund legen können. Mal zur Auflockerung der Gespräche.
Man sagt, die Italiener kommen gut voran. Sie werden vielleicht vor den Russen in Berlin sein. Es heißt, in Paris wurde geflaggt. Ich habe Dir gestern zwei Fotos von der Gefechtsbagage im Wald geschickt. Im Moment ist das Wetter schön und dieser Wald wäre, trotz seiner Ratten und Nattern, sehr angenehm, wenn hier bloß keine Stechmücken wären.
Ich denke, wir marschieren unverzüglich weiter vor. Ich werde Dir viele amüsante Geschichten erzählen. Aber bin heute müde (nicht krank, müde). Ich werde den ganzen Tag unterwegs sein.
Ich habe eine neue schieferblaue Hose mit roter Biese und sie ist großartig und steht mir sehr gut.
Ich werde sie in der Stadt vorführen und zusehen, dass ich zum Zeitpunkt des Bombenangriffs ankomme, um die Keller aufsuchen zu können, was viel lustiger ist.
Berthier geht es besser und ich habe ihn auf meine Tour mitgenommen, um ihm die Gegend ein bisschen zu zeigen, die ich nun großartig kenne und wo mich nun auch alle kennen.
Ich möchte mich um einen zweitägigen Urlaub in Epernay oder Châlons oder Troyes bemühen. Ob Du mich als Freundin begrüßen kommen könntest? … Sag, ob es Deinerseits möglich ist. Sei bitte klar und eindeutig in Deiner Antwort, aber gib nur die Anfangsbuchstaben der Städte an, in denen es am einfachsten wäre.

Gui

Der Postmeister hat Chât. Coligny geschrieben statt Coligny-Chât., so schreibe ich das also auch auf meinen Brief, damit Du ein Kuvert hast[227]. Ich mache es bei meinem morgigen Brief genauso.

170

28. Mai 1915

Kleiner Luchs, ich sehe mit Freuden, dass Du Dich in Versailles köstlich amüsiert hast. Dichtung und Frühling waren mit von der Partie.
Was soll das denn sein, *Poilus*, die vom Schützengraben zurück sind? Kranke, Verletzte oder Drückeberger von den Militärbahnhöfen? Denn im Sperrgebiet ist nicht alles an der Frontlinie. Und dass man das eigentliche Frontgebiet ohne triftigen Grund nicht verlassen kann, weiß ich sehr wohl, während es sonst in den Städten, die ebenfalls im Sperrgebiet sind, aber nicht im Frontgebiet, viel leichter ist, sich zu drücken. Es sind übrigens nicht immer die Kräftigsten, die Kerngesunden, die vorne sind, im besagten hinteren Gebiet sind die am besten Gekleideten und die Glücklichsten. Sie führen dort ein recht gemütliches Leben.
Mein reizender kleiner Luchs, ich sehe, dass man sich gut an den Krieg gewöhnt … in Paris!!!!
Deine Freundin Rica scheint charmant und ganz nett zu sein. Küsse sie herzlich von mir … auf die Hand … und schenke ihr eines der beiden buttergeblümten Blütenblätter, die ich in meinen Brief stecke, das andere ist für Dich.
Na, um es offen zu sagen, sag Rica, ich wünsche dem lieben Chaperon so viel Spaß wie der reizenden Chaperonierten,

und der schelmische Frühling, meine ich, wird schon natürlich seine Wirkung haben und daran ist doch nichts Schlimmes.
Wenn nur etwas für diejenigen von der Front übrig bleibt, irgendwann werden sie sich schon revanchieren, in den nächsten Frühlingen.
(In meinem Brief von gestern Postanweisung von 50 Francs!!!! Ich hoffe, Du hast ihn erhalten …)
Ich schicke Dir auch eine Art Medaille, die man mir gegeben hat, sehr schön ist es nicht, aber lustig.
Deine Karte aus Versailles hat mich also sehr gefreut, denn ich bin froh, wenn ich weiß, Du bist froh.
Wenn Du obendrein auch noch sehr sittsam bist, wird's zur Idylle und ab morgen mache ich mich daran, Schäferdichtung zu schreiben.
Spaß beiseite jetzt, mein kleiner Lou: Ich liebe Dich ganz ganz herzlich, ich schließe Dich sachte in die Arme und drücke Dich ganz fest, ich nehme Deinen Mund, küsse Dich überall. Du bist entzückend und herzallerliebst. Was braucht man mehr? Darum liebe ich Dich. Ich will die hübsche Ecke herzlichst genießen, in der mir Lou bei sich, ich hoffe auf der Seite des Herzens, einen lieblichen Platz eingeräumt hat.
Unmöglich, im Moment viele Verse zu machen, zu viel Arbeit, obwohl es kriegsmäßig im Moment ruhig ist, aber man lässt mich nicht in Ruhe, unmöglich, zehn Minuten allein zu sein!!
Mein Kleiner, ich nehme Dich ganz, Dein Mund in meinem Mund, Deine schönen Zitzen an meiner Brust, Deine Hinterbacken in meinen Händen und los geht's!
Ach! Ja! Ich würde die duftige Luft der Wälder gerne mit Dir einatmen.

Gui

171

29. Mai 1915

Mein kleiner Luchs, kein Brief von meinem kleinen Luchs heute. Gestern nur eine Karte. Na ja, solange ich hoffen darf, dass der kleine Lou seinen Spaß hat, ist es doch das Einzige, was Gui verlangt –
Mein kleiner Luchs, ich umarme Dich und sage Dir ganz milde Liebesworte ins Ohr.
Ich nehme Deinen Mund mit ganzer Kraft.
Bis morgen, mein großer Liebling, ich hoffe, Nachrichten von meinem Lou zu bekommen, und ich werde Dir ein langes Gedicht schreiben.
Ganz zärtliche Küsse.

Gui

172

31. Mai 1915

Gott! Wie hübsch der Brief, den Du mir am Mittwoch, dem 26. und Donnerstag, dem 27. Mai geschrieben hast. Am Abend in mehreren Etappen geschriebener Brief, in der Metro und beim Zahnarzt. Lieblicher, klarer Brief, der darüber hinaus voller Dinge ist, die mir nicht bekannt waren. Du bist meine Allerliebste, was immer Du tun magst und was immer geschehe!!!!! Was erzählt Robin vom Krieg und von mir, da Du mir doch neulich sagtest, Du hättest ihm davon geschrieben? – Danke für die Information über Rumänien, ich wünschte, es würde bald mitmarschieren – ……

Wie? Du willst nach dem Krieg einige Zeit mit mir verbringen!!!! Ach! Kleiner Luchs, Du machst mir eine riesige Freude!!!!! …
Zum Ring, gut, ich warte auf die Größe. Wann immer Du willst … weißt Du! … *Ich nehme es Dir nicht übel.* Und wie nett von Dir, dass Du meine schnell geschriebenen, meistens nicht einmal durchgesehenen Briefe magst.
Beantworte die Fragen, wann immer Du willst … Mach nichts, was Dich verdrießen oder anstrengen könnte …
Ich habe Dich nur deshalb darum gebeten, mir die außergewöhnlichen Abenteuer aus der Gegend, in der sich Toutou befindet, zu erzählen, weil Du mir zu verstehen gegeben hattest, dass Du einiges erlebt hast, und ich hatte mir vorgestellt, dass Dein Benehmen in Marseille auf eine oder mehrere dort gepflückte seltene Blumen zurückzuführen war … Ich gestehe, dass es mich sehr gekränkt hatte, aber dass ich von Dir, als Ausgleich, zumindest einen pikanten, unterhaltenden Bericht über die Ernte verlangen konnte.
Wenn weiter nichts passiert ist, ist es doch gut, was will ich mehr, aber ein Bericht über die Vergnügen, die Du dort gekostet hast, würde mich ebenfalls erheitern und meine Eifersucht keineswegs entfachen, da es keinen Geliebten gibt, außer Toutou natürlich, den ich sehr mag.
Auch gut, mein Lou, die perfekte Weisheit!!! !!! … Ausgezeichnet, nicht gepflückt, die seltenen Blumen!! Ich bin froh!!! Bin ich auch eine seltene Blume gewesen? Jedenfalls haben wir uns gegenseitig gepflückt, meine Tuberose!
Gestern Morgen habe ich meine Tour wieder gemacht, von vorgestern noch ganz bewegt; vielleicht gar mehr als bewegt. Ich ging zügig durch den Wald, dann Gottesdienst; diesmal war er unter freiem Himmel; der Altar war von blühenden Pfeifenstrauchzweigen gesäumt, die sehr stark dufteten, ein Geruch, der mit dem Duft der Tuberose verwandt ist. Zwei

Schritt weiter, der Friedhof mit seinen Kreuzen und seinen Käppis und seinen Inschriften: *Reiter soundso, durch einen Granatsplitter getötet* oder, *Maschinengewehr-Schütze soundso*; Senegalesen, Dragoner, Jäger, Landwehrleute usw .... Ein Priester las die Messe, ein anderer hielt eine famose philosophische Predigt über das Mysterium der Dreifaltigkeit ...
Den Rest des Tages habe ich mich gelangweilt, bis um 3 Dein Brief kam, und ich habe schön an meinen kleinen Luchs gedacht, dessen Glück ich vor allem anderen wünsche, wie auch immer es ihm widerfahren möge, und sollte ich auch darunter leiden.
Ich sehe Dich wieder, entzückend ... Hast Du denn keine alte oder neue Fotografie? Ich habe gestern eine Ausgabe von *La Vie parisienne* zu Gesicht bekommen, und Karikaturen über die neuen Moden, die mir hübsch scheinen, Du musst in so einem Kleid prächtig aussehen ...
Feldw. Bodard belästigt mich gerade, kein schlechter Bursche, aber seine Stimme geht mir furchtbar auf die Nerven ... Ich warte, dass er sich schlafen legt, um Dir ein Gedicht zu machen, aber der Idiot hat sich vorgenommen, mit mir zu reden, bis ich ihn anschnauze, und da wir die einzigen Bewohner der Hütte sind, die Du gesehen hast, wenn Du die Karten im Kuvert endlich erhalten hast, kann er nur bei mir sein Gehirn eines Verwaltungsbeamten der Stadt Paris ausschütten, und er hat wohl eine hübsche Frau, die ihm, hoffe ich, Hörner aufgesetzt hat, denn er ist der geistloseste und unverbesserlichste Schwätzer auf Erden.
... Ach! Der Kerl schickt sich endlich an, sich auszuziehen, wenn er dann liegt, wird er im Takt onanieren und in den pathetischen Momenten tun, als würde er husten, dann endlich wird er einschlafen und Ruhe geben ... Ich liebe Dich, mein Lou, Dein Mund in meinem Mund, ich mache jetzt Schluss und lese aus einem albernen Roman, um die Sternstunde

abzuwarten, zu der mein Mitbewohner endlich einschlafen wird. Leidenschaftlich irre Küsse.

Gui

173

1. Juni 1915

Mein kleiner Lou, herzallerliebster Schatz, wie nett ist es von Dir, mir jeden Tag zu schreiben, obwohl Dir wenig Zeit zur Verfügung steht. Der Taubenschlag muss ganz großartig sein mit all den Blumen, die Du da aufstellst und unter denen Du die schönste bist.
Es tut mir leid, zu erfahren, dass Du müde bist. Ich würde Dich so gern, mein kleiner sehr geliebter Luchs, in meinen kräftigen Armen wiegen … Lou, sei nicht traurig … Was ist denn los? mein Schätzlein, meine innig Geliebte.
Ich habe mich um die Impfung gekümmert, aber ich fürchte, man ist der Ansicht, dass man im Moment anderes zu tun hat – was willst Du da machen, mein geliebtes Kind, Krieg ist Krieg.
Es gibt auch das Impfverfahren durch Einnahme von speziellen Pillen. Es ist teurer als die Spritzen, aber es ist anscheinend weniger gefährlich und die Immunisierung dauert länger, Du solltest Dich bei Robin erkundigen, und wenn es denn stimmt, würden wir uns so impfen lassen. Du würdest mir die Pillen aus Paris schicken …….
Ich bin sehr besorgt, Dich so blutarm zu wissen …
Es wäre mir lieber, wenn Du Dich nicht impfen ließest. Sei einfach vorsichtig, küsse, um sicherzugehen, ehemalige Typhuskranke nicht auf den Mund, lass Dein Wasser 20 Minuten kochen …

Lass Dir nicht allzu viel Medizin verabreichen, mein Lou. – All diese Spritzen vor allen Dingen verheißen meines Erachtens nichts Gutes.
Aber ich weiß schon, dass Du auf diesem Gebiet, wie auf vielen anderen, aller Welt Glauben schenken wirst, nur mir nicht …
Ich schreibe Dir, mein geliebter Luchs, aus einem Birkenhain bei einem Feld, auf dem ich mein Pferd Luzerne fressen lasse, ich schreibe auf einer Gusseisenwalze, einem landwirtschaftlichen Gerät, dessen Verwendung mir nicht bekannt ist und das da liegen gelassen wurde. Keine einzige Wolke am Himmel, es ist warm, aber es ist leicht windig.
Heute Morgen, fantastischer Kanonendonner mit den tiefen und musikalischen Tönen eines gepanzerten Zuges, der seine ganze Feuerkraft entfaltete …
Im Moment ist ein deutsches Flugzeug das Einzige, was in der Umgebung lebendig zu sein scheint, abgesehen von einigen Gewehrschüssen in den Schützengräben, wo auch manchmal eine Bombe schwer einschlägt …
Ich auch, kleiner Luchs, bin ziemlich müde … vor allem am Morgen, nachts schlafe ich fast nicht wegen all dieser Ratten und all dieser Nattern. Wenn Du mich fragst, treiben sie es miteinander; jetzt gibt es auch Stare, die ihr Nest zwischen den Schilfrohren vom Dach und der Zeltbahn, die als Zimmerdecke dient, gebaut haben. Gestern Abend ist mir mein Glaszylinder kaputtgegangen. Ich werde den ganzen Nachmittag durch die Gegend rennen und versuchen, ihn zu ersetzen, was schwierig ist, denn Glaszylinder kamen offenbar sozusagen alle aus Sachsen. *Ich werde ein kleines Buch machen*[228]*; ich werde Dir Bestellzettel schicken, versuch Interessenten zu finden*, und bitte auch Mémée, welche zu finden. Es ist das gewöhnliche Verfahren für Lyrikbände, aber es handelt sich keineswegs um Wohltätigkeit. Es ist ein Buch, das ich denen

verkaufe, die das mögen, was ich mache. Gedruckt werden nur genauso viele Exemplare, wie zum Zeitpunkt des Drucks Bestellzettel vorliegen, und die Anzahl der Exemplare wird 112 nicht überschreiten können. Alle Subskriptionen werden im Übrigen natürlich für Dich sein, ich werde Dir schicken, was ich meinerseits einsammeln kann … und ich werde allen Subskribenten das Buch versenden. *Wenn Du nur 20 zu 20 Francs unterbringst, wird Dein Zahnarzt schon bezahlt sein* … und die Bücherfreunde werden ein an der Front angefertigtes und gedrucktes Unikat haben … Antworte diesbezüglich. Tausend Küsse von

Gui

Meine Empfindlichkeit hat sich
So verschärft
wie die des Flusskrebses
Zum Zeitpunkt
des
Ablegens
sei
ner
Schale

3

der Mann bietet seine Lust an
und bemüht sich um die Öffnungen
der Beine der Frau

A E I O U
a e i o u

Der Wald und die Sonne sind mir Vater und Mutter die wunderbaren Kuppeln Deiner morgenrötlichen Brüste
mond und Hügel die Brüste meiner Amme
das Insekt ohne Zahl ist stärker als Dein Wille
Unter Tannenzweigen versteckte Protzen
das schreckliche Gesumme der stählernen Fliegen, die plötzlich einen Kadaver verlassen
Leg Dich hin auf das Stroh auf dies goldene Bett
Birkenrinde verbreitet beim Brennen einen balsamischen Duft
man verbrennt Schnee im Räucherfass der Einsamkeiten

eine neue Menschheit ist dabei zu entstehen sensibler williger freier verliebter Diese neue Menschheit ist die Spirale himmlischer als der Vogel Sie ist der Engel selbst und die alte Menschheit hasst sie und will Sie töten

175
ERWARTUNG[230]

Man harrt des Augenblicks, da der Sieg kommen wird
Man erwartet die Liebe, man erwartet den Ruhm
Man pflückt Zweige von Flieder
Die letzten Fliederblüten, sehr müden Küssen gleich

Man harrt der lieben Küsse, süßer noch als der Mond
Und die Blumen des Frühlings fallen eine nach der andern
Der Hoden des Japaners, gebraten und mit Fliegendreck
übersät

Die Rosenblattlaus
Das ist ein Prospekt, besser als der von Newski
Eine Natter mit einem Erzbischof
Der Papst ist Generalissimus
Man spielte die *Brabançone*[231] und Kreuzdornen versperrten
den Horizont
Man trug Ersatztelegrafenmasten
Die neuesten Anschwemmungen
O weißer Schützengraben offen liegend wie ein geköpftes Ei
Unbewegliche Frösche, mit dem Kopf aus dem Teich
Deine Haare sind so süß wie Zuckerwürfel
Es gibt eine Standuhr, die nur das Weiße ihres Auges anzeigt
Deine Brüste würden einen Schoppen der Kavallerie füllen
Spiralförmige Treppe schönster Roman der modernen Zeit
Ihre Behaarung aus Stacheldraht
Nasenlöcher Spanische Reiter
Wo ist der Denunziant, damit ich wieder sehe
Zumindest die Feige
Dieses kleine Mädchen hatte den Dienstgrad eines Majors
Überall tätowiert, Brüste genau
Wie Bananen

Es gibt hier einen ehemaligen Matrosen, der einen Hindu
sodomisiert hat
Das goldene Kalb hat gerade gevögelt
Die Bäckerin ist mit dem Senegalesen
Die goldenen Käfige, wo die Japanerinnen sitzen
Nacht und Nacht und die Flieder, die sterben
Man muss schnell wenden und
Einer Kurve zweiten Grades folgen
Um zu den zauberhaftesten Tagen wieder zu gelangen
verflossene weinende Tage
Ein Kanonier
Macht, wie Diogenes es machte, und wichst vor der Armee
Da ist auch jemand
Der sich den Zyklop blasen lässt mit einer Fahrradpumpe

176

2. Juni 1915

Famos, mein Lou, die Idee, mir Rosenblätter[232] zu schicken, und es für unanständig zu befinden! … Ich musste mindestens eine Stunde lachen und gleichzeitig erregte es mich mächtig … denn das machst Du meisterhaft, mein Lou. Verdammt, pass auf Deine Gesundheit auf … Wenn Du nicht aufpasst, werde ich wütend … Ich will nicht, dass Du hässlich wirst, ICH WILL ES NICHT. ICH WILL, DASS DU DICH PFLEGST … Keine Neurasthenie. Wir werden heimkehren, Toutou und ich, und Du wirst sehen, wie wir Dich pflegen und Dich sehr glücklich machen, und wir lassen Dich frei, was den *Gartenbau* angeht … Nein, ich wusste nichts vom Tod Deines Cousins … wenige Zeitungen hier … nicht jeden

Tag, fast jedes Mal eine andere, man überfliegt sie, oft hat man keine Zeit, besonders wenn man seinem kleinen Luchs schreiben will … Von denselben Fotos möchtest Du noch mehr? Ich werde mich bemühen, welche zu besorgen, aber nicht sicher, hebe sie gut auf, es wird ein Andenken …
Mein kleiner sehr geliebter Luchs, der lange lasterhafte Kuss, den Du mir geschickt hast, hat mich in einen furchtbar köstlichen Zustand versetzt … Ich sah mich wieder als den Herrn von Lou, ich herrschte ganz und gar über sie; Lou war krank vor Erregung … und sie liebte ihren Herrscher Gui bis zum Wahnsinn. Lou war nur ein kleiner Junge, den ich aus Vergnügen peitschte … während der kleine Lou vor Lust und Liebe bebte, Lou war nur ein kleiner unartiger Junge, aber wirklich höchst unartig … ich ließ seine kleine Matrosenhose runter, um Deine dicken rosaroten Hinterbacken gut zu sehen … mit dem einen Arm unter Deiner Taille drückte ich sehr kräftig auf Deinen festen glatten kleinen Bauch, der diesen Druck genoss … während ich Dich mit der anderen Hand kräftig, sehr, sehr kräftig peitschte, und Dich zwang, Deine dicken rosaroten Hinterbacken schön hoch zu halten, schön gespreizt, die die in ihnen geborgene fette feuchte Blume, einer braunen Blume gleich, entfalteten … während ich so kräftig schlug, *unerbittlich*, weder auf Deine Schluchzer noch auf Deine Schreie hörend, watschelte Dein dicker Hintern hin und her mit einer dämlichen Miene und färbte sich durch alle Farbtöne des Regenbogens durch, bis er sich letztendlich hier und da mit Blutperlen benetzte, … und dann zwang ich Dich zu jener Besitzergreifung, die Dir so weh tut, und so sehr Angst macht, und … Ich nehme meinen Brief 12 Stunden nach dem Anfang wieder auf. Mein kleiner geliebter Luchs, mach Dir nicht so viele Gedanken … Wohlüberlegt fürchte ich jedoch, dass der Krieg noch nicht zu Ende ist, diesbezüglich, kleiner Schatz, hätte ich gerne Deine Meinung. Du weißt,

dass ich Dich abgöttisch liebe, aber ich liebe Dich vor allem, wenn Du lieb bist, wenn Du ein bisschen die Meine bist … Wenn ich spüre, dass Dir so zumute ist, habe ich nur noch einen Traum: Dich in meine Arme zu schließen und Dich sachte zu wiegen, ganz sachte in meinen zärtlichen Armen, ich will auch Deinen geliebten, sehr geliebten Schlaf, ich bei Dir, Deinen hübschen vollen Busen betrachtend, der rosarot ist wie Heckenrosen.

LOU MEINE ROSE

Lou, Du bist meine Rose
Dein wunderbarer Hintern, ist er nicht die schönste Rose
Deine Brüste, Deine geliebten Brüste, sind sie denn keine
  Rosen
Und die Rosen, sind sie nicht hübsche kleine Lous
Die man peitscht wie der Wind
Der Rosen Hinterbacken selbst geißelt im Garten
    Verwahrlost
Lou meine Rose oder vielmehr meine Rosen
Du hast mir Rosenblätter geschickt
    O kleine Göttin
    Du erschaffst Rosen
    Und Du machst die Rosenblätter
    Rosa
Kleine nackte Frauen, die lustwandeln
    Lieblich
Schwingen sich im Satinkleid in die Luft
    Auf Schaukeln
Sie besingen den schönsten Duft, den stärksten, den
  zartesten
Lou meine Rose o meine Vollkommenheit ich liebe Dich
Und mit Freuden riskiere ich einen Stich
    Um Deiner Schönheit willen

Ich liebe Dich, verehre Dich, knabbere an Deinen
Rosenblättern
Rose, Königin der Blumen, Lou Königin der Frauen
Ich trage Dich auf den Kuppen meiner Finger o Lou o Rose
Auf den Kuppen meiner Finger und mache Dir
Händchen klein
Bis Dir die Sinne schwinden
Wie selbst schwindet der Duft
Der Rosen
Ich küsse Dich, o Lou und liebe Dich

Gui

177

3. Juni 1915

Mein kleiner Schatz,
was ist aber *das schreckliche Wort* denn, das Du nicht geschrieben hast, Du *lässt* Dich ... was ... ich will unbedingt wissen? ... Ich verbiete Dir unbedingt, schlechte Gedanken zu haben ... Nein ... also, die Sache ist unmöglich, wenn Du bald abreist, denn das wäre für mich eine Frage des Takts gewesen, und es hätte Zeit gebraucht, für Dich übrigens Schwierigkeiten, denn alle diese Städte liegen natürlich in dem Gebiet, das Du meinst – Ich hätte das geschafft, dorthin zu kommen, aber Du!!! Ich verzichte also darauf ... Du wirst vor allen Dingen dort mit Toutou und Deinen Freunden glücklicher sein ... und Du wirst mich wie das letzte Mal sofort vergessen ...
Ich mache mir darüber keine Illusionen mehr ... Sag mir dann Bescheid, wenn Du abfährst, damit ich meine Briefe

richtig adressieren kann … Aber wirst Du mir überhaupt schreiben? … Das Wichtige ist, dass Du Dich wohl fühlst … Mach Dir um mich keine Sorgen … Es ist nicht wichtig … eine moralische oder materielle Granate mehr oder weniger, das ist mir nun mal schnuppe …

Ich weiß übrigens wohl, dass Toutou wahrscheinlich nicht mein Freund ist, wie ich der seine bin … Er kennt mich nicht und ihn kümmert es einen Dreck …

Also auf Wiedersehen, Kleiner Luchs …

Ich hoffe übrigens immer noch, Dich nach dem Krieg wiederzufinden –

Aber denke nicht, kleiner Luchs, dass dabei Vorwürfe wären, ich habe Dich gern, das weißt Du und wie Du mich küsst, auf eine Weise, die mir doch sehr zu Herzen geht, das nehme ich mir und im Grunde weiß ich nicht, mein kleiner Luchs, warum ich das sage, ich weiß doch, dass Du mich sehr lieb hast, dass Toutou auch mein Freund ist, aber dass er mich nicht kennt und die Exaltiertheit eines Dichters nicht haben kann, weil er nun mal keiner ist.

Amüsiere Dich – mach, wie Du willst, Du bist meine Freundin fürs Leben, das ist alles und das genügt mir, mein kleiner geliebter Luchs, den ich mit all meiner Kraft küsse, kleiner Lou, mein so geliebtes Herzchen ….

LOU, MEIN STERN

Der Stern namens Lou ist so schön so sinnlich wie ein
hübsches lüsternes Mädchen
Er sitzt auf einem Meteor, der wie ein Luxusautomobil
eingerichtet ist
Um ihn stehen andere Sterne, seine Freunde
Um das Sternenautomobil erstreckt sich die ätherische
Unendlichkeit

Die funkelnden Planeten, kallipygische Göttinnen,
erscheinen reihum mit ihren prächtigen Hintern am Horizont
Die Milchstraße wirbelt wie Staub hoch hinter
Dem automobilen Meteor
Girlanden von Gestirnen zieren die Unendlichkeit
Der automobile Meteor luxuriös und architektonisch
Wie ein Palast
Steht auf einem enormen Bolid, der
Durch den Himmel dröhnt
Den er mit Blitzen übersät
Wechselfarbig und beständig wie
Wunderbare bengalische Feuer
Und sanft wie ewige Küsse
Und Sonnenstrahlen überschatten
Mit schönen Bäumen
Frühlingshaft
Die durchschimmernde Straße
O Lou, Stern namens Lou, der schönste aller Sterne
O Sternenkönigin
Dein Königreich erstreckt sich auf Ebenen, die lebhaft sind wie Vögel
Auf Ebenen, die wogen wie ein Regiment
Nomadischer Infanteristen
Stern Lou, schöne Brust aus rosarotem Schnee
Entzückender kleiner Mops der milden Nacht
Köstliche Klitoris der duftenden Brise
Vor dem Morgengrauen
Die anderen Gestirne sind lächerlich und Deine Hofnarren
Sie spielen für Dich Komödien
Phantasmagorisch
Sie treiben Unsinn, damit sich der Stern Lou nicht langweile

Und manchmal sind die Nächte tödlich
Der Stern namens Lou
Durchwandert Wiesen von Affodill
Und es regnet untreue Gespenster
In die Abgründe um ihn herum …
Aber diese Nacht ist so schön! …
Ich seh' nur den geliebten Stern.
Er ist die Pracht des Firmaments
Und ich sehe nur ihn
Er ist ein reizendes kleines Loch an den Gesäßbacken der Wolken
Er ist der Stern der Sterne
Er ist der Liebesstern
O Nacht, o Nacht währe immer so fort
Aber es kommen
Granatengarben auf Irrfahrt
Die mir verhüllen
Meinen Stern
Ich senke die Augen auf die Finsternis meines Waldes
Und mein Liebesverständnis
Wird zum Vogel
Und steigt hinauf höher höher
Und immer höher
Zum bläulichen Herzchen
Das mein Stern namens Lou ist
Mein sanfter Stern, der erlesene Liebesworte
Im Himmel ertönen lässt
Die in langsamen Klageklängen erklingen
Und die Nuance für Nuance all dem entsprechen
Was ich denke.
Stern Lou hol mich hinauf zu Dir
Nimm mich auf in Deine Pracht
Dass ich geblendet werde und fast erschreckt

Dass sich der blaue Raum ausweite bis ins
Unendliche
Dass der Horizont verschwinde
Dass alle Gestirne wachsen
Und zum Schluss lass mich hinein in Dein Paradies
Dass ich den Eindruck koste
Eines unerhörten Wohlgefühls
Dass ich durch mein ganzes Fleisch, meine ganze Seele
aufsauge
Dein erlesenes Licht
O mein Paradies

Gui

178

4. Juni 1915

Mein kleines Liebchen, Kröten und Krötlein singen nur die eine Note, die wie der verbrannte Topas Deines Blickes ist und die einzig und allein sagt: »Lou, Lou, Lou …«
Gestern nichts von Dir, herrliches Wetter, kein Kanonenfeuer oder nur vereinzelte sehr seltene Schüsse; langweile mich.
Wünschte meinen Lou ganz in der Nähe, meinen sehr geliebten Luchs. Hatte keine Zeit, die Bestellzettel anzufertigen, werde versuchen, sie morgen zu machen – werde vom Buch nur bis 60 Exemplare höchstens drucken können, es wird eine regelrechte Seltenheit.
Der Titel: *La case d'armon*.
Wir haben ziemlich oft Kranke, das Leben ist ermüdend …
Gestern eine deutsche Zeitung auf Französisch bekommen, die Zeitung kam von einer Etrich Taube, die sie uns ungefähr

folgendermaßen  gefaltet zugeworfen hat. Sie heißt LE COURRIER DES ARDENNES *journal des pays occupés*[233], wird in Charleville gedruckt und ist vom 21. Mai. Leitartikel auf Französisch, aber im Stil der *Boches*, und beschwert sich über England, dann 2 Spalten Nachdruck in voller Länge von den *Französischen Mitteilungen*, außerdem ein paar Artikel, insbesondere einer, in dem sich die *Boches* darüber beschweren, dass die Franzosen ihre Toten über den Grabenrand werfen, was nicht hygienisch sei, während sie, die *Boches*, die Leichen verbrennen – Folgt eine lange Liste von Gefangenen, der eine Erklärung vorangestellt ist, die beteuert, dass die Gefangenen in Deutschland gut behandelt werden, und das ist nun falsch, denn ich habe einen Brief gelesen, der das Gegenteil bewies, einen Brief, der an einen *Poilu* von hier von seinem gefangenen Cousin adressiert war und ihm von einem über die Schweiz heimgekehrten schwer Verwundeten überbracht wurde.

Ich schicke Dir ein kleines Paket mit einer Pfeife, die ich gemacht habe, außerdem zwei Sperberfedern, das Ganze in eine amerikanische kubistische Zeitung gewickelt, die Du die Güte haben wirst nicht wegzuwerfen, denn sie bedeutet mir viel.

Ich habe mir mit Rübenstängeln einen schönen Spazierstock gemacht – ein erlesen zartes Grün.

Anbei die Flügel oder eher die Deckflügel (meine ich) eines weiteren Insekts vom Schützengraben, es ist von einem außerordentlich goldenen Grün.

Ich habe Dich ganz doll lieb, mein kleiner so geliebter Lou, und möchte Dich zärtlich, zärtlich liebkosen stundenlang, um das ganze Übel in der Welt zu vergessen.

Ich schließe Dich in meine Arme und küsse Dich überall auf die Augen, die Ohren, im Nacken, auf die wunderhübschen Möpse, überall.

Ich habe Dich ganz doll lieb und für immer, mein großer

Schatz, meine große allzu nervöse Empfindliche mit den großen Augen eines verliebten Rehs.

Meine Zunge in Deinem Mund
Gui

179[234]

Wie man sie[235] verwendet: so dass die beiden Öffnungen im rechten Winkel zum Mund stehen, so. 

Es ist die Pfeife, die ich verwende
Auf dem Schauplatz dieses Krieges
Um die Deutschen auszupfeifen
In Vers und Prosa und manchem mehr

Dass Lou in diese Pfeife pfeife
Ihren Toutou[236] zu sich zu rufen,
Prosit Neujahr[237] … Mein Liebesbrief
Wünscht dem Lou Liebe überall

Gui

180

5. Juni 1915

Liebe Freundin, überhaupt keine Zeit, ausführlicher zu schreiben, ich grüße Sie sehr herzlich in fester Freundschaft. Bemühe mich, morgen länger zu schreiben.

Ihr
Gui

181

6. Juni 1914[238]

Mein kleiner Luchs,
gestern keine Zeit gehabt, einen Brief zu schreiben, habe Dir eine Karte geschickt.
Ich frage mich, ob das Leben, wie es sich an der Front darstellt, für den kleinen Luchs, dessen Nerven so strapaziert sind, gut sein wird.
Natürlich habe ich darauf verzichtet, Dich zu sehen, weil Zeit und Takt dazu nötig wären, und da Du im Begriff bist, abzureisen, hat sich das sowieso erledigt …
Und alles in allem, nicht nötig, Geld zu vergeuden, bloß um mit mir zusammen Zeit zu verbringen.
Aber ich hatte einen noch besseren Einfall als den, von dem ich sprach … Vielleicht ein anderes Mal, falls der Krieg noch andauert, wenn Du von Toutou zurück bist.
Aber um diese Sachen zu einem guten Ende zu bringen, darf man es mit der Zeit nicht so genau nehmen …
Ich habe mir heute hübsche türkisblaue Libellen angeschaut, sie flogen und begatteten sich zugleich, den Hintern der einen auf dem Kopf der anderen, einige sogar machen 69 und fliegen also verdoppelt und bilden die Form eines Herzens, es gibt Eindecker-Libellen und Zweidecker-Libellen … Ein sehr hübsches Schauspiel …
Gestern habe ich zwei Mücken gesehen, die, während sie um meine Kerze herumflogen, arschfickten und die am Ende, da sie sich in einem Moment der Verzückung die Flügel verbrannt hatten, im Stearin ertrunken sind …
Ich hätte gewollt, dass Du mir alles sagst. Aber ich verzichte darauf und finde mich damit ab, dass Du mir nun nichts sagst.
Wenn Du mir dennoch alles sagen würdest, würde ich Deine

Sätze nicht falsch interpretieren … Ich würde sie nicht mehr falsch interpretieren und mich darauf beschränken, nur den unmittelbaren Inhalt zu betrachten.
Es ist so lieb von Dir, mir zu sagen, dass Du mich *so gerne* küssen würdest!
Viele Leute denken, dass der Krieg im August zu Ende sein wird. Es scheint mir dennoch unmöglich –
Ich warne Dich vor dem schlechten Ruf, der den Frauen *zwangsweise* anhaftet, die *an die Front* gehen oder *an der Front* leben.
Betrachte das keineswegs als Tadel oder etwas Ähnliches. Ich sage es Dir einfach, und Du weißt es übrigens wohl auch. Die berühmteste Frau hier ist die, die man unter dem Namen *die Bäckerin* bezeichnet, sie war hübsch am Anfang des Krieges, jetzt, da die Armee über sie hergefallen ist, ist sie eine fahrende Pockengestalt, erschreckend. Die Geschichten über die Bäckerin sind fantastisch.
Aber es gibt nicht nur die Bäckerin, es gibt im Moment kleine Mädchen, 14, 15 Jahre alt, viel verlockender, nicht für mich, der ich doch die Keuschheit selbst bin, sondern für die anderen.
Ich werde Dir alle diese schönen und suggestiven Geschichten später erzählen …
Viele Leute aus der Picardie in meiner Batterie … Die Engländer sind in ihrem Land, wie in der Zeit des Hundertjährigen Krieges und in ihrer so französischen Sprache sind tatsächlich Spuren der englischen Besatzung übrig geblieben. Keine Artikel *le*, *la*, *les*, sondern der englische Artikel *the*, der in der Einzahl *ç* ausgesprochen wird, und in der Mehrzahl *ces*[239]. Das ist doch wirklich kurios.
Ich habe einen wunderbaren Strauß rosaroter Pfingstrosen in voller Blüte, die köstlich duften.
Man könnte meinen, es sind Mädchen, wohlauf und gesund,

sehr munter und bereit, mit all ihrem Fleisch, Liebe zu empfangen.
Im Moment ist es kriegsmäßig sehr ruhig, aber ich frage mich, ob es von Dauer ist …
Indessen rücken die Russen, mit der Gangart der Flusskrebse, glaube ich, vor.
Ich küsse Dich ganz, ganz kräftig.

Gui

182

7. Juni 1915

Mein geliebtes kleines Mädchen,
ich weiß nicht so recht, was ich Dir heute schreiben soll, meine Liebe. Heute Morgen, Aufstehen um 4 Uhr wegen der Inspektion, ehrenvolle Erwähnungen im Tagesbefehl[240], so heißt das, glaube ich zumindest, wurden verlesen und verliehen. Es geht außerdem das Gerücht vom Sturz des Ministeriums, Joffre würde Kriegsminister werden, Galliéni Oberbefehlshaber der Armee und Caillaux Ministerpräsident, und obwohl Letzterer, vor einem Monat noch, der unbeliebteste Mann in Frankreich war, habe ich gehört, wie die intelligentesten Kerle, Offiziere sogar, ausriefen: »Es lebe Caillaux! Er bringt uns den Frieden.« Ich wollte meinen Ohren nicht trauen, aber der Schrei: »Caillaux ist der Friede« kommt mir immer wieder zu Ohren, sowohl in den Schächten der Pioniertruppen, 6 Meter von den *Boches*, wo ich heute Morgen war, als auch im Quartier der Artillerie, wo ich heute Nachmittag bin –
Ich bin dennoch sicher, dass Galliéni, lässt man die Caillaux-Frage beiseite, ein famoser Trost wäre, und es würde vor-

wärtsgehen – Wir sind ganz neu eingekleidet worden, und zwar schön eingekleidet, denn die Schneider vom Regiment haben sich richtig ins Zeug gelegt. Und es ist Zeit, dass wir vorrücken, darauf warten wir nur, müsste es uns das Leben kosten. Die Männer hier haben zu Galliéni unerschütterliches Vertrauen, und ich, der ich einiges über ihn erfahren habe, bin auch in etwa dieser Meinung. Mit Joffre ist alles schön und gut, temporisieren, abwarten, aber verdammt noch mal, Taktik ist das nicht, oder eher ist das doch Taktik, aber keine Strategie … Es ist sehr schön, Löcher auszuheben und sich darin zu verstecken, aber was nottut, ist vorzustoßen …
So, meine kleine Ratte – Ich weiß nicht, ob es Toutou auch so ergeht, aber ich habe genug von den Nattern und Ratten. Ich habe Lust auf Vögeln, mit Dir oder einer anderen, meinetwegen auch einer *Boche*, aber, sapperlot, auf keinen Fall mit einer Frau von der Front, wegen der Pocken –
Na, man macht sich doch auf große Ereignisse gefasst.
Anbei eine Skizze von einem Teil des Friedhofs hier in der Nähe.
Du weißt nicht, wo es liegt, Dein Pech, mein kleiner Lou.
Es stimmt nicht, dass ich eifersüchtig bin, wie Du es meinst – Natürlich, wäre mir schon lieber, der Alleinige zu sein, aber ein Anrecht darauf, mitzureden, habe ich ja sowieso nicht.
Wenn ich aber von Dir wüsste, Du bist, was ich nicht benennen will, würde ich Dich in Wirklichkeit vielleicht immer noch lieben, aber Dein Freund wäre ich dann nicht mehr –
So, mein kleiner Lou, der Du ein wenig verwirrt bist und kurz vor der Abfahrt –
Ich schreibe Dir nicht lang, weil Du mir auch keine langen Briefe schreibst, und das ekelt mich ein wenig an, jemandem zu schreiben, der mir niemals lange Briefe schreibt.
Obwohl ich Dich indessen liebe und Dich sehr, sehr schweinisch küsse. Dein

Gui

183

8. Juni 1915

Mein sehr geliebter Luchs, ich kann Dir heute keinen längeren Brief schreiben. Keine Zeit zu viel zu tun und bin schier verrückt, weil ich enorm viel in der heißen Sonne herumgeritten bin in den letzten 3 Tagen. Gestern Feier von der Infanterie veranstaltet habe mich ein bisschen amüsiert.
Aber Du, mein kleiner entzückender Lou, den ich liebe, bist ein kleiner Mistkerl, dass Du mir so kurz schreibst.
Du schreibst immer nur von dem, was Dich ärgert, niemals von dem, was Dich vergnügt, und ich kenne Dich gut genug, mein kleiner wollüstiger Junge, um zu wissen, dass Dein kleiner Arsch trotzdem, und sei es nur aus Gewohnheit, Sinnliches empfinden muss, wenn auch nur durchs eigene Händchen – aber Du erzählst ja nichts, als wäre ich ein Idiot.
Es ist heiß, heiß, heiß, die Leichen stinken, aber der Himmel ist großartig; die *Boches* lassen uns in Ruhe, aber ich hoffe, wir werden ihnen keine Ruhe lassen.
Die Falschmeldung von vor ein paar Tagen über das Ministerium hat sich in Luft aufgelöst.
Tja, wenn das so andauert und ein Kommandant aus Paris meint, es wird noch ein Jahr dauern! Ein Jahr, verdammt – Also, ich denke, hier braut sich was zusammen, wenn ich den Gerüchten Glauben schenke.
Ich habe in den Händen vier großartige Rosen ich schicke Dir ein Blütenblatt von jeder, und f. jede küsse ich Dich auf die 2 Wangen und auf die 2 Hinterbacken. Aber Du, mein geliebtes Schweinchen, schreib mir doch einen langen Brief und sag, ob Du, wenn Du dann abreist, bei mir Sachen lässt, damit ich es wisse.

Ich muss aufs Pferd und abhauen, langer Ausritt, bin müde, müde, müde, aber langweile mich im Moment nicht.
Küsse Dich überall, kleiner geliebter Mistkerl.

Gui

184

11. Juni 1915

Mein kleiner Lou,
wenn Du irgendetwas brauchst, sollst Du es mir natürlich immer sagen. Ich glaube, wir ziehen woanders hin. Ich schicke Dir bald die Feldpostnummer.
Kleiner sehr geliebter Luchs, um mich zu ermutigen und mir wieder Vertrauen zu geben, Dir länger zu schreiben und auch Gedichte, wenn Du sie magst, wäre ein langer Brief von Dir jetzt angebracht, andernfalls wird Gui, von Lous Gleichgültigkeit demoralisiert, mehr und mehr schweigen.
Ich liebe Dich trotzdem …

DER KANONIER AUS DAKAR[241]

In der von Weidenzweigen umhüllten Blockhütte
Bei den grauen Kanonen, die sich nach Norden richten
Denke ich an das afrikanische Dorf
Wo man tanzte wo man sang
Wo man sich liebte
Und lange Reden hielt
Edel und fröhlich
Ich sehe meinen Vater wieder, der kämpfte
Gegen die Aschanti

Im Dienste der Engländer
Ich sehe ihn wieder
Er streichelt die nackten granatenharten Brüste
Meiner Schwester, die ungestüm lacht
Und ich sehe meine Mutter wieder die Hexe
Als einzige im Dorf
Hat sie das Salz verachtet
Und stampfte Hirse in einem Mörser
Und schaute, wie mein Bruder
Seine prächtige Männlichkeit wiegte
Wie man ein kleines Kind wiegt
Ich erinnere mich an den Fetisch im Baum
Einen raffinierten und unheimlichen Fetisch
An den doppelten Fetisch
Der Fruchtbarkeit
Später ein abgetrennter Kopf
Am Rand eines Sumpfes
O Blässe meines Feindes
Das war also ein Silberkopf
Und in dem Pfuhl
War es der Mond, der schien
Das war also ein Silberkopf
Oben war es der Mond, der tanzte
Das war also ein Silberkopf
Und ich war im Schatten unsichtbar
Das war also ein N*kopf in der tiefen Nacht
Und meine Schwester später
Zog weg mit einem Tirailleur
Wenn ich mein Alter wissen wollte
Müsste man danach fragen
Beim Bischof
So lieb, so lieb zu meiner Mutter
So butterweich zu meiner Schwester

Es war in einem kleinen Schuppen
Nicht so wild wie die Hütte
Von uns Kanonieren hier
Ich habe das Ansitzen gekannt am Rand des Sumpfes
Wo die Giraffe trinkt mit weit gespreizten Beinen
Ich habe den Schrecken gekannt vor dem Feind der verwüstet
Das Dorf
Die Frauen schändet die Mädchen entführt
Und die Jungen, deren pralle Kruppen zucken
Ich habe den Verwalter getragen von Dorf zu Dorf
Sang leise vor mich hin
Ich wurde Diener in Paris
Ich kenne mein Alter nicht
Doch bei der Musterung
Wurde ich auf 20 Jahre geschätzt[242]
Ich bin französischer Soldat man hat mich auf einmal geweißt
Frontabschnitt 59 ich kann nicht sagen wo
Ach warum ist Weißsein
Denn besser als Schwarzsein
Ich habe pralle Körper geliebt voll sinnlicher Schwellungen
Ich erinnere mich an einen scheußlichen See in einer Nacht des Wahnsinns
Einer Nacht der Hexerei
Und an Paare aneinander gekettet in grauenhafter Liebe

Bis bald, ich küsse Dich. Auf Wiedersehen, Lou, ich liebe Dich.
Gui

185

21. Juni 1915

Kleiner Lou, musst jetzt bei Toutou sein. Und Du und er habt bestimmt keine Langeweile miteinander. Wir sind in einem anderen Abschnitt. Ich weiß nicht mehr so recht, was ich schreiben soll, da man so sehr aufpassen muss … Ich würde gerne in meine zweilöchrige Pfeife[243] blasen. Toutou, wenn ich einigermaßen richtig verstehe[244], hält mich wohl für einen Soldaten aus Pappe und macht sich wohl über mich lustig. Das macht nichts, ich mag ihn trotzdem. Aber aus Pappe, doch nicht – sag es ihm. Sag ihm übrigens auch, dass die besten Dinge mit den am wenigsten erwarteten einhergehen. Christus, als er seine Jünger wählte, nahm unwissende Fischer. Außerdem machten Literaten immer gute Figur im Krieg, zum Beispiel Paul Louis Courier, Choderlos de Laclos, Autor der *Gefährlichen Liebschaften*, der die Artillerie neu organisierte und ein Mann war, der sich selbst außerordentlich in der Gewalt hatte, Reveroni de Saint-Cyr, Autor von *Pauliska*, einem kuriosen Werk, war ebenfalls Artillerist, Andréa de Nerciat, Autor von *Félicia*, die die einzige Romanheldin ist, der Du meines Erachtens ähnelst, war auch beim Heer, Corneille Blessebois, famoser Autor von *Rut ou la pudeur éteinte*[245], auch Soldat, ich erwähne nicht einmal die Dichter Sygognes, Agrippa d'Aubigné, den apokalyptischen Dichter, der folgenden köstlichen Vers ersann:

Eine herbstliche Rose ist köstlich, mehr als alle

Vigny und andere waren Soldaten. Die meisten waren Offiziere, das ist wahr, was viel an der Sache ändert, aber wenn man Zeit hätte, hätte man keine Mühe, Dichter zu finden, die einfache Soldaten oder Gefreite gewesen sind und die gute Soldaten waren.

Hier habe ich in einer anderen Batterie einen dramatischen Dichter gefunden, Voleroy oder ähnlich genannt, als Dichter nicht bekannt, aber unter seinem echten Namen, Verdier, bekannter, er war der Inhaber der ehemaligen *Maison Dorée* und es kommt zu seinem poetischen Talent, von dem ich nichts weiß, eine bemerkenswerte kulinarische Begabung hinzu, die ich vor drei Tagen die Gelegenheit hatte mir schmecken zu lassen, als er mich in seinen Unterstand zum Essen einlud. Er ist Geschützführer und bekocht zugleich seine Kameraden, zu deren Vergnügen.
Und außerdem noch Gaston Chérau, berühmter Romanschriftsteller, der mich vor 3 Jahren beim *Matin* einführte, er wurde gerade zum Sergeanten ernannt, und die Anzahl der Literaten, die im jetzigen Krieg einfache Soldaten sind, ist nicht geringer als die der berühmten Künstler, die im Moment ebenfalls einfache Soldaten sind. Im Gegenteil, ziemlich viele Offiziere sind im Zivilleben einfache Vertreter der Firma *Planteur de Caïffa*[246] oder so was in der Art.
Was die Wohnung angeht, steht sie Dir zur Verfügung[247]. Jetzt da Du dort bist, werde ich so viele Briefe wie möglich zerreißen, außer den Deinen – ich habe Dir dennoch über Toutou den Brief vom kleinen Mädchen, von dem ich Dir erzählte, gesendet. Ich fürchte, der mit Spitzen verzierte so witzige Brief könnte hier zu Schaden kommen –
Das Leben ist immer gleich und Deine Briefe haben mir große Freude bereitet, durch das, was sie verkündeten. Aber man darf, mein Schatz, doch nicht denken, dass den Leuten der Mut fehlt, das wäre fast Frevel. Was eigentlich stört, ist der Mangel an Anhaltspunkten und auch das Gefühl, dass man sich im Hinterland tüchtig amüsiert.
Ich nehme mir nach wie vor an der sittsamen Verhaltensweise der Seerose ein Beispiel[248].
Und wünsche im Moment nur eins: dass eine ideale Stellung

in unserem Sandwich[249] mich mit Ihnen und Toutou vereinige, wenn sich keiner daran stört.
Vergiss indessen nicht, dass ich jetzt im Frontabschnitt 69[250] bin. Ich strotze im Moment vor Gesundheit. Es fehlen im Moment mehrere Unteroffiziere, einer ist gestern gefallen, 2 wurden evakuiert und einer ist zu einem Beobachtungsposten gekommen, wo er glücklich ist wie ein Kind. In der Batterie komme meines Erachtens nur ich in Betracht für eine Beförderung, es sei denn, man lässt andere vom Standort kommen. Also, diesbezüglich bin ich zuversichtlich. Dann toi, toi, toi! Das würde Toutou, der mich für einen Soldaten aus Pappe hält, die Sprache verschlagen. Ich würde gerne befördert werden, aus reiner Freude darüber, unseren lieben und großen Mathematiker[251] richtig zu ärgern und auch weil es doch angenehmer ist. Na ja, abwarten und Tee trinken. Nach ein paar Tagen Friede fängt der Krieg wieder an. Der Wald ist trotzdem sehr schön, er hat keinen Anteil am Zorn der Menschen. Indessen verlieren die Feldblumen ihre Farbenpracht, nur die azurne Flamme der Kornblume sticht noch im Weizen hervor, und in den Gärten ragt schon das Periskop der Lilienblüte heraus.
Die schönste Geschichte seit 14 Tagen ist die von einem Unteroffizier, der jetzt nach einem kurzen Aufenthalt in der reizvollen Sommerfrische hier wieder gegangen ist. Mit einem Venusleiden hier angekommen, hatte man ihm die Krankheit nicht angemerkt, aber sobald er sich im Wald befand, hat er seine Kanne einsatzbereit an einen Baum gehängt, jene besondere blau-weiße emaillierte Spülkanne mit dem roten Kautschukschlauch und der Kanüle. Wenn man den Wald betrat, stach es allen sofort ins Auge. Dann war bald Schluss mit der Komödie. Kannst Du Dir vorstellen, der General Joffre käme sich diese Waldszenerie anschauen …
Case d'armons ist in einer Auflage von 25 Exemplaren erschie-

nen und für einige Exemplare haben sich schon Interessenten gefunden. Ich werde sie alle unterbringen, außer diejenigen, die ich verschenken will. Schreibe mir ausgiebig. Es ist nun sehr, sehr lange her, dass ich keinen Brief mehr von Dir bekommen habe. Danke für die Auskünfte, die Du mir geschickt hast. Die Krankheit des Königs von Griechenland war mir stets zwielichtig erschienen. Jetzt ein kleines Gedicht als Intermezzo.

GEDICHT

Lou ist ein reizendes Kind
Kristallene Flugzeuge
Schöne Früchte aus
singendem Himmel
kleiner Lou
gutes Herz
blaue Libellen
gibt es auch
Lou ist das achte Weltwunder
schlichte Zartheit der Wolken, so bauschig, so weiß
Es schlug die Stunde des Aufbruchs! Abschnitt…
Dies ist mein blaues Gebet an Dich
Und es ist auch meine Wonne
Dass Du es bist, die ich will
1915
Soldaten
aus Fayence
und Kar
funkel
O
LIEBE
Ist es Zeit uns über unser Ideal zu erheben
Die Stunden sind schöne schmachtende Mädchen
Der verblühte Frühling entfernt sich
Dort unten und dreht sich manchmal noch um, mir zuzulächeln
Und in den Feldern verwelken die Mohnblumen sie färben sich violett
Und verströmen Opiumgeruch
Ich betrachte Deine Abwesenheit und Deine Stummheit
Aber Du hängst an mir durch tausend feine Fäden
Meine königliche Fantasie entzündet ihre Millionen Gestirne
An Dir, flammender Gottheit der Wonne
Nein! Ich will in meine Betrachtung versunken
Die neun Pforten der Sinne nicht schließen
Und ihre Öffnung strebt Dir entgegen, dehnt sich aus
Bis zu Dir und Deiner Wonne
Der Tag ist nicht mehr. Es ist Zeit, dass ich zum Fluss hinuntergehe und bade
und dieses Wasser ist voller Gräser
so hinterlistig wie Deine Augen
es knallt ein mörderisches Feuerwerk
und ein Brand färbt die Nacht kirschenrot
Gui
In dieser Kriegs süßen Frühlingsnacht
Ich bin hier, Dir Lieder zu singen
In der Schlacht
Ich werde Dich mit Trophäen überhäufen
Ich erwarte nur Liebe
Tod, Deine Diener sind auf ihren Posten
Meine Lieder haben Dich mein Leben lang gerufen
Mein Lied ist nackt, seine Zierden hat es abgelegt
Schreib mir schnell, Lou, schöne schöne Dinge
Leben meines Lebens, ich küsse Ihre Hand

187

22. Juni 1915

Mein netter Kleiner Lou,
der Brief aus dem Zug, auch der andere aus Nancy waren wunderbar – jetzt bin ich ganz getröstet und ganz glücklich – Ich bin auch richtig froh, Toutou sollst Du für dies alles schön beglücken, zumal Eurerseits die Sache ernst ist, meine kleinen Lieben.
Wenn dem so ist, wie es in Deinem Brief steht, bin ich überhaupt nicht traurig, – Dieser kleine Junge gehört gepeitscht – Um sagen zu können, dass ich hundertmal … bin, musst Du die *Elf tausend* … gelesen haben. Aber das ist ja nichts … Ich weiß Dinge, die weit unterhaltsamer sind … Du wirst sehen!! (wenn Du willst) –
Du hast vollkommen Recht, unnachgiebig zu sein. Dein angeborener Stolz, Dein erlesener gesunder Menschenverstand, Deine natürliche Geradlinigkeit zeigen Dir zu Recht, dass man in einem Fall wie diesem keine Wahl hat – Und ich bin stolz auf Dich, mein kleiner Luchs, unser charmanter Toutou versteht das selbst nicht ganz – Dabei ist es doch wahr – es gibt keinen Mittelweg, alle Männer müssen hierherkommen – und dann sehen wir mal. Erst mal alle Mann hierher. Alles andere, was man hört, ist duckmäuserische Politik für Drückeberger. Ich sage, Toutou hat das nicht verstanden – (es geht um mich) – für den Rest wette ich, dass er meiner Meinung ist. Man darf dennoch das Sperrgebiet mit der Frontzone nicht verwechseln. An Drückebergern fehlt es im Sperrgebiet nicht – Und wenn ich das sage, ist das nicht aus Neid auf diejenigen, die woanders sind. Denn ich selbst hätte woanders sein können, und sogar auf sehr angenehme Weise mit einem wunderbaren Lou.

Was das ganze Programm betrifft, brauchst Du Dir keine Sorgen zu machen, wenn Du aufrichtig bist – ich bin es – es wird ganz so geschehen, wie es Dein Wille verfügt, und mich wirst Du immer kriegen können, wie Du willst.
Scheue Dich nicht, zu sagen, was Du brauchst, werde immer mein Mögliches tun – werde es nicht mehr wiederholen – Du weißt es ja, das genügt –
Nichts von Frau Mortier gehört. War wohl gekränkt, denke ich, dass Du sie bei Topsy nicht gegrüßt hast.
Schick Größe Ring – Die Geschichte mit Lou als Journalistin hat mich äußerst amüsiert.
Aber natürlich, fühl Dich bei mir ganz wie zu Hause –
Bleib nicht auf der Straße, wenn die *Boches* vorüberfliegen. Das ist ja wirklich lächerlich von meinem kleinen Lou. Ich will auf keinen Fall, dass er sich ein Aua zuzieht.
Tu mir also den Gefallen, extrem vorsichtig zu sein, denn die Versprechen, die Du im Zug machtest, musst Du auch halten, und die *Boches*, diese dreifachen Schweine, werden Dir dabei nicht behilflich sein – Wir halten so lange durch, bis es zu Ende ist –
Aber ich möchte, dass es schnell geht, auch wenn man dafür etwas einbüßen muss.
Ich umarme Euch beide ganz zärtlich.

Gui

188

23. Juni 1915

Ich schreibe in der Regel am Mittwoch und am Sonntag. Heute Mittwoch also – Antwort auf Deinen so ernsten Brief vom 18. – Nancy. Einverstanden, die ganze Begeisterung ist ja gut, dies ist aber kein Ort für einen kleinen Jungen wie Lou. Man muss vorsichtig sein, vorsichtig. Es stimmt, dass der Tod weniger erschreckend ist, als man einst dachte. Die Japaner haben uns übrigens die Verachtung des Todes beigebracht, nicht die Verachtung, sondern eher die Gleichgültigkeit ihm gegenüber, denn er ist nichts als das Leben, das nicht versagen kann.

Du musst mir sagen, welchen Ton ich in diesen Briefen anschlagen kann, ich weiß es bis jetzt nicht. Mir ist es lieber, ein kleines Gedicht zu machen. Aber vorerst will ich auch, dass man Toutou von mir herzliche Grüße ausrichte –

Wir ziehen einen Terzel auf, einen kleinen Raubvogel, der früher, glaube ich, bei der Beizjagd eingesetzt wurde. Er heißt Aquilan, zumindest habe ich ihm diesen Namen eines sarazenischen Anführers gegeben, der einer Heerestruppe des Sargolants angehörte, der mit seiner Flotte ein Fest unterbrach, das von Beuves d'Hanstonne am Meeresufer zu Ehren der bevorstehenden Niederkunft seiner Gemahlin veranstaltet worden war, die, als sie die Seeräuber erblickte, vor Schreck auf einem Wagen, dem ihre Schwester, die schöne Ysanne, auf einem weißen Zelter hinterherritt, im Wald entband.

Die Sarazenen entführten Ysanne und einer der Krieger, Aquilan de Mayorque, heiratete später die hübsche Ysanne.

Terzel Aquilan hat keine Ysanne, er ist ein Tor, der eine Fessel am Bein hat, hat noch Angst vor Feldmäusen, aber immerhin hält er sie schon in seinen gelben Klauen fest.

Es ist indessen ein reizender Vogel, der mich an Federigos geliebten Falken (in Boccaccios Novellen) erinnert, den er opferte, um der Witwe, die er liebte, ein Mahl vorsetzen zu können.

189

ES IST …

Es ist die Wirklichkeit der Fotos, die auf meinem Herzen
liegen, die ich will
Diese Wirklichkeit allein, nur sie, und nichts anderes
Mein Herz wiederholt es unaufhörlich gleich dem Munde
eines Orators und sagt es
Mit jedem Schlag wieder
Alle anderen Bilder der Welt sind falsch
Sie haben keine andere Erscheinung als die von
Gespenstern
Die sonderbare Welt um mich metallisch pflanzlich
Unterirdisch
O Leben, das die morgendliche Sonne aufsaugt
Dies sonderbar mit Feuerwerk artefaktisch gezierte
Universum
Ist das nicht ein Werk der Hexerei
Wie man sie früher studieren konnte
In Toledo
Wo einst die berühmteste der teuflischen Schulen war!
Und ich, ich habe bei mir ein genaueres,
wirklicheres Universum
Dir nachgebildet

190
ORIANDE

Die Fee Oriande lebte in ihrem Schloss Rose-Fleur
Es ist hier, seit sich der Frühling zu neigen begann, die Stunde der Erbauung der Rosen …
Oriande schläft da wie ein Duft, mit dem letzten Brief herbeigeweht, und welcher ruht
        Auf meinem Herzen
Zwischen den beiden Blütenblättern dieser Frühlingsrose
        Aber jetzt ist es Sommer
Oriande würde da leben in ihrem Schloss Rose-Fleur
        Wie wir und die Kirche nach Osten gerichtet
Und es ist der Abend der Rosen
Die alten Worte erstarben mit dem letzten Frühling
Mächtige und neue Harmonien strömen aus meinem Herzen
        Aber Oriande schreibt ein L
        In den Himmel
Füge Dich, mein Herz, in das Los, das für Dich bestimmt wurde
Der Sommer wird vergehen … wie der Frühling verging
        Aber Oriande schreibt ein O
        Hoch oben
Und ich stimme meine Laute, wie man einen Bogen spannt
        Aber Oriande schreibt ein U
        In die azurne Luft
In die tiefe Bläue des Himmels, in die nächtliche Bläue
In die Bläue, die sich verdichtet mit Wünschen, mit Liebe
        Mit mächtiger Freude
Und aus meinem Poetenherzen
        Aus meinem Herzen, das die Rose ist
        Fließt Oriande

Duftendes Wasser der Lieder
In die Du Deine Seele gerne tauchst
Dieweil die Fee einschläft
Oriande schläft ein in ihrem Schloss Rose-Fleur

G.

An meinen Terzel

Schrecklicher Aquilan de Mayoger,
Ich bräuchte ein Möslein zum Vögeln
Denn ich schmachte nach Liebe wie ein Oger
Und was ich finde ist bloß ein Leben bei Vögeln!!

G. H.

192

25. Juni 1915

Die Frösche – ich denke, ich bin dieses Jahr den Fröschen  verschrieben oder den Kröten, deren Schrei ich gern mag: lou, lou, lou, während ich den der Frösche nicht so sehr mag, die, mir scheint, so klingen, als würden sie Deutsch sprechen. Kleine Vögel gibt es auch, die die Myrten, Pflanze der Liebe, anfliegen und lieblich an den weißen Beeren herumpicken. Einem dieser den Myrten vertrauten kleinen Vögel übergebe ich meinen  Brief. Manche andere Vögel darunter sind viel lustiger: Ganz gemütlich in den Heckenrosen sitzend, pfeifen sie aus voller Kehle und nichts scheint sie aus der Ruhe bringen zu können. Es ist äußerst amüsant, all dies zu beobachten. Es gab ein paar späte Mai-  glöckchen, aber es ist mir persönlich nie gelungen, welche zu finden, oder zumindest hatte ich keine Gelegenheit dazu, denn ich hatte keine Zeit, danach zu suchen. Aber einmal habe ich doch welche gesehen. Sie wurden sofort von einem anderen als mir gepflückt. Der Weizen reift heran. Ein Kanonier trug vor ein paar Tagen einen schönen Strauß Maiglöckchen, ich weiß nicht, wem er ihn schenken wollte. Ich vermute einem Infanteristen, um ihn den *Boches* zu zeigen. Ich wünschte, der Sieg käme bald. Man würde  vor Freude tanzen, man würde tanzen, bis man umfällt, buchstäblich vor Müdigkeit erschöpft. Ich habe Deine sehr, sehr lieben Briefe aus Nancy bekommen, und den aus dem Zug. Wie gerne würde ich diese hübschen, so lustigen Geschichten kennen, von denen Du sprichst! Aber warum das nicht gleich einem Brief anvertrauen, der sowieso nicht unterschrieben ist? Wenn über die Reise nach Nîmes geplappert wurde, kommt es bestimmt nicht von mir, sondern von Baratier. Denn in diesem Fall bin ich das Grab. Ich danke Dir unendlich, mich verteidigt zu haben. Im Übrigen wissen die Leute, die mich angreifen, nicht recht, warum sie es tun, und außerdem cambronniere[252] ich sie recht herzlich. – Sonst, zum kleinen Jungen, hundertmal schlimmer, behauptest Du von mir. Warum? Hast Du etwa die *elf Tausend* gelesen? Ich bin also in Deinen Augen eine Art halber Teufel, dessen andere Hälfte Du bist, oder zumindest ich ¾ und Du ¼. Das Gegenteil wäre vielleicht der Wahrheit näher. Wenn der Teufel aber Hörner hat, heißt es denn, er wurde betrogen[253]?

So bin ich auch überzeugt, dass die Teufelin statt Hörner 2 schöne Federn trägt. Anbei einige ganz neue Fotos von Gui. Ich war entzückt, von Pipes[254] Ausschweifungen zu erfahren. Das beweist, dass der Krieg für Muschis doch seine Vorzüge hat. Auf jeden Fall gab ich ihr zu Hause kaum Gelegenheit, mit Katern zu flirten. Sie geht für die Wiederbevölkerung mit gutem Beispiel voran. Wenn man den Winterfeldzug machen muss, dann machen wir halt den Winterfeldzug. Wenn man Masken tragen müsste, würden wir halt Masken tragen. Also, wir werden alles Nötige tun, um die *Boches* rauszuschmeißen, und ich bin wohl überzeugt, dass wir, Toutou und ich, trotzdem heimkehren und beide bei Dir eintreffen, was reizend sein wird. Dieser erste five o'clock (!! Du kapierst), zu dem wir, ich und er, äußerst verlegen sein werden – Es macht mir richtig Spaß, mir das vorzustellen. Vielleicht wird es übrigens ganz anders verlaufen. So weit aber dauert's noch an, mit viel Musik jetzt. Ich frage mich, warum man nicht alle als mittelalterliche Ritter einkleidet und letztendlich auf Einzelkämpfe auf dem Turnierplatz zwischen den Schützengräben zurück-

greift. Der Krieg wäre lustiger, als er ist, wenn wir die ganze Zeit an den Rüstungen herumpolieren müssten. Überschreitet der allgemeine Ton dieser Epistel das vom kleinen Lou erlaubte Maß denn nicht? Na, ich habe absolutes Vertrauen zu Dir, zu Toutou, zu mir, zu uns, zu Frankreich. Und es ist auch fein gut[255] so.
Zum Papst, ich schlage vor, dass der König von Italien ihn als G. V. C.[256] zum Dienst berufe. Das würde ihm die Sprache verschlagen, mit einem Gras-Gewehr[257] bewaffnet, die Straßen zu beaufsichtigen. – Ich habe eine sonderbare Entdeckung gemacht, aber recht nützlich, meines Erachtens, für den Fall, dass ich, durch weiß Gott welche Fügung des Zufalls, die unangenehme Pflicht haben sollte, jemandem die Peitsche geben zu müssen, dessen Haut zugleich mit Nachsicht behandelt werden müsste (also demzufolge keines *Boche*), und zwar, Eschenholz hinterlässt keine Spuren oder eher keine Striemen.
Ich breche meinen Brief schroff ab, wir hauen ab, weiß nicht wohin. Vielleicht in den Norden. *Chi lo sa?* Wer kann das wissen? Auf Wiedersehen, Auf Wiedersehen …

Gui.

193

1. Juli 1915

Ich habe gerade Deinen Brief vom 21. Juni erhalten – 9 Tage bis hierher, es ist ja nicht allzu viel, wenn man unterwegs ist, wie wir es waren. Jetzt also darf ich Dir nicht sagen, wo ich bin, aber ich denke, ich mache nichts falsch, wenn ich sage, wo wir waren, da wir das Dorf verlassen haben und ich nichts über militärische Vorgänge sage. Wir waren ein paar km von Reims, im Wald. – Nach einem Ortswechsel nicht sehr weit, wechselten wir erneut, lange Märsche, zum Glück hatte ich das Pferd, und Loulou ist ein guter Gaul. Wir sind in der Nacht aufgebrochen und waren dann tagsüber unterwegs. Diese Aufbrüche sind äußerst beeindruckend. Alle waren traurig, denn der Landstrich, wo wir waren, war bevölkert, viele hübsche Mädchen oder Frauen, wie viele von uns hatten denn dort eine Art prekäres Leben wieder aufgebaut, leider! Offiziere, Unteroff., untere Dienstgrade oder einfache Kanoniere. Letztere arbeiteten im Weinberg. Man hat sich viel geliebt in diesem Landstrich, und das 38., das seit acht Monaten da war, schien man bereits sehr zu vermissen. Ich habe herzzerreißende Szenen gesehen. Und ich denke, in einem Monat werden Geburten den Aufenthalt des Regiments bezeugen. Ich für meinen Teil hatte vom sumpfigen Wald genug und trotz der Nähe der Dörfer, die übrigens täglich bombardiert wurden, war ich froh, von da wegzukommen. Großartige Reise, wir haben unter freiem Himmel geschlafen, f. den Moment schlafen wir in unseren Zelten, auf dem Boden. All das hat mir extrem gefallen. Mein Brief gerät etwas kunterbunt, ich schreibe auf dem Boden, werde von Millionen von Fliegen sehr, sehr belästigt, verdammte Fliegen. Sind in einer Wüste, die aussieht wie die Sahara, vereinzelte ma-

gere und kümmerliche Baumgruppen von Kiefern, wir sind in einem dieser Wäldchen. Kein Wasser. Z. Tränke muss man 7 km hin- und 7 km zurückreiten, 2 mal am Tage, unsere Geschützbatterie ist 500 m von der Gefechtsbagage. Aber ich bin außerordentlich zufrieden, in einer äußerst fröhlichen Stimmung, die mein Brief vielleicht zwar nicht widerspiegelt, die aber wirklich da ist. Nachts extravagantes und kontinuierliches Feuerwerk, Grün, Rot, Weiß, römische Lichter und was weiß ich. Ausgezeichnet gute Luft trotz der Fliegen und der bis ins Unendliche unendlichen Friedhöfe. Die Ortschaft[258] ist schon berühmt, darf aber nicht sagen wo. Tja, ich würde gern wieder aufbrechen, denn die Reise in Kolonnen mit 6 Batterien war großartig. Tu Du mir bitte den Gefallen, Dir wieder Mut zu machen. *Die Situation scheint mir viel besser zu sein*, trotz allem. Ich könnte Dir eine Menge dazu erzählen, kann das aber nicht einem Brief anvertrauen … Du sollst nicht traurig sein, *ich will es nicht*. Ich vergesse übrigens zu sagen, dass ich trotz der Müdigkeit überhaupt nicht müde bin, aber es ist möglich, dass die Fliegen irgendwann über meine Geduld, meine gute Laune und sogar über meine Gesundheit siegen – Aber bis jetzt geht's mir großartig. Habe letzte Nacht im Regen geschlafen, nicht einmal erkältet. Du darfst nicht einfach so, ohne Grund, auf einmal dreißig Jahre älter werden, mein Kindchen, das gilt nicht. Du bist doch nach wie vor ein unbändiges Kind. Und Dein Wiedersehen mit T., willst Du nichts erzählen? Wenn wir uns eingerichtet haben, werde ich Dir besser schreiben.
Ich warte auf Deinen nächsten Brief. Wir haben Donnerstag, schreibe Dir wieder am Sonntag. Tu mir auf jeden Fall den Gefallen, Dich wieder aufzuraffen, und mir keine Sorge zu bereiten, um Dich oder um T.
Erzähl mir lieber von Dir anstatt vom Krieg – Wenn Du so nah an den Kampflinien bist, wirst Du nachvollziehen können, dass es mich unruhig macht.

Was mich nun angeht, kennst Du ja meine Meinung, lies den Brief wieder, den Du, wie Du schriebst, bei Dir behalten hast, darin steht, was ich denke, nichts hinzufügen.
Also, einverstanden mit allem, was Du gesagt hast. Aber verdammt noch mal, schreib mir einmal einen langen, langen Brief, ganz klein geschrieben. Du glaubst zu Unrecht, dass man die Briefe so oft öffnet, und da Du nichts Militärisches erwähnen wirst, keine Gefahr, Du kannst frei schreiben.
Hoffentlich lässt man uns nicht allzu lange in diesem Kaff, wo ganz und gar nichts ist – – – Also! …
Lou, auf Wiedersehen, bis bald, hast Du den Brief bekommen, den ich mit Zeichnungen versehen hatte? Werde Dir weitere machen, wenn es Dich amüsiert, aber heute schaffe ich es kaum, zu schreiben – wegen der mangelhaften Einrichtung.

Gui

194

11. Juli 1915

Mein geliebter Lou,
ja, wieder ein neuer Abschnitt!! Tatsächlich, schade, Nummer 69 war mir, wie Du sagst, wie auf den Leib geschnitten, aber 138 ist 2 mal 69 und passt mir deshalb doppelt so gut. Da ich nur eine vage Vorstellung von der Woche habe und ich mir kaum die Daten merken kann, an denen ich schreibe, ist es mir lieber, auf die Briefe zu antworten, die Du mir schreiben wirst. Unser Abschnitt stand gestern im Heeresbericht, hast Du gelesen?!!? Nur, man darf nicht traurig sein, dies alles ist Krieg – Ich habe Dir doch in einer Zeit, in der es mir niemand, nicht einmal Du, glauben wollte, erklärt, dass es lange dauern würde –

Wir werden uns wiedersehen, wenn die Zeit gekommen ist.
Hast Du die Fotos erhalten?
Wenn ich meinen Urlaub dann habe, wird es möglich sein, Dich zu treffen? Nein, wahrscheinlich. »Mein Kleiner, mein so lieber Kleiner«. Beneide niemanden, nicht einmal die, die kämpfen.
Nicht nötig, vor der Zeit alt zu werden – Auf jeden Fall bin ich, was mich betrifft, sicher, immer den meinen selben Lou wiederzufinden.
Wenn Du kannst, überzeuge Dich, dass das, was Du erlebst, ein Traum ist, es gibt keinen großen Unterschied zwischen Traum und Wirklichkeit.
Ich gebe Dir Nachrichten von mir, wenn ich wieder Neues von Dir höre … Ich frage mich, warum Du nicht viel sagen kannst? Aber Dein Wille geschehe.
Grüße Toutou von mir.
Auf Wiedersehen, mein kleiner Schatz, ich küsse Dich *von ganzem Herzen … sehr zärtlich*. Dein

Gui

Kümmere Dich vor allem so wenig wie möglich um den Krieg. Du sprichst nur noch davon, Du denkst nur noch daran. Es ist absolut lächerlich, Dir deshalb die Nerven zu zerzwirbeln. Es gibt auch noch anderes als Krieg! Die Natur ist nach wie vor da, und vor allem diese schöne Natur in den Vogesen mit Städten, Dörfern und allem, was dazugehört … Hier nichts, kein Wasser, keine Bäume, keine Dörfer, keine Häuser, keine Bewohner, nur Krieg, und ich versichere Dir, dass ich daran so wenig denke, wie möglich, um so viel wie möglich an Dich zu denken.

G.

195

14. Juli 1915

Mein kleiner Lou, Dein langer Brief hat mich entzückt und mich schön heiß gemacht … darauf, zu erfahren, wie die heldenhaften Abenteuer denn enden, auf welche Du Dich ganz nach Deiner Gewohnheit einlässt. Ich finde den Krieg lustig, denn andernfalls würde ich mich öden, und es liegt mir daran, so kerngesund heimzukehren, wie ich es beim Abmarsch war. Fröhlichkeit kann dabei eine beträchtliche Rolle spielen. Es lebe also die Fröhlichkeit! Und nieder mit all den Exzessen, sogar mit den Exzessen der Neurasthenie. Auf jeden Fall, kleiner großartiger Lou, solltest Du Dich nicht zu viel beklagen: Toutou, Garten, Rosen, moderner Komfort, ein Schwarm von Anbetern, Eroberungen, ein prächtiger Dragoner! Es würde für Dich viel karger aussehen, wenn Du hier wärst, wo es nichts als Löcher in der Erde gibt, nicht einmal Bäume und mein Unterstand könnte genauso gut ein Grab sein. Ihr lebt in einem besonders angenehmen Abschnitt. Mach Dir also keine Gedanken und koste das alles voll aus – Die Geschichte von Frau Robin als Concierge ist sehr hübsch. Hier ist ein Auszug aus einem Brief, den ich aus Paris bekomme: »Eines werfe ich Paris vor, und zwar sieht es dort nicht nach Krieg aus; die Leute denken nur an ihr Vergnügen, vor allem die Frauen, und es ist Dein großes Glück, dass Du ein Junggeselle bist. Paris ist nicht weiter in Sorge als zur Zeit der Eroberung von Madagaskar, wenn überhaupt.« Das also ärgert mich ein bisschen. Den Brief hat ein Freund von mir, ein Maler, geschrieben, und ein Lügner, das weiß ich, ist er kaum.

Ich habe nach der angekündigten Größe des Ringfingers gesucht. Nicht gefunden! Ich erwarte die Fotos mit Ungeduld.

Du sagst, Du ziehst weg, aber ist es näher oder weiter oder in einen anderen Abschnitt? Was hat das zu bedeuten, kleiner Lou! Wenn Du wüsstest, wo wir jetzt sind! Einer der berühmtesten Schauplätze dieses Krieges. Und eines der Schlachtfelder, die nach dem Krieg am meisten besichtigt werden. Ich habe vor 2 Tagen Voraussagen über den Krieg gelesen, die einem Amerikaner zu verdanken, und also ziemlich plausibel sind. Ansonsten liebe ich Dich unendlich. *Hast Du meine Fotos bekommen?* in dem gezeichneten Brief, dem letzten vom Abschnitt 69?

HÖHE 146

Keine Blumen mehr, sondern seltsame Zeichen
Gestikulieren in den blauen Nächten
Möge sich, mein schöner kleiner Lou, mein ganzes Wesen,
 den tiefen Juliwolken gleich, in höchster Anbetung vor
 Deinem Andenken verneigen
Es ist da wie ein Kopf aus Gips, rettungslos weiß neben
 einem Ring aus Gold
Im Hintergrund entfernen sich die Gelöbnisse, sie drehen
 sich hin und wieder noch mir zu
Hör diese immergleiche Musik den ganzen Tag spielen
Meine elegische Einsamkeit, die allein beleuchtet wird vom
 fernen
Und mächtigen Scheinwerfer
Meiner Liebe
Ich höre die tiefe Stimme der deutschen Schwerartillerie
Vor mir dort Richtung Laufgraben
Hier ist ein Friedhof, wo man sechsundvierzigtausend
 Soldaten gesät hat
Von solcher Saat muss man die Ernte furchtlos abwarten?
Vor jener schlechthin desolaten Stätte

Schreibe ich meinen Brief, meinen Papierbogen auf einer
Platte Asbestzement
Und schaue dabei ein Porträt an mit großem Hut
Und ein paar Kameraden von mir haben Dein
Porträt gesehen
Und dachten wohl, ich würde Dich kennen
Sie fragten:
»Wer ist sie denn?«
Und ich wusste nicht was antworten
Denn auf einmal wurde mir klar
Dass ich Dich heute noch nicht gut kenne
Und Du in Deinem Bild, das tief ist wie das Licht
Lächelst immer

Kleiner Lou, Dein Brief hat mich außerordentlich beglückt, denn ich war im Begriff, daran zu verzweifeln, einen zu bekommen. Und ich freue mich über die Dekamerone der *Poilus*, die in den Vogesen stattfinden. Es gibt keine Pest, so fürchterlich sie auch sei, die die Grazie einer schönen und geistreichen jungen Frau nicht erträglich machen könnte, wenn sie sich unter Gefährtinnen befindet, die mit ihr wetteifern können, und unter dezenten, gescheiten, wohlanständigen und einigermaßen *gelehrten* Gefährten, um Toutous geliebten Ausdruck zu zitieren, der aber weit über meine Gedanken hinausgeht, obwohl meiner Feder momentan kein anderer einfällt –
Ich habe gestern mit dem Hauptmann einer 95er-Batterie gefrühstückt, die hinten bei den Ersatztruppen ist, und der die Front allein besichtigen wollte – eine wahre Sommerfrische sozusagen, 4 Tage an der Front. Ich wurde damit beauftragt, ihn durch die Gegend zu führen. Es ist ein Kerl, dem zuerst eine Stelle bei den Funkern in Afrika zugeteilt wurde und der darum bat, seinen früheren Beruf bei den Artilleristen wie-

deraufnehmen zu dürfen! Ich bin mit ihm überallhin spaziert und für mich war es auch ein sehr interessanter Spaziergang. Wie Du war er vor kurzem noch in Paris und rechnet, nach seinen Informationen, mit 18 Monaten Krieg noch, was Robins Meinung doch wohl bestätigt. Ich persönlich habe keine feste Meinung mehr. Ich muss dennoch gestehen, dass diese Art Unschuld des Landes, das ich verteidige, mir mehr Mut macht als alles andere auf der Welt. Andererseits sind viele Katholiken entsetzlich und meinen, die Strafe sei für das atheistische Frankreich nicht vollkommen genug, als dass ein rascher Triumph eintreten könne. Ich aber habe Vertrauen in Frankreichs Reinheit, in Deine Reinheit, o lasterhafter kleiner Lou, und ebendiese Deine Arglosigkeit gibt mir, wie auch Toutou, die größte Hoffnung auf unseren Sieg.
Die Abwesenheit der Frauen in den meisten Frontabschnitten, ist, meiner Ansicht nach, eine feine Sache und vor allem ein gutes Omen. Man kann nicht besiegt werden, wenn man keusch zu bleiben weiß. In den früheren Kriegen wurde diese Keuschheit gewiss durch Selbstbefriedigung gemildert, und in Äußerungen, die von Mirabeau im *Errotika Biblion* zitiert werden, soll der Marschall von Saint-Cyr die Gewohnheit gehabt haben, ganz unverblümt zu sagen, dass ein guter General es verstehen muss, sich einen abzuwichsen.
Wie dem auch sei, *der Krieg dauert weiter, immer weiter*, aber lass uns über etwas anderes sprechen. Nicht über meine Liebe, an ihr hast Du, will ich hoffen, wie ich selbst an Deiner, keine Zweifel mehr!!!!! Augenblicklich ist ein Großteil der Batterie im Weinrausch. Ich stelle mir vor, es sieht in allen Batterien genauso aus, da es dem Dienst nicht schadet, ist es gut, dass sich der dionysische Ritus am Abend des 14. Juli[259] vollzieht, wenn auch unter dem langen hellsichtigen Finger der deutschen Scheinwerfer. Es sind zwei vor mir, die ihr Licht fortschleudern, wie Schnecken vor sich ihre Augen.

Dessen ungeachtet liebe ich Dich souverän. Ich hatte Skizzen vom Sperber gemacht, der allmählich wunderbar wird, aber ich habe das Notizbuch verlegt, in dem sie waren, ich werde neue machen. Ich höre den Regenpfeifer rufen, es ist ein Vorzeichen für Regen, und ich weiß nicht, was aus uns werden wird, wenn es richtig zu regnen anfängt, denn nichts ist wirklich solide eingerichtet. Mein Loch, mit Säcken und Rundholz bedeckt, ist eigentlich noch das beste. Ich werde mich um den Wasserabfluss kümmern. Ich hatte jedenfalls geglaubt, es gäbe hier keine Ratten, aber doch. Eine der schönsten Geschichten, die mir hier zu Ohren gekommen ist, ist die Geschichte dieser grauenhaften belgischen Furie, die man Palmyre nannte und die die Palmyrs Bar[260] betrieb. Sie hielt sich einen jungen *Poilu*, großzügig offenbar, der der Bruder von einem Geschützführer einer benachbarten Batterie ist. Der Bruder zog hocherfreut in den Krieg, der ihn von seiner Klette befreit hat. Die alte Zicke ist gerade gestorben und der junge Mann versucht nun, sich wieder davonzumachen, um die Erbschaft anzutreten, denn die Palmyrs Bar ist auf der Strecke geblieben und die Tunten sind wahrscheinlich nicht eingezogen worden. Du bist ein lieber und mutiger kleiner Luchs, aber Du fühlst Dich manchmal dazu verpflichtet, mich aufzumuntern. Ich habe es nicht nötig, aufgemuntert zu werden. Aber ich habe Lust die *Zivilistenstiftung* zu gründen, um die Leute hinten aufzumuntern, deren kleinmütige Mentalität so wunderbar von Forain[261] angeprangert wurde, aber Drückebergerei

ist viel mehr im Sperrgebiet aufzudecken als im Hinterland. Tja, seitdem ich an der Front bin, habe ich die vordersten Gebiete nicht verlassen und bin in meinem tiefsten Inneren viel zufriedener, als ich es wäre, hätte ich versucht, beim Tross des Regiments unterzukommen, oder wäre ich in

Nîmes geblieben, wo ich doch hätte länger bleiben können. Ich bin sicher, dass sich die öffentliche Mentalität erheben würde, wenn alle Leute eine gewisse Zeit an die Front geschickt würden, sogar die Alten, na, alle Leute halt! Wenn es darum ginge, vorzurücken, würde man schauen, aber bei einem Krieg wie diesem können alle eine gewisse Zeit ihren Beitrag leisten und ich bin der Meinung, dass man die echten Soldaten für wichtige und wirklich militärische Angelegenheiten schonen sollte.

Leidenschaftliche Küsse.
Gui

195 bis[262]

unsere Batterie ist wild; unsere Offiziere auch. Sie sind 3, fern von aller Welt genauso wie wir – Man soll ihre Männer nicht stören, man sollte sie nicht stören. *Case d'Armons*, gedruckt von 2 Feldwebeln, ist erschienen und hat schon 80 Francs eingebracht, was zu Kriegszeiten nicht schlecht ist – Zumal es mich nur 3 Fr. 50 gekostet hat.
Ich wohne jetzt allein in einer kleinen schönen unterirdischen Bude, die in den Tuff gegraben wurde und mit Rundholz und Erde gut abgedeckt ist. Es freut mich sehr, dass Du Dich wie ich über Deine schöne Villa freust. Ich bin sicher, Du wirst vollkommen gesund heimkehren und ich werde einen wunderbaren Lou wiedersehen.

196

23. Juli 1915

O zierliche Holzfällerin
Verdamnis aller Holzfäller
Wer ist der Kater der da schnurrt
Und anglotzt Deine hübsche Brust?

Und ich glaubte, ich, o Narr!
Dass dieser Kater ein Toutou[263] war!
Händchen spielt auch eine Hauptrolle …
Überall Kater, ach, meine Güte!

Deine Ringgröße werd' ich bekommen
Bestimmt am Sankt-Nimmerleins-Tag
(Siehst Du, ich nehm' es doch gelassen)
Oder, sag mal, doch nach dem Krieg?

Der Schmetterling mit einem Flügel[264]
Ist weggeflogen; ich sah ihn nicht …
Dein Bild ist aber da, so schön
Versorgt bin ich mit Zärtlichkeit …

Es ist wahr, kleiner Lou, dass ich nicht oft schreibe. Doch ich dachte, Du wolltest mir 2-mal die Woche schreiben. Das hätte ich auch getan, Du hattest es ja gesagt, habe mich aber nicht mehr getraut, habe gefürchtet, Dir lästig zu werden, und habe es dabei belassen, einfach auf Deine Briefe zu antworten. Ich schreibe also nächsten Sonntag wieder, sodass der Briefwechsel wieder regelmäßig zweimal die Woche stattfindet. Auf dieses reizende Experiment lasse ich mich ein. Ich bestehe dennoch darauf, dafür belohnt zu werden, denn ich

will die ganze Mühe um den Briefwechsel nicht auf mir allein sitzen lassen, zumal ich Briefe genauso gern lese, wie ich sie schreibe. Den Takt von 2-mal die Woche (lange Briefe) hast Du selber bestimmt, Du ebenfalls, kleiner Lou, bist Deiner Verpflichtung nicht nachgekommen, meine ich zumindest. Schreib mir beispielsweise donnerstags und sonntags, wie ich es selber von nun an tun werde, wenn Du auch dasselbe tun magst. Die Zeichnung mit der Katze ist ja amüsant, die Brüste, die Hände, die Arme, der Blick sogar, sehen Dir verblüffend ähnlich und ich beneide glühendst die Seetangmatratze. Das schön artige Mädchen hat also zwei Flirts. Das schön artige Mädchen lässt es sich also gut gehen und ich liebe es innigst. Der kleine Luchs ist das Reizendste und Lustigste überhaupt hier auf Erden. Ihr habt einen Abschnitt, der nicht weniger reizend ist, und ich habe in denen, die mir bekannt sind, nirgends gesehen, dass es für eine junge Frau von Welt möglich wäre, in einem Forsthaus so nah an der Feuerlinie zu leben. Es ist unerhört. Toutou hat richtig Schwein. Und so viel Glück hindert ihn daran wohl nicht, Schüsse abzufeuern mit … seiner Kanone … im Gegenteil. Du sollst ihn von mir grüßen, ihn anregen, einige Schüsse mit … der Kanone mir zu Ehren abzufeuern, denn heute ist der Tag des heiligen Apollinaris, was so etwas wie mein Festtag ist. Die Geschichte mit den Förstern, die Schüsse abfeuern mit … der Kanone, ganz wie die Artillerie, hat mich schön amüsiert. Die Geschichte der Flöhe, die sich auf dem erlesenen Körper des kleinen Lou eine Bleibe gesucht haben, hat mich dazu gebracht, eine hohe Vorstellung von der Intelligenz dieser Viecher zu gewinnen.
Du meinst also, mein Urlaub fände erst im Februar statt!!! Verdammt! … Das ist allerdings durchaus möglich, wenn das mit den Urlauben hier in dem Tempo so weitergeht, das mag schon den Zeitraum betreffen, den Du festlegst, tja, wir werden es dann schon sehen … Sechs ½ Monate warten … Eine Lappalie!

Auf meiner Zeichnung spreizen die *Poilus* die Beine! Tatsächlich! … Fahrer und Gefreite spreizen die Beine so, wenn sie sich ausruhen … Ich möchte zu ihrer Entlastung oder Entladung hinzufügen – wie es die selige Messalina wohl zu sagen pflegte – sie reiten sehr viel durch die Gegend, in einem lächerlichen Tempo, was erschöpfend ist. Es gibt vielleicht andere Gründe, die schwieriger zu nennen wären, und die groteske Wurst, die mich von oben herab anschaut, sieht aus wie ein Symbol vom Abschnitt 138. Ich, flirten! Das weißt Du doch, kleiner Luchs, ich liebe nur Dich. Hier könnte ich übrigens nur in Briefen flirten. Und die Briefe, die nicht an Dich adressiert sind, interessieren Dich nicht – zu Recht übrigens – Sowieso flirte ich in keiner Weise, wenn Du mir aber nicht schreibst und der Krieg noch Jahre so dauert, werde ich mich wohl nach einer Kriegspatin[265] umschauen müssen. Ich erzähle Dir viel vom Krieg, um zu versuchen, Dich zu trösten; denn Du brauchst nicht aufgeheitert zu werden, Du bist ganz schön mutig, so mutig, wie Du hübsch bist. Und die Geschichte der Träume, die der Wirklichkeit ähnlich sind, ist leider nicht jeden Tag wahr. Du hast tausendmal Recht, aber ich habe nicht Unrecht, die Dinge hinzunehmen, wie ich es tue. So bin ich vielleicht der fröhlichste Kerl meiner Batterie, obwohl ich wie jeder andere auch reichlich ernste Gründe habe, den Frieden zu vermissen.

Pascal ist immer noch in seiner Festung bei Paris. Er wird sie wohl vor Ende des Krieges nicht verlassen. Borie ist immer noch an der Strandpromenade in Nizza.

Habe ich Dir denn erzählt, dass ich nun Furier-Gefreiter der Batterie bin? Das ist schön, weil ich frei bin, außer dass ich viel mit dem Hauptmann und mit dem Führer der Schwadron zu tun habe, aber sonst, viel Freiheit und Ruhe, insofern als der Furier sich in Buchhaltung auskennt, ich aber nicht, und solange ich ihn in Ruhe lasse, lässt er mich auch in Ruhe. Der

Chef hier kümmert sich nicht um die Verwaltung. Das ärgert mich doch andererseits, weil ich fürchte, es könnte meine Beförderung zum Uffz. hinauszögern. Tja … Man muss mit dem auskommen, was man hat. Und wenn ich jemals daran gedacht hätte, Fur-Gef zu werden, will ich gerne einen Besen fressen.
Sonst fragst Du mich, was ich so mache. Ich mache alles außer der Buchhaltung. Also viel unterwegs. Wir sind jetzt im selben Abschnitt, am berühmtesten Schauplatz des Krieges, abgesehen von den Schlachtfeldern im Norden.
(Wenn Du Deinerseits *Das schöne Mädchen von Perth* von Walter Scott[266] lesen könntest, tu es und erzähl mir den Roman in einem Deiner Briefe nach, er soll sehr schön sein) –
Ich komme also auf meinen Abschnitt zurück. Es ist unmöglich, sich vorzustellen, welchen außerordentlichen Eindruck man hier vom Krieg hat. Lediglich hartumkämpfte Gipfel im Elsass vermögen vielleicht sonst einen solchen Eindruck zu vermitteln, wenn überhaupt, und ich frage mich, ob es einen gewaltsameren Eindruck geben kann als den, den man hier hat, wenn man zu den Schützengräben geht.
Die enorme Menge an Laufgräben lässt die Gegend, die von Natur aus weiß ist, wie ein Meer voller Wellen aussehen, und das bis ins Unendliche.
Die 3 Dörfer, aus denen Les P……[267] besteht, liegen da, entsetzlich zerschossen. Ich bin ein paar Mal da gewesen, aber habe es mir erst vor zehn Tagen ungefähr genauer angesehen. Wir waren zu zweit, der Führer vom 1. Zug und ich, wir sind nicht durch die Laufgräben hingegangen, die deutsche Wurst[268] war ja abwesend, und man kann sich nicht vorstellen, was für ein Vergnügen es ist, nicht in den Laufgräben unterwegs sein zu müssen. Überall fordern jedoch Schilder dazu auf, die Laufgräben zu benutzen. Überall Gräber, Franzosen und Deutsche, zu Hunderten, zu Tausenden liegen in diesen

Gruben beisammen. In den Laufgräben weit vorne entfernen sich langsam Schanzkörbe auf Rücken, die man nicht sieht. Granaten, Bomben, Maschinengewehre knallen unaufhörlich und der Boden ist eine wahre Ansammlung von metallenen Gebeinen in allen Kalibern. Hier und da Offiziersgräber mit Perlenkränzen. Mein Kamerad ist ein Brauer aus Armentières, ein Autodidakt und streng katholisch. Ich erzähle ihm die Geschichte der 3 Dörfer, die man unter dem Namen P.... zusammenfasst, es sind P....., H.... und Le M....[269] Schließlich sind wir in Le M... Kugeln fliegen uns um die Ohren, erhalten ist nur die Ruine der Kirche, die eine ziemlich schöne solide Kirche war, auf einer Anhöhe, weiter unten haben Infanteristen Unterstände ausgehoben, denn nicht weit vorne ist der berühmte Trapèze-Wald, wo ein Bataillon nach 3 Ablösungen ohne Angriff wegschmilzt – Franzosen und *Boches* sind fünf Meter voneinander. Ein unaufhörliches Gemetzel, rechts ist der Hof B... und die famose *Brücke von M...*[270], über die das berühmte Frontlied geschrieben wurde, das auf die Melodie von *Les Ponts de Paris* gesungen wird. Wahrscheinlich ist der Text auch in den Vogesen bekannt. Das Lied wurde im *Bulletin des Armées*[271] abgedruckt, und der Gefreite, der es verfasst hat, starb, kurz nachdem er es gesungen hatte ...

An der Brücke von M........
Stehen wir Tag und Nacht
Seit Monaten ist da unser Zuhause
Die einen leben, die anderen sterben
Was kümmert uns der Tod
Wenn wir die Stärkeren sind
Etc. etc.

Diese Stätten sind berühmt, in Le M.... habe ich nachschauen wollen, ob die Basreliefs vom Altar, unter denen meines Wissens eines die Wollust darstellte und vom Priester vor 2 oder drei Jahren zugespachtelt worden war, noch existierten, aber nichts, die Kirche ist eine Ruine, und das Einzige, was noch existiert, sind mannshohe Mauern, aber es ist sehr schön, im Schutt, die Glocke, die alte Glocke von Le M.... liegt da, nicht zerschellt, nichts. Uns wird von einem der Löcher unten zugeschrien, wir sollten verschwinden. Das war auch richtig so,

denn kaum auf der Straße nach H...., die wir genommen haben, um den Laufgraben zu meiden, gerät Le M... wieder unter Beschuss, zu allem Überfluss fegt ein Maschinengewehr auch noch die Straße hinunter, in die wir eingebogen sind, kein Unglück, wir gehen an einem Steinkreuz vorüber, das heil geblieben ist, dann Les H...., das augenscheinlich noch existiert, und wenn man näher kommt, ist es unbeschreiblich, aber die Kirche, ein leichter, moderner Bau, hat allem standgehalten, durchlöchert steht sie da wie zur Messezeit, das Tabernakel ist mit seinen Spitzenvorhängen geschmückt, nur der Altarstein wurde weggeblasen, auf dem Altar ist eine gerahmte Radierung, die Glasscheibe ist nicht zerbrochen! Weihwedel und Räuchergefäß, silbern, liegen daneben, der Rest ist in einem schlechten Zustand. Es kommt niemand, die Gegenstände zu holen, alles bleibt da liegen und keiner nimmt sich was; doch! der Hauptmann, mit dem ich ein anderes Mal da war, hat Fleißkärtchen für Schulmädchen aufgehoben, um sie seiner kleinen Tochter zu schicken. Der Kreuzweg ist unversehrt und eine Statue von Jeanne d'Arc, wertloses Erzeugnis im Stil der Sulpizianer, ist beinahe[272]

197

26. Juli [1915]

Lieber kleiner Lou,
wirklich, mit einem Einschreiben, das 5 Sous kostet, könnte ich ganz ohne Risiko die Fotografien mit Haut und … Federn bekommen. Es ist außerdem für den Fotografen ein Leichtes, das Gesicht ein bisschen zu verändern, nötig ist es aber nicht. – Das würde mich sehr, sehr freuen, diese Fotos zu haben.
Hätte mir gestern beinahe ein Auge ausgestochen, bin mit der Stirn oder eher mit Nase und Augenbrauenbogen in eine Telefonleitung geraten, es hat mich ziemlich böse erwischt, habe eine Augenbinde, aber es geht schon besser.
Du weißt, diese Fotos hätte ich gern.
Werde den Ring machen, habe gestern ein Herz[273] abgeschickt.
Habe Schmetterlingsflügel, Heidekraut bekommen, suche weißes Heidekraut, man sagt, es bringt Glück.
Ich weiß gar nicht, warum Du so stinkwütend warst, Du schriebst nicht, ich schrieb nicht. Es mag dumm klingen, aber es ist eine großartige Eselsbrücke, bekommst Du einen Brief, schreibst Du zurück. So einfach ist das.
Nein, im Moment glaube ich nicht, dass zwischen Feldpoststationen Briefe verloren gehen.
Krieg, Krieg, Du hast den Mund voll davon, kleiner Lou, und Du hast doch Deinen Toutou. Was willst Du mehr!
Ich bin Gefreiter, die einen angeln, andere machen Ringe, weitere lieben sich, tun tausend andere Sachen noch. Die Strategie läuft auf vollen Touren. So, das sind die neuesten Kriegsnachrichten.
Was soll ich Dir noch sagen, der hiesige Landstrich zeigt sich von seiner regnerischen Seite. Es ist erfreulich. Die Fliegen

rücken in den Rang von Falsettisten vor und hören nie auf, zu summen. Es gibt sogar kurzbeinige Ratten. Der Terzel hat eine gefangen und sie getötet. Die Beize scheint ihn aber nicht zu interessieren. Der arme Teufel, ihm fehlt ein Weibchen und in diesem gottverlassenen Landstrich, nicht einmal Raubvögel außer den *Boches*, die letzten Endes vielleicht nicht existieren.

Liebe und Brüderlichkeit, o Du Schönheit, die ich liebe.

Gui

198

30. Juli 1915

Kleiner Lou, meinen herzlichen Dank für die Postsendung mit der bezaubernden Odaliske – Wenn Du willst, kannst Du die anderen Bilder mit Haut und … Federn eigentlich doch auch schicken, indem Du sie in zwei teilst, Du könntest den unteren Teil in einen Brief stecken und den Teil mit dem Kopf in einen anderen, ich werde das Ganze schon wieder zusammenzufügen wissen. Natürlich ist Paris, wenn man den Gerüchten Glauben schenkt, kein Beispiel der Erbauung. Der Rest Frankreichs auch nicht. Was Paris angeht, amüsieren sich die Engländer, so sagt man, köstlich. Der Engländer, schließlich doch der Erbfeind, bereitet ein anglo-französisches Geschlecht vor, während der Feind schlechthin das franko-*boche* Geschlecht bereits züchtet. Was Paris und die Lazarette angeht, wird das Lazarett, das im Palace-Hôtel auf den Champs-Elysées eingerichtet wurde, *Wäldchen der Kokotterei* genannt. Gut unterrichtete Leute versichern, dass die Damen Krankenschwestern dort nur eine Hand haben, die andere …. Letztendlich dauert der Krieg doch an, wie ich es mit Recht vermutet hatte, und er dauert zu lange, will man die Wahrheit sagen. Vieles hat sich seit dem Anfang geändert. Damals musste man hoffen, dass er lange dauere. Heute zu wünschen, dass er nicht mehr lange dauere, heißt einfach gesunden Menschenverstand aufweisen. Dass ein rascher Sieg komme, koste es, [was] es wolle … Es muss sein … Die Kriegsakademie, die Dienstgrade, die Orden, die mittlerweile bessere Löhnung der Offiziere und Unteroffiziere, die Auszeichnungen führen leider einen hinters Licht … Die Strategie läuft auf vollen Touren! Ach! ja woll! Wenn Feldherr Frontinus wiederkehren würde, würde er, anstatt seine *Strategeme* zu schreiben, sich mit der Lisette verlustieren, wie er es in Marivaux' Stück macht[274].

Ungeachtet solch bizarrer Absonderlichkeiten steigert sich meine Fröhlichkeit von Tag zu Tag, und ich muss mich mit ganzer Kraft zurückhalten, nicht in schallendes Gelächter auszubrechen, in das schmerzhafteste Gelächter, das man je gekannt hat.

Genieße schön das Leben, mein kleiner Luchs, da Du es kannst. Dein Dichter wünscht, dass es Dir nur Zärtliches bescheren möge. Züchte ruhig seltene Blumen. Kaiser Diokletian (war er das?) züchtete doch auch an der dalmatinischen Küste Kopfsalat. Der Sylphe Lou verkleidet sich als Gärtner und begießt ein Männertreu[275]. Das ist ja die seltene Blume der Front schlechthin. Sag Toutou, wie sehr ich die Symbolik Deiner anmutigen Zeichnung gekostet habe.

Kommen wir auch auf die Odaliske zurück. Ihre Vollkommenheit ist einmalig wie die Grazie ihres Geistes. Deshalb liebe ich Dich.

Als ich Deinen Brief bekam, las ich gerade eine Ausgabe der *hommes du jour*, die mir ein Mörserschütze geliehen hat, schaute mir auf der Mittelseite ein Foto an, das sechs hohe

Offiziere darstellte. Darunter stand die Legende: *Major Alfred Dreyfus mit seinen Kollegen vom Generalstab in* … Darüber solltest Du nachdenken, und Deine Überlegungen werden, ich bin mir dessen sicher, ganz anders ausfallen als meine. Als ich dann Deinen Brief las, sah ich, dass der kleine Lou, nachdem er dank der *Sünde des Abbé Mouret* (das bei weitem nicht Zolas bestes Buch ist) eine seiner ersten großen Emotionen empfunden hat, Zolas Werk »übrigens« verabscheut. Wann wird der kleine Lou denn aufhören, aus Snobismus Meinungen zu vertreten, die seiner Empfindung doch widerstreben? Zola ist unbestreitbar einer der größten Autoren des 19. Jahrhunderts und beim Roman – der die Gattung des Jahrhunderts war – ist er einer der allerersten. Er hat ein Gespür für die Menge und versteht es, sie uns in ihrer Lebendigkeit, Tatkraft zu zeigen.

Er steht dem amerikanischen Poeten Walt Whitman in nichts nach. Zwar ist Zola bei weitem kein guter Dichter, aber er ist sicher ein großer Romanautor, dem mehr gebührt als nur Achtung … Über Abscheu lässt sich aber nicht streiten, und wenn Dein Abscheu gegen ihn begründet ist, ist es auch richtig, Dich daran zu halten. –

Ich mache den Ring fertig, ich werde *Gui liebt Lou* hineingravieren. – Gestern war der Tag des heiligen Pantaleon, des Schutzpatrons der Gemeinde, in der ich mich zurzeit aufhalte. Ich dürfte übrigens der einzige *Poilu* im Abschnitt sein, der von diesem wunderbaren Detail weiß.

Mein nicht-meiniger erlesener Lou, die Batterie schläft in der trüben Stunde des Mittags. Schwärme von grünlichen Fliegen summen über dem unheimlichen und unheilvollen Mysterium der umgegrabenen Erde, und meine hellsichtige Gleichgültigkeit überfliegt wie der Blick eines Gespensts die Zeiten und die Zeiten, ob düster oder glanzvoll.

Eine von einer Reitertruppe umringte Sänfte erscheint in der

Ferne. Ich sehe sie durch den Schleier kommen, den vor der offenen Tür meiner unterirdischen Zelle der obszöne Abflug der abscheulichen Fliegen webt.

Die Truppe nähert sich. Die Reiter tragen Lanzen, deren grellfarbige Banner das zwielichtige Angesicht der Sonne peitschen.

Furchterregend wirkt diese Truppe auf mich, die Sänfte löst bei mir den Eindruck aus, als ob eine Leiche unter den seidenen Vorhängen liegen würde.

Die Truppe ist bei mir. In der Sänfte lächelt mir eine schöne kristallene Dame zärtlich zu. Sie sieht Dir ähnlich, zart und schön. Sie steigt von der Sänfte und kommt zu mir. Wir schauen uns wortlos an. Unsere Blicke streifen einander und die Berührungen unserer Augen sind von erschreckend tiefer Wollust. Das immer wieder neu erschallende Echo metallenen Splitterns verbreitet sich. Aber nichts könnte unsere Ekstase trüben. Ich möchte Dir Deine Liebe ins Gesicht schreien. Aber dieser Landstrich ist verdorben. Giftige Kreuze wachsen da überall zwischen spärlichen kümmerlichen Kiefern, und manchmal Warzen-Wolfsmilch. Und allzu rasch strecke ich die Hand, will die milchig kristallene Dame berühren, und breche sie. Und ihr harmonischer und unendlicher Schrei wird vom Echo fortgefegt, in dem wie ein Ansturm Wut das scheußliche Rumoren der Fliegen aufsteigt, während sich mit der ganzen Milde Deines zauberhaften Blicks die Paradetruppe, in der ich manch lachendes Gesicht erblickte, entfernte. Und der schmachtende Kristall, Deinen milden Augen gleich, schmolz auf dem kahlen Champagne-Boden, während ich auf die so weißen Schützengräben mit tödlicher Leidenschaft starrte, die in der unfruchtbaren Kreide wie weibliche Geschlechter klafften. Und meine Angst berauscht sich an so viel Pein fern von Dir, mein Schmerz ist göttlich, da er von Dir kommt.

O Zeit, unerbittliche Zeit. Erbarmungslose Sonne, Zauber der unwiederbringlichen Stunden, mein Lou, mein Lou, ich liebe Dich.

Gui

199

2. August 1915

Meine kleine 2-löchrige Pfeife[276],
das Foto ist wunderbar, da Du meine gerechte und besonnene Beurteilung hören willst. Es zeigt 2 Zwillingsschwestern, die so arglos frech aussehen, dass sie die Qualen verdienen, die sie belehren werden, besser Zurückhaltung zu bewahren. Man darf außerdem nicht vergessen, dass im Louvre das Gegenstück zu Ingres' *Odaliske* Manets *Olympia* ist, und da ich die Erstere habe, hätte ich nun auch gern die zweite. Du schreibst mir gerade ausreichend Briefe, um mich ein wenig zu trösten. Das sind nicht zu viele, und zu lang sind sie auch nicht, vor allen Dingen. Ich finde sie sogar auf zu hartnäckige Weise kurz. Ich erwarte noch diejenigen, die amüsant sind und dabei doch »völlige Ignoranz« bezeugen.
Mein lieber Schwan! Euch geht's ja gut, einmal pro Minute!!
Ich habe nun den Ring abgeschickt. Ich hoffe, er wird Dir gefallen. Ich habe mein Bestes getan und hatte auch große Mühe, die Inschrift einzugravieren, die an der Innenseite steht.
Auch Toutou wendet sich von mir ab, ich denke übrigens, er hinkt mit 2 Briefen hinter mir her.
Deine Briefe sind lieb, aber wie immer gibt es kein Detail. Du schreibst mir im Galopp. Mir zu schreiben ist für Dich eine Last!

Was mich angeht, mein Schatz, liebe ich Dich unendlich, Du bist die anmutigste Gottheit der Welt, Du bist die Gottheit schlechthin, die zur Frau ward. Ich liebe Deine müden Augen, Deinen geschmeidigen und wundervoll geformten Körper. Ich liebe Dich unendlich, meine kleine verehrte Gottheit. Ich frage mich, wann ich die Gelegenheit haben werde, Dich wiederzusehen, und bin doch jedenfalls sehr froh, dass Du in Toutous Armen glücklich bist. Amüsiere Dich gut. Überflüssiger Rat, übrigens, Du hast es mir ja geschrieben, einmal pro Minute. Bei dem Takt werden die ganzen Uhren der Gegend dank Euch schon richtig ticken.
Ich langweile mich nicht so sehr trotz der extravaganten Eintönigkeit dieser bitterarmen Gegend, die trotzdem einen eigenen diskreten Reiz hat. Denselben Reiz wie eine hübsche verheiratete Frau, die auf Reise geht, um ihren Mann zu betrügen.

ODE

Lou Toutou herzlichen Dank
Da ich durch Eure Liebe nicht allein bin
Und ich werde mit jeder Eurer Umarmungen geboren
Lebendiger Gedanke, der Euch entspringt
Lou Toutou ich bin Euer Kindlein
Ich bin mit Euch, mit Lou verbunden durch die Nabelschnur
Die Frankreichs Boden durchzieht von den Vogesen bis zum Meer
So sind wir vereint durch das Fleisch und die Gräben
Wir sind vereint durch das Leben und den Tod
Gesegnet sei auch dieser Krieg, der mich mit Eurer Milde vereint
Zuvor sprach man nur vom Frieden
Und die Liebe verschwand allmählich aus unseren Herzen und von der Erde

Heute waltet rasende Liebe, es umhalsen sich
Alle großen Völker
Die Liebe dieser Krieg
Der wahre Krieg

So vieles trennte uns
Es war der Friede der fiese Friede
Aber auf einmal spürten wir
Dass wir uns näher kommen sollten, und vereinen
            Um uns zu lieben, o edler Krieg
            O edle, o edle Liebe
Heilige Liebe die flammt und qualmt
Auf den Hypogäen während die Geschosse röcheln
Wir kämpfen nicht um am Leben zu bleiben
Wir geleiten die Liebe mit allem Prunk
            Zum Tod
            Zur allerletzten Schwelle
            Wo wacht der kriegerische Tod

Und so Toutou verteidigen wir Lou
Sie ist die Anmut, das heißt das Kostbarste
            Am Schönheitsbegriff
Nichts ist edler als dieser Kampf
            Ästhetisch und erhaben
Toutou Lou hört auf mich
            Liebt mich

Gui

200

4. August 1915

Mein allerliebster kleiner Lou,
ich schreibe doch recht regelmäßig seit der Wiederaufnahme des Postverkehrs zwischen uns, denn es ist wahr, dass ich zu einem bestimmten Zeitpunkt, da ich nichts mehr erhielt, auch nichts mehr schickte, und meinem Herzen gefiel es gar nicht, denn wenn ich auf mein Herz hören würde, würde ich wie früher jeden Tag schreiben. Nicht ich werde als 1. aus freien Stücken je aufhören, zweimal wöchentlich zu schreiben, wie wir es abgemacht hatten. Jetzt wirst Du also Briefe wieder haben, mein Herz, und den Ring. Ja, ich erhalte schon Deine liebevollen Briefe. Ich liebe sie in einem Maße, das unvorstellbar ist, und Du bist ein Wunder an Liebenswürdigkeit, Toutou ein weiteres Wunder. Ihr seid meine zwei Wunder, aber Du bist natürlich weit wunderbarer als Toutou, wenngleich er auch großartig ist. Verscheucht doch diese schwarzen Schmetterlinge. Ich werde versuchen, mir einen Anhänger aus Alu zu machen, mit 2 Klappdeckeln zum Schutz der 2 Glasbruchstücke von den Fenstern der Kirche von Le Mesnil, die ich gestern aufgehoben habe. Dazwischen werde ich Deine Haare, das Heidekraut, den Schmetterlingsflügel stecken.
Zwecklos, was mich angeht, darauf zu hoffen, ich könnte Ende August Fronturlaub bekommen. Ich werde es versuchen, übrigens kümmere ich mich um diese Urlaubsgesuche, an diesem Datum werde ich aber keinen bekommen, denn ich habe kein Recht darauf, die 6 Monate Front werde ich erst am 3. Oktober hinter mir haben. Du kannst Dir denken, wie es mich gefreut hätte, Dich zu umarmen und die glorreiche Wölbung streng anzuschauen, die ich dank Deiner Freizügigkeit und Toutous Geschicklichkeit, wenn auch nur aus der Ferne, mit

Haut und … Federn betrachten kann. – (Vergesst nicht, dass ich auch die anderen Federn möchte).
Ich glaube wohl, dass wir die Tage den Abschnitt noch einmal wechseln. Du bist ja lustig, so schnell eine Antwort auf Deine Briefe zu verlangen, vom Tag an, an dem Du sie schreibst, brauchen sie wenigstens 7 Tage, bis sie ankommen (5 Tage ab dem Poststempel), und zurück ebenso, insgesamt 14 Tage mindestens. Mit einer Antwort auf diesen Brief rechne ich demzufolge nicht vor dem 19. oder 20. des Monats. –
Sehr froh, dass Du glücklich bist, mein Schatz, und ich bin auf hübsche Weise beglückt, an Euren Luftschlössern teilzuhaben.
Ja, der Schluss Deines Briefs hat mich berauscht, liebe Dich.
Ich habe auch die Zeilen vom folgenden Tag erhalten mit den Fotos. Ich bin ganz außer mir vor Freude.
Toutou sieht recht nett aus in der Pose des skandinavischen Rutengängers, der der Najade harrt, die seine Wünschelrute aus Haselholz hervorquellen lassen wird. Wie auch immer Du auftrittst, Du würdest einen Erzbischof aufgeilen. Du bist reizend, siehst ausgeruht aus. Du bist ein Wunder. Ich bin kein Kenner der Fotografie, und so gefallen mir diese wie alles, was von Dir kommt.
Auf der Straße bist Du großartig, die Brust frei, mit harten Nippeln, auf der Seite im Gras liegend, mit bergiger Kruppe, Du gefällst mir unendlich und ich liebe Dich auch im Gras, bäuchlings, mit ausgestrecktem Fuß.

AN DEN ANMUTIGSTEN TEIL[277]

Ohne zu lächeln schaust Du her
Nach vorne, den Rücken zugekehrt,
Du scheinst mir wie ein schönes Schiff
Mit vollen Segeln … so süßen Schlaf

Verspricht dies Daunenbett aus Schnee
Rosigem Schnee aus Mösendorf!
Mars und Venus, seh' ich denn wieder
Dies Daunenbett des Cupido?

O anmutig und kallipygisch
Die Ärsche allesamt sind Deinem nicht gewachsen
Der Deine übertrifft sie glänzend
Göttin mit Anhöhen aus Silber …

Aus Silber, das Sahne wäre
Und auch Küsschen aufs Röschen …
So, schöne Kruppe, ich liebe Dich
Und Deine Anmut ist meine einzige Sorge

Hat Toutou denn nicht versucht, Dich mit Haut und … Federn zu fotografieren, sondern im Déshabillé, hm! hm! Posen. Es würde vielleicht noch kurioser und großartiger aussehen als das kleine Meisterwerk, das Du mir geschickt hast – Doch wie gerne würde ich denn die anderen Federn sehen …
Diese lausige Champagne ist so weiß, dass meine geblendeten Augen überanstrengt sind, ich setze meine Schutzbrille gegen Erstickungsgase auf, wenn ich ausgehe, ich habe diesen Trick gefunden, und es geht mir damit besser.
Auf einem Foto scheint Toutou wirklich auf dem Mond zu leben, wie Du es ausdrückst – auf welchem bloß[278]? Er schaut aufmerksam in die Höhe, aber ist komisch angezogen, er sieht aus wie Lederstrumpf[279]. Grüße ihn, den Toutou, und sag ihm, ich mag ihn sehr, und immer mehr, denn er gefällt mir außerdem gut, aber ich glaube, er ist an der Reihe mit Schreiben, wie auch immer, ich werde ihm schreiben, am Sonntag, um ihm zu zeigen, dass ich ihn mag, auch wenn er nicht schreibt.

Und Du, mein Lou, schreib. Diese liebenswürdigen Briefe, die Du mir schreibst, sollen kein Anfall von Literatur sein, sondern die Erfüllung eines heiligen Versprechens.
Ich umarme Dich und nehme all die lasterhaften Absichten an, die Du mir senden möchtest, aber schreib einmal genauer darüber, damit es mich etwas stärker berausche, was höchst angenehm ist. Küsse.

Gui

201

8. August [1915]

O meine Liebe,
Du bist jetzt also wahrscheinlich wieder im Taubenschlag[280]. Ich schreibe Dir dorthin. Ich glaube nicht, dass ich f. das Datum, das Du festlegst, einen Urlaub erhalten kann. Ich hätte gern die »Feder-Bilder«, aber stärker begehre ich noch den echten kleinen Lou in Federn. Es ist doch klar, dass Du an der Front vielen Glückseligen begegnest, kein Zweifel, sie sind alle dort, denn um Dir zu gefallen, müssen sie zumindest mutig sein. Ich glaube, Du hast ihn Minou genannt. Aber Details gibst Du mir ja eh kaum, das würde mich doch amüsieren. Die Katze ist lustig, ich habe herzlich gelacht. Ich werde für den Urlaub mein Möglichstes tun, aber rechne nicht damit. Ich würde allerdings gern die neuen Weisen zu lieben experimentieren, die ich mir ausgedacht habe.
Glücklich, dass Dir das Herz gefallen hat, und der Ring? Du solltest mir die »Federn« in einem Päckchen per Einschreiben senden. Es ist lustig, dass Du von den Pflaumen Kopfschmerzen bekommen hast. In der Regel verursachen sie ganz woanders Schmerzen.

Mein Schatz, ich glaube, Du bist lasterhafter denn je. Das besagte Foto zeigt oder lässt ein Erbeben erahnen, das in Wirklichkeit mir gehört und uns mit Leib und Seele verbindet. Allerdings ich als Herr und Du als Sklavin, und dies trotz allem. Du kannst doch alle *Poilus* treffen, die Du willst, trotzdem gehörst Du aus manchen Gründen mir. Was würdest Du sagen, wenn Du Coudenhove[281] persönlich begegnen würdest?

Bald bald wird der August nun enden
Werde ich meinen Lou wiedersehen?
Aber wir sind jetzt Mitte August
Würde Dein Kater »miau« sagen
Wenn er mich sieht, oder »hallo!!!«
Und hängt mein Herz an Deinem Hals?
Gott! Wie glücklich war denn der Wauwau[282]
Durfte überall herumschnüffeln!!
Aber ich bin nicht eifersüchtig
Denn Wauwaus tun Wölfen[283] nichts

Ich glaube, von nun an werde ich keine geschlossenen Briefe mehr schreiben dürfen. Das ist ärgerlich, weil jetzt dem Soldaten jegliches Geheimnis verwehrt ist. Wenn Du mir nach Deiner Rückkehr von dort schreiben wirst, schreibe kleiner, so wird Deine eigenartig schöne, aber zu sehr markante Handschrift nicht auffallen, unterschreibe ganz und gar nicht. So wird man für alle Frauenbriefe vorgehen müssen. Deine Briefe kommen gut an. Natürlich wird diese Geschichte mit den offenen Briefen nicht bewirken, dass mehr gelesen werden … Was für eine seltsame Idee aber ist das, den Briefen den Krieg zu erklären, während die Frage der *Boches* doch viel dringender ist. Ich weiß nicht, wie lange diese Briefgeschichte dauern wird … Unnötiges macht hier Nützliches zunichte und die

Leute, die die Briefe lesen, sollten besser dazu beitragen, den *Boches* die endgültige siegreiche Schlappe zu verpassen. So viel Vergnügen hat man doch nicht, jetzt müssen auch noch die Briefe offen bleiben. Mist! Mir scheint übrigens, dass so was im Land der Freiheit gar nicht rechtmäßig sein kann, doch hat mir diese Nachricht schwarze Schmetterlinge in den Schädel getrieben. Ja, mein Lou, wie bei Dir. Ich schicke Dir einen als Exemplar. Ich mag lieber den Flügel des Schmetterlings, den

Du mir geschickt hast, und vor allem den schönen weißen Schmetterling, dessen Flügel so fleischig sind. Du weißt schon, welche ich meine. Mein kleiner Lou, ich bin sehr froh, dass Du Dich nicht langweilst, aber ich möchte, dass Du mir schöne Sachen erzählst, auch in offenen Briefen. Denn wenn es Frankreich guttun soll, nehme ich diese neue Regelung leichten Herzens an. Könntest Du denn Deine Briefe nicht anders verschicken als über T.?
Jedenfalls kannst Du mir von Paris aus geschlossen schreiben.
So sollten Frankreichs Frauen auf die Männer warten, den Spinnrocken in der Hand, um den Winterfeldzug vorzubereiten. Wenn die Frauen eine so einfache Sache einfach annehmen würden, und ich bin sicher, sie werden sie annehmen, wird unser Mut verhundertfacht werden und die *Boches* werden viel schneller abhauen.

Schreib Du schnell, kleiner Lou, und sag auch T., mir zu schreiben. Iss nicht zu viele Pflaumen, wenn es Dir weh tut.
Vorsicht auch mit den seltenen Blumen, mach nicht allzu viele Dummheiten und geh schnell wieder zum lieben T. – Mach Dir keine Sorgen, es wird alles gut, und mein kleiner Luchs wird schon glücklich sein. Ist T. immer noch nach Sandwich zumute?
Jetzt, da Du im Hinterland bist, schreib dieser Tage täglich.

Dein
Gui

202[284]

mein Schatz,
ab morgen werden meine Briefe offen abgesandt und vom Zensur-Offizier zugeklebt werden. Sieh zu, dass Du mir schreiben kannst, wenn Du wieder bei T. bist. Vom Hinterland dürfen Deine Briefe geschlossen abgesandt werden, aber zurück in Deinem Kaff im Sperrgebiet, das weiß ich nicht. Du bist Zivilistin, vielleicht kannst Du mir direkt schreiben, was einfacher ist.
Ich habe Dich ganz ganz lieb, mein Schatz, und küsse Dich überall auf die verrückteste Art. Schreib mir, ich habe keine Briefe mehr von Dir.

Gui

203

12. August 1915

Mein geliebter kleiner Luchs,
Du willst einen langen Brief. Hier ist er. Zuerst werde ich Dir das Buch[285] schicken, oder eher Toutou, sobald Du wieder sesshaft bist – Ich habe es aus Faulheit nicht früher versendet, um meine Tasche nicht auspacken zu müssen, in der die wenigen Restexemplare, die ich noch habe, ganz unten liegen. Vergiss nicht, dass wir zu einem anderen Abschnitt gewechselt sind. Aber Dein Exemplar ist da. Du bekommst es schon, hab keine Angst. –
Dann war ich ganz überrascht, den Brief zu bekommen, der aus dem Abschnitt stammt und Deine Ankunft in Paris ankündigt, diesen Deinen Brief also zu bekommen, der doch am Bahnhof von Lyon-Brotteaux abgestempelt wurde. –

Was hat Dich denn nach Les Brotteaux verschlagen, mein großer so lustiger Schatz? Darin stecken mehr »Geheimnis und Pommes frites[286]« als in Deinem Brief.
Schließlich sind die schwarzen Schmetterlinge verscheucht und das ist ja die Hauptsache.
Ich wundere mich keineswegs über Deine Abenteuer, das eine betäubender als das andere, aber da Du sie nur andeutest und niemals genau erzählst, kann ich darüber nicht in Verzückung geraten, und Verzückung wäre mir doch sehr willkommen.
So, geliebte kleine Pfeife, den seltenen Blumen fügst Du jetzt Heu hinzu – Es wundert mich im Übrigen nicht: aber gib es zu, Dein Appetit ist doch unbändig!!
Und was hat Toutou dazu gesagt, dass die Abreisen beide zusammenfallen? Nichts wahrscheinlich, ach! bewundernswerter Toutou!
Liest Du denn meine Briefe nicht? ich rede doch nur von diesem famosen Foto. Ich habe es erhalten, darüber habe ich geschrieben, Verse verfasst, es macht mich wahnsinnig – Ich habe sogar die von Toutou erhalten, 3 von Dir waren auch darunter.
Du wähnst Dich in Friedenszeiten, die Post ist langsam, mein Schatz, damit Du von mir eine Antwort erhältst, braucht es circa vierzehn Tage von dem Tag an, an dem Du schreibst. Deine Briefe gehen nicht mehr verloren, ich erhalte sie sehr wohl –
Ich kann Dir kaum von ihrer Wirkung erzählen, aber Du übertreibst meine Neigungen, ohne die Wirkung und meine Bewunderung, die mit meiner Erinnerung so gut übereinstimmt, zu übertreiben.
Also Lou, »Federn« in Briefen oder in einem Postpaket –
Na, schon wieder so ein Abenteuer. Also wirklich, Du hast geschworen, Dir die Zeit nie wieder lang werden zu lassen, und ich kann Dir darin nur beipflichten.

Da Du nun so viele eroberst, mein großer Schatz, wenn Du die ganze *Bocherei* etwa erobern würdest, wäre der Krieg zu Ende, und unsere Kanonen, die Du so gut ersetzen könntest, bräuchten keinen Schuss mehr abzufeuern.
Aber das ist Taktik, und es ist wohl verboten, so etwas auszuklügeln, mir zumindest.
Im Übrigen, mein Schatz, liebe ich Dich immer noch so leidenschaftlich.
Und der Ring, was ist damit?!!
Und was hat Dich denn ins Département Rhône verschlagen? Welche haarsträubende Geschichte hat Dich denn dort wieder hingetrieben?
Ich schicke Dir Platzkarten f. eine Generalprobe, sind hier angekommen – Zum Totlachen ist das. Sollte man Dir Plätze f. eine Aufführung geben, geh hin, es ist vielleicht lustig. Du kannst mich dafür entschuldigen, dass ich nicht hingehen konnte.

FABEL

DIE SELTENEN BLUMEN

Von Jussieus[287] Geschichte besessen
Unternahm kleiner Lou eine Reise
Statt die kleine Zeder nahm sie … Was denn? … Ich wette
Es wird niemand raten, was Gott
Den kleinen Lou mitnehmen ließ … eine seltene Blume …
Die sie den Pariser Gewächshäusern spenden wollte
Unbezahlbar war die Blume
Und Dame Lou, ihre Kostbarkeit erkennend,
Zerknitterte Ihr Barchentkleid, sie zu pflücken.
Doch auf dem Waldweg
Der zum Bahnhof der nächsten Stadt führte

Sah Lou bei einer Eiche
Eine andere Blume: »Viel schöner noch ist diese da!«
Die erste Blume fällt
Der Wald wird ihr zum Grab
Während mein kleiner Lou traumverloren
Die zweite Blume pflückte
Und sie umgibt mit Fürsorge
Als sie dann zum Bahnhof kommt
Nach einem ziemlich steilen Anstieg
Möchte sich Lou etwas ausruhen
Zufrieden
Setzt sich Kleiner Lou in den Garten des Bahnhofsvorstands.
»Da! sagt sie, eine Blume! Sie ist noch seltener!«
Und rücksichtslos ließ
Meine Schäferin
Die scheue Heckenblume liegen
Und pflückte ihre dritte Blume …
Schö! Schö! Phö! Phö! Schö! Schö! Phö! Phö! Der Zug
fährt ein
Und wieder ab ins *Hinterland*
Aber im Zug verwelkt die Blume und Lou, nachdenklich,
geht, als sie ankommt, zum Blumenmädchen:
»Diese seltenen Blumen … Sie sind mein Traum!
Sie sind so selten, Madame,
Stets ausverkauft, bei meiner Seele!«
Also sprach das Blumenmädchen
Und Lou muss sich mit Augentrost abfinden
Den ihr nicht abnimmt
Ohne einen Grund zu nennen
Der Direktor (eine gelungene Figur)
Der Gewächshäuser der Stadt
Paris
Trotz aller Schreie und Schluchzer

Von Lou, die die nutzlose Blume wegwerfen musste.
Und Lou
Verließ das Büro
Dieser bösen Figur und musste
Gegen den Strich die Blumenreise von Neuem anfangen.

Ich halte es für weise
Ohne weiteres
Die folgende Lehre zu ziehen …

Über Lous und ihre Blumen lässt sich nicht streiten
Und mehr dazu will ich gar nicht sagen

Diese Fabel über die seltenen Blumen, mein kleiner Lou, enthält gar keinen Vorwurf, glaube mir. Ganz im Gegenteil, sie ist, wenn ich mich so ausdrücken darf, darauf zurückzuführen, dass mir derzeit ziemlich danach ist, Fabeln zu verfassen, eine etwas vernachlässigte Gattung, deren Reiz doch sehr groß ist.

ZWEITE FABEL

DER WAUWAU UND DIE MISTEL[288]

Ein lieber Wauwau sah eines Tages einen Mistelzweig
Gefallen von einer Eiche
Er wollte grade das Bein hochheben, ganz ungeniert,
Als seine Herrin
Ihn ertappend doch daran hindert und zärtlich gerührt
Die Mistel aufhebt
»Mistel, bellt der Wauwau, Du bist vielleicht ein Glückskind!
Wie kommt es denn, dass Du solch Glück erfährst?«
»Sie sind, lieber Wauwau, treu und entschlossen

Deswegen liebt Sie Ihre[289] Herrin
Mit Zärtlichkeit«
Antwortet ihm
Die Druidenpflanze,
»In Zärtlichkeit sind Sie der Sieger
Ich bin aber die Liebe mit fliegenden Zügeln
Ich bin das Glück;
Die seltenste Blume, o Wauwau, mein bester
Gefährte, da ich, Pflanze, keine Blumen habe! …
Sie sind das Ideal und ich bringe das Glück …«
Und ihre
Herrin
Liegt träge da
Zupft unbekümmert an schönen Blumen rum
Tausendfarbig
Zärtlich duftend
Und tut, als hörte sie nicht
Den Wauwau plaudern mit der Mistel. Ihre
Worte lassen sie lächeln, und unsre Träumer
Stellen sich vor, sie würden ihrer beider Glück vergleichen
Während sie sie zärtlich anschaut,
Dann steht sie plötzlich auf und legt sich hin zu ihnen.
Der Wauwau, seinerseits, erhielt (alles in allem)
Viel mehr Küsse als der Mistelzweig
Der zutiefst gerührt
Zwischen zwei hübschen Brüsten nichts unternehmen kann
Aber sich doch zufrieden schätzt
Auf seinem königswürdigen Thron.
Er genießt Küsse, die vor ihm geschenkt werden
Und vor ihm erwidert
Ohne jeglichen Anspruch zu erheben.

LEHRE

Verstehen muss man das nicht.

Mein lieber kleiner Luchs, schreibe schnell, lüfte die Rätsel, schicke mir die »Federn«, erzähle mir tausend schön lustige Geschichten – ich küsse Dich tausend und abertausendmal ganz zärtlich.

G.

204

13. August 1915

Herrlicher kleiner Lou,
Du segelst also gen Süden und Les Brotteaux ist nicht der Endpunkt Deiner Flucht. Immer noch keine neueren Nachrichten – vorgestern Lyon, heute? Unwissen, Unbekanntes. – Lou, meine arme verehrte kleine Liebe, was wird aus Dir, ich schicke Dir das Buch, sobald Du sesshaft bist.

3. FABEL

Auf einer hübschen Wiese tollte der kleine Luchs
Wo die seltene Blume nebst anderen Blumen wuchs
Und Lou pflückte die Blumen, die es geschehen ließen
Aber als sei's Stroh, streute sie zerstreut manches Blümchen
Und verlor das, was sie liebte

LEHRE

Blumen auf den Weg gestreut, blöd siehst Du aus von morgen auf heut'

Lieber kleiner Luchs, in Deinem letzten Brief scheint eine Katze, gezeichnet unter der violetten Schrift, hinter zwei Hügeln, zwei Bergkuppen, rätselhaft zu lächeln.
Das ist richtig lustig. Aber die Federn hätte ich so gern, und dass Du mir die Details Deiner Abenteuer erzählst. Du unterschreibst sowieso nicht. Was kümmert Dich also, dass auch Dein Stil buntgefiedert sei, und das würde mich ja so amüsieren. –
Neulich wurden im Balzac-Haus in Paris Verse von mir vorgetragen. Vorgetragen wurden sie von Granié, diesem charmanten Staatsanwalt, der, glaube ich, momentan der geistreichste Mann im Justizpalast ist. Übrigens heißt es, er habe sie sehr schön vorgetragen.
Ich glaube, für uns läuft im Moment alles wunderbar, trotz der nicht überzubewertenden Geschichte mit den Russen. Sie mussten zwar zurückweichen, aber haben viele *Boches* getötet. Hierher sollen sie kommen, sie werden was erleben.
Künstlerisch betrachtet erscheint mir der neue Helm[290] als ein Irrtum und der künstlerische Standpunkt ist auch etwas wert. Unter ihrem neuen Helm erinnern viele Infanteristen an Tartarin[291], der zur Jagd nach Afrika aufbricht. Man hat sich wahrscheinlich wieder, der alten offiziellen Gewohnheit folgend, an einen dieser talentlosen Künstler gewandt. An einen erbärmlichen Georges Scott. Die *Vie parisienne* hatte mich erneut darum gebeten, zu schreiben, aber ich habe nichts, was ich schicken könnte, und die Nummern, die sie herausgibt, sind die Hässlichkeit selbst. Durch welchen Widersinn kann man so etwas gut finden, keine Zeichnung, keine Fantasie, es ist erbärmlich. Die Kunst steht dennoch hoch im Kurs in Frankreich zurzeit, aber der allgemeine Geschmack ist in bodenlose Tiefe versunken. Es ist unvorstellbar … In Athen hatte das Volk guten Geschmack, bis ins 18. Jahrhundert, bis 1830 sogar war es in Frankreich genauso, seitdem hat man

Kunst und Geschmack voneinander getrennt und es ist wirklich schmerzlich festzustellen, wie der Geschmack nun ist. Man könnte aus dem großen Schauder des Krieges Nutzen ziehen, um das Gespür für Kunst neu zu beleben. An Stoff fehlt es nicht. Was heute fehlt, ist echtes künstlerisches Gespür. Und die kleinen Leute würden sich eigentlich auch gern für die Schönheit begeistern, aber zeigt sie sich, fallen gleich so viele Feinde über sie her, dass sie sich lieber versteckt.
Auf Wiedersehen, kleiner Lou, ich habe Dich ganz ganz lieb, ich sehe das so graziös massive Foto wieder vor mir. Schick mir mehrere Fotos. Ich liebe sie, wie ich Dich liebe.
Das heißt unendlich.

Küsse und …
Gui

205[292]

Mein lieber Lou, ich schreibe Dir wieder, ich füge meinem gestrigen Brief, der sich in diesem Kuvert befindet, etwas hinzu, was ich nicht vermerkt habe, und zwar, ich liebe Dich sehr, meine kleine Dame aus Kristall. – Ich habe sie übrigens im Traum wiedergesehen, gestern Mittag, ich träumte, ohne zu schlafen, sie kam, Du warst es selbst und ich hätte sie gerne geküsst, hätte ich nicht gewusst, dass sie schrecklich Angst davor hatte, berührt zu werden, aber klar doch! Sie ist aus Kristall, man könnte sie brechen.
Sonst liegen hier viele Leute begraben, ganz in der Nähe, zwanzig Meter von mir, es sind *Boches*, die da liegen, und je nach Wind riecht es übel, glücklicherweise hat man mir aus Algerien einen guten Vorrat an Kölnischwasser gesandt.
Sag mir, ob zuerst das Herz, dann der Ring in einem guten Zustand angekommen sind.

Was den Ring betrifft, ist es, glaube ich, der hübscheste, den ich gemacht habe, und sogar vielleicht einer der hübschesten überhaupt, die je aus deutschem Aluminium gemacht wurden, ich habe mein bisschen Geschmack und meine ganze Liebe darein gesteckt, ich habe ein englisches Magazin gefunden, ich habe mir mit einer deutschen Kugel und einer englischen Kugel einen Federhalter gemacht.
Ich war beinahe im Begriff, dem Marschall von St. Cyr[293] zu gehorchen, als ich das Foto sah, aber ich habe Dein Gesicht vermisst. Das Foto ist hübsch, weil alles darauf reizend ist, aber der fehlende Blick verwischt die Ausdruckskraft, es ist einfach zu verstehen, der Ausdruck steht ja im Gesicht. Wäre die Kehrseite der Medaille auch dabei gewesen, hätte ich mich vielleicht gehen lassen, aber es ist nicht sicher. Sollte es dazu kommen, werde ich Dir auf jeden Fall Bescheid sagen. – In der Gegend sind alle überzeugt, dass es im Oktober zu Ende sein wird, und bei Euch?
Ich bin hier in der vitalen Kernzone der Front und man bekommt es deutlich zu spüren. Ich frage mich, warum in Arras oder bei Euch da angegriffen wurde, das hat, meiner bescheidenen Meinung nach, keinen Sinn, absolut keinen, denn kein entscheidender Erfolg möglich. Während der Knoten der Frage doch hier liegt. Woanders ist er nicht und würde man es verstehen, würde man dieses Mal in einem enormen Ausmaß erneut angreifen, ich würde gern mein Leben dafür geben, das zu sehen.
Man muss sich übrigens beeilen. Sonst werden die sich beeilen. Und mein armer Lou sähe sich dann gezwungen, sich der Kultur[294] der Blumen der *Boches* zu widmen! Wie schrecklich!!

Gui

206

14. August 1915

Ich weiß nicht mehr, was ich denken soll, mein Schatz, keine Briefe mehr, nichts. Was ist passiert? Ich werde ein paar Tage wahrscheinlich keine Zeit haben, Dir zu schreiben!! Postkarte bestenfalls. – Es regnet, das Wetter ist scheußlich. Ich denke an Dich, mein kleiner Lou, und habe Angst, Dir könnte etwas zugestoßen sein. Unter solchen Umständen ist mir jegliches Schreiben unmöglich und das macht mich traurig, trauriger als alles, was ich Dir sagen könnte. Ich bin mir sicher, dass Du Toutou nicht so ohne Nachrichten lässt. Das ist übel, da Du mir, wenn Du es kannst, jeden Tag schreiben sollst. Damit ich zumindest weiß, dass Dir nichts Böses zugestoßen ist. Komm, kleiner Lou, schreib schnell. Sag, ob Du den Ring erhalten hast. Wenn Du mich so ohne Nachrichten von Dir lässt, ist das wirklich nicht nett – Was mich vor allem wundert, ist, dass Dein Brief aus Lyon gekommen ist, also wirklich, das verstehe ich nun mal gar nicht. Tja, besser ist's, sich keine Sorgen zu machen. Mit Dir muss man immer auf außerordentliche Überraschungen gefasst sein.
Na also, ich kann Dir keine recht interessanten Dinge erzählen, was mir hier am Angenehmsten ist, ist die Zeit, die ich damit verbringe, mir die Fotos anzuschauen, und an erster Stelle die famose Feder, schade, dass man das Gesicht nicht sieht. Ich bin mir sicher, dass, nach der zu urteilen, die ich habe, die anderen Federn großartig sein müssen, und bitter ist mein Kummer, sie nicht zu haben, aber man muss sich mit wenig zufriedenzugeben wissen und ich bemühe mich sehr darum.
Ich schicke Toutou, der mich vergisst und dem Deine Abreise recht leidtun wird, eine kleine Karte. Sein Wald wird ihm

leer erscheinen, jetzt da der schönste Vogel davongeflogen ist. Mein kleiner Lou, ich küsse Dich eintausend und einmal überall.

G.

207

18. August 1915

Meine Liebe, endlich darf man die Briefe wieder zukleben. Ich habe Deinen vergessenen Brief bekommen und schreibe Dir Rue Villebois-Mareuil. Dennoch warten mehrere Briefe auf Dich am Boulevard St.-Germain, geh hin und hol sie ab. Du wirst sehen, wie besorgt ich war. Ich hoffe, Du magst mir nun die »Federn« schicken.

Ich bin richtig froh, dass Du Dich über den Ring gefreut hast. Wir sind jetzt (selber Abschnitt) in einem schönen sonnigen Wald, voller Spinnen, die auf einmal reizvoll geworden sind, seitdem ich von Dir Nachrichten erhalten habe.

Der Wald ist hübsch, voller Moos. Ich baue meine Hütte mit Rasen. Ich bin Holzfäller und Maurer geworden. Es ist sehr lustig. Jeden Morgen Pferd von 7 bis 11 Uhr, zur Meldung. Reizvolles Leben aber bei Regen gefährliche Gegend. Der Boden wird glitschig wie Schmierseife.

An der kleinen »Feder« erfreue ich mich nach wie vor mit Genuss. Du kannst Dir vorstellen wie sehr, aber die andere Seite hätte ich gern. Im Moment geht Post nicht verloren.

Also, was hat das zu bedeuten, dass Dein Brief aus Lyon kam? Du wohnst also im Quartier Alma. Schau mal am Boulevard St.-Germain vorbei, wegen der Briefe erst mal und auch, weil ich die Concierge informiert habe, dass Du kommen würdest.

Werde Dir das Buch schicken, sobald Du sesshaft bist und ich ein Päckchen machen kann. Ich liege beim Schreiben im Gras, da noch keinen Tisch, und wir schlafen im Moment in unseren Zelten.
Ich hätte doch wirklich gewünscht, meinen Urlaub jetzt antreten zu dürfen, aber das geht nicht. Ich freue mich, dass Du Dich amüsierst, dass Du Blumen hast, um darum herumzuschwirren, mein hübscher Schmetterling.
Na, die kleine Schlange hat Dir also gefallen, umso besser. Das Außergewöhnliche ist, dass sie nicht in die Höhe schnellte, als sie Dich sah. Na steif ist sie ja trotzdem, obwohl um Deinen Finger gewickelt. Hast Du gesehen, was darin geschrieben steht?
Schöner kleiner Lou, solange Du nicht dort bist, musst Du mir täglich schreiben, dies ist auch eine der Pflichten des kleinen Lou, der mich sehr lange ohne Nachrichten gelassen hat, und eine heilige Pflicht, denn ich wäre beinahe vor Sorge vergangen. Ich habe ein Eisenbahnunglück befürchtet, oder was weiß ich noch alles? Na, ich habe Dich ganz ganz lieb, das ewige Lied. Ich mache im Auftrag der größten italienischen Zeitschrift ein Gedicht, eine *Ode an Italien*[295], aber Du kannst Dir denken, wie leicht das geht, hier, in einem Wald, wo man auf dem Boden schläft. So, so, so, komme keine einzige Minute zur Ruhe, gerade Zeit, etwas zu essen und Handarbeit, Dienst bei der Batterie und für mich so gut wie nichts, nur bei Kerzenschein im Zelt 50 cm über dem Boden. Ich fühle mich aber prächtig. Wenn man sich bei diesem Spaß keinen Rheumatismus zuzieht, dann heißt das, Rheumatismus, das existiert gar nicht, so ist das. Ich habe Deinen Mund genommen, da Du ihn mir gabst, und nehme ihn mir eigenmächtig wieder, noch länger und noch zärtlicher.

Gui

Und ein Schmetterling

208

1. Sept. 1915

Meine Freundin, nachdem ich eine Woche wie Toutou Beobachter der Lichter[296] gewesen bin, bin ich nun Geschützführer, an der Kanone –
Ich schreibe Dir regelmäßig 2-mal die Woche, außer in der Zeit, als Du in Paris warst, aber Du schreibst mir so gut wie nicht mehr.
Die Makronen waren köstlich –
Ich sage: Du schreibst mir so gut wie nicht mehr und die paar Male, wo Du mir schreibst (schön groß über den ganzen Papierbogen verteilt), hat das gerade den Wert von zwei Zeilen von Gui.
So, mein Lou, all das ermuntert Gui nicht gerade dazu, Lou zu schreiben, und von nun an wird er, bevor er Lou schreibt, darauf warten, ihr eine Antwort schuldig zu sein.
Ich habe Dir Bücher von Willy und *Case d'Armons* geschickt. Ich hoffe, Du hast sie mittlerweile. Wir werden uns wahrscheinlich nicht vor Ende des Krieges treffen, und wer weiß wann!! Und wer weiß wie!! Wer weiß, ob wir uns überhaupt wiedersehen?
So, so, so. Ich weiß nicht mehr, was ich Dir schreiben soll, Du schreibst mir so wenig und so banal, auch wenn hübsch und lieb, dass ich mich in mich verkrieche, und ebenfalls nur noch so schreibe.
Ich sage, wir werden uns vor Ende des Krieges nicht sehen, weil mein Urlaub, der wer weiß wann kommen wird, natürlich nicht mit einem Deiner Pariser Aufenthalte zusammenfallen wird, und es ist alles in allem besser so, Deine mondänen Verpflichtungen, Deine neuen Seligen ließen mir ohne jeden Zweifel nichts übrig von der Zeit des kleinen Lou, und und und …

Na, wie dem auch sei, bin ich Dein Freund, freue mich sehr, dass Du nicht unglücklich bist.

Gui

Du schreibst »küsse Dich .... liebe Dich, Lou an Gui«, und ich schreibe von ganzem Herzen, küsse Dich, liebe Dich, Gui an Lou.

209[297]

Wenn sich zwei edle Herzen wahrhaftig geliebt haben
Ist ihre Liebe stärker, als der Tod es sein kann
Die Erinnerungen, die wir säten, lass uns pflücken,
Abwesenheit ist gar nichts, wenn man sich so sehr liebt

Sag Toutou, dass ich, was verdienen oder nicht verdienen angeht, keineswegs behaupte, etwas verdient zu haben, denn verdienen ist ja viel, aber man kann manchmal Rechte haben oder Ansprüche erheben, auf das, was man doch kaum verdient.
Bemühe Dich, mein kleiner geliebter Junge, Toutou zuliebe, diesem kleinen Schelm, schnell ein bisschen fetter zu werden. Lass Dir die Zeit nicht lang werden. Pass auf Deine Gesundheit auf. Mach Dir keine Sorgen, alles wird wieder gut. Wann, weiß ich allerdings nicht. Aber vielleicht doch früher, als man denkt. Ansonsten, mein kleiner Schatz, ich liebe Dich, *wie es war im Anfang und immerdar*, und Deinem Wunsch folgend, wünschte ich, wir wären im Mittelmeer am Tor des tyrrhenischen Meers und in den Tiefen schwämmen lieblich Skyllen, die Thunfische sind mit Frauenbüste und die mit Sirenen verwechselt werden, mit diesen Seevögeln[298], deren Brüste weni-

ger schön sind als Deine und die, auf der Klippe gesammelt, so holde Hymnen sängen, dass wir vor Verzückung umfielen, und unter Deinen Liebkosungen täten sich schönere Länder noch auf, wo die Vulkane blühten, zauberhaft blendende Rosen, deren Blütenblätter Feuersturzbächen gleich wieder niederregneten, und als Ströme aus Gold und Rubinen zusammenflössen, deren flammende Glut in sprudelnden Wogen an Deine Füße brandete.
Aber ist das Mittelmeer nicht allzu nah …

AMERIKAS VORAHNUNG

Mein Kind, und wenn wir nach Amerika gingen, ins Land
von dem ich immer träumte
Auf einem Schiff, das die Wellen des karibischen Meeres
pflügt
Begleitet von einem Schwarm fliegender Fische, deren
Flügelflossen funkelnd flattern
Wir werden dem Strom des Amazonas folgen, von Insel zu
Insel nach seiner Fee suchen
Wir werden die großen Sümpfe betreten, wo
überschwemmte Wälder wachsen
Grüße die Königsboa. Treten wir ein in den Reptilienhorst
Höre die Wawa-Gans die Brüllaffen die Weißglöckner
Wogen der Pororoca[299], riesiger Tidenwelle
Der Gott jener unermesslichen Weiten, der Anden, der
Pampas
Ist heute in meiner Brust Pflanzenmeer.
Millionen großer blonder Schafe sich durcheinander
verfolgend
Kondore hervorfliegend Schnee auf den Kordilleren

O hiesige Bruchbuden erbärmliche Reptilienhorste
Wann werden wir von dem Krieg in der Vergangenheit
sprechen?

Kleiner Lou, Du sollst nicht abnehmen, ich will wissen, ob Du krank bist, ich will, dass Du mir über Deinen Gesundheitszustand immer die Wahrheit sagst, bitte Toutou darum, mich immer zu benachrichtigen, zu unterrichten – Du aber, denk nicht an den Krieg oder zumindest, so wenig wie möglich. Sei, mein kleiner Luchs, eine kleine Friedensoase in diesem Sturm, schreibe mir nicht vom Krieg, erzähle mir, der ich in einer Wüste ohne Wasser stecke, lieber doch von der Frische Deiner Vogesen – Auf dass ich mich manchmal noch kraft der Erinnerung, einer jener reizenden Natter des Erlenwalds vom Abschnitt 59 gleich, um Deine Wonne winden möge.

Gui

210

12. September 1915

Mein lieber kleiner Lou,
ich schmolle ganz und gar nicht, ich habe bloß auf Nachrichten von Dir gewartet. An wen soll ich meine Briefe übrigens adressieren? Toutou weg! Du, ich weiß nicht wo! Ich adressiere diesen auf gut Glück an Toutous alte Adresse. Ich habe heute Deinen Brief vom 30. August bekommen, der in Wirklichkeit am 6. September dort bei Toutou abging.
Jedenfalls habe ich Dir geschrieben, mehr, als Du mir geschrieben hast, denn ich habe nicht nur kein noch so kurzes Kärtchen von Dir unbeantwortet gelassen, sondern habe Dir

auch darüber hinaus viele Briefe geschrieben, und lange auch noch.
Ich wünsche Dir viel Glück, hast Du übrigens, und mein Wunsch ist restlos erfüllt.
Ich weiß nicht, wann ich meinen Urlaub nehme, aber wenn man ihn mir schließlich genehmigt haben wird, ist es unwahrscheinlich, dass ich nach Paris fahre; ich werde zweifelsohne viel weiter fahren[300].
Was ist denn dies nun wieder für eine extravagante Geschichte mit dem Kommissar?
Du wirst mittlerweile mein Buch haben und die von Willy, die ich mitgeschickt habe. Ich frage mich, wie sich dieses Paket so verspätet haben kann.
Ich habe von Dir Makronen aus Nancy bekommen und habe mich dafür bedankt. Sind das die »Kakes aus dem Kaff«?
Es ist wirklich lieb von Dir, dass Du so an mich denkst.
Hier in der Gegend im Moment, alle Urlaube eingestellt f. einen Monat mindestens – Du ahnst wohl weshalb.
Ich glaube, es wird in ein paar Tagen großartig werden, und es ist mir eine richtige Freude, in dem gewaltigen Orchester Geschützführer zu sein.
Freundliche Grüße an Toutou. Ich küsse Dich ebenfalls zärtlich und bleibe für immer ebenfalls

Dein
Gui

P. S. Ich werde auf Deine Briefe antworten, aber werde nicht schreiben, bevor ich nicht weiß, ob Du meine noch bekommst.

211

18. Sept. 1915

Mein kleiner Schatz,
Dein Brief vom 12. hat mir große Freude bereitet. Ich schimpfe überhaupt nicht mit Dir, kleiner Lou. Was mich wundert, ist, dass Du auf Toutou angewiesen bist, wenn Du mir schreiben willst. Vor allem von der Gegend aus, in der Du nun zwei Wochen verbringen wirst. Tja, wie Du willst! Aber Dein Brief von heute ist äußerst lieb und taub bin ich nun ja wohl nicht für alles, was Du mir sagst, und ich bin ganz entzückt davon. Die Fotografien haben mich sehr gefreut, obwohl ich auch die »Federn« gerne gehabt hätte.
Ich werfe Dir nur eines vor, dass Du mir so kurz angebunden schreibst. Aber ich schimpfe nicht mit Dir, o[301] nein.
Ansonsten kann ich Dir nicht viel Neues schreiben. Ich darf Dir, über das, was wir machen, nichts erzählen. Was meine Gefühle betrifft, Du kennst sie genauso gut, wie ich die Deinen kenne. Und da Du außerdem anderweitig beschäftigt bist, mein kleiner Lou, bleibt für mein Gefühl kein Platz mehr. Es ist wahr, dass Du in der Pfeife[302] einen warmen Platz für mich bereithältst. Wofür ich Dir sehr dankbar bin, mein kleiner Lou. Da ich aber nicht eifersüchtig bin, hätte ich gern Details und Du gibst mir keine.
Toutou hat Dich bestimmt über das Leben eines Feldwebels in einer Geschützbatterie unterrichtet. Zwischenfälle dürfen nicht erzählt werden und nur der Krieg könnte Briefe nähren, da ich nie anderes zu sehen bekomme als nur den Krieg, und ich meiner Kanone, meinen 6 Kanonieren, dem Telefonisten, dem Pionier bei den Reflektoren, der mir zugeteilt ist, niemals von der Seite weiche.
Schüsse, Flugzeuge, Granaten, das ist unser Leben. Es gäbe

zwar einen bequemen Freiraum, um Liebe Ausdruck zu verleihen, aber Du bist allzu beschäftigt, als dass meine Liebe Dich interessieren könnte. Du bist im Übrigen meiner Liebe gewiss, und ich bin Deiner gewiss … nach dem Krieg. Für die Zeit des Krieges ist all dies von einem ziemlich schalen Platonismus, da Griechenland noch nicht mitkämpft. Ach! Wenn Griechenland mitkämpfen würde, könnte Platon zur Mode werden und die kleinen zweilöchrigen Pfeifen würden vielleicht an dem von weit her gepfiffenen Lied Gefallen finden.

Zur Unterhaltung will ich Dir die Herkunft der Redewendung *amis comme Cochons*[303] erzählen, die Du mit so viel Witz verwendest, einem Teufelswitz.

Cochon ist eigentlich eine Verzerrung von *sochon*, wegen analogischer Angleichung ist es *cochon* geworden. *Sochon* war von *socius* abgeleitet, was auf Latein Partner oder Gefährte heißt, genau leitet sich das Wort nicht von *socius* ab, sondern von dessen Akkusativ *socium* (daher kommen übrigens *associé* und seine Nebenformen), *sochon* war eine Redewendung im Jargon der fahrenden Kurzwarenhändler der Bretagne und wurde allmählich zum *cochon*.

Das heißt, *amis comme cochon* bedeutet ganz einfach: Freunde wie es Gefährten Partner sind.

BIWAKFEUER

Das sterbende Feuer am Biwak
Haucht Flammenlicht auf Traumgestalten
Und im Geflecht von Zweig und Scheiten
Erheben sich langsam die Träume

Hier sind die Früchte meiner Reue
Blutig und wund matsche Erdbeere
Geheimnis und Erinnerungen
Von denen nur die Asche bleibt …

Dein
Gui
Gruß an Toutou!

212

20. September 1915

Mein kleiner Lou, ich habe eben Deine Karte mit dem Elefanten bekommen.
Du wirst mir also einen langen Brief schreiben, *im Ernst*. Du bist auch herzallerliebst, und Du siehst, ich antworte sofort, sogar wenn Du nur ein paar Worte schreibst.
Das Wetter ist sehr schön. Man bereitet sich auf die unmittelbar bevorstehende Operation vor.
Deine Karte hat mich sehr sehr gefreut.
Ich vermute, Du musst wg. der großen Sache am 22. weggehen, man hindert Dich daran, zu bleiben, wo Du bist, und das wirklich mit Recht. Ich nehme also an, die Stunde der großen Sache schlägt am 23.
Hier, wo ich bin, ist, wie Du weißt, einer der wichtigen Stützpunkte.
Ich habe eine schöne Kapuze[304], ich habe den ganzen Tag gearbeitet. Ich habe gerade einen schönen Fliegerkampf mit dem ganzen Orchester gesehen.
Du bist ja ein recht lieber kleiner Lou, wenn Du nur willst.

FLIEGENSCHWARM

Ein Soldat reitet durch die Felder
Die junge Dame denkt an ihn
Und diese Flotte bei Mytilene
Es gleißen hier die Drahtverhaue

Da sie die glühende Rose pflückten
Erblühten auf einmal ihre Augen
Und welche Sonne im streunenden Mund
Den der Mund angelächelt hatte

Ich kann es wirklich kaum erwarten, den versprochenen langen Brief zu lesen. Die Fotos sind reizend, mein kleiner Lou. Wenn es Dein Forsthaus ist, auf dessen Freitreppe Du sitzt, dann ist es sehr hübsch mit dem wilden Wein.
Der kleine Forstgarten, in dem Du breitbeinig mit der Hand auf der Hüfte stehst, ist auch reizend und im Hintergrund steht eine hübsche silberne Birke. Ich behalte also den sonderbaren weißen Elefanten bei mir.

DES REITERS ABSCHIED

Mein Gott! Wie ist der Krieg doch schön und fein
Mit seinen Liedern der vielen Freizeit
Der Ring so blank, so bleich, so rein
Dem Tross der Gier und Lüsternheit

Adieu! Trompetenklang, aufgesessen …
Er verschwand bald hinter dem Fluss
Und dort starb er, sie währenddessen
Pflückte Blumen und verging vor Genuss

Ich bin froh zu wissen, dass Du, kleiner Lou, glücklich bist, dass man Dich in Sicherheit bringen wird, dass es Toutou gut geht, und dass ihr mich nicht vergesst.
Ich bin auch froh, dass Dir mein kleines Buch gefallen hat, dass Du es verstanden hast und das Recht des Dichters anerkennst, dem Rest der Welt sein Innerstes aufzudrängen, indem er es ihm doch verhehlt.
Hierauf nehme ich Dein Herz und küsse es auch ganz ganz herzlich, lieber sehr lustiger kleiner Lou.
Und Deine Liebschaften?
Erzähl mir Berge von Geschichten.
Ich schreibe Dir ausführlicher nach Deinem langen Brief.

Dein Laster,
Gui

213

Mittwoch, den 22. September [1915]

Kleiner Lou, ich schreibe Dir während einer der seltenen etwas ruhigeren Phasen in der großen Sache, deren Ausgang nur ein großer Sieg sein kann – Die ganze Geschichte mit dem englischen Kompott[305] hat mich sehr belustigt, denn mit dieser Überschrift kann man, glaube ich, den 1. Teil Deines Briefes zusammenfassen, in dem es um Birnen und um ein Gummi der englischen Armee geht. Dein Brief, mein kleiner Lou, hat mich richtig gefreut. Ich bin sehr froh, dass sich in Dir nichts geändert hat. In mir auch nichts. Also, liebe Grüße an Toutou, sag ihm, ich bin zu überreizt, um auf sehr sinnvolle Weise schreiben zu können. Ich habe eine schöne Kapuze, die aufgesetzt zum Teufel stinkt, im Moment ist sie aber hochgestülpt. Ich bin sehr froh, dass er einen schönen Mantel hat, mit welchem er wie Captain Cap[306] vor einem Cocktail, an dem er sich zu laben gedenkt, aussehen wird. O[307] mein Urlaub wird wahrscheinlich noch nicht genehmigt, es sei denn, es geht jetzt schnell zu Ende. Ich rechne damit, ihn erst am Ende des Winters oder im Frühling antreten zu dürfen, und wenn es mit dem Urlaub in diesem Tempo weitergeht, vielleicht erst nächsten Sommer. Warum wird der kleine Lou nicht versohlt? Es ist ganz einfach, weil Rundfunk für solche Angelegenheit noch nicht funktioniert. Sonst würde Lou schon längst versohlt worden sein, und wie. Ich habe Rouveyre das Buch nicht geschickt, so dass er keine Meinung dazu haben kann. *Aprilnacht* hattest Du schon in einem Brief, *Jahreszeiten*, *Der Kanonier aus Dakar*, *Gen Süden* und andere ebenso.

Du willst mir einen Bären aufbinden mit Deinen Geschichten von heißen … Gewächshäusern. Was großartig wäre, wäre, dass Du sie mir auch gleich erzählst. Später wird's nur Aufgewärmtes sein, Du wirst sie nicht mehr schön erzählen, weil Du sie schon zu oft erzählt haben wirst. Tja, Du machst nur das, was Dir passt, und da Du nicht willst, lass es eben. Bloß Du weißt offensichtlich nicht, dass man sich doch langweilt und dass mich Deine Erzählungen verdammt viel interessieren könnten.

Was soll ich Dir sagen, was mich angeht?

Gestern habe ich den ganzen Nachmittag damit verbracht – (denn es ging erst heute Morgen um 6 Uhr los, und fantastisch los), mir eine Ameisenkönigin mit gelbem Leib anzuschauen, die auf der Suche nach ihrem Ameisenhaufen herumirrte und dabei eine Raupe trug, die zweimal so groß war wie sie. Dann ging ich Pilze f. das Abendessen sammeln. Ich esse oft Pilze – Steinpilze – köstlich. Zusammenfassend ernähre ich mich von Pilzen und Ananas aus der Dose.

Ich habe einen meiner Freunde, Sekretär der französischen Gesandtschaft in Peking, getroffen, er persönlich hat die offiziellen Briefe befördert, als er nach der Mobilmachung zurückkam. Er ist einfacher Pionier in einer Scheinwerfer-Abteilung.
Ein anderer Freund, der bekannte Dichter Léo Larguier, ist Gefreiter bei den Krankenträgern in den Schützengräben vor uns, in einem Regiment, in dem ein Freund von mir Hauptmann ist, der nur im Norden zum Einsatz gekommen war, wo es Dörfer voller Frauen gibt. Du kannst Dir denken, wie elend er unsere Gegend findet.
Na, der Landstrich, wo wir sind, kann nur das hergeben, was er hat, und wenn die Sache gut läuft, werden wir hoffentlich auch Dörfer voller Frauen vorfinden, so dass ich meine Keuschheit auf die Probe stellen kann.

EPIGRAMM

Meine charmante Gärtnerin
Die gern wüsste, warum denn
Niemand auf ihren Hintern schlägt
Weißt Du denn nicht, wie ich es weiß
Dass man Frauen nicht hauen darf
Sei es mit einer seltenen Blume … Ja, Madam

Ich küsse Dich auf alle denkbaren Weisen, und sie beschränken sich leider auf etwas, was nur eine Vorstellung davon ist.

Dein
Gui

214

24. Sept. 1915

Wir sind mittendrin, kleiner Lou, und morgen hauen wir ab.
Ich habe das liebe kleine Briefchen des kleinen Lou erhalten und dieses Briefchen hat mich sehr traurig gemacht.
Halt mich auf dem Laufenden über die Folgen Deines Sturzes und vor allem, ob die verheerende Wirkung ausblieb, von der im Buch die Rede ist, das Dir »die tugendhafteste Frau von Baccarat« geliehen hat.
Wie lautet der Titel dieses Bands, in dem Du »manch andere Dinge« gelesen hast, und welche denn?
Du hast also jetzt Deinen Wald verlassen. Bist Du etwa um der Züchtung einer seltenen Blume willen fortgegangen?
Wie, Du bist nicht glücklich, aber was ist denn los, in Deinem vorigen Brief sagtest Du doch, Du seist *glücklich*, und Du hast das Wort unterstrichen.
Also? …
Ich verstehe nicht mehr.
Du liebst, wie Du zu lieben verstehst?!
Mein armer kleiner Lou, Du bist also unglücklich! und Du tust mir aufrichtig leid.
Was bedrückt Dich, erzähl mir doch, komm, mein kleiner Lou.
Deswegen schreibt mir Toutou also nicht.
Erzähl, ich werde Dich beraten und Du weißt, werde Dir gute Ratschläge geben.
Aber wenn Du mir nicht davon erzählen magst, bitte doch die kleine Schlange um Rat, die ich Dir geschickt habe.
Sie wird Dich nicht betrügen, kl. armer Lou, der sich an der Liebe die Finger immer wieder verbrennt. Na, ich hoffe, dass Dich diese neue Geschichte nicht lange unglücklich macht.

Ich hoffe, die Sommerfrische wird Dir guttun.
Denk nicht an den Krieg, kleiner Lou, aber leide nicht, weder wegen Stürzen vom Pferd noch wegen der Liebe.
Grüße Toutou, schreibe lange, ausführlich, viel viel ausführlicher, mein kleiner geliebter Lou.

Ich küsse Dich
Gui

Weißt Du, es ist fantastisch im Moment.

215

28. Sept. 1915

Mein kleiner Lou,
Du weißt, dass wir einen großen Sieg[308] errungen haben, zu dem unsere Batterie erheblich beigetragen hat, ich habe ich weiß nicht mehr wie viele Schüsse abgefeuert (die Zahl steht in meinem Schießbuch). Aber Du kannst Dir vorstellen, wie müde wir sind. Nun warten wir auf die Protzen, um weiter nach vorne oder zu Euch nach da oben zu rücken, beide Gerüchte gehen um, aber was man davon halten soll, weiß ich nicht. Jedenfalls habe ich den Helm auf, die Sporen an, und warte. Mein Geschütz ist bereit. Wenn ich zu Dir komme, kannst Du Dich auf die Züchtigung gefasst machen, die Du verdienst, und die wird hart. Auf jeden Fall bekommst Du sie bei der nächsten Gelegenheit, und großzügig, das sage ich Dir nur. Es kann auch sein, dass wir zu Euch in die Gegend kommen, aber trotzdem immer noch weit voneinander entfernt sind. Ich warte also trotzdem auf den langen amüsanten und detaillierten Brief, den Du versprichst. In der Tat, Du bist wirklich dreist.

Du könntest mir wirklich die pikanten Geschichten erzählen, die Du erwähnst, da Du nicht unterschreibst, würde es Dich nicht kompromittieren.
Ich bin recht müde und die Aussicht, heute Nacht unter freiem Himmel im Regen zu schlafen, sagt mir gar nicht zu, auch wenn ich gesund, fidel bin, fast berauscht nach dieser langen Schlacht von 7 Tagen schon.
Habe vorgestern deutsche Gefangene gesehen, sie waren gerade aus ihren Unterschlupfen herausgekrochen. Habe mit einigen geplaudert.
Aber, wie habe ich es eilig, kleine Pfeife, Dich, wie Du verdienst, zu züchtigen, auf Deinen dicken Arsch.
Das Kuvert vom Brief zeigt, dass Du in Nancy angekommen bist.
Ich warte also auf einen neuen, sehr detaillierten und lustigen Brief mit den pikanten Details.

Dein
Gui

216

30. September 1915

Illustrer kleiner Lou,
Also wirklich, Du bist ja in einer Schreibphase – es ist nicht lang … aber Du schreibst immerhin. Aber wo bleibt der versprochene lustige lange Brief? Vom Winde verweht! Denk doch, dass Deine Berichte mich amüsieren würden. Aber Du scheinst Angst davor zu haben, Dich beim Schreiben zu kompromittieren … Ich glaube, man hat die Kokotten den Armeen im Osten vorbehalten, denn hier gibt es keine. Es

stimmt, dass wir lange kein bebautes und bewohntes Gelände zu Gesicht bekommen haben. Man macht ganz anderes, als Kokotten zu sehen. Natürlich hast Du es vergessen, die angekündigte Mistel in den Brief zu stecken. Ich bin durchgefroren, ich habe mitten im Wasser geschlafen und es ist traurig hier trotz des großen Sieges, zu dem ich wirklich froh bin, wenn auch nur bescheiden, beigetragen zu haben. Ich schreibe Dir mit roter Tinte, die uns der Pionier der Scheinwerferabteilung geliehen hat, denn ich hatte nichts mehr, wir bekommen noch Briefe aber keine Zeitungen mehr.
Es ist traurig hier, aber ich bin nicht traurig, und ich frage mich, warum Du es bist, da Du Dich doch so tüchtig amüsierst – Ist das Leben denn nicht immer prekär, in Zeiten des Friedens wie in Zeiten des Krieges? All diese Sentimentalität ist fehl am Platz in dieser Zeit der großen Kämpfe. Musst mannhafter sein, kleiner Lou, umso mehr, als Du es Dir, wie Du sagst, nicht entgehen lässt, die Rolle der Kokotte zu spielen, und fern von mir ist der Gedanke, es Dir vorzuwerfen. Ich würde das genauso machen, wäre ich an Deiner Stelle. Bloß verstehe ich nicht, dass Du, die Du doch keine schweinischen Abenteuer erlebst, sie mir nicht ausführlich erzählst, zumal Du weißt, wie sehr wonnevolle Berichte mich zurzeit amüsieren würden. Es ist aber sinnlos, in der Wüste zu predigen, denn wenn Du einmal beschlossen hast, etwas nicht zu machen …
Na dann, famoser kleiner Luchs, amüsiere Dich gut, lass von Dir hören, zumindest so viel, wie Du jetzt von Dir hören lässt. Grüße Toutou von mir. Ich küsse Dich sehr, sehr zärtlich.

Gui

(Wir sind trotz der Meldung von voriger Nacht noch nicht abmarschiert!)

217

13. Okt. 1915

Kleiner Lou, mein Freund
Ich habe mit großer Freude Deinen Brief aus St-Nicolas ich weiß nicht mehr was[309] (Meurthe-et-Moselle) erhalten. (Mit dem Foto der Apfelernte.) Du bist darauf reizend, und derjenige, der auf die Leiter klettert, die Du so liebevoll hältst, ist ein glücklicher Mann.
Ich gratuliere ihm dazu.
Ich danke Dir für Deine schmeichelhaften Worte über unsere jüngste Arbeit. Sie ist richtig hart gewesen und man muss es gesehen, daran teilgenommen haben, um eine Vorstellung davon zu haben.
Es tut mir leid, dass Du müde bist, und ich bedaure sehr, dass Du bei solcher Müdigkeit ständig von einem Ort zum nächsten ziehen musst.
Mir geht es ausgesprochen gut.
Es ist noch nicht davon die Rede, dass Urlaub wieder genehmigt wird, meiner bleibt also ungewiss. Sicher müssen alle Kräfte anwesend sein; und ich verstehe sehr gut, dass Urlaub im Moment … Nichts da mit Urlaub.

Dein großer Freund,
Gui

218

9. November 1915

Meine liebe Lou, ach! vierzehn Tage! Seit gut einem Monat hast Du mir nicht mehr geschrieben. Ich gratuliere Dir, dass Du verliebt bist und ein interessantes Leben führst. Toutou hat mir einen sehr lieben Brief geschrieben: Er sagt mir, ich soll Dich um Fotos bitten, ich tue es, um ihn nicht zu kränken, aber ich erwarte sie nicht; grüße Toutou herzlich von mir, wenn Du ihn siehst. Ach! meine liebe Freundin, man hat im Moment doch anderes zu tun, als Verse zu schmieden, ich bin in einer ehemaligen Stellung der *Boches* und wir bekommen richtig Pfeffer. Ich, mein lieber Lou, habe nie Langeweile, ich finde also den Krieg genauso lustig wie den Frieden. Ich habe Dir schon immer gesagt, dass es lange dauern würde, enttäuscht bin ich insofern nicht. Ja, vor sieben Monaten haben wir voneinander Abschied genommen, sind aber nicht daran gestorben, wir haben uns sogar so sehr daran gewöhnt, dass ich jetzt ganz überrascht bin, wenn ich von Dir einen Brief bekomme. Ich rechne nicht mehr damit. So ist das auch kein Grund zur Sorge.

Was ich denn so mache, ich feuere Schüsse mit der Kanone ab; ich hätte nie geglaubt, dass ich mich an der größten Artillerieschlacht aller Zeiten beteiligen würde.

Ich habe nach dem Sieg ziemlich viele *boche* Briefe gelesen, Briefe, die im Schützengraben liegen geblieben waren. Die lustigsten waren von einer kleinen Nutte aus Wiesbaden, die ihrem Geliebten, einem Offizier, schrieb; sie erzählte ihre Spaziergänge und wie alle sie anschauten und sie begehrten, und sie unterschrieb *das hübsches*[310] *Püppchen* Iela Müller – In einem anderen Brief kündigte die Frau eines Berliner Großhändlers ein Paket mit Butter, Leberwurst und Schokolade an –

Es wird langsam sehr, sehr kalt – Allmählich gewöhne ich mich an die Giftgase, ich finde sogar, dass ihr Geruch nicht unangenehm ist, Tränengas vor allen Dingen. Du siehst, man gewöhnt sich an alles, und ähnlich wie Iela Müller, die kleine Nutte aus Wiesbaden, die sehr *boche* Unverschämtheit hatte, von sich selber zu denken, sie sei das hübscheste Püppchen, habe ich die Unverschämtheit, die, meines Erachtens, überhaupt nicht *boche* ist, zu finden, dass ich der Unteroffizier bin, der sich am wenigsten langweilt, obwohl wir in der menschenleersten Gegend der Front sind, da es hier vor dem Krieg schon eine Einöde war. Ich küsse Dich ganz kräftig.

Gui

219

26. Nov. 1915[311]

Mein kleiner Lou, ich habe Dir geschrieben. Habe ausführlich auf den besagten Brief geantwortet, aber meine Briefe beantwortest Du nicht, Du liest sie nicht. – Ich habe Dich darum gebeten, mir die Scheine vom Nizzaer Pfandhaus zu schicken. Ich habe Deine Beschreibung der besagten Blume genau gelesen – Schicke Toutou meine besten Grüße und meine neue Adresse.

Dein
Gui

An Lou

G. de Kostrowitzky
Leutnant
96er Inf.
6. Kp
Feldpostnummer 139

220

6. Dezember 1915

Lou, mein lieber kleiner Teufel, ich schreibe Dir diesmal nach Lunéville. Ich hoffe, mein Brief wird Dich erreichen. Ich habe gestern Deinen Brief bekommen, mit einem Foto, das ich schon hatte. Du wirst vergesslich und schickst mir vor allem keine »Federn«, was nicht nett ist. *Ich werde Dir Verse schicken, sobald ich mich ein bisschen mehr an mein neues Leben gewöhnt habe.* Aber verdammt noch mal, erhältst Du meine Briefe oder nicht, ich habe auf jeden einzelnen Brief von Dir geantwortet. Urlaub bekomme ich am Ende des Monats, hat mir der Oberst gestern gesagt (2 Offiziere gehen vor mir). Ich fahre nach Algerien, zu Freunden[312]. Tu mir den Gefallen, mir bitte die Scheine vom Pfandhaus und auch meine Kette in einem Paket PER EINSCHREIBEN, und zwar ordentlich verpackt, zu senden. Ich bin im Moment in vorderster Linie für 9 Tage. Ich habe kein anderes Papier z. Schreiben, mein lieber und süßer und hübscher und teuflischer kleiner Lou.

Gui

221

16. Dez. 1915

Meine liebe kleine Lou, nein, Du hattest mir nicht gesagt, dass Du mir die Pfandscheine nicht schicken kannst. Es ärgert mich, weil sich darunter die Uhr meiner Erstkommunion befindet, die auch verloren gehen wird. Falls sie doch bei mir in Paris sind, sag es mir, und wo, und ich werde versuchen diesen Schein zu holen, wenn ich meinen Urlaub antrete. – Antworte mir schnell. Denn ich würde diese Uhr gern wieder einlösen können. – Aber nein, meine arme Lou, Artillerie ist überhaupt nicht interessant – Es ist zurzeit eine Waffe für Großväter und Eunuchen. Du hast davon keine Ahnung. Die einzige interessante und ungeheuer tragische Waffe ist diese Infanterie hier, bei der der Kampf unvorstellbar höllisch ist. Siehst Du also, wie ich mit dem Krieg wohl Recht hatte, Länge, Konstantinopel, Persien, siehst Du, alles wird wahr. Ach! Wie wünschte ich mir, etwas Macht zu haben, um alles wieder in Ordnung zu bringen. Ich bin sicher, dass ich es tun könnte. Ich werde Dir das Henna mitbringen, worum Du bittest. Erzähl mir künftig bloß nichts mehr Gutes über Artilleristen oder Kavalleristen, jetzt, da ich bei den Muschkoten bin, ich weiß wohl, wie es zugeht in den verschiedenen Waffengattungen.

Gui

18. Januar 1916

Zurück vom Urlaub, ich finde Deine zwei Briefe vor. Alles klar f. die Dinger, bei Deiner nächsten Reise also –
Ich habe eine großartige Reise gemacht. Ich habe es Dir über Toutou gewünscht, viel Glück und Freude, denn ich wusste nicht, ob Du noch in Lunéville bist. Ich hoffe, dieser Brief erreicht Dich dort. Ich habe zurzeit viel Arbeit, da ich im Moment Kompanieführer bin.
Ich bin froh, dass Du froh bist.
Grüße Toutou von mir.
Das Wetter ist ziemlich gut.
Lass von Dir hören.
Ich wünsche Dir schöne Liebesabenteuer und viel Glück.
Tja, man gewöhnt sich an den Krieg, ich habe an den Stürmen auf der Anhöhe 194 beim Hügel in Tahure teilgenommen.
Na bisher komme ich ohne Schaden davon das ist ja schon mal was.

Gui

1 Die Frau von Wilhelm von Oranien (1533-1584) – genannt Wilhelm der Schweiger – hieß ebenfalls Louise de Coligny. Ihr Bruder François de Coligny ist ein Vorfahre von Lou.

2 Mortier war Maler und Apollinaire war mit seiner Frau Jane (oder Jeanne) befreundet.

3 Der Pariser Anwalt Henry Siegler-Pascal (1872-1953) hat seinen Freund Apollinaire Anfang September 1914 nach Nizza, wo er sich auf Erholungsurlaub befindet, eingeladen.

4 Berühmte Konditorei im Zentrum von Nizza.

5 Borie de la Merline hatte eine führende Position in der Hafenbehörde von Nizza und gehörte zur besseren Gesellschaft der Stadt. Den Abend des 27. September, Tag ihrer Begegnung, haben Apollinaire und Lou bei ihm verbracht und zusammen Opium geraucht.

6 In diesem Hotel wurden schicke Partys organisiert.

7 Siegler-Pascal.

8 Das prächtige Ruhl-Palast wurde in Lazarett umgewandelt, wo Lou freiwillig als Krankenschwester arbeitet.

9 Ende Oktober oder Anfang November nach einer Notiz von Lou.

10 Ende Oktober, Anfang November 1914. Widmung in einem Exemplar von *L'Hérésiarque et Cie*. Es geht hier und im Brief 8 um die Bände, die Apollinaire von Paris hat kommen lassen, um sie Lou zu schenken.

11 Widmung im Gedichtband *Alcools*.

12 Wahrscheinlich ein Samstag im November.

13 Edmée Dedon de Pierrefeu, angeheiratete Verwandte von Lou, bei der sie zu dieser Zeit in der Villa Baratier wohnt.

14 Apollinaire, der zu diesem Zeitpunkt noch kein französischer Staatsbürger ist, will sich freiwillig zum Kriegsdienst melden. Er hatte sich in Paris im August schon freiwillig gemeldet, sein Antrag war aber abgelehnt worden, da die französische Militär-

behörde in dieser sehr frühen Phase des Krieges nur Fremde nahm, die technisch hochqualifiziert waren.

15 Die hier und im Folgenden kursiv gesetzten Stellen sind in Apollinaires handschriftlicher Fassung unterstrichen gewesen.

16 Nach einer Notiz von Lou am 1. Dezember.

17 *Sic.*

18 Sowohl in der Kavallerie als auch in der Artillerie mussten die Rekruten erst mal zwei Monate ohne Steigbügel reiten.

19 In der französischen Armee sind einfache Soldaten sogenannte *soldats 2ᵉ classe.*

20 Lou hat am 7. Dezember, kaum einen Tag nach seiner Ankunft, Apollinaire unangekündigt in Nîmes besucht und verließ die Garnisonstadt erst neun Tage später.

21 *Sic.*

22 Lous Hunde.

23 So heißt die Villa, wo Lou in Saint-Jean-Cap-Ferrat wohnt.

24 Vermutlich: vom Bahnhof.

25 Wahrscheinlich wurde der Brief am 17. Dezember geschrieben.

26 Tonton und Tontaine sind berühmte Kehrreime im französischen Volks- und Trinklied.

27 *Polytechnique* und *Centrale* gehören zu den renommiertesten sogenannten *Grandes Écoles*, sehr selektiven öffentlichen Elitehochschulen.

28 Toutou ist der Spitzname von Gustave Louis Toutaint, mit dem Lou ein Verhältnis hat.

29 Lou soll nach Paris fahren; Apollinaire hat ihr angeboten, bei ihm, Boulevard Saint-Germain 202, zu wohnen.

30 Zum Buch ist es nicht gekommen. Über Aretino hatte aber Apollinaire schon mehrere Bücher zwischen 1909 und 1912 veröffentlicht.

31 *Sic.*

32 Für den Passierschein, der ihr ermöglichen soll, Toutou im Sperrgebiet zu besuchen (siehe Brief 20).

33 Eigentlich ist Marcel Sembat zu dieser Zeit Minister für Öffentliche Arbeiten und ist nie Bildungsminister gewesen.

34 Lou verwendet genau denselben Ausdruck ein paar Tage da-

vor in ihrem Brief vom 13. Dezember an Apollinaire. Coligny-Châtillon, Louise de, *Lettres à Guillaume Apollinaire*, Paris: Gallimard 2018, S. 20.

35 *Sic.*

36 Die sogenannte Garibaldi-Legion war eine italienische Einheit der Fremdenlegion, die vom Enkel des berühmten Generals Garibaldi kurz nach Kriegsausbruch ins Leben gerufen wurde.

37 Eigentlich erschien der Artikel am 17/09/1914 in der Tageszeitung *Paris Midi* und nicht im *L'Ouest Éclair*.

38 Zur Villa Baratier gehörte eine Plantage.

39 Apollinaires Bruder ist 1913 nach Mexiko ausgewandert.

40 Marie Laurencin war jahrelang Apollinaires Lebensgefährtin bis zu ihrer Trennung 1912.

41 Marie Laurencin hat am 21. Juni 1914 den deutschen Maler Otto von Wätjen geheiratet.

42 Polin war ein berühmter Chansonsänger, ein sogenannter *Comique troupier*, dessen Repertoire sich also um das Kasernenleben dreht. Er tritt meistens in Uniform mit einem riesigen am Gürtel herabhängenden Taschentuch auf.

43 Möglicherweise wird hier auf eine Figur aus Gondrecourts Roman *Le Baron de la Gazette* (1854), eine Don-Juan-Figur mit einer ausgeprägten Vorliebe für Brutalität, angespielt.

44 Berthe M. ist wahrscheinlich Berthe Mendès, eine Journalistin.

45 Dioscoride-Pillen sind ein Präparat aus arseniger Säure, das gegen Anämie und Tuberkulose verschrieben wurde.

46 Die sogenannten *Joyeux* waren Soldaten eines bestimmten Bataillons, das aus Sträflingen zusammengesetzt war, die sich zum Kriegsdienst freiwillig gemeldet hatten, um der Haft zu entkommen. Die Mannschaften galten als besonders turbulent und auffällig.

47 Diese Fotografie von Lou ist die Vorlage zum Kalligramm im Brief 81.

48 Apollinaire hat vor, Unteroffizier zu werden, und bereitet sich auf schriftliche Prüfungen vor.

49 Siehe Brief 29.

50 Im Paris der Belle-Époque sorgten sogenannte *Apaches*-Ban-

den, höchst brutale junge Kleinkriminelle, für erhebliche Unruhen.

51 Die Canebière ist die Prachtstraße von Marseille. An der Canebière standen um die Jahrhundertwende sowohl viele beliebte Geschäfte als auch verruchte Hafenkneipen.

52 *Le Cri de Paris* ist eine satirische Wochenzeitschrift.

53 Dieses Mädchen ist Madeleine Pagès (1892-1965), mit der Apollinaire ab April 1915 im regen Briefwechsel stehen wird. Im Laufe des Sommers 1915 verwandelt sich die zunächst freundschaftliche Beziehung in ein Liebesverhältnis.

54 Die Tarasque ist, der Legende nach, ein drachenähnliches Ungeheuer, das die heilige Martha in Tarascon durch den Zauber ihres Gesangs fing und zähmte.

55 Von Frau Havet und ihren beiden Töchtern, Kikane und Mireille (1898-1926). Apollinaire hat der Dichterin Mireille, trotz ihres jungen Alters schon ein Enfant terrible, dazu verholfen, ihre ersten Gedichte zu veröffentlichen.

56 Maurice Cremnitz (1875-1935), Dichter und Kunsthistoriker, alter Freund von Apollinaire.

57 An dieser Tramhaltestelle haben sich die Verliebten am Vortag verabschiedet.

58 Lou vergleicht das Kasernenleben mit einer Oper. Guillaume Apollinaire, *Correspondance générale*, Bd. 2, Victor Martin-Schmets (Hrsg.), Brief an Serge Férat vom 04/01/1915, Paris: Honoré Champion 2015, S. 31.

59 *Sic.*

60 Agutte ist der Künstlername von Frau Sembat.

61 Apollinaire verwendet hier das Wort *Coulichonnette*, das eine Erfindung von Lou ist und Menstruation bedeutet; diese Wortneuschöpfung von Lou setzt sich wohl zusammen aus *couler* (fließen) bzw. *coulis* und einer regionalen Variante von *choune*, umgangssprachlich und vulgär für das weibliche Geschlechtsteil (in etwa Möse).

62 Eigentlich war das Verbot, in der Feldpost den Aufenthaltsort zu vermerken, allgemeingültig.

63 Im Romanzyklus *Gargantua und Pantagruel*. Das Wort *fouace*,

eine Art flaches, mit Olivenöl zubereitetes Brot, wird in den herkömmlichen deutschen Fassungen von Rabelais' Roman entweder mit *Wecken*, *Honigkuchen* oder auch *Gebäck* übersetzt.

64 In der Ausgabe von Gallimard steht zwar »moqueries«. In neueren revidierten Ausgaben steht dennoch »noqueries« also »conneries«. Von »con«, wofür Apollinaire auch gern eher »noc« verwendet. Eine Mode von damals …

65 Möglicherweise ist Foutriquet ein Spitzname wegen der zotigen Anklänge mit *foutre* (Sperma) und *trique* (Ständer). Lous Brief vom 10. Januar 1915 wurde nie veröffentlicht.

66 Unvollständiger Brief, nur der erste Bogen ist erhalten.

67 Die Neun Helden sind ein Topos der mittelalterlichen Kunst und Literatur und Symbole für die Ritterlichkeit.

68 Siehe Brief 36.

69 Möglicherweise bezieht sich diese Stelle auf das Dorf Falicon, in der Nähe von Nizza. Die Veränderung des Ortsnamens lässt einen sexuellen Subtext mitschwingen, denn *grotte de Folicon* hieße, buchstäblich übersetzt, *Grotte von Mösenwahn.*

70 Siehe Brief 37.

71 Der Spitzname Lou ist ein Homonym zu *loup* (der Wolf), das Femininum ist *louve.*

72 Siehe Brief 28. P. L. M. ist die Abkürzung für die Eisenbahnlinie Paris–Lyon–Marseille und verschiedene Hotels an der Eisenbahnstrecke.

73 « Les intellectuels au feu. Les Poètes soldats », *Le Petit Niçois*, 13/01/1915.

74 Von diesem Mora wird wieder in den Briefen 53, 61 und 70 die Rede sein. Wer dieser Verehrer von Lou genau gewesen ist, bleibt rätselhaft.

75 Lou hat Matte, einen verwundeten Soldaten, im Lazarett Ruhl kennengelernt. Aus den Briefen 59 und 64 geht hervor, dass Matte seine Beziehungen spielen lässt, damit Lou die heißersehnte Erlaubnis bekommt, die ihr ermöglichen soll, Toutou an der Front in den Vogesen zu besuchen.

76 Yvonne Prath ist die Frau eines Freundes von Apollinaire.

77 Randbemerkung.

78 Wer die ganzen Personen sind, die hier aufgezählt werden, bleibt zum größten Teil rätselhaft.

79 Raymond Poincaré war seit 1913 der französische Präsident.

80 *Sic.*

81 Dieser von der Regierung bestellte Bericht erschien im Januar 1915, ins Deutsche übertragen lautet der Titel: Deutsche Gräueltaten in Frankreich. Georges Payelle, *Les Atrocités allemandes en France* – Rapport présenté à M. le Président du conseil, Paris: Imprimerie des journaux officiels 1915.

82 Absinth war im Begriff in Frankreich verboten zu werden. Der bekannteste Hersteller war damals Pernod.

83 *Le pastisse* ist ein dialektales Wort, das in etwa Chaos, Wirrwarr, Zirkus heißt. Siehe Brief 62, in dem Apollinaire die Bedeutung des Wortes erklärt.

84 *Goumiers* sind Soldaten aus nordafrikanischen Nomadenstämmen.

85 Die Lilie ist ein Symbol der französischen Monarchie.

86 Der Begriff *Pétroleuse* erscheint ursprünglich im Kontext der Pariser Kommune 1871. Gemeint sind die Frauen, die an den letzten Kämpfen zur Verteidigung der Kommune teilgenommen haben. Ihnen sagt man nach, sie hätten Gebäude mit Petroleum in Brand gesteckt – deshalb *Pétroleuse*, was historische Studien nicht bestätigen. Das Wort bezeichnete dann (meistens abwertend) allgemein sozial oder politisch engagierte Frauen, Feministinnen, oder auch emanzipierte Frauenfiguren, die in ein machistisch geprägtes Weltbild nicht passten.

87 *Sic.*

88 Der Ritter d'Assas, französischer General, warnte 1760 im westfälischen Kloster Kamp seine Truppen vor einem listigen Angriff der feindlichen Armee und opferte dabei sein Leben.

89 Die beliebte Romanfigur Tartarin de Tarascon von Alphonse Daudet liefert für diesen plötzlichen Themenwechsel eine Erklärung: In den ersten Kapiteln des 1872 erschienenen Romans erfährt der Leser, dass Tartarin der beste Mützenjäger der Stadt war. In der Stadt fehlt das Wild, und anstatt auf Hasen oder

Fasane zu schießen, werfen die Jäger die eigene Mütze in die Luft und feuern auf sie ab. Wer die meisten Löcher geschossen hat, wird König der Mützenjäger.

90 Die Stelle im Originaltext ist etwas unklar. Möglicherweise spielt Lou im Brief, den Apollinaire gerade bekommen hat, der aber nie veröffentlicht wurde, auf den schlechten Ruf der Leute aus Tarascon an. Dieser schlechte Ruf (Dummheit, Feigheit) ist auf die groteske Figur des Tartarin von Daudet zurückzuführen. Tarascon war damals übrigens eine große Garnisonsstadt mit mehreren Kasernen. Auf jeden Fall steht man vor einem Wortspiel (Tarascon – race – con), das nicht wiedergegeben werden konnte.

91 Aus der Tagespresse geht hervor, dass Aleksa Karadjordje, Fürst von Serbien, sich Ende Januar 1915 mit seiner Gattin in Nizza aufgehalten hat. Siehe auch Brief 74.

92 Siehe Brief 57.

93 Die *École des Chartes* ist eine berühmte Pariser Hochschule, wo Archivare und Historiker ausgebildet werden.

94 Im September 1911 wurde Apollinaire festgenommen, weil die Polizei ihn des Diebstahls der Mona Lisa verdächtigte.

95 Ein *Pion*, umgangssprachlich für *Maître d'étude*, betreut die sogenannten Arbeitsstunden, Stunden nach dem eigentlichen Unterricht, in denen die Schüler lernen oder Hausaufgaben machen müssen.

96 Dieser Text ist verschollen.

97 Vor mir ein Feldwebel / Vor mir dieser Feldwebel / Auf der Straße ein Feldwebel. Was Apollinaire am ersten Vers bemängelt, ist der Hiat zwischen *moi* und *un*. In der klassischen Verslehre galt der Hiat als verpönt. Alle drei Verse sind auf Französisch sonst gleichfüßig.

98 Louise de La Vallière (1644-1710), bis 1667 Mätresse von König Ludwig XIV. Den Rest ihres Lebens verbrachte sie im Pariser Kloster der Karmelitinnen.

99 Françoise de Maintenon (1635-1719), Mätresse und dann heimliche Ehefrau von König Ludwig XIV.

100 Theresia Cabarrus (1773-1835), Aristokratin, die die Anfänge

der Revolution unterstützte und später, nach dem Sturz von Robespierre, zur Ikone der Zeit wurde. Sie verkehrte in den Kreisen der aufsteigenden Gestalten nach dem Terror, zu ihren Liebhabern gehörte der junge Bonaparte, unter vielen anderen.

101 Joséphine de Beauharnais (1763-1814), Ehefrau von Napoleon. Sie wurde auf Martinique geboren.

102 Eine *péronnelle* ist eine Plaudertasche, eine Schwatzliese. Das Wort, vom Vornamen Péronne (weibliche landschaftliche Form von Pierre) abgeleitet, ist heute veraltet. Die Geliebte vom Dichter des 14. Jahrhunderts Guillaume de Machaut war, der Überlieferung nach, Péronne d'Armentières.

103 Apollinaire bezieht sich hier auf das Gedicht *Booz endormi* von Victor Hugo. Im letzten Vers verschmelzen Himmel und Erde zu einem Sternenfeld.

104 *Balaoo* ist ein Roman von Gaston Leroux (1911). In der ersten Szene der Kriminalgeschichte werden Fußabdrücke an der Decke eines Zimmers entdeckt, in dem ein Mord verübt wurde.

105 Man weiß nicht, welches Gedicht Apollinaire meint. Die Beschreibung entspricht keinem bekannten Text.

106 Lous Vater starb 1913. Bald danach gerieten Lou und ihre Mutter in Konflikt wegen Erbschaftsfragen. Vermutlich geht es hier um Lous Erbschaftsanteil.

107 Eigentlich war das Medea.

108 *Sic.*

109 Welches Gedicht gemeint ist, ist ungewiss.

110 Das Gedicht ist entweder verloren gegangen oder trägt eigentlich einen anderen Titel.

111 Unvollständiger Brief.

112 In der Originalfassung, Wortspiel mit *méchant loup*, *böser Wolf*.

113 Lou befindet sich gerade in der lothringischen Stadt Baccarat.

114 Siehe Brief 37.

115 Diese Anmerkung steht am Bogenrand.

116 Nach Baratier.

117 Im Gedicht *Cors de chasse* (*Jagdhörner*) setzt Apollinaire Erinnerungen mit Jagdhörnern gleich. »Erinnerungen sind Jagdhörner« (« *Les souvenirs sont cors de chasse* »).

118 Welches Werk gemeint ist, bleibt umstritten.

119 Im August 1911 wurde Apollinaire verdächtigt, die *Mona Lisa* im Louvre gestohlen zu haben. Er wurde festgenommen und saß eine Woche im Gefängnis, bevor er entlastet wurde.

120 Apollinaires Mutter wohnt in diesem schicken Städtchen nahe Paris.

121 Von der Schwester von Mireille Havet.

122 Für Kanonier-Fahrer 2. Klasse wird nämlich die Abkürzung 2ᵉ c.c. (2ᵉ canonnier-conducteur) verwendet.

123 Parallel zum mittelalterlichen Topos der neun Helden entstand der Topos der neun Heldinnen.

124 Damals waren Telegramme auf blauem Papier gedruckt.

125 Aprilscherz heißt auf Französisch *poisson d'avril* (Aprilfisch). Außerdem bereiten die Kinder zum 1. April kleine Fische aus Papier, die sie auf den Rücken ihrer Kameraden und der Erwachsenen möglichst unbemerkt anzubringen versuchen …

126 Letzter Vers aus dem Gedicht 45 vom Band *Blumen besten Willens*. Deutsche Übertragung des Gedichts von Hardenkopf, Ferdinand, *Privatgedichte*, München: Kurt Wolff Verlag 1921.

127 Lou wohnt in der Pariser Vorstadt Neuilly.

128 Im Brief 209 beschreibt Apollinaire diese Wesen folgendermaßen: »Thunfische mit Frauenkopf«.

129 Am 2. April.

130 Seltene Blumen nennt Lou ihre Liebhaber.

131 Die Stadt liegt circa 80 km nördlich von Avignon.

132 Der Artikel wird im *Mercure de France* erst am 1. Juni 1915 gedruckt. Siehe Brief 105.

133 *Chanson du mal-aimé* (Lied des Ungeliebten).

134 Lou vergleicht ihre Liebhaber mit seltenen Blumen, aus denen sie sich einen Kranz flicht. Siehe auch Brief 101.

135 Lou hat ein paar Jahre in Dijon mit ihrem Ehemann gelebt.

136 Griechenland weigert sich wider Erwarten, am Dardanellen-Feldzug teilzunehmen, und bleibt bis zum Sommer 1917 neutral. Bulgarien ist im Begriff, auf der Seite der Mittelmächte in den Krieg einzutreten.

137 Der hier von Apollinaire verwendete Ausdruck heißt buchstäblich: Der Teufel rauft sich mit seiner Frau.

138 Postkarte mit Stempel von Châlons-sur-Marne vom 5. April 1915.

139 Postkarte, die wahrscheinlich am 6. April 1915 geschrieben wurde.

140 Dieser Vers ist ein Zitat aus einem berühmten Lied, *Nous n'irons plus au bois, les lauriers sont coupés* (18. Jahrhundert).

141 Die fünf Buchstaben sind vermutlich M E R D E: Scheiße.

142 Die Etrich Taube war das emblematische Flugzeug der deutschen und österreichischen Streitkräfte im Ersten Weltkrieg.

143 Um die Jahrhundertwende kam im Französischen das englische Wort *tub* für Badewanne und metonymisch für Bad vor. Damit der Scherz überhaupt funktioniert, muss man davon ausgehen, dass *Taube* und *tub* für französische Ohren gleich oder ähnlich klangen.

144 *À bas la calotte*: Berühmter metonymischer antiklerikaler Spruch aus der Zeit der Revolution, der in den Geschichtsbüchern häufig mit *Nieder mit den Priestern* übersetzt wird.

145 Das Dorf liegt etwa 15 km südöstlich von Reims. Natürlich ist diese Autoreise erfunden. Durch diese Anekdote umgeht Apollinaire das Verbot, in den Feldbriefen Ortsangaben zu machen.

146 Jede französische Batterie ist an der Front in neun Gruppen zu je 16 oder 20 Mann und genauso vielen Pferden organisiert und verfügt in der Regel über acht Geschütze. Fünf Gruppen machen die Gefechtsbatterie (*batterie de combat*) aus: vier Gruppen mit Geschütz und eine Beobachtungsgruppe. Drei weitere Gruppen bilden die sogenannte Gefechtsbagage (*échelon de combat*) und nehmen Stellung circa einen Kilometer hinter den ersten Gruppen. Die Gefechtsbagage verfügt über eine fahrende Feldhufschmiede, Sanitäter, nebst den üblichen Kanonieren, die vier 75er-Kanonen bedienen. Die neunte Gruppe ist mit einer Train-Einheit vergleichbar.

147 Die *École Polytechnique* ist in Frankreich eine der renommiertesten Ingenieurschulen.

148 Gemeint ist die Kathedrale von Reims. Ab September 1914 war die symbolträchtige Kathedrale – in dieser Kirche wurden die

Könige von Frankreich gekrönt – immer wieder Ziel der deutschen Artillerie und wurde schwer beschädigt, was eine Welle der Empörung in der französischen Bevölkerung auslöste.

149 *Sic.*

150 Diese zwei Sätze (ab »Ich weiß übrigens auch«) stehen am Rand und wurden nachträglich hinzugefügt.

151 *Sic.*

152 Für den Begriff *delectatio morosa* findet man zwar deutsche Übertragungen (nachlässige Ergötzung, anhaltende Ergötzung, beharrlicher Genuss, anhaltende Gedankensünde u. a.), keine scheint sich aber richtig durchgesetzt zu haben, so dass der lateinische Ausdruck in deutschen Texten bevorzugt zu sein scheint, während im Französischen die buchstäbliche Übersetzung *délectation morose* verwendet wird. Eine aufschlussreiche Umschreibung findet man als Zitat von Huysmans (in einem Text von 1896, aus dem Französischen übersetzt von P. Priskil) in einem Artikel von Ulrich Port: »genussvolles Verweilen bei sündigen Gedanken«, Breuer, Ingo, Goth, Sebastian *et alii* (Hrsg.), *Die sieben Todsünden*, Paderborn: Wilhelm Fink 2015, S. 382. Genau dieselbe Umformulierung findet man in Max Ernsts Aufsatz *Pollutionsgefahr* (1931).

153 Die französische Armee benutzte im Ersten Weltkrieg Bajonette vom Modell Rosalie.

154 In diesen Kombinationen stehen die Buchstaben L und G wahrscheinlich für Louise und Guillaume. Dass der dritte Buchstabe ganz eindeutig kein T ist, sondern ein P, ist verwirrend. Die Dreiecksbeziehung zwischen Lou, Apollinaire und Toutou wird insbesondere in den Briefen 130, 142 und 147 thematisiert.

155 *Sic.*

156 Der Brief vom 17. April ist niemals wieder aufgetaucht und gilt als verschollen … (oder erfunden).

157 Mit ihren schweren, hohen Rucksäcken sehen die Infanteristen wie Bucklige aus.

158 Dieser Brief von Lou befindet sich in der Gallimard-Ausgabe der *Lettres de Lou*. Was diese zwei Dutzend sind, bleibt rätsel-

haft. Lou erwähnt die Zahl 24, die sie Apollinaire anvertraut hat, aber nur als Andeutung. Im Gegensatz zu den Behauptungen von Apollinaire äußert sich Lou in ihrem Brief unmissverständlich und mehrmals gegen die Veröffentlichung des Buches. Coligny-Châtillon, Louise de, *Lettres à Guillaume Apollinaire*, *op. cit.*, S. 36.

159 Zitat aus Lous Brief, *ibid.*

160 In ihrem Brief schreibt Lou: »Ich will Deine Muse sein«, *ibid.*, S. 36-37.

161 Zitat aus einem Gedicht von Verlaine, *Les Ingénus* (1869).

162 Hénique ist einer der Zahnärzte, die Apollinaire Lou empfiehlt.

163 Siehe Anmerkung zum Brief 125 und zum Sandwich das Ende vom Brief 147.

164 Siehe Anmerkung zum Gedicht im Brief 184.

165 An den Dardanellen.

166 Diesen Ausdruck hat Lou wahrscheinlich erfunden. Siehe auch Brief 203.

167 Reims.

168 Hippomanes ist ein Aphrodisiakum, das aus Vaginalsekreten der brünstigen Stuten präpariert und seit der Antike verwendet wird.

169 Diese Zeile ist die letzte auf der Vorderseite des Briefbogens. Offenbar wurde der untere Teil des Bogens abgeschnitten. Auf beiden Seiten des Briefs fehlen die letzten Zeilen. Deshalb gibt es für diesen Brief auch keine Schlussformel.

170 *Sic.*

171 Friedrich Karl Forberg, *De figuris Veneris*, Coburg: 1824. Eigentlich kommentierte Ausgabe von Beccadelis *Hermaphroditus*, das Forberg 1824 neu edierte. Das Buch war 1882 in französischer Übersetzung erschienen.

172 Robert André de Nerciat, *Félicia ou mes Fredaines*, 1775. Deutsche Fassung: *Felicia oder Meine Jugendtorheiten*, aus dem Französischen von L. v. Brunn, Hamburg: Gala-Verlag 1969.

173 Einfache Feldpostkarte ohne Briefumschlag, was den höchst gespreizten Stil erklärt.

174 Siehe Brief 119.

175 Feldpostkarte ohne Datum.

176 Diese beiden Strophen und das erste Lied am Anfang des Briefes sind 1914-1915 entstandene Kirchenlieder, die Apollinaire fast genau aus dem Gedächtnis zitiert.

177 Auf der Rückseite der Zeichnung steht: »Gottesdienst in M. Sonntag, den 25. April 1915. Man sieht wenige Soldaten, denn von meinem Platz aus konnte man sie nicht sehen, oder eher stand ich mitten unter ihnen. Der Priester, Hauptmann bei den Husaren, der Messdiener, ein Dragoner, man sieht das Harmonium, die drei Vorsänger und die 3 einzigen Frauen, die in M. geblieben sind. Es ist eine Scheune!«

178 Wetterangaben sind verschlüsselte Angaben zur aktuellen Situation an der Front. Siehe Brief 108.

179 Früher (bis 1946) hatte die Bahn auch einen Speditionsdienst, der in *petite vitesse* und *grande vitesse* unterteilt war. Oft befanden sich diese Speditionsschalter direkt auf dem Gelände der Rangierbahnhöfe.

180 Die Musette, auch Piccolooboe genannt, ist ein Blasinstrument, das vor allem in der Barockzeit verwendet wurde.

181 Lous Adresse in Neuilly, wo sie zuerst bei einer Bekannten gewohnt hat.

182 Lou setzt ihre Geliebten mit seltenen Blumen gleich.

183 Siehe Brief 108.

184 Möglicherweise spielt hier Apollinaire auf das Epitheton an, das er im allerersten Brief an Lou seinem Vornamen beigefügt hat: *schweigsam.*

185 Siehe Brief 130.

186 Anspielung auf einen Brief, der verschollen ist.

187 Dieser Brief befindet sich nicht in der allerersten Ausgabe der *Lettres à Lou* und ist offensichtlich unvollständig.

188 Gemeint ist eine Fabel von Jean de La Fontaine, *L'Ours et l'amateur de jardins* (1678).

189 Apollinaire verwendet das Wort *maîtresse*, das sowohl Herrin als auch Geliebte bedeutet.

190 In der Fabel erschlägt der Bär den Gartenfreund aus Versehen mit einem Pflasterstein.

191 Im Originaltext stößt man hier auf eine nicht zu behebende Zweideutigkeit. Das Wort *ET* kann man zwar, wie hier vorgeschlagen, als Initialen eines Namens lesen, aber es könnte auch als *UND* … gedeutet werden. Dieser Brief von Lou wurde nicht veröffentlicht.

192 Diese Pflanze ist sehr giftig.

193 Siehe Brief 130 und 142.

194 Spitzname für Soldaten der algerischen Schützenregimenter im französischen Heer seit dem Krimkrieg (1853-1856). Frankreich kämpfte damals als Verbündeter des Osmanischen Reiches gegen Russland; wegen ihrer bunten orientalischen Uniform wurden diese Soldaten von den Russen für Türken gehalten.

195 Lou war für ein paar Tage verreist. Sie hat unweit von Besançon erneut ein paar Tage mit Toutou verbracht.

196 Das Städtchen Gray liegt zwischen Vesoul, Dijon und Besançon.

197 Apollinaire hält das Gedicht, das Lous Brief vom 6. Mai abschließt, für ein von ihr selbst verfasstes Gedicht. Dabei handelt es sich um Verse von Sully Prudhomme. Siehe auch Brief 164.

198 Anspielung auf Apuleius' Roman *Der goldene Esel.*

199 Die handschriftliche Originalfassung ist verschollen. Übermittelt wurde der Text durch eine Abschrift von Lou.

200 Siehe Ende vom Brief 45.

201 Mitte Mai 1915.

202 Die ersten Gasangriffe im Ersten Weltkrieg erfolgten Ende April 1915.

203 Toutous Regiment.

204 Siehe Brief 151.

205 Die Ternes sind ein Viertel in Paris.

206 In Apollinaires Dichtung ist *Attentive* in Anlehnung an den romantischen *Attentif*, Bewerber, Buhle, Bräutigam zu verstehen. Brunel, Pierre, *Apollinaire entre deux mondes*, Paris: PUF 1997, S. 100-101.

207 Vielleicht eine Anspielung auf eine Schlacht. Siehe Brief 108.

208 Das Wort *charmant* überdeckt das Wort *vieux* (alt).

209 Kommentatoren weisen darauf hin, dass in diesem Satz wahrscheinlich ein schwerwiegendes Wort, möglicherweise das Wort *moins* (weniger) fehlt. Das Ende des Satzes hieße dann: Menschen, die von Generation zu Generation immer weniger an die Natur gewöhnt sind.

210 Gemeint ist der *Bois de Boulogne*, ein großer beliebter Wald am Rande von Paris.

211 Auf Deutsch im Text.

212 Eigentlich in Baden-Württemberg.

213 Apollinaire bringt offenbar die bayrische Abtei Benediktbeuern und die Abtei in Beuron durcheinander.

214 Auf Deutsch im Text.

215 Im Originaltext: *Père la Colique*, wobei es sich um eine kleine hockende Ton- oder Bleifigur handelt, die eine kotähnliche Materie ausstieß, wenn sie angezündet wurde. Wortwörtlich könnte man *Père la Colique* mit *Vater Durchfall* übersetzen.

216 *Les onze mille verges* ist ein pornographischer Roman von Guillaume Apollinaire, der 1907 ohne Autorangabe auf den Büchermarkt kam.

217 Siehe Brief 151.

218 Das Kaliber der Granaten wird in Frankreich in Millimetern ausgedrückt: 75er-Granaten sind Granaten mit einem Durchmesser von 75 Millimetern. In Deutschland wird das Kaliber eher in Zentimetern ausgedrückt.

219 Der seit ein paar Tagen erwartete Kriegseintritt Italiens wird am 24. Mai effektiv.

220 *Sic.*

221 Am französischen Hof war im 17. Jahrhundert der sogenannte *tabouret de grâce* das Recht, in Gegenwart der Königin sitzen zu dürfen.

222 Apollinaire ist der Herausgeber dieser Bände.

223 Beide Texte sind auch von Nerciat. Nur für den zweiten gibt es einen deutschen Titel: *Der Teufel im Leibe*, aus dem Französischen von Georg Cordesmühl, Wien: Wiener Verlag ca. 1906. Radiguets gleichnamiger Roman erschien erst 1923.

224 Wörtlich: Der neue Damenkitzler.
225 Möglicherweise eher am 27. Mai geschrieben.
226 Doppeltes Wortspiel im Originaltext: *Sur le front* heißt sowohl *auf die Stirn* als auch *an der Front*, und *baiser*, sowohl *küssen* als auch *bumsen*.
227 Möglicherweise ist es wegen der Postanweisung wichtig, dass die Namen auf dem Formular und auf dem Kuvert übereinstimmen.
228 Es handelt sich um den 52-seitigen Band *Case d'Armons*, der tatsächlich im Juni 1915 an der Front entstand und angefertigt wurde. Der Ausdruck *Case d'Armons* bezeichnet im Artilleriejargon die Kiste, in der der Kanonier seine persönlichen Sachen aufbewahrte.
229 Diese Kalligramme übernehmen Motive und Formen von Skizzen aus Artillerielehrbüchern.
230 Datum ungewiss. Das sonderbare Gedicht entstand wahrscheinlich Ende Mai oder Anfang Juni 1915.
231 Belgische Nationalhymne.
232 Rosenblatt (*feuille de rose*) ist im Französischen eine verhüllende Bezeichnung für Anilingus.
233 *Ardenner Kurier*, Zeitung der besetzten Gebiete.
234 Karte ohne Datum, die wahrscheinlich auch am 4. Juni entstand.
235 Gemeint ist die Pfeife, von der im letzten Brief die Rede ist.
236 Toutou heißt in Kindersprache Hund.
237 Im Originaltext steht wieder ein Wortspiel, das auf einer Redewendung beruht, die man früher zum Neujahr ausrief: *Au gui l'An Neuf!*. Diese bedeutet buchstäblich: Mistel Neujahr!
238 *Sic.*
239 Diese Betrachtungen zum Dialekt der Picardie sind völlig aus der Luft gegriffen.
240 Auf Französisch: *citations à l'ordre*. Im Ersten Weltkrieg wurden ab April 1915 besonders tapfere französische Soldaten mit einer sogenannten *citation* ausgezeichnet. Diese *Citation* konnte vom Regiment, von der Brigade, von der Division oder gar vom Armeekorps verliehen werden. Solche ehrenvollen

Erwähnungen im Tagesbefehl wurden ins Soldbuch des Soldaten eingetragen und gingen mit der Verleihung des Ordens *Croix de Guerre* einher. Für jede *Citation* erhielt der Soldat außerdem bronzene, silberne, goldsilberne Sterne oder Palmen, die am rotgrünen Band des Ordens getragen wurden.

241 In diesem Gedicht sowie im Brief 130 zeigen sich die einschlägigen rassistischen Stereotypen und Termini seiner Zeit.

242 Damals wurde man mit 20 eingezogen.

243 Siehe Brief 178 und 179. Ihren Brief vom 8. Juni unterschreibt Lou mit der Formel: »Deine zweilöchrige Pfeife«. Coligny-Châtillon, Louise de, *Lettres à Guillaume Apollinaire*, *op.cit.*, S. 63.

244 Apollinaire hat in diesen Tagen einen längeren Brief von Toutou erhalten.

245 Diese erotische Erzählung ist nie ins Deutsche übersetzt worden. Der Titel lautet in etwa: *Die Brunst oder das erloschene Schamgefühl.*

246 Die Pariser Rösterei zeichnet sich dadurch aus, dass sie ihre Ware hauptsächlich durch Hausieren verkauft.

247 Lou hat in ihrem letzten Brief Apollinaire darum gebeten, nach ihrer Rückkehr von den Vogesen weiter bei ihm wohnen zu dürfen.

248 Die Seerose galt als Anaphrodisiakum.

249 Siehe Brief 130, 142 und 147.

250 Eigentlich ist Apollinaire am selben Ort bei Beaumont-sur-Vesles geblieben, nur die Feldpostnummer hat sich geändert.

251 Vermutlich ist Nicolini gemeint, der in der Kaserne in Nîmes geblieben ist und deshalb nicht befördert werden kann.

252 Das recht seltene Verb *encambronner*, das viele Wörterbücher gar nicht kennen, leitet sich vom französischen General Cambronne ab. Am Ende der Schlacht bei Waterloo 1815 soll er dem englischen Offizier, der ihn aufforderte, die Waffen niederzulegen, *merde* (Scheiße) geantwortet haben. Seitdem ist das »Wort von Cambronne« berühmt und wird verhüllend für Scheiße verwendet.

253 Ein Teil vom Hilfsverb fehlt in der Originalausgabe.

254 Pipe, Apollinaires Katze, hat zahlreiche Junge geworfen, erzählte Lou in ihrem Brief vom 9. Juni.

255 Möglicherweise verwendet Apollinaire hier eine typische Redewendung der Südvogesen: *fin bien.*

256 *Garde des voies et communications.* Also Aufsichtsposten an Straßen, Brücken, Bahnhöfen, Bahnstrecken. Solche Posten waren älteren Soldaten der Landwehr (*soldats de la territoriale*) vorbehalten.

257 Dieses Gewehr ist ein älteres Modell (1874).

258 Das Regiment ist bei Les Hurlus. Das Dorf wurde völlig zerschossen und gehört zu den Städten und Dörfern, die nie wieder aufgebaut wurden. Es existiert heute nicht mehr. Es lag etwa 50 km östlich von Reims und 80 km westlich von Verdun.

259 Der 14. Juli ist seit 1880 der französische Nationalfeiertag.

260 Die Palmyrs Bar (eigentlich Palmyr's Bar) war eine der ersten Schwulen- und Lesbenbars in Paris. Die Inhaberin Palmire Dumont war eine berühmte Figur im Montmartre der Belle Époque, von der u.a. Toulouse-Lautrec Portraits gezeichnet hat. Sie starb am 4. Februar 1915. Die Bar (nunmehr als Liberty's Bar) konnte erst 1923 wieder eröffnet werden und wurde bis 1957 betrieben.

261 Der Maler Jean Louis Forain publizierte beliebte Karikaturen in der Tagespresse.

262 Undatiertes Fragment. Dritter Bogen eines verschollenen Briefs.

263 Toutou heißt Wauwau.

264 Siehe Anfang vom Brief 197. Lou hatte vor, Apollinaire den Flügel eines Schmetterlings zu senden. Hat es dann vergessen.

265 Ab Januar 1915 wird ein Verein ins Leben gerufen, der Soldaten mit sogenannten *marraines de guerre* in Verbindung setzt. Die Kriegspatinnen schreiben ermutigende Briefe und senden Pakete an ihren Patensoldaten. Viele ähnliche Vereine werden dann gegründet und weitgehend von der Tagespresse unterstützt.

266 Die Erwähnung des Romans von W. Scott ist eine Anspielung auf den Abschnitt von *Perthes.*

267 Heute werden diese Ortschaften eher Les Hurlus genannt. Diese drei Dörfer wurden nie wieder aufgebaut.
268 So nannte man die deutschen Fesselballons, die meistens eine längliche Form hatten.
269 Perthes, Les Hurlus, Le Mesnil-les-Hurlus.
270 Minaucourt.
271 Verordnungsblatt des Heers.
272 Das Ende des Briefs ist verschollen.
273 Siehe Brief 201.
274 Frontinus war ein berühmter römischer Feldherr, der ein Buch über die Kriegsführung schrieb. Frontin ist auch der Name eines Charakters in den Komödien von Marivaux.
275 Eigentlich ein Stiefmütterchen. Doch das französische Wort *pensée* ist doppeldeutig und heißt sowohl Stiefmütterchen als auch Gedanke.
276 Siehe Brief 179 und 185.
277 Mit diesen Worten »der anmutigste Teil meiner Selbst« bezeichnet Lou ihr Gesäß in ihrem Brief vom 27/07/1915. Coligny-Châtillon, Louise de, *Lettres à Guillaume Apollinaire*, *op.cit.*, S. 87.
278 *La lune* (der Mond) ist auch ein umgangssprachliches Synonym für Gesäß.
279 Beiname der Hauptfigur Natty Bumppo aus James Fenimor Coopers Romanzyklus *Leatherstocking Tales*.
280 Lou ist tatsächlich zurück in Paris, aber wohnt nicht mehr bei Apollinaire.
281 Henry de Coudenhove ist Lous einstiger Ehemann, von dem sie sich 1912 scheiden ließ.
282 Wortspiel zwischen Lous Liebhaber Toutou und dem Wort *toutou*, das Hund heißt (Kindersprache).
283 Wortspiel zwischen Lou und *loup* (Wolf).
284 Poststempel vom 10. August 1915.
285 *Case d'Armons.*
286 Dieser Ausdruck wurde anscheinend von Lou erfunden. Siehe Brief 131.
287 Der Botaniker Bernard de Jussieu hat 1734 die berühmte Libanon-Zeder im Pariser Jardin des Plantes gepflanzt.

288 Der Originaltitel lautet *Le Toutou et le Gui*, enthält also ein doppeltes Wortspiel. Toutou ist einerseits der Spitzname von Lous Liebhaber und andererseits ein kindliches Wort für Hund. Gui ist die Abkürzung von Guillaume und heißt zugleich Mistel.
289 Schwer lesbar. Möglicherweise: unsere Herrin.
290 Im Spätsommer und Herbst 1915 werden allmählich Helme eingeführt. Apollinaire erhält erst im September 1915 seinen Helm, ein paar Monate vor seiner schweren Kopfverletzung im März 1916.
291 Tartarin ist die berühmte Hauptfigur – ein Antiheld – der gleichnamigen Romane von Alphonse Daudet.
292 Brief vom 14. August 1915.
293 Siehe Ende vom Brief 195.
294 Das Wort Kultur steht im Deutschen.
295 Das Gedicht erschien im November 1915 in der italienischen Zeitschrift *La Voce* und später in dem Band *Calligrammes* (1918) unter dem Titel *À l'Italie*.
296 Mit Leuchtraketen und Leuchtkugeln verschiedener Farben und Arten signalisierte die Infanterie in den vordersten Linien, ob die Schüsse der Artillerie zu lang oder zu kurz waren.
297 Entstanden ist dieser Brief Anfang bis Mitte September.
298 Ein Tintenfleck bedeckt den Anfang des Worts, so dass man es erraten muss.
299 Eigentlich Pororoca.
300 Apollinaire hat vor, Madeleine in Algerien zu besuchen.
301 *Sic*.
302 Siehe Brief 178 und 179.
303 Wortwörtlich: Freunde wie Schweine. Die Redewendung bedeutet *dicke Freunde*.
304 Noch hatten die Soldaten keine regelrechten Gasmasken. Ihr einziger Schutz waren Kapuzen, die den gesamten Kopf bedeckten.
305 In ihrem Brief vom 14. September schreibt Lou, dass sie Birnenkompott gegessen hat, Toutou einen Überzieher aus dem Bestand der englischen Armee geschickt hat und schließlich selbst einen Gummimantel tragen muss, weil es eben stark reg-

net. Sie macht, als sie den Gummimantel erwähnt, zotige Anspielungen auf Kondome, die auf Französisch *capote anglaise* heißen, und diesen Faden scheint Apollinaire hier wieder aufzugreifen.

306 Captain Cap ist die Hauptfigur in mehreren Romanen von Alphonse Allais, er hat eine Schwäche für Cocktails.

307 *Sic.*

308 Die Front hat sich eigentlich nur um 4 km verschoben. Tatsache ist, dass bei dieser Schlacht sehr viele deutsche Soldaten gefangen genommen wurden (über 10 000).

309 St-Nicolas-du-Port bei Nancy.

310 *Sic.* für hübscheste.

311 Mindestens ein Brief fehlt. Am 18. November 1915 wechselt Apollinaire freiwillig von der Artillerie zur Infanterie und wird zum Leutnant befördert.

312 Eigentlich hat Apollinaire vor, Madeleine Pagès, um deren Hand er Mitte August angehalten hat, und ihre Familie in Oran zu besuchen.